Uma orquestra de minorias

Chigozie Obioma

Uma orquestra de minorias

Tradução: Claudio Carina

GLOBOLIVROS

Copyright © 2019 Editora Globo S.A. para a presente edição
Copyright © 2018 Chigozie Obioma

Todos os direitos reservados. Nenhuma parte desta edição pode ser utilizada ou reproduzida
— em qualquer meio ou forma, seja mecânico ou eletrônico, fotocópia, gravação etc. — nem
apropriada ou estocada em sistema de banco de dados sem a expressa autorização da editora.

Texto fixado conforme as regras do Acordo Ortográfico da Língua Portuguesa
(Decreto Legislativo nº 54, de 1995).

Título original: *An Orchestra of Minorities*

Editora responsável: Amanda Orlando
Editor assistente: Samuel Lima
Preparação de texto: Denise Schittine
Revisão: Julia Barreto e Suelen Lopes
Diagramação: Equatorium Design
Capa: Estúdio Insólito

1ª edição, 2019

CIP-BRASIL. CATALOGAÇÃO-NA-FONTE
SINDICATO NACIONAL DOS EDITORES DE LIVROS, RJ

C534o   Obioma, Chigozie
Uma orquestra de minorias / Chigozie Obioma / Tradução:
Claudio Carina
– 1. ed. – Rio de Janeiro: Globo Livros, 2019.

456 p.
Título Original: An Orchestra of Minorities
ISBN: 978-85-250-6682-4

1. Literatura Nigeriana. 2. Romance I. Obioma, Chigozie
II. Carina, Claudio. III. Título.

CDD: 890

CDU: 82-31

Direitos exclusivos de edição em língua portuguesa para o Brasil
adquiridos por Editora Globo s.a.
Rua Marquês de Pombal, 25 — 20230-240 — Rio de Janeiro — RJ
www.globolivros.com.br

Para J. K.
Nós nunca esquecemos

Se as presas não produzirem sua versão da história, os predadores serão sempre os heróis das histórias de caçadas.

— PROVÉRBIO IGBO

De maneira geral, podemos visualizar o chi de uma pessoa como sua outra identidade na terra dos espíritos — com seu espírito complementando seu ser humano terrestre; como nada pode se manter sozinho, deve sempre haver outra coisa ao lado.

— CHINUA ACHEBE, "CHI IN IGBO COSMOLOGY"

Uwa mu asaa, uwa mu asato! *Este é o fator primal na determinação do estado de uma verdadeira identidade recém-nascida. Embora os humanos existam na Terra na forma de matéria, eles abrigam um* chi *e um* onyeuwa, *pois a lei universal exige que onde uma coisa esteja, outra deve estar ao seu lado, e assim compelir a dualidade de todas as coisas. É também onde se situa o princípio básico do conceito igbo de reencarnação. Alguma vez você já pensou por que uma criança recém-nascida vê um indivíduo específico pela primeira vez e, desde esse momento, desenvolve um ódio por essa pessoa sem causa nenhuma? [...] Em geral é porque a criança pode ter identificado esse indivíduo como um inimigo de alguma existência passada, e a criança pode ter retornado ao mundo em seu sexto, sétimo ou até oitavo ciclo de reencarnação para ajustar algum acerto antigo! Às vezes, também, uma coisa ou evento pode reencarnar durante um tempo de vida. É por isso que você pode encontrar um homem que já teve alguma coisa e a perdeu em posse de algo semelhante anos mais tarde.*

— DIBIA NJOKWUJI, DE NKPA, GRAVAÇÃO EM ÁUDIO

Mapa da cosmologia igbo

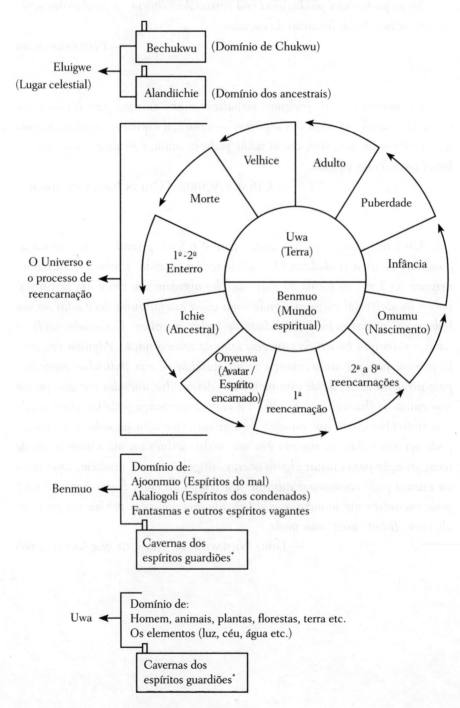

Existem nos dois domínios.

Composição do Homem na cosmologia igbo

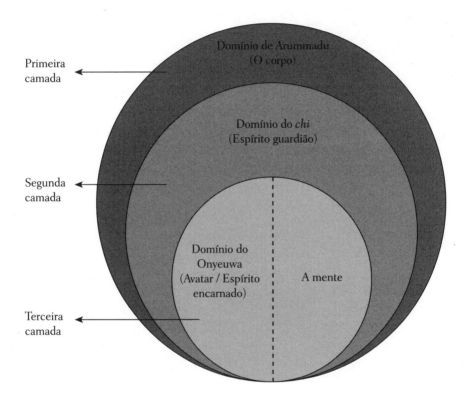

Um

Primeiro encantamento

Obasidinelu...

Aqui estou diante de sua magnificente corte de Bechukwu, em Eluigwe, a terra da luz eterna e luminosa, onde a canção perpétua da flauta paira no ar...

Como outros espíritos guardiões, já estive em Uwa em muitos ciclos de reencarnação, cada vez habitando um corpo recém-criado...

Vim rapidamente, voando desimpedido como uma lança atravessando o espaço imenso do Universo, porque minha mensagem é urgente, uma questão de vida ou morte...

Sei que um *chi* deve testemunhar ante a você se seu hospedeiro estiver morto e se a alma de seu hospedeiro ascendeu a Benmuo, o espaço limítrofe repleto de espíritos e seres desencarnados de todas as escalas e matizes. E só então você requisita que os espíritos guardiões venham até o lugar onde mora, esta grande corte celestial, para pedir a garantia da passagem segura de nossos hospedeiros até Alandiichie, a moradia dos antepassados...

Fazemos essa interseção por sabermos que a alma de um homem só pode retornar ao mundo na forma de um *onyeuwa*, para renascer, se essa alma for recebida nos domínios dos ancestrais...

Chukwu, criador de tudo, admito que fiz algo fora do comum ao vir aqui agora para prestar testemunho enquanto meu hospedeiro ainda está vivo...

Mas estou aqui porque os antigos pais dizem que só trazemos uma lâmina suficientemente afiada para cortar a lenha da floresta. Se uma situação exige medidas extremas, deve-se conceder...

Dizem que o pó está no chão e as estrelas no céu. Que não se misturam...

Dizem que uma sombra pode ser modelada a partir de um homem, mas um homem não morre por uma sombra tê-lo abandonado...

Vim interceder em nome de meu hospedeiro porque ele cometeu o tipo de coisa pela qual Ala, a regente da Terra, deve buscar compensação...

Porque Ala proíbe que uma pessoa faça mal a uma mulher grávida, seja homem ou animal...

Pois a Terra pertence a ela, a grande mãe da humanidade, a mais grandiosa de todas as criaturas, somente abaixo de você, de um gênero e espécie que nenhum homem ou espírito conhecem...

Vim porque temo que ela levante a mão contra meu hospedeiro, conhecido neste ciclo de vida como Chinonso Solomon Olisa...

É por isso que vim logo até aqui para testemunhar tudo que presenciei e persuadir você e a grande deusa de que, em sendo verdade o que receio ter acontecido, que seja entendido que ele cometeu esse grande crime por engano, sem saber...

Apesar de relatar a maioria dos fatos com minhas palavras, elas serão verdadeiras porque ele e eu somos *um*. A voz dele é a minha voz. Falar das suas palavras como se ele fosse diferente de mim é como submeter minhas palavras como se enunciadas por outro...

Você é o criador do Universo, patrono dos quatro dias — Eke, Orie, Afor e Nkwo — que compõem a semana dos igbos...

A você os antigos pais atribuem nomes e honrarias numerosas demais para contar: Chukwu, Egbunu, Oseburuwa, Ezeuwa, Ebubedike, Gaganaogwu, Agujiegbe, Obasidinelu, Agbatta-Alumalu, Ijango-ijango, Okaaome, Akwaakwuru e muitos outros...

Aqui estou diante de você, ousado como a língua de um rei, para defender a causa de meu hospedeiro, sabendo que ouvirá minha voz...

1
A MULHER NA PONTE

CHUKWU, se alguém for um espírito guardião mandado pela primeira vez para habitar um hospedeiro que veio ao mundo em Umuahia, uma cidade na terra dos grandes pais, a primeira coisa a surpreender o espírito seria a imensidão da terra. Quando o espírito guardião desce com o corpo reencarnado do novo hospedeiro em direção à terra, o que se revela ao olho é assombroso. Subitamente, como se alguma cortina primordial fosse aberta, estamos expostos a uma extensão de vegetação verde e luxuriante. Ao nos aproximarmos de Umuahia, somos seduzidos pelos elementos ao redor da terra dos pais: as montanhas, a grande e densa floresta de Ogbuti-ukwu, uma floresta tão antiga quanto o primeiro homem que nela caçou. Os pais originais foram informados de que os sinais da explosão cósmica que deu origem ao mundo podiam ser vistos aqui e que, desde o início, quando o mundo foi compartimentado em céu, água, floresta e terra, a floresta de Ogbuti se tornou um país, um país mais vasto que qualquer poema escrito a seu respeito. As folhas das árvores mostram uma história rústica do Universo. Mas, além da exaltação da grande floresta, nos tornamos ainda mais fascinados com os muitos corpos de água, o maior deles sendo o rio Imo e seus inúmeros afluentes.

Esse rio sinuoso contorna a floresta em um complexo circuito comparável apenas ao das veias humanas. Encontramo-nos com ele numa parte da cidade jorrando como de uma ferida profunda. Quando se viaja por um pequeno trecho de uma mesma estrada ele aparece — como que do nada

— atrás de uma montanha ou de um enorme desfiladeiro. Então ali, entre as coxas dos vales, ele volta a fluir. Mesmo se não o vemos pela primeira vez, é preciso passar apenas por Bende em direção a Umuahia, por dentro das aldeias de Ngwa, para um pequeno e silencioso afluente revelar sua face sedutora. O rio ocupa um lugar diferenciado nas mitologias do povo porque no universo deles a água é suprema. Eles sabem que todos os rios são maternais e por isso conseguem fazer coisas nascerem. Esse rio fez nascer a cidade de Imo. Pelas cidades vizinhas corre o Níger, um grande rio que em si já é uma lenda. Muito tempo atrás, em sua inexorável jornada, o Níger transbordou seus limites e juntou-se a outro, o Benue, num encontro que mudou para sempre a história do povo e das civilizações ao redor dos dois rios.

Egbunu, o testemunho que vim prestar à sua luminosa Corte esta noite começou no rio Imo quase sete anos atrás. Meu hospedeiro viajou para Enugu naquela manhã para renovar seu estoque de aves, como fazia com frequência. Tinha chovido em Enugu na noite anterior e havia água por toda parte — escorrendo dos tetos das casas, empoçadas nas estradas, nas folhas das árvores, gotejando das teias de aranha — e uma leve garoa caía no rosto e nas roupas dos moradores. Ele foi ao mercado com o espírito leve, as calças arregaçadas até o tornozelo para não manchar a bainha com a água suja enquanto andava de abrigo em abrigo, de loja em loja. O mercado fervilhava de gente como sempre, desde a época dos grandes pais, quando o mercado era o centro de tudo. Era ali que artigos eram permutados, realizavam-se festivais e eram conduzidas as negociações entre as aldeias. Por toda a terra dos pais, o santuário de Ala, a grande mãe, em geral se localizava perto do mercado. Na imaginação dos pais, o mercado era também um ponto de reunião de humanos que atraía a maioria dos espíritos vagantes — *akaliogolis*, *amosu*, trapaceiros e diversos seres vagabundos desencarnados. Pois, na Terra, um espírito sem um hospedeiro não é nada. É preciso habitar um corpo físico para exercer efeito sobre as coisas do mundo. E, por isso, os espíritos estão numa constante procura por receptáculos para ocupar, insaciáveis em sua busca por corporeidade. Eles devem ser evitados a qualquer custo. Uma vez vi um desses seres desesperados ocupar o corpo de um cachorro morto. Por algum método alquímico, ele conseguiu trazer aquela carniça à vida e cambalear alguns passos antes de abandonar o cão morto de novo na relva. Foi uma visão assustadora. Por isso é considerado uma má ideia um *chi* deixar o corpo de seu hospedeiro num lugar como esse ou se afastar de um hospedeiro adormecido ou em estado inconsciente. Alguns desses seres desencarnados, em especial os espíritos malignos, às vezes tentam até sobrepujar um *chi* presente, ou que tenha saído para uma consulta em favor de seus hospedeiros. É por isso que você, Chukwu, nos alerta contra essas jornadas, principalmente à noite! Pois quando um espírito estrangeiro incorpora uma pessoa, é difícil retirá-lo! Por isso temos os doentes mentais, os epiléticos, homens com paixões abomináveis, assassinos dos próprios pais e outros! Muitos deles foram possuídos por estranhos espíritos, deixando seus *chi* desabrigados e reduzidos a seguir o hospedeiro por toda parte, implorando ou tentando negociar com o invasor — quase sempre em vão. Já vi isso muitas vezes.

Quando voltou à sua caminhonete, meu hospedeiro registrou em seu grande bloco que havia comprado oito aves adultas — dois galos e seis galinhas —, uma saca de painço, meia saca de ração e uma linha de nylon de cupins fritos. Pagou duas vezes mais que o preço normal de uma galinha por um galo branco como algodão, com uma grande crista e penas que pareciam de pelúcia. Quando pegou a ave do vendedor, seus olhos ficaram turvos de lágrimas. Por um instante, o vendedor e até o pássaro em suas mãos pareceram uma tremeluzente ilusão. O vendedor olhou para ele com o que pareceu ser uma expressão atônita, talvez se perguntando por que meu hospedeiro tinha se comovido tanto com a visão do galo. O homem não sabia que meu hospedeiro era um homem de instinto e paixão. E que tinha comprado aquela ave pelo preço de duas porque o pássaro mostrava uma incrível semelhança com um gansinho que tivera e que adorava muitos anos atrás, ainda na infância, uma ave que mudou sua vida.

Ebubedike, depois de comprar o valioso galo branco, partiu para sua viagem de volta a Umuahia se sentindo feliz. Seu espírito não se abateu nem mesmo ao perceber que havia passado mais tempo em Enugu do que pretendia e deixado de alimentar o restante de suas aves quase o dia inteiro. Nem mesmo se perturbou ao pensar no motim de piados e cacarejos, o que geralmente acontecia quando elas estavam famintas, o tipo de barulho de que até vizinhos distantes reclamavam. Nesse dia, ao contrário da maioria dos outros, pagou os guardas com satisfação ao encontrar um bloqueio da polícia. Não argumentou que não tinha dinheiro, como costumava fazer. Quando chegou ao posto policial, com troncos cheios de pregos protuberantes para fazer o trânsito parar, foi logo estendendo o braço pela janela segurando um maço de notas.

Gaganaogwu, por muito tempo meu hospedeiro percorreu as estradas rurais que passavam pelas aldeias, entre cemitérios e afloramentos dos antigos pais, passando por estradas flanqueadas por ricas plantações e grandes arbustos, enquanto o céu escurecia lentamente. Insetos investiam contra o para-brisa e explodiam como frutas em miniatura até o vidro ficar coberto de pequenas manchas de muco de insetos liquefeitos. Duas vezes teve de parar para limpar a sujeira com um trapo. Mas logo tudo começava de novo, com os insetos investindo contra o vidro com força renovada. Quando chegou aos limites de Umuahia, o dia já estava em seu ocaso, e mal eram visíveis as letras na placa enferrujada que diziam BEM-VINDO A ABIA, O ESTADO DO PRÓPRIO DEUS. Seu estômago estava contraído por ter ficado o dia inteiro sem comer. Parou a pouca distância da ponte sobre o rio Amatu — um afluente do grande rio Imo —, estacionando atrás de uma carreta com a traseira coberta por uma lona.

Assim que desligou o motor, ouviu um arrastar de pés no piso da caminhonete. Desceu e pulou o fosso de irrigação que rodeava a cidade. Andou até a clareira, onde vendedores de rua trabalhavam debaixo de pequenos toldos de lona do outro lado da barragem, os estandes iluminados por velas e lampiões.

A escuridão do leste já tinha caído, e a estrada à frente e atrás já estava encoberta por uma manta escura quando ele voltou à caminhonete com um monte de bananas, uma papaia e uma sacola de plástico cheia de tangerinas. Acendeu os faróis e voltou para a estrada, com suas novas aves cacarejando na traseira da caminhonete. Estava comendo as bananas quando chegou à ponte sobre o rio Amatu. Tinha ouvido na semana anterior que — nessa que era a mais fecunda das estações chuvosas — o rio havia transbordado e afogado uma mulher e o filho. Geralmente não dava atenção aos boatos sobre

18 Chigozie Obioma

infortúnios que se espalhavam pela cidade como uma moeda corrente, mas essa história ficou na cabeça dele por alguma razão que nem eu, seu *chi*, consegui entender. Estava quase no meio da ponte, pensando naquela mãe e naquele filho, quando viu um carro parado perto da cerca de proteção, com uma das portas escancaradas. Primeiro ele viu apenas o carro, com o interior escuro e uma mancha de luz refletida na janela no lado do motorista. Mas, quando desviou o olhar, vislumbrou a aterrorizante cena de uma mulher tentando pular da ponte.

Agujiegbe, que estranho meu hospedeiro estar pensando havia dias sobre uma mulher que se afogara e de repente se ver diante de outra subindo numa barra da grade, com o corpo debruçado e tentando se atirar no rio. Quando viu a mulher, sentiu-se agitado por dentro. Parou a caminhonete, saiu e correu pela escuridão, gritando:

— Não, não, não faça isso. Por favor, não! Não faça isso. *Biko, eme na!*

Sua inesperada intervenção pareceu ter assustado a mulher. Ela se virou em passos rápidos, o corpo oscilando ligeiramente, e caiu para trás no chão, claramente aterrorizada. Meu hospedeiro correu para ajudá-la a se levantar.

— Não, mãezinha, não, por favor! — disse enquanto se abaixava.

— Saia daqui! — gritou a mulher quando ele se aproximou. — Saia daqui. Vá embora.

Egbunu, ao ser rejeitado, ele recuou em passos frenéticos, as mãos erguidas da maneira estranha que os filhos dos antigos pais usam para representar rendição ou derrota, dizendo:

— Eu paro, eu paro. — Virou de costas para ela, mas não conseguia ir embora. Temia o que ela faria se saísse dali, pois, sendo um homem de muita tristeza, sabia que o desespero era a doença da alma, capaz de destruir uma vida já abalada. Voltou a olhar para a mulher, as mãos abaixadas, estendidas à frente como esteios.

— Não, mãezinha. Não existe razão para alguém morrer desse jeito. Nenhuma razão, mãezinha.

A mulher lutou para se levantar, lentamente, primeiro se ajoelhando, depois erguendo o torso, sempre com os olhos fixos nele e dizendo: — Me deixe em paz. Me deixe sozinha.

Meu hospedeiro olhou para o rosto dela, agora sob a luz mortiça da caminhonete. Sua expressão era de medo. Os olhos pareciam inchados pelo que deveriam ter sido longas horas de choro. Percebeu de imediato que era uma mulher profundamente abalada. Pois qualquer homem que tenha sofrido dificuldades pessoais ou visto outros sofrerem consegue reconhecer essas marcas na expressão de outrem a distância. Enquanto a mulher estremecia na luz, perguntou-se quem ela poderia ter perdido. Talvez um dos pais? O marido? O filho?

— Eu vou deixar você agora — falou, erguendo as mãos mais uma vez.
— Vou deixar você sozinha. Juro pelo Deus que me criou.

Virou-se na direção da caminhonete, mas devido à gravidade da tristeza que vira no rosto nela, mesmo o momentâneo arrastar de seus pés se afastando parecia um ato atroz de falta de generosidade. Parou, ciente do peso na boca do estômago e da audível ansiedade em seu coração. Olhou para ela mais uma vez.

— Mas, mãezinha — falou. — Não pule, está ouvindo?

Apressado, abriu a traseira da caminhonete e destravou uma das gaiolas, olhando pela janela, murmurando para si mesmo que ela não deveria sair dali. Pegou duas aves pelas asas, uma em cada mão, e logo voltou à estrada.

Viu a mulher em pé onde a havia deixado, olhando na direção do veículo, parecendo em transe. Embora um espírito guardião não consiga ver o futuro e por isso não possa saber realmente o que seu hospedeiro fará — Chukwu, só você e as grandes deidades possuem o espírito da previsão e podem conferir essa dádiva a certos *dibias* —, eu consegui sentir. Mas como você nos alerta, aos espíritos guardiões, a não interferir em todos os assuntos de nossos hospedeiros, para deixar o homem exercer sua vontade e ser homem, eu procurei não detê-lo. Preferi induzir em sua mente o pensamento de que ele era um adorador de aves, que tivera sua vida transformada por sua relação com os seres alados. Naquele instante, projetei em sua mente uma imagem viva do gansinho que tivera. Mas foi de pouco efeito, pois num momento como esse, quando um homem é dominado pela emoção, ele se torna Egbenchi, o teimoso milhafre que não escuta e nem sequer entende o que lhe é dito. Prefere ir para onde quiser e fazer o que desejar.

— Nada, nada deveria levar alguém se jogar no rio e morrer. Nada. — Ergueu as aves acima da cabeça. — Isso é o que acontece se alguém cair lá embaixo. A pessoa morre, e ninguém nunca mais vai vê-la.

Arremeteu contra a grade de proteção, as mãos pesadas com as aves cacarejando em tons agudos e se agitando sob seu aperto. — Até mesmo essas aves — falou de novo, lançando-as da ponte na escuridão.

Por um momento, ficou vendo as aves lutarem contra a corrente térmica, batendo as asas contra o vento e lutando desesperadamente para sobreviver, sem conseguir. Uma pena pousou na pele da mão de meu hospedeiro, mas ele a espanou com tanta pressa e violência que sentiu uma dor fugidia. Em seguida, ouviu o som abafado do contato das aves com a água, seguido pelo ruído agitado das criaturas. A mulher também pareceu ouvir, e, ao ouvir, ele sentiu um vínculo indescritível — como se os dois tivessem se tornado testemunhas solitárias de um inestimável crime secreto. Ficou ali parado até ouvir os soluços da mulher. Olhou para ela, voltou a olhar para as águas escondidas da visão pela escuridão e de novo para a mulher.

— Está vendo? — continuou, apontando o rio enquanto o vento gemia como uma tosse entalada na garganta ressecada da noite. — Isso é o que vai acontecer se alguém cair lá embaixo.

O primeiro carro a chegar à ponte depois dele se aproximou bem devagar. Parou a alguns passos dos dois, tocou a buzina e o motorista disse alguma coisa que ele não conseguiu entender, mas que tinha sido falada na língua do Homem Branco e que eu, seu *chi*, ouvi:

— Espero que vocês não sejam assaltantes, oh!

Logo depois o carro se afastou, ganhando velocidade.

— Está vendo? — repetiu meu hospedeiro.

Assim que as palavras saíram de seus lábios, ele recuperou a calma, como costuma acontecer em tais ocasiões, quando um homem, tendo feito algo fora do comum, se recolhe em si mesmo. Só conseguia pensar em sair daquele lugar, e esse pensamento se abateu sobre ele como uma paixão avassaladora. E eu, seu *chi*, projetei em sua mente o pensamento de que ele já havia feito o suficiente, que era melhor ir embora. Então, meu hospedeiro correu para a caminhonete e deu a partida em meio ao motim de vozes na traseira. Pelo espelho retrovisor lateral, a visão da mulher sobre a ponte lampejou como um espírito invocado ao campo de luz, mas ele não parou nem olhou para trás.

2
DESOLAÇÃO

AGUJIEGBE, os grandes pais dizem que para chegar ao alto de uma montanha é preciso começar pela base. Vim a compreender que a vida de um homem é uma corrida de uma ponta à outra. Que o que veio antes é um corolário do que se segue. Esta é a razão de as pessoas perguntarem "por quê?" quando acontece alguma coisa que as desconcerta. Na maior parte do tempo, mesmo os segredos e motivos mais profundos do coração dos homens podem ser descobertos quando se olha mais no fundo. Assim, Chukwu, para interceder em favor de meu hospedeiro, devo sugerir retroceder ao começo de tudo, até os anos difíceis que precederam aquela noite na ponte.

O pai dele havia morrido apenas nove meses atrás, deixando-o com uma dor extraordinária, pior que qualquer coisa que já tinha sentido. Poderia ter sido diferente se ele estivesse com outros, como quando perdeu a mãe, quando perdeu seu gansinho e quando a irmã saiu de casa. Mas quando o pai faleceu não havia ninguém. Sua irmã, Nkiru, tendo fugido com um homem mais velho e com a consciência pesada pela morte do pai, distanciou-se ainda mais. Talvez tenha feito isso por medo de que meu hospedeiro pudesse culpá-la pela morte do pai. Os dias que se seguiram ao falecimento foram da mais sombria escuridão. A *agwu* da dor o afligia dia e noite e o transformou numa casa vazia onde lembranças traumáticas de sua família espreitavam como roedores. Na maioria dos dias, ele acordava de manhã sentindo o cheiro da comida preparada pela mãe. E às vezes, durante o dia, a irmã aparecia em imagens vívidas, como se estivesse meramente escondida o tempo todo atrás de uma cortina fechada. À noite, ele sentia a presença do pai com tanta intensidade que às vezes se convencia de que ele estava lá.

— Papa! Papa! — chamava na escuridão, andando em passos frenéticos. Mas só ouvia o silêncio, um silêncio tão intenso que quase sempre restaurava sua confiança na realidade.

Andava pelo mundo de forma vertiginosa, como numa corda bamba. Sua visão não o deixava ver nada. Nada o consolava, nem mesmo a música de Oliver De Coque, que tocava em seu grande toca-fitas quase todas as noites ou enquanto trabalhava no quintal. Nem suas galinhas foram poupadas de seu pesar. Não cuidava mais tão bem delas, alimentando-as só uma vez ao dia e às vezes se esquecendo totalmente disso. Seus revoltados cacarejos de protesto eram o que costumava alertá-lo nessas ocasiões, obrigando-o a alimentá-las. Distraiu-se de seus cuidados com elas, e muitas vezes milhafres e gaviões atacavam suas aves.

Como ele comia naqueles dias? Simplesmente se alimentava de sua pequena horta, um pedaço de terra que se estendia da frente da sua casa até onde começava a estrada, colhendo tomates, quiabos e pimentões. O milho que o pai havia plantado ele deixou secar e morrer, permitindo que uma coleção de insetos acelerasse a resultante decadência, desde que não invadissem as outras colheitas. Quando o que restou da fazenda não conseguia mais satisfazer suas necessidades, ele passou a fazer compras no mercado perto da grande rotatória, usando o mínimo de palavras necessárias. Em pouco tempo se tornou um homem silencioso, que passava dias sem falar — nem mesmo com suas galinhas, às quais em geral se dirigia como camaradas. Comprava cebolas e leite de uma vendinha próxima e às vezes comia na cantina do outro lado da estrada, o restaurante de Madame Consolo. Quase não falava nada lá também. Simplesmente observava as pessoas ao redor com um estranhamento tenso e mercurial, como se o aparente estado de espírito pacífico de todos os tornassem espíritos renegados, que chegaram a este mundo pela porta dos fundos.

Em pouco tempo, Oseburuwa, como costuma ser o caso, ele se absorveu tanto na tristeza que resistia a qualquer ajuda. Nem mesmo Elochukwu, o único amigo que manteve quando saiu da escola, conseguia consolá-lo.

Mantinha-se afastado de Elochukwu, e uma vez Elochukwu veio com sua motocicleta até a frente da casa, bateu na porta e gritou o nome do meu hospedeiro para ver se ele estava. Mas ele fingiu não estar. Talvez desconfiando de que o amigo estivesse ali, Elochkwu ligou para o telefone do meu hospedeiro. Meu hospedeiro deixou o telefone tocar até Elochukwu desistir, talvez depois de concluir que o amigo estava mesmo fora. Recusava todos os convites do tio, o único irmão do seu pai que restava, para morar com ele em Aba. E quando o homem mais velho persistiu, ele desligou o aparelho telefônico e não o religou por dois meses, até acordar um dia com o som do tio chegando de carro à sua casa.

O tio estava zangado, mas ficou comovido quando viu o sobrinho tão abatido, tão magro, tão enfraquecido. O velho chorou na presença do meu hospedeiro. A visão desse homem que ele não via havia anos chorando por ele mudou alguma coisa no meu hospedeiro naquele dia. Percebeu que um buraco havia sido aberto em sua vida. E, naquela noite, enquanto o tio roncava estendido em um dos sofás na sala de estar, ele se deu conta de que o buraco se tornara evidente quando sua mãe morreu. Era verdade, Gaganaogwu. Eu, seu *chi*, estava lá quando ele viu a mãe ser levada para o hospital, morta pouco depois de dar à luz sua irmã. Isso foi há vinte e dois anos, no ano a que o Homem Branco se refere como 1991. Ele tinha só nove anos na época, novo demais para aceitar o que o Universo havia lhe dado. O mundo que conhecia até aquela noite de repente tornou-se reticulado e não pôde mais ser consertado. A dedicação do pai, as viagens para Lagos, as excursões ao zoológico em Ibadan e aos parques de diversão de Port Hartcourt, até mesmo os jogos de videogame — nada funcionava. Nada que o pai fizesse podia reparar o vazio em sua alma.

Perto do final daquele ano, por volta da época em que a aranha cósmica de Eluigwe tece sua magnífica teia sobre a lua pela décima terceira vez, cada vez mais desesperado para restaurar o bem-estar do filho, seu pai o levou até a aldeia. Lembrou-se de que meu hospedeiro se sentia atraído pelas histórias de como ele tinha caçado gansos selvagens na floresta de Ogbuti quando garoto durante a guerra. Então, ele levou meu hospedeiro para caçar gansos na floresta, por uma razão que explicarei no devido tempo, Chukwu. Foi lá que ele capturou o gansinho, o pássaro que mudaria sua vida.

Vendo o estado em que meu hospedeiro se encontrava, o tio ficou com ele quatro dias em vez de dois, como tinha planejado. O homem mais velho limpava a casa, cuidava das galinhas e o levava a Enugu para comprar comida e suprimentos. Durante aqueles dias, tio Bonny, apesar de ser gago, encheu a cabeça do meu hospedeiro de palavras. A maior parte do que disse girava ao redor dos perigos da solidão e da necessidade de uma mulher. E suas palavras eram verdadeiras, pois já vivi entre a humanidade o suficiente para saber que a solidão é um cão violento que late incessantemente na longa noite da tristeza. Já vi isso muitas vezes.

— Nonso, se vo-você não arranjar u-uma esposa l-logo — disse tio Bonny na manhã em que estava partindo —, eu e su-sua tia va-vamos ter que a-arranjar uma. — O tio balançou a cabeça. — Po-porque porque você não pode viver desse jeito.

Tão fortes foram as palavras do tio que, depois que ele saiu, meu hospedeiro começou a pensar em coisas diferentes. Como se os ovos de sua cura tivessem chocado em locais secretos, de repente ele se viu ansiando por alguma coisa que não desejava havia muito tempo: o calor de uma mulher. Esse desejo distraiu sua atenção dos assuntos relacionados à sua perda. Começou a sair mais de casa e rondar o Colégio de Garotas do Governo Federal. De início, ficava olhando as meninas das cantinas na beira da estrada com uma curiosidade indecisa. Prestava atenção aos seus cabelos trançados, aos seus seios e aos aspectos externos. Quando desenvolveu certo interesse, aproximou-se de uma delas, mas ela o rejeitou. Meu hospedeiro, moldado pelas circunstâncias para ser um homem de pouca autoconfiança, decidiu que não tentaria uma segunda vez. Projetei em seus pensamentos que era quase impossível conseguir uma mulher na primeira tentativa. Mas ele não deu ouvidos à minha voz. Poucos dias depois, sentindo-se deprimido, foi a um bordel.

Chukwu, a mulher em cuja cama ele foi recebido, tinha o dobro da idade dele. Usava os cabelos soltos, do tipo conhecido entre as grandes mães. O rosto era pintado com uma substância em pó que conferia uma delicadeza que um homem poderia considerar convidativa. Pelo formato do rosto, ela era parecida com Uloma Nezeanya, uma mulher que, 46 anos atrás, foi prometida a um antigo hospedeiro (Arinze Iheme), mas desapareceu antes da cerimônia do transporte do vinho, levada por mercadores de escravos de Aro.

Diante de seus olhos, a mulher se despiu e mostrou um corpo robusto e atraente. Mas quando pediu que montasse nela, ele não conseguiu. Egbunu, foi uma experiência extraordinária, daquelas que eu nunca tinha visto. De repente, a grande ereção que ele vinha mantendo havia dias desapareceu no momento em que poderia ser saciada. Foi tomado por uma súbita e aguda sensação de se ver como um noviço, inábil na arte do sexo. O acontecimento foi acompanhado por uma lufada de imagens — da mãe no leito do hospital, do gansinho precariamente empoleirado numa cerca e do pai enrijecido pelo *rigor mortis*. Estremeceu, saiu da cama devagar e pediu para ir embora.

— O quê? Você vai desperdiçar seu dinheiro desse jeito? — perguntou a mulher.

Ele respondeu que sim. Levantou-se e pegou suas roupas.

— Eu não entendo, olha como o seu pau ainda tá duro.

— *Biko, ka'm laa* — ele respondeu.

— Você não sabe falar inglês? Fala pidgin, eu não sou igbo — disse a mulher.

— Tudo bem, estou dizendo que quero ir embora.

— *Eh, na wa oh. Mim* nunca viu esse tipo de coisa, oh. Mas não quero seu dinheiro sendo desperdiçado.

A mulher levantou da cama e acendeu a luz. Recuou para mostrar sua imensa feminilidade.

— Sem medo, sem medo, relaxa, *eh*?

Ele ficou parado. As mãos crispadas, como que com medo que a mulher tirasse as roupas dele e as pusesse na cadeira. Ela se ajoelhou no chão, segurou o pênis dele com uma das mãos e agarrou suas nádegas com a outra. Ele se contorceu e estremeceu com a sensação. A mulher deu risada.

— Que idade sua?

— Trinta, aaah trinta.

— Peço falar verdade, que idade sua? — Apertou a ponta do pênis dele. Ele arquejou quando foi falar, mas ela abriu a boca e engoliu metade do órgão. Meu hospedeiro murmurou as palavras *vinte e quatro* numa pressa frenética. Tentou recolher o pênis, mas a mulher passou o outro braço pela cintura dele e o manteve no lugar. Chupou com sons molhados, com força, enquanto ele gritava, cerrava os dentes e murmurava palavras sem sentido. Viu uma luz iridescente temperada pela escuridão e sentiu um frio interior. A complexa equação continuou a convulsionar seu corpo até ele soltar um grito: — Eu vou gozar. Eu vou gozar! — A mulher se afastou, e o sêmen quase jorrou em seu rosto. Ele caiu de novo na cadeira, com medo de desmaiar. Saiu daquele bordel chocado e exausto, carregando o peso da experiência como um saco de milho. Quatro dias depois, ele encontrou a mulher da ponte.

Ezeuwa, ele saiu da ponte naquela noite inseguro sobre o que havia feito, sabendo apenas que fora algo fora do normal. Dirigiu para casa com uma sensação de realização, do tipo que não sentia havia muito tempo. Em paz, ele descarregou as novas galinhas, dez em vez de doze, e levou as gaiolas para o quintal usando a lanterna do seu telefone. Desempacotou a saca de painço e as outras coisas que tinha comprado em Enugu. Quando arrumou tudo, teve um sobressalto.

— Chukwu! — exclamou, e correu até a sala de estar. Levantou a luminária recarregável, apertou o interruptor ao lado e uma luz branca e fraca brilhou nas três lâmpadas fluorescentes. Girou o botão para aumentar a iluminação, mas a luz não melhorou. Deu um passo e viu que uma das lâmpadas tinha queimado, a extremidade superior recoberta por uma camada de fuligem. Mesmo assim correu para o quintal com a luminária, e, quando a luz difusa iluminou a gaiola, ele voltou a gritar: — Chukwu, oh! Chukwu! — Pois descobriu que uma das aves que tinha jogado da ponte era o galo de penas brancas como pelúcia.

Akataka, é um fenômeno normal na espécie humana tentar mudar a ordem das coisas: tentar trazer de volta o que já passou. Mas nunca dá certo, nunca. Já vi isso acontecer muitas vezes. Como outro de sua espécie, meu hospedeiro correu para fora de casa e voltou para a caminhonete, na qual um gato preto tinha subido e estava sentado, observando-o como uma sentinela. Ele enxotou o gato, que soltou um gemido alto e felino e correu até um arbusto próximo. Entrou na caminhonete e voltou para a ponte. O trânsito estava leve, e só uma vez um caminhão grande bloqueou a estrada enquanto tentava entrar num posto de gasolina. Quando chegou à ponte, a mulher que tinha visto momentos atrás não estava mais lá — nem o carro dela. Deduziu que ela não tinha caído no rio, pois nesse caso o carro ainda estaria lá. Mas, àquela altura, não era com a mulher que ele estava preocupado. Desceu correndo até a margem, os sons noturnos enchendo seus ouvidos, a lanterna engolindo a escuridão como uma mortalha. Teve a sensação de insetos se aglutinando numa nuvem concêntrica no ar e enredando seu rosto quando se aproximou da margem. Agitou a mãos freneticamente para afastá-los. A lanterna seguiu o movimento das suas mãos e ondulou pela água em linha reta algumas vezes, antes de se projetar pela margem do rio por metros sem fim. Seu olhar seguiu o caminho de luz, mas ele só via as margens vazias e trapos e lixo boiando. Andou até debaixo da ponte, virando-se ao ouvir um som, o coração palpitando. Quando se aproximou, a luz mostrou uma cesta. A textura de ráfia tinha se transformado em longas fibras retorcidas. Correu em sua direção, para checar se algum deles havia se arrastado para a cesta a fim de fugir da água. Quando não encontrou nada na cesta, jogou o facho de luz sobre a água debaixo da ponte, iluminando o rio até onde o facho conseguia alcançar, mas não havia sinal de ave nenhuma. Lembrou-se do momento em que as arremessou, de como elas agitaram as asas, como tentaram se agarrar às barras da grade com um desespero aflito e como não deviam ter conseguido. Desde o começo, quando começou a ter galinhas, percebeu que essas aves domésticas eram os animais mais fracos entre todas as criaturas. Tinham pouca capacidade de se defender ou de se livrar de perigos, grandes ou pequenos. E foi essa fraqueza que mais o seduziu. No começo, ele adorava todos os pássaros por causa do gansinho, mas começou a gostar só de aves domésticas quando testemunhou a violência de um ataque de gavião a uma galinha.

Depois de vasculhar pela espessa manta da noite, como se procurasse um piolho na pele de um animal muito peludo, ele voltou angustiado para casa. Sua atitude parecia cada vez mais algo que sua mão tinha realizado sem apelar para a mente. Era isso, acima de tudo, o que mais doía. Uma súbita escuridão costuma envolver o coração de uma pessoa que descobre ter agido mal sem saber. Com a descoberta de que o mal foi feito, a alma de um homem se ajoelha numa derrota total, submetendo-se ao *alusi* da vergonha e do remorso, e em sua submissão magoa a si mesma. Uma vez ferido, um homem procura uma cura por atos de reparação. Se tivesse sujado a roupa de alguém, ele poderia procurar essa pessoa com uma roupa nova e dito olhe aqui, meu irmão, pegue esta roupa nova em troca da que eu estraguei. Se tivesse quebrado alguma coisa, poderia tentar consertá-la ou substituí-la. Mas quando faz o que não pode ser desfeito, ou quebra algo que não pode ser consertado, não há nada a fazer a não ser se submeter ao tranquilizante feitiço do remorso. É uma coisa intrigante!

Ezeuwa, quando meu hospedeiro procura uma resposta para algo além da sua compreensão, eu costumo me aventurar para responder. Então, antes de ele adormecer naquela noite, eu imprimi em sua mente que ele deveria voltar ao rio pela manhã; talvez ainda conseguisse encontrar suas aves. Mas ele não deu ouvidos ao meu conselho. Achou que a ideia tinha se originado da sua cabeça, pois o homem não sabe como distinguir entre o que foi posto em seus pensamentos por um espírito — mesmo se for seu próprio *chi* — do que é sugerido pela voz em sua cabeça.

Continuei projetando aquele pensamento na mente dele muitas vezes naquele dia, mas a voz em sua cabeça discordava e dizia que era tarde demais, que as aves deviam ter se afogado. Ao que eu respondia que ele não tinha como saber. Aí a voz na cabeça dele dizia: *Já aconteceu; não há nada que eu possa fazer.* Por isso, quando anoiteceu e eu percebi que ele não iria, fiz o que você, Oseburuwa, recomenda que os espíritos guardiões evitem a não ser em situações extraordinárias. Saí do corpo do meu hospedeiro enquanto ele estava consciente. Fiz isso porque sabia que meu papel como seu espírito guardião não era só como guia, mas também como ajudante e testemunha das coisas que podem estar além de seu alcance. Isso porque vejo a mim mesmo como seu representante no reino dos espíritos. Fico dentro do meu hospedeiro e observo todos os movimentos de suas mãos, cada passo dos seus pés, cada movimento do corpo. Para mim, o corpo do meu hospedeiro é uma tela em que o conjunto de sua vida é exposto. Pois para um hospedeiro eu não sou nada mais que um recipiente vazio cheio da vida de um homem, concretizado por aquela vida. Assim, é como uma testemunha que o vejo viver, e a vida dele se torna minha testemunha. Mas um *chi* fica restrito enquanto se encontra no corpo de seu hospedeiro. Enquanto estou lá, é quase impossível ver ou ouvir o que está presente ou é dito no reino sobrenatural. Mas, quando saímos do corpo do hospedeiro, é possível ser parte de coisas que estão além do reino do homem.

Uma vez fora do corpo do meu hospedeiro, fui envolvido pelo grande clamor do mundo dos espíritos, uma ensurdecedora sinfonia de sons que teria assustado até mesmo o mais corajoso dos homens. Era uma miríade de vozes — gritos, uivos, berros, ruídos, sons de todos os tipos. É inacreditável que, apesar de a separação entre o mundo da espécie humana e o dos espíritos ser fina como uma folha, não se ouve nem mesmo um sussurro abafado desse som até sair do corpo de um hospedeiro. Na primeira vez, um *chi* recém-criado na Terra é imediatamente dominado por essa bulha e pode ficar tão assustado que é capaz de voltar correndo de volta à silenciosa fortaleza que é seu hospedeiro. Isso aconteceu comigo durante minha primeira sortida na Terra e também com muitos espíritos guardiões que encontrei descansando nas cavernas de Ogbunike, Ngodo, Ezi-ofi e até nos montes piramidais de Abaja. É pior ainda à noite, na hora dos espíritos.

Sempre que saio de meu hospedeiro quando ele está consciente, faço minhas visitas logo e rapidamente, para que nada aconteça em minha ausência e para ele não fazer nada por que eu não seja responsável. Mas como a estrada para qualquer lugar numa forma desencarnada não é a mesma de quando se está num receptáculo humano, tive que percorrer meu caminho devagar pela apinhada multidão de Benmuo, onde espíritos de todos os tipos se debatem como numa lata de vermes invisíveis. Minha pressa deu frutos, e cheguei ao rio num período de sete piscadelas, mas não vi nada ali. Voltei no dia seguinte, mas foi na minha terceira visita que vi o galo marrom que ele tinha jogado da ponte. Todo inchado e agora boiando na superfície do rio com as patas para cima, rígido e morto. A água acrescentou uma imperceptível tonalidade cinza às penas do galo, e a barriga tinha perdido toda a plumagem, como se alguma coisa na água a tivesse comido. O pescoço parecia ter se alongado, as rugas estavam mais profundas e o corpo inchado. Um urubu estava pousado numa das asas da ave, flutuando na superfície e observando o pássaro. Não vi sinal do galo branco como pelúcia.

Ebubedike, em meus muitos ciclos de existência já aprendi que as coisas que acontecem com um homem já ocorreram muito antes em algum domínio subterrâneo e que nada no Universo não tem um antecedente. O mundo gira na roda silenciosa de uma paciência ancestral pela qual todas as coisas esperam e tornam-se vivas por essa espera. O infortúnio que se abate sobre um homem já há muito esperava por ele — no meio de alguma estrada, numa rodovia ou em algum campo de batalha, aguardando sua vez. É o indivíduo atingido quando chega a esse ponto que pode ser iludido por uma emburrada perplexidade, junto a todos os que possam se solidarizar com ele, até mesmo seu *chi*. Mas, na verdade, o homem já morreu muito tempo atrás, com a realidade de sua morte sendo oculta pelo véu sedoso do tempo, que acaba se abrindo para revelar o fato. Já vi isso muitas vezes.

Naquela noite, enquanto ele dormia, eu saí de seu corpo, como faço muitas vezes, para poder cuidar dele, pois os habitantes de Benmuo costumam ser mais ativos na Terra à noite, enquanto a espécie humana dorme. Naquela posição, projetei a imagem do galo e do urubu em sua mente subconsciente, pois a maneira mais fácil de comunicar um evento tão misterioso para um hospedeiro é pela esfera do sonho — um reino frágil em que um *chi* sempre deve entrar com muito cuidado, por ser um teatro aberto e acessível a qualquer espírito. Um *chi* precisa primeiro se ejetar do hospedeiro antes de entrar no mundo do sonho do hospedeiro. Isso também impede que o *chi* seja identificado por espíritos estranhos como um *chi* pairando em um espaço desocupado.

Assim que projetei as imagens, ele se agitou em seu sono, levantou uma das mãos e a fechou num punho flácido. Suspirei, aliviado, sabendo que agora ele sabia o que tinha acontecido com seu galo branco.

Gaganaogwu, a tristeza por ter afogado as aves tinha suprimido todos os seus pensamentos sobre a mulher da ponte. Porém, lentamente, à medida que a tristeza amenizava, os pensamentos sobre ela começaram a se alinhar nos limites de sua mente e foram gradualmente se acumulando. Começou a ter pensamentos sobre ela, sobre o que havia visto dela. Só o que conseguira apreender da visão noturna era que era de estatura média, não tão carnuda quando Miss J, a prostituta. Usava saia e uma blusa clara. E lembrou que o carro dela era um Toyota Camry azul, parecido com o do seu tio. Depois, com muita frequência, como um gafanhoto, seus pensamentos saltavam de sua aparência à sua curiosidade sobre o que ela fizera depois que ele saiu da ponte. Culpava-se por ter saído da lá com tanta pressa.

Nos dias que se seguiram, ele cuidou de suas aves no jardim com mãos rápidas, consumido pelo pensamento na mulher. E, quando foi à cidade, procurou o carro azul. Enquanto as semanas se passavam, começou a ansiar mais uma vez pela prostituta. O desejo inchava como uma tempestade, lavando a paisagem ressecada de sua alma. Motivou-o a certa noite ir ao bordel, mas Miss J estava ocupada. As outras garotas o cercaram, e uma delas o arrastou para um quarto. A mulher tinha a cintura fina e uma cicatriz na barriga. Sentiu-se decidido e seguro com ela, como se no local de seu último encontro suas apreensões e ingenuidade tivessem sido espancadas até a morte. Desejou-a sem escrúpulos. Embora eu evite testemunhar meus hospedeiros fazendo sexo por ser uma assustadora imitação da morte, fiquei firme porque era sua primeira vez. Quando acabou, a garota deu um tapinha nas costas dele, dizendo o quanto ele era bom.

Mas, apesar daquela experiência, ele continuava se sentindo atraído por Miss J, pelo corpo dela, pelo som familiar de seu suspiro. Ficou surpreso que, apesar de ter tido algo mais profundo com a outra mulher, tinha sentido mais prazer nas mãos de Miss J. Voltou ao bordel três dias depois e evitou a outra, que logo correu para ele, ansiosa. Dessa vez Miss J estava livre. Olhou para ele como se mal o reconhecesse e começou a despi-lo em silêncio. Antes de começarem, ela atendeu um telefonema e disse a quem ligava para vir em duas horas, e quando pareceu que a voz masculina se recusou a negociar, ela deixou por uma hora e meia.

Eles já tinham começado quando ela falou sobre a última vez e deu risada.

— Você não abre seu olho agora depois que te chupei daquela vez, *ba*?

Meu hospedeiro fez amor com ela com uma exuberância que efervesceu sua alma e se despejou no ato. Mas assim que se jogou ao seu lado, ela afastou o braço dele e se levantou.

— Miss J — ele chamou, quase em lágrimas.

— Sim, *na wetin*? — respondeu a mulher. Começou a cobrir os seios com o sutiã.

— Eu te amo.

Egbunu, a mulher parou, bateu palmas e deu uma risada. Apagou a luz e voltou para a cama. Pegou o rosto dele entre as mãos, imitando a sobriedade calculada com que ele havia murmurado as palavras, e riu mais ainda.

— Oh, garoto. Não precisa chorar. — Bateu palmas de novo. — Olha só esse, diz que me ama. Difícil ouvir isso esses dias, hein. Quase *num* acontece... Agora ele diz que me ama. Diga que ama sua *mamã*.

Estalou os dedos e voltou a se mostrar radiante. Durante dias, a risada dela ecoou em muitos lugares ocos do seu ser, como se o próprio mundo tivesse rido para ele, um homem pequeno e solitário cujo único pecado era estar faminto por companhia. Foi aqui que ele sentiu pela primeira vez a inebriante emoção do amor romântico, uma espécie de sentimento diferente do que sentia por suas aves e pela família. Era um sentimento doloroso, pois o ciúme é o espírito que se interpõe no limiar entre o amor e a loucura. Queria que ela lhe pertencesse e ressentia-se de todos os homens que a teriam depois dele. Mas ele não sabia que nada realmente pertence a ninguém. Nu ele nasceu, nu retornará. Um homem pode possuir alguma coisa enquanto ela estiver em sua posse. Assim que a deixa, pode perdê-la. Não sabia na época que um homem pode desistir de tudo que tem por causa da mulher que ama, e que, quando voltar, ela pode não mais desejá-lo. Já vi isso muitas vezes.

Assim, alquebrado pelas coisas que ainda não sabia, ele saiu daquele lugar decidido a nunca mais voltar.

3
Despertando

Ijango-Ijango, durante muitas passagens pelo mundo humano, eu ouvi os veneráveis pais, em sua profundidade caleidoscópica, dizerem que não importa qual seja o peso da dor, nada pode fazer os olhos chorarem lágrimas de sangue. Não importa por quanto tempo uma pessoa continue a chorar, somente lágrimas continuam a verter. Um homem pode permanecer em estado de pesar por um longo tempo, mas acabará superando. Com o tempo, a mente de um homem pode adquirir membros fortes, derrubar a parede e ser redimida. Pois não importa quanto a noite seja escura, tudo passa logo, e Kamanu, o deus-sol, ergue seu grandioso emblema no dia seguinte. Já vi isso muitas vezes.

Quatro meses depois do encontro com a mulher na ponte, meu hospedeiro já tinha quase parado de sofrer. Não que agora se sentisse feliz, pois até mesmo as penas das galinhas nos dias mais radiantes continuavam franjadas com uma tristeza sombria. Mas ele tinha voltado a viver, estava aberto às possibilidades de felicidade. Procurou seu amigo Elochukwu, que começou a visitá-lo regularmente e o convenceu a entrar para o Movimento de Atualização da Soberania do Estado de Biafra (MASEB), que estava arregimentando jovens igbos como uma velha vassoura juntando uma pilha de pó. Elochukwu, seu amigo e confidente desde o ensino médio, sempre fora mais magro, mas tinha ficado musculoso, com bíceps que sempre mostrava ao usar camisetas sem manga.

—A Nigéria fracassou — costumava dizer ao meu hospedeiro na língua do Homem Branco, para logo mudar para a língua dos pais com que mais conversava com meu hospedeiro. — *Ihe eme bi go. Anyi choro nzoputa!* — Por insistência de Elochukwu, meu hospedeiro aceitou o convite. À noite, na grande loja de um vendedor de automóveis, eles se reuniam usando boinas pretas e camisas vermelhas, rodeados por bandeiras com um sol se pondo, mapas e imagens de soldados que haviam lutado por Biafra. Meu hospedeiro andava com esse grupo, bradando slogans a plenos pulmões. Gritava com eles "Biafra deve se erguer outra vez", batia os pés no piso ainda incompleto e cantava "MASEB! MASEB!". Sentava entre os homens e ouvia o comerciante e chefe do movimento, Ralph Uwazuruike. Ali, meu hospedeiro falava e se sentia feliz de novo, e muitos notaram seu grande sorriso e sua risada fácil. Sem saber quem ele era e de onde tinha vindo, aqueles homens observaram os primeiros sinais de sua cura.

Chukwu, por ter estado presente em um hospedeiro durante a Guerra de Biafra, eu temia que o flerte com aquele grupo acabasse o prejudicando. Pus pensamentos na cabeça dele de que poderia haver violência naquele envolvimento. Mas a voz em sua mente respondia com segurança que ele não tinha medo. E, de fato, por um longo tempo ele se reuniu com esse grupo, motivado somente por uma raiva que não conseguia definir. Pois não havia sido exposto às dores que os homens articulavam. Não conhecia ninguém que houvesse sido morto pelo povo da Nigéria do Norte. Embora muitos dos sombrios ditames desse grupo soassem como verdade — ele podia ver, por exemplo, que realmente nenhum igbo tinha sido presidente da Nigéria e talvez nenhum jamais seria —, nada disso o afetava pessoalmente. Não sabia nada sobre a guerra a não ser que seu pai havia lutado nela e contava muitas histórias a respeito. Enquanto aqueles homens falavam, os relatos vívidos da guerra que seu pai havia narrado se agitavam no lamaçal de suas recordações como insetos feridos.

Mas ele comparecia às reuniões principalmente porque Elochukwu era o único amigo que tinha. A participação de um vizinho na morte de seu gansinho tinha fechado seu coração a amizades. Depois do incidente, começou a pairar sobre o terreno cinzento da espécie humana e determinou que o mundo do homem era violento demais para o seu gosto. Por isso, procurou refúgio entre criaturas de penas. Também continuou a ir porque aquilo representava algo para fazer além de cuidar das aves e da pequena lavoura e porque tinha esperança de que, enquanto percorresse a cidade de um ponto a outro, defendendo a atualização da soberania do Estado de Biafra, poderia cruzar com a mulher que encontrara na ponte. Akataka, essa última razão era a mais importante em sua mente, o principal motivo pelo qual, mesmo enquanto as andanças se tornavam cada vez mais perigosas, ele persistia. Mas depois de um mês de protestos, conflitos com a polícia, manifestações, violência e minha intensa persuasão com intermináveis projeções de pensamentos, rompeu com o grupo como uma roda solta de um veículo movendo-se rapidamente e rolou para o vazio.

Retornou à sua vida normal, acordando ao nascer do sol com a linda e misteriosa música das galinhas — uma sinfonia de pios, cacarejos e trinados que costumava se moldar no que seu pai uma vez definira como uma melodia coordenada. Colhia ovos, registrava o nascimento de novos pintinhos em seu grande bloco, alimentava as aves, observava enquanto ciscavam no quintal, o bodoque sempre pronto para protegê-las, tratava das doentes e das mais fracas. Um dia daquele mês, um dos dias em que trabalhava sem distrações, ele plantou tomates numa porção aparada do terreno. Fazia muito tempo que não cuidava dessa parte da terra, e a mudança que viu o deixou chocado. Enquanto limpava a área, percebeu que formigas vermelhas não só a tinham invadido como também infestado a terra por completo. Infiltraram-se fundo no nervo do solo, aninhadas em cada torrão. Alimentavam-se de um velho tubérculo de mandioca morto que, talvez por causa do ataque, não tinha conseguido se desenvolver. Ferveu água numa chaleira e despejou na terra, matando as formigas. Depois varreu a massa de insetos mortos e plantou as sementes.

Quando voltou ao quintal, lavou as sementes de tomate que entraram em suas unhas e pretejaram seus polegares. Em seguida, pegou cuias de painço de um silo, estocou-as em um quarto vazio da casa e espalhou os grãos numa esteira. Abriu os dois grandes galinheiros onde as aves ciscavam e as conduziu à esteira com grãos. Os galinheiros continham duas gaiolas com galinhas e seus pintinhos e uma outra com três grandes galinhas rodeadas por seus ovos. Apalpou cada uma das aves para ver se estavam todas saudáveis. Eram cerca de quarenta marrons e mais ou menos uma dúzia de galinhas brancas. Depois de alimentá-las, ficou no quintal para ver quais delas cagavam para poder cutucar os excrementos em busca de vermes. Estava remexendo num aglomerado cinzento de fezes excretado perto do poço por uma das poedeiras quando ouviu a voz de uma mulher vendendo amendoins.

Egbunu, devo dizer que não era assim que ele reagia a qualquer voz de mulher, mas aquela voz soava estranhamente familiar. Apesar de ele não ter se dado conta disso, eu sabia que a voz o fez se lembrar da mãe. Logo avistou uma mulher rechonchuda e trigueira que parecia ter a idade dele. Ela suava embaixo do sol quente, e a transpiração reluzia pelas suas pernas. Carregava uma bandeja cheia de amendoins na cabeça. Era uma das pessoas pobres — da classe que foi criada pela nova civilização. No tempo dos antigos pais somente os preguiçosos, os indolentes, os doentes ou os amaldiçoados eram miseráveis, mas agora isso acontecia com a maioria. É só sair pelas ruas, no centro de qualquer mercado de Alaigbo, e você encontrará homens trabalhando arduamente, homens cujas mãos são duras como pedras e com as roupas encharcadas de suor vivendo na mais abjeta pobreza. Quando o Homem Branco chegou, ele trouxe coisas boas. Quando viram os automóveis, os filhos dos pais gritaram de alegria. As pontes? "Ah, que maravilha!", disseram. "Não é uma das maravilhas do mundo?", comentaram sobre o rádio. Não somente eles negligenciaram a civilização de seus abençoados pais, eles a destruíram. Acorreram para as cidades — Lagos, Port Hartcourt, Enugu, Kano — só para descobrir que as coisas boas eram racionadas. "Onde estão os nossos automóveis?", perguntaram nos portões dessas cidades. "Só uns poucos têm carros!", "E quanto aos bons empregos, aqueles em que os funcionários ficam no ar-condicionado e usam gravatas compridas?", "Ah, esses são só para quem estudou muitos anos numa universidade, e mesmo assim vocês vão ter que competir com muitos outros com as mesmas qualificações". Assim, desanimados, os filhos dos pais deram meia-volta e retornaram. Mas para onde? Para as ruínas da estrutura que haviam destruído. Por isso eles vivem com o mínimo possível, e essa é a razão de vermos gente como essa mulher, que andava por toda a cidade vendendo amendoins.

Meu hospedeiro gritou para ela se aproximar.

A mulher virou-se na direção dele e levantou uma das mãos para segurar a bandeja na cabeça. Apontou para si mesma e disse alguma coisa que ele não conseguiu ouvir.

— Eu quero comprar amendoim — explicou.

A mulher começou a descer o caminho sinuoso, marcado em muitos lugares pelos pneus da caminhonete e, recentemente, pela 4x4 do tio. A chuva do dia anterior tinha moldado a terra vermelha em bolinhas de lama que aderiam aos pneus. E agora, no dia claro, a terra avermelhada ainda exalava um cheiro antigo e minhocas se agitavam por toda parte, escavando e deixando trilhas no caminho. Quando era criança, ele sentia prazer em esmagar minhocas com os pés depois de uma pancada de chuva, e às vezes ele e os amigos, em especial Ejike, o ladrão de gansinhos, guardavam as minhocas em sacos de plástico transparentes e ficavam olhando enquanto se contorciam no espaço fechado e sem ar.

A mulher usava chinelos de dedo, com as tiras de plástico encrostadas de lama, assim como os pés. Tinha uma bolsinha pendurada por uma tira de pano no peito. Enquanto andava, seus pés marcavam a terra. Ele limpou a mão na porta. Entrou na casa e deu uma rápida olhada ao redor. Notou pela primeira vez as grandes teias de aranha que se espalhavam pelo teto da sala de estar, lembrando-o de quanto tempo havia se passado desde que o pai, que mantinha um alto nível de limpeza, tinha morrido.

— Boa tarde, senhor — disse a mulher, fazendo uma breve genuflexão.

— Boa tarde, minha irmã.

A mulher acomodou a bandeja de amendoins, enfiou a mão num bolso lateral da saia e tirou um lenço ensopado e manchado em tons de terra marrom. Enxugou a testa com o lenço.

— Quanto custa, quanto custa...

— O amendoim?

Meu hospedeiro pensou ter percebido um pequeno tremor na voz da mulher — revelando como pessoas influenciadas por seus próprios vieses interpretam mal as ações dos outros. Eu ouvi o mesmo que ele, mas não percebi nenhum tremor na voz dela. Para mim, ela parecia absolutamente segura.

— Sim, o amendoim. — Ele assentiu.

Fluidos desceram pela garganta do meu hospedeiro, deixando um gosto apimentado na boca. Sua descompostura era causada pela estranha familiaridade da voz dela, que o atraía, embora ele não conseguisse identificar isso.

A mulher apontou para uma pequena lata de extrato de tomate em que guardava os amendoins.

— Cinco nairas por uma latinha. A maior custa dez nairas.

— A de dez nairas.

A mulher meneou a cabeça.

— Então, Oga, você me traz até aqui para comprar só uma latinha de amendoim de dez nairas? Ah, é melhor comprar um pouco mais do que isso. — Logo depois deu risada.

Meu hospedeiro sentiu mais uma vez aquela sensação na garganta. A primeira vez que sentiu aquilo foi durante o período de luto. Não sabia que era uma espécie de doença relacionada à indigestão, que arde na boca do estômago de uma pessoa que está desolada ou num estado de extrema angústia. Eu já tinha visto aquilo muitas vezes, mais recentemente no corpo de meu hospedeiro anterior, Ejinkeonye Isigadi, enquanto ele lutava na Guerra de Biafra, quase quarenta anos antes.

— Tudo bem, então eu fico com duas grandes — falou.

— *Eh-he*, obrigado, Oga.

A mulher se abaixou para colocar amendoins na lata maior e a esvaziou num saquinho de plástico incolor. Estava despejando a segunda lata no mesmo saco quando ele falou:

— Eu não quero só amendoim.

— *Eh?* — A mulher abaixou a cabeça.

Ela não olhou logo para ele, mas meu hospedeiro manteve os olhos fixos nela. Deixou o olhar percorrer seu rosto, áspero e recoberto por sinais de privações. Algumas camadas de terra encrostada cobriam-lhe o rosto como uma pele extra, de alguma forma o redefinindo. Mas, embaixo daquelas camadas, pôde ver que ela tinha uma belíssima aparência. Quando ria, suas covinhas se aprofundavam e a boca formava um biquinho. Tinha uma verruga acima da boca, mas ele não prestou muita atenção nisso, nem em seus lábios rachados, que ela sempre lambia para manter uma textura suave. Mas foi nos seios que seus olhos se fixaram: nos pesados seios que pareciam separados por um amplo espaço. Eram redondos, cheios e saltavam de suas roupas, apesar de ele ter visto sinais de contenção — as tiras do sutiã — aparecendo nos ombros.

— *Ina anu kwa Igbo?* — perguntou, e quando ela concordou ele mudou totalmente para a língua dos pais eloquentes. — Eu gostaria que viesse ficar um pouco comigo. Estou me sentindo sozinho.

— Então você não quer os amendoins?

Ele balançou a cabeça.

— Não, eu quero os amendoins. Mas também quero conversar com você.

Ajudou a mulher a se aprumar e beijou-a quando ela se levantou. Agbatta-Alumalu, apesar do medo de que ela resistisse, sua ansiedade era tão forte que superou a voz interna de sua razão. Afastou-se e viu que ela estava perplexa, mas não resistia. Chegou até a ver um lampejo de alegria em seus olhos e insistiu. Puxou-a para mais perto e disse:

— Gostaria que você entrasse comigo.

— *Isi gi ni?* — disse ela, rindo mais ainda. — Você é um homem estranho.

Usou uma palavra para "estranho" que não era normalmente usada na língua dos antigos pais como falada em Umuahia, mas que ele costumava ouvir muito no grande mercado de Enugu.

— Você é de Enugu?

— Sou! Como você sabe?

— De onde em Enugu?

— Obollo-Afor.

Ele assentiu.

A mulher se afastou rapidamente e juntou as mãos. — Você é mesmo muito estranho — falou. — Nem sabe se eu tenho namorado.

Meu hospedeiro não respondeu. Colocou a bandeja dela na mesa de jantar, em cuja beirada havia um resto de merda de galinha seca. Quando a enlaçou e a puxou delicadamente para mais perto, ela suspirou: — Então era isso que você queria na verdade? — Quando meu hospedeiro disse que sim, ela bateu de leve na mão dele e deu risada enquanto ele abria sua blusa.

Chukwu, àquela altura eu já conhecia meu hospedeiro havia muitos anos. Mas não conseguia reconhecê-lo naquele dia. Estava agindo como alguém possuído, irreconhecível até para si mesmo. Onde um eremita como ele, que prestava pouca atenção ao mundo exterior, encontrou a coragem de pedir a uma mulher para se deitar com ele? Onde ele — que até o momento do tio sugerir que arranjasse uma mulher pouco tinha pensado nelas — encontrou a coragem de despir uma mulher que acabara de conhecer?

Eu não sabia. O que eu sabia era que, com sua coragem não característica, ele tirou a bata da mulher.

Ela apertou a mão dele com força por um longo tempo, cobrindo a boca com a outra mão, rindo em silêncio consigo mesma. Os dois entraram no quarto, e enquanto ele fechava a porta, com o coração batendo mais forte, ela disse: — Olha, eu estou suja. — Mas ele mal ouviu as palavras. Concentrou-se nas próprias mãos ligeiramente trêmulas enquanto abaixava a calcinha dela, dizendo: — Não tem importância, mãezinha. — Em seguida puxou-a para a cama em que seu pai tinha morrido, consumido por uma espécie de paixão que aproximava afinidade da raiva. Essa paixão se estampou nas curiosas mudanças surgidas nas expressões faciais da mulher: ora de deleite; ora de angústia, quando ela cerrou os dentes; uma vez de alegria que culminou numa pequena risada; outra vez de choque que manteve sua boca num perplexo formato de O; uma vez de uma paz inquieta em que os olhos se fecharam como num sono agradável e de exaustão. Isso se passou em seu semblante em sucessão até o último momento, quando de repente ele começou a ejacular. Mal ouviu-a dizer: — Tira, por favor — antes de desabar ao lado dela, concluindo a expiração.

O ato em si é difícil de descrever. Eles não emitiram palavras, mas gemeram, suspiraram, cerraram os dentes. As coisas no quarto falavam em sua imobilidade: a cama emitiu um choro gemido, e os lençóis pareceram se envolver em um discurso lento e reflexivo como uma criança cantando uma melodia. Tudo aconteceu com a graça de um festival — tão rapidamente, tão subitamente, tão vigorosamente, ainda que com muita ternura. No final, de todas as expressões que passaram pelo rosto dela, somente restou o prazer. Meu hospedeiro ficou deitado ao lado dela, tocando seus lábios e acariciando sua cabeça até ela dar uma risada. Os terrores que espreitavam no coração dele desapareceram naquele momento. Sentou-se, uma gota de suor escorrendo devagar pelas costas, incapaz de entender a total expressão do estava sentindo. Pôde ver nela uma espécie de gratidão, pois agora segurava a mão dele com força, tanto que ele se contorceu em silêncio. Em seguida, ela começou a falar. Falou sobre ele com a profundidade de uma mente incomum, como se o conhecesse há muito tempo. Disse que apesar de ele ter agido estranhamente, alguma coisa no espírito dela garantiu que era um homem "bom". Um homem bom, ela enfatizou várias vezes. — Não existem mais muitos homens assim neste mundo — falou, e, embora agora ele se sentisse esgotado e exausto e quase dormindo, pôde sentir a resignação na voz dela. Depois ela levantou a cabeça, olhou para o pênis dele e viu que ainda estava duro, bem depois de ter se esvaziado no lençol. Ela arquejou.

— Você ainda está com ereção? *Anwuo nu mu o!*

Ele tentou falar, mas só conseguiu balbuciar.

— Ehen, vejo que você vai logo pegar no sono — ela disse.

Ele concordou, envergonhado de sua súbita e inesperada exaustão.

— Eu vou embora pra você poder dormir. — Pegou o sutiã e começou a vesti-lo, algo que as veneráveis mães não teriam usado, pois cobriam os seios com panos amarrados às costas, ou os deixavam nus, ou, algumas vezes, simplesmente cobertos por um *uli*.

— Tudo bem, mas por favor venha amanhã — ele pediu.

A mulher virou-se para ele.

— Por quê? Você nem sabe, nem perguntou se eu tenho um namorado.

Aquele pensamento despertou sua mente, mas os olhos continuaram pesados. Murmurou palavras incoerentes que ela não conseguiu ouvir, mas que eu ouvi como afirmações espantosas:

— Se você veio, então venha de novo.

— Está vendo, você nem consegue mais falar. Eu vou embora. Mas qual é o seu nome, ao menos?

— Chinonso — ele respondeu.

— Chi-non-so. Um bom nome. Eu sou Motu, está ouvindo? — Bateu palmas. — Sou sua nova namorada. Vou voltar amanhã por volta dessa hora. Boa noite.

Em sua relaxada vigília, ele ouviu o som da porta fechando quando ela saiu da casa, levando junto seu cheiro específico, um fragmento daquilo que tinha se fixado em suas mãos e na sua cabeça.

Agbatta-Alumalu, os pais dos antigos dizem que sem luz uma pessoa não pode brotar sombras. Essa mulher surgiu como uma estranha, uma luz repentina que fez sombras brotarem de tudo. Meu hospedeiro se apaixonou por ela. Com o tempo, parecia que ela havia silenciado a tristeza dele com um disparo de bodoque — aquele cão violento que latia incansável no início da noite de sua vida. Tão forte foi a ligação entre os dois que ele se curou. Até minha relação com ele melhorou, pois um homem é capaz de comungar com seu *chi* quando está em paz. Quando eu falava, ele ouvia minha voz, e na vontade dele começaram a pairar as sombras da minha vontade. Se vivesse no tempo dos antigos pais, eles teriam dito de seu estado que ele tinha afirmado alguma coisa, e eu, seu *chi*, tinha afirmado também, como é toda a verdade que *onye kwe, chi ya e kwe*.

Nenhum humano que vive tais momentos deseja que eles terminem. Mas, infelizmente, em Uwa, as coisas nem sempre acontecem de acordo com as expectativas do homem. Já vi isso muitas vezes. Por isso não foi surpresa para mim quando ele acordou, no dia em que tudo terminou, como vinha acordando havia muitas manhãs, cheio de pensamentos sobre aquela mulher com quem havia desfrutado quatro semanas de mercado de felicidade (três semanas no calendário do Homem Branco). As coisas pareceram normais para ele naquela manhã, como estiveram por aqueles 21 dias, porque o homem não tem poderes de previsão. Esta, vim a acreditar, é a maior fraqueza da espécie humana. Se ao menos ele pudesse ver ao longe tão claramente como podia ver o que estava à sua frente, ou se ao menos pudesse ver o oculto o que podia ver revelado, se ao menos pudesse ouvir o que não era dito tão bem quanto o que era, ele teria sido salvo de muitas grandes calamidades. Na verdade, o que poderia ser capaz de destruí-lo?

Meu hospedeiro passou aquele sábado esperando que sua amante viesse. Não sabia que naquele dia nada passaria pelo caminho entre duas fileiras de fazenda, que se estendia por quase dois quilômetros até a estrada principal. Ficou na varanda da frente com os olhos fixos na paisagem desde o início da manhã, mas, quando o dia começou a esvanecer, coisas que nunca considerou surgiram de algum abismo e começaram a acossá-lo. Não tinha pensado em pegar o endereço de Motu. Não sabia onde ela morava. Quando perguntou uma vez, implorando para levá-la para casa, ela disse que a tia a castigaria severamente se descobrisse que Motu tinha um namorado. E até aí iam os limites de seus conhecimentos — que era uma moça de uma aldeia em Obollo-Afor que morava na cidade com a "tia", uma conhecida não relacionada pelo sangue. Não tinha telefone. Ele não sabia mais nada.

Aquele dia se passou e outro chegou a galope, como uma grande e desconcertante carruagem apitando alto e num passo majestoso. Ele acordou depressa para recepcioná-lo, quase tremendo sob o peso da expectativa. Mas, quando abriu a porta, a varanda estava vazia. Nada a não ser a ferrugem de uma velha carreta e o som zombeteiro de metal ressecado. O dia seguinte chegou vestindo as cores de um céu conhecido, que o lembrou do tempo em que fazia amor com Motu na cozinha e ele ouviu pela primeira vez o som do ar emitido por uma vagina. Foi também o primeiro dia em que ela tomou um banho na casa dele e usou o vestido que havia comprado para ela: uma bata feita de um cintilante tecido azul de Ankara, que depois lavou num balde no banheiro e pendurou no varal do quintal, estendido entre uma goiabeira e uma estaca meio enfiada na cerca. Depois eles fizeram sexo, e ela perguntou coisas sobre as galinhas. De repente ele estava contando tanto da sua vida que percebeu, como numa epifania, o quanto sua história se tornara pesada. Quando o sol se pôs ele já sabia que ela não viria. Ficou o dia inteiro deitado, vazio, sozinho e perplexo, ouvindo as gotas de chuvas caindo no balde e batendo no chão como toques de um tambor.

Oseburuwa, eu mesmo fiquei preocupado. É difícil para um *chi* ver seu hospedeiro encontrar a felicidade e perdê-la novamente. Fiquei ouvindo atentamente aquela mulher e às vezes, enquanto ele trabalhava na fazenda ou no galinheiro, eu saía do corpo dele e ficava na varanda para ver se podia vê-la passando pela casa para poder projetar um pensamento na cabeça dele. Mas tampouco vi qualquer sinal dela. Espíritos vaidosos caçoaram dele com sonhos com ela naquela noite, e na manhã seguinte ele acordou perturbado. Eles estavam em algum lugar, em um templo ou numa velha igreja, apreciando os murais e as pinturas de santos. Ele viu a imagem de um homem numa árvore, de perto, mas quando se virou não a viu mais. Em seu lugar havia um falcão. Olhando para ele com seus olhos amarelos, o bico entreaberto, as grandes garras firmes em um dos bancos. De início ele não falou nada, mas sabia que era ela. Egbunu, você sabe que no mundo dos sonhos o conhecimento não se busca — as coisas simplesmente são conhecidas. Assim, ele viu que quem ele estava esperando se tornara um pássaro. Quando foi pegá-lo, ele acordou.

Por volta do final da semana, e com ideias caindo em sua mente como se uma boca ancestral estivesse sempre cuspindo em sua cabeça, ele percebeu que algo havia acontecido e que era possível que nunca mais voltasse a ver Motu. Foi um despertar, Gaganaogwu: que um homem pode encontrar uma mulher que o aceita e o ama, mas que um dia ela pode desaparecer sem razão. O peso dessa conscientização o teria derrubado não tivesse o Universo dado uma mão naquele dia. Pois uma das formas com que um homem pode ser aliviado do sofrimento é fazendo algo fora do comum, algo de que sempre se lembrará. Essa memorável atitude estanca o sangue da ferida e ajuda o sofredor a se recuperar.

Naquele dia, ele estava sentado no chão da cozinha, observando as aves marrons, só galos, ciscando ao lado das galinhas e frangos e andando pelo quintal, alimentando-se de montes de terra úmida e milho que ele tinha despejado em pilhas. Da janela, viu um gavião pairando sobre as aves, à espreita. Logo retirou seu bodoque do prego em que estava pendurado na parede e pegou pedras do cestinho de ráfia perto da janela. Sacudiu e tirou algumas formiguinhas vermelhas das pedras. Em seguida, fechando um dos olhos e ficando a uma curta distância da porta para se esconder, assestou uma pedra no anteparo de borracha e ficou imóvel, os olhos no gavião. O pássaro tinha parado em algum ponto em pleno ar, antes de subir pairando para que as galinhas não o vissem. Abriu as asas em toda sua envergadura e, em um instante, mergulhou com uma velocidade estupefaciente. Meu hospedeiro o acompanhou, soltando a pedra quando o gavião tentava agarrar um frangote que se alimentava perto da cerca.

É verdade que ele era perito no bodoque, que atirava pedras desde criança, mas é difícil entender como conseguiu acertar o pássaro na cabeça. Houve algo de instintivo naquilo, algo divino em sua origem. Chukwu, era como esse ato em si tivesse sido ensaiado muitos anos antes, antes de ele nascer, antes de você me designar como seu espírito guardião. Foi essa ação que deu início à sua cura. Pois pareceu que ele tinha se vingado daquela força primal com que devia lidar, aquela mão invisível que levava tudo o que possuía. Aquela voz que parece dizer: "Veja, ele vem sendo feliz há tanto

tempo, agora chegou a hora de mandá-lo para o lugar escuro a que pertence".
Assim, a partir do final daquela segunda semana, ele voltou a viver.

A chuva caiu nos dias seguintes com uma insistência que lembrou meu hospedeiro de um ano de sua infância, quando a mãe ainda estava viva, em que a chuva destruiu a casa do vizinho e a família veio se abrigar na casa da família do meu hospedeiro. Durante aqueles dias encharcados, era difícil suas galinhas saírem dos galinheiros para o quintal. Assim como elas, ele se manteve distante da maioria das coisas e se recolheu ao mundo solitário a que havia se acostumado. Chukwu, ele viveu dessa forma por três meses desde o desaparecimento de Motu, evitando inclusive Elochukwu o máximo possível.

Ijango-Ijango, os grandes pais sempre dizem que uma criança não morre pelo seio da mãe estar sem leite. Isso se tornou verdade a respeito do meu hospedeiro. Logo se acostumou com a perda de Motu e voltou a sair para realizar suas tarefas diárias. Foi assim, sem expectativas, que ele saiu naquele dia depois de três meses para abastecer sua caminhonete no posto de gasolina perto de sua casa, esperando retornar pelo caminho que havia seguido. Ficou numa longa fila no posto de gasolina e, quando afinal chegou à bomba, saiu para abrir o tanque de combustível para a frentista e viu uma mão acenando para ele da fila de carros atrás. De início não viu quem era, pois tinha de dizer à frentista, já com o bico no tanque, que queria seiscentos nairas de gasolina.

— Pronto, oito litros. Sem troco. Setenta e cinco, setenta e cinco nairas.

— Obrigado, senhora.

Quando a mulher apertou algo na bomba e os números começaram a desfilar, ele virou para trás e viu que era a mulher da ponte. Como ele poderia ter pensado, Chukwu, que, num dia tão comum e pouco auspicioso, aquilo que ele estivera esperando por tanto tempo de repente se revelaria espontaneamente? Apesar de manter os olhos na bomba, temendo ser enganado, pois tinha ouvido falar sobre como as pessoas as manipulavam, o choque de seu encontro se fixou num galho de sua mente como uma víbora. Numa mistura de pressa e ansiedade, estacionou ao lado do posto, perto de um aqueduto que descia para a rua debaixo. Independentemente do sistema temporal que empregasse — o sistema dos pais, em que quatro dias formam uma semana, vinte e oito dias formam um mês e treze meses formam um ano, ou o sistema do Homem Branco, agora usado comumente pelos filhos dos grandes pais —, tinham se passado nove meses desde aquela noite em que sacrificara duas aves para assustar a mulher e trazê-la de volta à vida. Enquanto esperava por ela, rememorou tudo que havia acontecido a ele desde aquele encontro. Quando a mulher estacionou o carro atrás de seu veículo e saiu para encontrá-lo, ele sentiu a ansiedade, que parecia ter desaparecido muito tempo atrás, emergir como se estivesse meramente escondida todo aquele tempo no bolso traseiro de seu coração, como uma moeda velha.

4
O GANSINHO

ANUNGHARINGAOBIALILI, quando um homem encontra alguma coisa que o relembra de um acontecimento desagradável em seu passado, ele para na porta da nova experiência, considerando cuidadosamente se entra ou não entra. Se já entrou, ele pode recuar alguns passos e reconsiderar se vai entrar outra vez. Como meu hospedeiro, todo homem está inextrincavelmente acorrentado ao seu passado, e sempre pode temer que o passado possa se repetir. Assim, com Motu ainda em sua mente, meu hospedeiro abordou seu desejo por aquela mulher com cuidado. Observou que ela tinha mudado muito — como se não fosse a mesma mulher que havia visto sofrendo na noite do primeiro encontro, na ponte. Era mais alta do que se lembrava daquele breve encontro. Seus olhos eram emoldurados por um aro delicado, e a testa reluzia na linha dos cabelos penteados para trás.

Ela reapareceu mais bonita que a imagem que havia guardado na mente por tanto tempo. Aproximou-se dele depois de abastecer seu carro, estendeu a mão e se apresentou como Ndali Obialor na língua do Homem Branco, a mesma que usara na ponte. Meu hospedeiro também disse o seu nome. Considerou-a intimidante, não só por sua presença, mas também pela facilidade com que falava aquele idioma, que ele raramente usava. Ficou curioso quanto a como ela havia conseguido reconhecê-lo.

— Pelo seu veículo, o que está escrito nele, OLISA AGRICULTURA — ela explicou. — Eu me lembro. Vi você mais ou menos um mês atrás, perto do entroncamento de Obi. Mas você estava dirigindo muito depressa. Eu achava que iria encontrar você outra vez. — Um carro buzinou para ela sair do caminho, e depois que ele passou ela disse:

— Eu andei procurando você. Para agradecer por aquela noite. Muito obrigada, mesmo.

— Eu também agradeço — disse meu hospedeiro.

Ela fechava os olhos quando falava, e agora os abriu.

— Agora eu estou indo à faculdade. Você pode ir ao Mr. Biggs? — Apontou para uma lanchonete do outro lado da estrada. — Pode estar lá hoje por volta das seis horas?

Ele concordou.

— Tudo bem, Chinonso. Até mais. Foi bom reencontrar você.

Ficou vendo Ndali voltar para o carro, ponderando se já não a havia visto sem notar em todo aquele tempo que estivera procurando por ela.

Meu hospedeiro viu alguma coisa nos olhos da mulher — algo que não conseguiu definir. Há momentos em que um homem não consegue entender totalmente seus sentimentos, tampouco seu *chi*. Nesses momentos, quase sempre o *chi* fica perdido. Assim, esse mistério ficou pairando como uma pequena nuvem sobre ele ao voltar para casa e se preparar para o encontro com ela mais tarde naquele dia. O que ficou claro para mim e para ele é que ela era diferente de qualquer pessoa que já tinha conhecido. O sotaque dela era de alguém que tinha morado em países estrangeiros, de gente branca. E havia uma exuberância em sua postura e aparência bem diferente do jeito rastaquera de Motu ou da estranha mistura de estabilidade e pavio curto de Miss J. E, Egbunu, quando conhecem alguém que estimam muito acima de si mesmos, os homens passam a se medir por suas ações, ficam se verificando, tentando se apresentar diante dessas pessoas de forma a ganhar seu apreço. Já vi isso muitas vezes.

Então, quando chegou em casa, ele espalhou duas sacas no chão e as encheu com painço e milho, em seguida abriu os galinheiros dos frangos adultos. Todos correram e se espalharam sobre as sacas. Pegou um dos ternos que havia herdado do pai. Com um pedaço de pano recortado alguns dias antes de um saco de grãos, limpou uma mancha do terno. Em seguida, pendurou-o para secar num galho de árvore no quintal. Lavou-se e já estava para pegar o terno quando se deu conta de que seu cabelo parecia um arbusto. Não cortava o cabelo havia quase três meses, desde o dia em que Motu, insistindo que sabia o que estava fazendo, cortou seus cabelos e ele varreu o quintal rapidamente depois, temendo que alguma galinha comesse uma mecha. Apressado, dirigiu até um salão de barbeiro na Niger Road, aonde não ia desde criança. O homem, o sr. Ikonne, o barbeiro, tinha sofrido um derrame, e seu filho mais velho, Sunday, agora fazia o trabalho. Quando chegou a vez do meu hospedeiro e Sunday começou a cortar seus cabelos, a máquina parou de repente. Percebendo que era uma falta de energia, Sunday foi correndo até os fundos do salão e ligou o gerador, mas o aparelho não funcionou. Meu hospedeiro se olhou no espelho: metade da cabeça estava raspada; a outra metade, coberta de cabelos hirsutos e emaranhados. Olhou ao redor, saiu da cadeira e voltou a sentar. Ficou preocupado, ansioso com os ponteiros do relógio — o estranho e misterioso objeto com que os filhos dos pais agora medem o tempo —, que mostravam que dali pouco mais de uma hora ele deveria se encontrar com a mulher.

Sunday chegou um pouco depois, as mãos enegrecidas de trabalhar no gerador, a camisa encharcada de suor, a calça manchada de fuligem preta.

— Desculpe — falou. — O gerador está com um problema.

O coração de meu hospedeiro afundou.

— Não é combustível?

— Não — respondeu Sunday. — É a ignição. Eu preciso mandar rebobinar. Mil desculpas, Nonso, vamos terminar o corte a hora que a Nepa* restaurar a energia, oh. Ou amanhã, depois de consertar o gerador. *Biko eweliwe, Nwannem, oh.*

Meu hospedeiro aquiesceu e disse na língua do Homem Branco:

— Sem problema.

Ele se virou para o espelho embaçado e olhou para sua cabeça meio raspada. Sunday pegou um dos muitos chapéus pendurados na parede e o deu a ele. O meu hospedeiro ajeitou o chapéu na cabeça e foi para o restaurante.

---

* *National Electric Power Authority*, empresa estatal responsável pela distribuição de energia elétrica na Nigéria. (N.E.)

Egbunu, uma das diferenças mais notáveis entre a vida dos grandes pais e de seus filhos é que os últimos adotaram a noção de tempo do Homem Branco. Há muito tempo o Homem Branco deduziu que o tempo é divino — uma entidade a que a vontade do homem deve se submeter. Seguindo um instante prescrito, deve-se chegar a um local específico, certo de que um evento começará no tempo estabelecido. Eles parecem dizer: "Confrades, um braço de divindade está entre nós e estabeleceu seu propósito às 12h40, por isso precisamos nos submeter aos seus ditames". Se alguma coisa acontece, o Homem Branco se obriga a atribuir um tempo a esse fato — "Neste dia, 20 de julho de 1985, aconteceram tais e tais coisas". Por outro lado, o tempo para os augustos pais era uma coisa tanto espiritual quanto humana. Em parte estava além do controle e era ordenado pela mesma força que trouxe o Universo à existência. Quando queriam discernir o começo de uma estação ou analisar a idade do dia ou medir um período de anos, eles olhavam para a natureza. O sol se levantou? Se sim, deve ser dia. A lua está cheia? Se está, precisamos reunir nossas melhores roupas, esvaziar nossos celeiros e nos preparar para comemorar o novo ano! Se de fato o som que ouvimos é de trovões, por certo a seca deve ter acabado e a estação das chuvas deve estar sobre nós. Mas os sábios pais também acreditavam que existe uma parte do tempo que o homem pode controlar, uma maneira pela qual o homem pode sujeitar o tempo à própria vontade. Para eles, o tempo não é divino; é um elemento, como o ar, que pode ser usado. Eles podem usar o ar para apagar incêndios, soprar insetos dos olhos ou até fazer flautas e produzir música. É dessa forma que o tempo pode ser sujeito à vontade do homem — quando um grupo entre os pais diz, por exemplo: "Nós, os anciãos de Amaokpu, temos um encontro ao pôr do sol". Esse tempo é expansivo. Pode ser o começo do pôr do sol, ou o meio, ou o fim. Mas nem isso tem importância. O que importa é que eles sabem o número dos que vêm ao encontro. Os que chegarem antes dos outros esperam, conversam e riem até todos estarem lá, e só então o evento começa.

Assim, foi seguindo o tique-taque prescrito pelo relógio que ela chegou lá antes dele. Estava ainda mais bonita do que antes, usando um batom vermelho carregado que o lembrou de Miss J e um vestido com estampa de leopardo.

Quando ele se sentou e arrumou o chapéu de forma a cobrir todas as partes da cabeça, ela falou:

— Então, Nonso, eu quero perguntar uma coisa: por que você passou por aquela ponte naquele exato momento e parou? — Quando ele fez menção de falar, ela levantou a mão, com os olhos fechados. — Eu realmente quero saber. Por que você foi lá naquele exato momento?

Ele levantou a cabeça para olhar por cima dela, para o teto, para evitar seus olhos.

— Eu não sei, mãezinha. — Escolhia as palavras com cuidado, pois raramente precisava falar na língua do Homem Branco. — Alguma coisa me empurrou até lá. Eu estava vindo de Enugu e vi você. Só pensei que devia parar.

Olhou pela janela, deixando seu olhar cair em uma criança rolando um pneu de motocicleta pela rua com um bastão, seguida por outras crianças.

— Você salvou minha vida naquele dia. Você nunca...

O toque do telefone dela a obrigou a fazer uma pausa. Desembrulhou o aparelho de um lenço na bolsa e disse, assim que olhou para a tela:

— Ah! Eu tinha de ir a um lugar com meus pais agora. Mas já tinha esquecido. Desculpe, mas preciso ir embora.

— Tudo bem, tudo bem...

— Onde fica a sua granja? Eu gostaria de conhecer. Em que rua?

— Fica no número 12 da Amauzunku, perto da Niger Road.

— Certo, me dá o seu telefone. — Ele inclinou-se à frente e ditou os números na ordem. — Eu vou até lá um dia desses. Depois eu dou uma ligada e nós podemos nos encontrar de novo.

Como pude ver em meu hospedeiro o começo do crescimento dessa grande semente que finca fortes raízes na alma de um homem e gera frutos lá em cima — o fruto da afeição que se transforma em amor —, saí dele e segui a mulher. Queria saber o que ela faria — se continuaria presente ou desapareceria, como haviam feito as mulheres anteriores. Segui aquela mulher no carro enquanto ela dirigia e vi em seu rosto uma expressão de alegria. Ouvi-a dizer: "Chinonso, homem engraçado" e em seguida dar risada. Eu estava observando, observando com curiosidade, quando alguma coisa emanou dela, como uma nuvem espessa que subia pelo ar. E, num piscar de olhos, o que estava diante de mim era um espírito cujo rosto e aparência eram exatamente os da mulher, a não ser por seu corpo luminoso, recoberto de símbolos *uli*, e suas extremidades enfeitadas com missangas e braceletes de conchas. Era o *chi* dela. Apesar de ter ouvido muitas vezes nas cavernas dos espíritos que os espíritos guardiões das fêmeas da espécie humana têm mais poderes de sensibilidade, fiquei atônito em como ele era capaz de me ver enquanto ainda no corpo de sua hospedeira.

— Filho dos espíritos, o que você quer de minha hospedeira? — perguntou o *chi* com uma voz tão fina quanto a das moças que andam pela estrada de Alandiichie.

— Filha de Ala, eu venho em paz, não trago nenhum problema — respondi.

Chukwu, eu vi que o *chi*, que estava vestido com a pele bronzeada de luz com que são recobertos os espíritos guardiões das filhas da espécie humana, olhava para mim com olhos da cor do mais puro fogo. Ela tinha começado a falar quando sua hospedeira buzinou e parou de repente, gritando:

— Jesus Cristo! O que você está fazendo, Oga? *No sabi* dirigir? — O carro tinha saído do caminho e virado em outra rua, e ela continuou com um suspiro audível. Talvez agora segura de que sua hospedeira estava bem, o *chi* voltou a me olhar e falou na língua esotérica de Benmuo:

— Minha hospedeira estabeleceu um figurino no templo de seu coração. Suas intenções são puras como as águas dos sete rios de Osimiri, e seu desejo é tão verdadeiro quanto o puro sal abaixo das águas de Iyi-ocha.

— Eu acredito em você, Nwayibuife, espírito guardião da luz da alvorada, filha de Ogwugwu, Ala e Komosu. Só vim porque queria garantir que ela o deseja também. Vou retornar com sua mensagem para tranquilizar meu hospedeiro. Que a união dos dois proporcione realizações neste ciclo de vida e no sétimo e oitavo ciclos de vida. *Uwa ha asaa, Uwa ha asato!*

— *Iseeh!* — ela respondeu, e sem mais retardo retornou à sua hospedeira.

Oseburuwa, senti-me deleitado com essa consulta. E, com essa confiança, voltei ao meu hospedeiro e projetei nos pensamentos dele que a mulher o amava.

Akwaakwuru, apesar dos pensamentos de que ela o amava que pus em sua cabeça, ele continuou com medo. Eu não podia lhe dizer o que tinha feito. Um *chi* não pode se comunicar com seu hospedeiro de forma tão direta. Os humanos não entenderiam, mesmo se nós entendêssemos. Só podemos projetar pensamentos na mente deles, e, se os considerar razoáveis, um hospedeiro pode acreditar neles. Por isso fiquei observando, impotente, enquanto ele se agitava com cada vez mais palpitações, com medo de que, assim como Motu, ela também desaparecesse. Durante dias ele ficou atento ao telefone, esperando ela ligar. Então, no quarto dia, enquanto dormia no sofá na sala de estar, ele ouviu um carro chegando à sua casa. O sol já havia se posto, as sombras que tinham brotado no meio do dia já estavam envelhecidas. Quando olhou pela janela, viu o carro de Ndali estacionando.

— Chukwu! — gritou. Ele tinha almoçado pouco tempo antes e a tigela de plástico ainda estava ao seu lado, repleta de água onde um saquinho de amendoins vazio e um sachê de plástico de leite em pó Cowbell boiavam. Jogou a tigela na pia da cozinha. Depois correu para o quarto e vestiu a calça que encontrou em cima da cama. Olhou rapidamente para o espelho da parede do quarto, agradecido por Sunday afinal ter cortado seus cabelos dois dias antes. Quando voltou correndo à sala de estar, seus olhos pousaram na caixa azul de cubos de açúcar entreaberta na mesa de centro, ao lado de uma mancha em forma de globo. E, no pé da mesa, num saco de plástico contendo linha, agulhas e uma almofada de alfinetes. Enquanto ele recolhia aquelas coisas, ela estava batendo na porta. Voltou logo depois e olhou ao redor da casa para ver se havia algo mais que precisasse ajeitar. Como não viu nada cuja estranheza pudesse esconder rapidamente, correu até a porta, ainda segurando o peito para estabilizar as batidas do coração. Abriu a porta.

— Como você me encontrou? — perguntou assim que ela entrou.

— Você mora na Lua, *eh*, senhor-homem?

— *Não*, mãezinha, mas como? O lugar é afastado, e os números nem são muito visíveis.

Ela meneou a cabeça e abriu um sorriso generoso. Em seguida disse o nome dele com uma pronúncia lenta e arrastada, como poderia fazer uma criança aprendendo a falar, "No-n-so".

— Você me convidaria a sentar?

Meu hospedeiro passou mais uma vez os olhos pela sala e anuiu. Ela se sentou no grande sofá próximo à janela, enquanto ele ficou em pé perto da porta, paralisado. Então, quase ao mesmo tempo, ela se levantou e começou a andar pela sala de estar. Enquanto fazia isso, ele ficou preocupado com a possibilidade de ela sentir o cheiro pairando no ar. Ficou olhando para o nariz dela em busca de qualquer sinal de torção ou coceira. Foi então que percebeu, com grande alarme, que havia uma mancha nitidamente perceptível na parede. Teve medo de que fosse merda de galinha. Andou até ficar na frente da mancha, com um sorriso que disfarçava seu constrangimento.

— Você mora sozinho, Nonso?

— Sim, eu moro aqui sozinho. Só eu. Minha irmã não me visita, só meu tio vem algumas vezes — respondeu, apressado.

A anuência com a cabeça não se traduziu em atenção, pois ela entrou na cozinha enquanto falava. O estado do cômodo fez o coração dele afundar. As arcadas nos quatro lados do teto tinham teias enegrecidas de fuligem, dando a impressão de que havia aranhas se aninhando nelas. A pia estava cheia de pratos sujos, e em um deles havia uma esponja recortada de um saco de aniagem e um pedaço derretido de sabão esverdeado em cima da esponja. Ainda mais vergonhoso era algo pelo qual ele não era o responsável imediato: a torneira da pia. Havia muito estava atrofiada pela falta de uso, a borboleta tinha sido removida e simplesmente substituída por um pedaço de saco de plástico preto. O fogão de querosene também estava sujo, apoiado em uma prancha de madeira enegrecida. Ainda com a pele tostada da galinha que tinha assado no tampo, com grãos de arroz seco ao redor e o que parecia casca de tomate ressecada. Muito pior, no canto mais distante, atrás da porta que dava para o quintal, uma transbordante lata de lixo emanava um cheiro pútrido.

Egbunu, ele teria morrido se ela tivesse continuado na cozinha um instante a mais depois que acendeu a luz e um bando de moscas esvoaçou de uma pilha de pratos sujos. Sentiu-se aliviado quando viu a porta de tela se abrir e a mola ceder enquanto se abria para o fundo do quintal.

— Você tem muitas galinhas — ela comentou.

Andou até onde ela estava, parando com uma perna na soleira da porta e outra no quintal. Ela apontou as galinhas e andou na direção dele.

— Você tem muitas galinhas — repetiu, como que surpresa.

— Sim, eu sou granjeiro.

— Uau — disse ela. Saiu para o quintal, observando as galinhas com olhos atentos. Em seguida, sem dizer uma palavra, voltou à sala de estar e se sentou no sofá ao lado da bolsa. Meu hospedeiro a seguiu e teve um vislumbre de sua calcinha quando ela sentou e abriu um pouco as pernas. Sentou-se ao lado dela, preocupado por causa das coisas que ela havia visto. Ndali ficou sem falar algum tempo, mas continuou olhando para ele de uma forma que o deixou tão desconfortável que quis perguntar se ela o desprezava por causa do estado da sua casa, mas as palavras ficaram alojadas em sua boca como uma bala de canhão, esperando o sinal para disparar. Para evitar que examinasse a casa mais uma vez, ele tentou envolvê-la numa conversa.

— O que aconteceu com você naquela noite? — perguntou.

— Eu ia morrer — ela respondeu, baixando o olhar.

As palavras dela amenizaram a vergonha que sentia.

— Por quê?

Sem hesitar, ela contou que tinha acordado na manhã daquele dia e descoberto que o mundo que vinha construindo com tanto cuidado havia desmoronado em ruínas empoeiradas. Estava arrasada havia dois dias por um e-mail do noivo anunciando que tinha se casado com uma mulher inglesa. O choque, continuou contando, foi insuportável, pois ela tinha dado àquele homem cinco anos de sua vida, reunido todas as suas economias e até roubado do pai para ajudá-lo a realizar seu sonho de se formar numa escola de cinema em Londres. Mas mal havia se passado cinco meses desde sua mudança para a Inglaterra e ele já estava casado. Com uma voz plena de tanta dor que meu hospedeiro conseguia sentir, ela explicou como nada a havia preparado para o golpe que sentira.

— Nada em que me amparar, nada nem para... nada. No dia em que vi você naquela ponte, eu estava cansada porque tinha tentado, tentado e tentado falar com ele, mas sem conseguir, Nonso.

Ela tinha ido ao rio não porque tivesse qualquer força ou vontade de se matar, mas porque o rio era a única coisa em que conseguia pensar depois de ler o e-mail do noivo pela enésima vez. Não sabia se teria pulado da ponte se ele não tivesse aparecido.

Meu hospedeiro ouviu atentamente a história, só falando uma vez — para pedir que ignorasse as galinhas que começavam a cacarejar, queixosas.

— O que aconteceu com você foi muito doloroso — falou, embora não tivesse entendido tudo. O domínio dela da língua do Homem Branco incluía palavras que ele não conseguia compreender. Sua mente ficou pairando, por exemplo, sobre a palavra *circunstâncias* como um predador sobre um ajuntamento de frangos e galinhas, incapaz de decidir como ou qual atacar. Mas eu entendi tudo o que ela disse, pois todos os ciclos da existência de um *chi* são um processo de aprendizado em que um *chi* adquire a mente e a sabedoria de seus hospedeiros, que se tornam parte dele. Um *chi* pode vir a saber, por exemplo, as complexidades da arte da caça porque uma vez, centenas de anos antes, ele habitou um hospedeiro que era caçador. Em meu último ciclo, orientei um homem extraordinariamente talentoso, que lia livros e escrevia histórias, Ezike Nkeoye, o irmão mais velho da mãe do meu atual hospedeiro. Quando tinha a idade do meu hospedeiro atual, ele já conhecia quase todas as palavras da língua do Homem Branco. E foi com ele que adquiri muito do que sei agora. E mesmo agora, ao testemunhar em favor de meu hospedeiro atual, uso as palavras dele tão bem quanto as minhas e vejo coisas através de seus olhos assim como pelos meus, e às vezes ambas se mesclam num todo indistinguível.

— É muito doloroso. Estou falando dessa maneira porque também sofri demais. Não tenho pai nem mãe. Aliás, não tenho família.

— Ah! Isso é muito triste — ela disse, levando a mão à boca muito aberta. — Sinto muito. Sinto muito mesmo.

— Não, não, não, agora eu estou bem — disse ele, embora a voz da sua consciência o repreendesse por ter desistido da irmã, Nkiru. Viu quando Ndali apoiou o peso na coxa e inclinou o corpo na direção da mesinha de centro entre eles. Os olhos dela estavam fechados, e isso o fez pensar que ela se sentia pena dele, e teve medo de que chorasse por ele.

— Agora eu já estou bem, mãezinha — repetiu ainda com mais convicção. — Eu tenho uma irmã, mas ela mora em Lagos.

— Ah, irmã mais velha ou mais nova?

— Mais nova — respondeu.

— Muito bem, a razão de eu ter vindo foi para agradecer a você. — Um sorriso passou por seu rosto lacrimoso quando ela levantou a bolsa do chão.

— Acredito que Deus mandou você para mim.

— Tudo bem, mãezinha — ele concordou.

— O que é esse "mãezinha" que você fica falando? Por que você diz isso?

A risada dela o tornou consciente de sua própria risada feral, que tentava conter para não se envergonhar.

— É verdade, é estranho oh!

— Eu não tenho mais mãe, então toda boa mulher é minha mãezinha.

—Ah, sinto muito, meu querido!

— Eu já volto — disse ele e foi ao toalete para urinar. Quando voltou, ela disse: — Será que esqueci de dizer que adoro a sua risada?

Olhou para ela.

—Adoro. É sério. Você é um homem bonito.

Ele aquiesceu depressa enquanto ela se levantava para sair, deixando seu coração fazer um voo temporário por esse resultado inesperado do que ele tinha certeza ter sido um desastre.

— Eu nem ofereci nada a você.

— Não, não, não se preocupe — ela replicou. — Fica para outra vez. Eu estou em provas.

Meu hospedeiro estendeu a mão para ela, que a aceitou, o rosto aberto em sorrisos.

— Obrigada.

Espíritos guardiões da espécie humana, será que já pensamos sobre os poderes que a paixão cria em um ser humano? Já consideramos por que um homem pode percorrer um campo em chamas para conseguir a mulher que ama? Já pensamos sobre o impacto do sexo no corpo de dois amantes? Já consideramos a simetria de seu poder? Já consideramos o que a poesia incita em suas almas, ou a comoção de carícias em um coração sensibilizado? Já contemplamos a fisionomia do amor — como algumas relações são natimortas, algumas são retardadas e não se desenvolvem e algumas se desenvolvem numa forma adulta e duram por toda a vida dos amantes?

Pensei muito sobre essas coisas e sei que quando um homem ama uma mulher ele muda por isso. Apesar de a mulher se entregar por vontade própria, quando os dois se casam ela se torna dele. A mulher se torna sua posse, e ele se torna posse dela. O homem a chama de Nwuyem, ela o chama de Dim. Os outros se referem a ela como esposa *dele*, e a ele como marido *dela*. É uma coisa ilusória, Egbunu! Pois já vi muitas vezes que as pessoas, depois que seus amados os abandonam, tentam recuperá-los como alguém tentando recuperar uma propriedade que lhe foi roubada. Não foi esse o caso com Emejuiwe, que cento e trinta anos atrás matou o homem que levou sua mulher? Chukwu, seu julgamento depois de meu testemunho a favor dele aqui em Beigwe, como estou fazendo agora, foi triste, mas justo. Agora, mais de cem anos depois, quando digo que o coração de meu hospedeiro atual acendeu-se com um fogo semelhante, tive medo porque sabia do poder desse fogo, que é poderoso, tão poderoso que nada foi capaz de retificá-lo com o tempo. Quando ele a acompanhou até o carro, temi que aquilo o lançasse numa direção em que eu poderia ser impotente para impedir que seguisse. Temi que, quando tivesse se formado completamente em seu coração, o amor o cegasse e o tornasse surdo aos meus conselhos. E pude ver que aquilo já começava a possuí-lo.

Obasidinelu, oh, que substância uma mulher traz à vida de um homem! Na doutrina da nova religião adotada pelos filhos dos pais diz-se que os dois se tornam *um só*. Quanta verdade, Egbunu! Mas vamos olhar para os tempos dos sábios pais, quando as grandes mães eram indispensáveis. Apesar de não fazerem as leis que governavam a sociedade, elas eram como o *chi* da sociedade. Restauravam a ordem e o equilíbrio quando a ordem se rompia. Se o membro de alguma aldeia cometesse um crime espiritual e envergonhasse Ala, e se a deusa misericordiosa — em sua indignação de direito — despejasse sua ira na forma de doenças ou secas ou mortes catastróficas, eram as antigas mães que iam a uma *dibia* e interviam em favor da sociedade. Pois Ala ouve as vozes delas acima da dos outros. Mesmo quando havia uma guerra — como a que testemunhei há 172 anos, quando Uzuakoli lutou contra Nkpa e dezessete homens decapitados jaziam nas florestas —, eram as mães de ambos os lados que marchavam para restaurar a paz e pacificar Ala. Por isso elas são chamadas de *odoziobodo*. Se um grupo de mulheres pode restaurar o equilíbrio de uma comunidade à beira da calamidade, mais ainda uma mulher pode fazer para a vida de um homem! Como dizem sempre os grandes pais, o amor muda a temperatura da vida de um homem. Em geral, um homem cuja vida era fria se torna mais quente, e esse calor, em sua intensidade, o transforma. Brota a partir de pequenas coisas da vida e ilumina partes do tecido de que é feita a vida dele. O que o homem fazia todos os dias, agora ele faz com mais alegria. A maioria das pessoas em sua vida perceberia que alguma coisa mudou. Podem nem precisar falar sobre isso com ninguém. Mas seu semblante, o aspecto mais despido de todos os traços da fisionomia humana, começa a ganhar um matiz que qualquer um percebe se prestar atenção. Digamos, se um homem trabalhar na companhia de outras pessoas, um de seus colegas pode chamá-lo de lado e dizer: "Você parece feliz", ou "O que aconteceu com você?". Quanto mais forte a afeição, mais óbvia ela se tornará para os outros, e a afeição de meu hospedeiro por Ndali era temperada pelo temor de não ser digno dela. O que o levou a decidir que, se ela chegasse a se entregar, ele entregaria a ela a completude de seu coração.

Fazendo o papel de colegas de trabalho humanos, as galinhas perceberam a metamorfose de meu hospedeiro. Ele estava em êxtase quando as alimentou depois que a mulher saiu da casa naquele dia. Descobriu que o galo doente estava com o rabo retorcido e o levou aos limites da fazenda, longe da visão das outras galinhas, para matá-lo. Deixou o sangue secar num pequeno buraco na terra, guardou-o num recipiente e o manteve no refrigerador. Depois de lavar as mãos no banheiro, varreu os grandes galinheiros divididos por cercas de madeira. Caçou um tipo especial de lagarto de que as galinhas não gostavam, o lagarto de cabeça verde, num buraco no teto. Em seguida subiu numa escada e tapou o buraco com um trapo enrolado com óleo de palmeira. Quando terminou, notou que as galinhas tinham emborcado a bacia de água de onde bebiam, que agora se apoiava na parede de sapé ao lado de uma poça d'água do tamanho de um olho. Dentro da poça havia uma camada de sedimento que o contemplava como uma pupila. Enquanto andava em direção à bacia, pisou em alguma coisa que descobriu ser uma canaleta aprofundada em linha reta na terra enlameada que o fez tropeçar. Ele caiu na outra bacia vazia, que girou no ar e lançou seu conteúdo — uma massa de terra, penas e pó — em seu rosto.

Chukwu, se as galinhas fossem humanas, elas teriam rido da expressão dele: com uma bela mancha de terra e lama na testa e no nariz. Se eu próprio não fosse uma testemunha, teria duvidado do que vi em meu hospedeiro naquele dia. Pois apesar da dor ao apalpar várias vezes com os dedos a parte machucada na cabeça para ver se sangraria, ele se sentia feliz. Levantou-se rindo de si mesmo, pensando em Ndali no dia anterior, sentada no sofá dizendo que ele era homem bonito. Olhou para onde havia caído e viu um sulco, onde seus sapatos tinham feito uma incrustação. No outro lado do galinheiro estava uma galinha sobre a qual quase tinha caído. Ela havia saltado histericamente para escapar, levantando pó e penas com as violentas batidas das asas. Reconheceu-a como uma das duas galinhas que botavam ovos cinzentos. Continuava cacarejando em sinal de protesto, com as outras a acompanhando. Saiu do galinheiro e foi se lavar e, durante todo o tempo, mesmo quando se deitou na cama mais tarde, continuava pensando em Ndali.

Quando adormeceu, como costuma acontecer quando ele entra no estado inconsciente do sono, eu me liberto das barreiras do seu corpo. Mesmo sem me ausentar, é comum ver o que não consigo quando ele está acordado. Como sabe, você nos criou como criaturas para quem o sono não existe. Existimos nas sombras que falam a linguagem dos vivos. Mesmo quando nossos hospedeiros dormem, nós continuamos acordados. Protegendo-os das forças que respiram na noite. Enquanto os homens dormem, o mundo do etéreo fica repleto de ruídos da vigília e dos sussurros dos mortos. *Agwus*, fantasmas, *akaliogolis*, espíritos e *ndiichies* em breves visitas à Terra se arrastam dos olhos cegos da noite e andam pela Terra com a liberdade das formigas, absortos dos limites humanos, ignorando paredes e cercas. Dois espíritos discutindo podem lutar e rolar em uma casa de família ou cair sobre eles e continuarem lutando no meio de todos. Às vezes eles simplesmente entram nas habitações dos homens para observá-los.

Aquela noite, como a maioria das outras, estava cheia de *din* de espíritos e do tambor de latão do mundo terrestre, uma miríade de vozes emitindo gritos, berros, vozes, uivos, barulhos. O mundo, Benmuo, e Ezinmuo — seu corredor — estavam encharcados deles. Ao longe, a chamativa melodia de uma flauta flutuava no ar, pulsando como uma coisa animada. Continuou assim por um longo tempo até que, por volta da meia-noite, alguma coisa atravessou a parede com uma velocidade incrível. Num instante, se aglutinou num espiral luminoso acinzentado, quase imperceptível aos olhos. De início, pareceu subir em direção ao teto, mas lentamente começou a se difundir e se alongar como uma serpente de sombras. Em seguida se transmutou em um *agwu* aterrorizante — com uma cabeça de barata e um corpo humano imponente. Avancei imediatamente e ordenei que partisse. Mas ele me fitou com olhos cheios de ódio e ficou olhando para o corpo inconsciente de meu hospedeiro. Sua boca era grudenta, vedada como que por alguma secreção pegajosa e purulenta. Continuou apontando para meu hospedeiro, mas eu insisti para que partisse. Quando ele nem se mexeu, temi que aquela criatura maligna fizesse mal ao meu hospedeiro. Evoquei um encantamento, fortalecendo-me enquanto invocava sua intervenção. Isso pareceu imobilizar o ser no lugar. Deu um passo atrás, soltou um rosnado e desapareceu.

Já encontrei espíritos como esse em meus muitos ciclos na Terra. Lembro-me bem de quando habitava Ejinkeonye durante a guerra e ele dormia numa casa abandonada e quase destruída em Umuahia, e enquanto dormia um espírito se materializou com tanta rapidez que tomei um susto. Olhei, mas ele não tinha cabeça. Estava agitando os braços, batendo os pés e movendo o toco onde estaria sua cabeça. Egbunu, nem mesmo um *akaliogoli*, essas criaturas de formas horríveis, tinham inspirado tantos terrores num espírito vivo como eu. Então, por algum poder de transmutação, a cabeça da criatura surgiu e pairou em pleno ar, seus olhos examinando o local. A criatura sem cabeça tentava pegar a cabeça com as mãos agitadas, mas a cabeça se afastou do jeito que havia chegado e o espírito a seguiu. No dia seguinte eu descobriria, através dos olhos de meu hospedeiro, que o homem era um soldado inimigo que fora decapitado enquanto estuprava uma mulher grávida e havia se tornado um *akaliogoli*. Ejinkeonye, meu hospedeiro, viu o corpo do homem sendo queimado na manhã seguinte sem saber o que tinha acontecido na noite anterior.

Voltando ao presente, eu tentei alcançar o espírito, para saber o que queria com meu hospedeiro, mas não consegui saber em que direção tinha seguido. Não encontrei sinais dele nas planícies da noite, nenhuma pegada no rastro do ar, nenhum som de passos nos túneis escuros embaixo da terra. A noite estava cheia, principalmente de cintilantes estrelas no céu, e uma miríade de espíritos tratavam de seus negócios nas imediações do sítio do meu hospedeiro. Não havia nenhum humano por perto, tampouco nenhum sinal deles a não ser pelo som de carros passando por uma estrada a alguma distância desconhecida. Fui tentado a andar um pouco, mas suspeitei que o *agwu* que vi fosse um espírito vagabundo em busca de um recipiente humano para possuir e que poderia voltar para tentar habitar meu hospedeiro. Por isso voltei para casa o mais rápido possível, projetando-me através da cerca no quintal, depois pela parede até o quarto onde meu hospedeiro ainda dormia profundamente.

Akwaakwuru, ele acordou com o barulho estridente de seu bando de galinhas na manhã seguinte. Uma delas não parava de cacarejar, baixando a voz em intervalos, depois começando de novo num tom mais alto que antes. Empurrou a manta que o cobria e estava começando a sair pela porta quando percebeu que estava nu. Vestiu um calção e uma camisa amassada e saiu para o quintal. Esvaziou o final de um saco de mingau de farelo numa vasilha e colocou-a no meio do quintal sobre uma página de jornal velho. Quando abriu uma das gaiolas, imediatamente as aves se lançaram sobre ele, e num piscar de olhos o vasilhame estava coberto por seres emplumados.

Deu um passo atrás, os olhos procurando sinais de algo fora do normal. Prestou atenção especial a uma das galinhas, cuja asa tinha ficado presa num prego oculto espetado numa das gaiolas. A ave tinha tentado se soltar do prego com tanta força que quase tinha rasgado a asa. Já tinha costurado a asa com um fio na semana anterior, e agora a galinha participava do amontoado em torno do mingau com passos cuidadosos, a linha vermelha dos pontos ainda visível embaixo da asa. Pegou a galinha pelas patas, passando os dedos pelas veias dos pés. Quando ia largá-la, o telefone tocou. Correu para a casa para atender. Mas quando chegou à sala de estar o telefone já tinha silenciado. Viu que era Ndali que acabara de ligar e que havia deixado uma mensagem de texto. Primeiro hesitou antes de ler — como se temesse que o que fosse ler na tela permanecesse indelével pela eternidade. Deixou o telefone na sala de jantar, levou a palma da mão à testa e cerrou os dentes. Pude ver que estava abalado pela pancada na cabeça do dia anterior. Pegou um sachê de paracetamol de cima do refrigerador e despejou os últimos dois tabletes na palma da mão. Botou o remédio na língua, foi até a cozinha e os tomou com água de um jarro de plástico.

Pegou o telefone de novo e leu a mensagem:

Nonso, posso visitar você hoje à noite?

Chukwu, ele sorriu consigo mesmo, esmurrou o ar e gritou "Sim!". Guardou o telefone no bolso e já estava quase voltando para o quintal quando percebeu que só tinha respondido oralmente, como se ela estivesse lá. Parou perto da porta de tela e digitou "sim" no telefone.

Animado com a perspectiva de encontrar Ndali, recolheu alguns ovos e os colocou nas concavidades arredondadas de uma bandeja de plástico. Depois, voltou a pegar a ave ferida. Seus olhos piscaram de medo, o bico abrindo e fechando enquanto ele acariciava sua cabeça e examinava as asas para ver se ainda podiam voar. Limpou a bandeja de mingau e serviu um pouco mais. Algo semelhante a um palito de dentes quebrado apareceu na comida. Ele o tirou e jogou por cima do ombro. Depois, pensando melhor, temendo que uma das outras galinhas o encontrasse e engolisse, levantou e começou a procurar o palito. Encontrou-o bem perto de uma das gaiolas, a dos franguinhos. O palito estava na beirada molhada da prancha de madeira em que havia colocado a gaiola. Pegou o palito e o jogou por cima da cerca na terra úmida do quintal. Em seguida enfiou a bandeja de mingau no solo de uma das duas gaiolas.

Quando acabou de alimentar as galinhas, suas mãos estavam quase pretas de terra e fuligem. Tinha fuligem negra embaixo das unhas, a pele do polegar direito parecia farpada e cheia de verrugas. Um dos ovos que tinha recolhido estava recoberto por uma sólida incrustação de fezes, que ele tentou raspar com os dedos, e era a crosta das fezes que estava agora em suas unhas. Enquanto lavava as mãos no banheiro, pensou no quanto seu trabalho era estranho e o quanto pareceria humilhante para alguém que o visse pela primeira vez. Teve medo de que Ndali pudesse não gostar ou até mesmo se irritar quando chegasse a entender realmente a natureza do seu trabalho.

Chukwu, como já disse antes, esse tipo de ruminação que leva ao medo acontece com frequência quando as pessoas se sentem inseguras com a presença de outros por quem nutrem grande estima. Elas se avaliam baseadas em como os outros as veriam. Em tais situações, pode não haver limites para pensamentos derrotistas que se articulam na mente da pessoa, pensamentos que — não importa o quão infundados — podem consumi-la no final. No entanto, meu hospedeiro não se fixou nesses pensamentos por muito tempo. Estava com pressa para se preparar para a visita de Ndali. Varreu a casa e a varanda até ficarem bem limpas. Depois tirou o pó das almofadas e dos sofás. Lavou a privada, borrifou Izal e limpou as fezes de ratos atrás da caixa d'água. Jogou fora um dos baldes de plástico, um balde de tinta quebrado em vários pontos. Depois borrifou aromatizante pela casa. Tinha acabado de tomar banho e estava passando creme no corpo quando, pela janela, viu o carro dela se aproximando da casa, passando pelas plantações dos dois lados.

Ijango-ijango, meu hospedeiro sentiu o corpo se iluminar de admiração com a aparência dela naquela noite. Seus cabelos estavam penteados de uma forma que as grandes mães achariam estranha, mas que os tornava brilhantes e atraentes ao meu hospedeiro. Observou de perto os cabelos bem alisados, o relógio de pulso, os braceletes, o colar de contas verdes que o fez lembrar da irmã de sua mãe, Ifemia, que morava em Lagos e com quem há muito tempo perdera contato. Apesar de já ter começado a se sentir indigno de Ndali por conta de sua falta de cultura (nunca tinha ido a um clube, nem a um teatro), ele afundou ainda mais na própria autoestima quando a viu naquela noite. Embora ela o tenha tratado com a maior alegria e muito afeto, meu hospedeiro manteve um forte de sentimento de desmerecimento. Por isso, conversou como ela como se fosse obrigado a estar ali, falando apenas o necessário e quando era indagado.

— Você sempre quis ser um granjeiro e cuidar de galinhas? — perguntou Ndali a certa altura, mais tarde do que ele esperava, aprofundando seu temor de que afinal ela não se entregasse.

Ele aquiesceu, mas logo lhe ocorreu que aquilo poderia ser mentira. Então disse: — Talvez, não, mãezinha. Meu pai começou a ideia, não eu.

— Das galinhas?

— Sim.

Ndali olhou para ele com um sorriso contido no rosto.

— Mas como? Como aconteceu? — insistiu.

— É uma longa história, mãezinha.

— Deus! Ah, mas eu quero ouvir. Por favor, me conte.

Olhou para ela e falou:

— Tudo bem, mãezinha.

Ebubedike, ele contou a ela sobre o gansinho, começando pela maneira como foi pego quando ele tinha só nove anos, um encontro que mudou sua vida e que devo relatar a vocês agora. Um dia o pai o levou à aldeia onde havia morado e disse para ele dormir, que na manhã seguinte o levaria para a floresta de Ogbuti, onde uma espécie de ganso branco como algodão vivia perto de uma lagoa escondida no coração da mata. A maioria dos caçadores evitava aquela parte da floresta com medo das cobras mortais e das feras selvagens. A lagoa ficava num afluente do rio Imo. Eu a vi muitas vezes. Muito tempo atrás, antes de os caçadores de escravos de Aro começarem a vagar por essa parte de Alaigbo, o rio fluía. Mas foi interrompido por um terremoto que o separou do restante do rio e o transformou num corpo de água estagnado que se tornou lar dos gansos selvagens. Eles viviam ali havia mais tempo que qualquer uma das nove aldeias que rodeavam a floresta conseguia lembrar.

Quando meu hospedeiro e o pai, que levava um grande mosquete, chegaram a esse local, eles pararam atrás de um tronco apodrecido de uma árvore tombada coberto de relva e cogumelos silvestres. A lagoa morta ficava a duas pedradas do tronco, meio coberta de folhas. Ao lado havia uma porção marginal de terra úmida e plana cercada por lascas de madeira. Era lá que um grupo de gansos brancos se reunia, ciscando. Como que alertados pela presença humana, a maior parte bateu asas e voou para as zonas mais densas da floresta, deixando apenas uma mamãe gansa e seu filhote e outro ganso grande na ravina. O terceiro ganso saltou algumas vezes e começou a voar sobre águas distantes até chegar a um rochedo, onde desapareceu na vegetação. Meu hospedeiro ficou olhando para a mamãe gansa, fascinado. Sua plumagem era vívida e a cauda serrilhada voltava-se para baixo. Os olhos eram grandes e o bico e as narinas eram marrons. Quando se movia, abria as asas num floreio cascateante. O gansinho ao seu lado era diferente: o pescoço era mais comprido e pelado no alto, como que depenado. Cambaleava inclinado para a frente com suas patinhas atrás da mãe, que começou a se afastar do ninho. O pai do meu hospedeiro já estava com a arma preparada e teria atirado, se uma visão estonteante não tivesse subitamente se apresentado. A mamãe gansa, que tinha parado num lugar de terra fofa para afundar as patas na lama, estava agora esperando com a boca bem aberta. O gansinho, tagarelando, aproximou-se e enfiou a cabeça no bico aberto da mãe até parte de seu pescoço desaparecer.

Meu hospedeiro e o pai assistiram maravilhados enquanto a cabeça e o pescoço do gansinho exploravam a boca da mãe. Enquanto o filhote comia, a mãe perdia um pouco o equilíbrio. Enfiou mais as patas no morrinho de lama, abanando as asas com força, recuando apressada, abrindo e fechando as garras. Por um momento, meu hospedeiro achou que a garganta da gansa maior poderia rasgar e que o bico do gansinho poderia atravessar a pele clara do pescoço da mãe. Foi quase uma surpresa para meu hospedeiro quando o gansinho se separou e começou a se afastar saltando, adejando as asas cheio de vida, como que renascido. A mãe virou a cabeça, soltou um grito e pareceu cair das pernas. Depois se levantou, meio encrostada de lama, e começou a correr na direção onde meu hospedeiro e o pai estavam agachados.

O pássaro estava perto quando o pai dele mirou. O tiro lançou o ganso para trás com um ruído alto, deixando na esteira um tufo de penas soltas. A floresta irrompeu numa histeria de criaturas aladas e um coro de rufar de asas. Quando as penas se assentaram, meu hospedeiro viu o gansinho correndo na direção do corpo da mãe.

— Consegui, finalmente matei um ganso de Ogbuti — disse o pai ao se levantar e começar a correr em direção à gansa morta. Meu hospedeiro seguiu o pai com passos cautelosos, sem dizer nada. O pai pegou a gansa morta, exultante, e começou a voltar na direção de onde tinha vindo, com o sangue da gansa morta deixando uma trilha. O pai não notou o gansinho correndo atrás dele, emitindo um som penetrante que, muitos anos depois, meu hospedeiro perceberia ser o som de um pássaro chorando. Ficou imóvel, ouvindo o pai falar que havia anos ansiava por caçar um ganso da floresta de Ogbuti: — Eu sempre disse que ninguém sabia onde eles viviam. Como alguém poderia saber? Só umas poucas pessoas se aventuraram tão longe em Ogbuti. As pessoas só os viam no ar. E, como você sabe, é muito difícil acertar alguma coisa no ar. Isso... — Foi aí que o pai, virando-se de repente, viu o filho lá atrás, bem longe.

— Chinonso? — chamou.

O filho o olhou com uma expressão triste, quase em lágrimas.

— Senhor? — respondeu na língua do Homem Branco.

— O que foi? O que aconteceu?

Ele apontou para o gansinho. O pai olhou para baixo e viu o gansinho agitando as pernas na lama, os olhos fixos nos dois humanos enquanto chorava pela mãe morta.

— Heh, por que você não leva ele pra casa?

Meu hospedeiro andou na direção do pai e parou atrás do pássaro.

— Por que não fica com ele? — insistiu o pai.

Ele olhou para a ave, depois para o pai, e alguma coisa nele se iluminou.

— Posso levar ele pra Umuahia?

— Hum — respondeu o pai, começando a voltar pelo caminho de que vieram com a gansa morta, cujo corpo agora estava meio coberto de vermelho em sua mão. — Pega logo esse bicho e vamos embora.

Hesitando, arrastando os pés, meu hospedeiro arremeteu e pegou o gansinho pelas perninhas. O pássaro choramingou, queixoso, batendo as asas nas mãos delicadas que o seguravam. Mas o menino apertou com mais força enquanto o retirava do solo. Olhou para o pai, que o esperava, sangue gotejando da gansa morta na mão.

— Agora ele é seu — disse o pai. — Você o salvou. Vamos levar com a gente. — Virando-se, o pai começou a andar para a aldeia e ele veio atrás.

Em seguida, ele contou a Ndali o quanto amava o pássaro. Era frequente a ave ter acessos de raiva, depois se acalmar e ficar mais alegre. Às vezes investia loucamente contra o nada, talvez querendo retornar à floresta de onde viera. E, quando não via como escapar, voltava derrotado. Meu hospedeiro cuidava dele com muita atenção, ansioso. Vivia num medo constante de que algo de ruim acontecesse ao *pássaro*, ou que um dia conseguisse fugir dele. Esse medo era mais pronunciado em momentos em que o gansinho, furioso, começava a correr pela casa, de parede a parede, tentando sair voando. E, depois de cada uma dessas batalhas, voltava a uma cadeira ou uma mesa, a cabeça inclinada numa espécie de esgotamento. Ficava com as asas suspensas e grasnava de raiva ou frustração.

— Sim — ele respondeu à pergunta dela: havia momentos em que o gansinho se acalmava. Sabia que era da natureza das criaturas da terra que mesmo a mais triste entre elas às vezes se sinta em paz no cativeiro. De vez em quando o gansinho dormia na cama dele, ao seu lado, como se fosse um companheiro humano. Quando chegou a Umuahia com o gansinho, as crianças do bairro correram para vê-lo. No começo, ele o guardou zelosamente, não deixando ninguém tocar na gaiola de ráfia onde guardava o pássaro. Chegou a brigar com alguns amigos que moravam por perto e que jogavam futebol com ele que tentavam tocar no gansinho sem sua permissão. Um deles, Ejike, de quem era o melhor amigo, era especialmente apaixonado pelo pássaro. Ejike se interessava pelo gansinho mais do que os outros, e com o tempo meu hospedeiro começou a deixar que brincasse com ele. Então, um dia, Ejike pediu para levar o gansinho para casa dele para mostrar à avó, dizendo: "Por cinco minutos, só cinco minutos". Oseburuwa, eu tinha olhado nos olhos dessa criança, e tive medo de ter visto neles, bem no fundo, a pequena chama da inveja queimando. Pois já vi isso muitas vezes nos filhos dos homens: esse lado negativo da admiração que já causou tantos assassinatos e conspirações sombrias. Projetei na mente do meu hospedeiro que ele não deveria abrir mão do gansinho. Mas ele não me atendeu. Entregou o pássaro ao amigo, confiando que nada de mal aconteceria com ele.

Ejike levou o gansinho. Quando ainda não tinha retornado ao pôr do sol, meu hospedeiro ficou ansioso. Foi à casa de Ejike e bateu na porta do apartamento onde o amigo morava com a mãe, mas não ouviu nada. Chamou o nome de Ejike muitas vezes, mas não obteve resposta. A porta estava trancada por dentro. Do lado de fora, podia ouvir o pássaro grasnando e o som de suas asas enquanto flanava, mesmo com as patas amarradas em um barbante. Correu de volta para casa e procurou o pai. Os dois foram juntos até a casa do outro menino, mas ainda que dessa vez a mãe de Ejike tenha respondido à porta, ela negou que estivessem com o gansinho.

Essa mulher, cujo marido tinha morrido na guerra, certa vez atraiu o pai dele até sua casa e eles copularam. Mas sem o menor desejo de preencher o lugar de sua amada esposa, por quem ele choraria pelo resto da vida, o pai se recusou a continuar a relação. E isso havia inserido uma barreira entre ele e a mulher. Embora meu hospedeiro não soubesse disso, eu sabia, pois tinha ouvido o pai dele falar sobre isso consigo mesmo enquanto meu hospedeiro dormia. E uma noite vi o *chi* do pai dele — um *chi* descuidado, que costumava flutuar com exagero enquanto rondava pela casa — e ele me contou que tinha saído do corpo de seu hospedeiro porque ele estava para fazer sexo com a vizinha. Disse que o pai do meu hospedeiro e a mulher estavam se amassando no fundo da casa, no quintal. Eu vim a conhecer muito bem esse espírito guardião, como em geral se conhece os espíritos guardiões de outros membros de uma residência. Espie dentro de uma residência à meia-noite e você encontrará espíritos guardiões — em geral de homens — conversando ou simplesmente andando pela casa, muitas vezes cultivando vínculos uns com os outros durante o tempo de vida de seus hospedeiros. Foi assim que fiquei conhecendo um grande número de espíritos guardiões de homens e mulheres da espécie humana.

Assim, naquele dia, talvez por causa da mágoa que ainda guardava, a mulher bateu a porta na cara do meu hospedeiro e do pai.

Depois disso, não havia nada que meu hospedeiro pudesse fazer com Ejike e sua mãe. Ficou atônito por vários dias e, às vezes, tinha acessos incontroláveis de raiva e corria na direção da casa do vizinho, mas o pai o chamava de volta e ameaçava açoitá-lo se ele voltasse lá. Ouvia o gansinho a cada minuto, se recusava a comer e mal dormia à noite. Foi difícil para mim, seu espírito guardião, vê-lo sofrer. Mas não há nada que um *chi* possa fazer para ajudar um homem em tais circunstâncias, pois nós temos limitações. Os antigos pais, em sua sabedoria, dizem *Onye ka nmadu ka chi ya*, e eles estão certos. Uma pessoa que seja maior que outra é também maior que o seu *chi*. Assim, há pouco o que um *chi* possa fazer por um homem cujo espírito está alquebrado.

Egbunu, Ndali ficou comovida por essa parte da história. Apesar de ter falado durante toda a narrativa, fazendo perguntas ("Ele disse isso?"; "E o que aconteceu depois?"; "Você viu?"), eu resolvi não falar delas, pois devo me concentrar nesta história sobre essa criatura a quem meu hospedeiro entregou o coração. Mas, à luz das coisas que aconteceram agora e a razão por que estou diante de vocês para testemunhar sobre meu hospedeiro, a esta altura da história devo relatar as palavras dela a respeito do desejo do meu hospedeiro de recuperar o que lhe pertencia o ter levado à beira da loucura. Meneando a cabeça, cansada, ela disse:

— Deve ser muito triste, um pássaro que é seu, por quem você sofreu, ser levado desse jeito. Deve ser doloroso.

Meu hospedeiro simplesmente anuiu e continuou. Contou a ela que no quinto dia ele se sentiu desesperado. Subiu na árvore no fundo do quintal e de lá pôde ver a casa do vizinho. Viu Ejike sentado num banco atrás da cerca da casa, acariciando o gansinho. De início o gansinho parecia morto, depois viu suas asas se agitarem ao tentar voar para longe de seu captor, que logo pisou na correia vermelha amarrada à sua perna. O gansinho lutou, levantou várias vezes a perna, batendo as asas, mas o cordão o segurava. Foi ao ver aquilo que a ideia cruel surgiu na mente de meu hospedeiro.

Chukwu, no momento em que vislumbrei o desígnio do seu coração, eu o contestei. Projetei em sua mente o pensamento da devastação e da dor resultantes se ele prosseguisse. Ele considerou por um momento e até imaginou o pássaro sangrando do ferimento infligido pela pedra na sua cabeça, e aquilo o assustou. Mas logo afastou o pensamento. Porém, como vocês sabem, um *chi* não pode ir contra a vontade de seu hospedeiro, nem pode obrigar um hospedeiro a agir contra a própria vontade. É por isso que os antigos pais dizem que se um homem estiver em silêncio, seu *chi* também deve ficar em silêncio. Esta é a lei universal dos espíritos guardiões: um homem precisa querer que seu *chi* aja. Assim, fui compelido à difícil situação de ficar assistindo, impotente, enquanto ele fazia uma coisa que no final o faria se sentir angustiado. Ele voltou com seu bodoque, sentou num galho vergado e se escondeu na folhagem. De lá, viu o pássaro amarrado à perna do banco em que Ejike estava sentado um minuto antes de voltar para dentro de casa.

Àquela altura da história, meu hospedeiro percebeu que estava prestes a contar a Ndali que era capaz de uma grave violência, por isso interrompeu a narrativa para mentir e explicar que tinha deixado de amar o gansinho porque a ave não era mais dele. Disse que, por ser ligado a Ejike, pensou em matar o pássaro como vingança contra seu novo dono. Quando ela anuiu e disse: "Eu entendo, continue", ele contou como disparou a pedra no pássaro e não errou. A pedra acertou uma perna, e o gansinho caiu com o que deve ter sido um grito de dor. Desceu logo da árvore, o coração batendo como um tambor. Correu até o quarto, e, pouco depois, Ejike chegou correndo com a ave sangrando, gritando que ela iria morrer se não fosse tratada. De fato, dias depois, quando recuperou o pássaro e o trouxe de volta para casa, ele acordou e encontrou o gansinho estirado de costas no meio do quarto, as asinhas envolvendo seu corpo miúdo. As duas pernas estavam firmes e sem vida, as garras curvadas para baixo já com os primeiros sinais de *rigor mortis*.

Gaganaogwu, a morte desse pássaro deixou meu hospedeiro muito perturbado. Ele contou a Ndali como tinha chorado pela perda e que se repreendia tão severamente que o pai foi obrigado a castigá-lo. Mas não adiantou nada. Começaram a surgir queixas na escola por conta de sua desatenção e suas ausências. Tal era sua revolta que ele começou a se comportar para provocar castigos e os aceitava — principalmente os açoitamentos — com uma indiferença masoquista que alarmou seus professores. Eles mandaram um recado ao pai dele, que àquela altura já tinha se cansado de castigar o filho, que de um garoto encorpado havia se transformado num magricela. Um dia, numa desesperada tentativa de salvar o filho, o pai o levou a um viveiro de aves fora da cidade. Meu hospedeiro descreveu em detalhes a grande fazenda a Ndali: as centenas de aves diante de seus olhos — pássaros domesticados de diferentes espécies. Foi ali, em meio ao cheiro de milhares de penas e o cacarejo de centenas de vozes, que seu coração finalmente se levantou e voltou à vida. O pai e ele voltaram com uma gaiola cheia de galinhas e dois perus, e assim começou o negócio de aves.

Ebubedike, depois que ele contou a história os dois ficaram sem falar nada por um bom tempo. Em silêncio, ele repassou as palavras que dissera para ver se alguma coisa o havia colocado sob um ângulo desfavorável. E ela ficou ali envolvida em pensamentos profundos, talvez avaliando as palavras dele. A circunspecção estava no centro de sua autoestima. Era o que devia ser mantido vivo para sustentá-lo. Por isso era fundamental que ele mantivesse a maioria dos detalhes de seu passado escondidos e que sua língua retivesse sua pobreza mesmo diante de pressões. Incomodado por ter contado tanta coisa a Ndali, deixou os pensamentos mudarem para os tomates que havia plantado na semana anterior, que ainda não tinha aguado, quando de repente ela falou, depois do que pareceu uma longa reflexão:

— É um bom trabalho.

Ele aquiesceu.

— Você gosta, mãezinha?

— Sim, gosto — ela respondeu. — Você sente falta da sua família? Aliás, e quanto à sua irmã?

Por mais simples que tenha sido a pergunta, demorou muito tempo até ele dar uma resposta. Já vivi muito tempo com a espécie humana para perceber que eles não guardam informações sobre os que os magoaram, como fazem com os outros. Esse tipo de informação é guardado em jarros bem fechados, cujas tampas precisam ser abertas para se lembrar dele. Ou, nos piores casos — como a lembrança do estupro de sua avó por soldados inimigos durante a guerra —, o jarro tem de ser quebrado em pedaços. Por isso, só o que ele disse foi:

— Ela mora, hã, em Lagos. Na verdade, ela e eu não nos falamos. O nome dela é Nkiru.

— Por quê?

— Mãezinha, ela saiu de casa antes de o papai morrer. Você sabe, ela... Como posso dizer? Ela nos abandonou. — Viu os olhos de Ndali fixos nos dele. — Ela foi embora por causa de um homem com quem ninguém queria que ela se casasse porque era um homem muito velho, velho o bastante para ser pai dela. Na verdade, o homem é mais de quinze anos mais velho que ela.

— A-hã! Por que ela fez isso?

— Não sei, minha irmã. — Lançou um rápido olhar para ver se havia alguma reação ao termo que ele tinha usado. — Não sei, mãezinha.

Egbunu, apesar de ele só ter falado isso sobre a irmã até aquele momento, quando alguém abre uma tampa dessas, vê mais do que consegue calcular. Em geral não há como parar. "Por que uma filha rejeitaria os pais?", perguntava o seu pai, e ele dizia que não sabia. Ao que o pai vertia algumas lágrimas lentas, balançava a cabeça e estalava os dedos. Em seguida, apertava bem os dentes, fazendo um som de ta-ta-ta-ta-ta. "Está além de mim", dizia o pai ainda com mais amargura que antes. "Além de qualquer homem... morto ou vivo. Oh, Nkiru, *Ada mu oh!*"

Como a lembrança do que contara pesava muito, ele quis mudar o tom da conversa.

— Vou pegar alguma coisa pra você tomar. — E levantou-se.

— O que você tem? — Ela também se levantou.

— Não, não, pode ficar sentada, mãezinha. Você é minha convidada. Você fica sentada e eu cuido de você.

Ndali deu risada e ele viu os dentes dela: como eram bonitos, alinhados quase delicadamente como os de uma criança.

— Tudo bem, mas eu quero ficar de pé — ela replicou.

Lançou um olhar para ela e arqueou a sobrancelha.

— Não sabia que você falava pidgin — comentou, dando risada.

Ndali revirou os olhos e suspirou de um jeito herdado das grandes mães. Ele trouxe duas garrafas de Fanta e deu uma a ela. Ainda comprava engradados dessas bebidas chamadas Fanta e Coca, como o pai costumava fazer para convidados, ainda que quase não recebesse visitas. Guardava algumas no refrigerador e devolvia as garrafas vazias para o engradado.

Apontou para a mesa de jantar, rodeada por quatro cadeiras. Uma vela meio queimada se erguia sobre uma tampa usada de Bournvita, adornada por uma cascata de parafina que se espalhava pela lata, formando uma camada na base, como raízes retorcidas de uma velha árvore. Empurrou a tampa para a borda da mesa perto da parede e puxou uma cadeira para Ndali. Viu que ela olhava para o calendário na parede, com uma imagem do *alusi* de Homem Branco, com uma coroa de espinhos na cabeça. A inscrição ao lado do dedo erguido de Jisos passou pelos lábios dela, mas não foi audível. Meu hospedeiro tinha aberto a garrafa quando Ndali se sentou, e quando ia recolher o abridor, ela pegou na mão dele.

Ijango-ijango, mesmo depois de todos esses anos, ainda não consigo compreender totalmente tudo o que aconteceu naquele momento. Parecia que de alguma forma misteriosa ela tinha conseguido interpretar as intenções do coração dele, que extravasavam por sua expressão como uma presença. E ela entendeu, por alguma alquimia, que o sorriso em seu rosto mostrava o tempo todo a luta de seu corpo para administrar a solene intransigência de seu desejo vulcânico. Eles fizeram amor de coração, com muita beleza, por quase uma hora e com um raro tipo de energia. Ele motivado por uma estranha mistura de incredulidade e alívio, e ela por algum sentimento que não consigo descrever. Você sabe, Chukwu, que já me mandou muitas vezes lá fora para lidar com pessoas, para viver através delas, para me transformar nelas. Sabe que já vi muitas pessoas despidas. Mesmo assim, a ferocidade do encontro entre os dois me alarmou. Pode ter sido por ser a primeira vez, e os dois podiam dizer — pois foi esse realmente o pensamento dele — que havia algo inefável e profundo entre eles, e de fato me fez lembrar das palavras do *chi* dela: "Minha hospedeira estabeleceu um figurino no templo de seu coração". Deve ter sido por isso que no final, com ambos encharcados de suor, ele viu lágrimas nos olhos dela. Meu hospedeiro se deitou ao seu lado e disse palavras que — embora só ela, ele e eu pudéssemos escutar — também foram ouvidas nos domínios além do homem como trovejantes aclamações dirigidas aos ouvidos de homens e de espíritos, de mortos e de vivos, no momento e para sempre:

— Eu encontrei! Eu encontrei! Eu encontrei!

5
UMA ORQUESTRA DE MINORIAS

GAGANAOGWU, a vida cotidiana dos amantes em geral começa a partilhar semelhanças, de modo que, com o passar do tempo, cada dia se torna indistinguível dos anteriores. Os amantes levam as palavras do outro no coração, quando distantes e quando estão juntos; eles riem; eles conversam; eles fazem amor; eles discutem; eles comem; eles cuidam juntos das galinhas; eles assistem à televisão e sonham com um futuro em comum. Assim, o tempo passa e as lembranças surgem até a união se tornar a soma de todas as palavras que disseram um ao outro, as risadas, as vezes que fizeram amor, as discussões, as refeições, o trabalho com as galinhas e todas as coisas que fizeram juntos. Quando não estão um com o outro, a noite se torna uma coisa indesejável. Eles se desesperam com o mascaramento do sol e esperam ansiosamente que a noite, essa folha cósmica que os separou do amado, passe muito depressa.

Por volta do terceiro mês, meu hospedeiro percebeu que os momentos que mais valorizava eram os que Ndali cuidava das galinhas com ele. Embora muitas coisas sobre aquilo ainda a perturbassem — como o cheiro do galinheiro, a maneira como as galinhas defecavam quase em toda parte e a matança das que eram vendidas para restaurantes —, ela gostava de cuidar das aves. Apesar de trabalhar com meu hospedeiro sem se queixar, ele continuava preocupado sobre como ela via o trabalho. Lembrava-se com frequência do palestrante da universidade de ciência no mercado de frangos de Enugu, que se queixara amargamente sobre o hábito dos granjeiros de segurar as aves pelas asas, definindo-o como cruel e insensível. Apesar de estar estudando para ser farmacêutica, às vezes usando um jaleco de laboratório em algumas fotos que mostrava a ele, Ndali não demonstrava essa sensibilidade. Arrancava com facilidade as penas mais crescidas dos frangos. Recolhia ovos sempre que fazia visitas matinais ou passava a noite com ele. Mas, além das aves, ela também cuidava dele e da casa. Enfiava a mão nos âmbitos escuros e secretos da vida dele e tocava em tudo que havia lá. E, com o tempo, ela se tornou a coisa que sua alma vinha buscando com lágrimas nos olhos havia anos.

Durante aqueles três meses, aquela mulher que meu hospedeiro encontrou casualmente numa ponte, e que é a razão de meu testemunho prematuro esta noite, transformou a vida dele. Sem avisar, Ndali chegou numa tarde com uma nova televisão de catorze polegadas e um ferro de passar roupa. Já há algumas semanas ela caçoava dele por ser a única pessoa que conhecia que não assistia à televisão. Ele não contou que até recentemente tinha uma do tempo dos pais, mas que, poucas semanas antes de reencontrá-la, fez o aparelho em pedaços num acesso de raiva pelo desaparecimento de Motu. Mais tarde, quando percebeu o que tinha feito, levou o aparelho a uma oficina de consertos próxima. Depois de examiná-la, o técnico disse, com muitos sinais de cabeça, que ele teria de comprar uma nova. O custo das peças que precisavam ser trocadas era o preço de uma nova. Resolveu deixar o que restava da TV com o técnico, na pequena oficina em frente a uma movimentada estrada, atulhada de aparatos eletrônicos em diferentes estados de disfunção.

Além de trazer essas coisas novas, Ndali fazia questão de manter a casa limpa. Lavava o chão do banheiro constantemente, e quando um sapo saltou do ralo depois de uma chuva mais forte, ela chamou um encanador para tapar o cano com uma rede. Esfregava os azulejos brancos das paredes do banheiro, que não eram limpos havia muitos meses. Comprou toalhas novas para ele, mas não as pendurou no alto da porta — "Porque isso deve estar sujo!" — nem nos pregos tortos afixados na porta — "Porque o prego estava enferrujado e ia manchar as toalhas" —, mas sim num cabide de plástico.

Com o passar do tempo, todos os dias ela melhorava alguma coisa no cotidiano dele. Até mesmo Elochukwu, a quem agora dava pouco de sua atenção, atestava continuamente a enorme mudança na vida dele.

Embora apreciasse essas coisas, meu hospedeiro não pensou muito a respeito até o final desses três meses, quando Ndali viajou com os pais para a Inglaterra, a terra do Homem Branco. A razão disso é que as pessoas não veem claramente o que está diante delas até as considerar a certa distância. Um homem pode odiar outro por causa de uma ofensa, mas após um significativo intervalo de tempo seu coração começa a se acalentar em relação àquele indivíduo. É por isso que os sábios pais dizem que se ouve mais claramente a mensagem de um tambor *udu* a distância. Já vi isso muitas vezes. Assim, foi quando Ndali se ausentou que meu hospedeiro viu tudo que ela havia feito por ele com mais clareza. Foi também durante esse tempo que todas as coisas que ela havia dito para ele ficaram mais audíveis, quando percebeu tudo que havia mudado em sua vida e como o passado, antes da chegada de Ndali, agora parecia uma época diferente do presente. E foi durante aqueles dias que ficou sozinho, pensando sobre essas coisas, que surgiu nele o desejo, com todos os seus poderes de persuasão, de se casar com Ndali. Levantou-se e gritou:

— Eu quero me casar com você, Ndali!

Ijango-ijango, não consigo descrever a alegria que vi em meu hospedeiro naquela noite. Nenhuma poesia, nenhuma linguagem pode descrever totalmente. Eu já tinha visto, bem antes de o tio dele chegar e sugerir que encontrasse uma esposa, que ele estava procurando por isso — desde o dia em que a mãe morreu. Eu, seu *chi*, apoiei totalmente. Conhecia a mulher, aprovava seus cuidados com ele, tive até o testemunho de seu *chi* de que ela o amava. E estava convencido de que uma esposa restauraria a paz que ele tinha perdido depois da morte da mãe, pois os primeiros pais, em sua mais graciosa sabedoria, dizem que, quando um homem constrói uma casa e uma estrutura, até mesmo os espíritos esperam que ele arranje uma esposa.

Dois dias depois de ele ter tomado essa decisão, Ndali voltou para a Nigéria. Ligou para ele assim que chegou a Abuja com a família, sussurrando ao telefone. Enquanto falava, ele ouviu o som de uma porta se abrindo em algum lugar na casa onde ela estava, e no mesmo instante o telefone foi desligado. Estava colhendo ovos e substituindo a serragem do chão do principal galinheiro quando ela ligou. Quando ela chegou a Umuahia, mais tarde naquele dia, aconteceu outra vez. Dessa vez ele tinha acabado de fazer uma refeição em um restaurante para o qual fornecia ovos e frangos, um lugar onde comia de vez em quando. Tinham começado a conversar quando ela cortou a ligação de repente, ao som de uma porta se abrindo.

Meu hospedeiro largou o telefone e lavou as mãos numa bacia de plástico cheia de espinhos do peixe-bonga servido com sopa de *egusi*. Pagou à filha do dono do restaurante, que costumava usar uma echarpe dobrada na forma da cauda de uma ave, que o fazia se lembrar de Motu. Pegou um palito de dentes de um copo de plástico e saiu para o sol. Acenou para um vendedor ambulante que levava água em pequenos sacos vedados, anunciando sua mercadoria:

— Água Pura, Água Pura!

Agujiegbe, essa compra e venda de água sempre me intrigou. Os antigos pais nunca teriam imaginado, mesmo em tempos de seca, que água — a mais abundante provisão da grande deusa da terra — pudesse ser vendida da mesma forma que caçadores vendem um porco-espinho! Meu hospedeiro comprou uma Água Pura e estava guardando o troco de dez nairas no bolso quando o telefone começou a tocar outra vez. Pegou o aparelho do bolso, considerou atender a chamada, mas o guardou de volta. Cuspiu o palito de dentes, abriu o saco de água e bebeu até estar vazio, antes de jogá-lo num lixo ali por perto.

Meu hospedeiro estava com raiva. Mas a raiva, numa situação como essa, tende a se tornar uma gata fecunda que gera ninhadas de filhotes, que já resultavam em ciúmes e dúvidas. Pois enquanto andava até a caminhonete, começou a ponderar por que estava se entregando a uma mulher que não parecia gostar dele. Projetei em sua mente o pensamento de que não era necessário ficar magoado com ela e sugeri que esperasse até ouvir sua explicação e a história toda.

Ele não respondeu à minha sugestão, simplesmente entrou na caminhonete e passou pelo grande pilar na Bende Road, que tinha o nome da cidade, ainda com raiva. Chegou a uma interseção rudimentar, onde um veículo de três rodas entrou entre sua caminhonete e outro carro, e teria batido nele se não tivesse freado. O motorista do pequeno veículo xingou meu hospedeiro e entrou no acostamento da estrada.

— Demônio! — gritou para o homem. — É por isso que gente como você morre. Você dirige mal *keke napep*, mas gosta de dizer na *gwongworo* pra outros dirigirem!

O telefone começou a tocar enquanto falava, mas ele não atendeu. Passou pela catedral Mater Dei, aonde não ia havia muito tempo, e, entrando por uma ruazinha, chegou ao seu sítio. Desligou o motor, pegou o telefone e digitou o número dela.

— O que você está fazendo? — ela gritou ao telefone. — O quê?

— Eu não... — ele respondeu, respirando forte ao telefone. — Eu não quero falar com você pelo telefone.

— Não, você precisa falar. O que eu fiz pra você?

Ele enxugou o suor da testa e abaixou o vidro da janela.

— Eu estava chateado de você fazer de novo.

— Fazer de novo o quê, hein, Nonso?

— Você tem vergonha de mim. Não falou comigo porque alguém entrou na sala. — Sentiu que seu tom de voz aumentava, começando a ficar alto e veemente, um tom que ela costumava definir como ríspido. Mas não conseguia se conter. — Diga pra mim, hein, quem abriu a porta daquela vez que você interrompeu a ligação?

— Nonso...

— Responda.

— Tudo bem, minha mãe.

— *Eh-eh*, está vendo? Você está me escondendo? Não quer que sua família saiba sobre mim. Não quer que saibam que sou seu namorado. Está vendo, você está me escondendo do seu pessoal, Ndali.

Ela tentou falar, mas ele continuou insistindo, obrigando-a a ficar em silêncio. Depois ficou esperando que ela voltasse a falar, ainda mais preocupado, não só por causa do seu tom de voz como também por ter se referido a ela pelo nome, algo que ele só fazia quando estava zangado.

— Você ainda está aí? — perguntou.

— Estou — ela respondeu depois de uma pausa.

— Então pode falar.

— Onde você está? — ela perguntou.

— Na minha casa.

— Eu estou indo para aí agora.

Ele jogou o telefone no bolso e uma alegria silenciosa o invadiu por dentro. Era óbvio que ela só pretendia encontrá-lo dentro de alguns dias, mas ele queria que viesse o mais breve possível. Pois sentia saudades dela, e em parte era isso que o enfurecia. Também se sentia aborrecido com a ansiedade que se fixou nele enquanto ela estava ausente, que se tornou ainda mais persistente depois que teve a ideia de se casar com ela. Como acontecia com frequência com ele — e com a maior parte da espécie humana —, uma ideia questionável havia se formado em sua mente com o poder de uma persuasão. No começo as pessoas acreditam nessas ideias, mas depois de um tempo elas ficam mais agudas e mais penetrantes, revelando todas as deformidades de seus planos. Foi essa a razão pela qual, horas depois, ele se conscientizou — como se estivesse escondido todo aquele tempo — de que não era rico, nem especialmente bonito e só tinha estudo até o ensino médio. Ela, em comparação, estava prestes a concluir a universidade e se tornar médica (apesar de ter dito a ele muitas vezes que seria farmacêutica, não médica, Egbunu). Precisava que ela viesse, para de alguma forma reassegurá-lo mais uma vez de que estava enganado, que não estava abaixo dela, que os dois eram iguais. E que o amava. Apesar de não saber, era o que Ndali estava fazendo por ele ao concordar em vir.

Saiu da caminhonete e andou até a pequena lavoura, parando no meio do caminho entre as fileiras de tomateiros para observar as espigas de milho do outro lado. Talvez por tê-lo avistado, um coelho apareceu e começou a correr para o milharal em saltos rápidos e prodigiosos, abanando a cauda. Percorria alguns passos e parava, levantava a cabeça e olhava ao redor, depois continuava correndo. Meu hospedeiro viu uma camiseta — talvez trazida pelo vendo de alguma residência — pendurada num pé de milho, vergando-o. Pegou a camiseta. Estava coberta de terra e com um miriápode preto reticulado. Sacudiu o miriápode e começou a andar até o lixo atrás do muro de tijolos para jogar a camiseta fora quando Ndali chegou.

* * *

Ezeuwa, os sábios pais em sua preventiva sabedoria dizem que seja qual for a posição que o dançarino assuma, a flauta o acompanhará até ali. Naquela noite meu hospedeiro tinha obtido o que desejava: que ela viesse até ele. Mas tinha conseguido isso protestando e ditando o tom do flautista. Assim, quando ele entrou na casa, Ndali estava de pé, cobrindo o rosto cansado com os dedos abertos. Virou-se assim que ele entrou e disse, olhando para baixo:

— Eu não vim para discutir, mas pra conversar calmamente, Nonso.

Temendo que o que ela dissesse requereria sua atenção por muito tempo, ele pediu para primeiro alimentar suas galinhas. Saiu correndo para o quintal, querendo voltar logo para ela. Abriu a porta do galinheiro, feito de madeira e tela. As galinhas saíram, cacarejando com entusiasmo. Correram ansiosas para a goiabeira, onde ele já tinha posto as sacas, mas ainda não a comida. Assim que elas começaram a ciscar, piando, ele voltou para a casa e colocou uma cunha na porta principal, de forma que só a porta de tela ficasse fechada. Despejou um último grande recipiente de painço e amarrou o saco restante quase vazio em um dos armários da cozinha para evitar que as aves devorassem tudo. Voltou para o quintal e despejou o conteúdo do saco ao pé da goiabeira. Imediatamente os sacos foram cobertos pela aglomeração das aves famintas.

Quando voltou para a sala, Ndali estava examinando a câmera que tinha comprado no país do Homem Branco, que ela chamou de "câmera Polaroide". A bolsa ainda estava ao seu lado e ela ainda estava de sapatos, que chamava de "salto alto", como se estivesse pronta para partir logo. Egbunu, embora quase sempre seja possível dizer o estado da mente de uma pessoa a partir da expressão em seu rosto, agora é difícil fazer isso com as filhas das grandes mães. Isso porque agora elas se enfeitam de formas diferentes das mães. Elas se livraram do *uli*, das tranças elaboradas, não usam mais missangas nem conchas coloridas. E agora uma mulher pode cobrir o rosto com cores de todos os tipos, com um só pincel, e alguém infeliz pode usar tantas cores no rosto até parecer feliz. E foi assim que Ndali apareceu naquele dia.

— Então me diga — começou assim que ele se sentou. — Você quer conhecer a minha família?

Ele tinha sentado no sofá mais mole e seu corpo afundou tanto que mal conseguia ver o corpo dela inteiro, ainda que estivesse bem na frente dela.

Ciente da raiva em sua voz, ele disse:

— Isso mesmo, se nós quisermos nos casar...

— Então você quer casar comigo, Nonso?

— Isso mesmo, mãezinha.

Estava de olhos fechados quando ele falou, mas quando os abriu eles pareceram avermelhados. Acomodou-se no sofá de forma que as pernas avançaram na direção dele.

— Você está falando sério?

Ele olhou para ela.

— Isso mesmo.

— Então você vai conhecer a minha família. Já que diz que quer se casar comigo.

Egbunu, ela disse isso como se fosse uma coisa dolorosa a dizer. E dava para ver, sem precisar do olhar de um adivinho, que havia algum peso no seu coração não revelado, oculto pelo compartimento velado de sua mente. Meu hospedeiro também percebeu, e foi por isso que a chamou para se sentar ao seu lado no grande sofá e perguntou por que ela não queria que ele conhecesse os pais dela. Diante dessa pergunta, ela se afastou e virou o rosto para o outro lado. Foi então que percebeu que ela estava com medo. Percebeu isso mesmo com ela virada para o outro lado, quando só conseguia ver os grandes brincos que chegavam quase até os ombros, formando um aro tão grande que ele passava dois dedos através. Pois o medo é uma das emoções que veste a nudez primal do rosto de uma pessoa, e, onde quer que se apresente, qualquer olhar mais observador pode reconhecer, não importa o quanto o rosto esteja enfeitado.

— O que está deixando você triste, mãezinha?

— Não está me fazendo triste — ela respondeu antes de ele terminar a pergunta.

— Então por que você tem medo?

— Porque não vai ser bom.

— Por quê? Por que não posso nem conhecer a família da minha namorada?

Ndali olhou para meu hospedeiro, os olhos firmes nos olhos dele, sem piscar. Depois, virou-se de novo. — Você vai conhecê-los. Prometo. Mas eu conheço meus pais. E o meu irmão. Eu os conheço. — Meneou a cabeça de novo. — Eles são uma gente orgulhosa. Não vai ser bom. Mas você vai conhecê-los.

Desconcertado com o que ouviu, ele não falou nada. Gostaria de saber mais, mas não era de fazer muitas perguntas.

— Quando eu voltar para casa, vou falar com eles sobre você. — Bateu os pés em um indecifrável ato de desconforto. — Hoje à noite, vou contar hoje mesmo. Depois vamos ver quando posso levar você à minha casa.

Quando disse isso, ela recostou no sofá e deu um suspiro profundo, como que aliviada de um grande peso. Mas suas palavras continuaram na cabeça dele. Pois palavras fortes como as que ela havia dito — "Não vai ser bom"; "Então você quer casar comigo?"; "Você vai conhecê-los. Prometo"; "Depois vamos ver quando posso levar você à minha casa" — não são facilmente descartadas pela mente. Elas têm de ser processadas lentamente, com o tempo. Ainda estava digerindo aquelas palavras quando ouviu um som distinto no fundo do quintal que o assustou.

Levantou-se num salto e chegou à cozinha num piscar de olhos. Pegou o bodoque do beiral da janela e abriu a porta de tela. Mas era tarde demais. O gavião já estava subindo numa corrente de ar quando ele chegou ao quintal, batendo violentamente as asas na corrente ascendente, com um das galinhas amarelas e brancas nas garras. As asas do bicho bateram no varal quando ele subiu, estremecendo tanto a corda que duas peças de roupa penduradas caíram no chão. Atirou uma pedra no gavião, que passou muito longe do pássaro. Já tinha assestado outra pedra no bodoque quando viu que não adiantaria. O gavião planava numa corrente de ar inalcançável e já começava a ganhar velocidade, não mais olhando para baixo, mas sim para frente, para a imensidão colorida do céu.

Chukwu, o gavião é um pássaro perigoso, tão letal quanto o leopardo. Só quer saber de comer carne e passa a vida caçando para isso. É um mistério indizível entre os pássaros do céu. É uma deidade alada, dotada de asas violentas e garras impiedosas. Os grandes pais estudaram o gavião e o milhafre, seu irmão mais próximo, e criaram provérbios para explicar sua natureza, um dos quais captando o que acabara de acontecer com as galinhas de meu hospedeiro: antes de cada ataque o gavião diz à galinha: "Mantenha seus pintinhos perto do peito, pois minhas garras estão encharcadas de sangue".

Meu hospedeiro olhava para o gavião voando, cheio de ódio, quando Ndali abriu a porta e saiu para o quintal.

— O que aconteceu? Por que você saiu correndo?

— Um gavião — ele respondeu sem olhar para trás. Apontou ao longe, mas o sol o fez apertar os olhos. Ergueu a mão para se proteger e ficou olhando na direção que o pássaro havia seguido. Mas a imagem do ataque ainda estava tão clara em sua mente, ainda tão vívida, que ele lutava para acreditar que tudo já tinha acabado. Agora não havia mais nada que pudesse fazer para evitar que um de seus frangos fosse despedaçado e comido. As galinhas que tinha criado com as próprias mãos e suor — uma delas fora arrebatada, mais uma vez, *sem nenhuma luta.*

Virou-se e viu que as outras galinhas — com exceção da que tinha sido levada — estavam encolhidas na segurança do galinheiro. As desoladas galinhas andavam com passos interrompidos, piando com o que ele sabia ser a linguagem aviária da angústia. Não falou nada, só apontou na direção do céu vazio.

— Não consigo ver nada. — Ndali protegeu os olhos com a mão e olhou para ele de novo. — O gavião roubou uma galinha?

Ele aquiesceu.

— Ah, meu Deus!

Meu hospedeiro examinou a evidência do ataque: a terra manchada de sangue e coberta de penas.

— Quantas ele levou? Como...

— *Ofu* — ele respondeu, antes de lembrar que se dirigia a alguém que preferia não falar igbo, e acrescentou. — Só uma.

Deixou o bodoque no banco e seguiu a galinha chorosa pelo quintal. Foi enganado na primeira tentativa de pegá-la. Mas avançou com as duas mãos à frente e a agarrou pela asa perto do ombro esquerdo, para depois segurá-la contra a parede da cerca. Em seguida a ergueu pela perna, apalpando a espora com delicadeza. A galinha ficou quieta, a cauda erguida.

— Como aconteceu? — perguntou Ndali, recolhendo as roupas caídas.

— Ele simplesmente apareceu... — Fez uma pausa para acariciar o ouvido da galinha. — Simplesmente pousou e pegou o filhote dessa galinha mãe, Ada. Um dos franguinhos novos.

Colocou Ada, a galinha, de volta no galinheiro e fechou a porta devagar.

— Sinto muito, Obim.

Tirou o pó das mãos batendo uma na outra e entrou na casa.

— Isso acontece sempre? — perguntou Ndali quando ele voltou à sala depois de lavar as mãos no banheiro.

— Não, não, oh, não sempre.

Queria deixar a resposta por ali mesmo, Chukwu, mas eu o fiz descarregar o que pesava em sua mente. Eu o conhecia. Sabia que uma das coisas que podem curar o coração de um homem derrotado é a história de suas vitórias passadas. Alivia o ferimento causado pela derrota com a possibilidade de futuras vitórias. Por isso projetei o pensamento em sua mente de que os gaviões não costumavam vir ali. Sugeri que dissesse a ela que nem sempre isso acontecia. E, em um dos raros momentos de complacência, ele me ouviu.

— Não, isso não acontece sempre — falou. — Não pode acontecer sempre. *Mba nu!*

— É — disse ela.

— Eu não permito. Não muito tempo atrás, aliás, um gavião tentou atacar meus frangos — começou a dizer, surpreso por sua súbita mudança para a forma corrupta da língua do Homem Branco. Mas foi nessa língua que ele contou a história de sua recente vitória, e Ndali ouviu, fascinada. Não muito tempo atrás, começou, ele tinha soltado as galinhas, quase todas menos as que estavam numa das gaiolas de franguinhos, e começou a descascar inhames na pia da cozinha, olhando para fora uma vez ou outra, quando notou um gavião pairando acima do galinheiro. Abriu a porta, pegou o bodoque e escolheu uma pedra do beiral da janela. Soprou a pedra para tirar as formigas, abriu uma das persianas para passar a mão e girou as alavancas de forma que as persianas ficassem em camadas retas e horizontais, umas sobre as outras. E ficou à espera do ataque do pássaro.

O gavião, explicou a Ndali, é o mais observador entre os pássaros e pode planar horas a fio escolhendo seu alvo, para atacar com a maior precisão possível — para só necessitar de um *único* ataque. Sabendo disso, ele ficou esperando. Nem por um segundo tirou os olhos de onde o gavião planava. Foi por isso que percebeu o momento exato em que o pássaro fez seu ousado mergulho no quintal, agarrou um galo pequeno e tentou subir com a corrente ascendente. O míssil jogou o predador contra a parede do muro, fazendo-o soltar o galo. O gavião escorregou para a base da parede com um baque. Aprumou-se, com a cabeça momentaneamente escondida entre as asas abertas. Ele estava ferido.

Saiu para o jardim enquanto o gavião tentava se levantar e prensou-o contra a parede, sem se deixar impressionar pela violência do bater das asas e pelos guinchos de revolta. Arrastou o pássaro pelas asas até o cajueiro no final do terreno, ao lado da lata de lixo. Enfatizou que não conseguiria descrever a raiva que sentia. Foi com muita raiva que amarrou o gavião pelas asas, o sangue da cabeça do pássaro ensopando as fibras fortes do cordão. Quando amarrou o pássaro na árvore, falou com ele e com toda sua espécie — todos os que roubavam o que gente como ele criava com seu esforço, tempo e dinheiro. Foi até a casa e voltou com alguns pregos, com suor escorrendo pelas costas e pelo pescoço. Quando chegou ao quintal, o gavião piava com uma fúria estranha, um som feio e penetrante. Pegou uma pedra grande de trás da árvore e segurou o pescoço do pássaro contra o tronco. Em seguida, martelou o prego na garganta dele com a pedra até o prego sair pelo outro lado, arrancando lascas e soltando uma camada de casca velha da árvore. Abriu uma das asas, com a mão e a pedra cobertas de sangue do gavião, e pregou outro prego, atingindo a seiva da árvore. Apesar de perceber que tinha feito algo extremamente violento e incomum, estava tão tomado pela raiva que se viu determinado a concluir o que sua mente havia conjurado como um castigo merecido para o pássaro: uma crucificação. Assim, juntou as pernas emplumadas da ave morta e pregou-as na árvore. E estava terminado.

Quando acabou de contar a história, sentou-se de novo na cadeira, encantado com a própria visão. Embora estivesse olhando para ela o tempo todo, pareceu que só agora a via pela primeira vez desde o começo da história. E sentiu medo de que ela pudesse vê-lo como um homem violento. Olhou para ela com atenção, mas não conseguia imaginar o que estava pensando.

— Você me deixou pasma, Nonso.

— Com o quê? — ele perguntou, o coração acelerado.

— Com essa história.

Então é assim?, conjeturou. Era assim que ela o veria daqui para a frente? Como um homem irremediavelmente violento, que crucifica pássaros? — Por quê? — preferiu perguntar.

— Não sei. Mas... na verdade... não sei. Talvez pela maneira como tenha me contado. Mas... eu só vejo você, um homem que ama tanto as suas galinhas. Tanto, tanto.

Ebubedike, os pensamentos do meu hospedeiro se agitaram com isso. *Amor*, pensou. Como ela pode pensar em amor neste exato momento, depois de ele ter se exposto como alguém capaz de tal brutalidade sem sentido?

— Você ama suas galinhas — ela repetiu, agora com os olhos fechados.

— Se não as amasse, não teria agido dessa maneira na história que acabou de me contar. E hoje também. Você realmente ama as suas galinhas, Nonso.

Ele concordou com a cabeça, sem saber muito bem por quê.

— Acho que você realmente é um bom pastor.

Ele ergueu os olhos e perguntou:

— O quê?

— Eu chamei você de pastor.

— E o que é isso?

— É quem cuida de ovelhas. Você se lembra da Bíblia?

Meu hospedeiro ficou meio perplexo com o que ela disse, pois não tinha pensado muito naquilo, assim como os homens não pensam muito nas coisas que fazem todos os dias, coisas que para eles são rotineiras. Não tinha considerado que fora derrotado pelo mundo. Os pássaros eram a lareira em que seu coração fora queimado e — ao mesmo tempo — eram as cinzas reunidas depois de a lenha ter sido queimada. Ele amava as galinhas, mesmo se elas fossem várias enquanto ele era simples e um só. No entanto, como qualquer um que ama, queria que esse amor fosse correspondido. E como não sabia dizer nem mesmo se seu gansinho solitário chegara a amá-lo ou não, com o tempo seu amor se tornou uma coisa deformada — uma coisa que nem ele nem eu, seu *chi*, conseguíamos entender.

— Mas eu cuido de galinhas, não de ovelhas — replicou.

— Não faz diferença, desde que você cuide das aves.

Ele abanou a cabeça.

— É a pura verdade — disse Ndali, chegando mais perto. — Você é um pastor de aves, você ama sua criação. Você cuida delas do jeito que Jesus cuida de seu rebanho, com muito amor.

Apesar de ter ficado confuso com o que ela disse, ele falou:

— É mesmo, mãezinha?

Agbatta-Alumalu, meu hospedeiro ficou tão confuso com as coisas ditas por Ndali naquele dia que mesmo depois que eles fizeram amor, comeram arroz e um cozido e fizeram amor de novo, ele ficou na cama ouvindo o som dos grilos na lavoura e no celeiro enquanto Ndali dormia. Sua mente se apegava rigidamente às coisas enigmáticas que ela tinha dito sobre a família, como se estivesse preso ali, como um pássaro amarrado. Estava olhando diretamente para a parede à sua frente, para nada em particular, quando se assustou com a voz dela.

— Por que não está dormindo, Nonso?

Olhou para ela e esticou-se na cama.

— Eu vou dormir, mãezinha. Por que ainda está acordada?

Ndali se virou e ele viu a silhueta de seus seios no escuro.

— Não sei, oh, eu às vezes acordo desse jeito. Não tinha dormido profundamente antes, oh — ela respondeu com a mesma voz fraca. — *Eh-he*, Nonso, eu estive pensando o dia todo: que som era aquele que as galinhas fizeram quando o gavião levou a menorzinha? Era como se tivessem todas... *eh*, reunidas. — Deu uma tossida e ele ouviu o som do catarro na garganta dela. — Era como se todas estivessem dizendo a mesma coisa, fazendo o mesmo som. — Ele tentou começar a falar, mas ela continuou. — Foi estranho. Você percebeu, Obim?

— Percebi, mãezinha — ele respondeu.

— Conta pra mim, o que é aquilo? É um choro? Elas estavam chorando?

Meu hospedeiro respirou fundo. Era difícil falar sobre aquele fenômeno, pois aquilo o deixava comovido. Era uma das coisas que ele prezava nas aves domésticas — sua fragilidade, como elas dependiam muito dele para proteção, sustento e tudo mais. Nisso elas eram diferentes dos pássaros silvestres.

— É verdade, mãezinha, é um choro — respondeu.

— É mesmo?

— Isso mesmo, mãezinha.

— Meu Deus, Nonso! Não admira. Por causa da menorzinha...

— Isso mesmo.

— A que o gavião levou?

— Isso mesmo, mãezinha.

— Isso é muito triste, Nonso — disse Ndali depois de um momento de silêncio. — Mas como você sabe que elas estavam chorando?

— Meu pai me contou. Ele sempre dizia que se parece com um canto fúnebre para alguém que morreu. Ele chamava de *Egwu umu-obere-ihe*. Você entende? Eu não sei dizer *umu-obere-ihe* em inglês.

— Coisas pequenas — ela disse. — Não, minorias.

— Sim, sim, isso mesmo. Essa é a tradução que meu pai usou. Era como ele dizia em inglês: minorias. Ele sempre dizia que era como a *okestra* delas.

— Orquestra — ela corrigiu. — O-r-q-u-e-s-t-r-a.

— Isso mesmo, era assim que ele pronunciava, mãezinha. Sempre dizia que as galinhas sabem que é só o que podem fazer: chorar e fazer o som ukuuukuu! Ukuuukuu!

Mais tarde, quando Ndali voltou a dormir, ele ficou deitado ao seu lado, pensando no ataque do gavião e em suas observações sobre as galinhas. Em seguida, quando a noite prosseguiu e seus pensamentos voltaram às coisas que ela havia dito sobre a família, o medo se imiscuiu novamente, desta vez usando a máscara de um espírito sinistro.

Ijango-Ijango, os *ndiichie* dizem que se uma parede não estiver furada os lagartos não conseguem entrar na casa. Mesmo quando um homem está perturbado, se não se deixar abater ele consegue se sustentar. Embora a paz de meu hospedeiro tenha sido abalada, ele continuou fazendo suas coisas com serenidade. Entregou 99 ovos ao restaurante na rua onde morava e foi até Enugu para vender sete de seus frangos e comprar mais algumas galinhas marrons e seis sacos de ração. Tinha comprado só um saco de mistura quando encontrou um homem tocando *uja*, a flauta dos espíritos. O flautista seguia outro homem cujo torso estava pintado com *nzu* e *uli* e sândalo, com um molho de folhas frescas de palmeira nos dentes. Atrás dos dois homens seguia um desfile de mascarados. Um grupo de pessoas estava reunido enquanto o *iru-nmuo*, usando uma máscara chifruda com a escarificação de um *ichie* de olhos puxados, dançava ao som da melodia da antiga flauta acompanhado por guizos de dois gongos. Como você sabe, Egbunu, quando alguém encontra um espírito ancestral — a manifestação corpórea de um ou mais grandes pais —, não dá para resistir. Gaganaogwu, eu não consegui me conter! Pois vivi nos tempos dos grandes pais quando desfiles de máscaras eram uma visão frequente. Não consegui resistir à tentação de ouvir a melodia mística da *uja*, a flauta confeccionada pelos melhores povos que vivem na Terra. Saí do meu hospedeiro e entrei numa frenética multidão de espíritos de todos os tipos e climas reunidos ao redor da área, emitindo barulhos ensurdecedores, os pés ressoando na terra macia de Ezinmuo. Mas o que me surpreendeu ainda mais foi o que vi acima, em outra parte do mercado lotado. Um grupo de pequenos espíritos em forma humana — crianças mortas no nascimento ou na concepção, ou gêmeos mortos há muito tempo — brincando sobre uma elevação a cerca de quatrocentos metros, a distância em que *ekili*, o sistema de transporte místico de projeção astral e voo de pássaros, se torna possível. Esse grupo de espíritos se mantinha acima da multidão humana por uma força que vai além do conhecimento do homem (com exceção de *dibias* e iniciados), de forma a parecer que estavam no chão. Batiam os pés, saltavam e estalavam os dedos enquanto jogavam o antigo jogo de *okwe-ala*. Suas risadas eram altas e alegres, aneladas pela sequência oca da antiga linguagem há muito perdida entre os homens. Chukwu, apesar de já ter testemunhado coisas como essa antes, fiquei mais uma vez fascinado pelo fato de que, apesar dos doze ou mais espíritos infantis brincando, o mercado continuava imperturbável abaixo deles. O mercado continuava fervilhando, com mulheres pechinchando, pessoas dirigindo automóveis, um desfile de máscaras percorrendo o local embalado pela melodia de uma *uja* e o som de um *ekwe*. Nenhum deles tinha ciência do que havia acima deles, e tampouco os de cima prestavam atenção aos de baixo.

Fiquei tão absorto pelos espíritos brincalhões que os mascarados e seu *entourage* já tinham ido embora quando voltei ao meu hospedeiro. Devido à fluidez do tempo no reino dos espíritos, o que pode parecer um longo tempo para o homem é, na verdade, um estalar de dedos. Foi por isso que, quando voltei, meu hospedeiro já estava na caminhonete dirigindo para Umuahia. Por conta dessa distração, fui incapaz de estar presente a tudo que meu hospedeiro fez no mercado, e por isso rogo por seu perdão, Obasidinelu.

Quando já estava a pouca distância de Umuahia, meu hospedeiro recebeu uma mensagem de Ndali dizendo que viria naquela noite para uma visita breve, pois precisava se preparar para uma prova no dia seguinte. Quando ela veio naquela noite, usando seu jaleco de laboratório, meu hospedeiro estava assistindo *Quem quer ser um milionário*, um programa de TV que ela adorava e havia apresentado a ele.

Quando tirou o jaleco, usava por baixo uma camisa verde e calça jeans que a faziam parecer uma adolescente.

— Estou vindo direto do laboratório — ela explicou. — Por favor, desligue a TV, preciso falar com você sobre a visita à minha família amanhã.

— A TV? — ele perguntou.

— Sim, desligue isso.

— Oh, não se irrite, mãezinha.

Levantou-se devagar para desligar o aparelho, mas parou com a intensificação de um som peculiar. Continuou assistindo ao programa.

— Aliás, vamos para o quintal, aqui está muito abafado — disse Ndali.

Os dois saíram para o quintal, o ar espesso com cheiro das galinhas. Sentaram-se no banco, e ela ia começar a falar quando viu uma plumagem preta e comprida saindo da parede como se estivesse grudada lá. — Olha, Nonso! — falou, e ele também viu. Tirou a pena da parede e a cheirou.

— É daquele gavião imbecil — falou, abanando a cabeça.

— Ah, e como isso veio parar aqui?

— Não sei. — Amassou a pena e jogou por cima da cerca, com um acesso de raiva à lembrança do dia anterior.

Ndali respirou fundo e, debruçando-se para a frente, falou como se tivesse pensado em cada palavra e como se cada uma delas tivesse sido medida e planejada por muito tempo.

— Chinonso Solomon Olisa, você tem sido uma grande pessoa, uma enviada por Deus para mim. Olhe para mim, eu passei pelo inferno. Você me encontrou no pior lugar. Você me encontrou, eu estava na ponte. Estava na ponte porque... por quê? Porque estava cansada de ser maltratada. Porque estava cansada de ser enganada e de ouvir mentiras. Mas, Deus! Ele mandou você entrar na minha vida no momento apropriado. Olhe para mim agora. — Abriu as mãos para ele ver. — Olhe para mim, veja como estou mudada. Se alguém me dissesse ou à minha mãe que a filha dela estaria trabalhando numa granja, pegando em frangos, quem iria acreditar? Ninguém. Nonso, você nem sabe quem sou ou de onde venho.

Ndali parecia estar sorrindo, mas ele podia dizer que não era um sorriso. Era algo que o rosto dela fazia para ajudar a esconder a difícil emoção borbulhando em seu interior.

— Então, o que eu estava dizendo? Por que estou falando isso? Estou dizendo que a minha família... minha mãe e meu pai, e até meu irmão... podem não aceitar você. Eu sei que é difícil entender, Nonso, mas veja só, meu pai é um chefe. *Onye Nze*. Eles vão dizer que eu não sou condizente com um granjeiro. Só isso, eles vão dizer que...

Egbunu, meu hospedeiro ficou ouvindo Ndali dizer a mesma coisa várias vezes para tentar neutralizar seu efeito. Sentiu-se abalado pelas coisas que ela disse, pois estava com medo daquelas coisas. Já tinha visto os sinais. Viu esses sinais num dia numa loja de relógios da rua Finbarr, quando ela contou que tinha nascido em outro país, "no Reino Unido". Os pais e o irmão tinham estudado lá, que só ela tinha preferido estudar na Nigéria. — Mas — acrescentou — eu vou fazer meu doutorado no exterior. — Lembrou-se de outra ocasião. Os dois estavam passando de carro pela cidade velha, atravessando o vento tempestuoso que assolava o local, quando Ndali perguntou se ele tinha cursado uma faculdade. Meu hospedeiro ficou chocado com aquilo, seu coração começou a bater mais rápido. — Não — respondeu com a língua meio amortecida. Mas ela só disse: — Ah, entendo. — Lembrava-se agora, mais tarde, de Ndali apontando edifícios de vários andares alinhados lado a lado na beira da estrada perto de Aguiyi Ironsi, com um novo poste de iluminação alimentado com energia solar erguido ao lado de um deles, e dizendo: — Nós moramos no meio desses prédios.

— Eu não estou tentando deixar você com medo — ela continuou falando agora na cara dele. — Ninguém pode decidir com quem eu quero me casar. Eu decido por mim mesma. E não sou mais criança.

Ele concordou com a cabeça.

— Obim, *igho ta go?* — indagou, a cabeça inclinada, o rosto ancorado no vale entre o sorriso e o choro.

— Eu entendo, mãezinha — ele respondeu na língua do Homem Branco, surpreso por ela ter mudado para a língua dos antigos pais. Apesar de já tê-la ouvido falar na língua com os pais pelo telefone, Ndali quase nunca usava essa língua com ele. Dizia que não gostava de falar a não ser com os pais porque, por ter morado no exterior por alguns anos, achava que não era fluente.

— *Da'alu* — disse e o beijou na bochecha. Levantou e foi até a cozinha.

Mais tarde, enquanto comiam, ela falou: — Nonso, você me ama de verdade? — Ele ia começar a responder quando foi interrompido: — Deve ser essa a razão de você querer casar comigo? — Meu hospedeiro murmurou alguma coisa que se dissolveu num instante, pois ela logo acrescentou: — Deve ser porque você me ama.

Ele esperou um momento antes de dizer: — É por isso. — Esperou que Ndali dissesse mais alguma coisa, mas ela foi até a cozinha lavar os pratos, levando o único lampião de querosene da casa. Passou pela cabeça dele ligar a lanterna recarregável, mas preferiu continuar sentado, considerando tudo que fora dito até ela voltar à sala de estar.

— Nonso, vou perguntar mais uma vez: Você me ama?

Na semiescuridão, embora não estivesse olhando para ela, podia dizer que Ndali estava de olhos fechados enquanto esperava a resposta. Era normal ela fechar os olhos sempre que esperava uma resposta a uma pergunta, como se temesse ser magoada pelo que ele dissesse. Depois, quando ele respondia, ela tentava assimilar lentamente o que fora dito.

— Você diz que sim, Nonso, mas é verdade?

— É verdade, mãezinha.

Ndali voltou à sala com o lampião e o deixou sobre um banco ao seu lado. Diminuiu tanto a chama que as sombras projetadas pelos dois na incipiente escuridão aumentaram.

— Então você me ama mesmo?

— Amo mesmo, mãezinha.

— Chinonso, você sempre diz que me ama. Mas será que sabe o que é necessário para realmente amar alguém antes de se casar com essa pessoa?

Você sabe o significado do amor? — Ele ia começar a falar. — Não, primeiro me diga, você sabe o que é o amor?

— Sei, mãezinha.

— Isso é verdade? Realmente, é verdade?

— É verdade, mãezinha.

— Então, Nonso, o que é o amor?

— Eu sei. Eu posso sentir — ele respondeu. Abriu a boca para prosseguir, mas falou: — *Eck* — e os dois voltaram a ficar em silêncio. Pois ele tinha medo de não conseguir responder corretamente.

— Nonso? Você está me ouvindo?

— Sim, eu sinto amor, mas não posso mentir dizendo que sei tudo a respeito, sobre todas as coisas.

— Não, não, Nonso. Você disse que me ama, então deve saber o que é o amor. Deve saber. — Suspirou e soltou um muxoxo. — Você deve saber, Nonso.

Gaganaogwu, meu hospedeiro ficou perturbado com aquilo. Ainda que eu, como qualquer outro *chi*, costume deixar meu hospedeiro usar os talentos que escolhi para ele no salão de talentos e interferir minimamente em suas tomadas de decisão, nesse caso eu queria interferir. Mas fui impedido pelo recurso que ele escolheu: a eficiente ferramenta do silêncio. Pois vim a aprender que, quando a paz de uma mente humana é ameaçada, em geral a resposta inicial é um silêncio benigno, como que de uma mente atônita por um golpe paralisador cujo impacto precisa deixar dissipar. E, quando a dissipação se concluiu, ele murmurou:

— Certo.

Recostou-se na cadeira e relembrou o que ela havia dito sobre uma amiga que deu risada de um homem que disse que a amava ao encontrá-la pela primeira vez. Na época, ele se perguntou por que ela e Lydia, a amiga, tinham achado aquilo totalmente ridículo e digno de zombaria. Isso o fez lembrar de quando Miss J riu quando ele disse que a amava. Na ocasião ele ficou surpreso, como se sentia agora. Olhou para a silhueta de Ndali e, pela primeira vez, se deu conta de que não tinha avaliado propriamente o que envolvia estar casado. Ndali teria de se mudar para a casa dele. Iria com ele na caminhonete para entregar ovos na padaria da rua Finbarr e aos restaurantes aos quais entregava frangos vivos de vez em quando. Tudo que lhe pertencia agora também pertenceria a ela — todas as coisas. Será que se ouviu dizer mesmo aquilo? Todas as coisas! E se, com o passar do tempo, ele plantar sua semente nela, o filho que vai nascer — aquele filho também vai pertencer aos dois! As posses dela, o automóvel — ele se beneficiaria dos seus estudos na universidade, da sua família, do seu coração, e tudo isso era dela, dela, e tudo que fosse dela seria também dele. Casamento envolvia tudo isso.

À luz desse novo entendimento, ele falou:

— Na verdade, não sei, não posso dizer...

Ela deveria ter dito "Certo" quando abriu os olhos. — Mas você... — começou a dizer, mas ficou em silêncio.

— O quê? O quê? — ele perguntou num esforço frenético de evitar que ela reprimisse o que iria dizer, pois era comum Ndali fazer isso: parar prestes a dizer alguma coisa, se retrair e voltar a vedar o jarro de pensamentos para ser liberado depois, e, às vezes, nunca.

— Não se preocupe — disse Ndali quase num suspiro. — Então você vai à minha casa no próximo domingo. Para conhecer a minha família.

Oseburuwa, você sabe que um *chi* é uma fonte de memórias — um acúmulo ambulante de muitos ciclos de existências. Cada acontecimento, cada detalhe permanece como uma árvore estacada na escuridão brilhante de sua eternidade. Mas o *chi* não se lembra de nenhum acontecimento, só os que tenham impacto em seu hospedeiro de forma memorável. Devo dizer que a decisão de meu hospedeiro naquela noite é uma das que sempre vou me lembrar. De início ele esperava que Ndali dissesse as palavras que temia, aquele "não vai ser bom". Mas ela não disse. Assim, num tom hesitante, ele falou:

— Então é isso, mãezinha. Eu vou conhecer sua família no domingo da próxima semana.

6
"Augusto Visitante"

Obasidinelu, você me mandou viver na Terra com humanos em muitos ciclos de existência, e já vi muitas coisas e sei bem dos modos da humanidade. Mas não entendo totalmente o coração humano. Cada pessoa vive como se oscilasse entre dois domínios, incapaz de ancorar os pés em nenhum deles. Isso é uma coisa estranha. Vamos considerar, por exemplo, o intercurso entre medo e ansiedade. O medo existe por causa da presença da ansiedade e a ansiedade porque os homens não conseguem ver o futuro. Pois se ao menos pudesse ver o futuro, um homem se sentiria mais em paz. Pois alguém que planeja viajar em um dia vindouro pode dizer a seu companheiro: — Se formos para Aba amanhã, vamos encontrar assaltantes na estrada e este carro e todas as nossas posses serão roubados. — Ao que o outro homem poderia dizer: — Então com certeza não iremos a Aba amanhã.

Ou vamos considerar uma jovem prestes a se casar. Se pudesse ver o futuro, ela poderia dizer ao seu pai na véspera do casamento: — Meu pai, não quero desapontar todo nosso clã e manchar nosso nome. Mas descobri que se me casar com este homem, ele vai me bater todos os dias e me tratar pior do que um cão. — Você consegue imaginar o temor que isso criaria no seu amado pai se ele acreditar que ela viu a verdade? O pai estalaria os dedos acima da cabeça e gritaria: — *Tufia! Ya buru ogwu ye ere kwa la!* Qualquer um que tenha preparado esse feitiço, não vai resultar em nada! Você precisa abandonar esse homem imediatamente, minha filha. Onde está o valor que ele pagou pela noiva? Onde está o cabritinho? Onde estão os três tubérculos de inhame? Onde está a garrafa de schnapps e o engradado de água mineral? Devolva tudo imediatamente! Deus me livre de minha filha se casar com tal homem! — Porém, Chukwu, eles não fazem tal coisa porque nenhum deles pode ver o futuro. Assim, sem saber, o comerciante vai embarcar em sua viagem no dia marcado e ser assaltado e morto. A jovem vai se casar com o homem que a tratará pior que a uma escrava.

Já vi isso muitas vezes.

Foi assim que meu hospedeiro dirigiu sua caminhonete até a casa de Ndali naquele domingo, sem saber o que o esperava. Incapaz de induzir o dia para chegar mais cedo e incapaz de não deixar esse dia chegar, ele ficou numa espera ansiosa. O tempo não é uma criatura viva que atende pedidos, nem é algo que um homem possa adiar. O dia chegará, como sempre chegou, e só o que um homem pode fazer é esperar. Esperar em tal estado de ansiedade é um esforço. Apesar de ser possível sentir certa sensação de paz enquanto espera, essa paz é ilusória — do tipo que pode fazer um homem achar que águas agitadas são tranquilas.

Meu hospedeiro não tinha visto Ndali nos dois dias anteriores àquele domingo e estava com saudades. Entrou na rua dela, tentando imaginar como era sua família, como seria a casa. Os postes de iluminação na rua eram mais baixos do que na maior parte dos locais em Umuahia e estavam alinhados uns perto dos outros parecendo estacas de varais. Pardaizinhos se empoleiravam em um fio mais grosso estendido do transmissor do outro lado da rua, como se todos tivessem combinado ficar em cima do cabo. *Pastor*, ele pensou de repente. Será isso mais nobre? Pastor de aves? Era assim que se definiria na reunião? Será que isso tornaria as coisas melhores e faria as coisas irem bem?

Chegou a uma casa imponente, grandiosa e destacada na rua. Acessou aquela parte isolada do bairro por um acaso feliz. A rua era bem pavimentada, tinha uma calçada e residências dos dois lados. A casa que procurava era a de número 71, no final do bairro, terminando num beco sem saída. Os muros eram amarelos, não tão altos quanto os de algumas outras casas, mas encimados com anéis de arame farpado fino. Como que para demonstrar o que poderia acontecer com um ladrão confiante que

100 Chigozie Obioma

tentasse invadir, um saco de plástico preto tinha sido apanhado num dos aros de arame farpado. O vento matinal agitava o saco com persistência, obrigando-o a se prender ao arame por uma das alças, e seu corpo inflado assobiava sob a pressão do vento.

Oseburuwa, ele não saberia dizer por que ficou olhando tanto tempo para aquele saco — um objeto preso em algo de que não podia escapar, por mais que tentasse. Isso o deixou intrigado. Estacionou em frente do gigantesco portão e desligou o motor. Examinou-se no espelho retrovisor. Tinha cortado os cabelos na tarde anterior. Pelo espelho, arrumou a gravata, da cor da camisa que usava. Tinha passado a camisa com o ferro que Ndali comprara para ele, um processo estranho em que a superfície de um objeto quente é passada sobre o tecido. Cheirou o paletó e se questionou se deveria tê-lo vestido. O terno fora lavado um dia antes e pendurado no varal. Sua intenção era recolhê-lo pouco depois, mas acabou pegando no sono. Assim que ouvi a chuva, eu corri para o quintal, mas não havia mais nada que pudesse fazer. Um *chi* não pode influenciar um hospedeiro que não esteja em estado consciente. Por isso fiquei olhando, impotente, enquanto a chuva encharcava a roupa até ele ser despertado pelo tamborilar no teto de amianto. Instantaneamente, projetei o pensamento do paletó do terno em sua mente e ele saiu correndo, mas viu que a roupa *já estava ensopada*. Levou o paletó para dentro de casa e o pendurou numa cadeira na sala de estar. Apesar de estar seco quando o vestiu, ainda emanava um cheiro rançoso. Tirou o paletó e ficou com ele na mão, para o caso de Ndali se preocupar com o fato de não o estar usando.

Antes de ligar de novo o motor, olhou para a estrutura metálica presa ao portão. Era um Jisos Kraist segurando um pedaço de madeira com os dois braços abertos. Continuava olhando para aquilo quando um portãozinho recortado no maior se abriu. Um homem saiu usando um uniforme azul desbotado e uma boina preta. As pernas da calça do homem eram desiguais: uma ia até o joelho e a outra chegava mais abaixo.

— Oga, o que deseja? — perguntou o homem.

— Eu sou um convidado de Ndali.

— Um convidado, é — disse o homem, franzindo um pouco o cenho. Passou os olhos pela caminhonete, ignorando sua resposta. — De onde você conhece madame, Oga? — indagou na língua do Homem Branco.

— O quê?

— Perguntei de onde você conhece madame? — O homem tinha se aproximado da caminhonete, plantado as duas mãos no teto e abaixado a cabeça para examinar seu único ocupante.

— Eu sou o namorado dela. Meu nome é Chinonso.

— Certo, senhor — disse o homem. Afastou-se da caminhonete. — É o homem que eles estão esperando.

— Sim, *na me*.

— Ah, seja bem-vindo, senhor. Bem-vindo.

O homem passou depressa pela pequena abertura no portão e meu hospedeiro ouviu o matraquear de metais e engrenagens. Um dos dois grandes portões se abriu, rangendo. Apesar de saber que o pai de Ndali era um chefe da nobreza e portanto rico, *não esperava* que sua riqueza fosse dessa magnitude. Não esperava absolutamente ver uma escultura em tamanho real de um leão ameaçador, com uma pata suspensa no ar e a outra apoiada no fundo de uma fonte. De seus olhos e boca abertos saía um fluxo constante de água para um recipiente de concreto. Levou algum tempo para lembrar que ela tinha dito alguma coisa sobre uma figura cuja foto o pai tinha tirado durante uma viagem à França e prometido replicar em sua mansão em Umuahia. Pensou bem para ver se ela tinha dito algo a respeito de uma cesta de basquetebol. Será que ela tinha mencionado alguma coisa sobre o número de carros que possuíam, que os carros ficavam debaixo de uma estrutura com teto de zinco? Não conseguia lembrar. Fez a contagem: o Jeep preto, um; o Jeep branco, dois; um carro de uma marca que não conhecia, três; os sedãs Audi de Ndali, quatro, cinco, seis. Ah, mais um fora de visão com rodas grandes, sete! Mais um, um Mercedes-Benz, estacionado ao lado da sua caminhonete, oito. Olhando com atenção, pôde ver que eram só esses. Oito automóveis.

Saiu do carro antes de perceber que o homem do portão o seguira e esperava ao lado do carro para ele descer.

— Posso ajudar a levar alguma coisa que tenha trazido, Oga?

Percebeu então que tinha se esquecido do presente que trouxera. Parou, virou-se e voltou correndo para o carro. Embora a imagem de ter posto a sacola com o vinho no banco do carro no quintal se destacasse como um

102 *Chigozie Obioma*

banner na sua cabeça, ele procurou na caminhonete, nos bancos traseiros e nos da frente como um louco.

Egbunu, devo dizer aqui que foi uma das ocasiões em que eu queria lembrá-lo de que ele estava esquecendo os presentes. Mas não fiz isso por causa do seu conselho: *Deixe o homem ser homem*. O papel do *chi é* cuidar de assuntos mais importantes, coisas que, por virtude de sua magnitude, podem afetar o hospedeiro de forma intensa ou significativa. Deve também cuidar de questões sobrenaturais com que o homem, com suas limitações, não consegue lidar. Mas essa omissão, quando vejo agora em retrospecto as coisas que resultaram daquela visita, me causa pontadas de arrependimento, e começo a desejar tê-lo lembrado.

— Oga, Oga, espero que sem problema? — repetia o homem do portão.

— Não, sem problema — respondeu meu hospedeiro, com um leve tremor na voz.

Pensou por um momento se deveria voltar correndo para casa, mas lembrou-se que Ndali tinha implorado para não chegar atrasado. A palavra piscou na sua mente como fogo: *pontualidade*. Recordou-se de ela dizendo: "Meu pai gosta de pontualidade". Fiquei aliviado, Chukwu, quando ele saiu e foi logo em direção à casa.

Echetaobiesike, a confiança com que ele chegou, como um ovo numa cabaça, já estava quebrada quando ele se sentou à mesa com a família. Ndali foi se encontrar com ele na porta e falou, em sussurros frenéticos, que ele estava atrasado. — Quinze minutos! — Em seguida tirou das suas costas uma coisa que ele não imaginava que pudesse estar lá: uma pena. Nem eu tinha visto. Quase chorou quando ela amassou a pena branca na palma da mão, apontando para a sala de jantar. — É só isso? — ele perguntou. Cochichando, ela quis saber por que ele estava com o paletó na mão, e ele ergueu a peça de roupa até o rosto dela, fazendo sinal para que cheirasse.

— Meu Jesus! — ela exclamou. — Não use essa coisa malcheirosa. *Nyamma!* Deixe isso comigo. — Pegou o paletó da mão dele e o dobrou, antes de devolvê-lo. — Fique com isso na mão o tempo todo, entendeu?

A grandiosidade da sala de estar o deixou prostrado. Jamais havia sonhado que poderia existir tanta luminosidade. Não sabia que alguém podia ter uma escultura da Nossa Senhora dentro de uma casa. O mármore do assoalho e o desenho do teto eram tão lindos que não podiam ser descritos por palavras. Havia candelabros e cornijas, artigos que vi em residências quando meu antigo hospedeiro Yagazie estava na Virgínia, naquela terra do brutal Homem Branco. Se a casa já o deixara tão maravilhado, sem dúvida os proprietários fariam ainda mais danos em sua compostura. Por isso, quando viu o pai dela, o homem lhe pareceu enorme. Sua pele clara era salpicada de manchas avermelhadas que o fizeram lembrar o músico Bright Chimezie. Sentiu-se mais confortável com a mãe, pois seu rosto era uma réplica exata do de Ndali. Mas quando o irmão desceu a escada, ele quase se arrependeu de ter ido até ali. Parecia um desses músicos negros americanos — com o cabelo bem aparado de lado num rosto marcado pelo queixo e por uma boca larga e de lábios róseos entre a barba e um bigode pesado. Em resposta ao seu "Boa tarde, meu irmão", o homem só fez um esgar.

Eles se sentaram à mesa, com as empregadas servindo bandejas com diferentes comidas. A cada momento que passava, meu hospedeiro notava mais uma coisa que abalava sua autoconfiança, de modo que, quando a comida foi toda servida e eles começaram a comer, ele já se sentia derrotado. Quando surgiu a primeira pergunta, lutou para formar as palavras e hesitou por tanto tempo que Ndali falou em seu lugar:

— Nonso tem uma granja do tamanho do nosso terreno. Ele tem muitas galinhas... é um avicultor. E também fornece para o mercado.

— Com licença, senhor — disse o pai dali de novo, como se ela não tivesse falado nada. — O que o senhor disse que faz?

Tentou falar, a voz começando a gaguejar, pois estava realmente com medo, mas logo parou. Olhou para Ndali, que encarou seu olhar.

— Papai...

— Deixe que ele responda à pergunta. — O pai virou-se para a filha com uma postura que não escondia sua irritação. — Eu perguntei a ele, não a você. Ele tem uma boca, ou não?

Nonso ficou preocupado com o confronto de Ndali com o pai, encostou a perna dele na dela por baixo da mesa para fazê-la parar, mas ela se retraiu. No breve silêncio que pairou no ar, a voz dele soou:

— Eu sou um agricultor, um avicultor. Tenho um terreno onde planto milho, pimentão, tomates e quiabos. — Olhou para Ndali, pois viera preparado para usar uma ferramenta fornecida por ela. — Eu sou um pastor de aves, senhor.

O pai dela olhou para a esposa com o que meu hospedeiro considerou uma expressão perplexa, que o fez sentir medo de ter falado as palavras erradas, e seus sentimentos nesse momento eram como os de um homem com as mãos e pés amarrados, jogado nu na arena central de uma aldeia sem nada para se cobrir. Sem querer, percebeu que havia se voltado para o irmão dela, em cujo rosto viu a insinuação de uma risada reprimida. Entrou em pânico. Essa coisa que Ndali tinha falado para ele, como poderia estar errada? Ela disse que parecia mais sofisticado, e era — ao menos aos seus ouvidos.

— Entendi — disse o pai dela. — Então, senhor pastor de aves, qual é a sua formação escolar?

— Papai...

— Não, Ndi, não! — disse o pai erguendo a voz. Uma veia intumescida surgiu ao lado do seu pescoço, como um inchaço provocado por uma pancada. — Você precisa deixar que ele fale, ou essa reunião está encerrada. Entendeu?

— Sim, papai.

— Ótimo. Agora, cavalheiro, *ina anu okwu Igbo?*

Meu hospedeiro aquiesceu.

— Então devo falar nesse idioma? — perguntou o pai, com um pedaço de legume fatiado pendendo do lábio inferior.

— Não precisa, senhor. Pode falar inglês.

— Ótimo — disse o pai. — Qual é a sua formação escolar?

— Eu concluí o ensino médio, senhor.

— Então — continuou o homem enquanto pegava pedaços de frango com o garfo. — Ensino médio.

— Isso mesmo, senhor. Sim, senhor.

O homem lançou outro olhar para a esposa.

— Cavalheiro, não é minha intenção constrangê-lo — prosseguiu, deixando a voz cair da altura a que havia se elevado. — *Não* temos o objetivo de constranger pessoas; somos uma família cristã. — Apontou para uma estante envidraçada em um canto da sala com vários quadros de Jesus e seus discípulos.

Meu hospedeiro olhou para a estante, anuiu e disse:

— Sim, senhor...

— Mas eu preciso fazer esta pergunta.

— Sim, senhor.

— Já considerou que minha filha aqui logo será uma farmacêutica?

— Sim, senhor.

— Já considerou que está agora se formando em farmácia e vai fazer o doutorado no Reino Unido?

— Sim, senhor.

— Já considerou, meu jovem, que espécie de futuro você, um agricultor sem estudo, dará para ela?

— Papai!

— Fique quieta, Ndali! — interrompeu o pai. — *Mechie gi onu! Ina num? A si'm gi michie onu!*

— O que é isso, Ndi? — indagou a mãe. — *Iga ekwe ka daddy gi kwu okwu?*

— Eu estou deixando o papai falar, mãe, mas vocês estão ouvindo o que ele está dizendo? — disse Ndali.

— Sim, mas fique quieta, entendeu?

— Entendi — respondeu com um suspiro.

Quando o pai começou a falar outra vez, as palavras chegaram ao meu hospedeiro como uma avalanche, umas amontadas em cima das outras.

— Jovem, você já pensou bem nisso?

— Sim, senhor.

— Pensou bem no tipo de vida que terá ao lado dela?

— Sim, senhor.

— Pensou, entendi.

— Sim, senhor.

— E acha certa a decisão de se casar com uma mulher tão acima de você, de querer ser o marido dela?

— Eu sei, senhor.

— Então, deve pensar a respeito de novo. Pensar se realmente merece a minha filha.

— Sim, senhor.

— É tudo o que vou dizer por enquanto.

— Sim, senhor.

O pai dela se levantou com movimentos pesados, o corpo debruçado sobre a mesa e se afastou. A mãe saiu logo depois, meneando a cabeça com uma atitude que meu hospedeiro lembraria mais tarde como de pena em relação a ele. Primeiro ela foi à cozinha, levando os pratos vazios empilhados. O irmão de Ndali, que não tinha dito nada, mas demonstrara seu desagrado ao rir de todas as respostas de meu hospedeiro, levantou logo depois da mãe. Ficou algum tempo perto da mesa enquanto pegava um palito de dentes do paliteiro, contendo o riso.

— Você também, Chuka? — disse Ndali numa voz interrompida por soluços.

— O quê? — perguntou Chuka. — *Eh-eh*, *eh-eh*, nem diga o meu nome aqui, ô. Não me diga nada! Fui eu quem pediu para você trazer um pobre agricultor para casa? — Deu uma risada espasmódica. — Nem mencione o meu nome de novo, hein.

Dito isso, seguiu o caminho do pai, subindo a escada, o palito de dentes na boca, assobiando uma melodia.

Ijango-ijango, meu hospedeiro ficou ali sentado, imobilizado pela vergonha. Fixou os olhos no prato de comida à sua frente, que mal tinha tocado. No andar de cima, ouviu a mãe de Ndali dizer ao marido na língua dos eminentes pais: — Dim, você foi muito severo com esse jovem, *eh*. Poderia ter dito essas coisas de uma forma que não parecesse tão ríspida.

Olhou para sua amada, que continuou onde estava, esfregando a mão direita nas costas da esquerda. Sabia que estava sentindo uma dor tão profunda quanto a dele. Queria consolá-la, mas não conseguiu se animar. Pois tal é o estado que um homem entra quando é desgraçado: inação, letargia — como se tivesse sido anestesiado. Já vi isso muitas vezes.

Seus olhos deram com um grande quadro de um homem ascendendo ao céu sobre o que parecia uma aldeia com as pessoas olhando para cima e apontando em sua direção. Como às vezes sua mente revelava estranhas convicções, ele não sabia dizer por que por um momento achou que aquele homem que levitava no céu era ele mesmo.

Foi como esse grande esforço que se levantou, tocou no ombro de Ndali e sussurrou em seu ouvido para ela parar de chorar. Ergueu-a delicadamente, mas ela resistiu, as lágrimas se misturando à saliva que escorria pelo vestido.

— Me deixa em paz, me deixa — retrucou. — Me deixe sozinha. Que espécie de família é essa, hein? Que família é essa?

— Está tudo bem, mãezinha — ele falou com os lábios imóveis, cogitando sobre como as palavras tinham saído.

Pousou as mãos na cabeça dela e delicadamente passou os dedos pelo seu pescoço. Depois debruçou-se, procurando sua boca com a cabeça e a beijou. Antes de saírem da casa, ele deu uma olhada no quadro e notou algo que não lhe ocorrera da primeira vez: que as pessoas na parte inferior da pintura estavam aplaudindo aquele homem que ascendia ao céu.

Chukwu, vi em primeira mão o que a vergonha pode fazer com um homem. Como acontece com frequência, insuflou em meu hospedeiro um medo opressivo, o medo de perder Ndali, como acontecera com quase todas as coisas que já tinham sido dele. Esse medo aumentou nos dias subsequentes, durante os quais ela se esforçou para fazer a família reconsiderar, mas fracassou. Esses dias se prolongaram em semanas, e na terceira semana ficou claro que nada mudaria a opinião deles. Quando Ndali voltou depois de uma discussão com os pais, ele resolveu mudar a situação por si mesmo e fazer alguma coisa. Tinha chovido a manhã toda, mas ao meio-dia o sol apareceu. Ela veio diretamente da faculdade, em Uturu, cheia de amargura. Meu hospedeiro estava na pequena lavoura quando ela chegou pelo caminho ladeado por plantações. Estava no lado mais distante do terreno, onde o pai construiu um muro que tinha desmoronado parcialmente com as chuvas pesadas do ano a que o Homem Branco se refere como 2003. A setenta centímetros do muro havia um bueiro comprido que corria para a rua, pouco antes da estrada principal. Quando a viu saindo do carro e se dirigindo à casa, percebeu que ela não o tinha visto. Largou a enxada e o inhame para o qual estava cavando um buraco e correu para casa.

Entrou ainda com a viseira no rosto, a camisa suja, a calça e as botas cobertas de argila e outras ervas podadas do terreno.

Encontrou-a com o rosto enterrado nas mãos, olhando para a parede.

— Mãezinha, *kedi ihe mere nu?* — perguntou, pois em momentos de tensão ele usava a língua a que estava mais acostumado. — Por que está chorando, por que está chorando, mãezinha? Ei, o que aconteceu?

Ndali se virou para abraçá-lo, mas ele se afastou por causa das roupas de trabalho. Ela parou a dois centímetros dele, os olhos muito vermelhos.

— Por que eles estão fazendo isso comigo, hein, Obim? Por quê?

— O que aconteceu, *eh?* Conte o que aconteceu.

Ndali contou que o pai tinha perguntado se eles ainda estavam se vendo e a ameaçou. A mãe entrou na conversa. Disse que o homem estava sendo severo demais, mas o pai continuou irremovível.

— Está tudo bem — disse meu hospedeiro. — No fim vai dar tudo certo.

— Não, Nonso, não! — replicou Ndali, batendo na parede com a palma da mão. — Não vai ficar tudo bem. Como pode ficar bem? Eu não vou mais voltar para aquela casa. Não vou. Nem morta. Que espécie de família é essa?

O coração dele se contorceu com a raiva dela. Não sabia o que fazer. Os antigos pais, em sua magnânima sabedoria, dizem que uma pessoa se salva no processo de salvar outras. Se ela não podia ser salva de uma situação como essa, que a mantinha presa com correias invisíveis, ele também não poderia ser salvo. E não estava mesmo tudo bem. Viu Ndali dar alguns passos em direção à porta, parar e levar a mão ao peito. Virou-se para ele. — Eu trouxe... algumas coisas minhas e vou ficar aqui. Eu vou ficar aqui.

Abriu a porta e saiu da casa. Ele a seguiu até a varanda e ficou olhando enquanto ela abria o porta-malas do carro e retirava uma reluzente mala de viagem. Depois tirou do banco traseiro um par de sapatos e uma sacola de nylon. Meu hospedeiro viu tudo aquilo com certa alegria, sentindo-se feliz por dentro por finalmente ter companhia.

Mas, durante a maior parte daquela semana, o telefone dela não parou de tocar, às vezes por longos períodos. E, a cada vez, Ndali olhava para o aparelho e dizia ao meu hospedeiro: — É o meu pai. — Ou: — É a minha mãe. — Em todas as vezes ele implorava para ela atender a ligação, mas Ndali não atendia. Pois era resoluta como a maioria das grandes mães. Ignorava os apelos de meu hospedeiro e voltava sua atenção para alguma outra coisa, como alguém isenta de qualquer repreensão ou isenta do medo de uma repreensão. Meu hospedeiro admirava isso nela. Sempre que ela fazia isso, nesses momentos ele pensava numa característica semelhante da sua mãe.

Na metade da segunda semana, os pais foram procurá-la na faculdade e ficaram esperando na porta da sala de aula, mas ela os ignorou e saiu andando com a colega de classe Lydia. Quando ela contou isso, meu hospedeiro começou a temer que estivesse começando a se indispor com a família por causa dele. Apesar de tentar cada vez mais salvar a situação com o passar dos dias, meu hospedeiro não podia negar que o amor dela parecia ficar mais forte naqueles dias. Era como se ela tivesse recolhido o amor por todos os outros para dedicá-lo só a ele. Foi durante esse período que por duas vezes, enquanto faziam amor, ela chorou. Foi durante esse período que ela fez um bolo para ele, escreveu um poema para ele e cantou para ele. E, uma vez, enquanto meu hospedeiro dormia, ela tirou o bodoque da parede e correu até o quintal para espantar um milhafre rondando os galinheiros. Parte dele queria prolongar aqueles dias, pois, apesar de ainda não estarem casados, era como se estivessem. Queria ocupar o centro da vida dela, lidar com os liames e vedar os limites. Não podia perder aquela mulher, que sempre teve medo de nunca poder ter, mas que agora era dele. Mas seu temor pelo que ela estava fazendo aumentava juntamente com o florescer de sua afeição por Ndali, e da afeição dela por ele.

Foi durante esse período que eles viajaram juntos para Enugu. Ele acordou cedo naquela memorável manhã e a viu com uma túnica estampada e um lenço de chita, mexendo uma xícara de chá e folheando o livro de registros contábeis sobre a mesa.

— Você vai a algum lugar, mãezinha?

— Bom dia, querido.

— Bom dia — ele respondeu.

— Sim, eu também vou para Enugu.

— O quê? Mãezinha...

— Eu quero ir, Nonso. Não tenho nada pra fazer aqui. Quero saber tudo sobre você e os frangos. Eu gosto disso.

Meu hospedeiro ficou tão surpreso que lutou para encontrar palavras. Olhou para a mesa de jantar e viu um dos engradados de plástico, seus estojos para uma dúzia cheios de ovos.

— Esses são das novas galinhas?

Ela aquiesceu.

— Eu colhi às seis da manhã. Elas ainda estão pondo mais ovos.

Meu hospedeiro sorriu, pois uma das coisas de que ela mais gostava no cuidado com as galinhas era colher os ovos. Era fascinada pelo fenômeno de botar ovos, como acontecia rápido nas galinhas.

— Mãezinha, tudo bem, mas o mercado de Ogbete é...

— Tudo bem, Nonso. Tudo bem. Eu não sou um ovo. Já disse... Não gosto quando você me trata como se eu fosse um ovo. Eu sou como você. Eu quero ir.

Olhou bem para o rosto dela e viu a determinação em seus olhos. Concordou. — Tudo bem, então eu vou tomar um banho — falou, correndo para o banheiro.

Pouco depois, eles entregaram os ovos no restaurante na mesma rua e ele disse que receberia o pagamento quando voltasse de Enugu. Enquanto viajavam pela estrada, ele percebeu que nunca tinha se sentido tão feliz viajando. Na ponte sobre o rio Amatu, ela disse o quanto estava magoada na noite em que os dois se encontraram naquela ponte. Logo depois, ela foi para Lagos para ficar com o tio durante dois meses, e que sempre pensava no meu hospedeiro. E em todas as vezes ela ria consigo mesma lembrando como ele parecia estranho. Por sua vez, ele contou que tinha voltado ao rio para procurar os galos, mas que não os encontrou, e como se sentiu furioso consigo mesmo.

— Outro dia eu estava pensando em como um homem que gosta tanto de galinhas conseguiu fazer uma coisa como aquela — ela começou a dizer — Por que você fez aquilo?

Ele olhou para Ndali. — Não sei, mãezinha.

Assim que disse aquelas palavras, se deu conta de que talvez soubesse por que ela o amava: porque ele a tinha resgatado de alguma coisa. E, assim como fizera com o gansinho, tinha cuidado dela. Esse pensamento foi enunciado tão alto em sua cabeça que ele olhou para se certificar que ela não tinha ouvido. Mas ela estava olhando pela janela, para o outro lado da estrada, onde a floresta fechada tinha dado lugar às esparsas habitações de uma aldeia.

No mercado de Enugu, ele a apresentou como sua noiva e teve uma alegre recepção de seus conhecidos. Ezekobia, um vendedor de ração, serviu vinho de palma para eles beberem, *a bebida dos deuses*. Alguns apertaram a mão dele e a abraçaram. A expressão do meu hospedeiro ficou o tempo todo iluminada com um sorriso flamejante, pois a parede em branco do futuro de repente ganhava brasões de cores quentes. O sol estava quase no ápice quando eles saíram do mercado levando as coisas que tinham comprado.

Ele e Ndali compraram *ugba* de um vendedor de beira de estrada, perto da garagem onde tinham estacionado o veículo. Encharcada de suor, Ndali comprou uma garrafa de La Casera. Fez com que ele experimentasse. Era doce, mas ele não conseguiu definir o gosto. Ela achou graça da sua atitude.

— Seu homem da selva. É gosto de maçã. Tenho certeza de que você nunca comeu uma maçã.

Ele abanou a cabeça. Eles puseram na caminhonete uma gaiola nova, duas sacas de ração e meia saca de painço e agora estavam prontos para voltar a Umuahia.

— Eu não sou um Oyibo. Vou comer meu *ugba* como um autêntico africano.

Desembrulhou o pacote e começou a jogar punhados na boca, mastigando de um jeito que a fez rir.

— Eu já disse pra você parar de mastigar coisas como um bode: nyum--yum-yum. *Tufia!* — disse Ndali, estalando os dedos e dando risada.

Mas ele continuou comendo, mexendo a cabeça e dardejando a língua entre os *lábios*.

— Bem, talvez um dia a gente viaje juntos ao exterior.

— Ao exterior? Por quê?

— Para você conhecer coisas, ora, e parar com esses modos de homem da selva.

— Hah, tudo bem, mãezinha.

Deu a partida no motor e eles pegaram a estrada. A caminhonete tinha acabado de sair da cidade quando ele começou a se sentir estranho. Sentiu uma coisa estranha no estômago e peidou.

— Jesus! *Nyamma!* — gritou Ndali. — Nonso!

— Desculpe, mãezinha, mas eu... — Foi silenciado por outro alívio. Estacionou depressa no acostamento.

— Mãezinha, meu estômago — arquejou.

— O quê?

— Você tem papel? Lenço de papel?

— Tenho, tenho. — Pegou a bolsa, mas antes de conseguir tirar os lenços de papel ele tirou um lenço debaixo do trinco da porta do seu lado e correu para a mata. Chukwu, ele quase rasgou a calça quando chegou a uma distância em que conseguia se esconder na mata, e sua excreção bateu na grama com uma força descomunal. Eu fiquei assustado, pois nunca tinha visto esse tipo de coisa acontecer com ele, mesmo quando era garoto.

Foi com certo alívio que se levantou, com a testa molhada como se tivesse tomado chuva. Ndali tinha saído da caminhonete e estava perto do arbusto, segurando o rolo de papel meio usado.

— O que aconteceu?

— Tive uma tremenda vontade de cagar — ele explicou.

— Meu Deus! Nonso?

Começou a gargalhar de novo.

— Do que você está rindo?

Ela quase não conseguia falar.

— De olhar para a sua cara... você está suando.

Mal tinha dirigido mais quinze minutos quando ele saiu correndo de novo. Dessa vez estava com o papel, e fez tanta força para defecar que ficou exausto. Algum tempo depois de ter evacuado, ajoelhou-se e se apoiou numa árvore. Eu nunca tinha visto nada parecido com isso acontecer com ele. E apesar de ter aprendido a olhar dentro de suas vísceras, não consegui localizar exatamente o que havia de errado, embora ele estivesse convencido de que era uma diarreia.

— Eu estou com diarreia — disse a Ndali quando voltou à caminhonete.

Ndali riu mais ainda, e ele também.

— Deve ter sido o *ugba*. Não sei o que puseram nele.

— É, você não sabe. — Continuou dando risada. — É por isso que eu não como nada de lugar nenhum. Você está dando uma de homem africano.

— Eu estou me sentindo meio cansado.

— Sim, tome um pouco de água e da minha La Casera. Eu dirijo.

— Dirigir a minha caminhonete?

— Sim, por que não?

Por mais que tenha se surpreendido, meu hospedeiro deixou Ndali dirigir e por um bom tempo depois que retomaram a viagem ele não sentiu mais vontade. Mas, quando a vontade surgiu, ele bateu as mãos no painel. Ndali estacionou e ele abriu a porta e saiu correndo, caindo ao tropeçar no estribo. Levantou-se e correu para o mato como se nada tivesse acontecido. Voltou para a caminhonete ensopado de suor, enquanto Ndali lutava para conter o riso. Esvaziou uma garrafa grande de água Ragolis e ficou agarrado à garrafa vazia. Comentou de uma história que o pai tinha contado sobre um homem como ele, que parou na beira da estrada para cagar na floresta e no processo foi engolido por uma píton. O pai costumava tocar uma música que alguém cantava a respeito da história, "Eke a Tuwa lam ujo".

— Acho que já ouvi essa música. Mas eu tenho medo de qualquer cobra... píton, oh; serpentes, oh; cascavel, oh; qualquer cobra.

— É isso mesmo, mãezinha.

— E agora, como está se sentindo?

— Bem — respondeu. Nem tinha se passado o tempo de quebrar cinco nozes em quatro lugares e eles estavam quase chegando a Umuahia. — Já faz quase meia hora e eu não fui. Acho que passou.

— Sim, concordo. Mas também já ri tudo o que tinha de rir.

Passaram tranquilamente por florestas fechadas dos dois lados por algum tempo, a cabeça dele dividida em pensamentos. Então, de repente aconteceu, com a força de um temporal, e ele correu para o mato.

Oseburuwa, Ndali cuidou do meu hospedeiro até ele estar inteiro de novo. No dia seguinte ela foi à faculdade. Quando voltou, encontrou-o no banco do quintal, depenando um frango doente para arejar um pouco sua pele.

Uma velha bandeja entre os dois já estava cheia de penas. Segurava o frango por uma perna enquanto trabalhava. Ela o ajudou — a coisa mais estranha que já fizera na vida —, com uma curiosa mistura de riso e equanimidade. Enquanto trabalhavam, ele se esforçou para falar sobre sua família, como sentia falta deles, e da necessidade de Ndali de se reconciliar com a família dela. Falou com muito cuidado, como se sua língua fosse um padre no céu da boca. Aí Ndali contou que os pais dela tinham ido à faculdade de novo naquele dia.

— Nonso, eu não quero falar com eles. Simplesmente não quero.

— Você já pensou bem a respeito? Sabe que isso está piorando ainda mais a situação?

Enquanto ele falava, Ndali começou a torcer uma pena da perna do frango. Afastou-se um pouco e sentou sobre as pernas na esteira de ráfia no chão.

— Como assim?

— Porque tem a ver comigo, mãezinha. Isso está acontecendo por minha causa.

O frango levantou a perna livre e soltou um montinho de fezes na esteira.

— Ah, meu Deus!

Os dois deram muita risada até ele soltar o frango, que saiu em direção ao galinheiro, cacarejando queixoso. Egbunu, pode ter sido a risada que aliviou o coração de Ndali, pois quando ele explicou depois que a atitude dela poderia fazer sua família desprezá-lo ainda mais, pois o que estava acontecendo era por causa dele, ela ficou em silêncio. E mais tarde, quando se deitaram para dormir, de repente ela falou, acima do matraquear do ventilador de teto, que ele tinha razão. Que iria voltar para casa.

Como uma cabaça cheia de água mandada com um emissário ao território de um inimigo provocado, ela foi para casa no dia seguinte, mas voltou três dias depois como uma cabaça em chamas. O pai dela havia enviado muitos convites para a festa de aniversário de seus sessenta anos, mas não tinha convidado meu hospedeiro. O pai disse que ele não tinha qualificações para estar lá. Ndali saiu de casa com a firme resolução de não mais voltar. Contou a história com uma raiva feroz, gritando e batendo os pés. — Como ele pode fazer isso? Como? E se ele se recusa a convidar você — falou —, juro pelo Deus que me criou... — Lambeu o indicador com a ponta da língua. — *Eh*, juro pelo Deus que me criou que eu também não vou. Não vou.

Meu hospedeiro não disse nada, ocupado que estava com a pesada carga que ela pusera sobre ele. Estava sentado à mesa de jantar, catando areia e pedregulhos de uma tigela de feijão branco. Mosquitinhos fugiam do saco de feijão aberto, se juntando sobre a mesa ou na parede ao lado. Quando terminou de limpar o feijão, despejou os grãos num caldeirão e o acomodou no fogão. Pegou o sofisticado convite da cadeira onde ela o havia deixado e começou a ler em silêncio.

> *Este cartão é um convite para o senhor _____ e a senhora ___ e família para a festa de aniversário do Chefe. Doutor. Luke Okoli Obialor, o Nmalite I do reino de Umuahia-Ibeku do estado de Abia da Nigéria. O evento será na residência dos Obialor em 14 de julho, em Aguiyi Ironsi...*

Ndali tinha ido para o antigo quarto dele, onde as paredes continuavam desfiguradas por seus desenhos infantis, principalmente do Deus do Homem Branco, de anjos, da irmã e do gansinho. Ela usava aquele quarto como escritório, onde lia seus livros quando estava na casa, e dormia com ele no quarto que fora de seus pais. Meu hospedeiro leu o convite em voz alta na sala de estar, para ela poder ouvir.

— Dia 14, na rua Lagos em 14 de julho de 2007. Haverá comida em abundância e música com Sua Excelência, o rei da música *ogene*, Chefe Oliver De Coque. A festa será das quatro horas da tarde às nove da noite.

— Agora é minha vez, eu não estou nem aí.

— O mestre de cerimônias para a ocasião será ninguém menos que o inestimável Nkem Owoh, o próprio Osuofia.

— Não faz diferença, eu não vou.

— Aonde vai um, vão todos.

Ijango-ijango, os primeiros pais, sábios a respeito dos modos da humanidade, costumavam dizer que a vida de um homem está ancorada em um polo giratório. O polo pode girar para um lado ou para outro, e a vida da pessoa pode mudar significativamente em um instante. Num piscar de olhos, um mundo na vertical pode se prostrar, e o que estava achatado no solo um instante antes pode, de repente, ficar ereto. Já vi isso muitas vezes. Vi mais uma vez alguns dias depois, numa tarde em que meu hospedeiro voltou de uma tarefa externa. Ele tinha saído pouco depois do almoço para levar quatro galos grandes ao restaurante no centro da cidade, enquanto Ndali ficara estudando. Meu hospedeiro estava cada vez mais preocupado com as tempestades que se acumulavam em sua vida, mais uma vez temendo que alguma coisa o estivesse observando, esperando um momento em que se sentisse feliz para atacar e roubar sua alegria e substituí-la por tristeza. Era um medo que se alojava em sua mente desde a época em que o gansinho morrera. Esse medo — como é comum quando se apodera da mente de um homem — o convenceu com todas as forças da pressão que Ndali sofreria até finalmente o abandonar. Por mais que eu projetasse continuamente pensamentos em sua mente para refutar essa ideia, ele se mantinha firme. Começou a ter medo de que, com o tempo, ela preferisse desistir dele a perder a família. Tão penetrante era esse medo que, enquanto voltava para casa depois de cumprir sua tarefa, teve de ouvir músicas de Oliver De Coque no toca-fitas da caminhonete para não se desesperar. Só um dos alto-falantes estava funcionando, e às vezes a música esmaecia, abafada pelo barulho da rua. Era nesses momentos, quando a voz de barítono de Oliver desanimava, que todo aquele peso em sua mente desabava sobre ele.

Quando chegou em casa, Ndali estava no quintal, vendo as galinhas comerem o milho que ela tinha espalhado no chão e lendo um livro no banco embaixo da árvore, perto da luz de um lampião recarregável. Usava uma blusa e uma bermuda que ressaltava suas nádegas. Tinha passado óleo nos cabelos e prendido com uma bandana. Levantou-se assim que ouviu a porta de tela se abrir.

— Adivinha, adivinha, adivinha, Obim? — Ela o pegou pelos braços com as duas mãos, quase pisando numa das galinhas, que fugiu frenética, cacarejando de asas abertas.

— O que foi? — perguntou meu hospedeiro, tão surpreso quanto eu.

— Eles disseram que você pode ir. — Enlaçou as mãos ao redor do pescoço dele. — Meu pai, eles estão esperando você.

Ele não esperava aquilo de jeito nenhum, e por isso foi com alívio e certa incredulidade que exclamou:

— Puxa, que bom!

— Você vai, Obim?

Não conseguia olhar para ela, por isso não olhou. Mas ela foi chegando mais perto devagar, pegou-o pelo queixo e levantou a cabeça dele para captar seu olhar.

— Nonso, Nonso.

— *Eh*, mãezinha?

— Eu sei que não foi bom o que eles fizeram com você. Eles te humilharam. Mas, olha só, essas coisas acontecem. Nós estamos na Nigéria. Em Alaigbo. Um homem pobre é um homem pobre. *Onye ogbenye*, não é respeitado pela sociedade. E meu pai e meu irmão? Eles são uma gente orgulhosa. Até minha mãe, apesar de não apoiar muito meu pai nesse assunto.

Ele não disse nada.

— Eles podem ter vergonha de você, mas eu não tenho. Não posso ter ah... — Continuou segurando o queixo dele e olhou para o seu rosto. — Que foi, Nonso? Por que você não diz nada?

— Nada, mãezinha. Eu vou.

Ndali o abraçou. E, no silêncio ao redor, ele ouviu o som dos insetos noturnos zumbindo no ouvido na noite.

— Eu vou à festa com você por sua causa — assegurou-lhe novamente. Enquanto falava, viu que ela tinha fechado os olhos e só os abriu quando ele parou de falar.

7
O DESGRAÇADO

EGBUNU, os antigos pais dizem que um rato não cai numa ratoeira vazia em plena luz do dia a não ser que seja atraído por algo que não consegue recusar. Egbunu, um peixe morderia um anzol de metal vazio embaixo d'água? Como faria isso a não ser que fosse atraído por alguma coisa no anzol? Não é assim que um homem é atraído para uma situação em que não gostaria de estar? Meu hospedeiro, por exemplo, não teria concordado em ir à festa do pai de Ndali se eles não tivessem se mostrado arrependidos e o pai dela não tivesse assinado um convite no nome dele: "Sr. Chinonso Olisa". Embora eu reconheça que foi convencido em parte pela determinação de fazer Ndali feliz a qualquer custo e pelo desejo de ver Oliver De Coque se apresentar ao vivo, ele se mostrou cauteloso até o fim. Decidiu ir à festa sintonizado com apenas uma parte de si mesmo, arrastando a outra metade intransigente. E eu, seu *chi*, não consegui decidir se ele deveria ou não ir. Pelo que conheço do homem, temi que um sentimento como o que fora demonstrado — de repulsa — não expiraria facilmente. Mas vi a cura e o equilíbrio que essa mulher havia trazido à vida dele e queria que continuasse. Pois é abominável um *chi* impedir o caminho de seu hospedeiro. Quando um homem afirma uma coisa, e seu *chi* não deseja essa coisa, tudo o que pode fazer é persuadir seu hospedeiro. Mas, se o hospedeiro recusar, o *chi* não deve tentar compelir seu hospedeiro contra a vontade; deve afirmar a coisa. Mais uma vez, é por isso que os sábios pais costumam dizer que, se um homem concorda com alguma coisa, seu *chi* também deve concordar. A segunda razão para minha ambivalência foi ter desenvolvido uma forte fé no amor de Ndali por meu hospedeiro, principalmente depois de ter encontrado seu *chi*, e acreditava firmemente que, se casasse com Ndali, ele se completaria, pois os antigos pais costumam dizer que um homem não está completo até se casar com uma mulher.

Um dia antes da festa, eles foram comprar cartões de aniversário para o pai dela em um grande supermercado perto do posto de gasolina de Oando. Em uma loja de roupas na rua Crowther, ele comprou uma túnica *isiagu*. Apesar de Ndali ter dito que as que tinham a estampa da cabeça de um leão eram mais bonitas, ele preferiu as vermelhas por alguma razão que não conseguiu entender. Os dois tinham saído da loja e estavam andando em direção a um grande shopping, com os alto-falantes da igreja soando de um andar superior do prédio, quando ele viu Motu em frente a uma oficina mecânica. Estava entre uma pilha de pneus e um mecânico que, com um macacão azul e grandes óculos de proteção, disparava um bastão com alguma coisa que produzia radiantes faíscas de uma brilhante chama vermelha. Ela usava uma bata larga, a verde estampada com folhas vermelhas que ele tinha tirado algumas vezes antes de fazer amor com ela. Tinha acabado de vender amendoins para um dos homens e estava enrolando um pedaço de pano em forma de *aju* para pôr na cabeça antes de equilibrar a bandeja. Egbunu, por um instante ele escorregou das mãos de seu mundo presente como um peixe untado de óleo. Ficou ali parado, indeciso quanto ao que fazer, se perguntando por que ela o havia deixado. Mas Motu nem se virou. Assentou a bandeja na cabeça e saiu andando em outra direção, na direção de um mercado cheio de gente. Pensou em chamá-la, mas teve medo de que não o ouvisse com o barulhão da máquina de solda. Com o coração palpitando, virou-se para Ndali, que tinha continuado a andar sem se dar conta de que ele não estava mais ao seu lado. Ele não percebeu que tinha se concentrado no fogo da soldadora do mecânico enquanto olhava para Motu. Quando desviou o olhar, sua visão ficou embaçada, e por um momento pareceu como se o mundo e tudo que havia nele tivessem sido recobertos por um véu amarelo espesso e sedoso.

Chukwu, Ndali não voltou para a casa dele nesse dia. Foi ajudar os pais a se preparar para o grande dia seguinte. Depois de cuidar de uma galinha doente que começou a segregar uma substância nacarada pelos lados do bico, limpando-a com uma toalha limpa com água morna, ele passou o resto do dia pensando em Motu. Pensava sobre o que tinha acontecido, de quem era a mão que havia se estendido e a agarrado pela roupa para afastá-la dele. Teria falado com ela, se estivesse sozinho. Pensou muito sobre a razão de ela o ter abandonado, sem avisar, sem provocação, quando na verdade parecia que o amava e que o tinha firmemente plantado em seu coração. Filhos dos homens, cuidado: vocês não podem depositar sua confiança em outro homem. Ninguém está livre de ser atacado pelos flancos. Ninguém! Já vi isso muita vezes. Ainda estava mergulhado em seus pensamentos quando o telefone zumbiu. Pegou-o, tocou na caixa de mensagens e leu:

Eles querem mesmo que vc venha Obim!!! Até meu irmão. Te amo, boa noite.

Quando chegou à residência da família dela no dia seguinte, percebeu que era o primeiro a chegar. Ndali veio encontrá-lo e pediu para que ele a seguisse pela casa. Mas ele não ouviu nada daquilo. Ficou sentado numa cadeira de plástico embaixo de um dos dois pavilhões cobertos de lona erguidos para os convidados. Outro pavilhão erguia-se em separado sobre a plataforma de um palco com o piso coberto por um tapete vermelho. Era a Mesa Alta, onde se sentariam os convidados da festa e outros dignitários. Lá, as cadeiras estavam dispostas atrás de uma mesa comprida perto do palco, recoberta por uma toalha bordada. Um grupo de homens encharcados de suor instalava caixas de som atrás da mesa, enquanto dois homens usando camisas e saiotes idênticos decoravam grandes bolos com a efígie do pai de Ndali segurando um cetro.

Meu hospedeiro pegou um exemplar do programa colocado sobre sua cadeira e começou a ler quando sentiu a cadeira estremecer. Antes de saber o que era, ou até mesmo olhar para trás, sentiu uma mão tocar seu ombro e uma cabeça apareceu ao seu lado.

— Então você veio — disse a cabeça.

As coisas aconteceram tão depressa que ele se sentiu incapacitado por uma horrível e súbita sensação de medo.

— Afinal você veio — repetiu o homem, que ele reconheceu como Chuka. Chuka falava na língua do Homem Branco com um sotaque estrangeiro semelhante ao de Ndali. — Tem gente, tem gente que simplesmente não tem vergonha. Não tem vergonha. Como pôde vir aqui... depois de tudo que meu pai fez com você naquele dia?

Chuka pôs o braço no ombro de meu hospedeiro e puxou-o para mais perto. Ouvi a voz do meu hospedeiro gritando em sua cabeça: *Será que ele já não está perto demais?* Um som acima e a certa distância fez com erguesse a cabeça e visse Ndali no que devia ser a sacada do quarto dela.

— Faça um aceno pra ela, diga que está tudo bem — disse Chuka. — Faça um sinal!

Ndali estava dizendo alguma coisa que ele não conseguia ouvir, mas que deduziu ser uma pergunta se ele estava bem ou não. Meu hospedeiro obedeceu à ordem do irmão e ela retribuiu o aceno e mandou um beijo pelo ar. Achou que o irmão estava escondido atrás dele, mas Chuka gritou: — Eu e seu homem estamos tendo uma conversa agradável!

Nisso, meu hospedeiro pensou ter visto algo como um sorriso brilhar no rosto da namorada, um sinal inconfundível de que acreditara no irmão.

— Que bom. Obrigada, Chuka — gritou da sacada.

Chuka tinha falado com a irmã na língua do Homem Branco, mas agora continuou sua agressão na língua dos pais: — *I bu Otobo; otobo ki ibu.* Otobo *mesmo, mesmo.* Como alguém deve posicionar o pescoço ou moldar a boca para passar uma mensagem para a cabeça de um *otobo* como você? Como? É incrível. — Apertou tanto o ombro de meu hospedeiro que ele soltou um gemido.

— Agora escuta aqui, *Rato de Igreja*, meu pai mandou dizer que se ouvir um pio de você, ou qualquer outro som, você vai estar seriamente encrencado. Você sabe que está brincando com fogo? Está alimentando um fogo devastador. Está namorando a filha de um tigre, Nwa-agu. — Chuka respirou fundo e expirou no pescoço dele.

— Ah, você se vestiu de uma maneira respeitável, *Rato de Igreja* — continuou, puxando a *isiagu* de meu hospedeiro pelo ombro. — *Está muito bem, senhor.* Otobo. *Eh*, mas eu vou passar a mensagem: não fale, não faça nada. Nem um pio. Não cometa o erro de se reunir com a família na pista de dança, nem nada parecido, não importa o que minha irmã disser. *Repito*, não importa o que disser minha irmã. Está me ouvindo?

Gaganaogwu, àquela altura eu conhecia meu hospedeiro havia vinte e cinco anos e três meses, e nunca o tinha visto tão constrangido. Sentiu-se ferido como se Chuka tivesse não articulado palavras, mas o açoitado com um chicote. O que mais doía era não poder reagir. Quando era garoto, ele não tinha medo de brigas: na verdade, era temido, pois apesar de não gostar de encrenca, brigava com punhos de pedra quando provocado. Mas, nessa situação, estava incapacitado, de mãos atadas. Por isso, apesar de machucado, sua resposta foi simplesmente concordar com a cabeça.

— Ótimo, *Rato de Igreja*, seja bem-vindo.

Por nenhuma razão específica, ele sempre se lembraria daquelas palavras finais, uma mistura da língua dos pais com a do Homem Branco: *Odinma, Rato de Igreja, ibia wo.*

Os primeiros pais sempre dizem que uma guerra planejada não pega nem mesmo um aleijado de surpresa. Mas uma guerra não planejada, a que é inesperada, pode derrotar até mesmo o exército mais poderoso. É por isso que eles também dizem, em sua sabedoria preventiva, que se alguém acordar de manhã e ver algo como uma inócua galinha o perseguindo, é melhor fugir porque não se sabe se a galinha criou dentes e garras durante a noite. Assim, derrotado, meu hospedeiro sentiu-se atônito pelo resto da festa.

Os convidados começaram a chegar não muito depois de Chuka ter se afastado. O convite dizia que o evento iria das quatro da tarde às nove da noite. Mas os primeiros convidados chegaram às quinze para as cinco. Ndali já tinha se queixado de que isso aconteceria: "Você vai ver que todos vão seguir o tempo nigeriano. É por isso que detesto ir a eventos como esse. Se não fosse pelo meu pai, vou dizer, eu nem iria". Meu hospedeiro viu as cadeiras sendo ocupadas ao redor por convidados usando trajes diferentes, em geral um homem com uma bata esvoaçante e a esposa com uma blusa igualmente cintilante, uma faixa ao redor da cintura, uma bolsa sofisticada nas mãos. As crianças ocupavam as duas fileiras de cadeiras de plástico com altos descansos de braço. Quando a maior parte dos lugares estava ocupada, o ar se encheu de um coquetel de perfumes e fragrâncias corpóreas.

O homem sentado à sua esquerda puxou conversa. Sem ser indagado, o homem disse que a esposa era uma das que estavam cozinhando "lá no palácio", apontando a casa dos Obialor.

— Minha esposa também — ele respondeu, com a intenção de silenciar o homem.

Mas o outro continuou falando sobre a grande festa e depois sobre o calor que fazia. Meu hospedeiro ouvia com uma indiferença seca que, com o passar do tempo, o homem pareceu notar. E quando os lugares ao lado dele foram ocupados por um casal, o homem se virou do meu hospedeiro para eles.

Contente por finalmente ter sido deixado em paz, meu hospedeiro avaliou o que havia acontecido: uma mão tinha chegado e o puxado com tanta força que quase o derrubou da cadeira. Depois uma boca tinha perguntado por que ele tinha vindo e o chamado de bobo, de hipopótamo, zombado de suas roupas, rido do seu amor por Ndali e infligido um golpe mortal: Rato de Igreja. Se os lugares já estivessem ocupados como agora, nada daquilo teria acontecido. Todas aquelas pessoas tinham chegado atrasadas. Tão atrasadas que a celebrada entrada de Oliver De Coque — seu músico favorito, o grande pássaro cantor de Igbolândia, *Oku-na-acha-na-abali*, o chefe da música dos igbos abastados — não significou nada. Continuou sentado, letárgico, quando os convidados se levantaram para aplaudir o cantor. Seu sangue teria se agitado quando o mestre de cerimônias da ocasião e famoso ator de vídeos caseiros Osuofia apresentou Oliver De Coque. Mas as palavras soaram como as de uma pessoa qualquer. Ele teria rido das piadas de Osuofia — como a que ele tirou de seu famoso filme *Osuofia em Londres*, sobre como os brancos desfiguraram seu nome o chamando de "Oso-fogo". Mas a piada soou como um palavrório infantil e ele até se surpreendeu quando as pessoas gargalharam. O homem grande e gordo na frente dele, como conseguia rir desse jeito? A mulher ao lado do homem, por que se mexia tanto na cadeira? Não respondeu a todos os apelos de "Kwenu!" de Osuofia, a que todos respondiam com um "Yaah!". Assim, pouco depois das apresentações e dos convites a certas pessoas para a Mesa Alta, e depois de Oliver De Coque subir ao palco cantando "People's Club", meu hospedeiro continuou morto como um tronco de árvore. Até mesmo De Coque tinha chegado atrasado.

Para sua irritação, o homem sentado à sua esquerda começou a dançar na cadeira e voltou a se lembrar dele. De vez em quando o homem se virava para comentar sobre a festa, sobre a música, sobre a genialidade de Oliver De Coque e outras coisas. Mas o tronco de árvore apenas aquiescia e murmurava. E mesmo isso era feito com grande relutância. O homem não sabia que haviam mandado que ele não fizesse o mais leve dos sons, nem mesmo um pio. Agora começava a se dar conta, depois de pensar a respeito, que a ordem tinha vindo do próprio dono da festa, do anfitrião, o pai de Ndali. Em meio a esses pensamentos, ouviu alguma coisa bater no encosto de sua cadeira. Seu coração saiu pela boca. Quando se virou, viu que o culpado era o garoto sentado atrás dele. O garoto tinha chutado a cadeira.

Ezeuwa, à vezes parece que o Universo, como que possuindo o rosto lacônico, zomba do homem. Como se o homem fosse um brinquedo, uma bugiganga entregue aos caprichos do Universo. Abaixe-se, parece dizer uma voz. E, quando um homem se senta, é ordenado que se levante de novo. Dá ao homem a comida com uma das mãos e com a outra o faz vomitar. Já vivi no mundo durante muitos ciclos de vida, e tenho visto esse misterioso fenômeno muitas vezes. Como, por exemplo, alguém pode explicar que pouco depois de se assustar por causa daquele garoto (um simples garoto!) e voltado os olhos para o grande músico, meu hospedeiro foi tocado mais uma vez por trás por uma mão e ouviu, antes de se mexer:

— Obim, Obim, eles vão nos chamar logo. Levante-se e venha.

Bem, ele reagiu tão depressa que nem pensou a respeito. E, como Ndali o valorizou muito diante dos presentes ao chamá-lo de meu querido, ele se levantou e a seguiu na glória do momento. Teria se deixado levar pela beleza dela, pois seu vestido era lindo. Uma longa tira de *jigida* cascateava pelo seu pescoço, com parte das miçangas em volta dos pulsos. Aquela mulher que todos ao seu redor chamavam de a filha do Altíssimo — *Adaego* e *Adaora*. Não teria sido uma desgraça pior ter continuado sentado, no meio de toda aquela gente? Por isso, ele a seguiu sob vibrantes aplausos.

As coisas que eles disseram quando os dois saíram soaram como uma grande piada do destino.

— Vejam só, um homem notável que merece uma mulher dessas! — disse um convidado.

— *Nwokeoma!* — aclamou outro.

— *Enyi-kwo-nwa!* — gritou uma mulher. Um homem de roupas normais, de pé perto de um dos ventiladores altos na extremidade de cada duas fileiras saudou-o como se ele fosse um chefe, estendendo a mão para ele. Tão chocado quanto relutante, ele bateu três vezes as costas da mão na do homem.

— Parabéns! — murmurou o homem.

Ele anuiu e sua mão, como se de repente tivesse ganhado vida própria, e bateu no ombro do homem. Pareceu-lhe que aquelas coisas estavam acontecendo depressa demais — como se partes de seu corpo tivessem se amotinado contra ele e organizado uma desafiadora confederação além de seu controle.

A cada passo, de mãos dadas com Ndali, ela o levava cada vez mais fundo na transgressão. Mas ele não podia fazer nada, pois a festa inteira, espalhada ao redor do espaçoso quintal da residência, agora olhava para eles, e o próprio Oliver De Coque tinha interrompido sua música para cumprimentá-los de passagem.

— Vejam a futura *oriaku* e seu homem andando a passos largos. — Ao que Ndali acenou — e ele acenou também — à multidão de dignitários, homens e mulheres ricos, chefes, doutores, advogados, três homens vindos de avião de dois países de Homens Brancos, Alemanha e Estados Unidos (um dos quais trouxera uma mulher branca de cabelos amarelos), Chuwuemeka Ike, um senador de Abuja, um representante do governo do estado, Orji Kalu. E ele, um Rato de Igreja — um homem que cuidava de aves domésticas para se sustentar e cultivava tomates, milho, mandioca e pimentão, matava formigas vermelhas e espetava galhinhos nas fezes das galinhas do quintal em busca de vermes —, tinha recebido acenos desses dignitários.

Os dois passaram por muitas pessoas a caminho da casa. Entre elas havia duas mulheres que se olhavam num espelho, empoando os rostos; um homem (um daqueles do exterior) usando uma deslumbrante *bariga* e um gorro *ozo* vermelho, fumando cachimbo; um policial com um AK-47 de pé apontando a arma para cima; duas garotas na puberdade de vestidos esvoaçantes, observando a tela de um telefone celular sob a cobertura da enorme varanda com colunas romanas; e um garoto de gravata-borboleta com a camisa molhada de Fanta.

Quando entraram na casa, Ndali deu um beijo em sua face suada. Era o que fazia em vez de beijá-lo na boca sempre que pintava os lábios num tom mais escuro de rosa ou vermelho.

— Está se divertindo? — perguntou, e antes que ele pudesse falar ela continuou: — Você está suando de novo! Não trouxe um lenço?

Ele disse que não. Queria dizer mais, mas ela continuou andando e ele a seguiu. Lá dentro, viu Chuka de pé no meio da escada, visivelmente perplexo ao vê-lo ali. Palavras penderam, pasmas, nos lábios dele ao passarem por Chuka.

— O que foi, Obim? Nonso? — perguntou Ndali depois que passaram por Chuka e pararam de novo, dessa vez numa saleta onde estantes de livros dividiam o recinto em quatro corredores.

— Nada — ele respondeu. — Água, você pode me dar uma água?

— Água? Tudo bem, eu vou buscar. — Quando ia saindo, ela perguntou: — Meu irmão, ele fez alguma coisa pra você?

— Para mim? N-não, não, ele não fez nada.

Ndali fixou o olhar nele por um momento, como se não acreditasse, antes de sair da sala. Assim que ela saiu, ele quase chorou. Nem percebeu quando sentou numa poltrona reclinável que girou de repente, deixando-o de frente para a janela. Agora via a festa do ponto de vista de um gavião pairando no ar. Osuofia estava dançando, interrompendo Oliver De Coque de vez em quando. Chukwu, é assim que às vezes as coisas acontecem para os humanos: um homem fica com medo de alguma coisa como essa, de ser envergonhado em público, e esse medo se transforma na sua destruição. Pois a ansiedade é um leito de sementes. Qualquer ocasião a poliniza, e a cada ação uma semente germina. Quando se usa uma palavra para eliciar uma reação insalubre, e na presença de outras pessoas, um homem pode perder a compostura e seus membros podem tremer. Assim, a cada centímetro do caminho, propelido por seu frágil estado de espírito, ele faz coisas que pioram ainda mais sua situação em vez de redimi-lo. É castigado por si mesmo, como se envolvido num ato contínuo de autoflagelação não intencional. Já vi isso muitas vezes.

Agora firme em seu estado de ansiedade, meu hospedeiro estava tão absorto em pensamentos que os passos de Ndali o assustaram. Pegou o copo de água e bebeu até o fim.

— Tudo bem, Obim, agora vamos. Eles vão nos chamar logo.

— Ndali, Ndali! — a mãe dela chamou, em meio ao som de passos na sala de estar.

O coração de meu hospedeiro afundou. Senti-me pressionado a fazer alguma coisa, por isso projetei em sua mente que ele não ficasse com medo. *Faça o máximo que puder para se manter diante dessa gente.* Em resposta, bateu os pés no chão e a voz na cabeça dele disse: *Eu não vou ter medo.*

Enquanto eu me comunicava com meu hospedeiro, Ndali dizia para a mãe:

— Mã, mã-mãezinha! Eu já estou indo!

Ao que a mulher respondeu:

— *Ngwa, ngwa*, rápido — num tom quase inaudível com a voz de Osuofia saindo pelos alto-falantes do lado de fora da casa.

— Vamos logo — disse Ndali, pegando na mão dele. — É a nossa vez de sentar na Mesa Alta.

Ele queria falar, mas só conseguiu emitir um abafado "Ah". Como se tivesse sido levado sobre rodas, de repente estava na sala de estar frente a frente com o Chefe Obialor, vestido em magníficos trajes reais — um *isiagu* longo e vermelho — e brandindo uma presa de marfim. Em seu gorro vermelho havia duas penas de milhafre, espetadas dos dois lados — da forma como os antigos pais usavam. Pois eles acreditavam que esses pássaros eram o símbolo da vida e que um homem bem-sucedido neste mundo havia adquirido as penas e, no sentido proverbial, se tornara um pássaro. Sua esposa, que andava atrás dele, usava estampas semelhantes no corpo e contas ao redor do pescoço — como faziam as grandes mães. Segurava um leque, e suas pulseiras eram incontáveis.

Quando se aproximou dos pais com Ndali, ele fez uma vênia diante dos dois e Ndali se ajoelhou. Os pais sorriram, o pai acenando com o cetro e a mãe abanando o leque no ar. Chukwu, depois de tudo que aconteceria depois, meu hospedeiro sempre se lembraria da forma como os pais dela pareceram não mostrar qualquer sinal de desprazer ao vê-lo naquele encontro.

Em um estado de agitação interior, meu hospedeiro se misturou ao desfile, andando devagar em direção à porta de entrada da mansão como que arrastado por cordas invisíveis. Caminhou ao lado do homem da Alemanha, um país de gente branca, e sua esposa igualmente branca, que se vestia como as filhas das grandes mães. Ao lado deles estava o tio de Ndali, o famoso médico que havia suturado membros explodidos na Guerra de Biafra, por isso seu cetro com a figura de um elefante. Lá fora, Osuofia gritava ao microfone, a voz amplificada pelos alto-falantes:

— Agora eles estão saindo, estão chegando... o aniversariante e sua família!

— Meu hospedeiro os seguia com passos leves, transportando o próprio corpo como se fosse um saco de pus ambulante mantido vivo apenas pela mão de Ndali na sua, até entrarem na arena de saudações e aplausos barulhentos da multidão. Dançou com eles com leveza, até mesmo quando Chuka chegava a dois centímetros de distância com uma expressão de desprezo no rosto. Aos poucos, seu temor foi se inflamando e ele não queria mais continuar. Largou da mão de Ndali quando eles começaram a ocupar as cadeiras da fila da frente, sob o toldo onde os dignitários sentavam-se, atrás da Mesa Alta, e sussurrou em seu ouvido:

— Não, eu não posso, não.

Ndali continuou segurando a mão dele até Osuofia começar a chamá-la e ela o deixou e sentou na primeira fila com os membros da família e outros convidados de alto calibre. Meu hospedeiro correu para ocupar a primeira cadeira vazia atrás deles.

Egbunu, o homem desprezado é o que se sente desrespeitado por alguém acima dele. Por um golpe de sorte, por trabalho duro ou por intensas negociações com seu *chi*, esse homem obteve boa sorte ou influência. E agora, tendo medido sua riqueza ou influência com as de outros, ele vê qualquer mão erguida pelos que estão em nível mais baixo como um menosprezo a que deve reagir. Pois ser desafiado por um homem mais desafortunado rompe o equilíbrio de sua mente e infecta sua psique. Ele precisa restaurar isso rapidamente! Precisa atacar os fatores que causaram essa mudança. Essa deve ser sua reação. Embora houvesse poucos desses homens na época dos pais — principalmente por terem medo da ira de Ala —, eu vi isso muitas vezes entre seus filhos. Vi sinais desse estado de espírito em Chuka, por isso não me surpreendi quando, assim que meu hospedeiro se sentou, um dos cinegrafistas foi até ele e cochichou em seu ouvido:

— Irmão, Oga Chuka disse pra você me seguir.

Antes que meu hospedeiro pudesse entender, o homem começou a se afastar como se já tivesse cumprido o que fora determinado. Isso em si causou uma chicotada de medo em suas costas. Se o mensageiro havia entregado o recado com tal confiança, sem qualquer dúvida de que a ordem seria obedecida, o quanto seu patrão poderia ser poderoso? Qual o poder de sua ira? Levantou-se e seguiu o homem o mais rápido que podia, pensando que todos deveriam ter notado que ele era um estranho na Mesa Alta, que agora pagaria por seu atrevido ato de transgressão. O homem deu a volta na casa, passou por um grupo de mulheres que preparavam um cozido e uma panela de arroz. Andaram depressa pelo meio de um grupo de homens suados que descarregavam engradados de bebidas de uma caminhonete. Afinal pararam em frente a um pequeno portão, ao lado de uma guarita — uma salinha. O homem se virou e apontou a guarita:

— Entra aqui, irmão.

É por causa de circunstâncias como as desse dia que sempre desejei que um *chi* pudesse defender seu hospedeiro por meio de algum poder sobrenatural. É em momentos como esse que também gostaria que meu hospedeiro conhecesse os caminhos de *agbata* e *afa*, como o *dibia* que foi meu hospedeiro mais de trezentos anos atrás. Aquele homem, Esuruonye de Nnobi, tinha chegado ao máximo dos superpoderes humanos. Era tão forte, com tal poder de previsão, que era considerado *okala-mmadu, okala- -mmuo*. Esuruonye era capaz de se despir de seu corpo e se tornar um ser desencarnado. Duas vezes eu o vi invocar o *ekili* místico e ascender ao plano astral para poder viajar, num piscar de olhos, uma distância que levaria duas semanas para ser percorrida a pé e um dia inteiro se fosse de carro. Mas meu hospedeiro atual, como outros de sua geração, encontrava-se indefeso numa situação como essa — tão indefeso quanto um frangote nas garras de um gavião. Ele simplesmente entrou no recinto com o homem misterioso que o trouxera.

Dentro da sala havia outro sujeito, com um físico de lutador e uma expressão muito carrancuda. Uma camiseta azul sem mangas cobria o corpo do homem, estampada com a imagem de um explosivo, as cores coruscantes parecendo manchas por toda a camisa.

— *Na*, o homem que perturbou festa de Oga foi esse? — quis saber o homem musculoso numa versão entrecortada da língua do Homem Branco.

— *Na*, ele — respondeu o cinegrafista fora do quartinho. — Mas Oga diz não tocar nele. Só dar um trato pra aprender.

— Sem problema — disse o grandalhão. Apontou uma camisa cáqui e uma calça do tipo que meu hospedeiro tinha visto o porteiro usar. — Vista isso.

— Eu? — disse meu hospedeiro, com o coração palpitando furiosamente.

— Sim, tem mais alguém aqui? Olha... *eh*, Nwoken, eu não tenho tempo pra perguntas, oh. Biko veste essa coisa e podemos ir.

Ijango-ijango, em ocasiões como essa a mente do meu hospedeiro sempre falseia em providenciar uma resposta adequada às questões. Será que deveria argumentar com esse homem? Certamente não: ele acabaria com a cabeça quebrada. Fugir? Certamente não. Possivelmente ele não conseguiria correr mais rápido que aquele indivíduo. Mesmo assim, fugir significaria voltar à festa e ser ainda mais humilhado. A melhor coisa a fazer era obedecer à ordem daquela pessoa estranha que, sem avisar, tinha se assenhorado dele. Assim, submisso, ele tirou a bata e a calça nova e vestiu os trajes do porteiro.

Satisfeito, o homem musculoso falou:

— Vem comigo. — Mas o que quis dizer foi: "Ande na minha frente".

O açoite de cavalo que o homem levava enquanto andavam — para que era aquilo? Será que se abateria sobre suas costas em algum momento? O medo dessa possibilidade era avassalador. Ele e o homem voltaram por todo o caminho que fizera com o cinegrafista antes, só que agora ele estava com outra roupa — despido dos trajes dignos, usando a roupa dos inferiores, reduzido a seu verdadeiro status. A expressão *o lugar a que você pertence* surgiu em sua cabeça com tal força que ele quase se convenceu de que alguém havia cochichado aquilo no seu ouvido direito. Enquanto andava, viu que a comida estava sendo guardada em sacolas de plástico e que a caminhonete ia se afastando. Ouviu a voz do pai de Ndali, inconfundível nos alto-falantes, quando entraram embaixo dos toldos, passando por trás das pessoas que se reuniam na orla dos pavilhões até chegarem ao portão.

— Fique com os porteiros — disse o homem musculoso com o açoite em riste, apontando o portão. — É o seu trabalho.

Agujiegbe, era lá que Ndali o encontraria mais tarde, banhado de suor, organizando o excesso de carros que entravam e saíam da residência, encontrando lugares para estacionar, resolvendo disputas, ajudando a descarregar e a levar para a casa os presentes trazidos por alguns convidados (um saco de arroz, tubérculos de inhame, caixas de vinhos caros, uma televisão numa caixa...) e, a certa altura, quando as fitas amarradas à estátua do leão se soltaram, ele e um dos colegas adornaram a estátua com novas fitas.

Quando Ndali o viu, ele não teve palavras para — pois esse é o tipo de coisa que extorque as palavras de dentro de um homem e o deixa vazio. Por isso, nem conseguiu responder à pergunta: — Quem fez isso com você? Onde está a sua roupa? Onde... o quê? — Só conseguiu dizer, numa voz que dava a impressão de ter envelhecido no período em que serviu no portão: — Por favor, me leve para casa, eu suplico em nome de Deus Todo-Poderoso. — A festa ainda estava a toda, com Oliver De Coque fazendo sons ininteligíveis, como os de cupins andando em madeira podre e a multidão zurrando como cordeiros insensatos. Tudo isso, todos foram soprados para longe quando ele saiu pelo portão com sua caminhonete. Lembranças totalmente aleatórias, momentos passados — como se soprados por um vento orquestrado — explodiram em sua mente e os substituíram. Não prestou atenção a Ndali, que chorou durante todo o trajeto enquanto ele dirigia devagar pelas ruas barulhentas de Umuahia. Mas, mesmo em seu silêncio tumular, ele estava bem ciente, como pude ver, que ela, assim como ele, havia sido gravemente ferida.

Chukwu, o que fizeram com ele foi tão doloroso que meu hospedeiro não conseguia eliminar um só detalhe de sua mente. As lembranças dos acontecimentos persistiam, como insetos ao redor de um amontoado de cana-de-

-açúcar, insinuando-se por todas as reentrâncias de sua mente, enchendo-a com sua flagrância negra. E Ndali chorou a maior parte da noite, até os dois fazerem amor e ela relaxar e adormecer. Então a noite já se aprofundava e ele se deitava ao lado dela. Sob a luz fraca do lampião de querosene, olhou para o rosto de Ndali e viu que mesmo dormindo ainda conseguia notar sinais de irritação a solidariedade — coisas normalmente difíceis de ver no rosto dela. O pai dele uma vez tinha dito que o semblante verdadeiro de uma pessoa em dado momento é o que continua na sua expressão em estado inconsciente.

Mais cedo, enquanto trabalhava no portão no meio da festa, ele tinha pensado em como retaliar o irmão dela pelo que fizera. Mas percebeu que não poderia ter feito nada. O que poderia fazer? Bater nele? Como alguém pode bater no irmão da mulher que ama tanto? Percebeu, mais uma vez, que as coisas só podiam andar num sentido a qualquer momento que encontrasse Chuka. Ele só podia apanhar; não podia reagir. Como ferreiros covardes, a família de Ndali havia forjado uma arma a partir de seus desejos, de seus corações, e contra essa arma ele não podia lutar.

Mas ele sabia, Egbunu, que a única solução possível — deixar Ndali e terminar tudo — ocupava o centro de seus pensamentos, olhando para ele com sua face difusa e olhos cruéis. Mas ele continuava olhando para cima, como se aquilo não estivesse lá. E aquilo persistia. Começou a ponderar sobre o medo itinerante que agora voltava — o medo de que, no final, Ndali se sentisse frustrada e o abandonasse. A própria Ndali havia levantado essa questão mais cedo, pouco antes de adormecer.

— Nonso, eu estou com medo — disse de repente.

— Por que, mãezinha?

— Estou com medo que afinal eles consigam fazer você me deixar. Você vai me deixar, Nonso?

— Não — ele respondeu, num tom de voz mais alto que pretendia, veemente. — Eu não vou te deixar. *Nunca.*

— Só espero que você não me deixe por causa deles, pois eu não vou deixar ninguém escolher quem vai casar comigo. Eu não sou criança.

Meu hospedeiro não disse mais nada, preferindo relembrar o momento em que, enquanto organizava o tráfego no portão, o homem que se sentara ao seu lado na festa o viu quando saía e ficou espantado. O homem baixou o vidro fumê de sua Mercedes-Benz e botou a cabeça para fora no banco da frente.

— Não foi você que estava sentado lá comigo antes? — Meu hospedeiro não encontrou palavras. — Você é... o quê? Um porteiro?

Ele abanou a cabeça, mas o homem deu risada e disse alguma coisa que meu hospedeiro não entendeu, antes de fechar o vidro e partir com o carro.

— Tem certeza, Nonso? — perguntou Ndali, com a voz tensa.

— Isso mesmo, mãezinha. Eles não vão conseguir. Não podem fazer isso — falou, com o coração palpitando com a violência com que tinha falado. Meu hospedeiro não sabia, Egbunu, que o destino é uma linguagem estranha que a vida de um homem e seu *chi* não conseguem aprender. Levantou a cabeça e viu uma lágrima escorrendo pela face de Ndali. — Ninguém vai me fazer deixar você — disse mais uma vez. — Ninguém.

8

O AJUDANTE

OSEBURUWA, estou testemunhando à sua frente, sabendo muito bem que entende os modos da humanidade, sua criação, mais do que eles próprios. Você sabe, então, que a característica da vergonha humana é camaleônica. De início aparece disfarçada, como se um espírito benevolente permitisse uma moratória sempre que o humilhado é retirado da presença dos que ou pelos quais foi desgraçado — de quem ele deve esconder o rosto. O desgraçado pode esquecer sua vergonha até encontrar os que sabiam sobre ela. Só então a vergonha se despe de sua dúbia benevolência como se fosse um corpete e se apresenta em todas as suas cores verdadeiras: como malévola. Sim, meu hospedeiro poderia esconder aquilo de todos os outros, de todas as pessoas de Umuahia e até do mundo inteiro e, ao fazer isso, tudo o que havia acontecido com ele podia se reduzir a nada. Um pobre pode se disfarçar de rei em um lugar onde não se conheça sua verdadeira identidade e ser recebido como tal. Por isso, o peculiar dilema de meu hospedeiro era que Ndali fora testemunha de sua humilhação. Ela o viu usando as roupas de um porteiro noturno, encharcado de suor, organizando o tráfego. Esse era o golpe de cujo impacto não conseguia se recuperar. Um homem como ele, que conhece suas limitações, que está ciente das próprias capacidades — um homem assim pode se alquebrar facilmente. Pois o orgulho ergue uma muralha ao redor do âmago interior, enquanto a vergonha penetra essa muralha e ataca o coração no âmago interior.

Porém, já vivi com a humanidade tempo suficiente para saber que, quando um homem começa a alquebrar, ele tenta fazer alguma coisa para se resgatar de sua situação o mais rápido possível. É por isso que *ndiichie*, em sua antiga sabedoria, diz que é melhor procurar um bode preto à luz do dia, antes que a noite caia e se torne mais difícil encontrá-lo. Assim, mesmo antes de ter jurado a Ndali que jamais a abandonaria, ele já começava a pensar em uma solução. Mas não conseguia pensar em qualquer saída que considerasse válida, e durante dias se agitou como uma minhoca ferida na lama do desespero. No quarto dia da semana seguinte ele ligou para o tio para se aconselhar, mas a ligação estava tão ruim que meu hospedeiro mal conseguia ouvi-lo. Foi com muito esforço que compreendeu — em meio aos gaguejos do homem e à conexão fraca — que era melhor romper com Ndali. — V-você ainda é um garoto — disse o tio várias vezes. — V-você ainda é um garoto. S-só tem vinte e seis anos, *eh*. S-simplesmente esq-queça essa mu-mulher a-gora. Há t-tantas mulheres no mundo. Mu-muitas. E-está me entendendo? V-você não v-vai convencê-los a a-aceitar você.

Ijango-ijango, fiquei feliz de o tio dele ter dado esse conselho. Eu tinha pensado a mesma coisa depois do que fizeram com ele na casa da família de Ndali. Os sábios pais costumam dizer que quando alguém é insultado, isso se estende ao seu *chi*. Eu também fui humilhado pela família de Ndali. Mas sabia que não era responsabilidade dela e esperava que encontrasse uma maneira de resolver a crise. Por isso não reiterei a posição do tio dele. Também me ocorreu que meu hospedeiro era um dos que na Terra tinha o dom da sorte, um dos que sempre conseguiam o que desejavam. Antes de nascer, enquanto ainda estava em Beigwe na forma de seu *onyeuwa* e nós viajávamos juntos para começar a fusão de carne e espírito e formar seu componente humano (cujo relato ainda apresentarei em detalhes no decorrer do meu testemunho), empreendemos a costumeira jornada ao grande jardim de Chiokike. Percorremos os cintilantes caminhos entre as árvores luminosas das quais plumas de nuvens esmeralda pendem em arranjos sofisticados. Entre elas voavam pássaros amarelos de Benmuo, que surgiam dos túneis abertos de Ezinmuo, grandes como homens adultos movendo-se em trilhas serrilhadas. Uma planície de relva coroava os lados da estrada que levava ao portão e até a Uwa. Lá estava o jardim verde onde os *onyeuwas* costumam ir para encontrar um presente deixado por pessoas desafortunadas que morreram no nascimento ou na infância ou foram abortadas. Apesar de termos chegado e encontrado o jardim lotado, com centenas de *chis* e seus potenciais hospedeiros vagando pelas plantas e pelo matagal cerrado, meu hospedeiro encontrou um ossinho. Alguns espíritos imediatamente acorreram e revelaram que era de alguma fera que habitava a grande floresta de Benmuo, onde o próprio Amandioha vivia na forma de um carneiro branco. Disseram que ter encontrado o osso significava que meu hospedeiro sempre conseguiria o que quisesse na vida se perseverasse. Disseram isso porque o animal cujo osso ele tinha encontrado era uma espécie exclusiva de Beigwe para a qual nunca falta alimento enquanto vivesse na floresta.

Gaganaogwu, posso citar inúmeras instâncias em que esse presente da sorte funcionou na vida de meu hospedeiro, mas não quero me estender muito no meu testemunho. Naquela época, tive confiança de que o osso branco ajudaria um pouco. Por isso fiquei deliciado quando ele decidiu que seria melhor tentar ganhar o apoio da família dela. Preocupado com o fato de que a crise aumentaria cada vez mais enquanto ela ficasse longe da família por sua causa dele, meu hospedeiro rogou para que ela voltasse.

— Você não entende, Nonso, não entende. Acha que eles simplesmente não gostam de você? *Eh*? Certo, mas pode me dizer por quê? Pode me dar uma razão para eles não gostarem de você? Pode me dizer por que eles trataram você daquele jeito no domingo passado? Ou já esqueceu o que eles fizeram com você? Já faz seis dias. Você já esqueceu, Nonso?

Ele não disse nada.

— Você não tem uma resposta? Não pode me dizer por quê?

— Porque eu sou pobre — falou.

— Sim, mas não só isso. Meu pai pode te dar dinheiro. Pode abrir um grande negócio pra você, ou até ajudar a expandir o seu negócio de frangos. Não, não é só isso.

Ele não tinha pensado nessas possibilidades, Egbunu. Assim, atento àquelas palavras, olhou para ela enquanto falava.

— Não é por você ser pobre. Não. É porque você não tem um diploma universitário. Entendeu, Nonso, *entendeu*? Aquelas cabeças grandes não pensam que às vezes as pessoas são órfãs. E que a Nigéria é difícil!

Quantas pessoas que não têm pais conseguem cursar uma universidade? Ou até mesmo... escolas públicas? Onde você vai encontrar dinheiro para os subornos mesmo se conseguir trezentos pontos na Junta de Admissão e Matrícula? Hein, diz pra mim, como você ia conseguir pagar a mensalidade da faculdade?

Olhou para ela com a língua adormecida.

— Mesmo assim eles falam o tempo todo: "Ndali, você vai se casar com um ignorante"; "Ndali, você vai nos envergonhar"; "Ndali, por favor, espero que não esteja pensando em se casar com esse rebotalho". É muito ruim. Isso que eles estão fazendo é muito ruim.

Mais tarde, quando ela se retirou para o antigo quarto dele para estudar, meu hospedeiro ficou encolhido como uma folha de coqueiro molhada, preocupado por ela ter dito um monte de coisas sobre as quais não havia pensado antes. Por que ele não tinha considerado que poderia ser possível voltar a estudar, e que isso poderia ser uma solução? Ele se castigou, Chukwu, pelo que não havia pensado. Não percebeu que tinha crescido na adversidade e se resignado com isso. Que isso o levou a ter uma vida diferente da maioria das pessoas de sua idade, uma vida reclusa e provinciana, que se desenvolveu numa propensão natural a ser paciente na adversidade, sem pressa e com compostura. Se não fosse estimulado, não agiria. Suas realizações, se havia alguma, eram devidas a uma emanação lenta e indolente, e seus sonhos tinham membros longos. Foi por isso que seu tio teve de despertar nele o desejo por uma mulher e agora Ndali o inspirava a voltar a estudar. E meu hospedeiro começou a ver essa indolência como uma fraqueza. Mais tarde, quando Ndali já tinha ido dormir, ele ficou sozinho na sala de estar, mergulhado em pensamentos. Poderia se matricular na Universidade Estadual de Abadia para conseguir um diploma. Ou talvez pudesse estudar em regime de meio período. Agora que a descoberta de seu amor pelas aves tinha engolido o sonho inicial de cursar uma universidade, ele podia até estudar Agricultura.

Essas ideias surgiram com tanta força que a alegria vicejou em seu interior. Elas significavam que havia uma esperança genuína — que havia um caminho para se casar com Ndali. Foi até a cozinha, pegou um pouco de água de um barril azul e seus pensamentos foram suspensos pela lembrança de que estavam ficando sem água potável. O barril era o único dos três de que dispunha ainda com água. A família que era dona dos dois grandes tanques e vendia água nas ruas estava fora havia duas semanas, e muita gente estava bebendo água de algum outro lugar ou água de chuva, recolhida em cuias, bacias ou tambores quando chovia. A água que bebeu tinha um gosto ruim, mas ele tomou mais um copo.

Quando voltou à sala de estar, a ideia de deixar Ndali o fez lembrar de sua avó, Nne Agbaso, do jeito como ela sentava na velha cadeira que ficava perto da parede da sala — onde agora, empilhados contra a parede, o vídeo e as fitas cassetes acumulavam poeira — contando histórias para ele. Imaginou que podia vê-la falando agora, engolindo a seco e piscando os olhos, como se as palavras fossem pílulas amargas que ingeria enquanto falava. Era um hábito desenvolvido na velhice, a única época da vida em que a conhecera. Quando caiu e quebrou o quadril e não pôde mais trabalhar na lavoura nem andar sem uma bengala, ela veio morar com eles na aldeia. Durante esse período, ela contava sempre a mesma história e, sempre que ele se sentava ao seu lado, ela dizia:

— Eu já te contei sobre seus grandes antepassados, Omenkara e Nkpotu?

Ele podia responder sim ou não. Mas, mesmo quando ele dizia sim, ela dava um suspiro, piscava e contava como Omenkara tinha recusado a tentativa de um homem branco de possuir sua esposa e por isso foi enforcado na praça da aldeia pelo comissário do distrito. (Chukwu, eu presenciei esse evento cruel e o impacto que causou nas pessoas na época.)

Passou então a avaliar que a história podia ter sido contada todas essas vezes pela avó para que ele não capitulasse diante de qualquer situação. Pensou que agora poderia escolher entre se acovardar ante a mera opressão e perder Ndali.

— Não — disse em voz alta, chocado ao pensar na boca de outro homem nos seios dela. Tremia à mera aproximação de tal ideia pelos corredores de sua mente. Tinha desistido da escola depois de ser reprovado nos primeiros exames de certificação do ensino médio, tendo passado só em três matérias não essenciais — História, Conhecimentos de Religião Cristã e Agricultura. Tirara notas baixas em Matemática e em Inglês. Os exames de acesso à universidade foram ainda piores. Haviam sido prestados por volta da época em que o estado do pai piorava, deixando-o sozinho para cuidar das exigências cada vez maiores dos negócios da granja. Agujiegbe, você sabe que tudo que descrevi aqui diz respeito à educação na civilização do Homem Branco. Assim como a maior parte das pessoas de sua geração, ele não sabia nada da cultura do seu povo, dos igbos e da civilização dos pais eruditos.

Assim, depois dessa sequência de fracassos, ele disse ao pai que não iria mais tentar. Podia se sustentar e à sua futura família com o negócio de frangos e a pequena lavoura e, se possível, expandir ou entrar no mercado de varejo. Mas o pai insistiu para que ele voltasse a estudar.

— A Nigéria está ficando mais difícil a cada dia que passa — disse o pai retorcendo a boca, como tinha começado a fazer no começo de seus últimos dias. — Em pouco tempo alguém que só tenha o diploma do curso médio será inútil, pois todo mundo vai ter. E o que você vai fazer sem ter nem esse diploma? Fazendeiros, sapateiros, pescadores, carpinteiros... todo mundo vai precisar disso, escute o que eu digo. É nisso que a Nigéria está se transformando, escute o que eu digo.

Foram conversas como essa, bem como minha frequente ênfase em projeções de pensamentos de que ele devia ouvir o pai — que eu reforçava com o provérbio: o que um velho vê agachado uma criança não pode ver nem de cima de uma árvore — que o levaram a tentar o Certificado de Educação Geral. Ele estudou e teve aulas extras no edifício da rua Cameroon, onde quatro jovens universitários davam cursos preparatórios para o exame. E, nas semanas da prova, o centro de aulas extras se tornou um pátio de milagres. Um após outro, poucos dias antes dos exames, os professores começaram a fazer simulados com questões que haviam vazado da avaliação oficial. Quando os exames terminaram e os resultados chegaram, meses depois, meu hospedeiro passara em seis das oito matérias, chegando a tirar um A em Biologia, a matéria em que estava menos preparado. Uma das provas, Economia, foi cancelada pela maior parte dos centros de Abia por conta de que o corpo de examinadores chamou de "malversação generalizada". Era verdade. Uma cópia das questões esteve em posse de meu hospedeiro quase três semanas antes do dia da prova, e se os resultados tivessem sido validados ele teria tirado A também nessa matéria. Àquela altura ele teria voltado a estudar se eles não tivessem acordado numa

140 *Chigozie Obioma*

manhã daquele mesmo mês e descoberto que a irmã havia desaparecido, mergulhando o pai numa debilitante depressão. Depois de tantos anos, toda a paz recuperada com o fim do luto do pai pela esposa esvaneceu instantaneamente. A tristeza voltou como um exército de velhas formigas invadindo buracos conhecidos na terra fofa da vida do pai, e, meses depois, ele estava morto. Diante do cadáver do pai, os pensamentos a respeito da escola foram enterrados.

Obasidinelu, enquanto os dias passavam e Ndali continuava a desafiar os pais, recusando-se até mesmo a falar com eles, o medo do meu hospedeiro aumentava. Porém, temendo aborrecê-la se falasse sobre esse assunto, ele se manteve em silêncio, protegendo-a do turbilhão em sua cabeça. Mas como o medo não cessa até ser lançado para fora, o sentimento continuou emaranhado nos ramos trêmulos do coração dele como uma velha serpente. Estava lá quando levou Ndali até a rodoviária na manhã em que ela ia até Lagos para uma conferência. Quando o ônibus estava para partir, ele a abraçou e encostou a testa na dela, dizendo:

— Espero que eu não desapareça antes da sua volta, mãezinha.

— Como assim, Obim?

— O seu pessoal, espero que não me sequestrem antes de você voltar.

— Imagina, por que você pensa numa coisa dessas? Como pode imaginar que eles vão fazer algo assim, hein? *O gini di?* Eles não são demônios.

A irritação dela à sua sugestão o jogou para baixo. Fez com que olhasse para dentro e questionasse se vinha superestimando a situação, a ponderar se a longa noite de temor não fora nada a não ser uma dança esquelética de preocupação no corredor da serenidade.

— Na verdade eu estava brincando — falou. — Mesmo.

— Tudo bem, mas eu não gosto desse tipo de piada, *eh*. Eles não são demônios. Ninguém vai fazer nada com você, oh?

— Isso mesmo, mãezinha.

Tentou não pensar nas coisas que o amedrontavam. Carpiu a lavoura e limpou o quarto. Depois cuidou de um dos galos com o pé machucado, que encontrara na noite anterior do outro lado da estrada. O galo tinha pulado a cerca alta do quintal, caído num arbusto e pisado no que meu hospedeiro acreditava ter sido uma garrafa quebrada. Aquilo o fez se lembrar do gansinho, da vez em que o deixou solto e ele voltou para casa e se empoleirou na cerca. Saiu correndo atrás dele e o encontrou na cerca olhando ao redor, agitado e virando a cabeça. Com o coração batendo forte, temendo que saísse voando e nunca mais retornasse, ele implorou com lágrimas nos olhos. Isso aconteceu de manhã, e o pai estava escovando os dentes (não com ramo mastigável, como faziam os antigos pais, mas com uma escova) quando ouviu o grito de pânico do filho. O homem saiu correndo com espuma escorrendo pela barba e a escova ainda na mão e encontrou o filho muito ansioso. Olhou para a cerca e para o garoto e abanou a cabeça.

— Não há nada que você possa fazer, filho. Ele está com medo. Se você se aproximar, ele vai fugir.

Eu estava olhando, com os mesmos temores do seu pai, e lancei o pensamento na cabeça dele também. Então ele parou de chorar e, com uma voz fraca como um suspiro, começou a chamar o gansinho:

— Por favor, por favor, nunca me abandone, nunca me abandone, eu resgatei você, sou o seu falcoeiro.

Milagrosamente — ou talvez por ter visto alguma coisa do outro lado da cerca, talvez o cachorro do vizinho —, o pássaro se eriçou e abaixou, abrindo as asas. Em seguida voltou por uma corrente ascendente para o quintal, de volta para meu hospedeiro.

Mal havia posto o galo machucado no galinheiro quando Elochukwu chegou. Tinha mandado uma mensagem de texto ao amigo naquela manhã, que respondeu que voltar a estudar era a melhor ideia.

Se voltar e concluir os estudos, com certeza eles vão te aceitar.

Elochukwu desmontou da motocicleta e ficou ao lado do meu hospedeiro na varanda da frente, observando o sítio. Meu hospedeiro fez um relato sobre a festa e como fora humilhado pela família de Ndali. Quando acabou, Elochukwu abanou a cabeça e disse:

— Tudo bem, meu irmão.

Meu hospedeiro, olhando para o amigo, concordou com a cabeça. Egbunu, essa expressão, muito comum entre os filhos dos grandes pais e falada principalmente na língua do Homem Branco, sempre me intrigou. Um homem numa situação em que seu sustento é ameaçado tinha acabado de apresentar um relato de suas angústias, e o amigo — que ele vê como uma fonte de consolo — responde simplesmente: "Tudo bem". Essa expressão instantaneamente cria um silêncio entre eles. Pois é uma frase peculiar, de escopo muito abrangente. Uma mãe cujo filho acabou de morrer, se perguntada como está, responde simplesmente: "Tudo bem". — O "tudo bem" emerge do intercurso entre o medo e a curiosidade. Designa um estado de transição em que, embora saiba que está vivendo alguma situação desagradável, o desafortunado espera que ela logo seja reparada. A maioria das pessoas na terra dos filhos dos pais está sempre nesse estado. Está esperando se recuperar de uma doença? Tudo bem. Alguém roubou de você? Tudo bem. E, quando um homem sai dessa condição de "tudo bem" para um novo caminho em direção a um estado mais satisfatório, ele imediatamente se encontra numa outra situação de "tudo bem".

Elochukwu abanou a cabeça de novo, repetiu a frase, deu um tapinha no ombro do meu hospedeiro, entregou uma cesta de livros e disse:

— Eu estou com pressa, nós estamos indo a uma manifestação.

Antes de Elochukwu sair, meu hospedeiro se queixou de que levaria no mínimo cinco anos para se formar e que sempre havia greves, que podiam atrasar o curso e fazer com que só conseguisse o diploma em sete anos.

— Comece a estudar primeiro. — Elochukwu montou na motocicleta. — Uma vez começado, *ha ga hun na idi*, sério. — Já com um diploma em Química e não sendo um homem de muitas palavras, Elochukwu encerrou o assunto dizendo: — E se não funcionar, simplesmente esqueça essa garota. Não há nada que o olho possa ver que o faça derramar sangue em vez de lágrimas.

Não muito depois de o amigo ter ido embora começou a chover. Choveu desde a manhã até a noite. Enquanto o aguaceiro caía sobre Umuahia, incessante em volume e imprevisível em temperamento, meu hospedeiro ficou na sala de estar, lendo um dos livros preparatórios para os exames de admissão na universidade que tinha recebido de Elochukwu.

Ficou lendo por um longo tempo sob a luz difusa do céu carregado que entrava pelas cortinas abertas, até seus olhos começarem a fechar. Estava quase dormindo, ancorado como uma folha ao vento no limiar entre o sono e a vigília, quando ouviu uma batida na porta da frente. De início, achou que era a chuva tamborilando na porta, mas depois ouviu uma voz conhecida dizer num tom muito autoritário:

— Quer abrir essa porta já?

Logo depois as batidas continuaram. Levantou-se e viu pela janela Chuka e dois homens, com capas de chuva, em pé na varanda.

Gaganaogwu, o efeito a visão que aqueles homens tiveram sobre ele só poderia ser definida como hipnótico. Em todos os anos que estive ao seu lado, nunca vi nada parecido acontecer com ele. Parecia estranho que pouco tempo atrás ele houvesse feito uma piada sobre uma coisa, uma piada forçada e exagerada. E à luz do dia sua piada tinha se materializado e ali estava o irmão de Ndali na porta com uma gangue de homens? Deixou que entrassem, apavorado, o peito palpitando.

— Chuka... — começou a dizer quando eles entraram.

— Cala boca! — gritou um dos homens, o fortão que o fez trabalhar no portão durante a festa. E tinha vindo preparado com o mesmo chicote.

— Eu não posso me calar. Não. — Recuou para trás do maior sofá quando os homens avançaram. — Não posso me calar porque estou na minha casa.

O homem com o chicote avançou, mas Chuka levantou uma das mãos.

— Não! Eu já disse que ninguém vai tocar em ninguém.

— Desculpe, senhor. — O homem posicionou-se atrás de Chuka, que andou até o meio da sala.

Meu hospedeiro ficou olhando enquanto Chuka tirava o capuz da capa de chuva, sacudindo a cabeça. Em seguida, girou a o pescoço para inspecionar a sala, antes de sentar no sofá com a capa ainda pingando água. Os homens ficaram ao lado do sofá, olhando feio para meu hospedeiro.

— Eu vim pedir para você mandar minha irmã voltar — disse Chuka com a mesma voz calma com que havia falado antes, na língua do Homem Branco. — Não estamos interessados em criar problemas para você. De jeito nenhum. Meus pais, os pais dela, estão preocupados. — Chuka abaixou a cabeça, como que em estado contemplação, e no breve silêncio que se seguiu meu hospedeiro ouviu o som abafado da chuva pingando da capa de Chuka no tapete.

— Assim que ela voltar de Lagos, pedimos que faça com que ela volte em dois dias — continuou Chuka ainda olhando para o chão. — Em dois dias. Dois dias.

Eles saíram como tinham entrado e fecharam a porta. Apesar de ainda ser dia, as nuvens de chuva escureciam o horizonte e o carro partiu com os faróis ligados. Meu hospedeiro ficou olhando o carro sair de ré pela entrada do sítio, como dois discos de luz amarela recuando ao longe. Quando foram embora, ele se ajoelhou e, sem qualquer razão que sua mente pudesse se apegar, rompeu num pranto prolongado.

Egbunu, quando uma flecha é apontada para o peito de um homem indefeso, esse homem tem de fazer o que for mandado. Fazer qualquer coisa diferente em face de um perigo indefensável é loucura. Os valentes pais dizem que é da casa de um covarde que apontamos as ruínas da casa de um homem corajoso. Por isso, o homem indefeso deve falar com a língua mansa e palavras eficazes ao que segura o arco. "Você quer que eu vá embora?" E se o homem que o ameaça disser que sim, ele deve fazer o que for mandado até estar livre do perigo presente. Quando o irmão de Ndali foi embora, meu hospedeiro resolveu fazer tudo o que havia sido ordenado. Convenceria Ndali a voltar para casa e enquanto ela estivesse ausente ele encontraria uma solução para sua inadequação, a principal causa de todos os problemas. Voltaria a estudar para se formar e arranjar um emprego que o tornasse adequado a ela. Chukwu, eu vim a entender que, quando um homem cai em desgraça, suas ações podem ser moldadas pela vergonha, e sua vontade pelo desespero. O que outrora significara muito para esse homem pode começar a significar pouco. Ele poderia, por exemplo, sair no quintal e olhar para suas galinhas, aquela coisa que tinha construído para si mesmo, aqueles oito galinheiros com quase setenta aves, e ver o quanto seu negócio era pobre. A visão das penas, que normalmente o fazia e se contorcer de admiração, agora poderia parecer um lixo. O que ele está fazendo agora, alguém poderia perguntar. Bem, está respondendo, Chukwu. Sua mente está se preparando para uma mudança. Pesou tudo numa balança e determinou que uma volta à solidão, em especial perdendo Ndali, seria pior que qualquer outra coisa. Ndali era o artigo mais cintilante e valioso numa loja cheia de artefatos preciosos. A granja, as aves pesavam menos. Poderia se livrar delas se fosse necessário para conseguir Ndali. Afinal de contas, já tinha visto um homem vender suas terras para mandar o filho estudar no exterior. O que fez aquele homem? Decidiu que seria melhor no futuro ter um filho que pudesse ser doutor do que conservar a terra. Aquele homem raciocinou, talvez, que, com um filho rico, a terra poderia ser recuperada, ou que o filho poderia até comprar uma porção de terra maior.

Assim, quando concluiu aquelas ruminações persistentes, na manhã do segundo dia desde que Chuka viera à sua casa, ele se levantou e, antes mesmo de alimentar suas galinhas e colher os ovos mais recentes, saiu e comprou os formulários para o exame de admissão na universidade na filial do Union Bank na rua onde morava. Esperou numa longa fila no banco antigo e lotado, uma fila que se estendia até a entrada, e teve de pedir para os que estavam na fila para dar lugar para ele entrar no prédio. Saiu do banco cansado e ensopado de suor.

Ijango-ijango, é imperativo que eu conte, em detalhes, sobre a volta dele para casa, pois foi durante essa caminhada que as sementes negras da sua destruição fincaram raízes em sua vida. Enquanto voltava para casa pela estrada, andou por um tempo ao lado de um ônibus escolar que tinha reduzido a marcha por conta do tráfego congestionado. Olhou para as crianças uniformizadas lá dentro, aparentando diferentes tonalidades de letargia. Algumas estavam com a cabeça encostada no banco, outras seguravam a cabeça nas mãos e outras apoiavam a cabeça na janela. Uma ou duas pareciam estar acordadas: uma garota albina com cabelos cor de areia, com um machucado arroxeado no lábio inferior que olhava para ele sem expressão, e um garoto com a cabeça raspada. Meu hospedeiro continuou andando, levando a pasta com os formulários debaixo do braço, passando por mesinhas com artigos expostos, os vendedores o chamando para comprar suas mercadorias. Um deles, uma mulher que comercializava roupas usadas empilhadas num saco de juta, falou com ele:

— Belo homem, venha comprar linda camisa, lindo jeans. Venha ver seu tamanho.

Ele estava passando pela barraca da mulher quando sentiu alguma coisa palpitando no bolso da calça. Pegou o telefone e viu que Elochukwu estava ligando.

— *Eh*, Elo, Elo...

— *Kai*, Nwanne, eu estava te ligando — disse Elochukwu, em parte na língua dos grandes pais e em parte na língua do Homem Branco.

— É que eu estava no banco e botei o telefone no silencioso.

— Certo, sem problema. Onde você está agora, onde você está? Nós estamos na sua casa, oh. Eu e Jamike, Jamike Nwaorji.

— *Eh*, Chukwu. *Isi gi ni?* Jamike? É por isso que você está falando inglês.

Ouviu uma voz ao fundo e Elochukwu perguntou num sotaque fragmentado da língua do Homem Branco se a pessoa queria falar com ele.

— Bobo Solo! — disse a voz ao telefone.

— Jisos! Ja-mi-ke!

— Por favor, venha logo, nós estamos esperando você, oh. Venha, venha.

— Já estou chegando — falou. — Já estou chegando, oh.

Guardou o telefone no bolso e começou a andar mais depressa em direção a casa, os pensamentos agitados. Não via ou ouvia falar daquele homem havia muito tempo. E agora Jamike, seu ex-colega de classe do Colégio Ibeku, estava na casa dele. Atravessou a rua e passou pelas casas pobres da rua debaixo, onde uma valeta tinha se aberto na terra e engolido o solo amarelo e a argila de vários lugares desmoronados. Segurando a pasta na mão, correu até chegar à sua casa. Na entrada, levantou a cabeça e viu Elochukwu e seu ex-colega de classe na varanda. Perto da varanda, apoiada no suporte, estava a Yamaha de Elochukwu. Andou na direção deles pelo caminho de cascalho flanqueado dos dois lados pela pequena lavoura. Ao se aproximar mais dos dois, lutou contra a vontade de gritar. De início, não reconheceu aquela pessoa com o rosto largo e de bigode. Mas não conseguiu mais se conter, gritando:

— Jamike Nwaorji!

Com um gorro vermelho com um touro branco bordado, de jeans e camisa branca, o homem se aproximou e bateu a mão na mão aberta do meu hospedeiro.

— Nem acredito, *mehn*! — falou.

Reconheceu imediatamente a coloração de um sotaque estrangeiro na voz do amigo, o jeito como falavam pessoas que tinham morado fora do mundo do Homem Branco, o jeito como sua namorada e família falavam.

— Elo, me disseram que você está morando no exterior — falou na língua do Homem Branco, como faziam quando estudavam juntos, quando era uma ofensa sujeita a castigo falar em "língua africana". Por isso, com exceção de Elochukwu, era na língua do Homem Branco que ele se comunicava com amigos da escola, apesar de quase todos falarem a língua dos augustos pais.

— Isso mesmo, meu irmão — disse o tal de Jamike. — Eu estou morando no exterior há muitos anos, *mehn*.

— Ei, eu já vou indo, Nonso. — Era Elochukwu quem tinha falado. Tocou no chapéu preto, que tinha começado a usar desde que se integrara ao Maseb enquanto apertava a mão do meu hospedeiro. — Só estava esperando você chegar por que lembrei do seu problema quando encontrei Jamike. Ele pode te ajudar.

— *Eh*, você já vai embora?

— Vou, tenho que fazer uma coisa para o meu pai.

Ficou vendo enquanto Jamike, que cheirava a um perfume caro, abraçava Elochukwu, que subiu na motocicleta e pisou duas vezes no pedal de partida, espalhando uma nuvem de fumaça no ar.

— Eu vou chamar *una* — falou, saindo com a moto.

— Tchau-tchau — disse para Elochukwu, antes de se virar para o amigo à sua frente.

— *Na wa oh*, Jamike em pessoa!

— Sim, oh, Bobo Solo — disse Jamike.

Apertaram-se as mãos mais uma vez.

— Vamos entrar. Vamos, vamos.

Meu hospedeiro levou o visitante para dentro da casa. Quando entraram, ele teve um lampejo de como, dois dias antes, Chuka tinha sentado no sofá onde estava agora Jamike, com uma capa de chuva que o fazia parecer um vilão de cinema. Sua lembrança do fato o atemorizava tanto quanto o fato em si.

— *Mehn*, você tem um sítio grande aqui, oh. Você mora sozinho? — perguntou Jamike.

Meu hospedeiro sorriu. Sentou-se em frente ao visitante depois de abrir as cortinas para deixar a luz entrar na sala.

— Moro, meus pais morreram, e sabe aquela minha irmã, que era pequena na época?

— *Eh, eh...*

— Nkiru, ela se casou. Então agora só fiquei eu aqui. E minha namorada também. Ehen, onde você está morando agora?

Jamike sorriu.

— No Chipre... conhece?

— Não.

— Imagino. É uma ilha na Europa. Um país muito pequeno. Muito pequeno, mas muito bonito; muito bonito, *mehn*.

Meu hospedeiro anuiu.

— Deve ser mesmo, meu irmão.

— Oh-ho. Lembra do nosso colega de classe Jonathan Obiora? Ele morava aqui — disse Jamike, apontando uma velha casa ao longe. Tirou o gorro e ficou tamborilando nele no colo. — Bobo, vamos sair pra tomar uma cerveja e bater um papo?

— Sim, sim, meu irmão — ele concordou.

Egbunu, quando duas pessoas se encontram num lugar como esse, ambas saídas do passado uma da outra, normalmente elas suspendem o presente e tentam arrastar tudo o que aconteceu no período interveniente para aquele momento. Isso porque estão ligadas de alguma forma pelos locais que frequentaram naquela época tempos atrás, ou pelo mesmo uniforme que usavam. Os dois perceberam como às vezes é difícil dizer quanto tempo se passou até alguma coisa ou alguém reaparecer daquele ponto do passado, mostrando as marcas de uma longa viagem. Pois Jamike notou que meu hospedeiro estava muito mais alto, mas ainda magricela. Meu hospedeiro, por sua vez, ficou perplexo de como a figura mirrada e de cabeça raspada de Jamike agora dava lugar a uma figura imponente só um centímetro mais baixo que ele, com uma barba que cascateava pelos dois lados do rosto. Depois de notarem as diferenças, passaram a falar sobre onde estiveram desde a última vez que se viram, que estradas trilharam e como agora tinham chegado ao ponto em que se encontravam de novo. E, algumas vezes, esses dois podem formar um novo relacionamento e se tornarem amigos. Já vi isso muitas vezes.

Assim, eles saíram do sítio e foram até o Pepper Soup na rua adjacente, onde se acomodaram em uma das fileiras de bancos no chão de terra. O sol tinha aumentado de intensidade e os dois suavam quando entraram no restaurante. Sentaram-se embaixo de um dos ventiladores de teto, ao lado de um aparelho de som de onde saía uma música lenta. Meu hospedeiro mal podia esperar para sentar, pois durante o curto trajeto Jamike tinha pintado um retrato do lugar onde morava, o Chipre, como um local onde tudo funcionava. A eletricidade era constante; a comida era barata; os hospitais eram muitos e gratuitos, se você fosse estudante; e empregos jorravam "como água". Um estudante podia ter um Jeep ou uma Mercedes-Benz. Aliás, Jamike disse que tinha voltado à Nigéria com um carro esporte para dar de presente aos pais. A caminho do restaurante, meu hospedeiro notou que Jamike andava com um passo meio cerimonial, usando todo o peso do corpo enquanto caminhava, como se seus movimentos fossem uma performance cuja plateia estivesse por toda a parte — no caminhão estacionado, no velho bar, no cajueiro, na oficina mecânica do outro lado da rua, onde outro mecânico trabalhava embaixo de um utilitário, e até mesmo no céu sem nuvens. Jamike falava com essa mesma cadência, com um leve balanço na voz, de forma que todas as palavras que articulou calaram fundo no meu hospedeiro.

Por um momento eles não falaram nada, e meu hospedeiro deixou assentar o que Jamike tinha contado enquanto o amigo respondia a uma mensagem no telefone. Deixou os olhos se fixarem no calendário com o anúncio da cerveja Star na parede ao lado de onde se sentaram e em um cartaz de lutadores americanos que conhecia e cujos nomes lampejaram em sua cabeça ao olhar o cartaz: Hulk Hogan, Ultimate Warrior, The Rock, Undertaker e Bushwhackers.

— Então, Elo falou que você quer voltar a estudar? Disse que está tendo alguns problemas e que eu poderia ajudar.

Meu hospedeiro estava pensativo, como se içado para dentro por uma mão monstruosa.

— Sim, Jamike, sim, meu irmão. Eu estou com um problema.

— Conta pra mim, Bobo Solo.

Queria dizer alguma coisa, mas a lembrança daquele apelido, como a mãe dele costumava chamá-lo, fez com que parasse por um momento, pois em algum lugar nos anos itinerantes que passara no oblívio, ele se viu na sala, rindo com a mãe enquanto ela batia palmas e cantava: "Bobo, bobo, Solo. Bobo, bobo, Solo".

Pegou a garrafa de cerveja e tomou um gole para se acalmar. Embora tivesse um gosto estranho para ele — pois raramente bebia —, sentiu-se obrigado a tomar. Quando um homem recebe um visitante, ele come e bebe o que o visitante comer e beber. Em seguida, as palavras jorraram dele como vinho de uma garrafa desarrolhada, transmitindo um amálgama de emoções — medo, ansiedade, vergonha, tristeza e desespero. Na torrente de palavras, contou a Jamike tudo o que tinha acontecido até dois dias antes, quando foi ameaçado em sua casa.

— Foi por isso que disse a Elochukwu que eu preciso voltar a estudar logo. Na verdade, não tenho muita escolha. Eu a amo muito, muito, muito. Desde que ela entrou na minha vida, eu nunca mais fui o mesmo. Tudo mudou, Jamike, estou dizendo, tudo mudou. Todas as coisas mudaram, de cabo a rabo.

— Ah, esse é um problema sério, oh, *mehn* — Jamike aprumou-se na cadeira.

Meu hospedeiro concordou e tomou outro gole de cerveja.

— *Mehn*, por que você não quer largar dela? — perguntou Jamike. — Não seria mais fácil que passar por todo esse estresse?

Egbunu, meu hospedeiro ficou em silêncio. Pois nesse momento se lembrou do conselho do tio e até do conselho hesitante de Elochukwu. Lembrou-se de ter ouvido em algum lugar que não conseguiu identificar que uma pessoa deve reconsiderar sua atitude quando todo mundo diz alguma coisa que contradiz essa conduta. E uma parte dele, uma parte que parecia ter se resumido a uma sombra, queria se submeter, aceitar que a única solução era deixar a garota. Mas outra parte estava desafiadoramente resoluta a não fazer isso, e era essa parte que o impelia com uma ferocidade que ele não conseguia conter. E eu, seu *chi*, estava no meio, desejando que ele ficasse com ela, mas temeroso do que isso poderia lhe custar. E vim a entender que quando um *chi* não consegue decidir o melhor caminho por onde conduzir seu hospedeiro, o melhor é o *chi* ficar em silêncio. Pois em silêncio o *chi* cede, totalmente, ao desejo integral de seu hospedeiro. Deixa um homem ser um homem. Isso é melhor, muito melhor, que um *chi* que leva seu hospedeiro a um caminho de destruição. Pois o remorso é o veneno do espírito guardião.

Ele espalmou as mãos sobre a mesa e disse:

— Não é bem assim, meu irmão. Eu posso sair se quiser, mas eu a amo muito. Jamike, eu estou preparado para fazer qualquer coisa para casar com ela.

Gaganaogwu, nas graves doenças que acometeram meu hospedeiro mais tarde, eu olhava para trás com frequência e me perguntava se na verdade não foram aquelas palavras que desencadearam tudo o que aconteceu depois. Uma contração surgiu no rosto de Jamike quando meu hospedeiro disse aquelas palavras, e Jamike não respondeu de imediato. Primeiro olhou ao redor do recinto, depois anuiu e bebericou a cerveja antes de dizer:

— Ah, o amor! Você nunca ouviu "You Don Make Me Fall in Love" do D'banj?

— Não, nunca ouvi — respondeu meu hospedeiro, logo voltando a falar para que Jamike não continuasse se referindo à desnecessária canção, pois queria aliviar a carga de sua mente. — Eu a amo tanto que vou fazer qualquer coisa por ela — voltou a dizer, dessa vez com muita restrição, como se fosse uma afirmação difícil. — Eu quero voltar a estudar porque meu pai ficou muito doente antes de morrer, e por isso abandonei a escola para ajudar a cuidar do negócio. Foi por isso que não fiz faculdade.

— Entendi — disse Jamike. — Eu sei que você não parou por não ser inteligente. Você era brilhante, *mehn*. Você não era o segundo, o terceiro da classe depois de Chioma Onwuneli?

— Isso mesmo — concordou, pois agora se lembrava de dias no passado distante. Mas era com o presente e o futuro que precisava lidar. — Eu tenho o Certificado de Conclusão do Ensino Médio. Se voltar à escola, *eh*, meu irmão, tenho certeza de que eles não vão mais me considerar um ignorante, que vão me aceitar. Acredito muito nisso.

— I-isso é verdade, Bobo Solo — concordou Jamike. Seus olhos marejaram e ele piscou. — É verdade.

— Isso mesmo, meu irmão — concluiu. Pela primeira vez em semanas ele se sentiu um pouco aliviado, como se tivesse resolvido seus problemas simplesmente falando sobre eles.

— Então, como você diz que é rápido e fácil estudar no Chipre, que posso me formar em três anos, eu quero ir para lá — acrescentou com certo alívio, pois se deu conta de que tudo que contara a Jamike era simplesmente para dizer isso.

— Muito bem, Bobo Solo! Muito bom, *mehn*! — De repente Jamike levantou da cadeira e bateu palmas. — Toca aqui, *nwokem*! — Quando voltou a sentar, Jamike olhou para as mãos do amigo, observando as linhas das palmas como se fossem de um estrangeiro. — Isso é suor?

— Isso mesmo.

— Wow, wo-ow, wo-ow, Bobo! Então você continua suando como um cabrito no Natal?

Ele deu risada.

— Sim, meu irmão Jamike. Eu continuo suando nas palmas das mãos.

— Bobo *nwa*.

— *Ehhhh* — ele concordou.

— Você achou a solução, *mehn*! — Jamike ergueu um dedo. — Já achou. Agora já pode ir dormir.

Meu hospedeiro riu.

— O Chipre é a solução.

Ijango-ijango, é verdade, como os grandes *dibias* entre os pais costumam dizer: que no mundo que vocês criaram, se um homem quer muito alguma coisa, se suas mãos não desistem de tentar, ele acaba conseguindo. Na época, como meu hospedeiro, eu também pensei que o encontro com seu ex-colega era o Universo emprestando uma coisa que ele tanto desejava. Pois ele voltou para casa naquela noite com um leve tremor nos passos, por causa da bebida que tinha tomado com o amigo, e com um favo cheio de mel no coração. Quando foi dormir, com o cacarejo das galinhas nos ouvidos, começou a digerir tudo aquilo: uma ilha no mar Mediterrâneo, linda como a Grécia antiga dos livros que lia quando criança. A facilidade de se matricular numa universidade. "Sem vestibular!" Jamike tinha repetido várias e várias vezes. "Você só precisa do Certificado de Conclusão do Ensino Médio!" Que sincronia: como isso tinha acontecido exatamente quando ele mais precisava. Já podia começar em setembro, dali a quatro ou cinco semanas. Era uma possibilidade tão fantástica que ameaçava lançar tudo na irrealidade. E como era acessível: "É mais barato que qualquer faculdade particular nigeriana", ressaltou Jamike. "Essas faculdades absurdas que temos aqui: Madonna, Covenant, é melhor que todas elas." E sabe o que mais? Ele só precisaria pagar as mensalidades do primeiro ano e o apartamento no campus, pois quando passasse para o segundo — aliás, até mesmo já no segundo semestre —, já teria ganhado o suficiente trabalhando em empregos de meio período para pagar o restante das mensalidades e o alojamento.

Então, enquanto pegava no sono, via Jamike dançar com as palavras, uma dança ritual com um efeito hipnótico. Deixou os pensamentos vagarem pela auspiciosa sugestão de Jamike, de que sua relação com Ndali ficaria melhor e mais saudável se eles vivessem os primeiros anos do casamento no exterior. Jamike tinha insistido, de forma muito convincente, que isso faria os pais dela o respeitarem ainda mais. Considerou ainda a última coisa dita por Jamike sobre aquele país, que só serviu para aumentar sua esperança: "Você tem mais facilidade para ir a qualquer outro lugar da Europa, ou até para os Estados Unidos. De navio, muito barato. E em duas horas! Turquia, Espanha, muitos outros países. Não só é uma oportunidade de agradar Ndima...". Meu hospedeiro o ajudou a dizer o nome de sua namorada. "Ah, desculpe, Ndali. É também uma oportunidade para você ter uma vida boa. Aliás, olha, se eu fosse você, faria todos esses arranjos sem contar nada pra ela. Olha só todo esse terreno, essa casa grande que seu pai deixou para você. Você vai conseguir, *mehn*. Faça uma surpresa pra ela!" Jamike disse isso quase com um esgar na expressão, como se estivesse irritado com as próprias palavras. "Faça uma surpresa, *mehn*, e você vai ver só. Vai ver que não só vai ganhar o respeito dela como também, vou dizer...". Jamike lambeu o polegar com a língua até quase engasgar. "Juro por Deus todo-poderoso que Ndali vai amar você até morrer!"

Aquelas últimas palavras tinham sido ditas por Jamike com tanta segurança e certeza que meu hospedeiro riu em voz alta de alívio. Riu outra vez agora ao se lembrar delas e se levantou. Pegou a calça jeans pendurada na cadeira ao lado da cama e tirou do bolso o pedaço de papel almaço em que Jamike tinha feito anotações. Pegou uma caneta e um bloco do bolso traseiro, dobrado ao meio por ter sentado em cima dele. Com um sorriso eloquente, arrancou uma página do bloco e disse:

— Eu sou um homem prático, vamos aplicar a prática.

E começou a escrever tudo o que Jamike tinha falado.

2 semestres de mensalidades da universidade = 3.000
1 ano de acomodação = 1.500
Manutenção = 2.000
6.500 euros

Gaganaogwu, a paz que embalou meu hospedeiro naquela noite era como as águas cristalinas de Omambala. Depois de ler o que havia escrito tantas vezes quanto possível, ele dobrou o papel. Apagou a luz e foi até a janela, o coração batendo muito forte. Não podia enxergar muito lá fora, apesar de a lua estar brilhando. Por um momento, a casa em frente à sua parecia estar em chamas, com o teto avermelhado e exalando fumaça. Mas logo viu que era a luz da rua projetada na casa e que fumaça estava saindo de algum fogão de cozinha.

9
CRUZANDO O LIMIAR

AGBARADIKE, os grandes pais em sua prudente sabedoria dizem que sementes plantadas em segredo sempre geram os frutos mais vibrantes. Por isso meu hospedeiro, nos dias que se seguiram ao seu encontro com o ex-colega de classe, escondeu do mundo a inflorescência da alegria que crescia na orla de seu coração. Em segredo, seus planos evoluíram, sem o conhecimento de Ndali, que voltou da viagem de uma semana a Lagos três dias depois de seu encontro com Jamike. Escondeu debaixo da cama a velha maleta do pai, onde guardou os documentos que conseguiu. Ligou seu coração à maleta como se ela contivesse tudo o que possuía, toda sua vida.

À medida que aumentava o conteúdo da maleta, o mesmo acontecia em relação a outros acontecimentos alegres. Não precisou convencer Ndali a voltar para casa quando ela retornou da viagem. Ela voltou por vontade própria, enganada pelas mentiras de Chuka de que a mãe estava doente. Isso resolveu seu temor de que algo mais pudesse acontecer se não fosse capaz de persuadi-la a voltar, como Chuka tinha alertado no encontro que — sem querer aumentar seus problemas com a família — ele manteve em segredo. Quando ela voltou a visitá-lo, exatamente duas semanas depois de ele ter dado início aos seus planos com Jamike, o estado de espírito dela era outro. Estava vindo da igreja naquele dia, de coração leve.

— Mal consigo acreditar, Obim — falou, batendo palmas com alegria. Sentou-se no chão. — Adivinha o que o meu pai disse?

— O quê, mãezinha?

— Contei a ele que você comprou os formulários para voltar a estudar. Eles disseram que se você se matriculasse na faculdade seria um bom primeiro passo. Mostraria sua seriedade para se tornar alguém.

Egbunu, ele ficou atônito com aquilo. Era como se alguma coisa que não conseguia ver tivesse olhado por cima de seu ombro e visto seu pote de segredos. Por ter resolvido não contar sobre seus planos para que ela não os tentasse impedir, como Jamike tinha aconselhado, ele só tinha falado sobre o formulário que adquirira. Mas sabia que não poderia esconder dela por muito tempo. Assim, enquanto dava mais passos naquela direção a cada dia, garantia a si mesmo que contaria tudo a Ndali. Mas, no final do dia, empurrava tudo para o futuro como se fosse um aparato sobre rodas e dizia a si mesmo para não contar hoje, só amanhã. Mas se *amanhã* Ndali chegasse em casa com uma febre depois de um longo dia na faculdade, ele diria: *Amanhã ela vai estar em casa o dia inteiro e vai ser mais fácil.* Mas, veja, aquele amanhã viria com um telefonema logo de manhã anunciando que o tio dela tinha sofrido um derrame. *No fim de semana*, decidia a voz dentro da cabeça dele, *talvez no domingo depois da igreja.* E, como que por alguma manipulação alquímica, hoje era aquele domingo. Agora que Ndali havia comentado sobre alguma coisa que tocara no âmago do que vinha mantendo em segredo, ele resolveu contar.

— Mãezinha, assunto encerrado! — falou.

— Hein, Obim?

— Eu disse que o assunto está resolvido — repetiu ainda mais alto. Fez com que ela ficasse de pé e também se levantou, oscilando ligeiramente. — Eu já fiz faculdade e voltei.

Ndali deu risada.

— Como assim, Abi? Em espírito ou nos seus sonhos?

— Olha só, *eh*.

Entrou no quarto que era da irmã e tirou a maleta de baixo da cama. Soprou uma aranha pousada no apagado brasão de armas inscrito no couro da tampa e a levou para a sala de visita. Depositou a maleta no centro da mesa.

— O que tem nessa mala? — ela perguntou.

— Abracadabra... você vai ver. — Gesticulou com as mãos sobre a maleta enquanto ela ria. Abriu a tampa e entregou os documentos a Ndali.

Tinha organizado os documentos pela ordem dos custos mais baixos, por isso quando ela começou pelo último ele falou: — Não, não, mãezinha, comece por aqui, pelo primeiro.

— Aqui?

— Isso, por esse.

Sentou para ficar vendo Ndali examinar os documentos, o coração batendo nervoso.

Ela leu o cabeçalho do papel em voz alta: — Carta de admissão. — Levantou os olhos. — Puxa, Nonso, você conseguiu ser admitido! — Ficou de pé.

Ele aquiesceu.

— Continue lendo.

Ndali voltou ao papel.

— Universidade Internacional do Chipre, Ni-có-sia?

— Nicósia.

— Nicósia. Uau. Onde fica esse lugar? Como você conseguiu isso?

— É uma surpresa, mãezinha. Vai lendo, vai lendo.

Ela continuou a ler.

— Meu Deus! Administração de empresas? Isso é muito bom!

— Obrigado.

— Nem acredito — disse Ndali. Levantou os braços, dançou fazendo um semicírculo, olhou para ele de novo e o beijou.

— Primeiro leia tudo, mãezinha — ele insistiu, afastando-se. — Depois você pode me beijar. Leia.

— Certo — ela concordou, vendo um livrinho entre os formulários.

— O seu passaporte?

Meu hospedeiro aquiesceu e ela folheou o passaporte com uma expressão radiante.

— Onde está o visto?

— Semana que vem — ele respondeu.

— Pra onde você vai... Abuja?

— Abuja.

Ele viu uma sombra começar a surgir no rosto dela e enrijeceu.

— Leia tudo, mãezinha, por favor.

— Tudo bem — ela concordou. — Carta da acomodação — falou, olhando para ele. — Você já tem acomodações?

— Sim. Isso mesmo. Leia, está vendo, mãezinha?

Mas ela jogou os documentos em cima da mesa.

— Nonso, você está planejando sair da Nigéria e só agora está me contando?

— Eu queria que fosse uma surpresa. Olha, mãezinha, seu irmão veio aqui quando você estava em Lagos. Não, não, escuta primeiro. Ele veio com dois brutamontes pra me intimidar. Na verdade eu não tenho escolha. Preciso fazer alguma coisa. Escute primeiro. Olha, por sorte eu encontrei um ex-colega de classe que estuda nesse lindo país, o Chipre. E ele me contou tudo. Como tudo é barato, as mensalidades da faculdade e como é fácil arrumar emprego. O diploma eu posso conseguir em três anos, se fizer o que ele chamou de cursos de verão. Essa é a razão de eu ter feito isso.

— Quem é essa pessoa que você encontrou?

— O nome dele? Jamike Nwaorji. Ele voltou ao Chipre há pouco... aliás, quatro dias atrás. Jamike foi meu colega de classe no curso básico e também no ensino médio.

Ndali pegou os documentos de novo, como ele esperava, e leu o currículo do curso, antes de voltar às inscrições no papel almaço.

— Espera oh, eu ainda não entendi.

— Tudo bem, mãezinha.

— Você está saindo da Nigéria ao mesmo tempo que diz que quer casar comigo?

— Não é bem assim, mãezinha. — Abriu a boca para dizer mais, mas não conseguiu formular as palavras, e a confiança que tinha construído arduamente durante os dias e semanas anteriores, a confiança originada pelo resultado de ter pesado tudo numa balança e resolvido desistir de tudo por ela de repente estava achatada. Para conseguir recuperá-la, aproximou-se mais e sentou no braço do sofá.

— Como não? Essa faculdade é no exterior.

Segurou a mão dela. — Eu sei que é no exterior, mas na verdade é a melhor forma. Imagine, em dois anos e meio eu vou ter um verdadeiro diploma? Imagine, mãezinha? Você pode ir me visitar. Você se forma em junho do ano que vem, quando eu já vou estar no segundo ano. Você pode ficar lá comigo.

— Jesus! Nonso, você está dizendo... — Segurou a cabeça com as mãos. — Esquece, esquece.

— Não, mãezinha, não. Por que você não me explica, por quê?

— Esquece.

— Nne, olha, eu estou fazendo isso por sua causa, só por sua causa. Na verdade, eu nem queria voltar a estudar, mas é o único jeito de poder ficar com você. O único jeito, mãezinha?

Pôs a mão no ombro dela e puxou-a delicadamente para mais perto.
— Você sabe que eu te amo. Amo muito, mas veja o que eles estão fazendo comigo. Veja só como eles me humilharam. Me humilharam mesmo, mãezinha. E, quem sabe, talvez seja só o começo. Só o começo e você não sabe, e nem eu. Eu vou voltar, mãezinha...

A noite toda eles ouviram cacarejos altos e excessivos, mas agora a agitação começou a chamar a atenção dele. Foi até a cozinha, pegou o bodoque e uma pedra do beiral da janela e saiu. Todas as galinhas estavam nos galinheiros, e, assim que se aproximou de uma das aves, um galo vermelho pulou na grade fazendo barulho, com um piado aflito. Estava lutando com um dos galos mais novos, com uma crista serrilhada e muitas barbelas. O galo vinha mostrando uma beligerância incomum desde o dia em que o comprara. Destravou a porta aramada e tentou pegá-lo. Mas o galo pulou na parede, tentando encontrar algo em que se segurar, sem conseguir. Meu hospedeiro tropeçou e caiu sobre as mãos enquanto os galos pulavam e fugiam do galinheiro com dois outros do grupo de seis galos e frangotes. Ele foi atrás, pulou no banco embaixo da goiabeira e, quando tentou agarrá-lo, o galo subiu no tambor de água, cacarejando de forma agressiva. Ficou furioso. Deu a volta no poço e, movendo-se o mais depressa que podia, conseguiu pegar o galo.

Estava amarrando o galo na árvore com um cordão de cânhamo quando Ndali saiu para o quintal. O sol baixo no horizonte projetou a sombra dela na parede, uma sombra tão grande que só metade podia ser vista.

— Nonso — disse Ndali, assustando-o.

— Sim, mãezinha.

— O que você fez?

— Nada — ele respondeu.

Virou-se e a abraçou, o peito ainda palpitando. Mas, ao abraçá-la, sentiu que o peito dela palpitava muito mais.

Agbatta-alumalu, às vezes um homem não consegue entender totalmente o que fez até falar com mais alguém sobre o assunto. Aí suas ações ficam mais claras até para ele mesmo. Já vi isso muitas vezes. Apesar de ter passado horas explicando suas razões para vender o sítio e as galinhas, quando terminou, começou a ver os furos nas decisões que havia tomado. Mais uma vez, Chukwu, você estabeleceu que as principais regras do espírito guardião são cuidar de seus hospedeiros e garantir que calamidades previsíveis não se abatam sobre eles, para que possam cumprir seus destinos com mais facilidade, a razão de tê-los criado. Nunca devemos tentar compelir nossos hospedeiros contra sua vontade. Assim, embora me preocupasse com o fato de ele vender quase tudo que tinha, eu o deixei fazer isso sem interferir. Fiz isso porque acreditei que o homem que tinha vindo para ajudá-lo era um produto de sua dádiva de boa sorte, do osso do jardim de Chiokike.

Mas agora, ao ouvir a respiração ofegante e ver o medo no rosto de Ndali, ele ficou com medo de ter tomado decisões precipitadas. Uma sensação gelada envolveu seu coração, que durante as últimas semanas estava cálido com a alegria nascida da esperança. Quando terminou de contar tudo que havia feito em segredo, Ndali falou:

— Não tenho palavras, Nonso. Fiquei sem fala.

Entrou no antigo quarto dele e fechou a porta, deixando-o na sala de estar olhando para os documentos. Meu hospedeiro releu os termos do acordo da venda do sítio mais uma vez, e sua mente foi assolada pelo medo. Não tinha nem nove anos quando o pai comprara a casa, quando a mãe estava grávida. O pai disse que se nascessem mais filhos eles precisariam de uma casa maior. Achou que havia se esquecido desse fragmento de memória, mas agora parecia tão recente quanto ontem. A mãe o segurando, ele parado na sala vazia enquanto o pai e o vendedor percorriam o local. Soltou-se da mãe, correu para o quintal e ficou embaixo da goiabeira, fascinado pela árvore.

162 Chigozie Obioma

Tentou subir, mas a mãe, ainda que pesada com a gravidez, chegou correndo e o mandou descer. Ouviu a voz dela com clareza, como se estivesse atrás dele na sala.

— Não, Bobo, não. Não faça isso. Não gosto de gente que sobe em árvores.

— Por quê? — perguntou, virando as costas para a mãe, como costumava fazer quando queria ser desobediente.

— Por nada — ela respondeu, e ele ouviu o suspiro que ela tinha começado a emitir quando a barriga aumentara. Então, como a resignação típica que acabou entendendo como um sinal de finalidade, ela falou: — Se fizer isso, eu não vou gostar mais de você.

Estava pensando nisso quando Ndali saiu do quarto e disse: — Nonso, vamos ao Tantalizers, eu estou com fome. — Num primeiro momento ele não conseguiu distinguir entre as vozes das duas mulheres, mas Ndali se fez mais presente, batendo os pés no chão.

— Nonso, eu estou falando com você!

— *Eh*, mãezinha, sim, sim, vamos.

Os dois andaram devagar, um silêncio pairando entre eles, como se alguma autoridade acima da vontade do homem tivesse ordenado que não fossem proferidas palavras. Caminharam pela rua estreita, entre cercas de madeira acinzentadas e bueiros entupidos de lixo. Do outro lado, separados por uma rua esburacada, pássaros se empoleiravam em nichos de um prédio inacabado de vários andares amparado por andaimes de madeira. Estava observando os pássaros quando, numa voz que soou quase como um suspiro, Ndali disse que não teria deixado se soubesse que as coisas chegariam a esse ponto.

— Por que você diz isso, mãezinha?

— Porque eu não mereço esse sacrifício. Tudo isso... é demais.

Não falou mais nada até entrarem no restaurante, pois ficou perturbado pelo que ela havia dito. O restaurante estava cheio de gente conversando — um grupo de homens de camisa, alguns funcionários de escritórios e duas mulheres. Uma música tocava baixo pelo alto-falante. Queria contestar veementemente o que Ndali havia dito, insistir que ela valia a pena. Mas não falou nada. Pois apesar de agora estar se lamentando e concordar que havia agido de forma precipitada, também sabia que já tinha ido longe demais para recuar. Já tinha vendido o sítio, que herdara do pai. Já havia pagado as mensalidades por dois semestres da faculdade, bem como alojamento para um ano. E Jamike, que já tinha voltado ao Chipre, tinha levado mais dois mil euros seus para pagar a "manutenção", para que não precisasse levar muito dinheiro na viagem. Na sacola, havia mais seiscentos euros, seu último dinheiro vivo. Só restavam as quarenta e duas mil nairas que tinha no banco, além do que conseguiria com a venda de todos os frangos.

Quando se sentaram num canto do restaurante, ela repetiu mais uma vez as palavras.

— Por que você diz isso? — ele perguntou.

— Porque você se destruiu por minha causa, Nonso! — ela respondeu, deixando meu hospedeiro irritado. Ao dizer isso, ela se virou para olhar ao redor, pois pareceu ter percebido que tinha falado numa explosão emocional, e em voz alta, por isso murmurou: — Você se destruiu, Nonso.

Chukwu, o efeito do inesperado sentido daquelas palavras foi grave para meu hospedeiro. A sensação foi que alguma coisa tinha cortado a paisagem de sua alma em dois. Foi com um esforço de se manter inteiro que ele replicou: — Eu não me destruí em nada. Eu não me destruí.

— Você se destruiu — insistiu Ndali. — *I gbu o le onwe gi*.

Surpreso por ela ter mudado para igbo, ele não falou nada.

— Como você pôde vender tudo, Nonso?

— Eu fiz isso por não querer que eles nos separassem.

— Sim, mas você vendeu tudo o que tinha, Nonso — repetiu, virando-se para ele, que percebeu que ela tinha começado a chorar. — Por mim, por mim, por que, Nonso?

Ele engoliu a seco, pois agora via que a realidade do que havia feito, quando expressada em palavras, era de uma enormidade esmagadora.

— Não, eu vou recuperar tudo... — contestou, mas viu Ndali meneando a cabeça, os olhos diluídos em lágrimas. Parou de falar. Olhou ao redor, temendo que as pessoas a vissem chorando. — Eu vendi o sítio para voltar a estudar, ir para o exterior, onde posso fazer isso. Vou recuperar dez vezes mais do que estou gastando. Vou arranjar um emprego lá e...

A comida chegou: arroz *jollof* para ele e arroz frito para ela, com uma torta de carne para acompanhar. Com o princípio da calmaria, projetei na mente dele um pensamento para deixá-la mais segura com palavras mais fortes. Fiz com que se lembrasse de todas as coisas que havia considerado para chegar àquela decisão. Lembrei-o do homem que vendeu suas terras para mandar o filho para a faculdade. Lembrei-o, Ezeuwa, que sabia que, se conseguisse um diploma e voltasse para se casar, ele poderia arrumar um emprego com a influência do pai de Ndali e comprar outro sítio e montar uma nova granja. E a casa? Será que chegava a valer a pena? Ele já tinha ponderado que a casa era grande, mas que Amauzunku era um dos piores lugares de Umuahia. Assim, ele mal conseguiu esperar o garçom se afastar, e assim que o rapaz se foi ele falou:

— Eu também vou pagar pela minha vida, e pela mulher que amo. Se eu me formar e conseguir um bom emprego, posso comprar uma casa dez vezes melhor, mãezinha. Olha a sujeira dessa rua. Talvez a gente possa morar em outro lugar, quem sabe até Enugu. É melhor, mãezinha. É melhor mesmo. É melhor do que deixar eles nos separarem.

Mas Ndali simplesmente abanou a cabeça, de um jeito de que ele se lembraria por muito tempo. E não disse mais nada. Comia um pouco e enxugava as lágrimas que continuavam escorrendo pelo seu rosto. A tristeza dela o deixou inquieto, pois não esperava que reagisse tão fortemente à sua decisão. Segurou na mão dela enquanto voltavam para casa, mas ao se aproximarem ela recolheu a mão.

— Sua mão está suando de novo — falou. — Ele enxugou as mãos na calça e cuspiu no bueiro ao lado da rua.

Ndali passou a andar sozinha, a certa distância. Ele ficou olhando para ela, o balanço de suas nádegas a cada passo visível através do tecido da saia justa, quando um homem de motocicleta passou correndo e gritou: "Asa-n-wa, como vai?", Ndali assobiou para o homem que, dando risada, saiu com a moto roncando. Meu hospedeiro, agora com o coração partido, correu para alcançá-la. Ndali se virou para olhar para ele, mas sem dar uma palavra. Meu hospedeiro ficou olhando o homem que se afastava, desaparecendo na rua vazia atrás dele, como se o próprio mundo de repente tivesse ficado vazio. Pois se deu conta de que aquilo era o que mais temia: se ele partisse, outro homem se apresentaria. E naquele momento desejou que isso tivesse acontecido alguns dias antes, quando ainda não tinha vendido a casa.

Quando começou a tirar as roupas dela quando chegaram em casa naquela noite, ela enfiou uma câmera na mão dele, nua, e pediu para que tirasse fotos dela. A mão dele tremia quando tirou a primeira foto, que instantaneamente surgiu impressa na câmera. Era uma imagem de corpo inteiro de seu corpo ereto, com os seios firmes e olhando para a câmera, os mamilos túrgidos e eretos. As fotos eram para ele, disse Ndali.

— Assim, sempre que você sentir vontade de fazer amor, pode olhar as fotos.

Quando se deitou ao seu lado, cogitou se ela tinha feito aquilo por causa do homem que tinha mexido com ela. E foi tomado por um estranho temor, que o possuiu a noite inteira.

Chukwu, os antigos pais dizem que o deus que criou a coceira também deu ao homem o dedo para coçar. Embora sua alegria tivesse vazado em resposta à tristeza de Ndali, quando voltaram para casa naquela noite ele se sentiu melhor quando ela pediu que fizessem amor. Disse que estava triste principalmente porque iria sentir falta dele, e meu hospedeiro garantiu que voltaria com frequência até eles poderem ficar juntos. Disse que se formaria logo e que então tudo estaria acabado. E disse essas coisas com tal intensidade porque agora tinha medo de deixá-la sozinha nesse ínterim, exposta aos olhos desejosos de outros homens. Quando estava para viajar a Abuja, na semana seguinte, suas palavras tinham feito efeito e ela não estava mais tão triste. Levou-o de carro até a estação rodoviária e voltou para a casa dos pais.

Choveu forte na noite anterior à viagem a Abuja para obter o visto, e pela manhã a tempestade bloqueou a estrada principal. Uma grande cratera havia se formado no meio da rodovia, capaz de engolir qualquer veículo do tamanho do luxuoso ônibus da Abia Line. O motorista fez um caminho mais longo, e já era quase noite quando ele chegou a Abuja. Pegou um táxi até o hotel barato sugerido por Jamike, perto de Kubwa. Eles também conheciam Jamike, e o chamavam de *Turkey Man*.

— É boa gente, um sujeito simpático — disse o caixa, cujo hálito cheirava a algo como vômito. Ficou tão impressionado pelas palavras do homem que, enquanto levava sua mala de viagem ao quarto, se deu conta de que ainda não havia dado nada a Jamike como sinal de gratidão por sua bondade. Só tinha pagado as cervejas nas quatro vezes em que estiveram nos ciber-cafés, no gabinete de imigração, na Alta Corte para fazer uma declaração juramentada para substituir sua certidão de nascimento e para encontrar um comprador para a casa dele.

Ficou preocupado com isso. Repreendeu-se internamente por aquela negligência, que poderia ter sido interpretada como ingratidão, e resolveu telefonar para Jamike sem demora. Retirou da embalagem o cartão de telefone Globalcom que tinha comprado na barraca de um vendedor ambulante em frente ao hotel e digitou o código. A ligação foi completada, mas Jamike não atendeu. Em seguida ouviu uma voz falando numa língua estrangeira e depois uma tradução em inglês. Deu risada das palavras e da forma como foram ditas. Quando tentou mais uma vez, Jamike atendeu.

— Quem é o louco de me ligar a essa hora da noite?

Meu hospedeiro sentiu aquilo como uma pancada nas costas. Preferiu ficar em silêncio para Jamike não pensar que era um bobão por não lembrar que os dois estavam em fusos horários diferentes, mas estava muito envergonhado para se controlar como desejava.

— Quem fala?

— Desculpe, meu irmão — disse. — Sou eu.

— Ah, ah, Bobo Solo!

— Sim, sou eu. Desculpe...

— Não, não, não, *mehn*. Eu é que devia pedir desculpas. Eu cheguei hoje. Estava em...

A voz de Jamike desapareceu atrás de uma parede de sons indecifráveis, ressurgindo depois com um eco discordante de "ebi", depois "ommm", antes de sumir de novo.

— Jami, você está aí? Está me ouvindo?

— Sim, Bobo, você está me ouvindo?

A conversa foi interrompida por um aviso de que a ligação logo seria desconectada. Quando melhorou, Jamike ia dizendo:

— É por isso que eu nunca te ligo. Solo, você já conseguiu o visto?

— Estou em Abuja. Acabei de chegar.

— Que legal! Bobo Solo, esse é o cara!

— Isso é...

O som sumiu de novo e a ligação foi interrompida. Meu hospedeiro deixou o telefone na única mesa do quarto — onde estava a tv, uma Bíblia, um cartão plastificado com a relação de canais da tv e, no verso, um cardápio do restaurante do hotel. Num canto do quarto, perto da cortina fechada, uma baratinha subia pela parede, as antenas viradas para trás. Quando ele se despiu, o telefone tocou. Olhou para a tela, era Ndali.

— Só queria saber se você tinha chegado bem — falou.

— Cheguei, Obim. Mas a estrada estava muito ruim. Péssima.

— Culpa de Orji Kalu, o seu governador.

— Ele é um louco.

Ndali deu risada, e nesse momento ele ouviu o canto de um galo a alguma distância no fundo.

— Onde você está?

— Na sua casa.

Ele hesitou. — Por que, mãezinha? O que está fazendo aí? Eu disse pra ir pra casa depois de dar comida a eles.

— Nonso, não posso deixar eles sozinhos com você viajando. O que sou eu, Oyibo ou um ovo?

As palavras dela cortaram seu coração.

— Eu te amo, mãezinha — falou. Palavras se formaram em sua mente, mas ele hesitou, embasbacado pela surpresa com o que ela havia feito. — Você está alimentando todos sozinha?

— Estou — ela respondeu. — E recolhi alguns ovos.

— Quantos?

— Sete.

— Mãezinha — falou, e ficou em silêncio quando ela disse: — *Eh?* — Pois não sabia dizer por que de repente estava quase chorando. — Se você não quer mesmo que eu saia de casa, volto amanhã. Devolvo o dinheiro da casa e não vendo mais. Peço para Jamike me devolver o dinheiro das mensalidades da faculdade. Qualquer coisa, mãezinha. Afinal de contas, eu ainda não comecei a cursar a faculdade, certo?

As palavras surgiram com tanta rapidez que o surpreenderam ao pensar que as tinha articulado. Pois, enquanto falava, um estranho silêncio se tornou uma parte integral de seu discurso. Depois de dizer tudo aquilo, sabia que tinha falado por causa dela. Esperou que ela respondesse, o espírito leve como a pena de uma cotinga.

— Não sei o que dizer, Obim — ela respondeu depois de algum tempo. — Você é um bom homem, um homem muito bom. E eu também te amo. Apoio a sua decisão... porque Deus me deu um bom homem. — Ouviu um suspiro profundo. — Vá em frente.

— Devo ir em frente, mãezinha? Se você disser não, juro pelo Deus que me criou que eu não vou.

— Sim. Pode ir.

— Tudo bem, mãezinha.

— Sabe que a poedeira pôs ovos cor-de-rosa de novo? — perguntou Ndali.

— Ah, a Obiageli?

— É. Eu fritei o ovo. Bem doce.

Os dois deram risada e depois, bem depois do telefonema, ele preferia não ter tomado a decisão de partir. Durante o resto daquele dia, a alegria que enchera o coração de meu hospedeiro foi separada dele por um véu parcial de arrependimento. Eu, seu *chi*, achei que ele tinha tomado uma boa decisão e estava convencido de que aquele sacrifício solidificaria ainda mais o amor de Ndali por ele em vez de destruí-lo. Chukwu, se ao menos eu também pudesse ver o futuro; se ao menos pudesse ver o que estava para acontecer, eu não teria tido esse pensamento louco!

No dia seguinte, quando ele chegou à embaixada, a alegria voltou e encheu tanto seu coração que, no táxi que o levou de volta ao hotel, ele chorou ao ver o visto no passaporte e a passagem da Turkish Airlines que havia comprado no lugar sugerido por Jamike. Quando chegou ao hotel, parecia que alguma coisa divina tinha acontecido com ele. Antes de morrer, seu pai dissera uma vez que tinha certeza de que sua mulher, a mãe do meu hospedeiro, estava cuidando dos filhos. Lembrou-se agora de que o pai tinha dito isso depois de meu hospedeiro ter escapado do que teria sido um acidente horrível. Acontecera quatro anos atrás, quando ele embarcou num ônibus para Aba para visitar o tio, mas saiu do veículo no último minuto. Quando o ônibus estava para partir, subiu um passageiro com uma carcaça num saco de juta. Meu hospedeiro reclamou que não conseguiria aguentar aquele cheiro durante toda a viagem. Desceu do ônibus e tomou outro. Ficou sabendo do ônibus em que ia viajar no noticiário noturno daquele dia: totalmente destruído. Só dois dos nove passageiros tinham sobrevivido à colisão. Alguma coisa que ele não conhecia, e que nem eu consegui discernir, tinha trazido o homem com a carcaça e feito meu hospedeiro descer do ônibus e escapar da morte certa. Agora ele decidiu que a mesma coisa poderia ter trazido Jamike até ele — a mão de algum deus benevolente, para ajudá-lo naquele momento de necessidade. Como já mencionei, eu, seu *chi*, achei que era um dos resultados do presente de boa sorte obtido no jardim de Chiokike.

O trajeto de volta ao hotel foi demorado, com engarrafamentos de trânsito em vários lugares. Meu hospedeiro fechou os olhos e imaginou o futuro. Via Ndali com ele, juntos numa bela casa no exterior. Com muito esforço, imaginou os dois com um filho, um menino, com uma grande bola de futebol. Por mais amorfas e indistintas que fossem, essas imaginações acalmaram seu espírito. Por muito tempo ele tinha sido um homem perdido fluindo pelos cantos atulhados da vida, mas agora encontrava uma esperança fértil de que qualquer coisa poderia crescer. Ligou para Ndali do hotel, mas ela não atendeu. Enquanto esperava que retornasse a ligação, ele cochilou.

Onyekeruuwa, quando ele voltou de Umuahia com o visto, sua jornada ficou mais definida, bem como a ansiedade e o medo que engendrava. A última semana antes da viagem se passou no ritmo de um leopardo perseguindo sua presa. Na noite antes da partida para Lagos, onde iria embarcar no avião, ele se viu em dificuldades para consolar Ndali. Pois a tristeza dela tinha aumentado nos últimos dias com uma fecundidade que o surpreendeu, como um coqueiro na estação das chuvas. Naquele dia eles carregaram a caminhonete com as coisas restantes que ele não tinha conseguido vender. A maior parte das coisas era de seus pais. Elochukwu, que estava com eles, ficou com o lampião Binatone recarregável. Meu hospedeiro o deu de presente. Ndali não quis nada. Insistiu para ele não vender aquelas coisas. Como ia deixar a caminhonete na garagem do tio em Aba, ela perguntou por que não manter

170 *Chigozie Obioma*

suas coisas com o tio? Quando começavam a levar o conteúdo do último cômodo, a sala de estar, para a caminhonete, Ndali desmoronou.

— Não é fácil pra ela — disse Elochukwu. — Você deve ter percebido. É por isso que ela está se sentindo desse jeito.

— Eu entendo — concordou meu hospedeiro. — Mas eu não estou indo para Eluigwe. Não estou partindo deste mundo. — Abraçou-a e beijou-a.

— Eu não estou dizendo isso — disse Ndali entre soluços. — Não se trata disso. É só por causa dos sonhos que venho tendo esses últimos dias. Não são sonhos bons. Você vendeu tudo por causa de mim e da minha família.

— Então você não quer mais que eu vá, mãezinha?

— Não, não — ela contestou. — Já disse que você deve ir.

— Está vendo? — interrompeu Elochukwu, abrindo os braços.

— Eu vou voltar logo, e nós vamos ficar juntos de novo, mãezinha.

Àquela afirmação ela aquiesceu e deu um sorriso forçado.

— É isso aí! — disse Elochukwu, apontando para o rosto de Ndali. — Agora ela está feliz.

Meu hospedeiro deu uma risada, abraçou-a e deu um beijo em sua boca.

Em momentos como esse, Egbunu, quando uma pessoa está para se separar do companheiro por um período de tempo, eles fazem tudo com pressa e com mais intensidade. A mente ingere essas coisas e as armazena num frasco especial, porque são momentos de que sempre se lembrarão. É por isso que ele sempre se lembraria, vezes e mais vezes, da maneira como ela segurou sua cabeça e falou olhando para seus olhos quando eles terminaram de embalar as coisas.

Quando se desenlaçou dela, ele correu para a casa em lágrimas. Não restava nada além das paredes. Por um momento, quase não conseguiu reconhecer nenhum dos aposentos. Nem o quintal se parecia em nada com o que era antes. Um lagarto de cabeça vermelha estava onde apenas cinco dias atrás ficava o galinheiro, com um tufo de penas nas garras. Quando puseram as primeiras coisas na caminhonete, ele percebeu que de alguma forma a vida de um homem podia ser medida pelas coisas que possuía. Fez uma pausa para fazer um levantamento. Havia o sítio grande, com sua idade e história e a granja dentro, que até então lhe pertencia. A pequena lavoura, com todas as plantações e a produção, com tudo que lhe pertencia. Assim como os móveis, as fotografias antigas — daguerreótipos em preto e branco. Todos os discos de vinil que eram do pai, que quase encheram um saco de juta, os velhos rádios, sacolas, pipas e muitas coisas. Tinha até herdado coisas estranhas, como a porta enferrujada do primeiro carro do pai (o que tinha batido perto do rio Oji), de 1978. Havia a espingarda de caça com que o pai tinha matado a mãe de seu gansinho; dois fogões a querosene; o refrigerador; a pequena estante perto da mesa de jantar; o grande dicionário Oxford na mesa de cabeceira do pai; o tambor *ikoro* pendurado na parede do quarto do pai; a mala de metal do seu bisavô com o uniforme do exército de Biafra sujo de sangue, com muitos remendos e botões faltando; as facas curvas; a caixa de ferramentas do pai; as roupas que a irmã havia deixado, ainda arrumadas no armário; dezenas de peças de porcelana; colheres de madeira; um pilão de cozinha; jarros de plástico para água; velhas latas de café cheias de aranhas e seus ovos; e até a caminhonete que tinha o nome do sítio, que por muitos anos fora o único carro do pai. Era dono de tudo da terra em que fora criado. Mas também era dono de coisas imateriais: o jeito que as folhas da goiabeira criavam uma torrente quando chovia, pingando em centenas de lugares; a lembrança do ladrão que certa vez pulara a cerca fugindo pelo sítio para escapar das mãos de uma turba furiosa pronta para um linchamento; o medo de manifestações; os sonhos que o pai tinha para ele; as muitas comemorações de Natal; a esperança emudecida; a raiva que não se desencadeava; o acréscimo do tempo; a alegria de viver; a tristeza da morte — tudo aquilo tinha sido dele, por muito tempo.

Olhou ao redor, para a cerca, para o poço, para a goiabeira e tudo o mais, e se deu conta de que aquele sítio tinha sido uma parte dele. A partir desse momento ele iria viver como um animal do presente com a cauda permanentemente esticada no passado. Foi esse pensamento que mais o abateu e que o fez chorar enquanto Elochukwu, que iria entregar as chaves da casa ao novo proprietário, trancava tudo.

Gaganaogwu, meu hospedeiro também chorou porque o filho de um homem nasce sem o conhecimento do que foi outrora em sua vida passada.

Ele nasce — ou melhor, renasce — em branco como a superfície do mar. Mas, quando começa a crescer, adquire memórias. Uma pessoa vive por conta do acúmulo do que vem a conhecer. É por isso que, quando tudo o mais foi tirado dele, um homem habita o mundo dentro de si mesmo. Quando está sozinho, tudo se dobra e converge nesse todo. O verdadeiro estado de um homem é o que ele é quando está só. Pois quando está só, parte de tudo que chegou a constituir o seu ser — as emoções profundas e os profundos motivos de seu coração — se ergue do fundo dele para a superfície de seu ser. É por isso que, quando um homem está só, seu rosto mostra uma expressão diferente de tudo o que existe. É um rosto que ninguém mais verá ou encontrará. Pois quando alguém mais vier até ele, esse rosto se retrai como um tentáculo e apresenta outra coisa ao outro, algo semelhante a um novo rosto. Por isso, sozinho, durante toda a jornada noturna de ônibus até Lagos, meu hospedeiro lidou com suas memórias com um semblante que ninguém jamais verá.

Embora o odor do homem ao seu lado direito tenha o incomodado a noite inteira, ele adormeceu muitas vezes, a cabeça apoiada numa das sacolas que subiam do corredor até o encosto do banco. Teve sonhos vívidos. Em um desses sonhos, ele e Ndali estão andando no corredor de uma igreja. Há luzes por toda parte, até em cima das imagens dos santos, Jisos Kraist e da Nossa Senhora na parede atrás do altar. Era a igreja dela, da qual falava com frequência. O padre, padre Samson, está de pé com as mãos entrelaçadas, um rosário pendendo dos dedos. Os tambores graves, tocados pelo coroinha com uma grande cicatriz na cabeça, soam perto do pequeno escritório do padre. Sorrindo e dançando, ele pode ver, precedendo-o, a mãe dela, usando um vestido sofisticado. Lá está o pai dela também, e Chuka, agora com a barba mais comprida, pronunciada em sua pele clara e luzidia. Os dois também estão sorrindo, ambos de terno. E ele olha para si mesmo com alegria: o terno que está usando é igual ao deles! Todos os três, mais o que Elochukwu está usando. Mas quem é o terceiro homem, de bochechas gordas, com o cabelo em forma de cuia? Jamike, é Jamike, o homem que veio em sua ajuda! Ele também está usando o mesmo terno azul e uma gravata preta. E está dançando, o último na procissão atrás de meu hospedeiro, suando ao ritmo da canção matrimonial.

Minha esposa me é dada por Deus
Meu marido me é dado por Deus
Porque Deus deu para mim
Durará até o fim dos tempos.

Acordou e viu que o ônibus estava passando por um trecho da estrada ladeado por florestas, onde os faróis dos automóveis, caminhões e carretas que passavam por eles eram a única iluminação na escuridão. Ajeitou-se e pensou na noite anterior, uma noite difícil para Ndali e cuja escuridão se adensou lentamente, como água de chuva enchendo uma garrafa devagar. Percebia agora que ela tinha lutado o dia inteiro, tentando esconder com dificuldade sua tristeza, e ele dissera várias vezes para não chorar. Mas quando a noite chegou, apesar ter ficado doente e o cheiro do suor dela indicar malária, ela quis fazer amor porque era o último dia dos dois. Devagar, ele desceu a calcinha pelas pernas dela, o coração batendo freneticamente. Quando ela estava nua, com o lugar pronto, os olhos fechados, um sorriso de prazer no rosto e gotas de lágrimas nos olhos, ele desabotoou o calção. Em seguida, delicadamente, segurando a mão dela, com Ndali abraçando seu pescoço, eles fizeram amor. Ndali o abraçou apertado o tempo todo, tão apertado que ele ejaculou nela e o sêmen escorreu de dentro para as pernas dele.

Quando ele adormeceu de novo, flutuei para fora do seu corpo, como sempre faço quando está dormindo. Mas vi que o ônibus estava lotado de espíritos guardiões e criaturas errantes, e o barulho era ensurdecedor. Um deles, um fantasma, um *akaliogoli* que surgiu como uma névoa tão tênue que parecia uma pequena mancha no tecido da escuridão, estava ao lado de uma jovem dormindo no banco da frente com a cabeça no ombro de um homem ao lado. O fantasma estava diante dela, soluçando e dizendo: — Não se case com Okoli, por favor, não case com ele. Ele é maligno, foi ele quem me matou. Ele está mentindo. Não, não, Ngozi, senão meu espírito nunca vai descansar. Ele me matou para ficar com você. Ngozi, por favor, não faça isso. — Depois de dizer essas palavras, uivava em alto e bom som numa voz trêmula e funérea. Repetiu suas súplicas muitas vezes. Observei a criatura por um momento, e me dei conta de que ela poderia estar fazendo aquilo por muito tempo, provavelmente muitas luas. Aquilo me entristeceu — uma *onyeuwa* abandonada tanto pelo seu corpo como por seu espírito guardião, incapaz de ascender a Alandiichie, incapaz de reencarnar. Foi uma coisa terrível!

Meu hospedeiro dormiu pelo resto da viagem, e quando acordou foi porque o ônibus estacionou no Ojota Park e o caos, os grandes buracos do parque, de repente se tornaram um pesadelo à luz do dia. Chovia de leve e os vendedores — de pão, laranjas, relógios, água — se protegiam sob um abrigo de folhas de zinco apoiadas em pilares de ferro, onde se via o nome do parque escrito em letras vermelhas. Algumas mulheres cobriam a cabeça com sacos de plástico pretos. Desafiando a chuva, um vendedor de bebidas engarrafadas correu para o ônibus estacionado. Meu hospedeiro desembarcou logo, ansioso para lavar a boca. Lembrou-se de Ndali dizendo para lavar a boca no aeroporto antes do voo. Para não chegar ao Chipre com mau hálito.

Antes de conseguir tirar suas duas grandes malas de viagem do ônibus, dois homens, taxistas, correram para pegá-las. Deixou o primeiro, um baixinho e esquelético, de olhos protuberantes, pegar sua bagagem. O homem, que levantou a mala com uma facilidade que o deixou espantado, já estava se afastando do ônibus pelo parque quando meu hospedeiro percebeu o que ele estava fazendo. Foi atrás dele, levando a outra mala com as duas mãos apoiadas no estômago. A chuva caía devagar enquanto ele seguia o homem em meio ao tráfego congestionado, flanando entre carros e ônibus que buzinavam, o ar cheio de ruídos. Ao longe erguia-se uma ponte, e depois dela um corpo de água. Pássaros voavam por toda parte, muitos pássaros. O homem parou em frente a um prédio ainda não terminado, com tijolos furados e em cuja varanda havia alguns homens. Um dos táxis era o do baixinho, um automóvel bem decaído. Estava amassado na traseira e faltava um dos retrovisores laterais, só restando metade do suporte de plástico. O homem jogou a bagagem no porta-malas e em seguida, batendo a tampa até conseguir fechar, fez sinal para meu hospedeiro entrar.

— Aeroporto — ouviu o motorista dizer a um dos homens na varanda, que também entrou no carro.

Dois

Segundo encantamento

Dikenagha, Ekwueme...

Por favor, aceite meu segundo encantamento, a linguagem de Eluigwe, como uma oferenda...

Aceite-a como um equivalente ao *ngborogu-oji*, a noz-de-cola de quatro lóbulos...

Devo rogar pelo privilégio que nos concede, aos espíritos guardiões da espécie humana, de me apresentar na corte luminosa de Bechukwu e testemunhar em favor de nossos hospedeiros...

Os pais dizem que uma criança que lava as mãos pode comer com os mais velhos...

Egbunu, as mãos de meu hospedeiro estão limpas, deixe que coma com os mais velhos...

Ezeuwa, deixe a águia pousar, deixe o gavião pousar, quem disser que o outro não deveria pousar que tenha suas asas quebradas...!

Agora que meu hospedeiro parte da terra de seus pais, sua história vai mudar, pois o que acontece na margem de um rio nunca é o mesmo que se manifesta em um aposento...

Um tronco em chamas posto nas mãos de um filho pela mãe não o machucará...

Para se casar com uma mulher, primeiro uma árvore desenvolve um escroto...

Uma serpente pode dar à luz algo mais comprido que ela mesma...

Que seus ouvidos permaneçam no solo para ouvir enquanto testemunho em favor de meu hospedeiro, enquanto suplico para que evite que Ala o castigue...

Gaganaogwu, se de fato for verdade e aconteceu o que temi, que seja considerado um crime por erro, merecedor de clemência...

Que meu relato o convença da falta de maldade de meu hospedeiro em relação à mulher que machucou...

Egbunu, é noite na terra dos homens e meu hospedeiro está dormindo, mais uma prova de que isso, se for realmente verdade que aconteceu, é um crime de inocência...

Pois ninguém pesca em lagoas secas nem se banha com fogo...

Assim, Agujiegbe, prosseguirei com meu relato com ousadia!

10
O PÁSSARO DEPENADO

Okaaome, ouvi que pais há muito mortos em Alandiichie se espantam por seus filhos terem abandonado os velhos hábitos. Já os ouvi lamentar sobre o estado atual das coisas. Ouvi *ndiichie-nne,* as grandes mães, lamentarem o fato de suas filhas não mais transportarem seus corpos da forma como suas mães faziam. As grandes mães majestáticas perguntam por que o *uli,* que as mães usam nos corpos com orgulho, agora quase nunca é usado por suas filhas. Por que o *nzu,* a pura marga da terra, não é visto mais nelas? Por que os caurins vicejam e se enterram nas águas de Osimiri intocados? Por que, elas choram, os filhos dos pais não mais mantêm seus *ikengas*? De seus domínios bem além dos confins da Terra, os pais leais observam a extensão de terras onde antes viviam, de Mbosi a Nkpa, de Nkanu a Igberre, e contam os templos construídos por homens para seus espíritos guardiões e seus *ikengas* nos dedos das mãos. Por que os altares dos *chis,* os templos do *ezi* de alguém agora são coisas esquecidas? Por que as crianças adotaram o modo de vida dos que não conhecem seus próprios caminhos? Por que eles envenenaram o sangue de seus ancestrais de consanguinidade e lançaram os deuses de seus pais na escuridão exterior? Por que Ala está faminta de suas ricas penas da jovem *okeokpa* e de Ozala — Carne-Seca- -Que-Enche-a-Boca — sem sua tartaruga? Por que, os pacientes pais se perguntam em sua solene indignação, os altares de Amandioha estão secos como as gargantas de esqueletos enquanto ovelhas pastam imperturbáveis?

O que eles parecem não entender é que o Homem Branco encantou seus filhos com produtos de sua feitiçaria. Na verdade, os veneráveis pais e mães esquecem que começou no tempo deles.

Eu habitei um hospedeiro mais de trezentos anos atrás, quando o Homem Branco trouxe espelhos de Nnobi, a terra de homens tão valentes e sábios quanto as deidades de outros lugares. Mas eles ficaram tão encantados, e suas mulheres tão gratas, que esse objeto causou grande angústia. No entanto, devo dizer que, mesmo então, por mais de cem anos, o povo não abandonou os hábitos de seus ancestrais. Eles pegaram essas coisas — espelhos, mosquetes, tabaco —, mas não destruíram os templos de seus *chis*. Mas seus filhos se convenceram de que a magia do Homem Branco era mais poderosa. E buscaram seus poderes e sabedoria. Começaram a desejar o que ele tinha, como veículos voadores como o que meu hospedeiro entrou na noite em que chegou a Lagos. Os filhos dos antigos pais costumam se maravilhar quando o veem. Perguntam: o que é isso que os homens fizeram? Por que o Homem Branco é tão poderoso? Como os homens podem voar pelo céu, entre os firmamentos, até mais alto que os pássaros? Essas são coisas que não entendo. Muitos ciclos atrás, incorporei um grande homem que foi amarrado como um animal sacrificial e levado para a terra do Homem Branco. Seus captores e outros cativos como ele cavalgaram no grande Osimiri, que vemos se estendendo interminável ao redor do mundo, mesmo daqui de Bechukwu. A jornada através desse oceano se estendeu por semanas, por tanto tempo que cansei de observar as águas. Mas, mesmo assim, fiquei grandemente maravilhado com a maneira como o navio era capaz de se mover e não afundar, quando uma pessoa sozinha não podia ficar em pé sobre a água.

Imagine, Egbunu, como os filhos dos pais devem ter se sentido quando encontraram esse provérbio dos sábios pais. *Não importa o quanto um homem pular, ele não pode voar.* Eles deveriam considerar por que os pais disseram isso antes de abanar a cabeça e achar que os sábios pais eram ignorantes. Por quê? Porque um homem não é um pássaro. Mas os filhos veem algo como o avião e ficam chocados de essa sabedoria ter sido produzida pela feitiçaria do Homem Branco. Humanos voam todos os dias de várias formas. Nós os vemos na estrada para Eluigwe, enchendo os céus de veículos prateados. Os homens até fazem guerra a partir do céu! Em um de meus muitos ciclos na Terra, meu então hospedeiro, Ejinkeonye Isigadi, quase foi morto por uma dessas armas aéreas em Umuahia no ano que o Homem Branco se refere como 1969. Mais ainda, os antigos pais dizem que não se pode conversar com alguém que esteja numa terra distante. Absurdo! Seus filhos devem gritar, porque agora conversam de longe como se estivessem deitados na mesma cama ao lado do outro. Mas isso ainda não é tudo.

Acrescente a isso a atração da religião do Homem Branco, suas invenções, suas armas (a forma, por exemplo, como é capaz de criar crateras na Terra e explodir pessoas e árvores em pedaços), e você entenderá por que os filhos abandonaram os hábitos dos ilustres pais. Os filhos dos pais não entendem que os modos dos augustos pais eram simplesmente diferentes dos do Homem Branco. Os antigos pais olhavam para o passado para se moverem para a frente. Não confiavam no que podiam ver, mas no que seus pais tinham visto. Acreditavam que tudo o que precisavam saber do Universo já havia sido descoberto há muito tempo. Por isso não compreendiam como um homem vivendo no momento podia dizer: eu encontrei isso, ou eu descobri aquilo. Era a maior arrogância pretender que tudo que viera antes de um homem era pouco importante ou negligente e que alguém por acaso só estivesse vendo isso *agora*. Então, se você perguntasse aos eminentes pais: "Por que vocês plantam inhame em um monte e não como semente?". Eles responderiam: "Porque meu pai me ensinou assim". Se um homem dissesse que não podia apertar a mão de um ancião com a mão esquerda e você perguntasse por que, ele diria: "Porque não é *omenala*". A civilização dos pais estava apoiada na preservação do que já existia, não na descoberta de novas coisas.

Anciãos de Alandiichie, antigos pais de Alaigbo, dos povos negros da floresta tropical, curadores da sabedoria do Homem Branco, ouçam-me: esses produtos da feitiçaria do Homem Branco são a razão de vocês agora reclamarem e chorarem e lamentarem sobre seus filhos como galinhas depois do ataque de um gavião. Foi o Homem Branco que esmagou suas tradições. Foi ele quem seduziu e dormiu com seus espíritos ancestrais. Foi também a ele que os deuses de sua terra submeteram suas cabeças e ele as raspou, até chegar à pele do escalpo. Ele açoitou os altos sacerdotes e enforcou nossos governantes. Domou os animais de seus totens e aprisionou as almas de suas tribos. Cuspiu na cara de suas sabedorias, e suas valentes mitologias estão em silêncio diante dele.

Ijango-ijango, por que falei com língua tão molhada sobre os ancestrais? Porque esse objeto que levou meu hospedeiro e outros pelo céu era magnífico e além de palavras. Durante todo o voo, até meu hospedeiro — um amante de pássaros — se perguntava como aquilo voava. Tinha a impressão de que a propulsão do avião era por suas asas. Pairava acima das nuvens, sobre uma interminável extensão de água que tinha a cor do céu no fim da estação chuvosa. Era Osimiri, o grande corpo de água que se espalha pela circunferência do mundo. Era a água que continha sal, o *osimiri-nnu*. Suas lágrimas sagradas, Chukwu.

Por curiosidade, saí do corpo de meu hospedeiro e pairei pelo avião. Fui instantaneamente submerso pela terra devastada de ruídos e corpos espirituais. Por todo o horizonte, vi criaturas incorpóreas — *onyeuwas* e espíritos guardiões e outros — viajando para algum lugar, descendo ou ascendendo com velocidade magnificente. Ao longe, uma massa cinzenta de criaturas se arrastava sobre a orbe iluminada que era o sol. Tentei não me concentrar nelas, mas sim observar o avião, cujas asas não batiam como as de um pássaro. Pairei sobre ele, voando a uma velocidade estranha e extraordinária enquanto o avião prosseguia. Eu nunca tinha parado para ver tal coisa, e por isso fiquei aterrorizado. Retornei imediatamente ao corpo do meu hospedeiro. Ele continuava examinando o avião, fascinado, pois tinha gente, televisões, toaletes, comida, cadeiras e tudo que pode ser encontrado nas casas de pessoas na terra. Mas a maior parte de seus pensamentos repousava em Ndali.

Logo ele adormeceu, e, quando acordou, muitas coisas estavam acontecendo ao mesmo tempo. As pessoas aplaudiram e saudaram quando uma voz saiu das caixas de som. O próprio avião sofreu um pequeno baque e agora deslizava sobre algo que ele percebeu não ser mais o ar, pois conseguia sentir as vibrações do solo. O avião também estava cheio de luz, tanto da luz do dia como da luz produzida pelo homem no interior. Abriu a cortina da janela e entendeu a razão da comoção. Foi também envolvido por aquela alegria. Pensou o quanto estariam orgulhosos seu pai e sua mãe se estivessem vivos agora. Pensou na irmã Nkiru em Lagos. Perguntou a si mesmo o que estaria fazendo nesse momento. Considerou, com uma leve tristeza, se tinha um filho com aquele homem muito mais velho. Quando filhos de homens pensam em coisas desagradáveis, seus padrões de pensamento não são os mesmos de quando ponderam sobre coisas agradáveis. Foi por isso que sua mente enfatizou a idade do marido da irmã. Ele ligaria para ela daqui, de *Istambul*: talvez fizesse alguma diferença. Poderia restaurar sua fé nele como irmão, o único sobrevivente da família. Mas como poderia fazer isso? Não tinha o número dela nem do marido. Era ela quem ligava para ele de telefones públicos, em ocasiões especiais como o Natal, o Ano-Novo e às vezes na Páscoa, e uma vez no aniversário da morte do pai. Chorou ao telefone de uma forma que o deixou chocado e deu esperanças de que pudessem renovar sua relação. Mas não fez diferença. Quando ela encerrou a ligação com o habitual "Só queria ligar para saber como você vai", ele soube que ela seria mais uma vez engolida pelo vazio.

Foi arrancado desses pensamentos pela súbita erupção de palmas e vozes. Com expressões sorridentes, as pessoas começaram a tirar as bagagens dos compartimentos, pendurando mochilas nos ombros, puxando alças retráteis de malas com rodinhas. A razão da alegria era variada, mas ele podia dizer pelas palmas e pelos gritos de "Louvado seja o Senhor" e "Aleluia" que vinham de trás que as pessoas estavam felizes pelo avião ter pousado em segurança. Deduziu que pudesse ser por conta da sequência de ocorrências recentes com aviões na Nigéria. Pois não muito tempo atrás um avião levando dignitários, inclusive o sultão de Sokoto e o filho de um ex-presidente, tinha caído e matado quase todos a bordo. Menos de um ano antes disso, outro avião tinha caído, matando uma pastora bem conhecida da Igreja Fonte da Vida, Bimbo Odukoya. Mas achou que a maioria daquelas pessoas estava feliz por terem saído de lugares onde vinham sofrendo para esse novo país. O avião tinha decolado de uma terra de carências, onde o homem é o lobo do homem, a terra em que os maiores inimigos de um homem são membros de sua casa; uma terra de sequestradores, de assassinos ritualísticos, de policiais que intimidam os que encontram na rua e disparam contra os que não os subornam, de líderes que tratam seus liderados com desprezo e roubam suas riquezas, de tumultos e crises frequentes, de longas greves, de racionamento de gasolina, desemprego, bueiros entupidos, estradas esburacadas, pontes que caem à vontade, ruas cheias de lixo, bairros imundos e constantes quedas de energia.

Olisabinigwe, os grandes pais dizem que quando um homem chega a uma terra desconhecida, ele se torna uma criança de novo. Precisa fazer perguntas e procurar endereços. Foi por isso também que, quando eles saíram do avião, meu hospedeiro não sabia o que fazer. O lugar onde desceram, um aeroporto, era imenso e cheio até a borda de todos os tipos de gente. De início ele pensou nas suas grandes malas, onde tinha trazido a maioria dos seus pertences que não foram vendidos, queimados ou deixados com o tio, mas depois se lembrou de ter sido informado repetidas vezes que as receberia no Chipre. Só o que tinha era a sacola que Ndali lhe dera, onde guardava as cartas de admissão, as cartas e fotos dela e todos os documentos vitais de que precisaria para se apresentar na faculdade no novo país. As outras pessoas negras de seu país também desembarcaram em meio ao caos, desaparecendo no fluxo de gente em movimento. Fosse à esquerda, à direita ou atrás, elas apareciam em lampejos entre a multidão. Andou até o meio de um grande saguão, onde um enorme relógio pendia do teto. Parou atrás de um casal de velhos de pele amarela que olhava para o relógio como se fosse o corpo de um homem pendurado em uma árvore. Um carrinho chegou por trás dele e buzinou. Afastou-se e o carrinho continuou, buzinando a cada parada, tentando navegar entre as inúmeras pessoas apinhadas pelos corredores como em um mercado de Umuahia, com anúncios intermitentes de chegadas e partidas ecoando pelo grande salão. Virou-se e andou na direção em que vira muitos de seus compatriotas seguirem.

Caminhou quase meio quilômetro, passando por muitas curiosidades, cheio de pensamentos na cabeça, quando encontrou um sujeito de óculos escuros e barba comprida. Perguntou ao sujeito o que deveria fazer. O sujeito pediu seu cartão de embarque. Tirou do bolso o pedaço de papel que lhe haviam entregado no aeroporto.

— Seu avião para o Chipre parte às sete horas. Agora são só três horas, então você precisa esperar. Eu também estou indo pra lá. E só relaxar, tá?

Agradeceu e o homem seguiu seu caminho, andando como se estivesse meio dançando. "Relaxar", dissera o homem. Significava esperar. Significava também que há muitas coisas que um homem não pode controlar. Há coisas que precisam ser reunidas, coisas que devem ser montadas, um período de tempo acordado e um código aceito que deve, no fim, se materializar em alguma coisa que causará movimento. Tratava-se de um exemplo disso. Para sair daqui, ele precisava se reunir com outros que também pagaram para chegar ao mesmo lugar. Quando se reunirem, vão embarcar no avião. Haverá gente esperando por eles para pilotar o avião. Mas não vamos esquecer, Egbunu, que isso acontecerá quando o ponteiro do relógio bater sete horas. É isso que deve convocá-los — a ele e a todas aquelas pessoas. No tempo dos pais era a voz da aldeia ou o arauto da cidade e o som de seu gongo. Como já falei a respeito, a civilização do Homem Branco depende disso. Sem o relógio, nada seria possível no mundo deles.

O que deveria fazer enquanto esperava o ponteiro bater sete horas? Relaxar. Mas eu, seu *chi*, não conseguia relaxar, pois podia sentir que algo dera errado no domínio do espírito, mas não sabia dizer o que era. Meu hospedeiro encontrou um banco perto de um lugar onde as pessoas se reuniam, bebendo e fumando. Ficou observando o cubículo, a imagem arejada de um homem de barba se movendo dentro dele como que possuído. Fez com que se lembrasse de como sua barba tinha crescido depois que o pai morrera, como ficou semanas sem se barbear, e como um dia se olhou no espelho e riu de si mesmo por um longo tempo — tanto tempo que depois se perguntou se tinha enlouquecido.

Ao seu lado uma mulher branca dormia, as pálpebras estremecendo como as de uma criança. Ficou observando-a por uns poucos minutos, passando os olhos pela linha esverdeada de veias ao longo do seu pescoço e pelas unhas compridas e azuis. Lembrava Miss J, e ele cogitou se também seria uma prostituta. Enquanto ele estava lá, Chukwu, eu sai brevemente de seu corpo. Estava ansioso para ver como era o mundo espiritual daquele lugar, mas não conseguia fazer isso por causa do estado de espírito inseguro de meu hospedeiro. Quando saí, vi que o lugar estava cheio de espíritos, alguns de forma tão grotesca que ficaram gravados para sempre em minha mente. Um estava vestido com os trajes diáfanos de antigos fantasmas e seres desencarnados, a coisa mais pálida que meus olhos já tinham visto. Estava atrás de um homem branco debilitado numa cadeira de rodas, olhando para a frente sem expressão. Um fantasma sentava-se sozinho no chão do aeroporto, imperturbável pelas pessoas que passavam por dentro e através dele. Uma criança chutou uma bola por seu torso incorpóreo, mas ele nem se mexeu. Só abanava a cabeça, gesticulando e falando num ritmo rápido e salivante num idioma estrangeiro.

Quando voltei, meu hospedeiro tinha se levantado da cadeira. Ficou andando por um bom tempo até encontrar dois nigerianos que estavam na fila bem à sua frente no avião. Acabavam de sair de uma loja muito iluminada, com a mesma sacola multicolorida que muitos outros no aeroporto. Pelos fragmentos da conversa que ouviu ainda no avião, ele sabia que um dos homens estava morando no Chipre havia algum tempo. O homem que ele achava que morava no Chipre usava jeans e um paletó liso e tinha as orelhas furadas. O outro, um homem com quase o mesmo peso do meu hospedeiro, usava um cardigã. O homem parecia amarfanhado e estava com os olhos sonolentos. Tinha a postura de alguém atormentado por dentro. Meu hospedeiro correu na direção deles, querendo saber o que faria a seguir.

— Com licença, irmãos — começou a dizer.

Quando os abordou, o homem de paletó mudou a sacola de um ombro para o outro e estendeu a mão, como se estivesse esperando meu hospedeiro.

— Por favor, vocês são da Nigéria? — perguntou meu hospedeiro.

— Sim, sim — respondeu o homem.

— Indo para o Chipre?

— Sim — confirmou o homem, e o outro anuiu.

— Você nunca esteve lá? — perguntou o outro homem.

— Não, nunca — explicou meu hospedeiro.

O homem olhou para o outro, que observava meu hospedeiro com uma fixidez curiosa, como alguns dos que estiveram no mesmo avião ao passar.

— Eu também nunca vou. Aliás, meu irmão, gostaria que alguém tivesse me prevenido antes de eu sair da Nigéria.

— Por quê? — perguntou meu hospedeiro.

— Por quê? — repetiu o homem, apontando para o homem de paletó.

— T.T. já esteve lá e disse que não é um bom lugar.

Meu hospedeiro olhou para T.T., que concordava com a cabeça.

— Eu não entendo — disse meu hospedeiro. — O que você quer dizer com o lugar não é bom?

O outro homem deu uma risada abafada como resposta e continuou meneando a cabeça, como alguém que havia proferido uma verdade comum e universal e percebido que seu interlocutor não estava ciente do fato.

— T.T. pode dizer pessoalmente. Eu nunca vou lá, só sentei ao lado dele no avião vindo de Lagos e ele me contou muitas coisas.

T.T. falou sobre o Chipre com meu hospedeiro. E as coisas que disse eram escabrosas. T.T. só parava quando meu hospedeiro fazia uma pergunta — "Quer dizer que não tem emprego pra ninguém?"; "Não, você está falando sério?"; "Mas aqui não é a Europa?"; "Não tem embaixada do Reino Unido ou dos EUA?"; "Eles puseram você na prisão?"; "Como assim?" —, mas, mesmo depois de ouvir toda sua história, meu hospedeiro não conseguiu acreditar muito nele.

— Eu estou fodido, sabe. *Aye mi*, oh! — disse o outro homem, que T.T. identificou como Linus enquanto falava. Em seguida, pôs as duas mãos na cabeça.

Meu hospedeiro começou a murmurar consigo mesmo que aquilo não podia ser verdade, pois começou a se sentir muito perturbado. Como, se perguntou, podia não haver empregos num país do *exterior*, onde moravam os brancos? Se o lugar era tão ruim como T.T. havia descrito, por que o próprio T.T. estava indo para lá? Aquelas coisas contradiziam tudo que seu amigo Jamike havia falado sobre o lugar. Jamike tinha garantido que a vida dele iria mudar para melhor quando chegasse ao Chipre. Jamike tinha garantido que ele logo poderia facilmente ter uma casa e que seria fácil emigrar dali para a Europa ou outro lugar.

Enquanto o homem, T.T., continuava falando sobre muitas pessoas que tinham sido iludidas para irem ao Chipre, meu hospedeiro escutava com um ouvido, enquanto o outro batalhava com a voz em sua cabeça. Chukwu, eu projetei na mente dele que era a decisão certa. Talvez, ele decidiu, fosse melhor ligar para Jamike e falar com ele sobre todas essas coisas, em vez de esperar que ele viesse buscá-lo no aeroporto do Chipre. Na verdade, assim que esse último pensamento se dissolveu em sua mente, ele lembrou que

Jamike tinha pedido especificamente para ele ligar assim que chegasse a Istambul. Apesar de T.T. continuar falando — agora sobre um homem que, ao chegar ao Chipre, descobriu que tinha sido enganado e agora andava em farrapos como um maluco —, meu hospedeiro mexeu as pernas como se quisesse se afastar. Assim que T.T. fez uma pausa, ele falou:

— Preciso ligar para meu amigo. Fazer uma ligação, *eh*.

A dupla abanou a cabeça, T.T. com um sorriso ligeiramente perplexo no rosto. Meu hospedeiro foi até uma cabine telefônica, determinado a confirmar com Jamike todas aquelas coisas que T.T. tinha falado, se eram mentira ou apenas uma maneira de aterrorizar o outro homem. Talvez ele estivesse tentando dar um golpe no outro sujeito e aquela falsa informação fizesse parte do plano. Era preciso se relacionar com esses homens com cautela. Fiquei emocionado com o raciocínio dele, pois já vivi entre a espécie humana tempo suficiente para saber que qualquer encontro entre duas pessoas que não se conhecem em geral é dominado pela incerteza e, até certo ponto, pela desconfiança. Se for uma pessoa que alguém encontrou num mercado e com quem se envolveu em alguma transação, aí surge o medo. Será que ele vai me enganar? Será que o cereal dele, essa xícara de leite ou esse relógio de pulso vale tudo isso? Se for um homem que acabou de encontrar uma mulher que o interessa, ele pondera: será que ela vai gostar de mim? Será que, se possível, vai tomar uma bebida comigo?

Foi o que meu hospedeiro acabou fazendo. Naquele estado de confusão mental, com as perguntas subindo à cabeça como sangue de um membro amputado, cambaleou em direção à outra ponta do aeroporto, até as cabines telefônicas. Ficou atrás de dois homens brancos de camisas brancas na segunda das três cabines. Os dois exalavam o aroma de perfumes caros. Ambos levavam duas das mesmas sacolas de polietileno que quase todos portavam no aeroporto — sacolas com a inscrição DUTY FREE, cujo significado ele não conhecia. Quando os homens de branco encerraram suas ligações, ele entrou no cubículo. Pegou a folha de papel em que tinha anotado o número de Jamike e discou, seguindo as orientações na lateral do telefone. Mas a resposta foi uma recorrente explosão de estática e uma voz que às vezes anunciava que o número era inválido, seguida por uma língua não conhecida. Repetiu a discagem, com o mesmo resultado.

Ezeuwa, nenhuma vez desde que estive com ele vi meu hospedeiro tão chocado daquele jeito. Deixou a mala que levava no ombro no chão e discou o número mais uma vez, o mesmo número de que Jamike tinha ligado na semana anterior. Ia ligar mais uma vez, mas ao se virar viu uma fila se formando atrás dele, com expressões ansiosas e impacientes. Pôs o telefone no gancho e, ainda com os olhos no papel, saiu andando pelo aeroporto lotado. Quando chegou ao local onde antes tinha encontrado os dois homens, não viu sinal deles. No lugar onde estavam viu um homem branco e barbudo com olhos reumosos, olhando estoicamente o mundo como se estivesse em chamas. Ebubedike, foi aí que tive um vislumbre de tudo o que estava para acontecer.

Obasidinelu, na ocasião eu não sabia o que tinha visto, nem meu hospedeiro. O que eu sabia — e o que ele sabia também — era que algo havia dado errado, mas isso não era causa para pânico. Este é um mundo em que as coisas dão errado. A maioria das coisas. E o fato de que coisas dão errado nem sempre significa a iminência de um desastre. É por isso que os antigos pais dizem que o fato de uma centopeia ter mais de cem patas não significa que seja um grande corredor. Coisas podem se desalinhar; a escuridão pode aumentar e envolver a luz do dia; mas nem sempre significa que a noite chegou. Por isso eu não soei o alarme. Deixei que continuasse andando em busca dos homens até encontrá-los, uma hora antes do voo, perto de uma fonte olhando para um computador. Correu até eles com a urgência de alguém fugindo de um leopardo. Quando se aproximou, estava sem fôlego.

— Nós fomos comer ali — disse T.T., apontando a entrada de um local com um cartaz escrito Praça de alimentação na língua do Homem Branco.

— Você ligou para o seu amigo?

Meu hospedeiro abanou a cabeça. — Tentei várias vezes, mas não adiantou. De jeito nenhum.

— Como assim? Deixa eu ver o número. Está certo... e o código? Deve ser onze.

Mostrou o número e T.T. ficou olhando, concentrado.

— Esse é o número?

— Sim, esse mesmo, meu irmão.

T.T. abanou a cabeça.

— Mas esse número não é do Chipre. — Fez um gesto com o papel. — Não é um número do Chipre de jeito nenhum, pode acreditar.

— Não estou entendendo.

T.T. chegou mais perto, apontando os números na folha de papel.

— No Chipre usam-se números turcos. Na República Turca do Chipre do Norte. É mais nove zero. Esse aqui é mais três quatro. Não é do Chipre de jeito nenhum.

Meu hospedeiro ficou imóvel, como um pássaro transfixo numa corrente de ar.

— Mas ele me ligou várias vezes — falou.

— Desse número? Não é um número do Chipre, pode acreditar — insistiu T.T. — Ele deu algum endereço para vocês se encontrarem?

Meu hospedeiro fez que não com a cabeça.

— Sem endereço. Hum, ok. Ele pelo menos te deu alguma carta? Com você conseguiu o seu visto?

— Ele me mandou a carta de admissão — continuou meu hospedeiro. — Para eu levar à embaixada.

Abriu uma pequena sacola e, ansioso, mostrou o papel a T.T., que o examinou junto com Linus.

— Erhen, ele entrou em contato com a faculdade. Estou vendo que a carta de admissão é autêntica. — Meu hospedeiro ia falar alguma coisa, mas T.T. continuou: — Ele também pagou as mensalidades, pois isso é uma carta de admissão incondicional. Estou dizendo por já ter visto muitas ocasiões em que alguns garotos simplesmente enganam as vítimas. Fingem que são agentes da escola e ficam com o dinheiro. Mas não pagam as mensalidades. Simplesmente comem o dinheiro.

Ijango-ijango, meu hospedeiro ficou atônito. Tentou dizer alguma coisa para derreter um pedaço de seus pensamentos que tinham se cristalizado em um nó em sua mente, mas o caroço não se desfez. Em silêncio, pegou o papel das mãos de T.T.

— Mesmo assim, acho que esse Jamike é um garoto *yahoo* — disse T.T., meneando a cabeça. — Meu irmão, desconfio que ele te enganou.

— Mas como? — perguntou meu hospedeiro.

— Você entrou em contato diretamente com a faculdade?

Queria dizer que não, mas acabou só abanando a cabeça. Em resposta, um pequeno sorriso surgiu no rosto de T.T.

— Então não entrou em contato?

— Isso mesmo — respondeu. — Mas estou com a carta de admissão com o carimbo da escola e tudo mais. Aliás, eu até vi a carteirinha de estudante dele. Nós acessamos a escola de um cibercafé. Jamike estuda lá.

T.T. respondeu com seu silêncio, e ao seu lado Linus só olhava, a boca levemente aberta. Meu hospedeiro olhou para os dois, quase tremendo.

— Hum — disse T.T.

— Ele pagou as mensalidades porque a faculdade só aceita cheques de bancos turcos ou transferências internacionais. Aqui eles não aceitam transferências de bancos da Nigéria — explicou meu hospedeiro. Viu a mulher que estava dormindo algum tempo atrás passar por eles arrastando uma mala. — Como ia voltar pra lá, eu troquei minhas nairas e dei todo o dinheiro a ele.

Ia continuar a falar, mas viu a boca de T.T. se abrir numa expressão de surpresa, e até o outro homem abanou a cabeça e falou: Você não devia ter dado todo esse dinheiro.

T.T. apontou um portão a distância, onde muitas pessoas que estavam no avião vindo da Nigéria começavam a fazer uma fila, e falou: — Ah, agora nós precisamos embarcar. — Pegou a mochila e a pendurou no ombro. Meu hospedeiro ficou olhando enquanto Linus pegava suas coisas. E por nenhuma razão aparente ele se lembrou de seu gansinho, de como — em ocasiões em que parecia se lembrar da mãe e de seu lugar de origem — ele levantava voo e se dirigia à janela, à porta, ao que conseguisse encontrar. Como uma vez, numa tentativa de fuga, supôs que a árvore que via pela janela dava a impressão de que poderia levá-lo à saída. E arremeteu contra a janela com violência. Machucado, ficou caído como morto.

— Você também não vem? — perguntou T.T., e meu hospedeiro olhou para cima e viu o gansinho caído no rodapé da parede, o pescoço torto e batendo as asas no chão.

Piscou, fechou os olhos e logo os abriu, vendo T.T. rodeado por uma miríade de luzes e telas.

— Eu também vou — disse afinal, e foi atrás deles.

— Talvez você encontre Jamike em Ercan. No aeroporto — disse T.T.

— Sem medo, *eh*? Sem medo.

O outro homem assentiu também.

— Sem tremer, nada vai acontecer. Sem medo, medo sai medo!

Concordou mais uma vez, como se acreditasse.

— Eu não tenho medo.

Akwaakwuru, os grandes pais costumam dizer que um sapo com a boca cheia de água não consegue engolir nem uma formiga. Eu tenho visto isso se aplicar à maneira como a mente de um homem, quando ocupada por alguma coisa que ameaça sua paz, é consumida por essa coisa. Foi o caso com meu hospedeiro. Pois durante todo o voo sua mente ficou presa às palavras dos dois homens sentados na parte de trás do avião. Ele estava mais perto da frente, cercado por mais pessoas brancas que no avião anterior, que era maior. Eram principalmente garotos e garotas jovens, que ele supôs serem também estudantes. Até a mulher sentada ao seu lado, de cabelos castanhos compridos, parecia estudante. E durante todo o voo ela evitou olhá-lo nos olhos, preferindo seu telefone ou uma revista de papel brilhante. Mas, enquanto estava lá, o medo, que se transformara em um rato em sua mente, afuroava sua cabeça, mastigando todos os detalhes. E quando avistou o país se aproximando pela janela, o que viu pareceu reforçar as palavras sombrias da dupla. Pois em vez de edifícios altos e grandes pontes sobre o rio que havia visto quando pousou em Istambul, o que via agora eram extensões ressecadas de terra deserta, montanhas e o mar. Quando desceu a escada com os outros viajantes, saindo do avião para a luz difusa do sol que se punha, os detalhes já tinham florescido em terrores cheios de dentes.

O aeroporto pareceu pequeno aos seus olhos. De muitas formas parecia o da Nigéria, só que mais limpo e organizado. Mas não tinha a beleza e a sofisticação do de Istambul. Era ordinário, sem exalar brilho ou alguma sensação de prazer, confirmando de todas as maneiras e sentidos a descrição de T.T. Quando avistou os homens cujas palavras o haviam atormentado a viagem toda, foi até eles. Encontrou-os junto com outro homem, que se apresentou como Jay e estava falando sobre o tempo que passara na Alemanha. Ficaram em um local onde a maioria das pessoas tinha se reunido, observando um buraco negro vomitar suas malas. As duas malas que trouxera saíram com as fechaduras intactas, com o mesmo peso de que se lembrava. Alguém tinha mencionado que o pessoal que carregava as malas nos aviões no aeroporto da Nigéria às vezes arrombava as bagagens e roubava coisas durante o processo de transferência para o avião. Isso não tinha acontecido com ele. Arrastando a mala sobre rodas e levando a outra pela alça, foi seguindo os dois homens. Eles continuavam conversando, agora sobre o comportamento das mulheres nos dois países — neste, que T.T. sempre se referia como RTCN* ou "esta ilha", e a Alemanha de Jay. Ficou ouvindo, com a mente ainda amarrada à cabine telefônica do aeroporto de Istambul.

Quando saíram do aeroporto a escuridão tinha caído com graça e leveza e pairava no ar um aroma incomum. Foram recebidos por uma série de carros aglomerados na frente do local. Homens falando turco acenavam de Mercedes-Benz pretas e bancos em forma de V.

— São motoristas de táxi — disse T.T., agora de gorro e com a atitude alegre de alguém voltando para casa. Nada nele demonstrava a terrível situação da ilha de que tinha falado tanto. Ainda com aquele curioso sorriso no rosto, T.T. falou com um dos homens, um homem branco incomum, diferente de qualquer um que meu hospedeiro já vira, mesmo na TV. O rosto desse era enrugado além do normal, e sua compleição, embora branca, parecia ter uma estranha tonalidade escura. Metade da cabeça do homem era cheia de cabelos pretos, mas as raízes nas laterais eram grisalhas.

— Esse aqui é o nosso ônibus — disse T.T., afastando-se dos taxistas e apontando para um grande ônibus, bem iluminado por dentro, que se aproximava devagar, vindo do outro lado do estacionamento. Ao lado da carroceria estava escrito UNIVERSIDADE NEAR EAST, com o equivalente em turco abaixo.

— Nós vamos neste aqui — disse T.T., virando-se para ele. — Este é o nosso ônibus.

Meu hospedeiro aquiesceu, olhando para o veículo.

---

* República Turca do Chipre do Norte. (N.E.)

— Não se preocupe, *bro*. Fique esperando seu amigo aqui. Tenho certeza de que ele vem.

— Isso mesmo. Ele vem. Obrigado, T.T. Deus o abençoe.

— Não tem de quê. É só ficar esperando, *eh*. E se ele não vier, é só pegar o próximo ônibus para a UCI que chegar. O ônibus da sua faculdade. Ele também passa aqui, provavelmente mais tarde. Universidade Internacional do Chipre. É só ir até lá. Mostre sua carta de admissão... onde ela está?

Com os pensamentos acelerados, pegou o papel da pequena sacola que levava, mas ao fazer isso o papel em que Jamike tinha anotado as despesas e tudo que tinha custado caiu no chão, assim como o número de telefone.

— Ótimo — disse T.T. enquanto pegava a papelada. — Boa sorte, *bro*. Talvez a gente se encontre em breve. Anote o meu número.

Meu hospedeiro tirou o telefone do bolso para registrar o número, mas o aparelho não ligou quando abriu a aba.

— A bateria acabou — falou.

— Sem problema. Nós já estamos indo. Tchau.

Gaganaogwu, àquela altura meu hospedeiro começou a acreditar que as coisas que ouvira de T.T. eram verdadeiras. Apesar de ficar esperando, achava improvável que Jamike viesse. Embora um *chi* possa ver o interior da mente de um hospedeiro, às vezes é difícil determinar de onde uma ideia vem. Foi o caso com essa ideia. Era, acho, uma coleção de coisas que ele vinha vendo: a qualidade do aeroporto, o comportamento dos motoristas, o vazio da paisagem e o problema de comunicação. Tudo isso confirmava sua preocupação. Plantei o pensamento na mente dele de que ainda era cedo demais para perder a esperança. Lancei o mote do pai dele em sua mente — *Sempre para a frente, nunca para trás* —, mas a afirmação bateu na porta erguida em sua mente ao redor de seus temores e ricocheteou para longe. Em vez disso, ele pensava na sua casa, em Ndali, no que ela poderia estar fazendo naquele momento. Lembrou-se da angústia de vender suas galinhas — como quase tinha engasgado ao depositar a gaiola de poedeiras marrons em frente a um dos compradores. Olhou para as duas malas pesadas nas mãos, que agora guardavam seus últimos pertences — os que ele não vendera ou dera de presente para Ndali ou Elochukwu, para a caridade ou o que tinha jogado fora. E aquelas coisas solidificaram seu temor de que algo havia dado errado.

Muitas vezes ele rechaçou os avanços de motoristas de táxi. Eles se aproximavam falando numa língua fragmentada que ele não compreendia, palavras cadenciadas com um sotaque cheio de estalidos. A noite caía e os homens continuavam chamando, até quase todos os carros esvaziarem o estacionamento. Mas Jamike ainda não tinha chegado. Ficou esperando quase duas horas, até se lembrar que Jamike havia dito que ele teria um alojamento temporário nas duas primeiras noites na faculdade, até escolher um apartamento no campus. Essas foram as palavras de Jamike, ditas numa ocasião em que as águas eram calmas, que agora chegavam a ele neste momento de grandes águas agitadas, com o tormento do medo e a esperança esvanecendo.

Chukwu, a estrada do aeroporto até a cidade pareceu tão longa quanto a jornada de Umuahia a Aba, só que era suave, sem danos por erosão ou buracos. Durante a viagem, meu hospedeiro ficou observando o país e sua paisagem estranha e estrangeira. Registrando cada sinal discernível. Cada detalhe das coisas de que os homens tinham falado parecia as mãos de alguém o depenando, pena após pena, e quando avistou o deserto ele já estava totalmente depenado. E agora, frágil e pelado, pulava nas planícies do medo. O táxi estava contornando uma rótula quando se lembrou do que Jamike tinha falado sobre a ausência de árvores, e se deu conta de que ainda não tinha visto uma única árvore até agora na viagem. Viu grandes cadeias de montanhas, uma delas enfeitada de luzes e uma enorme bandeira. Achou que já tinha visto aquela bandeira, embora não lembrasse se fora na embaixada da Turquia em Abuja.

— Okul, burda. Faculdade. Faculdade — disse o taxista quando chegaram a um muro de tijolos baixo e comprido com o nome da faculdade.

Olhou para o lugar — um aglomerado de prédios incomuns ligados entre si, a escuridão passando como um rio entre eles. O estranho cheiro que sentira no aeroporto continuava pairando no ar ao redor. O homem estacionou em frente a um dos prédios, de quatro andares, em frente ao qual havia uma mesa com três pessoas sentadas. Atrás delas havia uma lousa com um mapa do mundo — um desenho mostrando o conhecimento do Homem Branco do mundo. Pagou vinte euros ao motorista. O homem deu algumas liras turcas de troco e descarregou suas malas. Uma das pessoas à mesa, um homem de cabelos grisalhos, veio falar com ele. O homem parecia ser do povo de um lugar longe do país dos pais, um lugar chamado Índia. Meu hospedeiro anterior, Ezike Nkeoye, certa vez teve como professor um homem assim. O indiano se apresentou como Atif.

— Chinonso — disse meu hospedeiro, apertando a mão do homem.

— Chi-non-so? — repetiu o homem. — Você não tem um nome em inglês?

— Solomon, pode me chamar de Solomon.

— Melhor para mim — disse o homem, sorrindo de um jeito que meu hospedeiro nunca tinha visto, pois parecia que os olhos dele estavam totalmente fechados. — Você não pediu para ser pego no aeroporto?

— Não, eu estava esperando meu amigo me pegar no aeroporto. Jamike Nwaorji, ele estuda aqui na UCI.

— Ah, tudo bem. Onde ele está?

— Ele não apareceu.

— Por quê?

— Na verdade não sei, não sei. Você saberia onde ele está? Pode encontrá-lo para mim?

— Encontrá-lo? — perguntou o homem, virando-se para responder alguma coisa a um dos outros na mesa, uma garota branca e magra que falou com ele na língua do país. Quando voltou a olhar para ele, perguntou: — Desculpe, Solomon. Qual é mesmo o nome do seu amigo? Eu deveria conhecê-lo, se ele estuda aqui. Nós temos nove estudantes da África nesta universidade, e oito deles são da Nigéria.

— Jamike Nwaorji — repetiu. — Ele estuda Administração de Empresas, na Faculdade de Economia.

— Jamike? Ele tem algum outro nome?

— Não. Você não o conhece? Jamike. J-a-m-i-k-e. O sobrenome dele é Nwaorji: N-w-a-r, não, desculpe, N-w-a-o-r-j-i.

Atif abanou a cabeça e virou-se para a mesa. Meu hospedeiro tinha deixado a grande mala no chão, o coração batendo forte enquanto esperava a garota turca parar de falar com o homem. A terceira pessoa, um sujeito atarracado e cabeça grande, abriu uma lata de bebida. A bebida espumou e transbordou pela mão dele e pelo chão. O homem gritou alguma coisa que soava como *Olah* e começou a rir. Por um momento, todos pareceram ter se esquecido do meu hospedeiro.

— O nome dele é Jamike Nwaorji — repetiu em voz baixa, tentando pronunciar o sobrenome com a maior clareza possível.

— Certo — disse a garota. — Nós estamos procurando na lista, mas não estamos encontrando esse seu amigo.

— Não, ninguém com esse nome que eu conheça. E agora procurei na Faculdade de Economia, o único nigeriano lá chama-se Patience, Patience Otima.

— Ninguém chamado Jamike Nwaorji? — perguntou meu hospedeiro. Olhou para as duas pessoas de quem, como sentia no momento, dependia sua vida. Mas viu pela expressão de seus rostos, pela maneira como examinavam os registros, que não encontraria ajuda ali. — Jamike Nwaorji, ninguém com esse nome? — perguntou mais uma vez, agora com as palavras sendo arrastadas de sua boca, infectadas por soluços sutis cuja origem parecia vir de suas vísceras. Botou as mãos na barriga.

— Não — respondeu o homem com o que soou como um *p* no final. — Posso ver sua carta de admissão?

Egbunu, as mãos dele tremiam quando pegou o papel da sacola que vinha carregando o tempo todo desde que saíra de Umuahia, quase dois dias atrás. Ficou observando o homem examinar o papel amassado, ciente de cada piscar de seus olhos, calculando todas as alterações na atitude do homem, aterrorizado por cada movimento.

— Isso é autêntico, demonstra que você pagou as mensalidades da faculdade. — Olhou nos olhos do meu hospedeiro e coçou o lado da cabeça. — Diga uma coisa: você pagou por um alojamento no campus?

— Sim — respondeu meu hospedeiro, agora um pouco mais aliviado. Em seguida explicou que tinha mandado dinheiro a Jamike para um alojamento por dois semestres. Apresentou o pedaço de papel em que Jamike tinha anotado os custos e, apontando para diferentes números, falou: — Eu paguei mil e quinhentos euros por um ano da acomodação. Depois paguei três mil das mensalidades por um ano e dois mil euros pela manutenção.

Alguma coisa do que ele disse surpreendeu o homem, Atif. O sujeito abriu outra pasta e começou a procurar freneticamente o nome dele na lista de nomes. A garota também ajudou, e até o homem da lata de bebida. Todos ficaram olhando sobre o ombro de Atif. Um táxi igual ao que o trouxera se aproximou devagar. Enquanto se aproximava, Atif levantou a cabeça e disse o nome dele não constava nem em sua lista. Na pasta seguinte também — que era a de apartamentos no campus, onde a maioria dos africanos ficava porque nem sempre gostava da comida turca que era servida nos dormitórios — não constava o nome dele. O nome dele também não estava relacionado na lista de apartamentos registrados subsidiados pela universidade.

Depois de procurar em toda parte sem localizar o nome do meu hospedeiro, Atif virou-se para ele e disse que tudo iria dar certo. Egbunu, esse homem disse isso a uma pessoa que tinha sido depenada como um frango e encontrava-se agora nua diante do mundo. Atif continuou a repetir aquelas palavras enquanto o levava pelo campus, até um prédio de quatro andares semelhante ao da frente, com a mesa montada na fachada, até chegar a um dos alojamentos temporários, onde meu hospedeiro poderia ficar por cinco dias. Em seguida Atif apertou a mão de um homem que tinha recebido um golpe esmagador e disse, sem qualquer sombra de dúvida, que tudo iria dar certo. E, como acontece com frequência em toda parte entre a espécie humana, esse homem — depenado, em agonia, em desespero — aquiesceu e agradeceu ao homem que dissera aquelas coisas a ele, como já vi homens fazerem muitas vezes. Depois o sujeito disse: — Pode relaxar, vai dormir. Boa noite. — E meu hospedeiro, deduzindo que deveria fazer o que diziam, concordou e falou: — Boa noite também. Nós nos vemos amanhã.

11
O VIANDANTE EM UM PAÍS ESTRANGEIRO

EZECHITAOKE, os primeiros pais dizem em sua peripatética sabedoria que o próprio idioma nunca é difícil. Assim, como meu hospedeiro chegou a um lugar que eu não conhecia, devo relatar tudo aqui, cada segmento dos dias seguintes, todas as coisas, para conferir peso ao meu testemunho desta noite. Peço que seus ouvidos sejam pacientes ao me ouvir.

Agujiegbe, já falei sobre a pobreza das previsões e do vazio de esperança no futuro. Agora gostaria de perguntar: o que é o amanhã de uma pessoa? Não pode ser comparada a um animal ameaçado que, ao escapar de seu perseguidor, chega à boca de uma caverna cuja profundidade ou tamanho ele não conhece e dentro da qual não consegue ver nada? Não sabe se o solo está cheio de espinhos. Não sabe, não consegue ver, se na caverna há uma fera mais venenosa. Mas, mesmo assim, precisa entrar; não há escolha. Pois não entrar é deixar de existir. E para um homem que não passa pela porta do amanhã só existe a morte. O resultado possível de entrar num amanhã desconhecido? São inúmeras as possibilidades, Chukwu, numerosas demais para serem contadas! Um homem pode acordar feliz por terem dito que será promovido naquela manhã. Abraça a mulher e sai para o trabalho. Entra em seu carro e não vê o colegial atravessando a rua com medo. Em um segundo, num piscar de olhos, o homem matou uma criança promissora! De repente o mundo joga uma grande carga sobre ele. E essa carga não é usual, pois é algo que ele não pode tirar de si mesmo. Ficará com ele pelo resto da vida. Já vi isso muitas vezes. Mas não é este, também, o amanhã em que o homem entrou?

Meu hospedeiro acordou na manhã seguinte no novo país a que chegou sabendo apenas que as coisas aqui eram diferentes, sem saber o que o esperava no novo dia. Sabia que a eletricidade era ininterrupta e tinha plugado o telefone para ficar carregando a noite toda. Durante toda a noite não ouviu nenhum galo cantar, apesar de ter ficado acordado a maior parte do tempo. A impressão era de que no país de onde tinha vindo havia barulho, o rangido constante de algumas máquinas, gritos perenes de crianças brincando, chorando, buzinas de carros e motocicletas, aclamações, cantos e tambores de igreja, muezins chamando pelos megafones das mesquitas, música alta de alguma festa em plena animação — e a fonte dos constantes sons animados não tem limite, é inumerável. Parecia que o mundo do seu país abominava a calma. Mas aqui havia calma. Até silêncio. Era como se em toda parte, em cada casa, em todos os momentos, houvesse funerais em andamento, do tipo em que só se pode falar em voz muito baixa. Apesar dessa quietude, ele dormiu muito pouco, tão pouco que mesmo agora, ao raiar do dia, ainda sentia necessidade de sono. Durante a noite, sua mente se tornou uma feira de quermesse em que dançavam pensamentos desejados e indesejados. E, enquanto a quermesse prosseguiu, ele não conseguiu fechar os olhos.

Quando saiu do quarto, o dia apresentou um homem negro, nu da cintura para cima, lavando as mãos na pia da cozinha.

— Meu nome é Tobe. Eu sou de Enugu. Engenharia de Computadores... doutorado — falou, afastando-se do brilho do sol que entrava pela janela sem cortinas.

— Chinonso Solomon Olisa. Administração de Empresas — disse meu hospedeiro.

Os dois trocaram um aperto de mão.

— Eu vi quando Atif trouxe você ontem à noite, mas não quis incomodar. Eu estava no outro apartamento com alguns estudantes mais antigos. Apartamento cinco. — Apontou para um prédio pela janela. Com paredes pintadas de amarelo, colunas de tijolo vermelho nas laterais e grandes sacadas nos quatro andares. Na sacada de ferro vermelho que apontou, um negro com cabelos enormes com um grande pente espetado apoiava-se na parede, fumando. — Tem três nigerianos lá, e todos chegaram no último semestre. São os estudantes mais velhos.

Agitado, meu hospedeiro olhou para o local, pois uma centelha de esperança se acendeu nele.

— Você sabe o nome deles, todos os nomes? — perguntou.

— Sei, o que aconteceu?

— Você pode...

— Um é... aquele é Benji. Benjamin. O outro é Dimeji: Dee. Eles chegaram antes que a maioria. O terceiro é John. Ele também é igbo.

— Ninguém chamado Jamike. Jamike Nwaorji?

— Não, nenhum Jamike — respondeu o homem. — Que espécie de nome é esse, sef?

— Não sei — respondeu em voz baixa, rechaçado pela porta do apartamento para onde, naquele breve momento, seu coração tinha viajado. Mas continuou olhando para o lugar e viu que o homem, Benji, tinha voltado e que uma mulher negra saía pela porta.

— Você pode me apresentar a eles? Quero ver se algum deles conhece Jamike.

— O que aconteceu? Do que você precisa? Pode me contar.

Olhou para o homem hirsuto e sem camisa, com olhos fundos atrás dos óculos de armação pesada, tentando decidir se seria ou não discreto. Mas a voz em sua cabeça, mesmo antes de eu me mover, cutucou-o para contar a história; talvez esse homem pudesse ajudar. Com muito cuidado, contou ao homem a história até aquele ponto. Começou falando na língua do Homem Branco, mas no meio da história perguntou se o homem falava igbo, ao que ele respondeu que sim, como se incomodado pela pergunta. Agora com uma cama mais macia para se acomodar, explicou todos os excruciantes detalhes, e quando terminou o homem disse que tinha certeza de que meu hospedeiro tinha sido logrado.

— Tenho certeza — disse Tobe, e começou a descrever muitos golpes de que já ouvira falar, comparando as semelhanças.

— Espera aí, e quando você ligou pra ele, *eh*, descobriu que o número era falso? — perguntou Tobe.

— Isso mesmo.

— E ele não foi ao aeroporto, tenho certeza?

— Isso mesmo, meu irmão.

— Então, está vendo o que estou dizendo? Que ele deve ser uma farsa? Mas olha, primeiro vamos tentar encontrar o sujeito. É possível que não seja o que estamos pensando. Talvez tenha bebido e esquecido de ir ao aeroporto... as pessoas organizam muitas festas nesta ilha! Você sabe que isso pode acontecer. Vamos comprar um cartão telefônico e você pode ligar até ele atender. Vamos lá.

O novo país se descortinou fora do apartamento como um tranco. O chão era pavimentado com o que pareciam tijolos enterrados no solo. Havia flores em vasos e muitas flores nas sacadas externas das casas. Os prédios pareciam diferentes dos da Nigéria, até mesmo de os de Abuja. Parecia haver certa finesse artesanal que ele nunca havia visto. Um prédio quase todo de vidro, comprido e retangular, chamou sua atenção ao longe. — O prédio inglês — explicou Tobe. — É lá que temos nossas aulas de turco. — Enquanto ainda falava, dois garotos brancos, arrastando malas, um deles fumando, vieram falar com eles.

— Meu amigo! *Arkadas.*

— *Arkadas.* Tudo bem? — respondeu Tobe, aproximando-se e apertando as mãos dos dois.

— Não, só inglês — disse o homem branco. — Nada de turco.

— Tudo bem, inglês. Inglês... inglês — concordou Tobe com um sotaque afetado, a voz alterada para imitar a língua desse povo. Enquanto os observava, meu hospedeiro ponderou se era assim que se vivia aqui. Será que cada um falava com a voz diferente quando se dirigia a uma dessas pessoas? Quando Tobe voltou a se juntar a ele, achei que meu hospedeiro faria perguntas, para tentar encontrar respostas às questões que fervilhavam em sua cabeça, mas ele não fez isso. Agujiegbe, esta era uma característica estranha desse meu hospedeiro, uma coisa que vi em poucos outros em muitos ciclos na Terra.

A caminho do local onde iriam comprar cartões telefônicos, Tobe disse que as aulas começariam na segunda-feira e que alguns alunos estavam começando a chegar. Disse que o campus já estaria cheio na noite de domingo, dali a quatro dias.

Chegaram a um prédio com duas portas de vidro e uma série de artigos dentro, que meu hospedeiro pensou ser um supermercado expandido. Ao entrarem, Tobe virou-se para ele. — Esse é o Lemar, onde vamos comprar o cartão SIM. Que você vai usar pra ligar outra vez para Jamike.

Ijango-ijango, Tobe falava com muita autoridade com meu hospedeiro, como se ele fosse uma criança entregue aos seus cuidados. Vi esse homem como a mão da providência enviada para ajudar meu hospedeiro nesse momento de aflição. Pois esse é o jeito do Universo: quando um homem chega ao limite de sua paz, o Universo estende uma mão, em geral na forma de outra pessoa. É por isso que os esclarecidos pais dizem que uma pessoa pode se tornar um *chi* para outra. Tobe, agora seu *chi* humano, o levou até os cartões telefônicos e ele mesmo abriu a embalagem do SIM e o observou atentamente, como que garantindo que tinha escolhido a maçã boa de um cesto antes de entregar à criança aos seus cuidados com as palavras: — Tudo bem, esse está bom, esse está bom. Agora é só raspar o cartão para usar as operadoras MTN ou Glo.

Meu hospedeiro raspou o cartão já fora do supermercado, perto de um campo aberto recoberto de uma terra agreste e cor de argila que fez Tobe repetir a palavra *deserto*. Digitou o número do telefone de Jamike. Quando a ligação foi completada, ele fechou os olhos até a linha resultar numa linguagem rápida e clicada, depois do que soou o doloroso pronunciamento final: "O número que você ligou não existe. Por favor verifique o número e tente novamente". Quando tirou o fone do ouvido, olhou para Tobe, que tinha se aproximado e também ouvido a estranha voz. Meu hospedeiro anuiu.

Deixou Tobe decidir os próximos passos, e Tobe disse que deveriam ir ao "escritório internacional".

— O que tem lá?

— Uma mulher que eles chamam de Dehan.

— O que ela pode fazer?

— Pode nos ajudar a encontrar Jamike.

— Como ela faria isso? O número dele não existe.

— Talvez ela o conheça. É a funcionária encarregada de estudantes estrangeiros. Se ele for aluno daqui, ela deve conhecer.

— Tudo bem, então vamos.

Chukwu, com meu hospedeiro cada vez mais desesperado e eu cada vez mais convencido de que tinha acontecido o que ele temia, ele seguiu Tobe até o escritório. Passaram por longos canteiros com lindas flores plantadas, e a vegetação da estranha nova terra se revelava aos olhos dele enquanto seu coração chorava em segredo. Aqui e ali pessoas brancas passavam andando, muitas delas mulheres, mas ele mal olhou para elas. No estado em que se encontrava, Ndali pairava ao redor como uma sombra incomum, que brilhava nos horizontes de sua mente obscurecida como uma coisa feita de aço. No escritório, que ficava no andar térreo de uma estrutura de três andares com as palavras Edifício administrativo na fachada, Dehan, a funcionária internacional, os recebeu com um sorriso cativante. Sua voz soava como a de uma cantora cujo nome ele não conseguiu se lembrar de imediato. Tobe pareceu nervoso ao retornar ao sotaque forçado. Os dois ocuparam duas cadeiras à frente dela. Dehan girava a cadeira enquanto falava e começou a remexer nos papéis sobre sua mesa. Quando encontrou o que procurava, disse que realmente a admissão do meu hospedeiro fora feita por alguém na ilha. Mas que só tinha se correspondido com essa pessoa por e-mail. Anotou um e-mail, o mesmo que meu hospedeiro tinha: Jamike200@yahoo.com. Dehan pegou uma pasta contendo seus documentos e a depositou sobre a mesa. Parecendo ter certeza de que veria alguma coisa, Tobe começou a folhear os papéis e a informar sobre as novas revelações enquanto as localizava:

As taxas da faculdade que meu hospedeiro tinha como pagas foram apenas parcialmente saldadas. Só um semestre, não dois. Mil e quinhentos euros, não três mil. Em relação à acomodação que ele pensava ter pagado, como Atif observara corretamente, nada tinha sido pago. Nada. A tal de "manutenção" — Jamike dissera que a escola exigia um depósito numa conta bancária válida para garantir que o aluno tinha o suficiente para viver enquanto estivesse na faculdade, para não precisar trabalhar ilegalmente — também não existia.

A mulher, Dehan, pareceu confusa com o termo *manutenção*.

— Eu nunca ouvi falar sobre isso — disse, olhando para os dois com perplexidade. — Não nessa faculdade. Ele mentiu pra você, Solomon. Mesmo. Ele mentiu para você. Sinto muito por tudo isso.

Egbunu, meu hospedeiro recebeu a notícia de que afinal a faculdade não tinha dinheiro nenhum numa conta para ele com uma espécie de alívio, de um tipo misterioso. Os dois saíram do escritório levando as palavras de consolo de Dehan — "Não se preocupe — como uma bandeira branca da paz. Essas palavras, ditas a um homem em dificuldades, em geral o tranquilizam — mesmo que só por um momento. Essa pessoa agradece a quem tentou reconfortá-lo, como fizeram meu hospedeiro e seu amigo, e depois saem com uma atitude que comunica à pessoa que realmente foram consolados pelas suas palavras. Assim, meu hospedeiro levou a pasta contendo a cópia original de sua carta de admissão e as cartas de admissão incondicional, bem como os recibos das mensalidades, que eram o único documento com o nome de Jamike e uma data: 6 de agosto de 2007.

Enquanto descansavam sob o pavilhão de um prédio, que Tobe explicou ser a sede de seu departamento, o Prédio de Administração de Empresas Ceviz Uraz, meu hospedeiro se lembrou do dia anterior àquela data — o dia 5 de agosto. Não sabia dizer por que se lembrava daquilo, pois não pensava em datas da forma que o Homem Branco as tinha enquadrado, mas sim em dias e períodos, como faziam os antigos pais. Mas, por alguma razão, aquela data ficara gravada em sua mente como que pela tenaz de um ferreiro. Foi o dia em que recebeu o pagamento total pelo sítio: 1,1 milhão de nairas. O homem a quem havia vendido trouxe o dinheiro numa meia de nylon preta. Ele e Elochukwu, de olhos arregalados, contaram as notas com mãos trêmulas, meu hospedeiro com a voz esganiçada pela enormidade que tinha acabado de cometer. Também lembrava que só depois de Elochukwu e o comprador saírem que Jamike ligou para dizer que tinha pagado as parcelas da faculdade e que ele deveria mandar o dinheiro para acomodação o mais rápido possível.

Oseburuwa, como seu espírito guardião, que cuida dele sem cessar, me sinto cheio de remorsos sempre que penso em suas transações com aquele homem e com tudo que isso lhe causou. Fico ainda mais perturbado por não ter suspeitado de alguma coisa. Na verdade, se havia uma sombra de prevenção contra Jamike, foi imediatamente dissolvida por seu ato de imensa generosidade. Meu hospedeiro — e eu também — achou que Jamike falava sério quando prometeu pagar as parcelas da faculdade com o próprio dinheiro para meu hospedeiro não precisar vender correndo a casa e a granja e poder esperar até conseguir um bom negócio. Por isso, foi com incredulidade que ele foi até o cibercafé na rua Jos e encontrou o documento que Jamike dissera ser necessário para o visto de entrada, a "carta de admissão incondicional", mandada a ele de uma forma que poderia ser mais bem definida como uma combinação de palavras caligrafadas numa tela. A carta, ele constatou, tinha vindo da mesma mulher com quem tinham acabado de falar, Dehan.

Agora ele se lembrava, enquanto passavam por um grupo de alunas brincando num campo com um grupo de homens brancos fumando, que quando o funcionário do café imprimiu a carta ele foi diretamente ao banco com o dinheiro para enviar o equivalente a seis mil e quinhentos euros para Jamike Nwaorji — Jamike Nwaorji no Chipre. Ficou esperando, e quando a transação foi concluída ele voltou para casa com o comprovante mostrando que o banco havia convertido suas nairas em euros numa cotação de cento e vinte e sete nairas por euro. Ficou olhando para os números que a mulher do banco tinha sublinhado como o total com sua caligrafia inclinada: ₦901,700, e o que restava da quantia por que havia vendido o sítio, ₦198,300. Agora se recordava que, na ocasião, enquanto voltava do banco para casa, sua mente estava dividida: por um lado pela gratidão a Jamike, e por outro pela tristeza de se separar de Ndali e a sensação de talvez ter traído seus pais.

Apesar de no fundo meu hospedeiro se sentir agora cauteloso e desconfiado dos motivos de outras pessoas, ele viu em Tobe um desejo genuíno de ajudá-lo. Então, mais uma vez, Chukwu, ele quis recompensar esse homem deixando-o orientá-lo. Um homem como Tobe costuma ser pago por suas dores pela gratificação originada de estar no comando, levando adiante sua infantaria de um homem só — gravemente ferido, desarmado e desanimado. Já vi isso muita vezes.

Tobe disse que eles deveriam ir ao TC Ziraat Bankasi, que ele sabia onde ficava — no centro da cidade de Nicósia, ao lado da velha mesquita.

— O que nós vamos fazer lá? — perguntou meu hospedeiro.

— Vamos perguntar sobre o dinheiro.

— Que dinheiro?

— O dinheiro da manutenção que Jamike, esse maldito ladrão, deveria ter depositado numa conta no seu nome.

— Tudo bem, então é melhor a gente ir. Obrigado, meu irmão.

Pegaram o ônibus que os levaria até o centro da cidade, um ônibus como o que tinha ido ao aeroporto no dia anterior para pegar os estudantes enquanto ele esperava por Jamike. O ônibus era ocupado por várias pessoas turcas ou turco-cipriotas, que ele percebeu serem sempre a maioria das pessoas dali. Uma mulher levava uma sacola de plástico cor-de-rosa em cima das coxas ao lado de outra, uma garota de cabelos amarelos e óculos escuros a quem, em um dia diferente, ele teria olhado com mais insistência. Dois homens de calção, camisetas e sandálias de dedo estavam atrás do motorista, conversando com ele. Um homem e uma mulher negros ocupavam o banco atrás de Tobe e do meu hospedeiro. Tobe os conhecia; tinham chegado no mesmo avião que ele. O homem, chamado Bode, e a mulher, Hannah, diziam que Lagos era dez vezes melhor que Nicósia. Tobe, que gostava de falar alto, entrou na conversa. Ele discordou, argumentando que ao menos o norte do Chipre tinha sempre eletricidade e boas estradas. Até a moeda deles era melhor.

— Quanto vale o dólar em relação ao dinheiro deles? Uma libra turca e vinte centavos por dólar. O nosso? Um para vinte! Dá pra imaginar? Cento e vinte e tantos nairas! Isso com o dólar comum, *oh*. E em euro chega a cento e setenta. E vocês dizem que lá é melhor?

— Mas você diz que o dinheiro deles é o mesmo que o nosso? — replicou o outro homem. — Eles simplesmente desvalorizaram *am mi*. Se você olhar bem, *sef*, vai ver que se trocar cem nairas você vai comprar um telefone em Naija por cem nairas. Nosso dinheiro só tem mais zeros. Isso porque o povo da Turquia ainda chama mil de um milhão.

— É, é uma vergonha. Concordo. Gana fez a mesma coisa...

— Ehen!

— Eles cancelaram zeros e renomearam a moeda — continuou Tobe.

Chukwu, meu hospedeiro ouvia sem prestar muita atenção, determinado a não falar nada. Imaginou que só pessoas para quem estava tudo bem conseguiam se envolver numa conversação tão trivial. Mas ele estava muito distante. Agora habitava um novo mundo, em que se sentia rebaixado, desolado e constrito, como um inseto sobre um tronco molhado. Por isso deixou o olhar vagar pelo ônibus, pousando como uma mosca débil em tudo, desde imagens nas laterais do veículo ao teto e aos textos em língua estrangeira na porta. Foi assim que notou pela primeira vez duas garotas turcas que tinham subido no ônibus no último ponto, saindo do que parecia um pátio de venda de carros identificado por um cartaz escrito com letras fortes LEVANT OTTO. Notou também que as garotas estavam sem dúvida falando sobre ele e seus compatriotas, pois olhavam em sua direção, assim como outros no ônibus que sabiam falar a língua deles. Então uma delas acenou para ele, e a outra se aproximou. Meu hospedeiro fez uma imprecação silenciosa, pois não queria falar com ninguém; não queria que mexessem com ele no tronco molhado. Mas sabia que era tarde demais. As mulheres imaginaram que ele falaria com elas, vieram em sua direção e ficaram no corredor entre os assentos vazios. Uma delas, acenando com as unhas pintadas, disse alguma coisa para ele em turco.

— Não turco — ele respondeu, surpreso pelo tom rouco de sua voz, apesar de não ter falado muito. Apontou Tobe com os olhos, que logo se apresentou.

— Você fala turco? — perguntou a garota.

— Um pouco.

A garota riu. Disse algo de que Tobe não entendeu uma palavra.

— Tudo bem, não turco. Inglês? *Ingilizce?* — perguntou Tobe.

— Ah, desculpe, só minha amiga, inglês — respondeu, virando-se para a outra, escondida atrás dela.

— Será que podemos, emm, *sac neder mek ya?*

— Cabelo — disse a outra.

— *Evet!* — disse a primeira garota. — Podemos cabelo?

— Tocar? — perguntou Tobe.

— *Evet!* Sim, sim, tocar. Heh. Podemos tocar seu cabelo? É muito interessante para nós.

— Vocês querem tocar no nosso cabelo?

— Sim!

— Sim!

Tobe virou-se para meu hospedeiro. Estava claro que queria que as garotas mexessem no cabelo dele. Era um homem de pele escura com um cabelo que imitava a escassa vegetação do deserto, que as garotas queriam tocar. Tobe não se importava com isso, e meu hospedeiro achou que também não deveria se incomodar. Nem deveria se importar por ainda não saber o que tinha virado o 1,5 milhão de nairas que era o valor de sua casa e o resto do dinheiro pelo qual havia vendido a granja. Tampouco importava que enquanto tentava solucionar o problema ele tinha entrado num dilema maior ainda, maior até que o que havia se tornado. Agora aquelas duas mulheres, estrangeiras e de pele clara, falando uma língua que ele não conseguia entender e numa versão mutilada e esfarrapada da língua do Homem Branco, queriam tocar no cabelo dele porque o *achavam interessante*. Agujiegbe, quando Tobe abaixou a cabeça para que as garotas passassem a mão por seus cabelos crespos e despenteados, meu hospedeiro também ofereceu a dele às mãos delas. E as mãos brancas, de dedos finos e unhas pintadas de várias cores, esfregaram a cabeça dos dois como se fossem duas filhas dos antigos pais. Dando risadinhas, os olhos brilhantes, fazendo perguntas que Tobe respondia sem hesitar.

— Sim, o cabelo pode ficar mais comprido que isso. Se não cortarmos.

— Por que é crespo?

— É crespo porque nós penteamos, e passamos creme também — respondeu Tobe.

— Como Bob Marley?

— Sim, nosso cabelo pode ficar como o do Bob Marley. Dada. Rasta. Se não cortarmos — explicou Tobe.

Depois se viraram para Hannah, a garota do país dos pais.

— E o dessa garota, esse é o cabelo dela?

— Não, é um aplique. Cabelo brasileiro — disse Tobe, virando-se para Hannah.

— Essa gente sef turca, eles não sabem de nada oh. Diz pra elas que meu cabelo é assim mesmo — disse Hannah.

— Os cabelos das mulheres negras, *eh*, compridos?

Tobe deu risada.

— Sim, compridos.

— Então por que pôr outro cabelo?

— É pela aparência. Porque não querem usar o cabelo com tranças africanas.

— Certo, obrigada. É muito interessante pra nós.

Onwanaetirioha, eu habitava um hospedeiro que não viveu além dos treze anos quando o primeiro homem branco chegou a Ihembosi. Os pais riram deles e ficaram dias a fio zombando da estupidez do Homem Branco. Ijango--ijango, eu me lembro claramente — porque minha memória não é como a dos homens — de que um dos motivos pelos quais os pais riram foi porque acharam que aquela gente era maluca por causa da ideia de "banco". Perguntavam-se como um homem em juízo perfeito poderia pegar seu dinheiro e às vezes todo seu sustento e depositar com outros. Isso estava além da loucura, pensaram os sábios pais. Mas agora os filhos dos pais fazem isso por vontade própria. E, de uma forma que desafia meu entendimento, quando eles vão lá, o recebem de volta e até mais que o dinheiro que puseram!

O lugar onde meu hospedeiro e seu amigo chegaram era um lugar desses — um banco. Pouco antes de entrarem, ele se lembrou do gansinho; um dia em que voltou da escola e encontrou o gansinho na gaiola, os olhos fechados, quase como se estivessem inchados. O pai estava viajando e ele estava sozinho. De início, ficou com muito medo, pois raramente encontrava o pássaro dormindo desse jeito, pelo menos não antes de comer o saco de cupins e grãos que comprava. Mas antes mesmo de tocar na gaiola o pássaro se levantou, ergueu a cabeça e soltou um grasnido alto. Na ocasião, ele se repreendeu por ter sentido medo à toa.

Assim, com serenidade, ele entrou naquele banco, que parecia com os da Nigéria — luxuoso e decorado com sofisticação. Disse a si mesmo que deveria esperar para ver o que eles encontravam, não sentir medo à toa. Ficou esperando com Tobe perto de um aquário em que peixes dourados, amarelos e cor-de-rosa nadavam para cima e para baixo entre pedregulhos importados e recifes artificiais. Quando chegou a vez deles, Tobe foi falar com o homem no balcão. E, em palavras que meu hospedeiro não teria conseguido encontrar, Tobe explicou a situação.

— Então, se entendi bem, você quer saber se o seu amigo tem uma conta conosco? — O homem falava fluentemente, com um sotaque semelhante e afetado parecido ao de Ndali e do irmão.

— Sim, senhor. Também queremos saber sobre Jamike Nwaorji, a quem meu amigo entregou o dinheiro. Está vendo esse comprovante aqui? Jamike Nwaorji pagou as taxas da faculdade para ele.

— Desculpe, mas só podemos verificar a conta do seu amigo, não a conta de outra pessoa. Posso ver o passaporte dele?

Tobe entregou o passaporte do meu hospedeiro. O homem verificou alguns detalhes, fazendo uma pausa para falar e dar risada com uma mulher que enfiou a cabeça em seu cubículo. Gaganaogwu, essa mulher era exatamente igual a Mary Buckless, a mulher no país do brutal Homem Branco que quis que meu hospedeiro, Yagazie, se deitasse com ela 233 anos atrás. A família de Mary Buckless vivia num lote de terra perto da fazenda onde morava Yagazie como escravo de um senhor que era dono de outros escravos. O pai dela tinha sido morto alguns anos atrás, e ela se sentia estranhamente atraída por meu hospedeiro, Yagazie. Tentou atraí-lo para sua cama durante muito tempo, mas a morte pairava sobre sua cabeça se ele cedesse, naquela terra do brutal Homem Branco. Então, uma noite, ela chegou cansada das montanhas, que durante o dia fervilhava de pássaros estranhos e assustadores que eles chamavam de corvos. Enquanto os três outros cativos fingiam estar dormindo, essa estranha mulher branca, imperturbada pelo cheiro acre do alojamento rebaixado dos escravos e motivada por uma espécie de luxúria que eu nunca tinha visto, afirmou que se mataria se não ficasse com ele. Naquela noite, o jovem, nascido dos grandes pais e sempre sonhando com sua terra natal, dormiu com ela e gozou da riqueza oculta de sua lascívia.

Agora, muitos anos depois, parecia que eu estava vendo seus dois olhos cinzentos olhando para o colega enquanto mordia uma maçã, que ficou com a marca de seus dentes.

— Senhor, não existe tal conta no TC Ziraat — disse o homem.

Devolveu o passaporte e virou-se para a mulher que se parecia com Mary Buckless para dizer alguma coisa.

— Mas, com licença, o senhor não pode verificar o outro nome? — perguntou Tobe.

— Não, sinto muito. Nós somos um banco, não a polícia — respondeu o sujeito com um resmungo. Levou a mão à cabeça enquanto a mulher, dando outra mordida na maçã, desapareceu de vista. — Você me entende? Aqui é um banco, não uma delegacia de polícia.

Quando Tobe fez menção de falar, o homem se levantou e foi atrás da mulher.

Meu hospedeiro e o amigo saíram do banco para o centro da cidade em silêncio, como homens que tivessem tido uma notícia sombria sobre o novo país a que tinham vindo. Como uma donzela desesperada, o novo país se oferecia a meu hospedeiro, alardeando seus encantos vazios. Observou a cidade com os olhos de um sonâmbulo, de forma que os edifícios altos, as ruelas antigas, os pombos que revoavam pelas ruas e as cintilantes estruturas de vidro pareciam miragens, imagens embaçadas vistas através de uma chuva ofegante. O povo do país os via passar: as crianças apontando, os velhos fumando sentados em cadeiras, as mulheres parecendo indiferentes. Seu companheiro, Tobe, prestava atenção aos pombos que pululavam nas praças. Passaram por lojas, bancos, lojas de telefones, farmácias, antigas ruínas e velhos edifícios coloniais com bandeiras semelhantes às dos prédios dos homens brancos que vieram para a terra dos grandes pais. Meu hospedeiro sentia como se uma parte dele tivesse sido espetada por um prego e ele estivesse sangrando, deixando um rastro enquanto andavam. Na frende de quase todos os prédios havia alguém com um cigarro entre os dedos, soprando fumaça no ar. Pararam em algum lugar e Tobe pediu comida para os dois, embrulhada no que ele disse ser pão, e Coca-Cola. Estavam encharcados de suor e meu hospedeiro estava com fome. Não falou nada. Egbunu, o silêncio muitas vezes é uma fortaleza onde um homem alquebrado se refugia, pois é ali que ele comunga com sua mente, com sua alma e com seu *chi*.

Mas, por dentro, ele rezava; a voz em sua cabeça rezava para que Jamike fosse localizado. Transferiu os pensamentos para Ndali. Não deveria ter se afastado dela. Àquela altura, ele e Tobe estavam próximos a um lugar onde sapatos eram expostos em bandejas e tampos de mesa, e seus olhos viram um letreiro na porta de vidro ao lado da loja: INDIRIM. A imagem do homem que agora era dono do seu sítio voltou à sua cabeça mais uma vez. Imaginou o sujeito e sua família fazendo a mudança, descarregando o caminhão, arrastando malas e móveis no lugar vazio que se tornara a casa dele. Pouco antes de sair da casa tinha olhado o quarto do pai: vazio, com uma parede arranhada com marcas e pequenas rachaduras. O sol batia no lado leste, onde ficava a cabeceira da cama, e olhando pelas frestas das janelas ele via o poço no quintal. O mesmo quarto onde ele tinha espiado os pais fazendo amor numa noite em que se esqueceram de fechar a porta estava agora tão vazio que a visão de seu interior provocou uma sensação sinistra, semelhante a que sentiu cada vez que um dos pais morreu.

Gaganaogwu, a comida chegou quando ele ainda pensava sobre a última vez em que fizera amor com Ndali, em como, depois de se desenlaçarem, o sêmen tinha escorrido pelas pernas dos dois e ela começara a soluçar, dizendo o quanto era cruel ele querer partir agora — "agora que você se tornou uma parte de mim". Seus pensamentos se voltaram para a comida, mas, Chukwu, vou descrever o que aconteceu depois, depois daquele encontro sexual. Não tinha me lembrado até então porque só agora percebi que foi importante. Sei que se fôssemos reunir tudo que nossos hospedeiros fazem em um testemunho, este nunca terminaria. Por isso uma testemunha deve ser seletiva e apresentar o que for relevante, o que deve acrescentar carne, sangue e ossos à criatura que está criando: a história da vida de seu hospedeiro. Mas agora, a esta altura, acho que devo contar. Naquela noite, no aposento vazio em que seu quarto havia se transformado, ele apoiou a cabeça na parede, com as lágrimas dela escorrendo pelo seu ombro e pelo peito, e disse que aquilo era para o melhor.

— Mãezinha, acredite em mim. Eu não quero perder você.

— Mas você não precisa fazer isso, Nonso. Não precisa. O que eles podem fazer comigo? Essa gente orgulhosa? — Meu hospedeiro a abraçou, o coração batendo forte, e pressionou os lábios nos dela e sugou como se fosse uma flauta até que, estremecendo, ela não disse mais nada.

Agujiegbe, a comida que agora ingeria — que Tobe chamou de *kebab* — foi servida por um homem branco e magro que, quando depositou os pratos em pequenas bandejas, com pimentas verdes do lado de fora, falou alguma coisa com a palavra *Okocha* no meio. Entusiasmado, Tobe disse que o sujeito conhecia Jay-Jay Okocha, o jogador de futebol nigeriano. Embora em silêncio, meu hospedeiro ficou preocupado que a resposta dele atraísse mais gente, todas parecidas com aquele. Eram brancos, mas pareciam ter escurecido sob o sol inclemente, pois fazia calor ali, mais calor do que conseguia se lembrar em Umuahia. Evitou os olhares ao redor e comeu a refeição que, apesar de ser gostosa, era estranha para ele. Pois achava que as pessoas desse país não cozinhavam a maior parte de seus alimentos. A impressão de meu hospedeiro, com certa zombaria, era que as pessoas priorizavam a necessidade de as coisas serem comidas cruas, depois de lavadas. Cebolas? Sim, era só cortá-las e acrescentar à comida. Tomates? Era só colher do jardim, limpar a terra, lavar com água, cortar e depois colocar no prato de comida servido. Sal? A mesma coisa — até temperos e pimenta. Cozinhar era uma perda de tempo, e o tempo devia ser conservado para outras coisas — fumar, bebericar chá em minúsculas xícaras e assistir ao futebol.

Enquanto os homens falavam com Tobe, meu hospedeiro meramente observava o trânsito pela janela. Os carros andavam devagar, parando para as pessoas atravessarem a rua. Ninguém buzinava. As pessoas falavam depressa e quase todas as mulheres que passavam pareciam acompanhadas por um homem segurando sua mão. Seus pensamentos voltaram a Ndali. Não tinha ligado para ela desde que chegara a Lagos. E agora já fazia dois dias e metade do terceiro. Percebeu dolorosamente que havia quebrado a promessa que fizera na alvorada de sua tentação. Imaginou onde ela deveria estar agora, o que poderia estar fazendo, e a viu na sala de livros onde a vira antes de sua humilhação na festa. Então se deu conta de que ali, no Chipre, no exterior, aquilo era um novo e súbito sonho, o tipo de ambição que uma criança teria — impulsivo, instintivo, temporal, com poucas considerações. Uma criança poderia, ao andar ao lado dos pais, ver um mágico se apresentando a uma multidão numa rua lateral. Poderia ver um homem sobre uma plataforma esmurrando o ar, gritando falsas promessas em um megafone e começar a ser aplaudido com entusiasmo por gente ostentando bandeiras.

— Papai, o que é aquilo?

— É um político.

— O que ele faz?

— É um homem normal que quer ser governador do estado de Abia.

— Papai, quando eu crescer quero ser um político!

Percebeu que o que acontecia com ele era uma mera tentação, daquelas que devem surgir em um homem em busca de qualquer coisa boa. E tinha surgido com o único propósito de atraí-lo de volta. Mas ele resolveu que tal coisa não aconteceria. Declarou isso para si mesmo com tanta veemência que sentiu um efeito físico instantâneo. Pedaços de carne do prato que estava comendo caíram na mesa. — Que horas são na Nigéria agora? — perguntou para desviar a atenção de seu constrangimento.

— Aqui são três e quinze — respondeu Tobe com os olhos no relógio de parede atrás do meu hospedeiro. — Então agora deve ser cinco e quinze na Nigéria. São duas horas a mais.

Até mesmo Tobe deve ter ficado surpreso. Só isso? Que horas são na Nigéria? Tobe não sabia que as palavras tinham se tornado dolorosas agora que tentava digerir o que realmente poderia ter acontecido com ele. Ainda era difícil acreditar que Jamike tinha tramado tudo aquilo. Como era possível? Será que Elochukwu estava em seu juízo perfeito quando disse que ele poderia obter ajuda das mãos desse homem a quem tinha dado tudo o que tinha? Como Jamike planejou tudo tão rápido? Como Jamike sabia que ele venderia a casa e a granja? Como esperar essas coisas quando ele nunca tinha enganado Jamike — ao menos não que conseguisse se lembrar?

Mal tinha absorvido esse pensamento quando a voz em sua cabeça forneceu um exemplo de algo errado que havia feito a Jamike. Lá estava ele, em 1992, na sala de aula com cadeiras e carteiras, as paredes foscas cobertas de velhos calendários. Tinha só dez anos, sentado com Romulus e Chinwuba. Estavam discutindo sobre a partida de futebol da rua deles contra outra, quando, de repente, Chinwuba bateu os pés, bateu palmas e apontou pela janela para um garoto que vinha na direção do prédio, segurando alguma coisa como uma camisa dobrada, a sacola pendurada nas costas. "Nwaagbo, oh, Nwaagbo está chegando!" Todos se juntaram, chamando o garoto de menina pela janela enquanto olhavam com uma expressão de escrutínio os aspectos efeminados do companheiro: os lábios carnudos, as grandes nádegas, os dentes separados, o peito inchado como pequenos seios e o corpo gordo. O garoto entrou instantes depois e os dois gritaram em uníssono: "Seja bem-vindo, Nwaagbo!". Agora se lembrava de como o garoto de óculos ficara atônito com aquela agressão e andara com passos pesados e o peito arquejante até seu lugar, cobrindo o rosto com as mãos por cima dos óculos, como que para esconder suas lágrimas de fraqueza.

Agora via de perto a imagem do jovem Jamike, chorando por ter sido caçoado, e se perguntou se o que Jamike fizera com ele tinha sido uma vingança daquela época passada. Será que aquela pedra atirada no passado ia esmagá-lo no presente?

— Solomon? — disse Tobe de repente.

— *Eh?*

— Você disse que foi um amigo que levou Jamike Nwaorji até você?

Agbatta-Alumalu, por alguma razão não imediatamente evidente, o coração de meu hospedeiro palpitou com aquela pergunta. Debruçou-se sobre a mesa e disse:

— Isso mesmo, por quê?

— Nada, nada, só tive uma ideia — respondeu Tobe. — Você ligou para o seu amigo? Sabe se Jamike está na Nigéria? Será que ele sabe onde fica a casa de Jamike? Ele...

Meu hospedeiro foi atingido por essa ideia como se fosse um relâmpago. Tirou o telefone do bolso enquanto Tobe ainda falava e começou a fuçar num frenesi. Tobe fez uma pausa, mas ao ver o efeito de suas sábias palavras, continuou:

— Isso, ligue pra ele, vamos saber se esse Jamike está aqui. Você é meu irmão e eu não te conheço, mas não estamos em casa. Estamos num país estrangeiro. Não posso deixar meu irmão sozinho. Vamos ligar para ele.

— Obrigado, Tobe. Que Deus Todo-Poderoso o abençoe por mim — replicou. — O que você disse que é preciso fazer para ligar para um número da Nigéria mesmo?

— Digite zero zero e depois mais, depois dois, três, quatro, tire o zero e ponha o resto do número.

— Certo.

— Ai, desculpe, desculpe, digite só o mais. Zero, zero é uma outra forma de completar a ligação.

— Ok.

Chukwu, ele ligou para Elochukwu, que ficou chocado ao ouvir toda a história. Elochukwu estava perto de um prédio acionando um gerador, por isso meu hospedeiro mal conseguia ouvir o que dizia. Mas do pouco que pôde ouvir, Jamike tinha voltado mesmo para o exterior. Conhecia a loja da irmã de Jamike, que vendia sandálias e mochilas escolares. Disse que iria até lá para saber onde estava Jamike.

Desligou o telefone um pouco aliviado, mas também surpreso por não ter tido a ideia de ligar para Elochukwu até Tobe ter falado a respeito. Não sabia em detalhes como a mente de um homem desesperado funciona. Não sabia que às vezes era melhor esse homem não pensar. Pois a mente de um homem desesperado pode produzir frutos que, ainda que pareçam brilhantes na superfície, estão cheios de vermes. Isso porque tal mente, ferida além da conta, costuma lidar principalmente com as consequências.

Egbunu, as consequências são um lugar de pouco consolo. Na esteira dos acontecimentos há pouco movimento, mas muita ruminação. Depois de feito e concluído, falta ao evento ação e capacidade. O que a mente desse homem golpeia não deixa marcas na pele do tempo. É nesse lugar que a mente do homem desesperado habita a maior parte do tempo, incapaz de seguir em frente.

Parecendo satisfeito com a ligação que meu hospedeiro acabara de fazer, Tobe concordou com a cabeça.

— Nós vamos saber. Vamos descobrir desse jeito. Talvez ele ainda esteja na Nigéria e mentindo pra você.

Meu hospedeiro concordou.

— Enquanto você ligava, fiquei pensando que também deveríamos ir à delegacia de polícia antes de voltar para a escola. Vamos denunciar Jamike para eles poderem ir atrás dele. Talvez ele ainda esteja no país, mas em outra cidade. Eles sabem de todo mundo que está aqui, por isso podem conseguir encontrá-lo.

Meu hospedeiro olhou para aquele homem que tinha vindo resgatá-lo e se sentiu comovido.

— Isso mesmo, Tobe — falou. — Vamos lá.

12
Sombras conflitantes

Osimiriataata, realmente, como diziam os pais de antigamente, um peixe estragado é reconhecido pelo cheiro da cabeça. Àquela altura eu tinha começado a suspeitar que o que tinha se abatido sobre meu hospedeiro era o que eu e ele mais temíamos. Mas não havia como saber disso naquele momento, pois, como nossos hospedeiros, nós não podemos ver o futuro. O que os espíritos guardiões devem fazer é proteger os hospedeiros, resguardá-los mesmo em face do fracasso e garantir que eles se darão bem. Devemos assegurar, Egbunu, que o que foi quebrado será consertado. Assim, o que fiz foi tentar ajudá-lo a se recompor, pois àquela altura ele estava em pedaços. A ligação de retorno de Elochukwu completou o cenário. Elochukwu tinha ido à loja da irmã de Jamike. Não disse à ela o que tinha acontecido. Preferiu mentir sobre um contrato que Jamike havia lhe dado e que queria se atualizar a respeito. Mas a mulher disse que Jamike estava viajando. Em seguida, Elochukwu pediu o novo número de telefone dele.

— Para minha surpresa — relatou Elochukwu ao meu hospedeiro —, ela disse que Jamike a havia instruído a não dar o número a ninguém, a nenhuma pessoa. Não consegui acreditar no que ouvia, Nonso. Por isso pedi que ela ligasse para o irmão. Para minha surpresa, Jamike atendeu e disse alguma coisa. Ela olhou para mim de um jeito desconfiado e me disse que ele estava ocupado. — Elochukwu fez uma pausa enquanto meu hospedeiro arquejava ao telefone, que tremia em suas mãos. — Sinto muito, Nonso, isso dói muito. É como se Jamike tivesse nos enganado.

Agbatta-Alumalu, em frente à delegacia de polícia, Tobe, que tinha abanado a cabeça várias vezes depois de ouvir as palavras de Elochukwu, pediu que ele trocasse os euros que ainda tinha em liras turcas. Não todo, mas uma parte, pois eles precisariam para alugar um apartamento na cidade. Dos 587 que ainda restavam, ele entregou quatrocentos a Tobe. Tobe entrou em um edifício de vidro com a palavra DOVIZ escrita em letras luminosas na porta e voltou com um maço de liras turcas. Encontraram duas estudantes africanas perto da delegacia, uma delas em lágrimas. O que tinha acontecido? Aflita, a mulher estava procurando um homem que havia atuado como agente de outra universidade em Nicósia, um homem de nome James, que deveria tê-la pegado no aeroporto, mas que não apareceu. A amiga, uma moça de pele clara que lembrava muito a mãe de Ndali, corroborou a informação. Meu hospedeiro queria perguntar se James poderia ser Jamike, se tinha um nome estrangeiro ou era um nome falso, mas a mulher se afastou depressa, desesperada. Depois que as moças passaram, Tobe lançou um olhar profundo e solene a meu hospedeiro, mas não disse nada.

Meu hospedeiro entrou na delegacia de polícia com passos um tanto rápidos e um frio no estômago. Não era como uma delegacia da Nigéria, onde homens famintos e violentos com o rosto marcado pelo clima e corpos castigados por privações se mostravam pouco educados e solidários. Aqui, havia três balcões, como os do banco. As pessoas ocupavam cadeiras e esperavam na fila até chegar sua vez. Os policiais, dois atrás de cada balcão, atendiam as pessoas. Numa parede atrás deles, como as que tinha visto no banco, havia retratos grandes de dois homens, um calvo, sem cabelos nas laterais da cabeça, o outro mais severo. Inesperadamente, Tobe seguiu a direção do olhar do meu hospedeiro.

— O primeiro-ministro da RTCN, Talat, e o primeiro-ministro da Turquia, Erdogan. Meu hospedeiro anuiu.

Quando chegou a vez deles, foi Tobe quem falou. Era outra razão para deixar Tobe conduzir o processo: por ele ter uma presença declaratória, que parecia já ter afirmado alguma coisa que sua boca ainda não havia murmurado ou falado em voz alta quando, na verdade, só havia sussurrado. Tobe explicou tudo, em detalhes. O policial entregou uma prancheta com papel e uma caneta e Tobe escreveu tudo.

— Esperem aqui — disse o policial.

Enquanto esperavam, o coração de meu hospedeiro batia incessantemente, enquanto o estômago parecia inchar em ritmos estranhos.

— Tenho certeza de que esse demônio está nesta ilha e que eles vão encontrar o sujeito — disse Tobe, meneando a cabeça. — Mas você vê como isso acontece. Viu aquela garota inocente, né? Esses garotos *yahoo* são muito maliciosos. É assim que eles enganam e dão golpes nas pessoas. A gente achava que eles só faziam isso com gente branca na internet, os *mugus*, mas olha só, veja como eles destroem sua própria gente, seus irmãos e irmãs? *E pegam pesado com eles!*

Por alguma razão que não saberia explicar, meu hospedeiro queria que Tobe continuasse falando, pois havia algo no que dizia que o acalmava. O outro homem suspirou, ciciou, levantou e foi até um filtro de água perto da entrada, pegou um copo de plástico, serviu-se e bebeu todo o seu conteúdo num único gole. Meu hospedeiro o invejou. Aquele homem que não tinha perdido nada, cujo dinheiro fora para onde desejava, e que podia estudar Engenharia de Computação numa universidade europeia. Tobe tinha sorte; merecia ser invejado, pois não tinha nada para se sentir triste ou com raiva. A cruz que carregava agora era a dele, que sem dúvida logo seria aliviada, talvez no final da tarde, ou no máximo no dia seguinte. Tobe o fez lembrar Simão de Cirene do livro místico da religião do Homem Branco, um homem inocente que simplesmente passou por acaso pela mesma estrada que o condenado. Assim como ele, Tobe tinha sido posto no mesmo apartamento vazio por coincidência. E sua consciência, não os soldados romanos, o havia compelido a carregar a cruz de meu hospedeiro. Mas logo estaria livre daquilo, e a cruz estaria somente sobre seus ombros. Porém ainda não.

— Olha só como esse comportamento, essa coisa está afetando a gente — disse Tobe quando voltou do filtro de água. — Veja só a nossa economia, as nossas cidades. Sem luz. Sem empregos. Sem água potável. Sem segurança. Sem nada. Tudo custa o dobro do preço. Nada funciona. A gente entra na escola pra ficar quatro anos, mas só termina depois de seis ou sete, isso se Deus ajudar. Depois de se formar você encontra emprego só depois de já ter cabelos grisalhos e, mesmo se encontrar, vai trabalhar, trabalhar, trabalhar e mesmo assim não vai receber.

Tobe fez mais uma pausa, pois o policial que cuidava do caso deles apareceu no balcão com um pedaço de papel, mas foi embora de novo assim que chegou. Tudo que Tobe dissera era verdade, pensou meu hospedeiro. Mas queria que ele dissesse mais.

— Sabe o que mais me incomoda?

Meu hospedeiro fez que não com a cabeça, pois Tobe tinha mesmo olhado para ele e pedido, sem palavras, que respondesse.

— Todo dinheiro que eles ganham, esses garotos *yahoo*, vai para o lixo. Nunca dá certo pra eles. É a lei do carma. Sabe aquele homem que usava a mulher para pedir de dinheiro nas ruas de Lagos? Ele teve uma morte horrível. Esse Jamike vai sofrer. — Tobe estalou os dedos.

Meu hospedeiro olhou para os olhos de Tobe e viu neles uma ira apaixonada que lembrava a política exacerbada de uma alma alquebrada.

— É só ficar observando, você vai ver que não vai acabar bem. Não vai ser melhor para ele.

Ficou claro que Tobe tinha parado de falar para se levantar e voltar até o filtro. Meu hospedeiro se sentiu animado com tudo que Tobe havia dito. Existem certas situações em que, bem depois de alguém parar de falar, as palavras permanecem no ar, palpáveis, como se um gênio invisível as repetisse. Era assim com aquelas palavras. *Esse Jamike vai sofrer. É só ficar observando, vai ver que não vai acabar bem.* No silêncio que se seguiu, meu hospedeiro ponderou sobre essas palavras. Será que ainda veria Jamike sofrer? Como seria possível, quando nem sabia onde estava Jamike e como chegar até ele? Será que estaria em algum lugar no futuro para ver esse mesmo Jamike sofrer e pagar pela maneira como o havia humilhado? Gostaria que fosse verdade. Aceitaria o que Tobe dissera como uma prece — esse Tobe que, afinal de contas, usava um rosário embaixo da camisa e dizia que teria sido padre se os pais não fizessem questão que ele procriasse, já que era o único filho homem da família. Aquele Tobe que quase tinha sido padre de fato rezava por ele, que não podia rezar por si mesmo. E assim, no sigilo de sua mente, meu hospedeiro disse um *Amém* em voz alta.

Quando saíram da delegacia o sol começava a se pôr nas montanhas, cujos penhascos podiam ser vistos de qualquer lugar na cidade.

— Está vendo, ainda há esperança — disse Tobe. Ele ainda pode ser encontrado. Pelo menos eles acharam os registros, sabem quem ele é. Vão procurar por ele. E assim que esse idiota voltar para essa ilha eles vão prendê-lo. E ele vai devolver seu dinheiro... juro pelo Deus que me criou. Todo o dinheiro.

Meu hospedeiro concordou que pelo menos alguma conexão havia sido estabelecida com Jamike. Uma pergunta tinha sido respondida, ainda que com um balbucio incompreensível. Em tempos de seca, um lago fétido se torna a água da vida.

Leu mais uma vez o papel em que Tobe havia escrito as informações recebidas da polícia — seis detalhes:

1. Jamike Nwaorji
2. 27 anos de idade
3. Aluno da Universidade Near East desde 2006
4. Não estava matriculado neste semestre
5. Veio pela última vez à RTCN em 3 de agosto
6. Saiu da RTCN em 9 de agosto

Esses seis detalhes, assegurou Tobe, seriam suficientes por enquanto. Os detalhes haviam sido tirados de uma fonte segura. Viu Tobe fazer as perguntas e o policial responder.

— Aonde ele foi?

A polícia, o Estado, não tinha registro.

— Quando ele vai voltar?

Eles não sabiam, tampouco.

— A polícia conhece alguém, um amigo ou coisa assim, que saberia exatamente para onde ele foi?

A polícia não mantinha registros dessas coisas.

— O que eles vão fazer se ele voltar?

Vão detê-lo para interrogatório.

— E se ele não voltar, eles vão procurar por ele?

Não, eles são a polícia só do Chipre do Norte, não a polícia do mundo inteiro.

Aí ele e Tobe ficaram sem perguntas. Então, aqueles detalhes que Tobe tinha anotado de forma legível numa folha de papel em branco e entregado era tudo o que havia. Deixou Tobe decidir o que fariam a seguir, e como faltavam poucos minutos para as cinco eles teriam de voltar ao alojamento temporário. Amanhã eles iriam à Universidade Near East, sugeriu Tobe, depois de concluir a matrícula para as matérias que iria cursar e conhecer seu monitor. Os dois tinham visto a escola à distância a caminho do centro da cidade mais cedo. Perguntariam na Near East se alguém era amigo de Jamike e se poderia ter alguma informação sobre seu paradeiro. Depois de terem reunido suas descobertas, iriam juntos procurar um apartamento na cidade porque, embora meu hospedeiro só tivesse ficado lá uma noite, Tobe já estava lá havia quatro noites, e os novos alunos só tinham uma semana de estadia nos apartamentos temporários. Tobe sugeriu ainda que deveriam dividir um quarto até seus problemas financeiros fossem resolvidos porque — Tobe enfatizou — ele faria de tudo para que aquela maldade não ficasse impune, que seu irmão não ficasse isolado numa terra estranha.

Meu hospedeiro considerou que não tinha escolha a não ser concordar. Mais ainda, seria uma forma de retribuição dividir o custo da moradia com Tobe, que disse ser muito caro para um só estudante alugar um apartamento inteiro sozinho. Sentia-se obrigado a fazer isso por aquele homem. Concordou em dividir o aluguel e agradeceu a Tobe.

— Imagine — replicou Tobe. — Nós somos irmãos.

Egbunu, como dizem os antigos pais: o fato de alguém ter visto a sombra de seu bode perdido por perto não quer dizer que vai encontrar o bode e trazê-lo vivo. O fato de o homem ter dado alguma esperança não significa que o que fora quebrado estava consertado. Por isso era compreensível que, antes de tomarem o ônibus de volta, meu hospedeiro tivesse um impulso de parar numa loja de bebidas perto da estação do ônibus. Comprou duas garrafas de bebidas fortes e as guardou na sacola. A expressão no rosto de Tobe foi de tanta surpresa que ele sentiu necessidade de racionalizar sua compra.

— Eu não sou alcoólatra. É só por uma questão de paz de espírito. Por causa do que aconteceu.

Tobe aquiesceu com mais ênfase do que deveria.

— Eu entendo, Solomon.

— Obrigado, meu irmão.

* * *

Oseburuwa, normalmente eu só contaria o que meu hospedeiro fez e disse quando voltaram naquele dia, mas um espetáculo que viu no ônibus no caminho de volta e o impacto que teve sobre ele depois merece esta digressão. Pois meu hospedeiro, no começo de seu desespero, estava pensando no sítio, na sua lavoura, nos quiabos que Ndali havia plantado duas semanas antes, que logo começariam a brotar, nas galinhas. Pensava em Ndali dormindo na sua antiga cama, como a vira numa tarde, rodeada pelos livros que estudava. Pensou, mais uma vez, em como aconteceu de ela escolhê-lo e ter se entregado a ele. Foi arrancado abruptamente desses pensamentos quando Tobe cutucou-o e disse: — Solomon, olha, olha. — Olhou e viu pela janela do ônibus um homem negro, mais escuro que o normal, uma escultura animada e ambulante recoberta de asfalto. O homem com quem Tobe conversava disse que aquele homem estranho estava na ilha havia muito tempo e que tinha se tornado tão famoso que seu perfil fora publicado no jornal turco-cipriota *Afrika*, cujo logotipo, o estudante ressaltou, era o focinho de um macaco. Ninguém sabia o verdadeiro nome dele. Mas diziam que era da Nigéria. Era um grande andarilho que caminhava por toda a cidade levando uma única valise que parecia ser tudo o que possuía e que havia se desgastado com o tempo. O homem não falava com ninguém. Ninguém sabia como ele comia ou como vivia de um dia para outro. Meu hospedeiro deduziu que poderia ser o mesmo homem sobre o qual T.T. tinha falado a respeito no aeroporto. Egbunu, ele ficou olhando até aquele homem desaparecer ao longe, muito abalado por aquela visão. Pois teve medo de que o homem tivesse sofrido um destino semelhante ao seu e perdido o juízo. E teve medo, no final, de se tornar como aquele homem estranho.

Quando chegaram ao apartamento no campus ele se retirou para seu quarto. O quarto estava vazio com exceção de sua bagagem no chão, a camisa com que havia viajado em uma das duas cadeiras e a toalha que usara naquela manhã, pendurada em uma das duas camas de madeira. Deduziu que o quarto seria ocupado por duas pessoas. Sentou-se na outra cadeira e abriu uma das garrafas. De repente não sabia por que tinha comprado as bebidas de cor esbranquiçada, que fazia com que parecessem vinho de palma — a bebida dos pais virtuosos. Tinha custado quinze liras, equivalente a mil e quinhetas nairas. Subiu na cadeira e examinou o alto do armário, onde poderia deixar sua bagagem. Não havia nada lá a não ser poeira e uma velha escova de dente debilmente enredada em uma pequena teia de aranha, com as cerdas ralas e endurecidas pela falta de uso. Ele estava fazendo coisas que não tinham mais sentido, avaliou. Certa vez ele tinha ouvido — não lembrava mais de quem — que a pior coisa que a adversidade pode fazer com uma pessoa é transformá-la em alguém que não era. Isso, segundo alertara a pessoa, era a derrota definitiva.

Tendo sido alertado recentemente de novo por esse conselho ouvido havia muito tempo, pôs as garrafas no chão e subiu na cama. Não havia lençóis. Tentou devanear pela grande corrente de pensamentos na sua cabeça, mas não conseguiu. Todos falavam ao mesmo tempo, com vozes ensurdecedoras. Desceu e pegou uma das garrafas. "Vodca", murmurou consigo mesmo, limpando a mão no rótulo. Tomou vários goles, até seus olhos se revoltarem com lágrimas quentes e ele arrotar. Pôs a garrafa no chão e sentou na cadeira. Ouviu Tobe falando lá fora pelo apartamento vazio. Uma torneira se abriu. O som dos passos dele no chão. Outra torneira, seguida pelo som de urina na privada. O som de saliva na pia. Tosse. A melodia de um hino de igreja. Os passos de novo. A porta de um quarto se abrindo; o som baixo do ranger de molas da cama. Quando Tobe estava fora de alcance auditivo, ou em silêncio, meu hospedeiro mudou os pensamentos para onde queria que estivessem: no homem, em Jamike.

Ebubedike, ele meditou tanto sobre esse homem que, tarde da noite, quando a escuridão nativa já tinha quase recoberto o horizonte, a transformação da voz esquecida que o havia alertado se completou. Ficou ali deitado no chão, seminu, a mente empenada, totalmente transformado em alguém que não era. Viu-se transformado em um leão, espreitando a floresta selvagem, procurando uma zebra cujo nome era Jamike — o animal que tinha desaparecido com tudo que ele, o pai e a família possuíam. Com muita luta, captou uma imagem de Jamike em sua mente e observou-a com uma curiosidade invejosa. Uma tosse subiu à sua garganta e ele cuspiu gotas da bebida pelo quarto.

Recordou o incidente de que havia se lembrado mais cedo, que acontecera no ano que o Homem Branco chama de 1992, e como mais

228 *Chigozie Obioma*

tarde naquela semana Jamike incluiu seus nomes da lista de "baderneiros", quando na verdade meu hospedeiro não tinha falado absolutamente nada. Porém, sob a força do falso relato de Jamike, meu hospedeiro e seus amigos foram açoitados pelo inspetor de disciplina. Meu hospedeiro ficou machucado pelo castigo, tão furioso que cercou Jamike depois da aula e tentou brigar com ele. Mas Jamike se recusou a brigar. Não era costume entre garotos brigar com alguém que não queria lutar ou bater numa pessoa que não reagia. Então, naquela ocasião, só o que meu hospedeiro pôde alegar era uma vitória numa luta não travada. "Garoto, você se recusa a lutar porque sabe que vou bater em você", gritou. Na época, todo mundo concordou que ele tinha ganhado. Mas agora, deitado no chão do quarto naquele estranho país, ele queria muito que Jamike tivesse reagido, e até ter infligido alguma leve injúria a Jamike, o que teria sido um consolo, ainda que pequeno. Teria batido em Jamike, entrelaçado as pernas com as dele e rolado na poeira.

Egbunu, furioso, ele queria que essa luta acontecesse naquele exato momento, naquele país, pois ele quebraria as garrafas de vodca na cabeça de Jamike e veria o álcool penetrar nos ferimentos. Fechou os olhos para conter a crescente palpitação de seu coração. Como se alguma deidade não evocada tivesse ouvido seu pedido, uma visão de Jamike coberto de sangue surgiu diante dele e ali ficou. Pedaços das garrafas de vodca quebradas cravados na pele da cabeça de Jamike bem acima dos olhos, no pescoço, no peito e até no estômago, onde um grande caroço de sangue se superpunha a um pedaço de pele extra. Piscou os olhos, mas a imagem continuou firme. Nela, Jamike chorava de uma aparente dor excruciante, enquanto palavras pingavam de seus lábios trêmulos.

A visão o atingiu com tal vivacidade que ele estremeceu numa convulsão. A garrafa caiu de sua mão e entornou no tapete. Foi assolado por um desejo súbito e forte de que Jamike não sangrasse até morrer. Estendeu as mãos e pediu ao homem que sofria, como se ele estivesse ali, para deixar de sangrar.

— Olha, na verdade eu não queria machucar você desse jeito, *eh* — falou, tapando os olhos para a assustadora imagem do homem ensanguentado à sua frente. — Meu um milhão e meio de nairas, por favor, Jamike, por favor. É só me devolver que eu volto para casa, juro pelo Deus que me criou. Você só precisa me devolver o dinheiro!

Voltou a olhar para seu interlocutor, e, como se respondesse, a tremulante figura estremeceu mais ainda. Olhou para baixo, horrorizado, e viu sangue se acumulando numa poça entre os pés do homem ferido. Sentou-se e se abstraiu da visão que, embora fosse fruto de sua imaginação, ele supunha estar no quarto.

— Olha, eu não quero que você morra — falou. — Eu não...

— Tudo bem com você, Solomon? — Era Tobe, no mundo real de objetos, carne e tempo, arranhando a porta.

— Tudo bem, Tobe — respondeu meu hospedeiro, surpreso por ter falado alto o suficiente para Tobe ouvir.

— Você está falando no telefone?

— Sim, sim, estou no telefone.

— Tudo bem. Eu ouvi sua voz, por isso quis saber. Por favor, tente dormir e descansar a cabeça.

— Obrigado, meu irmão.

Quando Tobe se afastou, ele disse em voz alta:

— Sim, eu ligo de novo amanhã. — Fez uma pausa, fingindo que estava ouvindo, e disse a seguir: — Sim, pra você também. Boa noite.

Quando olhou ao redor, não havia mais Jamike. Enxugou os olhos, onde lágrimas haviam se acumulado enquanto implorava ao fantasma. Ijango-ijango, em um memorável momento da vida que não consigo esquecer, meu hospedeiro procurou ao redor, olhando embaixo da cama, atrás da cortina vermelha, no teto, batendo no assoalho, murmurando e procurando a conflituosa sombra de Jamike. Onde estava o homem sangrando? Onde estava o homem em quem havia desferido um golpe mortal? Mas não conseguiu encontrá-lo.

A imagem do homem negro louco surgiu em sua mente, e, amedrontado, ele deitou na cama. Mas não conseguiu dormir. Toda vez que fechava os olhos, meu hospedeiro saltava como um gato enfurecido na terra arrasada daquele dia arruinado, em que só havia conseguido reunir mais evidências convincentes de que realmente estava perdido. Vagou pela sujeira vívida da terra arrasada, sufocando no lixo, escavando, catando todos os detalhes — o banco, as garotas que tinham tocado no cabelo dele, o inquérito na delegacia de polícia, o encontro com Dehan, a lembrança desenterrada do que fizera com Jamike muitos anos atrás, que acreditava ter sido a causa de seu grande ódio, com aquele ressentimento genuíno sendo alimentado ao longo das eras. Arremeteu, cavou e juntou pedaços até ter recolhido tudo, até a superfície de sua mente estar coberta de escombros. Só então conseguiu adormecer. Mas não por muito tempo. Pois logo voltava a acordar, e o ciclo se repetia sem piedade, muitas e muitas vezes.

Akataka, fiquei tão perturbado com o estado do meu hospedeiro e com tanto medo do futuro que durante o breve período em que ele dormiu, perto da meia-noite, eu saí do seu corpo. Esperei, e como não vi nenhum espírito no quarto saí para o éter e voei até as planícies da caverna de Ngodo, habitada por muitos milhares de espíritos guardiões. No momento em que meus pés tocaram o solo luminoso, vi um espírito guardião que conhecia de muitos anos atrás, o *chi* do pai de um antigo hospedeiro. Perguntei se ele conhecia o *chi* de uma pessoa viva com o nome de Jamike Nwaorji, mas ele não conhecia. Afastei-me do espírito, que estava sozinho, brincando com uma jarra de prata ao lado da cachoeira. Perguntei a uma reunião de espíritos guardiões, um dos quais estava sem hospedeiro havia vinte anos humanos, e ele me disse que seria difícil encontrar um *chi* que conhecesse a localização atual de um hospedeiro vivo ou do *chi* do hospedeiro. De fato, olhei ao redor para a multidão de espíritos guardiões, que formavam apenas uma minúscula fração dos inúmeros espíritos guardiões na terra, e percebi a futilidade da minha missão. Sabia que não seria capaz de encontrar nem Jamike nem seu *chi* se não soubesse onde eles estavam. Triste, derrotado, ascendi com a força preternatural em direção aos céus e logo me vi naquele caminho único e esotérico de descenso só conhecido por você, Chukwu, e por mim. Pois é a única rota pela qual posso retornar ao meu hospedeiro vivo, como que atraído por uma força magnética, de qualquer parte do Universo.

13
METAMORFOSE

OBASIDINELU, os grandes pais em sua sabedoria naturalista dizem que um rato não pode entrar por vontade própria numa ratoeira preparada para ele. Um cão não pode saber ao certo que existe uma lagoa profunda e lamacenta no final do caminho e se jogar nela voluntariamente para se afogar. Ninguém vê fogo e se atira nas chamas. Mas um homem pode cair num poço em chamas se não souber que está lá. Por quê? Porque um ser humano tem a visão limitada; não consegue ver além dos limites do que seus olhos podem alcançar. Pois, se alguém chegar à casa de um homem compartilhando uma refeição com sua família, ele pode dizer: "Dianyi, acabei de chegar do Grande Norte, Ugwu-hausa, com duas vacas e elas valem muito dinheiro". Pode enfeitar a afirmação dizendo: "Vim até você porque meu gado é de raça especial, produz muito leite bom, a carne é saborosa como a de um *nchi* apanhado na floresta de Ogbuti". O homem da casa pode ser convencido. Pode assim considerar o vendedor como alguém de boa vontade e acreditar em tudo que o homem diz, mesmo sem ter visto nada pessoalmente. Mas ele não sabe que as vacas são aflitas e mal alimentadas ou de raça inferior. E, por não saber, ele compra as vacas por um preço alto. Já vi isso muitas vezes.

Chukwu, por que coisas como essas acontecem? Porque o homem não consegue ver o que não lhe é revelado, nem pode ver o que está oculto. Uma palavra enunciada se firma como verdade, inabalável até ser revelada como mentira. A verdade é um estado fixo e imutável. É o que resiste a qualquer toque ou escrutínio. Não pode ser enfeitada, nem guarnecida. Não pode ser vergada, nem rearranjada ou mudar de lugar. Um homem não pode dizer: "Podemos tornar essa narrativa mais clara acrescentando tais e tais detalhes, talvez o interlocutor entenda melhor". Não! Fazer isso seria corromper a verdade. Alguém pode dizer: "Meu amigo, se me perguntarem no tribunal se meu pai cometeu o crime e eu não quiser que meu pai vá para a prisão, devo dizer que ele não cometeu o crime?". Não, homem tolo! Isso seria uma mentira. Diga apenas o que você sabe. Se um fato é tênue, não o alimente até engordá-lo. Se um fato é rico, não extraia nada dele para torná-lo mais modesto. Se um fato é curto, não o estique para torná-lo mais longo. A verdade resiste à mão responsável por criá-la, de modo que não está vinculada a essa mão. Ela deve existir no estado em que foi criada pela primeira vez. É por isso que, quando um homem vem até o outro com uma mentira, é sinal de que encobriu um fato. Ele pode estar oferecendo uma cascavel numa cabaça de comida. Pode estar destruindo os trajes da glória até seu alvo estar acuado, até ser enganado, até ser despojado de suas posses, até ser destruído! Já vi isso muitas vezes.

Oseburuwa, não digo isso só pelo que aconteceu ao meu hospedeiro, mas também porque quando ele acordou na garganta profunda da noite, logo depois de eu ter voltado da caverna dos espíritos guardiões, a primeira coisa que lhe ocorreu foi que ainda não tinha ligado para Ndali, como disse que faria. Ndali o fez prometer que jamais mentiria para ela. Isso foi alguns dias antes de sua partida para Lagos, quando estavam no quintal, observando uma das poedeiras que acabara de ter pintinhos, alisando e bicando as penas ao redor do pescoço. Virando-se para ele como se tivesse de repente se lembrado de alguma coisa, Ndali falou:

— Nonso, você promete?

— Sim — ele respondeu. — Prometo.

— Você sabe que mentir é uma coisa maligna. Como posso saber o que não sei se você não me contar, se disser alguma outra coisa no lugar?

— Isso mesmo, mãezinha.

— Então, Obim, isso significa que você jamais vai mentir para mim?

— Sim...

— Nunca, jamais. Quero dizer, de jeito nenhum? Nunca?

— Eu não vou mentir, mãezinha.

— Promete?

— De coração.

Então ela abriu os olhos, mas, ao olhar para ele, fechou os olhos de novo.

— Não, não, Nonso. De verdade, escuta. — Ele esperou que ela falasse, mas Ndali ficou um longo tempo sem dizer nada. Até então ele não sabia dizer o que a havia feito parar. Um pensamento, talvez, tão grande que a distraiu por tanto tempo? Ou era um medo tão grande que a fez pesar suas palavras com um cuidado semelhante ao de uma pessoa identificando se o corpo mutilado prestes a ser descoberto é o de um ente querido?

— Você nunca vai mentir para mim, Nonso? — ela falou afinal.

— Eu nunca vou mentir para você, mãezinha.

Onyekeruuwa, meu hospedeiro levantou naquela manhã como se despertado por um grito de uma pessoa invisível. Quando abriu os olhos, ouviu o som de um veículo ao longe, algo como um guindaste ou um caminhão pesado freando. Por algum tempo ficou ouvindo esse veículo para se manter à tona do medo que se estabelecera na superfície de sua mente como uma gota de óleo. Sustentou-se com pensamentos em coisas que poderia fazer por si mesmo para encontrar Jamike. Banhado pela luz que caía através das cortinas, sentou-se e tentou localizar Jamike na vegetação emaranhada de seus pensamentos. Assim que o resto da noite foi varrido para longe, levantou-se e entrou no novo país. Iria até onde pudesse para encontrar qualquer um que talvez soubesse para onde Jamike tinha ido ou como entrar em contato com ele. Deveria haver algum amigo em algum lugar que pudesse ter informações sobre o paradeiro de Jamike. Não deixaria mais Tobe carregar sua cruz; ele tinha de carregá-la sozinho.

Lavou-se, pegou a sacola com os documentos e saiu antes de ouvir movimentos de Tobe. Entrou na faculdade quando o sol aparecia, andando pelos lugares por onde ele e Tobe haviam passado. Sentou-se num banco ao lado de um tanque onde se elevava a escultura de um sapo repulsivo, com uma barriga preta tigrada. Na extremidade do banco estava sentado um casal de pele clara falando em turco. Os dois se levantaram assim que ele sentou, olhando várias vezes para trás enquanto se afastavam, de uma forma que o convenceu de que estavam falando sobre ele.

Ficou ali até o momento em que seu telefone disse que eram 8h14. Quando se levantou, o ônibus das 8h15 estava estacionado atrás dele. No espaço entre ele e o ônibus, alguém havia criado uma fonte no solo — certos materiais desconhecidos se espalhavam no chão como plantas estranhas —, de onde a água jorrava. Meu hospedeiro parou em frente aos irrigadores para determinar a direção da água; quando jorrou na direção oposta à dele, passou pelo espaço e correu para pegar o ônibus.

Quando ia subindo no ônibus, o motorista disse alguma coisa.

— Não turco — respondeu.

— *Não turco* — repetiu o motorista.

— Sim, inglês, mas não turco.

— Você, Nijerya?

— Sim, eu sou da Nigéria.

Falou aquelas últimas palavra distraidamente, antes de sentar. O ônibus passou entre duas calçadas, numa das quais dois nigerianos levavam sacolas de nylon do Lemar, o supermercado onde ele e Tobe tinham comprado os cartões SIM de telefone. Não soube por que se levantou do banco ao ver um deles, depois voltou a sentar. Alguma coisa que não podia explicar o fez pensar por um breve momento que o homem era Jamike. Sentou-se ciente do olhar assustado das pessoas no ônibus, talvez considerando se ele tinha enlouquecido.

Quando viu que o ônibus se aproximava do ponto em que ia descer, deu um passo à frente, saindo do local onde estava e da vegetação emaranhada de seus pensamentos. Gingando, andou até a frente e segurou-se numa das colunas de apoio. O motorista o avistou pelo espelho retrovisor e sorriu.

— Nijerya, muito bom, futebol. Muito muito bom. Jay-Jay Okocha, Amokachi, Kanu... muito bom, Nijerya, *wallahi*!

Quando desceu do ônibus, voltou às lembranças daquela noite no quintal como se golpeado por um bastão invisível. Ndali estava sentada no banco com a galinha empoleirada no colo, olhando para os dois em silêncio.

— *Mãezinha* — disse ela, rindo. — Você é um homem incomum, Nonso. Você sempre vai me chamar assim?

— Isso mesmo, mãezinha.

Ela riu de novo.

— Você gosta?

— Gosto, mas é estranho. Nunca vi ninguém chamar a namorada de mãezinha. Eles dizem "lindinha" ou "amor" ou "querida". Você sabe. Mas "mãezinha"? É diferente.

— Eu enten...

— Ehen, eu me lembro, eu me lembro, Nonso! Hoje, durante a missa na igreja, nós cantamos um hino que me lembrou muito de você, Nonso. Não sei por que, não sei por que, mas não, acho que sei por quê. Foi a letra do hino, sobre vir a mim. *E você vem a mim.* Isso me lembra tanto você, de como, de repente, você veio a mim saído do nada.

— Você devia cantar esse hino, mãezinha.

— Oh Deus! Nonso, devia? — Deu um soquinho no braço dele.

— Ah! Ah! Você vai me matar, oh.

Ela deu risada.

— Eu sei que meus socos são como penas para você. Mas você diz que é pesado? Ah, *isso é uma mentira.* Mas, olha, é um hino para Deus. Então eu não quero cantar para você porque não é uma canção de amor.

— Desculpe, mãezinha. Eu sei. Só quero ouvir você cantar. Quero ouvir você cantar e também para saber o que no hino fez com que você pensasse em mim.

Ela abriu os olhos quando ele parou de falar.

— "Fez lembrar", não "me lembrou". Fez me lembrar de você.

— Oh, mãezinha, isso mesmo. Desculpe.

— Certo, tudo bem, mas eu sou tímida. *Ama'im ka e si a gu egwu.*

— Belo igbo — comentou, dando risada.

— Bobão. — Bateu nele de novo. Ele se contorceu e fez uma careta de dor. Ndali mostrou a língua, puxou a pele embaixo dos olhos até os globos oculares mostrarem a constelação de veias sulcando o tecido vermelho. — Isso é o que você merece por rir de mim.

— Agora você vai cantar?

— Tudo bem, Obim.

Viu quando ela ergueu os olhos para o teto, entrelaçou os dedos e começou a cantar o hino. A voz dela oscilava e modulava suavemente, carinhosamente, enquanto as palavras saíam. Egbunu, o poder da música na consciência do homem não pode ser desconsiderado. Os antigos pais sabiam disso. Era por essa razão que diziam sempre que a voz de um grande cantor podia ser ouvida pelos ouvidos de um surdo, e até dos mortos. Como é verdade, Oseburuwa! Pois um homem pode estar num estado de profunda tristeza — aquele estado uterino, sepulcral. Durante dias pode continuar em lágrimas, talvez nem mesmo comendo. Os vizinhos chegam e saem; parentes passam pela casa dele dizendo: — Anime-se! Está tudo bem, meu irmão! — Porém, depois que tudo foi dito, ele volta de novo ao lugar escuro. Então deixe que ouça boa música, que seja cantada por uma voz talentosa ou no rádio. Vai ver a alma dele se erguer, lentamente, do lugar escuro e atravessar o limite até a luz. Já vi isso muitas vezes.

Meu hospedeiro, cujo medo de perder Ndali vinha aumentando naqueles dias, foi envolvido pelas mãos fortes dos últimos versos:

Você é meu rei
Você é meu rei
E vem a mim
Jesus, você vem a mim
E você vem a mim
E você vem a mim

Quando terminou, meu hospedeiro pegou na mão dela e a beijou tão fervorosamente que, mais tarde, quando fizeram amor, ela perguntou se foi a canção que fez ser tão bom.

A melodia estava materializada em sua mente quando ele desceu do ônibus para o abrigo que se ramificava em direção a uma longa rua levando à Universidade Near East. Ficou com ele até mesmo depois, como um rumor persistente captado no ouvido do Universo. *E você vem a mim*. À sua frente e ao redor, tudo o que seus olhos conseguiam ver eram evidências das coisas que o homem que tinha encontrado no aeroporto, T.T., dissera sobre o país, como era formado principalmente por desertos e montanhas e mares onde nada que pudesse ser consumido crescia. A única coisa à vista era uma grande extensão de terra deserta. Às vezes, um monturo de ervilhaca seca emaranhada, que parecia o que as pessoas do outro lado do grande oceano chamavam de feno, espalhava-se na terra. No acostamento viam-se grandes cartazes. Pouco antes do ponto de ônibus, viu um terreno cheio de automóveis destroçados e todos os tipos de sucata de metal. Um caminhão depenado olhava por órbitas vazias onde antes ficavam seus faróis. Pouco além, um carro esportivo branco emborcado era mantido no lugar pelos restos calcinados do que deveria ter sido um caminhão. Mais à frente havia uma carreta, retorcida em forma de anel, com a cabina totalmente destroçada.

Pensou em ligar para T.T., já que estava indo para sua universidade, a mesma que Tobe havia assinalado como a faculdade de Jamike. Começou a procurar o telefone quando plantei na cabeça dele a ideia de que não tinha pegado o número de T.T. O telefone estava descarregado quando os dois se despediram no aeroporto. Olhou para o telefone com raiva, esfregando as mãos nas bordas do aparelho. Passou pela cabeça dele jogar o telefone em algum lugar e nunca mais vê-lo, mas acabou o guardando no bolso. Àquela altura tinha chegado a um lugar que parecia algo como uma pista de corrida. Em frente ao portão havia um grupo de pessoas esperando, uma garota negra entre elas. Seu vestido o fez se lembrar de um vestido que a irmã costumava usar. Percebeu que as orelhas da mulher eram furadas, e que ela de vez em quando balançava a cabeça ao som da música que ouvia pelo dispositivo espetado em seus ouvidos, que meu hospedeiro registrou em sua mente como "fones de ouvido". Andou na direção dela.

— Por favor, minha irmã, aqui é a Near East?

— Não. Near East é mais longe — respondeu a moça.

— *Eh*, oh longe?

— Sim, mas esse ônibus que está chegando pode levar você até lá. Oh, aquele lá. Vamos pegar, ele vai deixar você no campus que quer ir.

— Obrigado, minha irmã.

O ônibus era mais limpo, mais novo e mais cheio que o da sua escola, com muitos jovens turcos falando na língua deles. A garota negra se acomodou na parte de trás onde, sem encontrar lugar para sentar, ficou em pé segurando numa alça de borracha pendurada de uma barra acima. O interior era forrado por cartazes de todos os tipos. Nenhum deles numa língua que ele conseguisse entender. Um dos cartazes mostrava um estudante negro ao lado de um estudante branco, os dois apontando um edifício tão alto quanto os que havia visto no centro da cidade no dia anterior. Pensou no quanto as coisas eram diferentes neste país. Na terra dos grandes pais, mendigos e pessoas vendendo diferentes produtos enchiam os ônibus, oferecendo seus artigos e tentando chamar a atenção dos passageiros. Lembrou-se do congestionamento na estação rodoviária de Lagos, quando tentou regatear com um vendedor que não parava de importuná-lo sobre um frasco de perfume barato. Percebeu que, se a situação estivesse melhor, provavelmente teria adorado este lugar — ao menos pela organização.

Desceu no primeiro ponto de ônibus, perto da faculdade. Dois alunos que carregavam livros desceram também. O ônibus estacionou com um gemido alto entre dois campos do que me pareceu grama artificial, em nada parecido com a terra dos grandes pais. Um prédio se erguia ao lado da grande rodovia, além de uma pequena elevação. Meu hospedeiro ainda não tinha pensado bem para onde iria. Eu não podia fazer nada para ajudar, pois nada ali era como o que conhecia, como quando meu hospedeiro escravizado foi levado a um lugar do outro lado do poderoso oceano, suas vastas e poderosas águas que cobrem a maior parte da superfície da terra. Naquele lugar, a Virgínia, meu antigo hospedeiro, Yagazie, passou a viver entre outros cativos de nações de povos negros, muitos dos quais não falavam a língua dos grandes pais. Aquele lugar era esparsamente povoado. Havia grandes edifícios, dois dos quais contaram com a participação de meu hospedeiro na construção, ao redor dos quais os cativos viviam. O restante era formado por campos e montanhas, campos tão densos como as florestas de Ogbutiukwu. Não havia nada da magnificência que ele via agora, nenhuma luz brilhante nas ruas à noite, nenhum equipamento que produzia diversos sons. Por isso fiquei em silêncio enquanto ele pensava no que fazer. Egbunu, nesse momento em que a mente de meu hospedeiro não conseguia arranjar uma solução para o problema e eu, seu espírito guardião, tampouco podia ajudar, o Universo estendeu uma mão. Pois quando ele começou a andar de novo em direção ao prédio mais próximo, seu telefone tocou. Pegou-o rapidamente e atendeu à chamada.

A voz de Tobe do outro lado da linha soou emburrada, mostrando sinais de preocupação. Meu hospedeiro respondeu: — Eu estou em Near East, meu irmão. Não quis continuar incomodando você com meus problemas.

— Eu entendo. Você encontrou o sujeito?

— Não, eu acabei de chegar à escola. Nem sei para onde devo ir.

— Já foi ao departamento internacional, como o de Dehan aqui na UIC?

— Jesus Cristo! Isso mesmo, meu irmão. Deve ser para onde devo ir.

— Sim, sim — concordou Tobe. — Vai lá primeiro.

— *Chai, da'alu nu* — disse meu hospedeiro, quase rompendo em lágrimas, pensando mais uma vez como uma ideia tão óbvia tinha escapado de seus pensamentos.

— Você vai voltar para irmos ao agente imobiliário? Dee me deu um endereço. Hoje é meu quinto dia nesse apartamento, só tenho mais dois.

— Isso mesmo, Nwannem. Eu vou voltar logo. Assim que terminar.

Até aquele momento ele tinha caminhado com calor e coragem, propelido por sua determinação de que deveria carregar sozinho sua cruz. Mas agora sua coragem o abandonou, não sei se por ter ouvido a voz de Tobe ou por ter chegado a um local nesse país onde tinha certeza que Jamike estivera e não saber como proceder. O que se tornou claro foi que alguma coisa mudou nele depois de encerrada a ligação. Começou a andar com o passo de um grilo obrigado a sair de sua toca, até encontrar um homem com um rosto redondo — o tipo de povo denominado *chinês*. — Ah! — arquejou o homem em resposta à pergunta de meu hospedeiro, dizendo que havia acabado de sair do departamento internacional. O homem o levou até perto do prédio, com uma fachada diferente de tudo que já tinha visto. Ao lado, bandeiras pendiam de inúmeras hastes, entre as quais ele localizou a bandeira verde-branca-verde do país de onde viera.

Egbunu, antes de passar pela porta, meu atemorizado hospedeiro procurou ajuda espiritual. Nisso ele agiu como os fiéis pais. Mas onde os pais teriam oferecido preces a seus *ikenga*, a seus *chi*, a seus *agwu*, ou até a outra deidade, meu hospedeiro rezou para o *alusi* do Homem Branco, pedindo ajuda para encontrar Jamike aqui — sua primeira oração em muitos anos. Pois aqui, ele temia, poderia estar seu último alento de esperança.

— Deus Jesus, tenha piedade de mim. Perdoe todos os meus pecados como eu perdoo todos os que transgrediram contra mim. Se me ajudar a recuperar todo meu dinheiro de volta, se não permitir que isso aconteça comigo, eu o servirei pelo resto da minha vida. Em nome de Jesus eu rezo. Amém. Amém.

Akataka, você deve me perdoar. Você nos projetou de tal forma a sermos um com nossos hospedeiros. De forma que com o tempo começamos a sofrer suas dores. O que os cura também nos cura. É por isso que reluto em descrever a experiência naquele escritório, pois prefiro fazer um relato de seus efeitos nele, das consequências. Pois não quero continuar aqui por muito mais tempo, vendo esses muitos espíritos guardiões também em busca de uma audiência. Portanto direi que ele descobriu aqui que o homem que procurava, Jamike, como o policial havia dito, era realmente aluno ali e muito bem conhecido entre os estudantes estrangeiros. Descobriu também que Jamike estudara ali apenas um semestre, apesar de ter morado no país por dois anos. Parou de frequentar as aulas depois de três semanas. Um dos funcionários do departamento internacional da escola, que disse se chamar Aiyetoro e que era do mesmo país que meu hospedeiro, o levou até uma sala vazia depois de ele ter falado com o chefe do departamento internacional.

— Omo, você pode estar com um problema sério, oh — disse o homem.

— Eu sei — concordou meu hospedeiro.

— Sabe? Espera, você já conhecia Jami, da Nigéria?

Meu hospedeiro aquiesceu. — Nós fomos colegas no ensino elementar, meu irmão.

— Onde, em Umuahia?

— Isso mesmo.

— Então você o conhecia? Sabia que ele é um garoto *yahoo*?

Meu hospedeiro abanou a cabeça. — Não.

— Ah. Ele é um grande golpista, oh... um garoto *yahoo* profissional. Quanto ele tirou de você?

Meu hospedeiro olhou para aquele homem e por um momento pensou em seu gansinho, o pássaro que amava muito, a primeira coisa a que seu coração se apegou. A imagem em sua mente ainda era mesma, mas, Egbunu, era muito maior do que isso. Era um evento. Foi depois de ter lido livros sobre

242 *Chigozie Obioma*

falcoeiros e começar a se chamar de falcoeiro e pensar em voar seu pássaro pela cidade. Tinha decidido comprar um longo cordão, forte porém longo. E fez o pai lhe comprar tiras de couro, algo que amarrava na ave como uma tornozeleira quando o soltava no ar. No começo o gansinho se recusou a alçar voo. Ficava grasnando e lamentando. Mas um dia ele voou tão alto, tão para longe da goiabeira, até onde chegava o cordão, com meu hospedeiro com as mãos erguidas, deixando o cordão girar em seu pulso. Na ocasião, a alegria de ver o gansinho voando foi tanta que ele chorou.

— Você não que me contar? — perguntou o homem. — Quero saber para ver se posso ajudar, ok?

— Sem problema, meu irmão. Cerca de seis mil e quinhentos euros.

— *Ye paripa!* Jisos! Certo, sabe de uma coisa? Sem afobação, *eh*? Relaxa. Vou te ajudar. Esse sujeito já enganou muita gente. Eu não o vejo desde o ano passado, mas conheço alguns sujeitos que dividem o apartamento com ele e que o viram.

Gaganaogwu, o que esse homem deu a meu hospedeiro foi esperança. Um homem necessitado se apoia no que puder para conseguir sobreviver. Já vi isso muitas vezes. Um homem que se afoga não pede uma corda quando tem à disposição uma haste ou um galho de árvore em vez de uma balsa. Ele se agarra no que estiver ao seu alcance. E assim, na periferia da universidade, exatamente no lugar onde tinha falado com a garota de pele escura mais cedo, Aiyetoro chamou um táxi para ele e lhe deu um endereço de um lugar chamado Cirene. Meu hospedeiro agradeceu a Aiyetoro, apertou sua mão com as palmas suadas e o homem disse:

— Está tudo bem, bro.

Meu hospedeiro partiu para Cirene como um homem alquebrado. Por um longo tempo a viagem o levou por planícies vazias e desertas, flanqueadas por montanhas. Teve uma visão mais próxima da bandeira pintada na serra, da qual havia visto as luzes na sua primeira noite. Examinou o estampado: um crescente carmesim e uma estrela sobre um mar de branco. Percebeu que era muito parecida com a bandeira da Turquia: uma lua branca crescente sobre um mar carmesim. Na paz propiciada pelo automóvel, Ndali retornou aos seus pensamentos por meio da melodia que havia lembrado mais cedo. O pensamento quase o fez chorar. Sabia que se tivesse seu novo telefone ela já teria tentado ligar ou mandar uma mensagem. Num ímpeto, digitou o número dela depois de um sinal de mais, mas não conseguiu prosseguir. Entretanto, temia que ela estivesse preocupada, pensando sobre o que teria acontecido com ele. Digitou de novo e esperou, o coração palpitando, até ela atender no terceiro toque. Egbunu, considero difícil descrever a emoção que meu hospedeiro sentiu ao ouvir a voz dela. Agitou-se, esfregou a mão no assento enquanto ela dizia:

— Alô, alô... quem fala? Você pode me ouvir? Alô? Alô, está me ouvindo?.— Prendeu a respiração. — Talvez seja a rede — ela falou dando outro suspiro. — Talvez até seja Nonso *eh*. — Aí ela desligou.

Ficou olhando para o telefone, a voz dela ainda na cabeça como se presa lá dentro. — Eu não devia... — começou a dizer, mas parou para olhar para o telefone mais uma vez.

— Eu não devia ter vindo aqui — disse na língua dos pais. — Eu não devia ter vindo. Eu não devia ter vindo.

— *Pardon?* — disse o motorista.

Atônito, meu hospedeiro percebeu que não tinha pensado aquilo, e sim falado em voz alta.

— Desculpe, não foi com você.

O homem fez um gesto de mão. — Sem problema. Sem problema pra mim, *arkadas*.

Mais uma vez, meu medo se inflamou, pois um dos primeiros sinais de um homem desesperado é não ser mais capaz de distinguir entre realidade e imaginação. Durante o resto da viagem ele se comportou com delicadeza, como uma garrafa de vidro cheia de líquido rachada em várias partes, mantida pelo que parecia um milagre. Enquanto seguia viagem, e num breve período de trégua, ele se deixou atrair pelas belezas naturais da ilha. Pois assim que se aproximaram de Cirene, a paisagem se transformou em algo que jamais havia visto — muito diferente da terra dos opulentos pais. Castelos e casas, algumas com bandeiras da Turquia, erguiam-se no alto de montanhas e afloramentos de granito. Ficou chocado com o fato de pessoas conseguirem construir casas em colinas e montanhas. O último trecho da estrada subiu, emergindo de algo que parecia um vale — uma rocha comprida e sólida de um lado e um campo com poucos arbustos e cheio de pedaços de pedras e rochas do outro. Lentamente, eles começaram a se aproximar pela estrada em aclive de onde a cidade inteira se espalhou diante de seus olhos: casas grandes e pequenas, algumas imponentes e outras com pináculos. À frente, a cuia de água azul do mar Mediterrâneo era visível a distância entre as ruas adensadas. À medida que chegavam mais perto, o mar parecia se expandir, de forma que, ao chegarem à grande ponte na entrada de Cirene, a cidade inteira parecia estar contida por uma cerca invisível que, se removida, faria com que caísse no mar.

Mais tarde, em frente a um prédio de três andares, o motorista apontou e disse:

— É ali, *arkadas*.

Meu hospedeiro enfiou a mão no bolso e deu ao homem trinta e duas liras. Em seguida passou por uma porta de metal, lutando para reter na cabeça o nome do homem que o havia mandado ali — Aiyeoto, Aiyeoto.

Bateu no primeiro apartamento, marcado com a inscrição APT 1. Na porta um cartaz estampava uma inscrição em turco, com a tradução abaixo: BEM-VINDO. Uma mulher turca apareceu, e atrás dela uma garotinha segurando uma boneca com cabelos desgrenhados.

— Desculpe — ele disse.

— Sem problema. Procurando os nigerianos? — indagou a mulher em um inglês nítido que o surpreendeu.

— Sim, os nigerianos. Onde eles estão?

— Apartamento cinco. — A mulher apontou para cima.

— Obrigado.

Começou a subir correndo, com pensamentos brotando em sua mente, os ouvidos latejando, um único broto de esperança enraizado na mente, como o cogumelo que certa vez vira crescendo no banco de um carro velho abandonado. Talvez encontrasse Jamike ali, escondido, quem sabe depois de ter voltado secretamente pela empoeirada fronteira do Chipre do Sul para fugir da polícia. Talvez fosse por isso que o arquivo do Estado mostrava que ele tinha saído do país. Essa esperança, insana como era, crescendo sem solo ou água na superfície periclitante e nodosa daquele carro, continuou viva quando ele chegou a um andar onde começou a sentir o aroma de comida nigeriana e ouvir vozes de homens discutindo em voz alta na língua do Homem Branco em sua versão fragmentada. Esperou diante da porta, a mão no peito, pois pareceu ter ouvido a voz diferenciada de Jamike entre eles, gritando em seu tom gabola com o proeminente eco de *"mehn"*. Bateu na porta.

Akwaakwuru, o trabalho de um espírito guardião costuma se tornar mais difícil quando o espírito do nosso hospedeiro, seu perene *onyeuwa*, que existe no corpo do hospedeiro somente como uma expressão de sua mente, está alquebrado. Quando isso acontece, o hospedeiro entra em desespero. E o desespero é a morte da alma. É portanto muito difícil manter forte o espírito de alguém diante dessa situação, impedir, enquanto se pode, que fracasse. Foi por isso que, quando ele saiu da casa das pessoas que conheciam o paradeiro de Jamike, eu lancei pensamentos em sua mente para diverti-lo. Lembrei-o daquele dia em que ele comeu *ugba* e ficou com caganeira. Ele se viu espalhando merda pela mata. Isso o deveria ter feito rir, mas não o fez. Fiz com que lembrasse uma das coisas que mais o fascinava: a maneira como o gansinho bocejava. Como abria o bico e sua língua cinza estremecia com uma substância nacarada formando uma bolha embaixo da língua. O bico, aberto a mais que o dobro de qualquer humano, esticava uma boa porção da sua pele, de tal forma que enrugava o focinho. Em circunstâncias normais ele teria dado risada. Mas agora não; não conseguia. Por quê? Porque o mundo todo se torna morto para um homem como ele num momento como aquele, e portanto todas as lembranças agradáveis, todas as imagens que poderiam causar prazer não significavam nada naquele momento. Mesmo se fossem reunidas em miríades em sua mente, elas meramente se acumulariam numa futilidade abismal, como um punhado de ouro na boca de um homem morto.

Por isso ele voltou à cidade levando, como um presente numa bandeja, a convicção que a conversa com os homens fizera nascer nele: que estava tudo acabado; que o que fora feito estava feito. Eles lhe haviam dito em palavras claras que o plano havia sido elaborado. Jamike tinha revelado aos amigos todos os detalhes. Disse que estava envolvido num grande negócio, depois do qual iria para o Sul.

O que eles queriam dizer com isso?, perguntou meu hospedeiro com a voz trêmula.

Simples, eles responderam. O Chipre do Norte e o Chipre do Sul eram um só país, até terem entrado em guerra e a Turquia dividir a ilha em dois, em 1974. Esta parte turca é um Estado rebelde, a parte grega é o autêntico Chipre. Os dois países são separados por arame farpado. Se você for a Cirene Kapisi, o centro da cidade de Nicósia, vai ver a fronteira e europeus entrando por essa parte da ilha vindo do outro lado. Eles estão na União Europeia. Muitos nigerianos pagam para entrar lá clandestinamente, e alguns tentam entrar no território pulando o arame farpado e pedindo asilo. Jamike também tivera de pagar para atravessar.

— Ele não vai mais voltar? — perguntou a seguir, e, apesar de ter falado com o tipo de pânico ameaçador que ganharia a simpatia até mesmo de um verdugo, um deles respondeu:

— Não. Ele foi para ficar.

Egbunu, meu hospedeiro aceitou essa revelação com uma firmeza austera, como um homem que tivesse entrado em um espaço fechado do qual não houvesse como escapar. Se olhasse para a esquerda, veria uma impenetrável muralha de pedra. Se olhasse para a direita, veria uma porta de granito contra a qual a força de cem homens fortes seria infrutífera. Para a frente? A mesma coisa. Para trás? Também vedado.

Então ele perguntou aos homens o que poderia fazer.

— Não sei, *bro* — respondeu o sujeito que tinha se identificado como "melhor amigo" de Jamike. — Nós dizemos ao pessoal da Nigéria para abrir os olhos, não se deixar iludir, pois as pessoas... *eh, bro*... são más. Mas alguns de vocês não escutam. Olha só como esse cara te enganou.

— Tente ficar aqui, *mehn* — recomendou outro. — Você é um homem. Aguente. O que aconteceu já aconteceu. Tem muita gente aqui como você. E eles sobrevivem. Até eu, alguém mentiu para mim, um agente disse que isso aqui era a América. Eu paguei, paguei pra entrar aqui e o que descobri? A África na Europa.

Todos deram risada.

— Nada de *ropa* nada de *Eu* — disse o primeiro homem. — Nada disso! E o que eu fiz? Me matei? Encontrei um emprego humilde. Trabalho em construção. — Mostrou as palmas das mãos. Eram firmes, duras como concreto, ásperas como a superfície de madeira serrada. — Eu não trabalho com pneus, nem com gente, mas olhe só para mim, eu continuo estudando. Aliás, para piorar as coisas, as mulheres deles não gostam de nós. Aqui nós não temos vez!

Os homens gargalharam com aquela afirmação, na presença do homem em chamas que os observava com olhos vazios.

— Ou você pode simplesmente voltar pra casa — continuou um dos que já tinham falado antes. — Alguns fizeram isso. Pode até ser melhor para você. É só comprar a passagem com o que sobrou e voltar para casa.

Chukwu, se eu não fosse seu *chi*, que esteve com ele desde antes de ter vindo ao mundo, antes de ser concebido, não teria acreditado que foi ele quem saiu daquele lugar naquela tarde andando sob o sol. Pois meu hospedeiro havia se metamorfoseado, se transformado num piscar de olhos de uma coisa sólida em uma massa de argila frágil e agora estava irreconhecível. Já vi coisas assim: vi um hospedeiro escravizado, acorrentado, faminto, açoitado. Já vi hospedeiros sofrerem mortes súbitas e violentas. Vi hospedeiros sofrerem de doenças: Nnani Ochereome, muitos, muitos anos atrás, que — sempre que ia à privada — sangrava e seu ânus inchava tanto e de forma tão dolorosa que ele às vezes não conseguia andar. Mas em nenhuma dessas vezes lembro-me de ter testemunhado tal abalo na alma de um homem. E eu o conheço bem. Como sabe, Egbunu, todo homem é um mistério para o mundo. Mesmo em seus momentos mais extrovertidos um homem se esconde dos outros. Pois não pode ser totalmente conhecido. Não pode ser totalmente visto pelos que olham para ele, nem pode ser totalmente tocado pelos que o abraçam. O verdadeiro ser de um homem está escondido dos olhos de todos atrás de uma parede de carne e sangue, inclusive dos próprios olhos. Apenas seu *onyeuwa* e seu *chi* — se for um bom *chi* e não um *efulefu* — podem realmente conhecê-lo.

Gaganaogwu, o homem em que ele havia se transformado num piscar de olhos saiu do apartamento, atravessou a estrada e entrou numa loja que viu ao chegar, parecida com aquela onde tinha comprado as bebidas fortes. Pegou a mesma garrafa da geladeira e pagou o homem silencioso de olhos úmidos que o observou com curiosidade, como se fosse um alienígena saído de um buraco abjeto no chão, encrostado de terra e lama. O mundo ao seu redor, aquela terra estranha, aquele despertar assustador, parecia vívido e cortante, como aço temperado. De um lado da rua um homem branco caminhava com o filho. Do outro, uma mulher empurrava uma coisa com rodas cheia de mantimentos e um pombo ciscava na calçada. Pensou em si mesmo, que estava com fome. Era quase meio-dia e não tinha comido nada. Ficou surpreso por não ter pensado nisso, não ter pesando em como as coisas podiam mudar rapidamente.

Saiu da loja bebericando da garrafa, com passos ritmados. Bateu os pés no chão e se firmou, como se ao fazer isso se apoiasse contra uma queda. Guardou a garrafa em sua sacolinha e chamou um táxi. Ao se sentar, percebeu que não tinha fechado o zíper da calça depois de usar o toalete no apartamento dos nigerianos. Subiu o zíper e fechou os olhos quando o carro partiu em direção a Nicósia. Na cabeça dele, pensamentos competiam pela supremacia. Discutiam com vozes roufenhas até se transformarem numa competição de gritos. Obrigou-se a sair do meio daquilo e a entrar num espaço isolado onde somente Jamike existia, e começou a pensar sobre o dia em que encontrara aquele homem. Até então ele vivia por conta própria, tocando seu negócio. Pela maior parte da vida se comportara como um homem recluso, um que não via o mundo como se pudesse ser divino e compreendido, e sim um que o espiava como se fosse algo que não deveria estar olhando. Não pedia muito do mundo. O que vinha pedindo recentemente era apenas estar com a mulher que amava. Com certeza isso não era demais. Sim, a família dela levantou uma barreira, mas ele já não sabia disso antes? Que uma barreira representa uma oportunidade de avançar e crescer? Já não tinha comprado os formulários para ingressar em faculdades da Nigéria antes de encontrar Jamike? O que tinha feito para merecer esse destino?

Tomou um gole da bebida e soltou um arroto alto. Ajeitou-se no táxi e inclinou a cabeça de lado enquanto o carro voltava pela estrada pela qual havia chegado, como se refazendo seus passos, só que dessa vez um caminhão cheio de material de construção retardava o tráfego na rodovia de uma só pista. Logo o táxi ultrapassou o caminhão, ficando atrás de uma picape vermelha com um cachorro branco com a cabeça fora da janela. Ficou olhando. Observou o cachorro minuciosamente, o jeito como a cabeça balançava mecanicamente, como se fosse controlado pelo vento, surpreso em como uma visão banal como um cachorro com a cabeça na janela podia ajudar um homem a esquecer seu atual estado de aflição.

Quando se aproximavam de Nicósia, passando por um trecho de rochas pintadas ao lado da estrada, o cachorro desapareceu e Jamike voltou a seus pensamentos como se forçado pela energia do carro. Tomou mais um gole e arrotou.

— O que... não, não, meu amigo! O que está fazendo? O que está fazendo, *yani*?

Meu hospedeiro não entendeu.

— Álcool, nada de álcool no meu táxi, meu amigo. *Haram*! *Anadim mi*?

— Está dizendo que não posso beber? Não posso beber? Por quê?

— Sim, sim, nada de álcool. Por causa de *haram*, meu amigo. Problema. Problema de *cok*. — O homem bateu a mão no painel e estalou os dedos.

— Por quê? — ele perguntou de novo, com uma espécie de fúria estrangeira na mente. — Eu posso fazer o que quiser. Continue dirigindo o seu carro.

— Não, meu amigo. Mim, muçulmano. Certo? Você bebe álcool, problema. Grande problema. Eu não levo você a Nicósia.

O homem parou o carro no acostamento, perto de Nicósia.

— Você precisa sair do meu táxi já, *arkadas*.

— O quê? Você vai me deixar aqui?

— Sim, você precisa sair do meu táxi já. Eu digo não álcool e você me diz não. Você precisa sair.

— Certo, mas não vou te pagar!

— Sim, não me pagar, não pagar!

O homem continuou falando depressa em turco, enquanto meu hospedeiro descia do carro para a estrada. Depois partiu em direção à cidade, deixando meu hóspede em uma planície silvestre rodeado pelo deserto, pela estrada, por ar e mais nada, como uma cabeça decepada do próprio corpo rolando na terra — como eu já vi uma vez.

Akataka, nesse estado de angústia, ele começou a andar na direção da cidade, com seu espaço, seu mundo se abrindo adiante como um grande segredo cósmico. Deserto, deserto, ele tinha ouvido muitas vezes — de T.T., de Linus, de Tobe e até de Jamike — como se a única palavra que poderia descrever de forma adequada aquela paisagem. Mas o que é um deserto? É um lugar com terra abundante, porém solta. Na terra dos pais, é difícil escavar a terra do solo. Alguém firmou a terra no solo, talvez as chuvas frequentes, tornando difícil retirá-la com facilidade. É preciso escavar para tirar a terra. Mas ali não era assim. Só os passos de um homem já perturbavam o solo e levantavam poeira. Assim que se percorre uma pequena distância, os pés já estão recobertos por uma argila escura. Que se espalha e penetra por toda parte, acomodando pouca vegetação e resistindo a quase todos que tentam fincar suas raízes ali para existir, para vegetar. Por isso, o que cresce nele é forte e resistente. A oliveira, por exemplo — uma árvore que não precisa de água para crescer, a não ser a que consegue extrair das profundezas do solo, pois o país está sobre a água. Qualquer outra coisa que habite essa terra deve antes subjugá-la. Precisa haver uma luta, uma batalha hemisférica em que grandes rochas (colinas, montanhas, rochas) chegam até aqui ou emergem de alguma imensidão além de qualquer conhecimento, esmagam os inimigos da terra e a poeira e insistem que aqui, neste lugar, é onde devo ficar. E assim será. Devo dizer, porém, que nisso compartilha certa afinidade com a terra dos grandes pais, onde o solo — em sua fecundidade — mostra uma exuberância que zomba do deserto.

Continuou andando por mais ou menos meia hora, com passos ligeiramente bêbados, até alcançar uma alameda de casas. A vontade de chegar à cidade se fixava em sua mente como a sede por água no deserto. Queria chegar lá e encontrar a primeira estação de ônibus onde pudesse esperar para ser apanhado. Naquele momento entrou numa rua semifechada que se afastava da estrada principal, como se estivesse com medo. Parecia ser um bairro pobre, pois as casas tinham o teto baixo e velhas fachadas recobertas com plantas floridas enraizadas na terra argilosa. Um portão bambo apoiava-se numa parede em frente a uma das casas. Em cima de uma escada um homem pregava alguma coisa na parede. Do outro lado da estrada, dando para uma ponte, uma profunda cratera se estendia por quilômetros, com a terra se elevando em fileiras sinuosas em direção ao que parecia ser uma parte mais desenvolvida da cidade.

Seguiu a trilha, cansado, semienlouquecido, caminhando contra a vontade de seu coração, passando por casas vazias assentadas como sombras ao sol, o tecido encharcado que vestia grudando na pele. Ouviu vozes itinerantes de gente que não conseguia ver. Pássaros que nunca vira mergulhavam pelas planícies e planavam sem pressa. Egbunu, assim que ele entrou numa curva onde a rua voltava à rodovia principal, sobressaltou-se com um grito e o ruído de passos apressados atrás, seguidos de perto pelo som de vozes que se aproximavam. Quando se virou, um grupo de crianças, saídas do portão de uma residência — pois viu o portãozinho se abrindo —, veio correndo em sua direção, gritando o que soava como "Ahbi! Ahbi!" e depois "Ronaldinho! Ronaldinho!". Chukwu, no intervalo de um piscar de olhos ele estava no meio de uma multidão ruidosa e desinibida que falava uma língua desconhecida. Uma mão agarrou sua camisa desbotada por trás, e, antes de conseguir se virar para aquela direção, outra puxou sua bainha. Alguém gritou em seu ouvido, e antes de poder entender o que a voz dizia, ele submergiu num poço de palavras.

Agujiegbe, ele bateu os pés no chão, agitou os braços para se livrar das mãos que o agarravam e com um breve alívio percebeu que estava cercado por uma turma de garotos curiosos. Ficou chocado com a situação, e naquele instante gritou para que se afastassem. Agarrou a sacola com uma das mãos e levantou a outra mão para escapar ao cerco, cambaleando. Os garotos afastaram-se dele como moscas assustadas. Apertou os dentes, levantou a mão e desceu-a na primeira viela que conseguiu alcançar. Deu um passo atrás o mais rápido que pôde e, num movimento rápido, estava livre.

As crianças, quem eram? De onde tinham vindo? Será que não percebiam que ele não tinha nenhuma semelhança com Ronaldinho? Será que também não sabiam que Ronaldinho não poderia estar aqui, como ele, eviscerado — uma casca vazia ambulante que restara do que era uma semana atrás? Um dos garotos deu um passo à frente e fez sinal para que os outros recuassem. Estava de calção e camiseta, era mais alto que os demais. O garoto começou a dizer alguma coisa e gesticulou para um menino menor que levava uma bola. Fez sinais indicando que eles queriam autógrafos. Outro trouxe uma caneta e um caderno. Todos gesticulavam, e ficou claro para meu hospedeiro que o assédio logo pararia se ele atendesse ao pedido deles.

Quando pegou a bola para assinar, uma imagem que havia visto na casa do pai na aldeia veio à sua mente para insultá-lo: uma concha que devia ter pertencido a um grande caracol, agora vazia, seca e calcinada e afastando-se lentamente. De início, ele pensou ser um milagre, mas ao examinar melhor viu que estava sendo arrastada por uma equipe de formigas. Sentiu que a mesma coisa estava acontecendo com ele então, naquele bairro pobre de um país estranho, quando um bando de crianças o confundiram com o melhor jogador de futebol do mundo. Não sabiam que ele era um homem de grande pobreza, um homem cuja pobreza se estendia para além do diâmetro do tempo. No passado, o que tinha ele perdeu. No presente, tinha muito pouco. E, numa perspectiva de futuro, não haveria mais nada. E lá estava ele, com a caneta oferecida por uma das crianças, assinando uma bola, livros, camisetas e até as palmas das mãos de algumas delas. Naquela ocasião ele gritou ao ver a casca se movendo carregada por pernas emprestadas de um exército de formigas. Maravilhado, chamou a mãe para ver a cena. Mas, então, ao se ver diante dos olhos daqueles garotos desconhecidos, ele desabou e chorou.

O impacto de suas lágrimas foi imediato. Quando notaram que ele, "Ronaldinho" e "Ahbi", estava chorando, as crianças pararam no ato. Lá estava o grande jogador de futebol fazendo o que crianças tendiam a fazer. Foi uma revelação mortal. Uma após outra, as mãozinhas se recolheram, as vozes silenciaram, os olhos alegres foram tomados por perplexidade e os pés que o rodeavam se afastaram como um exército subterrâneo e silencioso. Olhou para elas e seguiu seu caminho, soluçando enquanto andava.

14
A CASCA VAZIA

AGBATTA-ALUMALU, na terra dos pais, se alguém começa a chorar em plena luz do dia, em público, as pessoas virão até ele para apoiá-lo. Verão que as chamas em seus olhos são as de um homem que dançou pelo teatro de sua vida de fogo que agora expõe as cicatrizes de sua incineração parcial como um troféu. Perguntarão o que está errado. Será que perdeu alguma coisa — um dos pais, um irmão ou um amigo? Se ele disser que sim, todos vão abanar a cabeça, penalizados. Colocarão as mãos nos ombros do homem que sofre e dirão: "Anime-se, Deus deu, Deus tirou. Você precisa parar de chorar". Se for o caso de ter perdido outra coisa, dinheiro ou propriedades, eles dirão: "Deus que proveu substituirá. Não lamente". Pois a sociedade igbo não permite que a tristeza prospere. A tristeza é tratada como um ladrão perigoso. A comunidade inteira deve se unir para persegui-lo com porretes, bastões e machetes. Assim, quando uma pessoa sofre uma perda, os amigos, a família e os vizinhos se reúnem com o único objetivo de evitar que ela sofra. Eles pedem, fazem recomendações, e, se a tristeza persistir, um dos que se mostram solidários — todos meneando a cabeça, rangendo os dentes — vai ordenar, com uma raiva fingida, que o desolado pare imediatamente. O homem entristecido pode se separar de seu pesar naquele momento, como a casca de uma velha noz-de-cola. Os que o confortam podem começar a falar sobre o clima, sobre o estado da colheita naquela estação ou das chuvas. Isso pode continuar o tanto quanto possível, mas no final, assim que surgir uma calmaria, o sofredor pode desmoronar de novo e o ciclo começa outra vez.

Já vi isso muitas vezes.

Mas aqui, Oseburuwa, nesse país estranho, de desertos, montanhas e gente de pele branca, ele não obteve resposta. As mulheres que passavam enquanto andava até a parada de ônibus se comportavam como se ele fosse invisível. Os homens que ocupavam cadeiras embaixo de toldos na porta de restaurantes, ou em sacadas baforando cachimbos, ou fumando cigarros parados em frente a algum prédio, olhavam para ele com a uma indiferença ostensiva, como fariam com um mendigo a quem ninguém presta a atenção — mesmo que ele cante e dance melhor que músicos célebres que levam multidões a estádios. As crianças que o viam, um adulto com o rosto banhado de lágrimas, observavam com uma perplexidade vazia. E ele continuou andando, levando nas costas o fardo da angústia como um saco molhado de coisas deterioradas. Tão alquebrado estava, Egbunu, que eu, seu espírito guardião, não o reconhecia. Seus movimentos não eram ordenados por qualquer sentido de direção, mas pelo desespero. Como o homem Tobe ressaltou, para ele o mundo de repente havia se transformado em um campo em que devia caminhar, fora do qual nada existia.

— A que lugar vale a pena ir?

— Nenhum.

— O que vale a pena fazer?

— Nada.

Para onde se virasse, via seus problemas. Sim, de fato, estava passando por lojas sofisticadas e lindos prédios, mas que não significavam nada para ele. Aquela pequena multidão reunida ao redor de um carro de som estava assistindo a um concerto? Aqueles jovens brancos de uniformes vermelhos e laranjas estavam dançando? Eles não significavam nada. E quanto a esse homem que passava por ele? Serão aqueles alguns dos soldados turcos que T.T. disse formarem trinta por cento da população do país? Sacos de areia empilhados na frente deles, tanques e grandes veículos atrás. Sim, são eles, mas nada disso importa. E quanto aos passarinhos voando uns atrás dos outros e mergulhando em volta de árvores amorfas cobertas de poeira na rua? Em outro dia qualquer, meu hospedeiro — um declarado amante de coisas aladas — teria pensado muito a respeito e tentando determinar que espécie de pássaro era aquela. Será que só existem aqui no Chipre? São aves de rapina ou pássaros amistosos? Mas naquele momento em que era um homem profundamente triste, ele não se importava. Em outras circunstâncias, teria adorado esse país, como imaginou quando Jamike falou pela primeira vez sobre aquela possibilidade. A alegria eclodira em seu interior como confetes, preenchendo os lugares escuros com coisas brilhantes. Mas então percebia que aquela explosão de alegria desprotegida havia sido a etiologia de sua destruição.

Gaganaogwu, eu observava tudo aquilo atônito, calado por minha própria impotência, por minha incapacidade de ajudá-lo. Agora ele andava por uma rua de nome Dereboyu, como leu numa placa azul, e enquanto passava por lojas feitas de vidro se lembrava de suas galinhas. Recordou-se do dia em que vendeu as últimas delas — as nove últimas de sua valiosa criação de galinhas amarelas. Elas haviam sido testemunhas da quietude das manhãs, da ausência do canto dos galos, que — para sua surpresa — tinha afetado Ndali. Ela dissera que o lugar parecia deserto e que a fez temer ainda mais que não conseguisse suportar a partida dele. Só restavam as galinhas. Juntos, eles as tiraram do galinheiro devagar, colocando-as numa das gaiolas feitas de ráfia. A angústia no galinheiro, ele podia notar, era palpável. Pois cada vez que jogava uma ave na gaiola, tão altos eram seus gritos que ele teve de parar algumas vezes. Até Ndali pôde ver que algo estava errado.

— O que é isso que elas estão fazendo? — perguntou.

— Elas sabem, mãezinha. Elas sabem o que está acontecendo.

— Oh Deus, Nonso! Elas sabem?

Ele aquiesceu.

— Veja só, elas viram muitas entrando na mesma cesta. Por isso conseguem saber.

— Meu Deus! — Ndali estremeceu. — Isso deve ser o choro delas. — Fechou os olhos, ele viu lágrimas acumulando-se nos cantos. — É de cortar o coração, Nonso. Eu sinto por elas.

Meu hospedeiro aquiesceu, mordendo o lábio.

— Nós as prendemos e as matamos quando desejamos porque elas não são tão poderosas. — O ressentimento na voz de Ndali calou fundo. — Elas estão fazendo o mesmo som, Nonso. Escuta, escuta, é o mesmo som que fizeram quando foram atacadas pelo gavião.

Olhou para ela enquanto fechava a gaiola com a tampa. Virou a cabeça de forma a fingir que estava ouvindo.

— Você ouviu? — perguntou Ndali num tom ainda mais alto.

— Isso mesmo, mãezinha — respondeu, anuindo.

— Mesmo quando os gaviões roubam seus filhotes, o que elas fazem? Nada, Nonso. Nada. Como elas se defendem? Elas não têm garras afiadas, nem uma língua venenosa como as serpentes, nem garras, nem dentes aguçados! — Levantou-se e andou devagar até certa distância. — Então, quando os gaviões atacam, o que elas fazem? Só gritam e cacarejam, Nonso. Gritam e cacarejam, acabou. — Esfregou as palmas das mãos, como se estivesse espanando uma com a outra.

Ele levantou a cabeça de novo e viu que os olhos de Ndali estavam fechados.

— Como agora mesmo. Está vendo? Por quê? Por que elas são *umu-obere-ihe*, minorias. Veja o que os poderosos fizeram conosco neste país. Veja o que fizeram com você. E com as coisas fracas.

Ndali deu um suspiro profundo. Meu hospedeiro queria falar, mas não sabia o que dizer. Podia ouvir o som da respiração dela, apesar de ser um dia fresco e o ar estar parado. Sentia que o que Ndali estava dizendo vinha do fundo do seu ser, como se estivesse tirando água de um poço seco, junto a sedimentos, sucatas de metal, folhas mortas e o que mais houvesse no fundo.

— Está vendo o que os poderosos fizeram conosco, Nonso? — perguntou mais uma vez, dando um passo atrás como se fosse se afastar, mas voltou-se para ele de novo. — Por quê? Porque você não é rico como eles. Não é essa a verdade?

— Isso mesmo, mãezinha — ele concordou, como que envergonhado.

Mas ela parecia não ouvir nada, pois voltou a pedir para ele escutar:

— Escuta, escuta, Nonso. Você percebe que os gritos delas seguem um padrão, como se estivessem falando umas com as outras?

De fato, como se conseguissem ouvi-la, as galinhas levantaram a voz. Olhou para as gaiolas, depois para Ndali.

— Isso mesmo, mãezinha — concordou.

Ndali voltou mais uma vez ao galinheiro, afastando-o com delicadeza, e inclinou o ouvido na direção do choro das aves. Quando virou-se para ele de novo, lágrimas formavam gotas em seus olhos.

— Oh Deus! Nonso, é verdade! É como uma canção coordenada, como as entoadas em cerimônias fúnebres. Como um coro. E o que elas cantam é uma canção de tristeza. Escute, Nonso. — Ficou em silêncio por um momento, antes de dar um passo atrás e estalar os dedos. — O que seu pai disse é verdade. É uma orquestra de minorias.

Ela estalou os dedos mais uma vez.

— Eu sinto por elas, Nonso, pelo que estamos fazendo com elas, é uma canção de lamento que estão cantando.

Egbunu, naquele momento ele ouviu, da forma como alguém ouve uma melodia que já ouviu incontáveis vezes, mas que, a cada nova iteração, o comove e abre seus olhos a novas possibilidades de significado. Estava observando a gaiola com toda a concentração quando ouviu o som de um choro. Foi até Ndali e a abraçou.

— Obim, por que você está chorando?

Ela o abraçou e encostou a cabeça em seu peito, no seu coração palpitante.

— Porque estou triste por elas, Nonso. E estou triste por nós também. Como elas, estou chorando por dentro porque não temos poder contra os que estão contra nós. Principalmente contra você. Você não é nada para eles. Agora vai me deixar e ir para um lugar que nem conheço. Não sei o que vai acontecer com você. Está vendo? Eu estou triste, Nonso, estou muito triste.

Chukwu, agora ele percebia, nesse país distante, de céu, de poeira e de homens estranhos, que o que Ndali temia naquele dia havia acontecido com ele. Um granjeiro chamado Jamike Nwaorji o acariciou por algum tempo, arrancou o excesso de penas de seu corpo e o alimentou com farelo e painço, deixou-o ciscar alegremente, estancou uma perna ferida por um prego solto e o trancou numa gaiola. E tudo que podia fazer agora, tudo o que havia a fazer, era chorar e gemer. Juntava-se agora a muitos outros, todas as pessoas que Tobe mencionara como tendo sido defraudadas de seus pertences — a garota nigeriana em frente à delegacia de polícia, o homem no aeroporto, todos os que foram capturados contra a vontade para fazer o que não desejavam fazer, tanto no passado como no presente, todos os que foram obrigados a se juntar a uma entidade a que não desejavam pertencer, e incontáveis outros. Todos os que foram acorrentados e espancados, cujas terras foram saqueadas, cujas civilizações foram destruídas, que foram calados, estuprados, envergonhados e mortos. Agora ele partilhava um destino comum a todas essas pessoas. Eram as minorias deste mundo, cujo único recurso era se juntar a essa orquestra universal em que só podiam chorar e gemer.

Akwaakwuru, os pais dizem que um fogo em brasa pode ser facilmente confundindo com um fogo extinto. Meu hospedeiro andou sem rumo por quase uma hora, faminto, com sede, ensopado de suor e lágrimas, quando de repente se viu numa encruzilhada. Um caminho seguia para o norte por uma estrada que parecia interminável, o outro bifurcava num beco sem saída e o terreiro o levaria de volta ao local de onde tinha vindo, e todos se afunilavam nessas direções por uma rotatória que ele podia ver ao longe, a quase um quilômetro de distância. A ferocidade do sol que brilhava ali era algo que nunca havia visto. As pessoas falavam do calor de Ugwu-hausa, no norte da Nigéria — até o pai dele, que já tinha morado em Zaria. O pai tinha dito que mais ao norte, no deserto do Saara, o sol fazia os vivos parecerem estar mortos.

Já estava andando havia quase duas horas desde o táxi tê-lo deixado, encharcado de suor e ligeiramente bêbado. Momentos depois de ter descido do carro, ele tinha deixado a garrafa ao lado da estrada, numa porção de grama ressecada, como que na esperança de que alguém como ele a encontrasse e acabasse com a bebida. Agora chegava a uma grande extensão de terra coberta de grama baixa onde havia uma casa em construção. Viu dois negros entre os trabalhadores cor de terra, suando sob o sol que queimava a pele. Continuou andando, as lágrimas já secas, com a liberdade da estagnação, de não saber o que fazer nem o que iria acontecer a seguir proporcionando-lhe uma estranha paz. Estava de novo pensando em Ndali, e nas galinhas e no seu último dia em Umuahia, no som da voz dela quando ligou mais cedo, quando ouviu um som que parecia alguma coisa explodindo vindo da rotatória. Olhou para a frente e ao redor, mas não viu nada. Passou entre dois grandes prédios e chegou a uma clareira, de onde saía a estrada principal. Então viu ao longe a fonte do som que ouvira: a dois arremessos de pedra havia um carro capotado e envolto em fumaça. Ouviu vozes abafadas atrás de si e viu os trabalhadores da construção do grande prédio pelo qual havia passado correndo em sua direção.

Olhou para o campo aberto, o rosto pintado de poeira como os padrões *uli* estampados no rosto dos *dibias* entre os antigos pais, e viu que o carro acidentado estava agora rodeado por pessoas em vários níveis de aflição. E então, mais de perto, viu o destino do outro carro envolvido no acidente. Era uma minivan, agora de frente para a rotatória, quase dividida ao meio. Quando se aproximou, um dos operários de construção negros, que meu hospedeiro deduziu ser filho dos pais afluentes por virtude de seu sotaque, virou-se para ele.

— Terrível, terrível — disse o homem. — Naquele carro ninguém sobreviveu. Nesse aqui, duas garotas no banco traseiro, *eh. Chai!* São elas que estão gritando.

Meu hospedeiro também tinha ouvido os gritos. Seu compatriota recuou, assim como os outros à sua frente. Um carro da polícia havia chegado, e um policial mandou todos se afastarem. A distância, uma ambulância se aproximava velozmente da cena. Com medo da presença da polícia, meu hospedeiro parou antes de chegar à cena. Pois em Alaigbo, o misterioso gabinete formado por homens que têm o poder de castigar outros é temido. Procurou o telefone no bolso para ver que horas eram, mas o bolso estava vazio. Tateou os bolsos da calça. Refez seus passos com pés apressados e encontrou o telefone a poucos metros de distância, no caminho que tinha percorrido. Espanou o pó do aparelho e viu três chamadas perdidas de Tobe. Lembrou-se de que iriam procurar juntos um apartamento e agora já passava muito do meio-dia — eram duas e quinze da tarde. Egbunu, tanta coisa tinha acontecido desde a última vez em que os dois se falaram. Ligara para Ndali, mas não falara com ela. Fora expulso de um táxi por um motorista furioso. Tinha bebido e jogado fora parte da garrafa. E ainda mais coisas haviam acontecido. Fora assediado por crianças de rua. Tinha chorado. Quase fora morto por um carro. Sua infelicidade havia se aprofundado. A esperança que na noite anterior ainda pairava no ar, apesar de gravemente ferida e coberta de sangue, agora sofrera um golpe mortal e havia expirado em sua queda. Tudo aquilo eram bons motivos para não ter retornado a Tobe. Na verdade, eram motivos demais.

Enquanto andava, pôde ver uma das portas do carro capotado sendo aberta e ouviu os gritos e choros aumentarem. Por toda parte, nas pistas adjacentes, automóveis se alinhavam. Eu queria sair do meu hospedeiro para ver se todos os passageiros tinham morrido, comungar com seus *chis* e descobrir se aquele destino trágico que se abatera sobre aquelas pessoas poderia ter sido evitado. O que aquelas pessoas tinham feito para morrer dessa maneira? Que respostas poderiam dar seus espíritos guardiões? Em geral nós fazemos essas perguntas depois que as coisas aconteceram. Será que havia uma maneira, por exemplo, de eu ter me envolvido com o *chi* de Jamike e descoberto as intenções do coração de seu hospedeiro? Mesmo se tivesse encontrado sua localização e ido até lá, talvez eu não conseguisse fazê-lo sair, pois é difícil persuadir um *chi* a sair de um corpo. Mas não saí de meu hospedeiro naquela ocasião por medo de deixá-lo naquele estado de desalento. Quando ele se aproximava da cena, atraído pela curiosidade de presenciar uma tragédia naquela terra estranha, uma epifania feroz saltou da fumaça em sua direção: que não era para ele ter ido para aquele país, que poderia morrer se ficasse ali por muito mais tempo.

Quando chegou ao local, homens de aventais brancos colocavam um homem ensanguentado na traseira de uma ambulância. No chão, o corpo de uma garota sangrava de um grande corte, seu cabelo louro tingido de sangue. Pessoas se reuniam ao seu redor enquanto um homem empurrava os outros para trás. Avistou na folhagem esparsa da clareira, perto do local do acidente, uma pátina de carne numa bandeja de grama amassada de onde o pessoal do hospital tinha retirado um homem arremessado de um dos veículos. E a relva ao redor desse espetáculo estava manchada de um sangue espesso, parecendo recoberta de catarro vermelho. Enquanto observava, uma das enfermeiras separou-se do grupo e começou a andar freneticamente de pessoa a pessoa, dizendo alguma coisa na língua do país. No que pareceu uma resposta às palavras dessa mulher, um homem usando um boné azul se apresentou. Depois foi a vez de uma mulher mais velha. A enfermeira fez um sinal com os dedos como que informando à mulher que não podia fazer isso. Enquanto a mulher branca falava, o estômago do meu hospedeiro roncava. Virou-se para ir embora, ver se encontrava ao menos um pouco de água.

— Senhor, senhor — a enfermeira o chamou.

Quando fez menção de falar, alguém a chamou em sua estranha língua. Ela se virou para responder ao homem. Depois se virou outra vez para meu hospedeiro, andando rapidamente em sua direção, com uma atitude extremamente angustiada.

— Com licença, por favor, o senhor pode doar sangue? Nós precisamos de sangue para as vítimas. Por favor!

— Hã? — falou meu hospedeiro, batendo a mão na perna para parar de tremer. Ele estava levemente trêmulo.

— Sangue. O senhor pode doar sangue? Nós precisamos de sangue para as vítimas. Por favor!

Meu hospedeiro virou-se como que para pedir uma resposta a alguém atrás dele, mas logo se voltou para a mulher.

— Sim — respondeu.

— Certo, obrigado, senhor. Venha comigo.

Agujiegbe, entre os antigos pais dizia-se que em lutas corporais, raramente um homem perde por causa de sua força física inferior. Homens com corpos fracos ou pequenos não tentavam *egwu-ngba*. Então como eles derrubavam os homens — Emekoha Mlenwechi, a serpente insidiosa, o grande lutador de Nkpa; Nosike, o gato; Okadigbo, a árvore de Iroko? Era por meio de truques ou resiliência. No último caso, o oponente se opõe ao grande lutador durante tanto tempo que seus músculos enfraquecem, os membros se cansam. Ele cede, relaxa a guarda e num instante é levantado como um barril vazio e arremessado, vencido.

Isso também pode ser aplicado a qualquer situação fora de uma arena de luta. Se um homem lutou por tempo demais contra um inimigo implacável, ele pode se submeter e dizer ao problema que chegou até ele: "Tome, você pediu minha capa? Leve também meus quiabos". Se pedirem a esse homem para andar uma milha, ele pode dizer: "Você disse que quer que eu ande uma milha com você? Tudo bem, vamos andar duas milhas". E se pedirem que esse homem doe sangue, pouco depois de escapar da morte, ele não vai se recusar. Seguirá a enfermeira que fez o pedido — feito para um estranho, um homem de pele negra e estrangeira — até o hospital para fazer o que foi requisitado. E depois desse homem ter doado sangue a uma vítima, ele dirá à enfermeira — que tirou seu sangue e aplicou um algodão, igual aos que as antigas mães transformavam em tecido, no local para estancar o poro que sangrava — que quer doar seu sangue para uma segunda vítima.

— Não, senhor, uma é suficiente. Acredite em mim.

Mas o homem vai insistir:

— Não, tire mais para as vítimas. Tire mais, por favor, *ma*.

Ele insistirá apesar de seu *chi* estar falando em sua mente que deveria desistir disso, porque sangue é a própria vida, é a coisa que deixa o corpo em protesto contra um ferimento sofrido. Insistirá apesar de seu *chi* dizer que suicídio é uma abominação para Ala, que àquela altura não havia nada quebrado que não pudesse ser reparado, que não há nada que os olhos possam ver que possam fazê-los verter sangue no lugar de lágrimas. Mas meu hospedeiro, um homem alquebrado, derrotado, possuído pela tirania silenciosa do desespero, não me dará ouvidos. A mulher, visivelmente atônita, vai hesitar.

— Tem certeza sobre isso? — perguntará.

E ele vai responder:

— Isso mesmo, *ma*. Certeza total. Eu quero doar sangue para elas. Eu tenho sangue suficiente. Suficiente.

Ainda olhando para ele, como que observando um louco sobre um púlpito, a mulher pegará outra seringa, dará três piparotes e, limpando seu braço direito com um pedaço de algodão úmido, tirará mais de seu sangue.

Quando se levantou, sentia-se fraco e cansado, faminto, sedento e com uma pergunta em sua mente: o que faria a seguir? Os três últimos dias tinham abatido qualquer filosofia que tivesse sobre a vida, e então decidiu ser melhor não planejar coisa alguma. Não, que tolice pensar que um homem que sai de sua casa e diz a seu amigo, ou até para si mesmo: "Eu vou estudar", que tal homem chegaria de fato ao seu destino. Esse homem tolo poderia em vez disso estar num hospital, doando sangue para pessoas que não conhece. Que tolice pensar que alguém que pegue um táxi e dê ao motorista o endereço correto pudesse chegar ao lugar certo. Esse tolo poderia se encontrar momentos depois andando em direção a um destino desconhecido, muito longe da faculdade, acossado e intimidado por uma turma de crianças.

Então planos não são necessários. O que podia fazer era agradecer à mulher que tirou seu sangue e seguir seu caminho. Devia sair para o dia, para o sol e partir — talvez para se adaptar à temperatura. E isso, Egbunu, foi o que fez meu hospedeiro. Disse "Obrigado, *ma*" e saiu com os braços encolhidos, para segurar o algodão úmido nos orifícios da agulha.

Já tinha passado pelo longo corredor de pessoas, pelos escritórios e saído para o estacionamento quando ouviu:

— Sr. Solomon.

Virou-se.

— O senhor esqueceu sua sacola.

— Ah.

A mulher veio até ele.

— Sr. Solomon, eu estou preocupada. O senhor está bem? É um homem muito bondoso.

Antes que pudesse pensar, seus lábios disseram:

— Não, eu não estou bem, *ma*.

— Dá para perceber. O senhor quer falar a respeito? Eu sou enfermeira, posso ajudar.

Olhou por sobre o ombro dela, para o sol que o contemplava do céu.

— Esqueça o sol — disse a enfermeira, puxando-o para baixo de um toldo na fachada do hospital.

— Fale comigo, eu posso ajudar.

15
TODAS AS ÁRVORES DA TERRA FORAM REMOVIDAS

BAABADUUDU, já falei bastante sobre o dia mais longo da vida de meu hospedeiro — um dia de chuva, granizo e pestilência. Mas devo dizer também que terminou com uma gota de esperança. Devo portanto me apressar a dizer que ele voltou ao apartamento temporário que dividia com o homem que fora seu companheiro no dia anterior. Estava subindo as escadas para o apartamento, segurando a garrafa de bebida que a enfermeira comprara para ele, quando de repente pensou em ligar para Ndali de novo. A ideia surgiu como uma chicotada em sua mente, e com grande surpresa se perguntou por que tinha adiado por tanto tempo aquela ligação. Começou a digitar o número, mas se lembrou que não tinha acrescentado um sinal de mais. Apagou-o e digitou de novo. Quando começou a tocar, desligou o telefone tão freneticamente que chegou até a fazer barulho. Precisa abordá-la como a máxima suavidade e muito cuidado, disse a si mesmo. Precisava contar tudo desde o começo, como sentia falta dela e o quanto a amava. Isso a deixaria desarmada.

Então, apoiando-se sobre uma única perna na escada e com uma das mãos no corrimão, ele digitou novamente.

— Mãezinha! Minha mãezinha! — gritou ao telefone. — *Nwanyioma*.

— Oh Deus! Nonso, Obim, eu quase enlouqueci de preocupação por você.

— Ah, é a rede. Uma rede ruim. É...

— Mas, Nonso, nem mesmo um telefonema, nem mesmo uma mensagem de texto? *Eh*? Eu fiquei preocupada. Aliás, alguém me ligou e eu fiquei falando, gritando alô, alô, mas a pessoa não conseguia me ouvir, e meu espírito disse que era você, Nonso. Você me ligou hoje?

Egbunu, por um momento ele ficou preso entre a verdade e a falsidade, pois temia que ela suspeitasse que algo tivesse acontecido. Em sua hesitação, a voz dela soou outra vez:

— Nonso, você ainda está aí? Está me ouvindo...?

— Sim, sim, mãezinha. Estou ouvindo — respondeu.

— Foi você que me ligou?

— Ah, não, não. Eu queria ligar quando estivesse tudo bem, para você não se preocupar.

— Hum, entendi...

Ndali ainda estava dizendo algo quando uma voz falando turco entrou na linha, seguida por outra falando a língua do Homem Branco, informando que os créditos tinham acabado e que a chamada estava encerrada.

— Oh-ooh! Que absurdo é esse? *Eh*? Eu acabei de comprar créditos. — Quando proferiu aquelas palavras, ficou surpreso por ter se incomodado por algo tão trivial quanto um cartão telefônico. Pela primeira vez em dias não estava contemplando a imagem abatida de si mesmo diante do espelho em sua cabeça, nem ofegando ante as feridas, os olhos inchados, os lábios intumescidos e as máscaras de sua grande derrota.

Tocou a campainha do apartamento e ouviu o som de passos dentro de casa.

— Solomon, *wa*!

— Meu irmão, meu irmão — falou, abraçando Tobe.

— O que, por onde você andou...

— *Mehn*, obrigado pelo dia de ontem — falou, sentando-se em um dos sofás da sala de estar.

— O que aconteceu?

— Muitas coisas, meu irmão. Muitas coisas.

Com o mesmo estado de espírito alegre, ele contou a Tobe tudo que havia feito naquele dia, sobre o acidente e a enfermeira, até o ponto em que contei a você e aos hospedeiros de Eluigwe e mais ainda.

Egbunu, teria sido fútil, até estúpido ter planejado qualquer coisa depois de ter doado o seu sangue. Se tivesse planejado voltar ao campus, por exemplo, a realidade teria mostrado mais uma vez sua face enrugada na tela de sua consciência, rindo dele com a boca desdentada, como vinha fazendo incansavelmente pelos últimos quatro dias. Então, ele tinha feito a coisa mais sábia e se permitido boiar, ser levado pelo tempo para onde fosse. Uma hora depois de ter doado sangue ele ainda estava com a enfermeira, tendo contado toda sua história, sentado no banco de passageiro de um pequeno automóvel cinzento, voltando para Cirene! Sim, Cirene, onde algumas horas atrás fora informado de que nunca mais encontraria Jamike pelos que estiveram com o homem. Mas como podia saber que voltaria para lá, onde naquele mesmo dia sua esperança tinha sofrido um golpe mortal?

— Vai demorar uns quarenta minutos, você pode dormir, certo? Pode se recostar e dormir, se quiser.

— Obrigado, ma — ele respondeu.

Sentia-se tão aliviado que tinha vontade de chorar. Recostou a cabeça no encosto e fechou os olhos, abraçando sua sacola no peito. Fragmentos dos legumes do kebab que ela tinha comprado para ele ainda estavam entre seus dentes. Empurrou com a ponta da língua e cuspiu sem fazer barulho.

— Acho que eu também deveria falar sobre os meus problemas, Solomon — disse a enfermeira.

— Tudo bem, ma.

— Eu já falei, por favor, me chame de Fiona.

— Tudo bem.

Ouviu-a dar risada, uma risada em meio a tudo que dizia.

— Quando me mudei da Alemanha para cá e me casei com meu marido, eu também desisti de tudo a não ser da minha cidadania alemã. O governo disse que eu poderia manter as duas, porque, na verdade, o Chipre não é um país. Um ano, dois anos, foi bom. Sei lá. Depois, tudo, tudo começou a desabar. Agora nós moramos juntos como dois estranhos. Estranhos um para o outro. — Meu hospedeiro ouviu uma risada, a voz dela levemente esganiçada. — Eu não o vejo; ele não me vê. Mas somos marido e mulher. Muito esquisito, certo?

Meu hospedeiro não soube o que dizer, nem sabia o que a palavra *esquisito* queria dizer. Embora eu, seu *chi*, soubesse, teria sido um exagero explicar para ele, por isso não falei nada. Só o que entendeu foi que as pessoas daqui — como ele e as pessoas na Nigéria — também tinham problemas.

— Você imagina que eu não o vejo há três dias. Ontem à noite ouvi a voz dele quando chegou no meio da noite. Depois os seus passos quando foi ao banheiro e depois para cama. Só isso; *Genau*.

— Por que ele se comporta desse jeito? — perguntou.

— Eu não sei; não sei mesmo. É complicado.

Os dois foram até um lugar onde ela disse que poderia ajudá-lo a arranjar um emprego, um trabalho bem pago "debaixo dos panos". Ele poderia ganhar mil e quinhentas liras por mês, suficiente para ajudar a compensar tudo que havia perdido e até pagar seus estudos. O empregador — ela disse o seu nome — era um amigo íntimo. O lugar era um cassino adjacente a um hotel que também era do amigo.

Eles perguntaram no cassino, mas o homem não estava.

— Ele foi a Guzelyurt — disse a secretária, uma mulher usando uma blusa branca e uma saia preta.

— Eu não consigo ligar para o número dele.

— Sim — respondeu a outra mulher, antes de entrar num longo discurso na língua da terra.

— *Tamam* — disse Fiona. — Entendi. Eu volto com ele outro dia então.

Disse a meu hospedeiro que eles voltariam em breve para falar com Ismail. Depois voltaram a Nicósia, e não falaram pela maior parte do tempo. Ela ligou o rádio, que tocou músicas que ele nunca tinha ouvido. Fez com que se lembrasse de filmes indianos — os tambores graves intermitentes que paravam, depois surgiam de novo com fervor, como no filme *Jamina*. — Não faz diferença. É um cassino. Eles estão sempre abertos.

Passaram pelo local onde tinha acontecido o acidente mais cedo. Apenas três horas depois do acidente, já não havia mais sinal nenhum, a não ser o macadame quebrado na superfície da rotatória e cacos de vidro no local onde o carro havia capotado. Ela abanou a cabeça enquanto passavam e falou sobre como as pessoas dirigiam sem cuidado no Chipre e causavam muitos acidentes. Quando ela estacionou em frente à faculdade, ele tinha começado a cochilar.

— Eu ligo pra você assim que falar com ele. Vamos até a minha casa e preparamos uma refeição caseira.

— Muito obrigado, Fiona. Muito obrigado.

— *Genau* — ela replicou. — Se cuida e nos falamos em breve.

Ele contou a Tobe como tinha ficado olhando aquela mulher se afastar, com todas as palavras que havia dito ainda vívidas dentro dele. Uma estranha total tinha demonstrado tal compaixão quando ele contou a história de sua grande derrota, os olhos marejados de lágrimas — talvez por causa do jeito que havia contado, a maneira como tinha descrito tudo o que fora tirado dele e o catálogo de perdas que era sua vida. Ela fazia uma pergunta atrás da outra: — Esse homem, Jamike, não era seu amigo?; Ele fez isso?; Então, nem mesmo o dinheiro no banco era verdade? — até que, no momento em que chegaram à cena do acidente, os olhos dela estavam vermelhos de chorar, o rosto rosado de emoções desoladoras e ela assoava o nariz num lenço de papel tirado de um pacote de plástico. Sua empatia era genuína.

— Eu nem acredito! — disse Tobe quando meu hospedeiro terminou. Tobe inclinou a cabeça de lado e estalou os dedos. — Você viu só? Viu o nosso Deus em ação?

— Isso mesmo, meu irmão — concordou meu hospedeiro, encantado e agradecido à generosidade daquele homem e desejando compartilhar mais coisas com ele. — Olhe pra mim. — Abriu as mãos. — Hoje de manhã eu achei que minha vida tinha acabado, que tinha caído num poço profundo. *Echerem ma ndayere na olulu.*

Os dois deram risada.

— É Deus — disse Tobe, apontando para o teto. — Deus. Essa mulher é um anjo mandado por Deus. Você conhece o adágio: "É Deus que espanta as moscas da traseira de uma vaca sem rabo e da comida do homem cego"?

— Isso mesmo! E ele dá voz aos insetos, aos pássaros, ao mudo, ao pobre, às galinhas e a todas as criaturas que não podem cantar, e para a orquestra de minorias!

Tobe aquiesceu e bateu os pés no chão.

— Até em relação à acomodação, eu acabei de voltar do escritório do agente — começou a dizer Tobe. — Encontrei um lugar barato e agradável por oitocentos tele por mês. Significa duzentos euros para cada um de nós se ocuparmos um quarto.

— Ah, muito bom, meu irmão. Muito bom.

— Sim, aqui eles exigem um depósito. E eu já paguei o depósito.

— Ah, meu irmão, *da'alu*.

Enquanto ainda falava, seu telefone tocou. Levantou-se depressa para ver quem estava ligando.

— Minha noiva — explicou. — Por favor, com licença, Tobe.

Agujiegbe, foi com um entusiasmo inebriado que ele correu para o quarto e fechou a porta. Pude ver que o efeito do álcool ainda não tinha passado totalmente e que ele ainda estava meio entorpecido. Quando apertou o botão *aceitar*, a voz conhecida ribombou em seu ouvido, nítida e cristalina.

— Nonso, Nonso?

— Sim, mãezinha!

— Oh, ainda por causa da rede?

— Eu sei, mãezinha. Eu sei. Olha, eu estou com saudade. Mãezinha. Eu te amo tanto.

— Hah, você diz isso mas não liga pra mim? Disse que não foi você que ligou antes? Já faz quase cinco dias.

— Mãezinha, é por causa do estresse, nós não chegamos na hora, e depois que cheguei aqui eu tratei de muitas coisas, como a matrícula na faculdade, encontrar um alojamento... tudo levando muito tempo.

— Não estou gostando, Nonso. Acho que não estou gostando de nada disso.

Imaginou que ela tivesse de olhos fechados, e a beleza daquela atitude excêntrica o encheu de desejo.

— Desculpe, mãezinha. Nunca mais vou fazer isso. Nunca, juro pelo Deus que me criou.

Ela deu risada. — Seu bobo. Tudo bem, eu também estou com saudade.

— *Gwoo gwoo?*

Ndali riu de novo.

— Sim, meu igbo, *gwoo gwoo*. De verdade, muita saudade. Mas diga lá, como é o lugar?

Agora que estava relaxado, rindo, ele examinou o quarto e viu uma coisa que não tinha notado antes. Na tela da janela, perto do teto, havia uma placa de madeira com um papel colado, já meio arrancado, mostrando as pernas de uma pessoa branca deitada num sofá.

— Você continua aí, Nonso?

— Ah, sim, mãezinha, o que você disse?

— Você está me ouvindo? Eu perguntei como são as coisas no Chipre?

— Estou ouvindo — respondeu, apesar de ter chegado mais perto da janela, considerando como seria o retrato inteiro. — Mãezinha, é uma ilha boba e árida. Não tem nenhuma árvore, só deserto.

— Oh Deus, Nonso! Como você sabe? — ela perguntou, reprimindo uma risada. — Já andou por aí?

— *Eh*, mãezinha, estou dizendo a verdade. É como se todas as árvores dessa terra tivessem sido arrancadas. Estou dizendo, todas elas. Não tem nem árvore desfolhada. Estou falando sério.

— Como não tem árvore nenhuma?

— Nenhuma, mãezinha. E as pessoas, elas não entendem inglês.

— Meu Deus!

— É, mãezinha. A maioria não sabe nada de inglês. Nem cumprimentar eles sabem. Estou dizendo, não é um bom lugar, e os turcos... — Abanou a cabeça, Egbunu, como se ela o estivesse vendo, pois se lembrou do que o motorista tinha feito com ele horas atrás, das crianças e das pessoas que o viram chorar enquanto entrava na sombra ardente do sol. — Eles são ruins. Eu não gosto deles, *cha-cha*.

— Ah, Nonso! E o seu amigo Jamike? Ele está contente aí?

Ezeuwa, à menção desse nome meu hospedeiro sentiu o coração afundar. Fez uma pausa para se recompor, pois não queria que Ndali soubesse sobre o que tinha passado. Resolveu consigo mesmo que só contaria a ela depois de ter resolvido seus problemas. E eu o incentivei, Egbunu, projetando afirmações em seus pensamentos de que essa era a melhor coisa a fazer. — Você já fez o segundo teste? — perguntou para mudar de assunto.

— Fiz, ontem. Foi fácil.

— E você...

— Obim, eles estão dizendo que meu crédito está acabando. E eu comprei duzentas nairas. Por isso fale depressa, eu estou com saudade, Obim.

— Tudo bem, mãezinha. Eu ligo amanhã.

— Promete?

— Isso mesmo.

— Você leu a minha carta? Na sua sacola?

— *Eh*, mãezinha, carta.

— Leia assim mesmo, tem uma coisa que eu quero falar, mas prefiro que você se assente primeiro — ela disse depressa. — É uma grande, grande notícia, até para mim, eu fiquei surpresa. Mas estou muito feliz.

— Você vai... — ele começou a dizer, mas a ligação caiu.

Agbatta-Alumalu, por ter finalmente falado com ela, por ter ouvido a única voz que poderia tranquilizar seu espírito abatido, meu hospedeiro sentiu uma paz muito mais profunda que o alívio trazido pela esperança. Riu consigo mesmo, uma risada de satisfação pelas coisas estarem sendo consertadas depressa, no mesmo ritmo em que haviam quebrado. Pois até Ndali, que ele pensava ter ofendido gravemente, o tinha perdoado. Ficou tão feliz que quase chorou. Deitou na cama e o sono chegou logo ao seu corpo cansado e atormentado, porém tranquilo.

Eu queria sair do corpo dele para ver como era o mundo espiritual daquele país de pessoas estranhas, mas não conseguia por causa da sua angústia, a não ser quando fui em busca do *chi* de Jamike em Ngodo. Pois quando um hospedeiro está com problemas, nós precisamos observar, devemos nos manter atentos, abrir os olhos tanto quanto os peixes, até haver alívio. Então, agora que ele dormia profundamente, saí de seu corpo e planei com energia sobrenatural até o domínio espiritual. O que eu vi — Egbunu! — me surpreendeu. Não vi nenhuma das coisas que se veem quando o véu da consciência é aberto: a escuridão estampada da noite, o som aguçado das vozes dos fantasmas e de vários espíritos, os passos silenciosos dos espíritos guardiões. Aqui, no estrato que forma a noite, vi formas oníricas vagando como sonâmbulos cansados. Mas o mais chocante para mim foi a exiguidade dessas criaturas. Pois tudo parecia vazio. Logo vi por que: assim que olhei ao redor, vi templos sobrenaturais, com antigas majestades e estruturas arquitetônicas divinas em quase todo lugar. Parecia que em seus Ezinmuo, os espíritos procuravam moradias como as dos homens, e a maioria ficava dentro desses lugares. Havia inclusive algumas partes tão vazias que só eram preenchidas pelas folhas douradas das árvores luminosas e as pegadas reluzentes de todos que as marcavam à noite. Pairava também uma melodia suave e vazia, como se emitida por um instrumento desconhecido aos pais, que vim a entender que é chamado de piano. Seu som era diferente da *uja*, a flauta dos eminentes pais e dos espíritos em suas terras. Eu já tinha percorrido grande parte do lugar numa lenta peregrinação, não diferente da que meu hospedeiro fizera na terra dos homens, quando, temendo que meu hospedeiro pudesse acordar de algum sonho, voltei e o encontrei dormindo placidamente.

Chukwu, os veneráveis pais de antigamente diziam que o amanhã está grávido e ninguém sabe o que irá nascer. Pois o que existia no útero de uma mulher ficava oculto dos olhos dos antigos pais (a não ser dos iniciados entre eles, cujos olhos são capazes de espreitar fundo no mundo além dos homens), e assim era a gravidez do amanhã. Ninguém pode saber o que trará. Um homem descansa à noite com as galerias de sua mente cheias de planos e ideias para amanhã, mas todos esses planos podem não se realizar. Os grandes pais entendiam um mistério perdido pelos filhos dos pais de agora: que a cada novo dia o *chi* de um homem é renovado. É por isso que os pais concebem cada novo dia como um nascimento, uma emanação de alguma coisa nova a partir de algo mais — *chi ofufo*. O que significa que qualquer coisa que o *chi* possa ter conferido ou negociado em nome de seu hospedeiro no dia anterior está liquidado, e uma nova atitude deve ser tomada no novo dia. Egbunu, este é o mistério do amanhã.

Meu hospedeiro, porém, sendo humano, acordou com a alegria da esperança que lhe fora conferida no dia anterior e de sua reconexão com a amada. Quando saiu do quarto, Tobe estava olhando seu computador através dos óculos.

— Bom dia, *bro*. Sabe que sábado é dia de orientação?

Meu hospedeiro abanou a cabeça, pois não sabia o significado daquela palavra.

— Acho que você realmente devia ir. É muito bom. Eles dizem que faz as pessoas entenderem melhor a ilha e ver muitos, muitos belos lugares e sua história.

— Hum — disse meu hospedeiro. — Você já fez isso?

— Não, acontece todos os sábados. Eu cheguei na segunda, você chegou na quarta.

— Não, eu cheguei na terça. *Ngwanu*, então eu vou.

— Ótimo, ótimo. Quando voltarmos, vamos arrumar suas coisas e chamar um táxi pra nos mudarmos para nossa casa nova. É muito bom que você já tenha um lugar pra morar quando começar no seu trabalho, com a graça de Deus. Isso é muito bom.

Meu hospedeiro concordou. Agradeceu a Tobe mais uma vez pelo quanto o homem o havia ajudado.

— Eu nunca vou esquecer o que você fez por mim, uma pessoa que nem me conhecia.

— Que nada, imagina. Você é meu irmão. Quando a gente vê um irmão igbo numa terra de outros homens como esta, como pode deixá-lo sofrendo?

— Isso mesmo, meu irmão — concordou meu hospedeiro, aquiescendo.

Com o espírito animado, ele lavou as meias, que tinha usado durante toda a viagem até o Chipre, e as pendurou numa cadeira de madeira atrás das cortinas abertas para secarem ao sol. Não usava essa coisa chamada meia desde o curso elementar. Mas Ndali tinha comprado para ele e insistira que seus pés ficariam frios no avião se não estivessem de meia. Pela janela, na sacada, viu pombos arrulhando nos gradis. Já os havia visto no dia anterior, mas não prestara atenção, pois um homem fica fora de si quando está infeliz. Por exemplo, durante a longa caminhada do dia anterior, ele se lembrou de algo que costumava fazê-lo rir. Um dos amigos do pai foi visitá-los com a mulher. A mulher foi ao banheiro, apesar de já ter escurecido e a energia estar interrompida. Eles não sabiam que uma das galinhas estava no banheiro. Sem perceber a galinha atrás do tambor de água, a mulher tirou a calcinha e ia começar a urinar quando a galinha pulou para cima da pia. A mulher gritou e saiu correndo para a sala de estar, onde estavam o pai dele e o marido da mulher. Envergonhado de o pai de meu hospedeiro ter visto as partes íntimas da sua mulher, o homem rompeu a amizade entre os dois. Sempre que se lembrava desse acontecimento ele tinha vontade de rir. Mas naquele dia, naquela ocasião, sua mente meramente espantou a lembrança como se fosse uma mosca errante.

Neste novo dia, porém, enquanto Tobe comia pão com pudim, ele riu e brincou dos modos das pessoas dessa terra, de sua própria ingenuidade e de quanto — por nunca ter viajado de avião — ele parecia um bobo. Em seguida, quando Tobe foi até a faculdade para ver seus professores, ele se deitou e dormiu por tanto tempo, tão profundamente, que só acordou ao pôr do sol. Quando acordou, viu que Ndali tinha tentado ligar. Retornou a ligação, mas a voz da telefonista o lembrou que seus créditos tinham acabado. Foi com Tobe até o restaurante da escola e eles comeram enquanto observavam as pessoas do país, sua mente se aquietando, seu espírito se curando. Naquela noite eu vi, enquanto meu hospedeiro dormia, o espírito guardião de Tobe andando pelo local. Agradeci pela ajuda que seu hospedeiro tinha prestado ao meu, e ficamos conversando sobre o Ezinmuo do estranho país e de tudo por que nossos hospedeiros tinham passado até que, já perto do amanhecer, ele insistiu em retornar ao seu hospedeiro.

No sábado de manhã, eles foram até a parada de ônibus. Enquanto passavam por um bloco de apartamentos, Tobe apontou um apartamento ao longe com uma bandeira turca. — Eles estão botando essas bandeiras na frente das casas e nas janelas por causa da morte de alguns soldados. — Olhou para meu hospedeiro para ver se tinha despertado alguma curiosidade nele, como costuma ser o caso nessas situações. E ao perceber que o companheiro ficou curioso, vai continuar contando a história. — A Turquia está lutando contra o povo curdo. PTC, o Partido dos Trabalhadores do Curdistão. No dia em que cheguei, alguns soldados tinham morrido.

Meu hospedeiro aquiesceu, sem saber do que o amigo estava falando. Quando chegaram ao ponto de ônibus, muitos estudantes estrangeiros já estavam lá, principalmente os que, como meu hospedeiro e Tobe, tinham vindo de países de povos negros. Enquanto esperavam o ônibus, meu hospedeiro, atento, notou a diferença entre o povo desse estranho país e os que tinham vindo do dele. As vozes dos últimos pareciam mais altas, enquanto as dos primeiros eram calmas ou abafadas. Já dentro do ônibus, por exemplo, perto da traseira, três homens e uma mulher de países de povos negros estavam falando em voz alta, batendo os pés e gesticulando. Enquanto perto deles e ao redor os brancos desse país se juntavam em grupos de dois e três, falando baixo, como se reunidos em um funeral.

A mulher do departamento internacional, Dehan, e um homem branco que falava inglês com um sotaque parecido ao de Ndali deram as boas-vindas a todos. O homem disse que eles estavam prestes a conhecer as "grandes belezas desta linda ilha". — Vamos visitar muitos lugares... um museu, o mar, outro museu, uma casa e o meu lugar favorito: Varosha, a cidade deserta. Já moro nesta ilha há muito tempo, mas ainda fico impressionado. É uma das maravilhas do mundo.

— Mas então ninguém mora lá? — perguntou um dos estudantes negros originário da terra dos pais.

— Sim, sim, meus amigos. Ninguém. Claro que soldados turcos moram ao redor do lugar, mas só eles. Só os soldados. Nós não podemos entrar, meus amigos.

Os estudantes começaram a falar entre si, intrigados com a ideia de uma cidade abandonada onde ninguém vivia havia mais de trinta anos.

— Muito bem, todo mundo, escutem — disse Dehan, levantando a mão e sorrindo para todos que conversavam. — Agora nós precisamos ir. Mais tarde nós vamos comer na praia. Vamos lá.

Enquanto entravam no ônibus, a mulher veio até meu hospedeiro e seu amigo e perguntou o que tinha acontecido. Eles tinham encontrado Jamike?

— Ainda não, ma — respondeu meu hospedeiro. — Mas demos parte dele na delegacia de polícia, e eles estão procurando. — Percebeu que a mulher olhava ao redor, ansiosa para partir e para encerrar o assunto, e, para deixá-la mais tranquila, disse: — Eu sei que eles vão encontrar o sujeito.

— Que bom, vamos cruzar os dedos — ela replicou, e saiu andando na frente do grupo.

Egbunu, eu estava feliz, realmente contente de meu hospedeiro ter encontrado alívio de seus problemas. Em apenas poucos dias, o sonho quase tinha acabado. Ele olhou ao redor, agora vendo coisas que sua mente não conseguia permitir antes. No ônibus, Tobe sentou ao lado de dois brancos que disseram ser iranianos. E sobre os outros, homens amorenados vestidos com tecidos finos, ele falou: — Paquistaneses. — Meu hospedeiro aquiesceu, e Tobe acrescentou: — Ou talvez indianos.

Enquanto Tobe contava a história da Índia e do Paquistão, ele notou que na frente do ônibus havia uma plataforma mais alta com duas cadeiras de cada lado, ocupadas por Dehan e pelo motorista. Ficou observando o deserto passar correndo por ele. Notou que a paisagem, apesar de ressecada e arenosa, era salpicada por algumas tênues promessas de vegetação. Plantas de aparências estranhas, marrons, nuas e esqueléticas, fixadas no solo, enchiam a planície. Na distribuição espacial, viu árvores enxertadas na terra seca como elementos de outro mundo. "Árvores", murmurou para si mesmo, como costumava fazer quando era criança. Olhou para trás para verificar se aquele pensamento sonoro não havia vazado para os ouvidos de outros sentados em volta. Em seguida, se deu conta de que tinha visto algumas árvores ao redor, mas principalmente na beira das estradas. Pensou em como as estradas da Nigéria eram diferentes daquela. A maior parte do território entre as cidades da Nigéria não é habitada. Em comparação, a terra entre as cidades dali eram cheias de cassinos, hotéis, casas e, às vezes, de natureza — colinas e montanhas. Em um local onde a terra era plana e descampada, onde se podia ver quilômetros sem fim, Dehan apontou e disse: — Lá é o Chipre do Sul. O lado grego.

Meu hospedeiro olhou para aquela direção onde, realmente, apesar da distância limitar sua visão, conseguiu ver edifícios altos como os dos filmes americanos. As pessoas que ele havia visitado alguns dias antes, naquela cidade chamada Cirene, disseram que aquela era a verdadeira Europa, onde estava Jamike. Desejou que, de alguma maneira extraordinária, ele pudesse de repente estar naquele lugar, entre aqueles gigantescos edifícios, atravessando uma rua e encontrando Jamike. Gostaria de surpreender Jamike em casa, e recuperar seu dinheiro e trazê-lo à polícia daqui para ser preso. Pensou na mulher alemã e na promessa de sua libertação. Como acontece com frequência, quando alguma coisa é só uma promessa, uma coisa ligada à esperança, sua antecipação é sombreada pelo medo. E, ao pensar nisso agora, ele desejou que conseguisse o emprego. Eu intervi e coloquei em seus pensamentos como a bondosa mulher tinha se comovido com ele. *Talvez ela nunca tenha visto alguém tão alquebrado querendo doar sangue duas vezes. Ela vai fazer tudo que estiver ao seu alcance para ajudar você.*

Chukwu, mais uma vez obtive sucesso. Pois meu hospedeiro me ouviu, e minhas palavras vieram em seu socorro. Os pensamentos dele mudaram de imediato para a resolução de não contar a Ndali nada das coisas que tinham acontecido até voltar a estar bem. Iria protegê-la daquelas coisas, mas, depois de ter conseguido o emprego e recuperado seu dinheiro e que as coisas estivessem indo bem na faculdade, ele contaria tudo a ela, como fora destruído por aquele acontecimento. Estava pensando sobre o quanto ela tinha chorado e como ele queria, muito, estar com ela de novo, quando eles entraram numa cidade. — Gazimagusa — anunciou Dehan. — Maior, muito maior que Nicósia. Mas nós vamos para a parte antiga, cercada de muralhas. Eu moro aqui. — Pôs a língua para fora, e os estudantes deram risada. Disse alguma coisa ao motorista, que deu uma resposta rápida e em tom agudo, e os estudantes reagiram em êxtase.

Daquele momento em diante as paisagens mudaram. Muralhas gigantescas se erguiam imponentes, encravadas numa fortaleza de pedras altas e concreto, com tijolos que meu hospedeiro nunca havia visto. Pareciam não ter sido feitos com cimento e água — um material que os filhos dos antigos pais usavam agora para construir —, mas com alguma coisa sólida que parecia terra, com uma cor semelhante à da argila. Apesar de ter vivido durante muitos ciclos, adquirido e assimilado conhecimentos de inúmeros hospedeiros ao longo do tempo, eu nunca tinha visto algo como aquilo. As pedras tinham vigas grandes e moldadas, como se cozidas pelas mãos dos súditos de Amandioha.

O ônibus passou por baixo de um arco formado por esses tijolos, que tinham pequenos furos e reentrâncias, como se milhares de homens tivessem ficado embaixo lançando pedrinhas por uma centena de anos. Egbunu, eu poderia discorrer sobre isso interminavelmente, pois fiquei extremamente fascinado por essas estruturas. Mas estou aqui para depor sobre meu hospedeiro e seus atos e explicar que o que ele fez — se de fato for verdade o que temo ter acontecido — foi feito por engano.

O ônibus parou pouco depois, e Dehan fez sinal para que todos descessem. O outro ônibus tinha chegado antes deles, com o guia a bordo. E quando todas as pessoas do ônibus do meu hospedeiro desceram, o homem ergueu a voz e proclamou: — Senhoras e senhores, sejam bem-vindos à cidade murada de Gazimagusa, como dizemos na Turquia, ou Famagusta, como se diz em inglês. O que vocês veem aqui ao redor são muralhas venezianas. Foram construídas no século XV.

Assim como os outros, meu hospedeiro olhou ao redor e viu as gradações da estrutura maciça, e, mais uma vez, elas me pareceram tão imensas e poderosas que tive vontade de sair de seu corpo e vagar por aquelas pedras maciças. Apesar de já ter feito isso uma vez, tive medo de que os espíritos das terras fora de Alaigbo, onde o povo reverencia a grande deusa, fossem violentos e agressivos. Tinha ouvido falar que nesses lugares vaga um grande número de *akaliogolis*, *agwus* de todos os tipos, espíritos do hemisfério, demônios e criaturas há muito extintas. Ouvi histórias de espíritos sentinelas nas cavernas de Ogbunike e Ngodo sobre como espíritos violentos chegaram a obrigar um *chi* a sair do corpo de seu hospedeiro e possuí-lo, algo inaudito até entre os espíritos guardiões mais fracos. Por isso me contive. Preferi ver tudo através dos olhos do homem com quem você, Chukwu, me tornou um.

Enquanto a maioria das pessoas atentava para as estruturas, meu hospedeiro observava as árvores espalhadas entre as construções. Achou que eram árvores semelhantes a palmeiras, como as da terra dos pais, mas sem frutos. Existiam outros tipos também — uma cujas folhas pareciam cabelos emaranhados na cabeça de uma pessoa relapsa. A cada passo o guia falava de história, seguido pela multidão de estudantes, que observavam todas aquelas coisas enquanto o ouviam. Pararam mais uma vez no centro de uma estrutura esquelética, com cinco segmentos colunados entre as paredes brancas corrugadas. Uma grande massa de pedras que deve ter sido parte do edifício agora se espalhava pelo local, algumas afundando na terra fértil do antigo piso.

— A igreja de São Jorge — disse o homem, com os olhos voltados para o alto das imensas ruínas. — Foi construída durante os primeiros tempos da Igreja, talvez apenas cem anos depois da morte de Cristo.

Chukwu, enquanto eles continuavam andando, meu hospedeiro de repente se lembrou de uma vez que ele dormiu durante o dia e, quando acordou, viu o gansinho na soleira da porta da sala de estar. Lá fora o dia tinha envelhecido — com sua luz suave transformando o gansinho numa silhueta. Quase nunca se lembrava daquilo, pois não parecia importante até alguns dias antes de ter ido até Lagos: ele tinha dormido com Ndali e, quando acordou, a viu no mesmo lugar que o gansinho, transformada numa silhueta na luz do crepúsculo.

Estava mergulhado em pensamentos quando sentiu o telefone zumbindo no bolso da calça. Pegou o aparelho e viu que era a enfermeira. Separou-se do grupo, mas, sem querer chamar a atenção e atrapalhar o discurso do guia atendendo ao telefone, deixou o aparelho tocar até silenciar. Mal tinha voltado a se reunir com o grupo quando o telefone voltou a zumbir. Viu que era uma mensagem, por isso abriu depressa o aparelho.

> Meu amigo, espero que esteja indo tudo bem. Espero que esteja desfrutando de um dia de sol, homem simpático. Não se preocupe, meu amigo diz que podemos ir na segunda. Não se preocupe. Fiona.

Ezeuwa, ele seguiu a turnê com atenção, como se não fosse o mesmo homem do dia anterior. Ficou maravilhado quando todos os estudantes se aproximaram das praias do grande mar Mediterrâneo, onde lutei para conter a vontade de sair dele e observar esse curioso local a que o guia se referiu como "a cidade fantasma de Varosha". Ficou ouvindo, como se fossem instruções de um salva-vidas, enquanto o homem falava. — Estrelas de Hollywood, presidentes de muitos e muitos países, muita gente esteve aqui. — Sentiu-se fascinado pelas estruturas em ruínas — edifícios de múltiplos andares marcados por buracos, os tijolos desabando, alguns varados por buracos de balas, imagens que o fizeram se lembrar de cidades e aldeias na terra dos pais no calor da Guerra de Biafra. Prestou especial atenção a um prédio que devia ter sido um grande hotel com longos corredores, agora vazio e abandonado. Ao lado havia um prédio cor de cinza, a pintura descascada e espalhada como pedaços de fuligem. Tentou decifrar o nome do hotel, mas só uma parte ainda se mantinha, e a maioria das letras cursivas tinha se soltado da parede. O prédio era adornado por buracos que lhe conferiam uma aparência peculiar. Ficou para trás do grupo enquanto olhava com atenção para as casas nas partes internas da cidade, barricadas por arame farpado e pequenas cercas, construções cujas portas tinham desabado. Em uma das casas a porta parecia ajoelhada na soleira como numa súplica, como o que sobrara apoiado no gradil da varanda. Embaixo dessas construções, plantas robustas enfileiravam-se pelas ruas em aglomerados e se estendiam, como que por um tecido macio, pelas velhas superfícies das paredes.

A cidade abriu uma janela em sua mente que ele não conseguiu fechar durante todo o resto da viagem. Ficou emocionado com A Casa Azul, que um antigo líder grego de nome estranho — que o guia dissera que foi quem provocara a guerra entre os turcos e cipriotas gregos — tinha construído para seus filhos. Mas continuou pensando sobre os outros locais abandonados que o guia disse existirem — um aeroporto com aviões, restaurantes, escolas, tudo agora vazio. O lugar a que chegavam agora o guia chamou de Museu da Guerra. Lembrou-se do museu da Guerra de Biafra, em Umuahia, que visitou quando era criança com o pai. Desse incidente eu não pude testemunhar muita coisa, Egbunu. Isso porque, assim que entraram no local, ele e o pai viram um tanque que tinha sido dirigido por um de meus hospedeiros do passado, Ejinkeonye, que lutou na Guerra de Biafra naquele mesmo tanque. Fui imediatamente acometido pelo tipo de nostalgia paralisante que às vezes surpreende um espírito guardião ao encontrar o memorial de um hospedeiro passado ou seu túmulo. Assim, saí de meu jovem novo hospedeiro e entrei no tanque, que já tinha visto muitas vezes em 1968, quando Ejinkeonye o dirigia. O passado é uma coisa estranha para nós espíritos guardiões, pois não somos humanos. Assim que entrei no tanque, relembrei muitas das sangrentas cenas de batalha — como uma vez que o tanque atravessou uma floresta para escapar de bombas aéreas, derrubando árvores e esmagando cadáveres no caminho enquanto meu hospedeiro chorava. Foi um momento de sobriedade, e continuei lá enquanto meu hospedeiro atual e outros visitantes observavam o tanque, examinando seu interior, mas sem ver a criatura no banco enrugado, uma criatura que, mesmo tantas décadas depois, ainda reconhecia o cheiro de sangue ressecado dentro do veículo.

Do Museu da Guerra desse novo país eles foram para a "zona da linha verde", em Nicósia, e viram o outro Chipre, um país diferente, separado apenas por arame farpado. Meu hospedeiro ficou fascinado, emocionado com a visão do Museu do Barbarismo sobre o qual o guia falou:

— Não entrem aqui se não gostarem de filmes de terror.

Quase todos entraram. Na porta cheia de gente, meu hospedeiro viu uma banheira onde uma mulher e o filho haviam sido mortos a tiros, o sangue manchando a parede e a banheira, um fato ocorrido no ano que o Homem Branco chama de 1963.

— O sangue nesta parede é mais velho que todos nós aqui — explicou o homem enquanto todos observavam a cena macabra.

Disso ele se lembrou, e aquelas últimas palavras ficaram em sua mente até bem depois de terminar a turnê e ele e Tobe terem voltado ao campus. Mas nada o impressionou tanto quanto a cidade fantasma. Ficou tão perturbado que mais tarde naquele dia, quando adormeceu no sofá na sala de estar, sonhou com Varosha. Viu a si mesmo perseguindo seu gansinho, que pulava e corria pelas casas abandonadas. Passou depressa por soldados turcos no alto dos edifícios, à espreita. O pássaro continuava a correr, limitado pelo cordão preso na pata esquerda. Entrou em um dos prédios, aquele com a porta apoiada no gradil da sacada. A casa cheirava a poeira e decadência, o assoalho estava coberto de pó e sujeira. Continuou atrás do gansinho, o coração palpitante. Coloides da tinta da parede se acumulavam, como que à espera de alguma coisa que jamais chegaria. Passando pela sala, viu o gansinho subir a escada, sua cor escurecendo graças ao contato com o pó e a sujeira da casa. O corrimão tinha desabado e, atrás dos escombros arraigados ao pé da parede como que por garras, havia camadas de fungos. Viu uma camisa pendurada numa porta quebrada, cadeiras, detritos e móveis emborcados, tudo entremeado por uma monstruosa rede de teias de aranha impenetráveis. Meu hospedeiro suava e resfolegava e o gansinho, grasnando, continuava subindo, quase voando em seus pulos, contornando as curvas da escada, como se o caminho tivesse sido mapeado para ele e sua viagem fosse deliberada. Finalmente chegou ao alto do edifício. Não sabia por que, porém gritou para o gansinho parar, para não prosseguir, e a ave virou-se para ele. Mas o pássaro deu um salto no ar e desceu em direção à praia. Em pânico, ele continuou em frente, esquecendo onde estava no calor do momento. Estava caindo e gritando, a caminho de uma destruição inapelável, quando acordou.

O sol quase tinha se posto, com suas vastas e intermináveis sombras já difusas. Abriu os olhos e viu Tobe na sala, olhando para seu relógio de pulso. Teria continuado a pensar naquele sonho medonho, mas Tobe falou:

— Eu não quis acordar você. Mas é melhor a gente se mudar para a casa nova antes de Atif trazer os novos alunos para cá.

Meu hospedeiro concordou e pegou o telefone. Havia três chamadas perdidas de Ndali, nenhuma das quais tinha ouvido porque o aparelho ainda estava no modo silencioso. Viu uma mensagem de texto e logo a leu:

Obim, tudo bem? Não esquece de ligar, tá?

Quis perguntar a Tobe como se mandava mensagens de texto para a Nigéria. Era preciso acrescentar símbolos e números adicionais para ligar, mas e para mandar mensagens? Entretanto, acabou correndo para o quarto para se preparar. Enquanto fazia as malas, se deu conta de que ainda não tinha lido a carta dela. Decidiu que faria isso assim que chegassem ao novo apartamento.

Agujiegbe, depois de chegarem ao novo apartamento e acomodarem seus pertences nos quartos, meu hospedeiro pegou a sacola e procurou até encontrar a carta, escondida em uma das bolsinhas internas, dobrada muitas vezes. Perguntou-se quando Ndalia havia escrito. Teria sido na última noite, quando chorou na maior parte do tempo e insistiu para sentarem no banco embaixo da árvore no quintal? Os dois ficaram lá sentados, ouvindo o som das árvores que balançavam com a brisa suave.

As mãos dele tremiam enquanto desdobravam o pedaço de papel, arrancado de um dos cadernos pautados de Ndali, alguns dos quais ele tinha folheado. Deixou o papel de lado, deitou-se de costas e o pegou de novo para ler do jeito que ela achava melhor — em voz alta para si mesmo:

Quando você lê, principalmente a Bíblia, diga para si mesmo. Fale, Nonso, pois eu sei que palavras são coisas vivas. Não sei como explicar, mas sei. Que tudo que dizemos, tudo, está vivo. Simplesmente tenho certeza.

Olhou para cima e depois para suas malas antes de ler a linha seguinte, solitária, em destaque.

Obim, eu estou triste. Estou muito triste.

Egbunu, meu hospedeiro deixou a carta de lado, pois seu coração disparou. Ouviu o som de uma música começar a tocar, talvez no laptop de Tobe. Sentiu alguma coisa — um pensamento — lampejar em sua mente, mas não sabia dizer o que era. Tinha certeza de que não o havia esquecido, pois o pensamento nem chegou a se materializar em sua mente, simplesmente piscou e sumiu.

Cheguei a confessar que muitas vezes eu quis ir embora. Enquanto estava em Lagos planejei mandar uma mensagem de texto para você e dizer que não vou fazer isso de novo. Na verdade, escrevi tudo o que meu coração permitiu. É porque eu te amo. Às vezes sinto que quero ir embora por causa da minha família, mas é como se alguma coisa me impedisse. Foi como você me capturou, como nossas galinhas. É como se eu não conseguisse sair. Não posso abandonar tudo, Nonso. Até 1

Ijango-ijango, como o coração de um homem perturbado pode levá-lo a recursos em momentos como esse (dos quais já vi muitas instâncias), os olhos dele pousaram numa mancha de tinta que se espalhou no papel a partir da última palavra de forma a parecer que a última letra, um "l", se transformara no número 7.

noite eles me perguntaram por que eu amava você. Por muito tempo nem eu mesma soube, Nonso. Sim, eu queria encontrar um bom homem que me ajudasse na ponte naquela noite, mas não consigo explicar por que fiquei íntima de você depois que nos vimos de novo. Gostei de você, mas não sabia por que gostava. Entretanto, no dia em que você perseguiu o gavião, eu soube que você pode fazer qualquer coisa para proteger alguém que ama. Eu sabia que, se desse minha mão para este homem, ele nunca me decepcionaria. Quando vi o amor que você demonstra com animais comuns, sabia que você demonstraria um amor maior por mim, os maiores cuidados, a maior ajuda, maior tudo. É por isso que eu te amo, Nonso. Está vendo agora? Não é verdade? Quem pode fazer isso? Quantos homens na Nigéria ou até quantos os homens do mundo podem vender tudo que têm por causa de uma mulher? ESTOU CERTA OU NÃO?

Ela tinha escrito a última pergunta em letras maiúsculas, num tom que fez com que meu hospedeiro percebesse a força de como ela devia ter se sentido enquanto concebia aquilo, e ele derrubou o papel, pois seu coração agora batia mais forte. De início, não podia dizer exatamente por que, mas a partir do vazio de sua mente ele viu seus pais com ele durante um dia de saneamento ambiental, no ano que o Homem Branco chama de 1988. Eles estavam limpando a frente da casa. Ambos olhavam para o filho e o aplaudiram, porque a mãe tinha brincado dizendo que o pai dele não sabia varrer direito. E o pai reclamou que a vassoura era fina demais. Enquanto varria, muitas das varetas de bambu tinham caído. Tirando a vassoura da mão do marido, a mãe deu a vassoura para o meu hospedeiro e disse ao pai dele:

— Você vai ver que ele varre melhor que você.

Pegando a vassoura, ele, um garoto de apenas seis anos, varreu o chão enquanto os pais o incentivavam alegremente.

De repente se deu conta de que aquela era a mesma casa que ele tinha vendido. Releu o trecho sobre como era o único homem no mundo que poderia ter feito isso. Uma ideia surgiu em sua cabeça. E se ele ligasse para o homem a quem havia vendido o sítio para dizer que havia desistido, que devolveria o dinheiro com juros? Poderia pagar todos os meses, até ter pagado tudo mais dez por cento. Quase deu um pulo com esse pensamento. Iria ligar para Elochukwu no dia seguinte, e depois a Ndali, para eles irem falar com o homem de uma vez e pedir para suspender a propriedade da casa.

Ijango-ijango, eu também fiquei muito alegre com a ideia. Vender terras não era um costume dos antigos pais. Pois terras são sagradas. Eram dadas pela própria Ala e a posse não era do homem que a tinha, mas de sua linhagem. Apesar de Ala nunca castigar alguém por vender sua terra por vontade própria, isso a deixa zangada. Com o enorme alívio que sentiu com sua decisão, ele voltou a pegar a carta, as bordas agora molhadas pelo suor das palmas de suas mãos, e terminou de ler.

Eu mesma sei. Desde o primeiro dia, eu sabia que você era autêntico. Sabia que você era o homem para quem Deus tinha me preparado. E quero que saiba que te amo e vou esperar por você. Então, por favor, seja feliz.
Seu amor,
Ndali

16
Visões de pássaros brancos

Ebubedike, os grandes pais dizem que um homem ansioso e com medo encontra-se agrilhoado. Eles dizem isso porque a ansiedade e o medo roubam a paz de um homem. E um homem sem paz? Tal homem, eles dizem, está morto por dentro. Mas quando ele se liberta dos grilhões, quando as correntes rangem e rolam na escuridão exterior, ele se torna livre de novo. Renascido. Para evitar ser acorrentado de novo, ele tenta construir defesas ao redor de si mesmo. Então, o que ele faz? Deixa-se invadir por outro medo. Dessa vez, não é o medo de ser destruído pelas circunstâncias atuais, mas de que, em um tempo desconhecido e ainda inexistente, algo mais dê errado e ele se sinta devastado de novo. Assim ele vive em um ciclo no qual o passado é ensaiado, vezes e mais vezes. Ele se torna escravo do que ainda está por vir. Já vi isso muitas vezes.

Embora a promessa de salvação de meu hospedeiro continuasse firme no lugar — a enfermeira já havia enviado duas mensagens de texto desde que se conheceram, e, na segunda vez, ainda acrescentando uma figura amarela de uma face sorridente e repetindo que ele era um "bom homem" —, o medo chegou depois de ter lido a carta de Ndali. Deixou-o acorrentado durante a última parte da noite, encenando em sua mente imagens interruptas de outros homens tendo um romance com ela. Só se aliviou desse estado nas primeiras horas da manhã, quando Tobe bateu e perguntou pela porta fechada se ele iria à igreja. — Se você for — continuou Tobe —, vai encontrar um monte de gente de Naija. E vou dizer uma coisa, você vai gostar. Vai poder agradecer a Deus por tudo, e também podemos comprar algumas coisas para cozinhar no mercado de lá. A gente devia começar a preparar alguma comida antes de as aulas começarem amanhã. — Meu hospedeiro disse que iria.

Mais tarde, os dois caminhavam por uma rua parecida com a que ele passou na quinta-feira, logo depois de sair do táxi. As ruas eram compactas, os prédios pareciam não ter divisórias entre eles. Uma barbearia feita de vidro construída na calçada. Um homem fumando na frente, soltando nuvens de fumaça no ar, gritou quando eles passaram: — *Arap!*

— *Arap* seu papai! — replicou Tobe.

— *Arap* seu pai, sua mãe e todo mundo! — disse meu hospedeiro, pois Tobe já dissera que ouvir isso era o mesmo que ser chamado de escravo.

— Não ligue pra eles, são uns idiotas. Olha só para aquele homem sujo chamando a gente de escravos. Essa é o problema. Eles são muito bobos.

Entraram numa rua isolada com casas com portões iguais aos da Nigéria. Com grandes caixas de metal verde cheias de lixo em cada esquina. Mas, em uma das ruas por que passaram, Tobe apontou a um dos prédios e disse que os brancos da Europa adoravam vir ver aquilo. Era um prédio de tijolos coloridos, diferente de tudo que meu hospedeiro já tinha visto. Ficou enlevado com a visão. O prédio, com imponentes pilares, não tinha teto. Um templo para um deus grego ou romano, sugeriu Tobe em voz alta, talvez para que o velho homem europeu que tirava fotos o ouvisse. Um templo ancestral destruído pelo tempo, com sua antiga beleza retida embaixo da pele de suas ruínas. Mas de alguma forma ainda era bonito, por isso tinha se transformado num espetáculo, uma razão para pessoas viajarem até tão longe para o verem. Uma beleza em ruínas: isso era uma coisa estranha.

Quando entraram numa rua que Tobe disse ser perto da igreja, eles viram outras pessoas da cor dos grandes pais, um grupo de quatro homens, dois deles usando boné, andando em direção à igreja. Entraram na igreja com esse grupo. O local estava cheio, e um dos homens que tinham visto no apartamento com nigerianos no campus, John, conduzia as pessoas e oferecia cadeiras aos que não encontravam um lugar. A igreja estava cheia de estudantes negros e também de gente branca. Um homem branco diferente, que não parecia turco, mas sim com os homens que governaram a terra dos antigos pais por tantos anos, postava-se num altar na parte da frente, falando com o mesmo sotaque de Ndali, e meu hospedeiro soube imediatamente que era um inglês. O homem falava sobre a necessidade de cantar de coração aberto. Ele e Tobe se sentaram bem no fundo, atrás de duas pessoas que pareceram conhecidas dele.

Meu hospedeiro pensou na igreja de sua infância, que ele tinha deixado de frequentar. O pai deixou de ir à igreja depois da morte da mãe, zangado com Deus por ter deixado sua mulher morrer de parto. Meu hospedeiro continuou indo, de vez em quando, até um incidente com o gansinho o fazer mudar de ideia. O gansinho tinha ficado doente, recusando-se a comer e caindo sempre que tentava andar. Teve a ideia de levá-lo a uma igreja de que tinha ouvido falar, que curava pela fé — de fazer um homem cego voltar a enxergar. Então ele levou o gansinho à igreja, segurando-o perto do peito. Foi parado na entrada por porteiros uniformizados que acharam que ele era louco de trazer um animal à igreja. O incidente matou sua fé na religião do Homem Branco. Por que Deus não cuidava de um animal doente se cuida de seres humanos? Na ocasião, achou difícil entender por que alguém não podia amar um pássaro da mesma forma que amava pessoas. Na esperança de que voltasse à religião dos pais virtuosos, eu incentivei sua decisão, acrescentando a seus pensamentos que, se ele tivesse ido a um templo comum com seu animal, Ala, Njokwu ou qualquer outra deidade não o teriam mandado embora. Mas, como a muitos de sua geração, esse pensamento era proibido.

Agora ele ouvia com mais atenção ainda o pastor falar de ressurreição e da vida. O homem falava sobre Jisos Kraist, de como ele tinha morrido e se levantado. Seus olhos ficaram sonolentos enquanto o homem, cuja voz adernava no ar e mudava entre o grave e o agudo, falava de como só o verdadeiro cristianismo podia levar a uma vida com ressurreição, de voltar a se levantar depois de uma queda. Abriu os olhos, pois o homem tinha falado com ele. Era uma testemunha de como, quando perdido, um homem podia descer ao abismo e ainda assim ser erguido e restaurado.

Quando o pastor terminou o sermão, todos cantaram e a missa foi encerrada. No momento em que as pessoas começaram a se levantar, um homem bateu em seu ombro.

— Jesus Cristo, T.T.!

— Oh, garoto! Que bom te encontrar aqui.

— Sim, meu irmão.

— Como vai você, acabou encontrando o seu amigo?

— Não — ele respondeu, e contou a T.T. tudo o que tinha acontecido. Quando acabou de falar, os dois estavam do lado de fora do portão da igreja, e Tobe, depois de cumprimentar algumas pessoas, estava ao seu lado.

— *Mehn*, os cassinos pagam muito bem por aqui — disse T.T. — Deus mandou essa mulher para você, essa é a verdade oh. Alguns turcos são bons. Tem uma outra mulher como essa que ajuda mesmo um monte de gente. Ela deu uma bolsa de estudos a Naija, sef. O garoto trabalhava pra ela, fazendo de tudo, e em vez de receber pelo trabalho ele pediu que ela pagasse as mensalidades da faculdade.

— Hum, boa gente.

— Sim, sim, mas tome cuidado *eh*. Às vezes as pessoas só arranjam *kanji*.

T.T. deu risada e disse:

— Anote o meu número.

Onwanaetirioha, quando ele voltou para casa com Tobe já estava escuro. Pegou o telefone, viu uma mensagem de texto e leu a mensagem de Ndali.

Nonso, me liga amanhã por favor.

Abanou a cabeça. Digitou o número dela, mas só ouviu um longo ruído de estática. Decidiu ligar depois de ter confirmado o emprego, quando soubesse ao certo que recuperaria tudo o que havia perdido. E, quando ligasse para ela, iria contar tudo — tudo, desde o aeroporto até o encontro com Fiona.

Voltou a sentar na cadeira do seu quarto e pensou naqueles dias, em toda sua estada em um novo país. Abriu a mala e tirou as fotos de Ndali nua. Ao olhar para elas seu corpo se incendiou de sensualidade. Tirou o pênis da calça. Depois correu para trancar a porta para Tobe não entrar quando quisesse. Encostou o ouvido para ver se ouvia algum som de Tobe e, quando não ouviu nada, voltou para as fotos de Ndali nua e começou a se apalpar, ofegando, gemendo até cair num estado letárgico.

Akataka, entre os povos do mundo, em qualquer lugar, existe uma vertente comum de compaixão por um homem ferido, ou pobre, ou rebaixado. Esse tipo de homem ganha a piedade deles. Muitos gostariam de ajudar esse homem se acreditassem que ele havia sido enganado. Já vi isso muitas vezes. Essa é a razão pela qual uma mulher branca em uma terra estrangeira pode ver um homem da terra dos pais, maltrapilho, alquebrado, e oferecer ajuda e com essa oferta criar nele uma expectativa agradável.

Meu hospedeiro acordou na manhã seguinte, tendo dormido a noite inteira pela segunda vez desde que chegara ao estranho país. Estava tão cheio de expectativas que ligou para Elochukwu e disse para procurar imediatamente o homem a quem havia vendido a terra e pedisse para não fazer nada, que ele ressarciria o dinheiro.

— Mas como isso é possível, se você não der o dinheiro imediatamente? — replicou Elochukwu.

— Diga a ele que eu vou pagar o dobro. Nós precisamos assinar um acordo; eu vou pagar o dobro em seis meses. Assim posso ter minha casa de volta.

Elochukwu prometeu que iria procurar o homem e falar com ele. Sentindo-se mais seguro, meu hospedeiro se lavou e procurou Tobe, que tinha preparado ovos fritos.

Tobe contou como foi difícil encontrar um bom pão de manhã.

— Os pães que eles têm parecem de pedra — explicou, e meu hospedeiro deu risada. — Eu não entendo essa gente de jeito nenhum. Nenhum pão bom nem pra se comprar.

— Você assistiu *Osuofia em Londres*? — perguntou meu hospedeiro.

— Heh, aquele em que ele vai naquele lugar e pede pão Agege e o pessoal de Oyibo fica parecendo mumu?

Os dois comeram num súbito silêncio, com meu hospedeiro pensando em como as manhãs aqui eram diferentes. Não ouvia nenhum galo cantar, nem mesmo o chamado às orações de um muezim. A imagem que se recordava do dia anterior voltou como uma coisa a ser temida. Não se lembrava do que havia feito — tinha ligado para Ndali? Tinha desistido? Não conseguia dizer.

— Esse pessoal é ligado nas horas — disse Tobe de novo. — Se eles dizem dez horas, é pra ser às dez horas. Se dizem à uma, é à uma. Então é melhor a gente ir logo para o escritório do corretor, pegar nossas chaves e esperar a mulher.

Meu hospedeiro concordou. — Deve ser assim mesmo, meu amigo.

— Ontem eu liguei para Atif e disse que nós encontramos um lugar. Ele perguntou de você. Depois de fazer a minha matrícula eu vou até o escritório dele.

— Obrigado, meu irmão — respondeu, pois não estava prestando muita atenção, a mente concentrada na tarefa que havia delegado a Elochukwu e o emprego a que Fiona o levaria logo mais.

Limparam a mesa e saíram da casa, Tobe levando o computador e alguns livros numa grande sacola. A sacola parecia uma daquelas mochilas que as crianças usavam nas costas na escola, como o próprio Tobe a usava. Meu hospedeiro levou a sacola que Ndali havia dado de presente, contendo seus documentos, a carta dela e as fotos, como vinha fazendo desde que chegara ao país.

Localizaram o escritório do corretor no centro da cidade, enfurnado numa região cheia de lojas de roupas e joalherias. Era numa rua atrás do centro, compacta e cheia de lojas, um cibercafé, restaurantes e uma pequena mesquita. Pombos saltitavam ao redor, alimentando-se de uma coisa ou outra. Viram um monte de gente branca diferente dos turcos. Tobe disse que eram europeus ou americanos.

— Eles são diferentes — insistiu. — Os daqui, os turcos, não são realmente brancos. Parecem mais árabes. Você sabe como é... você já viu o povo do Sudão? Eles são diferentes dos nossos negros... a diferença de *kain*.

Um grupo de gente branca do tipo de que falavam passou por perto. Duas mulheres jovens, quase nuas, de calções curtinhos, corpetes e sandálias. Uma delas levava uma toalha. — Meu Deus, veja Omo! — exclamou Tobe.

Meu hospedeiro deu risada. — Achei que você era um renascido — comentou.

— Sou. Mas olha só, essas garotas são bonitas. Mas as mulheres turcas ganham delas. Ainda assim, Naija continua sendo a número um.

Egbunu, quando eles entraram no escritório, o ar estava cheio de fumaça de cigarro. Uma mulher branca e encorpada fumava numa cadeira. Notei um amuleto redondo na soleira da porta, da cor de Osimiri, com uma esfera branca que parecia um olho humano no meio. Como era muito parecido com um amuleto, saí do meu hospedeiro para ver se representava algum perigo para ele. E de imediato vi um estranho espírito na forma de uma serpente enrolado no objeto. A criatura foi uma visão apavorante até mesmo para mim, um espírito guardião, que viaja regularmente pelas planícies do etéreo. Saí logo dali.

Quando voltei ao meu hospedeiro, a mulher estava contando o dinheiro que Tobe havia pagado. Depois, quando saíram de lá com as chaves, meu hospedeiro sentiu um grande alívio. Eram quase dez horas e eles foram até o ponto de ônibus. Estavam lá havia alguns minutos quando Fiona chegou de carro, com uma túnica branca e um colar cintilante no pescoço. Apertou a mão de Tobe e voltou para o carro.

— Você parece feliz — disse Fiona assim que ele entrou.

— Sim, Fiona. Obrigado. É por causa de você.

— Ah, não, sem essa! Eu não fiz nada. Você estava com um grande problema.

Ele assentiu.

— Consegui um apartamento com meu amigo.

— Ah, isso é muito bom. Muito bom. Ajuda a sua psique, você sabe, ter um lugar onde morar.

Ele disse que sim.

— Meu amigo Ismail está no escritório. Esperando você.

Assim que meu hospedeiro entrou no carro, notei que a mulher usava — em volta do pulso, na forma de uma bandana — o mesmo amuleto que eu tinha visto. Projetei a imagem do amuleto do escritório do corretor na mente de meu hospedeiro e apontei o pulso da mulher, pois estava curioso em saber o que era. Inesperadamente, Chukwu, funcionou.

— *Es ma?* — ele perguntou.

— Sim?

— O que é essa coisa azul que parece um olho que a gente vê por aqui em todo lugar...?

— Ah, ah — disse a mulher, levantando a mão. — É contra mau-olhado. Como um amuleto de boa sorte, sabe. Muito importante para os turcos.

Meu hospedeiro aquiesceu, apesar de não ter entendido bem o que era o objeto. Mas fiquei aliviado em saber que era meramente um fetiche pessoal, não algo que pudesse prejudicar meu hospedeiro.

Continuaram a viagem, com uma música tocando no rádio. Fiona perguntou de que música meu hospedeiro gostava, mas ela não conhecia nenhuma das mencionadas. De repente, ele percebeu, quando parou de falar, que não tinha falado de Oliver De Coque. Pensar no cantor o deixava perturbado, como se De Coque tivesse feito alguma coisa para magoá-lo. Mas sabia que passara a associar a lembrança do dia em que fora humilhado na casa da família de Ndali com De Coque, que estava tocando naquele dia. E agora não gostava do músico por causa disso.

— Esse é Emre Aydin, um cantor turco muito bom. Eu gosto muito dele. — Deu uma risada e olhou para meu hospedeiro. — A propósito, Solomon, eu andei pensando na sua história. É muito dolorosa.

Ele aquiesceu.

— Sua história me fez lembrar de um livro que li recentemente sobre um homem cuja esposa pediu que entrasse para o Exército durante a guerra. O homem concordou, mas ela começou a ficar preocupada com as ações do Exército. Era o Exército nazista de Hitler. A mulher largou o marido. É um livro muito difícil. Você faz uma coisa grandiosa por causa da mulher que ama e acaba perdendo essa mulher. Não estou dizendo que isso vai acontecer com você, não me entenda mal. — Fez um gesto com a mão. — Para você vai dar tudo certo, sua noiva vai estar te esperando... tenho certeza. Estou falando do sacrifício. *Genau?*

Meu hospedeiro olhou para ela, pois aquelas palavras tinham penetrado em seu coração.

— Sim, ma, eu... — Parou de falar e preferiu dizer: — Sim, Fiona.

Passaram mais uma vez pela estrada estranha e subiram uma ponte imponente, antes de descerem uma pequena rampa feita de tijolos interligados. Quando o carro se aproximou do que pareciam ser os limites de uma aldeia, em meio a uma paisagem de vegetação densa, o sol pareceu ficar mais baixo e seu calor, visível na onda ilusória, deu a impressão de que o carro tinha subitamente mergulhado em um rio. Mas logo a ilusão se dissipou e eles entraram pelas ruazinhas da cidade. O carro emitia um som áspero quando passava por outros, sacolejando tanto que até a perspectiva de Ndali o abandonar, um pensamento que se aninhara como uma criança no berço de sua mente, mudou violentamente de uma extremidade a outra. Lutou para se aquietar. Mas não conseguiu.

Osimiriataata, a paz que uma esperança concreta traz a um homem que sofreu uma derrota cruel é difícil de descrever. É o encantamento sublime da alma. É a mão invisível que tira um homem de um penhasco de cima de um poço de fogo e o devolve à estrada de onde se desviou. É a corda que puxa um homem se afogando do mar profundo e o deposita no convés de um navio para respirar ar puro. Era isso que a enfermeira havia feito com meu hospedeiro. Mas o que já vi muitas vezes é que as mãos que alimentam a galinha são as mesmas que as matam. Este é um mistério do mundo, um mistério que, neste país estranho, eu e meu hospedeiro passamos a vivenciar. Mas devo transmitir tudo com o máximo de detalhes que puder, Egbunu, pois é isso que você deseja de nós quando o procuramos na luminosa Corte de Beigwe.

Quando eles chegaram à cidade da qual ele tinha saído quatro dias antes com o espírito sangrando, seu coração estava tão cálido e sua alegria era tão grande que teve vontade de tirar uma foto do lugar. Por isso, antes de entrarem, ele perguntou se Fiona tinha um telefone com câmera.

— Tenho, tenho — ela respondeu. — É um BlackBerry.

— Tudo bem.

— Você quer uma foto?

Meu hospedeiro anuiu, sorrindo.

— Hah! — disse Fiona, dando um suspiro. — Você nem ao menos consegue me dizer se quer uma foto? Você é um homem tímido.

Fiona tirou uma foto dele com os braços cruzados no peito, depois apontando o cartaz luminoso na fachada de mármore branco do prédio, em seguida com as mãos espalmadas e braços abertos. Viu aquelas imagens dele próprio parecendo feliz e gostou.

— Eu vou mandar para o seu e-mail.

Ele concordou. Enquanto entravam no lugar, parte da mente dele pensava em Ndali, em como ela iria gostar das fotos. A outra metade estava maravilhada com a magnificência do local — o tapete vermelho-sangue com tigres estampados, os lustres ornamentais, as máquinas e as telas de TV. Parou de pensar em tudo isso quando começou a andar atrás de Fiona por um corredor estreito. Deve ter sido por causa dos sapatos que Ndali chamava de "salto alto", mas as nádegas da mulher dançavam de forma simétrica. E através da túnica branca ele podia ver o contorno da calcinha que usava.

Ebubedike, ele ficou surpreso como a estranha e repentina batida de seu coração diante daquela visão e com o súbito golpe de luxúria em sua mente. Foi como uma explosão em chamas, tão súbita e imprevisível que ele quase caiu para trás.

Como se desconfiasse do que tinha acontecido, ela se virou: — Solomon, eu já disse o quanto ele vai pagar, certo?

— Isso mesmo, Fiona.

— Tudo bem, aceite por enquanto. Depois nós podemos aumentar. *Genau?*

Ele concordou. Passou a andar ao lado dela até chegarem à porta do escritório administrativo. Mas o desejo continuou, mesmo contra sua vontade. Cogitou qual seria a idade dela. Seu corpo parecia jovem, como de uma mulher na casa dos trinta, mas o pescoço mostrava gradações que sugeriam outra idade. E também tinha visto sinais de rugas nas pernas dela. Mas ele não sabia determinar essas coisas a respeito de gente branca, sobre as quais sabia pouco.

Passaram por uma porta de vidro e entraram numa sala com um homem sentado a uma mesa, o olhar atento na tela de um computador. O computador, Chukwu — um instrumento capaz de fazer muita coisa. Pode reunir informações, servir como um dispositivo para comunicação com quem está longe e muito mais! Quando se tornou comum entre os filhos dos preciosos pais, alienou-os ainda mais de seus antepassados. Pais nas montanhas e nas planícies, habitantes de Alandiichie, vocês choram porque os alteras de *iken-*

ga foram abandonados? Vocês ainda não viram nada. Preocupam-se por seus filhos não seguirem a *omenala*? Essa coisa, essa caixa de luz que o homem branco está olhando, ainda causará grande pesar na totalidade do tempo.

O homem se levantou assim que meu hospedeiro e sua companheira entraram na sala. Trocaram apertos de mão, mas meu hospedeiro entendeu pouco do que o homem disse. Achou que ele falava bem a língua do Homem Branco, mas parecia preferir o idioma do país. O que mais notou foi como o homem abraçou Fiona, tocou seu ombro e afagou seus braços. Durante um tempo eles falaram a língua local, enquanto meu hospedeiro observava as imagens coloridas nas quatro paredes da sala — imagens do grande mar, da tartaruga nadando e de algumas das ruínas que tinha visitado na turnê, o tempo todo rezando para que o sujeito lhe desse o emprego. Tão absorto se encontrava que se assustou quando o homem estendeu a mão na direção dele e disse: — Então você pode começar amanhã, terça-feira, se quiser.

— Muito obrigado, senhor — respondeu, apertando a mão do homem e fazendo uma pequena vênia.

— Não há de quê. Tudo bem, a gente se vê, meu amigo. Parabéns.

O homem saiu andando como se fosse sair, mas logo se virou e pegou na mão de Fiona mais uma vez e os dois se abraçaram. O homem beijou as faces dela do jeito que Ndali pedia às vezes que ele fizesse. Era uma coisa estranha, Chukwu. Um homem beijar uma mulher que não é sua esposa à vista de todos? O homem acendeu um cigarro e começou a falar com Fiona na língua do país.

Quando saíram do prédio, Fiona disse que tinha feito um bolo para meu hospedeiro. Que ia tirá-lo do forno, embrulhar para viagem e que depois iriam a um restaurante. Ao passarem pela casa, ela ia mostrar o seu jardim, pois também era uma agricultora, como ele. Meu hospedeiro concordou e agradeceu-a ainda mais. Quando voltaram à estrada, seu desejo tinha se dissipado, suprimido por uma raiva infantil que se interpunha à sua alegria como um estranho entre uma turma de amigos. Tinha sido enganado e quase destruído por um igbo como ele, que podia chamar de irmão, um ex-colega de classe. Mas aqui, entre pessoas que não conhecia, gente de um país e de uma raça diferentes, uma mulher chegou para salvá-lo. Essa mulher e o amigo dela tinham ido ainda mais longe que Tobe, que por um bom tempo o ajudou a carregar sua cruz. Eles tinham removido sua cruz e a jogado no fogo, Fiona e aquele homem. E quando chegaram à casa dela, sua cruz — tudo o que era e tudo o que havia nela — já tinha virado cinzas.

Egbunu, eu já falei sobre a fraqueza primordial do homem e de seu *chi*: a incapacidade de ver o futuro. Se tivessem essa capacidade, um grande número de desastres poderia ter sido facilmente evitado! Muitos, muitos desastres. Mas sei que você exige que eu testemunhe na sequência em que as coisas aconteceram, para fazer um relato completo das atitudes de meu hospedeiro, e por isso devo me manter no curso da minha história. Devo assim seguir dizendo que meu hospedeiro foi com essa mulher até a casa dela.

Era uma casa grande. Do lado de fora, um jardim, mangueiras para regar e flores bem dispostas em um canteiro. Ela disse que a mãe dela, que às vezes vinha da Alemanha para visitá-la, era agricultora. Havia uma piscina seca cheia de folhas perto de uma parede baixa, com uma pá e um carrinho de mão ao lado. A mulher não plantava nada que pudesse ser comido, a não ser tomates. Mas fazia tempo que não plantava nenhum. O jardim, ele percebeu, era uma área de armazenamento de coisas que ela queria continuar possuindo. Disse que o antigo lampião de parafina pendurado no galho de uma árvore baixa e esguia de onde se estendia um varal fino até a casa era do gato dela, Miguel. Meu hospedeiro não sabia que as pessoas tinham gatos como animais de estimação, muito menos que podiam ter nomes.

Aquela coisa que parecia o motor de um carro no chão era do caminhão em que o pai do marido dela tinha morrido. Ela parou na frente do motor e deixou os braços penderem ao lado do corpo. Em seguida, sem olhar para ele, falou:

— Foi o começo dos problemas. Desde então, ele sempre diz: "Por que você deixou meu pai dirigir? Se não estivesse dirigindo aos 72 anos, ele ainda estaria aqui até hoje". É por isso que ele bebe até cair e virou as costas para o mundo. — Nesse momento aconteceu uma coisa inesperada. Pois quando se virou para ele, agora aquela mulher que o tempo todo se mostrara cheia de vida estava quase em lágrimas. — Meu marido virou as costas para o mundo — repetiu. — Para o mundo todo.

Pensando no emprego, no cassino, na tarefa que havia passado a Elochukwu, como se desenvolveria, ele mal ouvia as coisas que ela dizia. Aquela longa caminhada que considerava o período mais insuportável de sua vida, percebeu, afinal tinha se tornado uma coisa que lhe trouxe grande esperança. Entrou na casa com a mulher, curioso para ver como eram as casas das pessoas brancas. Entraram pela porta dos fundos, numa cozinha diferente de tudo que já tinha visto. Era de mármore (embora ele não conhecesse a palavra, Egbunu) e coberta de quadros.

— Esses desenhos são meus — disse Fiona enquanto ele observava um que era diferente dos outros. Não era a imagem de um gato, de um cachorro ou de uma flor, mas de um pássaro.

— São muito bonitos — comentou.

— Obrigada, querido.

Foram para a sala de estar e ele ficou chocado com a enormidade da fortuna do pai de Ndali. A casa deles era mais luxuosa que essa, de uma família branca. Viu um piano perto de uma parede amarela, uma grande televisão e um alto-falante. Só um sofá, preto e comprido, feito de algum tipo de couro. As paredes, de ponta a ponta, era cobertas de quadros e fotografias. Perto da televisão e de uma estante de livros viu o que parecia a escultura branca e ressecada de um esqueleto humano. A escultura usava um colar com a imagem do amuleto contra mau-olhado.

— Bom, eu vou me trocar. Está muito calor. Vou pôr uma calça e uma camisa e vamos embrulhar o bolo pra viagem. *Genau?*

Meu hospedeiro concordou. Viu-a subir a escada, as coxas visíveis sob a túnica. O desejo irrompeu nele mais uma vez. Para se livrar daquela sensação, olhou para uma imagem na parede acima do piano, era de um homem que acreditou ser o marido dela. Os olhos na foto estavam felizes. Mas havia uma severidade neles que fazia com que parecessem ser de um homem de temperamento rígido, algo sugestivo do que Fiona descrevera como "virou as costas para o mundo". Ao lado daquele retrato havia um do mesmo homem com Fiona, anos mais novos, ela com os cabelos presos em um rabo de cavalo baixo. Estavam sentados, Fiona à frente, ele atrás, com metade do corpo oculto, de forma que só o tórax aparecia. A fotografia parecia ter sido tirada durante uma reunião, pois havia mais pessoas no fundo, algumas em destaque, outras desfocadas pela distância. O porta-malas de um carro verde — com a traseira rebaixada — estendia-se pela foto, deixando a outra metade fora do campo visual.

Egbunu, àquela altura, posso dizer que não havia nada na cabeça de meu hospedeiro a não ser a curiosidade sobre o que a tristeza havia feito com aquele homem. Estava examinando a foto dele para ver se conseguia encontrar algum sinal da escuridão que Fiona havia descrito. Também tinha notado uma espécie de temor silencioso em Fiona desde que chegaram na casa, como se estivesse com medo de alguma coisa que não queria confrontar. Chukwu, eu sei que é bem possível que nossas lembranças nem sempre sejam acuradas, pois nossa visão em retrospecto pode influenciá-las. Mas estou fazendo um relato imparcial quando digo que meu hospedeiro examinou a foto do homem com atenção e de forma introspectiva, como se tivesse ciência, ainda que vagamente, do que viria a seguir. Virou-se para um pequeno recesso na parede com madeira e cinzas ressecadas — o que ele viu como lenha dentro de uma sala de estar, mas que conheço dos dias de Yagazie como lareira, onde os brancos se aquecem quando faz frio. Havia um lugar como esse em todas as casas em que meu hospedeiro esteve na Virgínia, no país do brutal Homem Branco. Sem aquilo, eles morreriam de frio — algo impensável na terra dos grandes pais. Estava observando a lareira quando Fiona começou a descer a escada. Usava um short curto e uma camisa com a imagem de uma maçã cortada ao meio.

— Pronto, eu vou pegar o bolo e já podemos ir.

—Tudo bem, Fiona.

Viu quando ela abriu o forno e tirou uma coisa embrulhada num material que parecia papel branco; nem eu nem meu hospedeiro sabíamos o que era. A mulher guardou a coisa numa sacola de plástico.

— Que tipo de comida você gosta? — perguntou.

Meu hospedeiro ia começar a responder quando ela o interrompeu com um gesto. Virou-se na direção do olhar dela e soube a razão. A porta da frente estava se abrindo, e uma versão mais velha, muito mais abatida do homem no retrato entrou na casa. A camisa dele estava desabotoada, uma camisa azul amassada com as mangas arregaçadas, mostrando uma pele branca tão hirsuta que as mãos pareciam negras. Deu alguns passos pela sala e parou, olhando para eles.

— Ahmed, puxa, que bom que você chegou — disse Fiona numa voz que disfarçava inquietação, medo. — De onde você está vindo?

O homem não falou nada. Seu olhar ficou vagando entre meu hospedeiro e a mulher, com uma intensidade que me era familiar. Era um olhar cujo significado pode ser entendido mais em efeito que em contemplação, como a compreensão da enormidade total da vida no momento da morte. A boca do homem fez menção de falar, mas ele simplesmente largou no chão, devagar, a sacola que trazia. Fiona andou na direção dele, chamando seu nome, mas o homem se afastou na direção da estante.

— Ahmed — Fiona chamou mais uma vez e falou com ele na língua estrangeira.

O homem respondeu com uma expressão que assustou meu hospedeiro. Enquanto falava, soltava saliva pela boca. Apontou para Fiona, fechou o punho e esmurrou a palma da mão. Ofegante, Fiona levou a mão à boca e falou em rajadas rápidas que pareciam protestos, aos quais o homem não deu atenção. Continuou a falar mais alto ainda, num tom agudo. Estalou os dedos, esmurrou o peito e bateu os pés. Fiona ficou agitada à medida que o homem falava e começou a recuar devagar, olhando para o marido, para meu hospedeiro e de novo para o marido, os olhos se enchendo de lágrimas. Ela falava alguma coisa quando o homem se voltou para ele.

— Quem é você? Está me ouvindo? Quem diabos é você?

— Ahmed, Ahmed, *lutfen* — disse Fiona, tentando segurá-lo. Mas o homem se desvencilhou com brutalidade e esbofeteou-a no rosto. Ela caiu com um grito. O marido se abaixou e começou a esmurrá-la.

Gaganaogwu, meu hospedeiro ficou aterrorizado com o que se desdobrava à sua frente, e eu, seu *chi*, também. Ficou onde estava e falou com uma voz trêmula:

— Desculpe, senhor, desculpe, senhor! — Olhou para a porta, onde poderia chegar sem grandes problemas se saísse correndo, mas continuou ali parado. *Saia daqui!*, gritei nos ouvidos de sua mente, mas ele simplesmente deu um passo à frente. Olhou mais uma vez para Fiona. Avançou e deu um murro nas costas do homem, puxando-o para trás. O homem se levantou, pegou a sacola e arremeteu contra meu hospedeiro. Bateu com a sacola no rosto do meu hospedeiro com tanta força que o jogou no outro lado da sala.

UMA ORQUESTRA DE MINORIAS 303

A sacola caiu no chão, e pelo som e pelo líquido espumante derramado no chão soube de imediato que era uma garrafa.

Meu hospedeiro ficou onde havia tombado, zonzo, com uma sensação de paz frugal no corpo. Quando abriu os olhos, uma figura se moveu rapidamente passou pelo seu campo de visão, mas seus olhos se fecharam de novo antes de conseguir identificar o que era. Lentamente e de forma contínua, sentiu um líquido frio escorrer pelo ombro, pelo peito e pelos braços. Ebubedike, apesar de me sentir muito abalado, fiquei tremendamente aliviado por meu hospedeiro estar vivo. Se aquele homem o tivesse matado, o que os antepassados dele teriam dito de mim? Será que diriam que eu, seu *chi*, estava dormindo? Ou que era um *ajoo-chi* ou um *efulefu*? É assim que, às vezes, a vida de uma pessoa termina — subitamente. Já vi isso muitas vezes. Em um momento elas estão cantando; no seguinte, estão mortas. Em um momento estão dizendo para um amigo ou parente: "Eu vou até aquela loja do outro lado da rua comprar pão e já volto. Retorno em cinco minutos". E nunca mais voltam. Uma mulher pode estar conversando com o marido. Ela na cozinha, ele na sala de estar. O marido faz uma pergunta, e enquanto ela está respondendo — enquanto está respondendo, Egbunu — ele morre. Quando não o ouve falar nada por algum tempo, ela o chama: "Meu marido, você está me ouvindo? Ainda está aí?". E, como ele não responde, a mulher o encontra rígido, com uma das mãos agarrando o peito. Também já vi isso.

Meu hospedeiro continuou deitado, vivo, porém com dores intensas, o rosto e a boca cobertos de sangue. Queria manter os olhos fechados, mas os gritos e súplicas de Fiona não permitiam. Quando voltou a abri-los, viu o homem segurando o que o havia atingido: uma grande garrafa branca com o fundo quebrado, que lhe conferia o formato de dedos malformados, as arestas vermelhas de sangue gotejando lentamente no chão. O homem estava em pé diante de Fiona com o objeto na mão. Meu hospedeiro viu o homem se debruçar sobre ela, gritando e brandindo a garrafa de forma que gotas de sangue e vinho espirravam no rosto dela. Com a visão embaçada de seus olhos quase fechados, viu o homem largar a garrafa e afundar as mãos na garganta dela de novo, indiferente aos seus gritos e súplicas. Meu hospedeiro se arrastou lentamente na direção deles, parando para ganhar força enquanto os gritos de Fiona ficavam cada vez mais altos, a cada passo, pois

304 *Chigozie Obioma*

agora o homem tinha conseguido agarrá-la pela garganta. Neste memorável momento da vida, Egbunu, meu hospedeiro, sangrando profusamente, levantou-se, pegou um banquinho e tentou manter os olhos abertos para evitar que o sangue turvasse sua visão.

O banquinho pareceu pesado em sua mão. Estava debilitado pelo sangue perdido, não só agora, mas também de alguns dias antes, no hospital. Mas os gritos de Fiona o impeliram para a frente. Levantou primeiro um dos pés, depois o outro, até chegar ao local onde os dois se encontravam. Como todas as forças que conseguiu reunir, jogou-se para a frente como um saco de grãos e bateu com o banquinho na cabeça do homem.

O homem caiu para trás e ficou imóvel. Da sua cabeça formou-se uma aureola de sangue. Meu hospedeiro cambaleou, enxugou o rosto e piscou. Mas logo caiu no chão molhado e ficou estirado na varanda negra que separa a consciência da inconsciência. No insignificante espaço que o mundo de repente se tornou, viu Fiona se transformar numa estranha criatura, algo entre um pássaro e uma mulher branca vestida de branco. Pelas margens de sua angustiada visão, viu-a se esticar e levantar, devagar como uma serpente desenlaçando seus anéis rígidos, e começar a chorar e a gritar. Viu-a se agachar no canto da sala ao lado do marido, sua plumagem vívida e quase imaculadamente branca. Pouco depois se materializou de novo em forma humana, tentando reanimar o marido desacordado, que não se mexia. Ouviu-a dizer: "Ele não está respirando! Ele não está respirando! Meu Deus! Meu Deus!". Neste momento, suas asas se abriram e ela voou para fora de sua visão.

Continuou ali deitado com uma visão fixa em sua mente, a de Ndali sentada no banco debaixo da árvore de sua casa, olhando direto para a frente. Não conseguia ver o que ela estava olhando. Não sabia dizer se era uma lembrança ou imaginação, e nem eu, seu *chi*. Mas a cena continuou enquanto ele observava Fiona, com as asas ainda abertas, voltar ao local com um passo majestoso. Viu o peito dela crescer, o cintilante colar ao redor, e um bico de onde pendia algo indistinto. A mulher se movimentou outra vez, agora com seus pés humanos, ele ouviu o som de seus passos no chão. Ouviu o som de seus gritos abafados.

Ouviu a mulher branca falando ao telefone, a voz frenética, indefesa. Tentou enxergá-la melhor, mas seus olhos piscavam tanto que os músculos da face começaram a doer. Na escuridão total em que seu corpo foi lançado, sentiu um súbito arrepio e se tornou ciente de uma presença. Chukwu, ele ficou imóvel: pois podia dizer que tinha acontecido de novo, mais uma vez. Vindo dos bastidores da vida. Aquela criatura que era uma mãe vermelha e cuja compleição é cor de sangue. *Mais uma vez, ela tinha vindo.* Tinha vindo de novo — para roubar tudo que lhe fora dado e destruir a alegria que havia encontrado. O que é essa coisa? Ponderou. Era um homem ou uma fera? Um espírito ou um deus? Ijango-ijango, ele não sabia. E eu, seu *chi*, tampouco sabia. Os grandes pais costumam dizer que não é possível, ao examinar o formato da barriga de uma cabra, dizer que tipo de grama ela comeu.

Continuou ouvindo Fiona gritar, mas não abriu os olhos. A mulher disse alguma coisa que a princípio ele não conseguiu ouvir, depois dirigiu-se ao marido, ainda imóvel como uma tábua. Foi então que ouviu o que ela dizia, em alto e bom som: — Você matou meu marido! Você matou meu marido! — O som ficou mais grave. Ela mal começara a chorar quando uma sirene soou ao longe. Mas meu hospedeiro continuou ali, a mente fixa na curiosa visão de Ndali olhando para o desconhecido, como se de uma forma misteriosa ela tivesse rompido a barreira de milhares de quilômetros e agora olhasse para ele.

17
ALANDIICHIE

EBUBEDIKE, os antigos pais em sua preventiva sabedoria dizem que o lugar que alguém visita e retorna em geral é o lugar aonde alguém vai e lá permanece preso. Meu hospedeiro tinha encontrado ajuda na mulher branca, mas este mesmo lugar onde tinha encontrado ajuda era onde agora jazia, ferido e sangrando, cego pelo próprio sangue. Agitado e incapaz de fazer qualquer coisa, pensando em como iria explicar esse trágico final a você, Chukwu, e a seus antepassados, saí do corpo dele para ver se podia encontrar ajuda no domínio espiritual. Assim que saí, vi que espíritos de todos os tipos tinham se reunido na sala, como auxiliares sombrios marchando contra o exército inteiro da espécie humana. Eles pairavam por toda parte, perto de uma arcada no teto, sobre o corpo de meu hospedeiro e o do outro homem, alguns suspensos como cortinas feitas de sombras. Entre eles havia uma criatura disforme que me olhava com uma expressão carrancuda. Percebi que era uma réplica incorpórea do homem no chão. Apontava os dedos para mim e falava na estranha língua do país. Continuava falando quando a porta se abriu e os policiais entraram com gente de jaleco branco como os que Ndali usava, e a mulher branca também. A mulher chorava e falava com eles, apontando o marido e meu hospedeiro, estatelado, deslizando lentamente para a inconsciência por causa da perda de sangue.

Enfermeiras e três dos policiais levaram o homem que tinha atacado meu hospedeiro, com Fiona atrás deles. Depois voltaram para levar meu hospedeiro, com os sapatos encharcados de sangue, pegadas vermelhas marcando sua trajetória. Chukwu, quando eles entraram no veículo que se parecia com a caminhonete de meu hospedeiro (chamado de "ambulância" pelos filhos dos grandes pais), ele desmaiou.

Eu os acompanhei pelas ruas da terra estranha, vendo o que meu hospedeiro não podia ver — um carro cheio de melancias, do tipo que se encontra na terra dos pais, um garoto a cavalo seguindo uma procissão de pessoas que batiam em tambores, tocavam cornetas e dançavam. Todos abriram espaço para a ambulância passar, com as sirenes gritando. Fui assolado pelo medo e um grande arrependimento por ter deixado que meu hospedeiro tivesse vindo a este lugar, a este país, só por causa de uma mulher, quando poderia facilmente arranjar outra. Repito, Egbunu, o arrependimento é a doença do espírito guardião.

Com o véu da consciência que ofusca minha visão do mundo etéreo agora rasgado, contemplei por uma segunda vez a fantasmagoria viva do mundo espiritual daquele lugar. Vi mil espíritos aninhados em cada reentrância da terra, pendurados em árvores, flutuando em pleno ar, reunidos nas montanhas e em lugares numerosos demais para mencionar. Perto do Museu do Barbarismo, onde meu hospedeiro estivera apenas dois dias antes, vi as duas crianças cujo sangue estava na banheira exposta na casa. Elas estavam do lado de fora, usando exatamente as mesmas camisas que vestiam no momento do ataque, rasgadas, estraçalhadas pelos disparos, enegrecidas de sangue. Como estavam sozinhas, desatendidas por outros espíritos, me ocorreu que deviam estar ali para sempre, talvez por causa do sangue — da vida delas — que ainda permanecia na parede e na banheira, em exposição para o mundo ver.

No hospital, eles levaram meu hospedeiro de maca até um quarto, e assim que vi que estava em segurança ascendi imediatamente a Alandiichie, as montanhas dos ancestrais, para encontrar membros da família dele entre os grandes pais para relatar o que aconteceu — depois do que, se ele realmente tivesse matado o homem, eu viria a você, Chukwu, para prestar testemunho, como nos exige fazer se nosso hospedeiro tirar a vida de outra pessoa.

Ijango-ijango, conheço bem a estrada para Alandiichie, mas esta noite foi mais sinuosa do que o normal. As montanhas que ladeiam a estrada estavam inimaginavelmente escuras, salpicadas apenas aqui e ali pela luz selvagem de fogos místicos. As águas do Omambalaukwu, cujos irmãos se situam na terra, fluíam com um rugido abafado no horizonte escurecido. Atravessei a ponte luminosa, sobre a qual multidões de humanos dos quatro cantos do mundo trafegam num fluxo violento em direção à terra dos espíritos ancestrais. Ouvi vozes cantando no rio. Embora soassem em uníssono, uma as vozes vinha do coração do rio. Era uma voz diferenciada, alta, mas aguda, resiliente e num tom ágil, afiada como a lâmina de uma machete nova. As vozes cantavam uma conhecida canção de ninar, tão antiga quando o mundo em sua concepção. Não demorou muito para perceber que era a voz de Owunmiri Ezenwanyi, acompanhada por suas numerosas donzelas de incomparável beleza. Juntas, cantavam numa linguagem mística e antiga que, não importa quantas vezes eu tenha ouvido, nunca consegui decifrar. Cantavam para as crianças mortas ao nascer e cujos espíritos percorrem as planícies dos céus sem direção — pois uma criança, mesmo na morte, não sabe distinguir entre esquerda e direita. É preciso que se indique o caminho para os domínios da tranquilidade, onde habitam as mães, os seios cheios de leite puro e atemporal, os braços flexíveis como os rios mais tépidos.

Elas nos chamam de *nwa-na-enweghi-nku* — "sem asas", por sermos espíritos que podem viajar pelo ar sem asas — e de "crianças", porque podemos habitar o interior dos corpos de homens vivos. Por isso, eu sabia que era para mim que estavam cantando. Fiz uma pausa para acenar e agradecer pela canção. Mas, Chukwu, enquanto ouvia, eu me perguntava como você criou vozes tão encantadoras. Como equipou essas criaturas com tais poderes? Não é tentador para qualquer um que ouça essa canção querer parar na hora? Não é tentador até mesmo desejar interromper de vez a jornada para Alandiichie? Não é por essa razão que muitos mortos continuam suspensos entre os céus e a terra? Os espíritos dos falecidos ao lado da margem acolhedora, não são esses que, apesar de mortos, não encontraram descanso e cujos fantasmas vagam pela terra? Eu já vi muitos deles — perambulando sem ser percebidos, incapazes de ser percorridos, sem pertencer a lugar nenhum, em permanente estado de *odindu-onwukanma*. Será que alguns não estão nessa condição por terem sido aprisionados pela música encantadora de Owunmiri e sua trupe?

Os pais de antigamente dizem que um homem cuja casa está em chamas não sai caçando ratos. Por isso, apesar de fascinado pela melodia, eu não fui encantado. Continuei andando até a música esmaecer e qualquer sinal de habitações do homem ter desaparecido totalmente. Não conseguia mais ver os cintilantes *kpakpando*, tão vastamente numerosos que a língua dos pais lhes atribuiu uma dualidade. Eles se combinam com as areias da terra para formar uma única palavra: estrelas-e-terra. Enquanto caminhava, as estrelas e tudo o que se relaciona à Terra rolava para longe como uma manta de escuridão no abismo vazio cuja extensão está além de qualquer medida. Um caminho serpeava as montanhas, iluminado por archotes a cada curva, suas chamas tão brilhantes quanto a luz do sol. É aqui que se começa a encontrar *ndiichie-nna* e *ndiichie-nne* por toda Alaigbo e mais além, reunidos em bolsões enquanto caminham em direção às grandes montanhas ao longe. O caminho é decorado dos dois lados por fileiras das sagradas folhas de *omu*, atadas às árvores como estranhas fitas. Presos às novas folhas de palmeiras também há moluscos, caurins, cascos de tartaruga e pedras preciosas de todos os tipos.

Daqui, quando subimos as colinas, o número de viajantes aumenta. Os mortos recentes acorrem em direção às montanhas, ainda ostentando a agonia da morte e as marcas da vida — homens, mulheres, crianças; os velhos e os jovens, os fortes e os fracos, os ricos e os pobres, os altos e os baixos. Eles caminham com passos silenciosos na areia fina da estrada, coruscante em suas luzes brilhantes. Mas as colinas, Egbunu, as colinas estão cheias de luz — um arranjo de radiação bruxuleante que parece quase fluir como um rio invisível aos olhos dos que o veem para depois se dissipar num verticilo nebuloso e embaçado. Já pensei muitas vezes no quanto os vivos chegam perto de assimilar Alandiichie na canção do luar que as antigas mães (e suas filhas vivas) cantavam:

Alandiichie
Um lugar onde os mortos estão vivos
Um lugar onde não há lágrimas
Um lugar onde não há fome
Um lugar para o qual irei ao final.

Realmente, Alandiichie é um carnaval, um mundo vivo longe da terra. É como o grande mercado de Ariaria em Aba, ou o de Ore-orji em Nkpa da época anterior ao Homem Branco. Vozes! Vozes! Gente, todas usando xales imaculados, andando ou reunidas em círculos anelados como *omu* em torno de um grande caldeirão de barro e fogo. Localizei aquele em que a família de Okeoha se reunia. E não foi difícil de achar. Os eminentes pais estavam lá. Os que morreram em idade avançada, muito, muito tempo atrás. Numerosos demais para mencionar. Lá estavam, por exemplo, Chukwumeruije e seu irmão, Mmereole, o grande Onye-nka, escultor do semblante dos espíritos ancestrais. Suas esculturas e máscaras de deidades; faces de muitos *arunsi*, *ikengas* e *agwus*; e essa cerâmica é exposta como uma das grandes artes do povo igbo. Esse homem deixou a terra mais de seiscentos anos atrás.

As grandes mães também moram aqui. Numerosas demais para mencionar. A mais notável, por exemplo, foi Oyadinma Oyiridiya, a grande dançarina, inspiradora do ditado: "Pelo prazer de olhar sua cintura, nós matamos uma cabra". Entre muitas outras, estavam Uloaku e Obianuju, líderes de uma das maiores *umuadas* da história, que a própria Ala, a deidade suprema, untou com sua loção recoberta de mel e que depois envenenou as águas do clã Ngwa muitos séculos atrás.

Qualquer um que tenha visto esse grupo logo perceberia que meu hospedeiro pertence a uma família de gente ilustre. Saberá que ele pertence à genealogia de pessoas que estiveram no mundo desde o tempo em que o homem existe. Não são da classe daquelas que caem de árvores como simples frutos! Foi assim, com a maior reverência e humildade, que me postei diante deles, minha voz como a de uma criança, mas minha mente como a dos antigos.

— *Nde bi na'* Alandiichie, *ekene'm unu*.

"*Ibia wo!*", eles responderam em coro.

— *Nde na eche ezi na'ulo* Okeoha *na* Omenkara, *ekene mu unu*.

"*Ibia wo!*"

Fui silenciado pela voz imponente de Nne Agbaso, penetrante como o piado estridente de um pássaro engaiolado. Ela começou a cantar a habitual canção de boas-vindas, "Le o Bia Wo", com uma voz tão encantadora e tranquilizante como a de Owunmiri Ezenwanyi e seu *entourage*. Sua canção se elevou e se espalhou solene pelo ar e envolveu os que se reuniam, subindo e circundando todos os homens. E tão silenciosos eles permaneceram que, mais uma vez, percebi com precisão a absoluta distinção entre os vivos e os mortos. Mais tarde, ela chacoalhou uma fileira de caurins e realizou o ritual de autenticação, para garantir que eu não era um espírito maligno fingindo ser um *chi*: "Quais são as sete chaves da sala do trono de Chukwu?" — perguntou.

— Sete conchas e um jovem caracol, sete caurins do rio Omambala, sete penas de um urubu careca, sete folhas de uma árvore de anunuebe, o casco de uma tartaruga de sete anos, sete lóbulos de noz-de-cola e sete galinhas brancas.

Seja bem-vindo, ser espiritual — ela disse." Pode prosseguir. — Agradeci e fiz uma vênia.

— Sou o *chi* de seu descendente Chinonso Solomon Olisa. Estou com ele desde o primeiro surgimento de seu ser, quando Chukwu me convocou da caverna de Ogbunike, onde os espíritos guardiões esperam ser chamados para servir, e me disse para guiar seus pés à luz do dia e a iluminar seu caminho à noite com um archote. Naquele dia, eu tinha acabado de ir a Ogbunike vindo do necrotério do Hospital Geral de Isolo, em Lagos, uma terra distante de Alaigbo, mas um lugar onde agora vivem muitos filhos dos pais. Ezike Nkeoye, presente agora na reunião dos parentes da mãe do meu hospedeiro, tinha acabado de morrer, e eu tinha sido seu *chi*. Ele tinha apenas vinte e dois anos. No dia anterior, esse brilhante estudante da cultura do Homem Branco foi para a cama depois dos estudos. Permaneci dentro dele, vigiando enquanto dormia, da maneira como os espíritos guardiões são chamados a fazer. E de fato ele estava dormindo. Acordou de repente, agarrou o peito, caiu da cama e na queda quebrou o pescoço. O acordo com *onwu*, o espírito da morte, foi rápido, porque ele, como o restante de seus filhos, não tem um *ikenga*. Morreu no instante em que caiu.

— Apesar de já ter vivido entre homens mortais muitas vezes, aquilo me deixou chocado. Aconteceu tão depressa, e com tal intensidade, que me retirei sem uma palavra nos lábios. A morte o levou rapidamente, com a violência de um leopardo jovem. Ainda no dia anterior ele tinha beijado uma mulher, mas então estava morto. Foi tudo tão estranho que não me reportei de imediato a Chukwu em Beigwe, como nos é exigido como espíritos guardiões. Tampouco trouxe imediatamente seu espírito a Alandiichie. Mas, com o tempo, acompanhei seu corpo na ambulância para o lugar onde seria mantido no necrotério. Foi então que me dei por convencido de que ele estava morto e trouxe seu *onyeuwa* comigo até aqui, à residência da família de Ekemezie, na aldeia de Amaorji. Quando parti, fui depressa até Ogbunike para descansar e me banhar em sua catarata, em águas tão mornas e antigas que ainda emanam o peculiar aroma do mundo em sua criação. Estava deitado no córrego quando ouvi a voz de Oseburuwa me chamando, pedindo para ascender a Alandiichie, pois Yee Nkpotu, o antepassado encarnado que é meu hospedeiro, estava pronto para renascer. Como sabem, um homem e uma mulher podem dormir juntos pela eternidade. Mas se um de vocês aqui não estiver decidido a retornar à Terra, a concepção é impossível. Assim, sabendo que a concepção estava prestes a acontecer, atendi rapidamente ao chamado.

— Na noite em que meu hospedeiro nasceu, vim buscar seu espírito ancestral aqui de Alandiichie, e todos vocês foram testemunhas distantes quando levei seu *onyeuwa* para longe de Eluigwe, onde recebeu sua magnificente celebração. Em seguida o conduzi da fanfarra de Eluigwe e o acompanhei até Obi-Chiokike, onde acontece a grande fusão entre espírito e corpo para formar *mmadu* — a expressão corpórea definitiva da criação. Foi um dia glorioso. As areias brancas de Eluigwe, cintilando com pedregulhos imbuídos da própria essência da pureza, foi o solo sobre o qual marchamos. Fomos seguidos à distância por um grupo de *adaigwes*, as lindas donzelas imaculadas e luminosas de Eluigwe que cantavam a alegria de viver na terra, dos inúmeros anseios do homem, do dever da mente, dos desejos dos olhos, das virtudes de viver, das tristezas das perdas, da dor da violência e das muitas coisas que compõem a vida de um ser humano.

— A família e a casa de Okeoha e Omenkara, vocês todos já estiveram lá e sabem que a jornada até a terra é longa, mas não cansativa. Em sua sabedoria oracular, vocês associam essa jornada ao proverbial ovo resistente que cai do ninho do corvo e chega ao chão sem quebrar. A estrada é tão linda que não se pode descrever. As árvores que se erguem ao longe dos dois lados da estrada interna não somente provêm de uma vegetação profunda, são também transparentes, como os véus de chita prateados tecidos pelas mulheres de Awka. As árvores dão frutos dourados e, sobre elas, dentro e fora delas, pássaros cor de esmeralda trinam. Eles pairam ao redor do cortejo, batendo as asas na corrente termal, mergulhando e brincando como se também estivessem dançando a canção do cortejo. Enquanto eu andava, eles brilhavam na luz pura que enchia a estrada. Não soube dizer quando chegamos à grande ponte que serve como travessia entre Beigwe e a terra. Mas pouco antes de chegarmos a ela, as mulheres pararam e ergueram as vozes numa estranha e espectral melodia. As adoráveis melodias se transformaram, subitamente, em uma trenodia que elas cantaram com vozes trêmulas. Os gritos aumentaram quando cantaram sobre o sofrimento no mundo, os males do egoísmo, a vergonha da desgraça, a aflição das enfermidades, as mágoas da traição, o sofrimento da perda e o pesar da morte. Juntaram-se aos *onyeuwa* e eu já estava ligado a eles e aos moradores de Eluigwe, que paravam a cada vez que passávamos para dizer: "Que aquele que vai para Uwa possa ter paz e alegria!", enquanto o bando de calaus, os pássaros sagrados de Eluigwe, esvoaçava ao redor, batendo asas em aquiescência.

— Pouco depois, como que sinalizadas por uma bandeira invisível, as cantoras se separaram de nós e nos acenaram de longe. Elas acenaram. Os pássaros também, pairando sobre a ponte como se houvesse uma linha que não pudessem transpor, que nem eu nem o espírito reencarnado conseguíamos ver. Nós retribuímos os acenos, e assim que entramos na ponte me vi em um lugar que parecia ter visto antes. O lugar era cheio de luzes brilhantes semelhantes às de Eluigwe, mas estas eram feitas pelo homem. A fonte da luz era circundada por mariposas e insetos sem asas. Uma lagartixa próxima a uma das lâmpadas na arcada de uma parede tinha a boca cheia de insetos. Em uma cama embaixo da lâmpada, um homem gritava, tremia e desfalecia sobre uma mulher que suava. O *onyeuwa* entrou na mulher e se fundiu com o sêmen. A mulher não sabia ou não percebia que a grande alquimia da concepção havia acontecido com ela. Juntei-me ao *onyeuwa* e me tornei um com a semente do homem, e nessa junção nos tornamos um *divisível*.

— *Ndiichie na ndiokpu, unu ga di.*

"*Iseeh!*" responderam em coro os corpos eternos.

—A partir daquele momento eu o mantive sob vigília, com os olhos abertos como os de uma vaca e insones como os dos peixes. Na verdade, não fosse por minha intervenção, ou se eu fosse um mau *chi*, ele nem teria nascido.

A isso, um murmúrio frio ecoou pela reunião da multidão imorredoura.

— É verdade, seres abençoados. Foi no seu oitavo mês, ainda no útero da mãe. A mulher estava sentada em um banco entre dois baldes, um contendo água limpa, com uma película transparente pairando na superfície, um resíduo de sabão, e a outra contendo água barrenta, onde as roupas são deixadas de molho. Havia uma caixa de sabão em pó Omo sobre a pilha de roupas sujas. Ela não tinha visto, nem seu *chi* a alertou, que uma cobra venenosa, farejando a terra molhada ao redor e o aroma orvalhado das folhas das árvores e arbustos em torno do local, havia se insinuado sob a pilha de roupas e começado a sufocar. Mas eu saí de meu hospedeiro e da mãe dele, como faço com frequência até meus hospedeiros terem seus corpos integrais. Eu consegui ver — a serpente negra entrou em uma das pernas de uma calça, e a mulher foi picada ao recolher a roupa.

— O ataque teve um impacto imediato. Pela expressão aturdida em seu rosto, pude ver que foi uma picada terrível. No local onde havia sido mordida surgiu uma conta de sangue de cor profunda. Ela gritou tão alto que o mundo ao redor correu ao seu auxílio. Assim que a cobra a picou, percebi que o veneno poderia penetrar e matar meu hospedeiro em seu abrigo no útero. Por isso intervi. Vi o veneno se movendo na direção de meu hospedeiro, que era então apenas um feto adormecido na cavidade do útero. O veneno era puro, quente e poderoso, instantâneo, destrutivo, e violento em seu movimento pelo sangue da mãe. Pedi ao seu *chi* que a obrigasse a gritar muito alto, para que os vizinhos se reunissem imediatamente. Um homem amarrou depressa um trapo no braço dela, pouco acima do cotovelo, impedindo o veneno de prosseguir e fazendo seus braços incharem. Os outros vizinhos atacaram a cobra e a esmagaram com pedras até se transformar numa pasta, com seus ouvidos humanos surdos aos pedidos de misericórdia.

— Todos vocês sabem que é meu dever conhecer, sondar os mistérios envolvidos na existência de meu hospedeiro. E, de fato, até mesmo uma cabra ou uma galinha podem avaliar que vi e que ouvi muitas coisas. Mas vim aqui basicamente porque meu hospedeiro está com um problema sério — o tipo de problema que pode fazer seus olhos sangrarem em vez de verterem lágrimas.

"Você fala bem!", eles disseram.

— Os homens de sua família dizem que nem um homem sobre a mais alta montanha consegue ver o mundo inteiro.

Todos murmuraram em aprovação: "*Ezi okwu.*"

— Os homens de sua família dizem que, se uma pessoa deseja coçar as mãos ou a maioria das outras partes do corpo, ela não precisa de ajuda. Mas se precisar coçar as costas, terá de pedir a ajuda de outros.

"Você fala bem!"

— Foi por isso que vim: buscar uma resposta, pedir sua ajuda. Habitantes da terra dos mortos vivos, temo que uma violenta tempestade tenha exigido o fechamento da única estrada para a aldeia utópica de Okosisi e que seu pedido tenha sido concedido.

"*Tufia!*", eles bradaram em uníssono. Ao que um deles, o próprio Eze Omenkara, o grande caçador que quando vivo viajou até a distante Odunji e trouxe para casa muita caça, levantou-se para falar.

"*Ndi ibem*, eu o saúdo. Não podemos gesticular as mãos para espantar uma serpente ameaçando nos picar, como fazemos com mosquitos. Eles não são a mesma coisa."

"Você fala bem!", eles disseram.

"*Ndi ibem, kwenu*", ele respondeu.

"*Iyaah!*", eles disseram.

"*Kwe zueenu.*"

"*Iyaah!*"

"Espírito guardião, você falou como um de nós. Falou como alguém com a língua madura, e realmente suas palavras se sustentam sobre os pés, se sustentam — mesmo agora — entre nós. Mas não devemos esquecer que, se alguém começar a se banhar dos joelhos para cima, a água pode acabar antes de chegar à cabeça."

Eles gritaram: "Você fala bem!".

"Então nos fale sobre essa tempestade que ameaça nosso filho Chinonso."

Agbatta-Alumalu, eu contei tudo o que meus olhos viram e meus ouvidos ouviram, como agora contei a você. Falei com eles sobre Ndali, o encontro com ele na ponte e seu amor por ela. Falei de seus sacrifícios, de como ele vendeu sua casa. Falei sobre Jamike, de como ele enganou meu hospedeiro, e como meu hospedeiro, pensando ter sido salvo pela mulher branca, agora jazia inconsciente, talvez tendo matado outro homem.

"Você fala bem!", eles disseram em coro.

Em seguida houve silêncio entre eles, um silêncio impossível na terra. Até Ichie Olisa, angustiado por seu filho ter vendido a terra, meramente olhava para o chão com olhos vazios, silencioso como um tronco morto. Um grupo entre eles, cerca de cinco, levantou-se e foi até um canto para conferenciar. Quando retornaram, Ichie-nne, Ada Omenkara, a avó do meu hospedeiro, falou: "Você sabe alguma coisa sobre as leis do povo desse novo país?"

— Não sei, grande mãe.

"Ele já matou algum homem antes?", perguntou Ichie Eze Omenkara, o bisavô de meu hospedeiro.

— Não, não matou, Ichie.

"Ser espiritual", começou Eze Omenkara, "talvez o homem em quem ele bateu com a cadeira sobreviva. Pedimos que retorne para observá-lo. Não siga para Beigwe para se apresentar a Chukwu até saber com certeza se ele matou esse homem. Nós esperamos, caso tenha sido atingido apenas por uma cadeira, que ele não morra. Faça dos seus olhos como o dos peixes e volte aqui quando tiver outras palavras para nós." Em seguida, virando-se para os outros, falou: "*Ndi ibem*, falei o que estavam pensando?".

"*Gbam!*", eles responderam em coro.

"Um *chi* que adormece ou deixa seu hospedeiro para fazer jornadas, a não ser que necessárias, como esta, é um *efulefu*, um *chi* fraco, cujo hospedeiro já é como um carneiro puxado por uma corda à estaca do matadouro", continuou.

"Você fala bem!"

— Eu os ouvi, Habitantes de Alandiichie. Agora devo voltar.

"Sim, pode voltar!", eles bradaram. "Volte em segurança pelo lugar por onde veio."

— *Iseeh!*

"Que a luz não se extinga no seu caminho de volta."

— *Iseeh!*

Preparei-me para deixá-los, os que não são mais suscetíveis à morte, aliviado por ao menos ter encontrado um alívio temporário para meu pânico. Enquanto viajava, sem olhar para trás, refleti: o que era aquela linda voz que se projetava de novo numa canção para me impelir em frente?

Chukwu, assim foi concluída minha jornada. Voei por um longo trecho da noite flamejante, passando por montanhas brancas dos mais remotos domínios de Benmuo, sobre as quais espíritos de asas negras falavam com vozes sepulcrais. Ao me aproximar das sublimes fronteiras da Terra, vi Ekwensu, a deidade trapaceira, em seu inconfundível traje de muitas cores, com a cabeça sustentada por um longo pescoço que se estendia como um tentáculo. De pé sobre um membro acima do disco da Lua, observando a Terra com olhos selvagens e rindo consigo mesmo, talvez divisando algum truque maligno. Eu o havia visto no mesmo lugar em duas ocasiões, da última vez setenta e quatro anos atrás. Como no passado, eu o evitei e prossegui em direção à Terra. Então, com a precisão alquímica com que um *chi* encontra seu hospedeiro, não importa onde possa estar no Universo, cheguei ao lugar onde meu hospedeiro jazia e me fundi a ele. De imediato, vi pelo relógio na parede que tinha me ausentado por quase três horas, na mensuração de tempo do Homem Branco. Ele tinha revivido, Egbunu. Pontos cirúrgicos marcavam seu rosto, e um grande pedaço de algodão ensanguentado saía de sua boca, onde dentes foram quebrados. Não havia ninguém mais no quarto, mas vi ao lado da cama uma coisa com uma tela como a de um computador fazendo companhia a ele. Seu braço estava ligado uma pequena bolsa pendurada numa haste, onde havia sangue. Os olhos estavam fechados, e a imagem de Ndali olhando para ele permanecia em sua visão turva, como se ligada à sua mente por um cordão indestrutível.

Três

Terceiro encantamento

Gaganaogwu, que seus ouvidos não se cansem...

Neste momento, posso ouvir o canto, a alegria, a doce melodia das flautas. Estive muitas vezes neste palácio em que você habita. Sei que espíritos guardiões e seus hospedeiros virão até você para a aprovação final de seus renascimentos, para uma reencarnação em um novo corpo, para viver na Terra mais uma vez como um recém-nascido...

Os pais dizem que um homem não fica em pé sobre carvão em brasa por seus pés estarem molhados...

Alguém não dança perto de um poço de cobras venenosas por seu *obi* ser pequeno demais...

O pássaro sem asas disse que eu deveria cuspir dentro de uma cabaça furada, mas eu respondo que minha saliva não é para ser desperdiçada...

A cabeça que cutuca um ninho de vespas aguenta suas ferroadas...

A serpente caolha da vergonha se abriga perto da minha porta. "Posso?", ela pergunta. Não, eu respondo. Não quero seus terrores no meu domicílio...

A destruição diz para mim: "Posso entrar sob seu teto e montar minha tenda?". Eu respondo: "Não. Vá e diga a quem a tiver enviado que não estou em casa. Diga que você não me viu...".

Egbe beru, ugo ebekwaru, onye si ibe ya ebela nku kwaaya...

Que as palavras com que continuarei a falar apressem a conclusão do meu relato...

Que minha língua, molhada como um mangue-vermelho, não fique seca de palavras...

E que seus ouvidos, Chukwu, não se cansem de me ouvir...

Que este encantamento conduza a uma conclusão frutífera de meu testemunho esta noite, após a qual partirei dos corredores de Beigwe e retornarei ao corpo do hospedeiro que me espera...

Iseeh!

18
O RETORNO

AKANAGBAJIIGWE, o Universo não lida com o passado, reunindo-se em torno do miasma de fogos extinto como um bando de corvos. Segue em frente, sempre no caminho sinuoso para o futuro, parando apenas brevemente no presente para repousar os pés como um viandante cansado. Então, assim que estiver descansado, ele segue em frente, e não volta atrás. Seus olhos são os olhos do tempo, lançados perpetuamente para a frente e nunca olhando para trás. O Universo segue adiante, indiferente ao que acontece com seus habitantes. Prossegue, atravessa passarelas, escala as lagoas, circula as crateras e continua. Uma conflagração destruiu um país? Não importa. Se tal coisa aconteceu de manhã, não importa, porque o sol vai nascer, como vem fazendo desde que o mundo existe e, naquela mesma cidade, o sol vai se pôr no cair da noite. Um terremoto devastou a terra? Não importa; isso não interromperá absolutamente as estações. E a vida do Universo é refletida nas vidas dos que vivem nele. O patriarca da família foi morto? Os filhos devem dormir esta noite e acordar amanhã. Tudo continua, seguindo em frente como folhas velhas no rio do tempo.

Mas, embora o Universo continue sua jornada, levando junto tudo que é vivo, existe um lugar onde um homem pode permanecer imóvel, como se seu universo pessoal estivesse parado. Esse lugar representa um dos terrores humanos, pois é um lugar onde eles não fazem nada. Nem se movem. Estão trancados como animais capturados, num espaço restrito. Quem está lá tem seu diâmetro demarcado como que por uma tinta invisível que diz: "Desta parede a esta parede, desta distância a esta distância, é só isso o que existe no mundo para você". Mas devo estabelecer, Agujiegbe, que um homem cujos movimentos são limitados — esse homem não está realmente vivo. A passagem do tempo zomba desse homem. E é isso que acontece no confinamento.

Pois nesse lugar quase nenhuma memória pode se formar. O homem acorda de manhã, come, excreta num pequeno buraco que cobre com uma tampa depois de lavá-lo com água que recolhe em pequenos baldes de uma torneira no recinto. Depois ele dorme. Quando acorda de novo, se for noite, é noite; se for manhã, é manhã. Somente uma sombra de luz passa por sua cabeça frágil na cela, como a cabeça de um filhote de cobra. Se for dia, a luz chega numa simples nesga passando pela janela no alto da parede perto do velho teto. A janela é vedada por fortes barras de ferro.

Um homem fica lá o dia inteiro, vivo, porém com o esmalte da vida descascando e ressecando em flocos aos seus pés. O mundo se esconde desse homem. Esconde seus segredos mais superficiais e os mais profundos, e até mesmo o que não for segredo. Ele não sabe nada do que está acontecendo, não vê nada e não ouve nada. A ponte que atravessou para chegar ali, como as construídas por um exército em retirada, foi destruída depois de sua travessia, junto com todos os vínculos com o mundo conhecido. E agora ele se encontra confinado nesse espaço — por quanto tempo tiver de ficar. Não importa. O que interessa é que sua vida está estagnada. Ele passa o dia olhando para as paredes ou as barras que levam a outras celas, até os olhos cansarem de tanto olhar. De vez em quando, vê algo se mover em seu campo de visão, mas que logo foge de seus olhos. Não se formam novas lembranças, pois tais coisas, da forma como acontecem, parecem frágeis animais batendo com os punhos na porta vedada de sua silenciosa humanidade antes de se retirarem. Ou os insetos insensatos que arremetem contra uma lâmpada, desempenhando uma definhante dança ritualística que só resulta na própria morte. Já vi isso muitas vezes, Egbunu.

Assim que foi levado do hospital, onde ficou internado por duas semanas, para a cela onde ficaria em confinamento solitário, meu hospedeiro não conseguiu formar novas memórias. Se em raros casos um homem formar novas memórias enquanto estiver na prisão, em geral são de coisas que não deseja, mas que foram feitas com ele. Não são uma história desejada. Pois um homem não tem controle sobre esse tipo de coisa, que se aloja nele sem permitir artifícios à sua vontade. Pois assim que ele vê uma coisa, essa coisa escapa por uma rachadura da mente e lá permanece. Não vai embora.

Meu hospedeiro ficou nesse estado durante quatro anos. Para fazer uma crônica desse tempo, a faina da monotonia de viver, a angústia de uma vida parada, é comparável apenas ao sofrimento de um escravo, como o que vi em meu antigo hospedeiro, Yagazie. Pois um prisioneiro também é um escravo, um cativo do governo deste estranho país. Durante muitos ciclos conheci a escuridão de jovens corações, chafurdando na lama da ambição de muitos homens, contemplando os túmulos de seus fracassos. Mas nunca vi nada como isso.

Agora ele iria voltar à terra dos vivos e para sua própria terra. O processo que propiciou seu retorno aconteceu muito depressa. No início da manhã de seus problemas, eu tentei salvá-lo. Quando a polícia o levou para o hospital e ele ficou sozinho em um quarto, inconsciente, não tive escolha a não ser fazer o que um *chi* deve fazer como último recurso, quando todas as forças de um homem falharam: fui a Alandiichie em busca da intervenção de seus ancestrais, cujo relato apresentei agora a vocês.

Certa manhã, no quinto mês do seu quarto ano na prisão, a libertação aconteceu de repente, sem aviso. Nada o havia preparado para isso. Estava sentado, as costas apoiadas na parede com a pintura descascada de tanto ele se recostar. Naquele momento pensava sobre coisas sem importância — a coreografia das formigas num formigueiro, de vermes numa lata de leite deteriorado, de passarinhos se congregando numa árvore silvestre —, quando as barras de sua cela começaram a ser destrancadas. Um guarda e um homem de terno apareceram na porta, e o homem disse na língua do Homem Branco que ele seria solto.

Meu hospedeiro foi com eles até uma sala de interrogatório, onde o intérprete explicou que seu caso fora revisto. A principal testemunha tinha mudado seu depoimento inicial. Ele não tinha entrado para roubar ou estuprar a mulher, como foi relatado, pois ela o havia levado para casa por vontade própria. Foi o marido quem se sentiu enciumado e atacou os dois num acesso de fúria. Meu hospedeiro só estava tentando salvá-la quando agrediu o homem. Essa, a mulher declarava agora, era a verdade sobre o que havia acontecido. Gaganaogwu, não era isso que havia sido relatado à polícia absolutamente! Bem ao contrário. A mulher e o marido conspiraram contra meu hospedeiro, um homem inocente, dizendo que ele tinha tentado estuprá-la. Disseram que foi nesse processo que o marido a encontrou, lutando com ele, e interveio atacando o agressor e o deixando inconsciente.

Depois de ouvir essas coisas, ele não disse nada ao guarda nem ao intérprete. Simplesmente ficou olhando para o homem bem-vestido com os registros e para o intérprete, mas sem vê-los. Seus olhos agora estavam acostumados a registrar uma imagem e imediatamente desconsiderá-la para seguir em frente. Manteve o olhar fixo numa grande parede, um magnífico nada que, no entanto, vinha ocupando sua visão e sua mente.

— Sr. Ginoso, o senhor tem algo a dizer?

Quando ele não respondeu, o intérprete aproximou a boca do ouvido do outro, como se fosse beijá-lo, e os dois aquiesceram. Foi uma coisa estranha, mesmo para meu hospedeiro. Um dos homens falou depressa, enquanto o outro concordava efusivamente.

— Minha amiga, a sra. Fiona Aydinoglu, pede desculpas. Ela sente muito pelo que aconteceu. Mais uma vez, este é o advogado dela. E ela nos pediu para lhe dar esse dinheiro. Quer que façamos tudo o que for possível para que o senhor recupere sua vida.

Meu hospedeiro não disse nada, seus olhos continuaram onde estavam — numa mosca que zumbia entre a janela e a tela atrás da mesa onde os dois homens estavam.

— Sr. Ginoso. — Agora era o advogado, que não falava inglês, talvez preocupado por seu intérprete não ter transmitido a mensagem com suficiente clareza, considerando que talvez fosse melhor o portador transmitir a mensagem, não importando o quanto o discurso fosse fragmentado. Com certeza seria mais representativa. Com certeza seria mais respeitada. — Agora eu digo verdade, única verdade da minha cliente. Nós sentimos muito, seu sofrimento. Sentimos muito. Há muitos... — Virou-se para o amigo e perguntou alguma coisa. — Anos, *yani*, anos. Há muitos anos Fiona é triste por causa disso. Ela sentida, muito sentida, meu amigo. Por favor, sr. Ginoso, o senhor precisa aceitar sentimento dela.

Meu hospedeiro também não respondeu nada para esse homem. Durante quatro anos, tudo o que precisava ser dito e discutido com essas pessoas já havia sido falado. Depois, as palavras perderam sua utilidade e se transformaram em outra coisa, em algo amorfo, inútil. Em seu lugar, tinha se enraizado e florescido o desprezo. Homem de pouca raiva, meu hospedeiro foi vandalizado por uma política espiritual em que fora involuntariamente conscrito. E agora, tão grande era o desprezo que sentia enquanto os homens falavam, que sua mente se reacendeu com uma conjuração vívida de violência. Viu o homem com o uniforme da polícia estirado no chão, a garganta rasgada por uma faca na mão do meu hospedeiro, pingando sangue sobre o corpo sem vida. O advogado que ele viu arquejando, a língua saindo da boca ao ser estrangulado contra a parede.

Ainda que vagamente, meu hospedeiro percebeu que essa era a pessoa que havia se tornado. Sem saber, alguma coisa nele tinha mudado. Pois o espírito de um homem pode resistir a circunstâncias cruéis por muito tempo, mas acaba se rebelando, incapaz de aceitar mais. Já vi isso muitas vezes. Em lugar da submissão, toma forma a rebelião. E, no lugar da tolerância, a resistência. O homem se ergue com a vingança de um leão negro e executa sua causa com o punho fechado. E o que fará, ou o que não fará, nem ele sabe dizer.

Egbunu, o homem enraivecido — é um homem cuja vida fez um jogo pesado. Um homem que, como outros, tinha apenas encontrado uma mulher que amava. Cortejou-a como fazem os outros, cultivou-a, só para descobrir que tudo que fez foi em vão. Um dia ele acorda e se vê encarcerado. Foi enganado pelo homem e pela história, e é da consciência desse engano que nasce a mudança dentro dele. No momento em que a mudança começa, uma grande escuridão o penetra por uma fenda em sua alma. Para meu hospedeiro, foi uma escuridão rastejante e de muitas pernas, na forma de um miriápode que se reproduz rapidamente, que se imiscuiu em sua vida nos primeiros anos de encarceramento. O miriápode depois gerou inúmeras progênies, que logo começaram a devorá-lo, de forma que no terceiro ano a escuridão já havia eliminado toda a luz de sua vida. E, onde havia escuridão, a luz não pôde mais penetrar.

Durante a maior parte do tempo, o homem enraivecido é consumido por uma paixão: justiça. Se tiver sido preso, reagir aos que o prenderam. Se tiver perdido alguém, recuperar esse alguém dos que o roubaram. Isso é importante, pois esse resgate é a única forma de ele voltar a ser o mesmo.

No caso do meu hospedeiro, o encontro com o advogado e seu intérprete foi a primeira vez que teve de agir baseado em suas emoções depois de muito tempo. Em confinamento, o que ele sentia em qualquer momento era insignificante, pois não podia fazer nada a respeito. Que uso, por exemplo, daria ao seu sentimento de raiva? Não havia nada que pudesse fazer em relação a isso. Sentir amor? Não. Tudo que sentia era retido no ventre de sua incapacitação.

Entendeu que a "sra. Fiona", que nunca mais vira desde sua última aparição no tribunal, tinha insistido para que o dinheiro fosse posto em suas malas caso ele se recusasse a aceitar e transportado à Nigéria com ele no voo.

— Não é uma deportação — explicou uma negra muito jovem que se identificou como nigeriana, uma das muitas pessoas que falaram com ele. — Eles perguntaram se... Sua universidade ofereceu uma bolsa de estudos integral como compensação, se ainda quiser estudar e continuar na RTCN, mas você se recusou a dizer qualquer coisa a todos eles. Por se recusar a falar, até mesmo comigo, eles estão mandando você para a Nigéria com tudo o que trouxe para cá.

Nem mesmo com essa mulher, apesar de observá-la atentamente, ele falou. Foi por isso que os que tentaram fazer algo a respeito dele ou por ele se contiveram e meramente se conformaram em atribuir sentido aos seus pequenos gestos — olhares de soslaio, gestos de cabeça, até atitudes não comunicativas como tossidas. Assim, eles concluíram, ou decidiram, que o fato de ele não falar significava que a única coisa que desejava era voltar para casa. Examinaram sua matrícula na universidade e entraram em contato com o parente mais próximo, seu tio. Dois dias depois de sua soltura eles o levaram ao aeroporto. Entregaram as passagens, puseram-no a bordo do avião e disseram que tinham entrado em contato com seu tio, que estaria esperando no aeroporto de Abuja. Em seguida, desejando-lhe boa sorte, os advogados, os funcionários do governo turco-cipriota, um dos funcionários da faculdade em que fora admitido e a mulher nigeriana se despediram com um aceno. Nem a isso ele respondeu.

Não falou uma palavra até o avião decolar. Mas logo os eventos mortos se abriram ante seus olhos, e imagens há muito esquecidas começaram a surgir dos túmulos do tempo. Quando o país em que sua história foi reescrita se reduziu a uma mancha distante, ele se viu mais uma vez lutando para retraçar a trajetória de sua jornada. Como tinha vindo a este lugar, onde coisas tão inauditas foram feitas com ele? Esperou por um momento enquanto as respostas se agitavam em ondas embaixo da tundra antes de subirem à superfície de sua mente: ele tinha vindo para poder ficar com Ndali, em quem pensou durante a maior parte desses anos até que, atormentado por persistentes temores e imaginações e sonhos de que ela o havia deixado, parou de se deixar pensar nela. Recordou-se da festa na casa do pai dela e sua humilhação. Lembrou-se de Chuka, que o atormentava. O avião estava pousando em Istambul quando surgiram as lembranças de suas galinhas, úmidas e cintilantes. Viu os galinheiros e a si mesmo as alimentando, como fez centenas de vezes nos últimos quatro anos. Viu a si mesmo marcando a parede dos galinheiros com as datas das últimas faxinas gerais, que fazia a cada duas semanas. Viu a si mesmo recolhendo ovos dos galinheiros, soprando poeira e penugens e colocando-os numa sacola. Depois, em um tempo indefinido no passado, viu-se registrando o nascimento de pintinhos recém-nascidos no grande livro de registros de seiscentas folhas cuja capa havia se soltado e que, em suas primeiras setenta e tantas páginas, ainda registrava a caligrafia do seu pai. Em seguida, estava no grande mercado de Ariaria, vendendo uma gaiola cheia de poedeiras amarelas e um galo albino com a crista cortada ao meio por uma briga com outro galo. Chukwu, a lembrança dessas coisas, mesmo depois de muitos anos, partiram mais uma vez seu coração.

Agujiegbe, quando o avião se aproximou do país dos filhos dos grandes pais, saí do corpo de meu hospedeiro, ansioso para rever as lindas florestas tropicais de Alaigbo, esta terra onde as tonalidades do verde aveludado da manhã se tornam um tremeluzente véu à noite. As árvores, desimpedidas em seu crescimento, erguem-se em multiplicidade, bebendo da chuva indócil. Quando se voa sobre elas, olhando para as florestas de uma coisa com asas, elas aparecem densas como as vísceras de um antílope. A floresta contém rios, riachos, lagoas e as águas sagradas dos deuses (Omambala, Iyi-ocha,

Ozala, entre outras). Ninguém anda por muito tempo pelos limites das florestas sem entrar nos limites de uma aldeia. O que se vê primeiro são mais árvores de frutas comestíveis — bananas, mamões, mangas verdes, espécies raras nas profundezas das florestas. No tempo dos pais, as cabanas se reuniam em um ninho. E um acúmulo deles, estendendo-se por algumas rochas, formava um vilarejo. Nessa época, vilarejos se expandiram em cidades, e as florestas invadiram a moradia do homem. Mas a beleza da terra permanece; os picos tranquilos com vales e montanhas, magnificentes para os que caminham para vê-los. Foi disso que senti falta no período em que meu hospedeiro esteve longe, e era a primeira coisa que eu desejava ver — quando meu hospedeiro e o tio, que o buscou no aeroporto, chegaram à terra dos grandes pais.

Ele e o tio não falaram nada a respeito da situação até chegarem a Aba, onde o homem mais velho tinha se aposentado do funcionalismo público dois anos antes. Durante todo o trajeto, tanto no táxi que os trouxe do aeroporto como no ônibus que os levou de Abuja a Aba, numa viagem de oito horas, os dois se comportaram como estranhos um para o outro. Mas agora, na chegada a Aba, com o ônibus parado no acostamento da estrada para os passageiros se aliviarem na mata, seu tio, enquanto urinava, perguntou se alguma coisa ruim tinha acontecido com ele na prisão. De início meu hospedeiro não disse nada. Estava um pouco à frente do tio, urinando numa velha garrafa de cerveja perdida no meio dos arbustos, parcialmente cheia do que devia ser água de chuva. Urinou até a garrafa encher e transbordar na relva. O velho continuou falando, explicando que tinha ouvido histórias e especulações sobre como os africanos são tratados "como cães" em prisões no exterior. Nesse momento ele olhou para o tio, que já tinha acabado e agora esperava que ele fechasse a braguilha. Pareceu que seus olhos revelaram o que seus lábios não conseguiam dizer, pois o tio entendeu seu olhar e balançou a cabeça, penalizado.

— Você de-deve agradecer a Deus por su-sua vi-vida. Está cla-claro que cometeu um gran-grande engano ao ir para lá. Gran-grande engano. Mas de-deve agradecer a Deus.

Quando chegaram à casa do tio, ao ver a tia que não encontrara desde o enterro do pai e que agora estava muito mais velha, com muitos cabelos brancos, meu hospedeiro desmoronou. Mais tarde, quando o tio voltou do quarto que tinham reservado para ele, que havia sido do filho que tinha saído de casa para trabalhar numa organização de apoio a estudantes em Idaban, meu hospedeiro ainda não conseguia falar sobre as coisas que o homem mais velho tinha perguntado.

Gaganaogwu, você criou todas as coisas e sabe que o que nossos hospedeiros não conseguem expressar, nós — seus *chi* — não podemos dizer. Pois é uma verdade universal que *onye kwe, chi ya e kwe*. Portanto, o que ele não declarou, eu também não posso declarar. Assim, quando ele se mantém em silêncio sobre alguma coisa, eu também devo me manter em silêncio. O que ele não quiser lembrar, tampouco eu me lembro. Mas apesar de não conseguir falar sobre essas coisas, meu hospedeiro pensava constantemente nelas. Estavam alojadas como um sangue secreto nas veias de cada dia que passava. A cada curva do dia, elas surgiam para uma emboscada. E às vezes, quando ele deitava na cama e olhava para a lâmpada ou para o lampião de querosene, como havia se habituado a fazer desde que saíra da prisão, as lembranças surgiam em cores vívidas, como estivessem aprisionadas na lâmpada ou no lampião e se libertado.

Embarcou na tarefa de se reconstruir a partir dessas coisas, que eram um constante tormento em sua mente. Mas, com o passar dos dias, descobriu que elas pouco ocupavam sua cabeça. O que mais o incitava era o enorme enigma que a vida havia colocado à sua frente, que ele queria muito resolver. No começo, manteve-se afastado, longe dessa interrogação, tentando não resolvê-la, pois seu tio o consideraria maluco por acalentar tais pensamentos. O homem mais velho tinha dito em termos inequívocos que não vale a pena conservar qualquer coisa capaz de trazer tanta dor e sofrimento a uma pessoa. O tio, um homem fiel à oratória dos antigos pais, cuja língua pingava o óleo de provérbios e uma imagética convincente, tinha perguntado, na maneira gentil e suave com que sempre falava, de que servia um homem pegar um escorpião por causa da beleza de sua pele e guardá-lo no bolso. Quando meu hospedeiro não respondeu — pois uma pergunta como essa não é para ser respondida —, o tio continuou:

— Não, nã-não, isso seria uma lo-loucura.

Porém, assim que saiu da casa do tio, com os cinco mil euros que a mulher alemã havia pagado pelos *prejuízos* — como parte das medidas punitivas contra ela —, ele voltou a Umuahia e alugou um apartamento. Abriu uma loja de rações na Niger Road e comprou uma motocicleta com o que restou. Nas semanas que se seguiram, reconstruiu sua vida tijolo a tijolo. Akwaakwuru, se uma tartaruga for emborcada, mesmo que demore muito tempo, ela lentamente vai tentar se firmar sobre as patas. De início pode ser que ela não consiga fazer isso por causa de uma alguma pedra, mas deve tentar pelo outro lado. Essa pode ser a única maneira de se erguer novamente. Egbunu, ele precisava continuar, pois ficar imóvel é a morte. Assim, perto do final do mês, quando o tio e a tia foram visitá-lo e disseram que ele tinha "se reerguido", meu hospedeiro acreditou. Pois quando se distanciava das coisas arruinadas que agora haviam sido reconstruídas, ele concordava em que pelo menos tinha começado a reorganizar sua vida. Era um sentimento reconfortante. Isso o encorajou, e demorou certo tempo até ele voltar ao enigma e a começar a avançar em sua solução.

Uma noite, dois meses depois de ter voltado à terra dos pais, esse processo o levou a uma mansão em Aguiyi Ironsi, que conseguiu localizar com muita dificuldade. Estava mais velha, a escultura da Nossa Senhora no portão tinha sido removida, deixando a marca de sua presença como uma cicatriz. Em frente ao portão, entre a cerca e um novo aqueduto, havia florescido uma sebe de galhos hirsutos, e uma nova árvore tinha crescido do esgoto ao final da estrada. Chegou ao portão com o coração batendo forte e por isso não pôde parar, não conseguiu lançar mais que um olhar de passagem ao local — onde Ndali morava antes de ele sair da Nigéria. Pois de repente se sentiu assolado pelas lembranças disparadas por aquela visão. Passou pela mansão rapidamente e entrou pelas ruas escuras.

Eu fiquei para trás, Oseburuwa, pois uma das missões mais difíceis de minha existência nos quase setecentos anos humanos desde que você me criou foi realizada em frente àquele portão. Até pouco tempo depois de meu hospedeiro começar sua sentença na prisão, eu não conseguia suportar a visão de seu sofrimento. Um homem inocente, *onye-aka-ya-kwuoto*, punido por um crime que não cometeu. Eu estava tão abalado quanto ele. Tinha feito tudo isso para poder se casar com Ndali, e agora estava destruído. Por causa dela. Queria que ela soubesse a respeito, mas vi que não havia meios de entrar em contato e eu, um mero espírito, incorpóreo, não posso escrever uma carta ou fazer um telefonema. Então, Egbunu, apelei a *nnukwu-ekili,* para entregar a ela uma mensagem no espaço dos sonhos. Mais de cem anos atrás fui informado por um espírito guardião que havia feito isso que podemos usar esse processo altamente esotérico para chegar a um não hospedeiro na caverna de Ngodo, mas que disse ser algo raramente tentado. Então, enquanto meu hospedeiro chorava na prisão, eu me projetei e, depois de percorrer vários quartos, encontrei Ndali encolhida num canto da cama, os lençóis amarrotados, agarrada a um travesseiro enquanto dormia. Perto dela havia uma das fotos que havia tirado de meu hospedeiro, segurando uma das galinhas e sorrindo para a câmera. Estava para começar o encantamentos, o primeiro processo de *nnukwu-ekili* pelo qual eu teria ganhado acesso ao seu espaço de sonhos, quando uma presença se materializou do outro lado do quarto. Era o *chi* dela.

— Filho da luz da aurora, você veio invadir, enfurecer um espírito que não fez nada de errado.

Egbunu, você precisa entender que fui surpreendido por essa acusação. Sei que esse espírito guardião logo virá lhe contar sua versão desse encontro, se o que receio ter acontecido com meu hospedeiro realmente ocorreu, por isso lembre-se de meu relato. Pois em resposta à sua questão, eu comecei a falar.

— Não, não, eu simplesmente...

— Você precisa sair daqui! — disse o *chi* com veemência e autoridade. — Veja minha hospedeira: ela já sofreu demais, magoada pela decisão de Chinonso de partir. Veja como tem se sentido triste, esperando por ele. Eu odeio o seu hospedeiro.

— Filha de Ala — falei, mas o *chi* não me ouvia.

— Isto é uma invasão. Vá embora e deixe que a natureza siga seu curso devido. Não interfira dessa forma ou haverá consequências. Se você insistir, vou levar o assunto a Chukwu.

Diante disso eu fui embora. Sem hesitar, saí do quarto e voltei ao meu hospedeiro no país distante.

Okaaome, ele mal conseguiu dormir naquela noite. Ficou no apartamento de um cômodo, o ventilador de mesa oscilando e zumbindo, sob a luz da lâmpada pendurada do teto por fios descascados, tentando fazer seu telefone funcionar. O telefone não tinha sido ligado desde que o retirou da sacola com as roupas e sapatos que usava no dia em que foi levado para o hospital, com sua carta de admissão e os recibos e tudo que trouxera da prisão. Juntou todas as partes, mas o aparelho não funcionava. Um dos policiais o havia pegado do assoalho ensanguentado da casa da mulher alemã em Cirene, e desde então não funcionava.

Saiu com sua motocicleta no dia seguinte, sob a cobertura da escuridão, para ir até a mansão. Havia luz lá dentro, de algum gerador zumbindo. Por toda parte reinava a escuridão, quase impenetrável, com exceção dos faróis dos veículos aliviando as ruas ao abrir caminho pelo grande âmago da obscuridade. Parou, desmontou da motocicleta, andou até o portão e com uma coragem que surgiu depressa — como que saltando de uma posição clandestina para seu alvo — bateu na porta. Quando o metal começou a estremecer, sentiu a tentação de fugir. Pois lhe ocorreu, agora que estava no limiar do que vinha buscando havia tanto tempo, que afinal não estava preparado para aquele confronto. Percebeu que a despeito de tudo que tinha acontecido com ele, apesar do tempo decorrido, nada havia mudado. Continuava sendo um *otobo*. Não conseguira uma formação superior; seu status não tinha mudado. Na verdade, a epifania se aprofundou com a voz de sua ira: as coisas tinham piorado para ele. Agora estava muito mais pobre. Se antes possuía uma casa, agora não mais. Se seu coração antes não abrigava ódio, agora levava consigo um grande saco de ódio no qual muita gente fora apanhada. Se antes tinha uma boa aparência, agora tinha o semblante marcado, do qual os médicos tinham removido uma garrafa cravada na testa, uma mandíbula costurada que não podia barbear de medo de perder os pontos e uma boca da qual não menos que três dentes foram arrancados. E não apenas havia sido danificado fisicamente, também estava alquebrado por dentro. Tinha sido penetrado por trás por outro homem, violentado sem redenção, expulso do próprio corpo.

De pé em frente ao portão, ele se deu conta de sua verdadeira condição. Sentiu-se chocado, pois até então não havia considerado o estado arruinado em sua completude. Deu um passo atrás quando o portão se abriu.

— O que podemos fazer pelo senhor? — perguntou a pessoa que saiu com um uniforme igual ao que ele já tinha usado. Era muito jovem, talvez ainda adolescente.

— Ah, estou procurando, ehm, minha amiga, srta. Ndali Obialor. Ela está em casa?

— Sim, esta é a residência do chefe Obialor. Mas a filha dele não está no momento.

O coração dele disparou. — Ah? Quando ela vai voltar?

— Madame Ndali? Ela não mora mais aqui. Mora em Lagos. Você não disse que era amigo dela?

— Sim, mas eu estive muitos anos fora da cidade. Desde dois zero zero sete.

— Certo, eu entendo, senhor. Madame Ndali mora em Lagos desde... desde dois mil e oito.

O homem começou a se virar.

— Boa noite, Oga.

— Espere, meu irmão — disse meu hospedeiro.

— Oga, eu não posso esperar nada. Não posso responder às suas perguntas de novo. Madame Ndali não está; está em Lagos, ponto. Boa noite.

O portão fechou como foi aberto, enquanto ele ouvia a trava deslizando. A escuridão retornou ao lugar onde ele estava, junto com o esporádico ruído da rua. Continuou ali, a mão no peito, sentindo o coração. Sentia-se aliviado por ter sabido algo de Ndali depois de quatro anos, mesmo que fosse apenas um pequeno detalhe. Enquanto voltava ao apartamento, ponderou sobre o que teria acontecido se a tivesse visto. Será que teria mudado tanto quanto ele e tudo mais em Umuahia? Quase não havia reconhecido partes da cidade. Aqui e ali, novos mercados tinham sido eliminados e empurrados para a periferia dos limites da cidade. Uma revolução no sistema de comunicações telefônicas cujo início havia testemunhado fora concluída, e agora a cidade vivia em sua esteira. Agora qualquer um tinha um telefone celular. Torres de empresas de telecomunicações com acrônimos como MTN, Glo e Airtel espalhavam-se por toda parte. Dos dois lados da rua, guarda-sóis verdes ou amarelos cobriam mesas e cadeiras ocupadas por homens e mulheres. Nas mesinhas havia cartões SIM e uma telefonista que cobrava para pessoas ligarem pelo celular dela. Pelas ruas, novos postes de iluminação brotavam com painéis achatados atrás, a que as pessoas se referiam simplesmente como "solares". Uma nova atitude parecia ter se disseminado entre as pessoas como um germe inofensivo, um novo humor sombrio que trivializava o horripilante, e uma litania de línguas que ele não compreendia.

Prestava pouca atenção a essas mudanças, pois sua mente estava ocupada pensando em Ndali. Quando o imperdoável golpe de sua destruição o atingiu, na casa da enfermeira alemã, ele tentou entrar em contato com ela. Mesmo estirado naquele chão, numa poça do próprio sangue, com medo de morrer, pensamentos sobre ela permaneceram inabaláveis como uma sentinela em sua mente. Reviveu todos os momentos em que ela exerceu qualquer tipo de resistência à sua saída da Nigéria, como quando falou sobre um sonho cujos detalhes não revelou. Mesmo depois de ter sido levado pela polícia, ele via Ndali o observando, como que sentada do outro lado da sala ensanguentada. E, depois de o terem levado, tentou falar com ela pelo telefone, mas o aparelho estava descarregado. Tentou conseguir um telefone, insistiu e implorou às enfermeiras, mas elas sempre diziam que não podiam ajudar. A polícia havia dado instruções de que ele não poderia ter acesso a nada além de alimentação e tratamento. Nenhuma das enfermeiras partilhava quaisquer informações com ele tampouco. Só uma delas falava a língua do Homem Branco, e mesmo esta precisava se esforçar para entender o que ele dizia. Com o passar dos dias, foi ficando frenético, furioso e delirante. Pois agora acreditava firmemente que Jamike e o espírito do mal que queriam destruí-lo haviam persistido e sido incansáveis até o fim. E agora tinham conseguido. Continuou lutando arduamente, mas agora contra um inimigo cujas armas eram invencíveis. Justamente quando achou que tinha escapado e saído do anzol, foi surpreendido por outro anzol ainda mais afiado.

A conclusão aconteceu depois de várias semanas, durante as quais todos os que ele conhecia o abandonaram. Nem mesmo Tobe, que tinha retardado sua jornada e carregado parte de sua cruz pelo caminho, se aproximou do território de seu renovado sofrimento. Somente um representante da escola, um dos alunos mais antigos, junto com o vice-reitor, compareceram ao tribunal no primeiro dia do julgamento. Ficaram com seus pertences e guar-

336 *Chigozie Obioma*

daram tudo para ele. Se fosse libertado, era provável que fosse deportado e eles poderiam mandar suas coisas para o aeroporto. Telefonaram para informar o tio dele. No frenesi do momento, ele implorou ao estudante nigeriano Dimeji que o ajudasse a entrar em contato com Ndali. Escreveu o número dela com mãos trêmulas.

— O que devo dizer a ela? — perguntara Dimeji.

— Como?

— Sim, o que devo dizer a ela?

— Que eu a amo.

— Só isso?

— Só isso. Que eu a amo. Que eu vou *voltar*. Que sinto muito por ter partido, que peço desculpas por tudo. — Fez uma pausa para enfiar as palavras em Dimeji com força de seu olhar. Quando Dimeji concordou, ele continuou: — Mas eu vou voltar. Vou encontrá-la. Diga que é uma promessa. Eu prometo.

Foi só isso, era o tempo de que dispunham. Nunca mais voltou a ver Dimeji. Não viu ninguém que conhecera antes dos eventos que o levaram a um tribunal num país estrangeiro nos quatro anos seguintes. A única que viu foi a mulher alemã, sua principal acusadora. O outro foi o marido dela, que ficou inconsciente no leito de um hospital por dezesseis dias, seu segundo acusador, corroborando o testemunho da esposa. O homem tinha confirmado que encontrara o homem negro em cima de sua esposa, lutando. Naquele dia, o juiz virou-se para o marido de Fiona e falou com ele em inglês.

— Então, sr. Aydinoglu, o senhor sabia antes que sua esposa iria se encontrar com este homem?

— Sim, senhor. Ela é enfermeira. Uma mulher generosa, que gosta de ajudar as pessoas. Por isso quis ajudar esse pobre estuprador da África. *Walahi yaa!*

— Devo pedir que modere o seu linguajar ante este tribunal, sr. Aydinoglu.

— Desculpe, meritíssimo.

— Comporte-se. E o senhor deixou que ela o trouxesse à sua casa?

— Não, ela sempre ajuda as pessoas. É normal para ela, *yani*. Quando eu cheguei em casa ele estava tentando estuprá-la.

— Pode dizer a esta Corte o que o senhor viu?

— Minha esposa no chão, *yani*, perto da mesa de jantar, e esse homem em cima dela, com a mão segurando o pescoço dela, uma das mãos. Perdão... com a outra mão. Uma delas estava tentando penetrar nela. Foi muito nojento, meritíssimo. Muito nojento.

— Prossiga...

— Imediatamente me atirei sobre ele e começamos a lutar, e logo pedi para minha mulher chamar a polícia. Eu estava com uma garrafa, por isso o ataquei com ela e fui ver como estava minha mulher, ainda no chão, chorando, resfolegando. Foi quando esse homem chegou por trás e me bateu no meio da cabeça, aqui... neste lugar, meritíssimo... com um banquinho. Eu caí, senhor. É só do que me lembro.

Agbatta-Alumalu, os pais dizem que a vareta que quebrou a cabeça de um cão deve ser chamada de outra coisa. Não havia mais nada que meu hospedeiro pudesse fazer em sua defesa. Depois da segunda sessão no tribunal, o veredito foi anunciado. Aí já era tarde, cinco semanas mais tarde. O veredito foi promulgado a partir das palavras saídas da boca de um homem, apoiado em palavras — primeiro na língua da terra, depois na língua do Homem Branco —, e não significava nada porque um veredito maior, resultante de ações tão poderosas que foram gravadas para sempre em sua mente, já tinha acontecido com ele. Por isso o pronunciamento de que seria condenado a vinte e seis anos na prisão por tentativa de estupro e tentativa de assassinato não significou nada. Àquela altura, a vida que ele havia conhecido se separara dele como uma sombra desafortunada, arrancada de seu portador e jogada por um penhasco para o oblívio de um poço sem fundo. Apesar de todos esses anos, meu hospedeiro ainda ouvia aquela voz sombria gritando enquanto caía.

19
SEMENTES

GAGANAOGWU, devo aqui argumentar que para provar o motivo do meu hospedeiro nas atitudes em que estou clamando sua inocência você precisa considerar que ele sofreu por causa de seu amor por uma mulher. Os primeiros pais dizem que foi na perseguição de uma causa válida que Orjinta, o poderoso caçador de antigamente, foi feito em pedaços. Embora mesmo entre os antigos pais isso seja contado como uma história proverbial, você sabe que aconteceu numa época em que Alaigbo estava em seu auge, quando tudo era quase como você pretendia que fosse. Nem eu havia sido criado então. As pessoas construíam casas retangulares feitas de tijolo de barro, mantinham seus templos em suas *obis*, consultavam seus antepassados e os alimentavam constantemente, e ninguém desrespeitava a liberdade pessoal de seu vizinho porque acreditar na lei primordial de coexistência. (*Deixe a águia se empoleirar, deixe o gavião se empoleirar, e se um deles disser que o outro não deve se empoleirar, que suas asas sejam quebradas.*) Orjinta, um jovem que transformou em hábito chamar sua noiva antes de ela chegar à idade de uma lua cheia, se agachava atrás da casa do pai dela à noite e assobiava até ela sair, pular pela janela e segui-lo até a mata. Orjinta sabia que era proibido assobiar à noite, pois incomodava os espíritos dos mortos vivos na floresta de Ogbuti. Mas um homem apaixonado entra na toca de uma víbora para encontrar seu amor. Ele ignorava as criaturas da noite, que se aterrorizavam com gritos e assobios humanos. Certa noite, quando ele assobiou, um espírito enraivecido possuiu um leopardo e conduziu a fera pela floresta, rugindo, esmagando rebentos com as patas, arrancando fileiras de inhame, motivado por uma fúria infernal indevida até para o mais básico status de civilização. Orjinta continuou assobiando enquanto a mulher atentava aos pais ou a qualquer som na casa, esperando o melhor momento para sair sem ser vista para seu encontro noturno. A fera continuou sua jornada na direção dele, sua trilha mapeada por uma demoníaca atração magnética que a levava à sua presa e com os violentos passos ecoando no território escuro da noite, até encontrar o local exato no preciso momento em que Orjinta, erguendo a cabeça, viu sua amada chegando. A fera se abateu sobre ele e, com uma fúria originada de uma época anterior à história, antes da inserção do amor e do romance, da carne e do sangue, o fez em pedaços e arrastou seu corpo para a floresta.

Egbunu, para que servem histórias como esta? Servem para nos alertar sobre os perigos de atitudes como as de Orjinta. Foi por isso que, a partir do segundo ano de meu hospedeiro na prisão e depois de meu segundo encontro com o *chi* de Ndali, eu comecei a tentar fazê-lo se esquecer dela. Mas vim a compreender que tais esforços costumam ser fúteis. Amor é uma coisa que não pode ser facilmente destruída num coração onde encontrou abrigo. Já vi isso muitas vezes. E existe um limite para um *chi* fazer sugestões antes de se tornar coerção. Um *chi* não pode coagir seu hospedeiro, mesmo em face dos perigos mais violentos. Insanidade é o resultado de uma irreconciliável diferença entre um homem e seu *chi*. Mesmo entre os pais, o consenso é o modo como operavam. Começavam todos os discursos como o brado de *"Kwenu"* — um convite à concórdia, pois, se um homem em um grupo se recusa a responder *"Yaa"* e diz: *"Ekwe ro mu"*, a discussão não pode continuar antes de os discordantes prestarem seu consentimento.

Como, então, um *chi* pode discordar de seu hospedeiro? Como pode dizer: "Abandone esta busca, pois ela pode levá-lo a lugares sombrios", quando seu hospedeiro está determinado a seguir seu caminho? Não tinha eu visto que em todos esses anos, em meio à angústia e ao tormento, em meio a preces para que a enfermeira dissesse a verdade e ele fosse libertado, a coisa por que mais ansiava era retornar para ela? Por mais inacreditável que possa parecer, meu hospedeiro chorava por ela quase diariamente. Ansiava por ela. Suplicou por papel e caneta e escreveu a carta, mas para onde a enviaria? Não sabia o endereço da casa dela. E, mesmo se conseguisse adivinhar, como mandar a carta? Durante os primeiros dois anos ele viveu aterrorizado com os guardas. Eles pareciam nutrir certo desprezo por ele, e isso foi logo no início, mesmo bem antes da grande desgraça ocorrida enquanto estava na prisão. Os guardas o chamavam de *arap* ou *zengin*, sempre comentando sobre seu estupro de uma mulher turca. Foi para esses homens que ele pediu ajuda para enviar sua carta, mas nenhum deu atenção. Em seu segundo ano, certo Mahmut, apaixonado por um jogador de futebol do país do meu hospedeiro, Jay-Jay Okocha, concordou em postar sua carta. Mas só se fosse para algum lugar no Chipre.

— *Nijerya, cok para* — o homem costumava dizer. — *Parhali, cok, cok,* grande, grande, sr. Ginoso. Desculpe, meu amigo.

E quanto ao dinheiro que estava no bolso da roupa que usava no dia em que foi preso?

— Desculpe, sr. Ginoso, mas não podemos pegar. O tribunal trancou o dinheiro. Ninguém pega o dinheiro. Desculpe. Está me entendendo, sr. Ginoso? — Quando esse homem também declinou, ele desistiu. Não sabia sequer que eu, seu *chi*, tinha tentado falar com Ndali.

Então, Agujiegbe, eu o deixei na cama depois de voltar de minha busca por Ndali naquela noite, e ele continuou a ponderar sobre a possibilidade de reconciliação. Mas então, quando a noite se aprofundou, ele se permitiu — com certa bravura sem saída — considerar o que vinha se recusando a considerar: que nunca mais a teria de novo. No debilitado ouvido de sua mente surgiu o pensamento de que já havia se passado tempo suficiente. Ela já poderia ter se casado e tido filhos. Poderia ter se esquecido dele, ou poderia ter morrido. Quem ela conhecia para entrar em contato para descobrir alguma coisa sobre ele? Não havia ninguém. Pensou com um arrependimento amargo que deveria ter dado a Ndali o telefone do tio. Ou até de Elochukwu. Decidiu que não deveria imaginar que seria possível ela ainda estar esperando por ele todos esses anos. Já haviam se passado anos suficientes, repetia a voz em sua cabeça, com decisão. *Ela se foi para sempre.*

O impacto dessa conclusão o encheu de desespero. Chukwu, sempre me senti perplexo com a maneira como a mente às vezes se torna a fonte de sua própria confrontação e derrota interna. Tão abatido se sentiu naquela noite que se considerou um tolo por todos aqueles anos desperdiçados pensando nela, agarrando-se a fragmentos de memórias do tempo que passaram juntos. Talvez Ndali estivesse nos braços de outro homem todas aquelas noites em que, insone, ele reencenava um momento de experiência sexual com ela o mais vividamente que conseguia, a ponto de se apalpar com espuma de sua saliva.

Levantou-se com um grito súbito e jogou o lampião de querosene para o outro lado da cela. A lâmpada quebrou e lançou o recinto numa escuridão instantânea, com o som do vidro quebrado aprisionado em sua cabeça. Continuou furioso no escuro, o peito arfando, o ar recendendo a querosene. Mas nada disso o impediu de chafurdar no espasmódico pensamento de que um homem que não conhecia vinha chupando os seios de Ndali.

Dormiu muito pouco naquela noite e durante os dias seguintes seguiu a vida com a sensação de ter fracassado em tudo. Aquilo ameaçava a sua existência. Até eu, seu *chi*, senti medo por ele. Pois tão perdido estava na nova falta de sentido de todas as coisas que se decidiu pela contramão. Duas vezes teve encontros próximos com a morte em acidentes que poderiam matá-lo. Uma vez, depois de um carro atirá-lo com sua moto numa valeta na estrada, o motorista falou: — Como você conseguiu sobreviver a isso? — O homem e os passantes que se reuniram de imediato ficaram atônitos. — Seu *chi* está bem atento! — disse um deles. Uma terceira pessoa insistiu em que ele devia ter sido salvo por um anjo, um mensageiro do *alusi* do Homem Branco.

Muitas vezes, quando pensamentos torturantes sobre a perda de Ndali assolavam sua mente, eu forçava um pensamento contrário. *Pense na garota da loja de rações que foi delicada com você e disse que era um bom homem*, sugeria. *Pense no seu tio. Pense em sua irmã. No jogo de futebol. Pense no bom futuro que pode ter.* Às vezes, quando tudo isso falhava, eu tentava ir com ele na direção que tinha escolhido. Tentava dar esperança de que ele poderia encontrá-la. *Pense nisso da seguinte maneira: o amor nunca morre. Lembre-se do filme a que você assistiu, A Odisseia, em que um homem retorna depois de dez anos e encontra sua esposa ainda esperando por ele. A esposa sabia que o marido a amava e que só continuava longe dela por causa das circunstâncias da vida. Por isso ela se manteve fiel todos aqueles anos, recusando-se, não importa o quanto fosse pressionada, a traí-lo. Não é a mesma situação com você? Não são somente quatro anos? Só quatro anos.*

Foi durante um desses momentos, no mesmo dia em que o fiz se lembrar desse filme, que encontrei um instante de graça em algo que nem ele nem eu havíamos pensado seriamente em todos aqueles anos. Percebi que uma ou duas vezes ele tinha repassado a experiência em sua mente, mas em nenhuma delas considerou seu possível resultado. Eles tinham começado a fazer amor no quintal em plena vista das galinhas quando, subitamente, Ndali se afastou e disse que não era bom que as aves vissem aquilo. Então, ele a levou para casa, com as pernas enlaçadas no corpo dele, os braços agarrados no seu pescoço. Fizeram amor com tanta intensidade que, quando começou a tirar, Ndali o apertou tanto que ele se contorceu.

— Você me ama, Solomon?

Apesar de tudo aquilo — do aperto, da aparente despreocupação dela se ele estava ou não para ejacular e o fato de tê-lo chamado por seu nome cristão, Solomon, o que raramente fazia — tê-lo deixado chocado, ele respondeu:

— Sim...

— Você me ama? — perguntou mais uma vez, com mais intensidade, como se não tivesse sua resposta.

— Isso mesmo, mãezinha. Eu te amo. E estou para gozar.

— Não me importa. Apenas responda a minha pergunta! Você me ama?

— Sim, eu amo você.

Meu hospedeiro começou a se aliviar, tremendo enquanto falava, desabando ao lado dela quando se esvaziou.

— Você sabe que agora somos uma só carne, Nonso?

— Isso mesmo, mãezinha — ele respondeu, sem fôlego. — Eu... eu sei.

— Não, olhe para mim — ela continuou, segurando seu rosto. — Olhe para mim.

Chegou mais perto e virou o rosto para ela.

— Você sabe que agora somos uma só carne?

— Sim, mãezinha.

— Você sabe que agora somos um? Não mais você ou eu? — Fez uma pausa, elevando a voz, lágrimas rolando dos olhos. Achando que Ndali já tinha terminado, ele começou a falar. Mas ela continuou:

— Você sabe que agora somos um só? Nós?

— Sim, mãezinha. Isso mesmo.

Ela abriu os olhos e abriu um sorriso em meio às lágrimas.

Meu hospedeiro guardou esse pedaço de lembrança tranquilizadora como se fosse um súbito e estranho presente de um mensageiro divino vindo para ajudá-lo. Foi um dos eventos mais carinhosos de sua vida, e o que ela havia feito fora monumental. Tinha deixado que ejaculasse nela. Mas tinha feito isso tão sem cerimônia, como se fosse uma coisa trivial. Na ocasião ele ficou chocado demais para comentar a respeito. Mas quando eles voltaram a fazer amor naquela noite e Ndali o manteve rígido, forçando-o a ejacular nela como antes, meu hospedeiro se perguntou por que ela estava fazendo aquilo. Ndali respondeu que era para mostrar que o amava e que estava pronta a se casar com ele a qualquer custo. Mas e se ela ficasse grávida?, ele ponderou. Em resposta, Ndali inclinou a cabeça, pensou a respeito, talvez considerando como os pais reagiriam, e disse:

— E daí? Eles são meu deus? Você quer que eu tome Postinor?

— O que é isso? — ele perguntou.

— Meu Deus! Garoto de aldeia! — comentou Ndali com uma risada. — Então você não sabe? É para a manhã seguinte. Uma droga que as mulheres tomam pra não engravidar depois do sexo.

— Ah, mãezinha — disse meu hospedeiro. — Eu não sabia.

Quando aqueles acontecimentos vívidos o revisitaram, suas acabrunhadas esperanças abriram seus olhos débeis. Durante os dias que se seguiram, ideias lhe ocorreram, possibilidades. Se ainda acreditasse no que havia dito naquele dia — que eles eram um e o mesmo —, ela realmente deveria estar esperando por ele. Não poderia ter desistido depois de apenas quatro anos. Começou a divisar seus próximos movimentos. Todos os dias, entre medidas de cuias de alimento, painço, sementes marrons e torrões de marga, ele pulava no poço de ideias e reexaminava suas reentrâncias. Foi no quarto dia desde aquela lembrança esperançosa que ele finalmente desencavou algo convincente o bastante para considerar se deveria ou não voltar à casa dela e tentar falar com o porteiro de novo. Talvez o homem fosse mal pago e ele conseguisse suborná-lo em troca de alguma informação. Talvez pudesse entregar a carta que havia escrito para ela em suas primeiras semanas na prisão. Sim, até isso seria suficiente. A carta continha tudo, tudo que queria que ela soubesse sobre seu desaparecimento e seu fracasso em manter seu lado da promessa de nunca deixá-la.

Obasidinelu, os grandes pais, em sua esotérica sabedoria, dizem que seja o que for que um homem deseje ver no Universo, ele o verá. Quanta verdade, Egbunu! Um homem que odeia outro verá o mal no que quer que faça esse indivíduo, não importa o quanto for bem-intencionado. Os pais também dizem que, se um homem deseja alguma coisa e não desistir de procurar, ele vai acabar encontrando. Já vi isso muitas vezes.

Não passou pela cabeça de meu hospedeiro que o Universo estava prestes a garantir o que ele vinha buscando havia muito anos naquele dia. Foi simplesmente a resolução de ir falar com o porteiro que se formou intensamente em sua mente e o fez interromper a tarefa que estava fazendo — triturando sementes de melão no moedor manual atarraxado à ponta de um banquinho. Tirou o avental, fechou a loja e partiu para a casa da família de Ndali. Quando retirou a cunha de pedra que mantinha a porta aberta, pensamentos sobre o que perderia se não tocasse seus negócios naquele dia gotejaram em sua mente. Dali a uma hora chegaria o professor de agricultura que vinha comprar uma saca de ração para suas galinhas. Iria perder a oportunidade de vender o que vendia numa semana em uma só transação. Mas nem isso o deteve.

Montou na motocicleta e pegou a estrada em direção à rotatória. Ao lado da estrada havia um pátio de obras de alguns metros de comprimento, isolado por uma folha de zinco apoiada em tijolos. Um homem carregando uma chapa de madeira atravessou a estrada perigosamente, obrigando o trânsito a parar até chegar ao outro lado da estrada, onde casebres eram construídos por toda parte. Uma casa com o teto queimado de sol erguia-se acima, pintada de um vermelho pálido, com o número 0802 escrito em letras brancas. Dali ele entrou na estrada de Danfodio, passando por um caminhão-tanque e um carro branco com o porta-malas aberto, rebaixado pela sobrecarga de sacos de cereais amarrados por cordas resistentes e apertadas.

No acostamento da estrada, debaixo de um cartaz, um homem falava por um megafone, rodeado por um semicírculo de pessoas com a Bíblia na mão, com violões e panfletos.

Parou a moto porque um retorno à frente tinha interrompido momentaneamente o trânsito. Teria seguido em frente, mas aquela parada — a apenas poucos metros do cartaz — fez com que ouvisse a voz falando no megafone. Apesar de muitos anos terem se passado, ele reconheceu a voz de imediato. Estacionou no acostamento e assim que entrou na visão do homem ficou claro que algo extraordinário tinha acontecido no Universo. Eu realmente senti que alguma grande discussão havia sido resolvida no reino dos espíritos, uma discussão de que nem mesmo eu, seu *chi*, tinha participado. E agora, quando meu hospedeiro abandonava todas as esperanças, quando resolveu simplesmente engolir qualquer coisa que a vida pusesse em sua boca como uma mãe perturbada, o Universo tinha ouvido suas súplicas e vindo em seu auxílio.

Já havia passado noites pedindo a quem pudesse ouvir para lhe dar apenas uma chance, só uma, de encontrar o portador daquela voz mais uma vez. Que pudesse fazer o sujeito pagar o que fizera com ele. Fazia esses pedidos para deidades grandes e pequenas, às vezes para "Deus", às vezes para "Jesus", uma vez até mesmo para "Ala", e em certa ocasião — inesperadamente — para mim, seu *chi*. Quando as preces não eram respondidas, ou quando ele considerava ser o caso, se recostava e passava o tempo conjurando imagens de um confronto com aquele homem, algumas mais violentas que as outras. A mais proeminente era um em que estava comendo no restaurante no qual almoçou com o homem no primeiro dia que o encontrou, em 2007, e o homem — agora rico com o dinheiro roubado dele e de outros — entraria com uma mulher bonita. O homem andaria com majestade, irradiando graça e sendo recebido por um coro de elogios pelos frequentadores do restaurante. Pediria bebidas para todos e ocuparia a mesa, feliz consigo mesmo por estar impressionando a mulher que o acompanhava. O homem fazia breves visitas à Nigéria, talvez imaginando que sua vítima ainda estivesse na cadeia. E por isso se sentiria totalmente à vontade. Não perceberia que o destino havia plantado sua retaliação na forma do meu hospedeiro, um homem degradado que esperava por sua chegada.

Meu hospedeiro abaixaria a cabeça para esconder o rosto até o homem ocupar a mesa escolhida, depois se levantaria depressa, quebraria a garrafa de cerveja que lhe fora servida e lançaria seu ataque. Ao atacar, seria uma pessoa que nunca imaginara pudesse ser. Teria desenvolvido o coração de um executor — impiedoso, rápido, colateral, brutal. No intervalo de uns piscares de olhos, quebraria a garrafa e a cravaria fundo na barriga de seu inimigo. Mas isso não seria tudo. Tiraria a garrafa e a cravaria de novo no peito do homem. Não seria detido pela inflorescência do sangue ou pelos afluentes escorrendo pelo local. Continuaria golpeando — no pescoço do homem, nas mãos, no peito, até que as pessoas o afastassem do corpo. Mas àquela altura estaria tudo acabado. Teria sido uma vingança, algo conhecido pelo homem por milhares de anos. Quem tivesse traçado um mau caminho teria uma queda dura. Egbunu, esta é a imagem que, por um longo tempo, se manteve em sua mente como o retrato mais verdadeiro do dia em que ele obtivesse a graça de encontrar aquele homem.

Meu hospedeiro seguiu com a motocicleta em direção à aglomeração, e mal havia desmontado quando o culpado também o reconheceu. O homem interrompeu seu discurso e entregou o megafone a outro que estava ao seu lado, vestido, assim como ele, como o Homem Branco: de camisa, gravata e uma calça de uma cor só. Então o homem correu para frente, gritando: — Chinonso-Solomon!

Ijango-ijango, esta é uma das instâncias em que eu gostaria de que nós, espíritos guardiões, fôssemos capazes de ver o que outros humanos estão pensando, não nossos hospedeiros. Sim, nitidamente ele parecia estar com medo, mas será que estava mesmo com medo? Estava com tanto medo quando deveria? Não sei. Só pude ver que, apesar de se apressar na direção do meu hospedeiro, havia cautela em sua expressão. Pois ele parou a alguns passos de distância de meu hospedeiro. Enquanto o inimigo se aproximava, meu hospedeiro percebeu que as coisas não seriam como havia imaginado. Pois tinha encontrado o homem num local aberto, onde não poderia fazer nada. Agora parado na presença de meu hospedeiro, o homem rompeu em lágrimas. — Solomon — falou, aproximando-se devagar, voltando o olhar para a aglomeração e estendendo a mão para meu hospedeiro, que recuou ligeiramente. O homem abaixou a mão devagar, tremendo. — Solomon —

disse mais uma vez, virando-se para a multidão. — Irmãos, é ele. É Solomon. Aleluia! Aleluia! — Levantou os braços e deu um salto.

Em seguida, sem avisar, aquele homem por cuja morte meu hospedeiro havia rezado por tanto tempo avançou e o abraçou. No momento em que deveria ter agarrado o homem pelo pescoço e começado a estrangulá-lo, o homem virou-se mais uma vez para a multidão, pegou o megafone e disse com uma veemência cordial: — Deus, o Deus do céu atendeu às minhas preces! Ele me ouviu. Louvado seja o Senhor! — E a multidão respondeu:

— Aleluia!

— Vocês não sabem, vocês não sabem, irmãos e irmãs, o que o Senhor acaba de fazer por mim — continuou falando o homem, batendo os pés com tanta força que levantou poeira ao redor. — Vocês não sabem!

O homem tirou um lenço do bolso e enxugou os olhos, pois realmente, Egbunu, ele estava chorando. Meu hospedeiro olhou ao redor e viu que a multidão aumentava. Um homem com a mulher tinha estacionado um caminhão na esquina e se aproximado para presenciar a cena que se desenrolava. Uma mulher mais velha saiu de uma casa do outro lado da rua e agora se debruçava na sacada, observando. Por toda sua volta, rostos e olhares o circundaram como se com uma corrente invisível que o serenasse completamente.

— Este homem aqui é a razão de eu ter me salvado. Eu era um ladrão. Roubei dele e de outros. Mas o Senhor o usou para chegar até mim. Louvado seja o Senhor!

As pessoas responderam: — Aleluia!

Agora, será que havia alguma coisa que meu hospedeiro pudesse ter feito com todas aquelas pessoas ao redor? Não, Chukwu. Elas eram as armas da finalidade que neutralizaram todas as suas vívidas conjurações e seus elaborados planos. O que estava acontecendo era incompreensível para ele, pois agora o criador de todas as suas tristezas estava segurando na mão dele. O que poderia fazer a não ser permitir? Em seguida viu, espantado, o homem se ajoelhar à sua frente, ainda segurando sua mão.

— Irmão Chinonso-Solomon, eu me ajoelho diante de você, em nome do Deus que me criou, a mim e o mundo inteiro... perdão, perdão. Por favor, me perdoe em nome de Jesus.

Embora algumas palavras tenham se perdido na irrupção da estática do megafone, quase todos ali pareceram entender. Um murmúrio subiu da multidão. Um jovem de camisa vermelha e gravata marrom estampada com a imagem de uma igreja e uma cruz começou a rezar, sacudindo um tamborim — um instrumento circular com pequenos discos de metal que, quando batido na palma da mão, emite um som de sinos semelhante ao produzido pelos cajados de ferro portados por padres e *dibias*. Apesar de não conseguir ouvi-lo, meu hospedeiro sentiu o que esse indivíduo estava dizendo. Mas eu, seu *chi*, ouvi cada palavra: — Ajude-o, Senhor. Ajude-o, Senhor. Faça com que ele perdoe. Toque seu coração. Pois o senhor tornou possível um momento como este. Ajude-o, Senhor! Ajude-o, Senhor!

Ijango-ijango, meu hospedeiro ficou ali parado, impotente, transfixo, surpreso de como sua mão tremia na do seu inimigo, que voltou a se levantar e pôs o megafone na mão dele. Assim que meu hospedeiro pegou o megafone, a multidão entrou em delírio. Seu inimigo chorava ainda mais alto, como alguém pranteando o pai ou a mãe.

O tamborim contribuía com uma aclamação sonora, e a multidão vibrou com ainda mais intensidade. Meu hospedeiro sabia que estavam esperando que ele falasse.

— Eu... eu... — Deixou o megafone cair.

— Ajude-o, Senhor! Ajude-o! — As palavras do homem culpado eram acompanhadas pelo som ritual do tamborim.

— Sim, sim! — disse o grupo em coro.

— Eu... Eu para... — As mãos do meu hospedeiro começaram a tremer. Pois agora se lembrava, como numa aparição surgida em frente ao seu rosto, dos homens brancos reunidos enquanto se encaminhava para sua cela. Viu um com uma cicatriz feia no rosto, e outro que, chegando até ele de punhos fechados, falou: — Você estupra mulher turca, você estupra mulher turca — com uma rajada de palavras em turco que ele não conseguia entender. Viu a si mesmo tentando abrir a cela e entrar correndo, vendo de relance o olho de um negro o observando a distância, enquanto os homens chutavam suas costas. Viu-se caindo contra as barras da cela e se agarrando nelas enquanto os homens tentavam afastá-lo.

— Toque nele, Senhor! Jesus, toque nele! — disse mais uma vez o homem de terno e gravata, embalado pelos guizos do instrumento.

— Sim! Perdoe! Amém!

— Eu vou perdoar — meu hospedeiro deixou escapar.

Desta vez o clamor da multidão foi mais alto. No calor do momento, a realidade o insultou mais ainda. Sem aviso, aquele que ele deveria matar ergueu a mão de meu hospedeiro como um árbitro que levanta o braço de um lutador vitorioso para o aplauso dos espectadores. Só que meu hospedeiro acabava de ser derrotado. Pois esse homem era Jamike: o homem que há tanto tempo procurava, uma das coisas que o tinha mantido vivo por todo esse tempo. E agora, depois de todos esses anos, ele tinha encontrado Jamike, e o que ele fez? Simplesmente anunciou que o perdoaria.

— Algumas pessoas dizem que Deus não existe! — bradou Jamike naquele momento, e a multidão respondeu com uma aclamação. — Dizem que não é verdade o que dizemos acreditar. Eu digo que tenho pena delas.

— Pena! — gritou a multidão.

— Quem mais poderia então me salvar? Quem mais?

— *Onwero!*

Agbatta-Alumalu, a raiva de meu hospedeiro aumentou quando Jamike — agora magro, de óculos, dono de um olhar inocente e transpirando uma candura inesperada — prestou um breve depoimento de como tinha roubado tudo do "Irmão Chinonso-Solomon" quatro anos atrás, e como o "Irmão Chinonso-Solomon" fora para a República Turca do Chipre do Norte enquanto ele, o ladrão, fugia para o sul, para a República do Chipre. Como, dois anos mais tarde, ao se envolver em um acidente, ele começou a repensar sua vida. Procurou conhecidos no Chipre do Norte e ficou sabendo do destino de três pessoas que havia engando — uma garota da Universidade Near East tinha se tornado prostituta, o "Irmão Chinonso-Solomon aqui, que foi mandado para a prisão, e o irmão, irmão Jay".

Jamike lutou com o último nome e, quando finalmente o enunciou, o fez num intervalo de desalento, durante o qual enxugou os olhos com a barra da camisa.

— Vocês sabem o que aconteceu com ele por minha causa?

— Não — o povo respondeu.

— Eu ouvi dizer que ele se suicidou! Pulou do alto de um edifício e se matou.

A multidão teve um sobressalto. Temendo não conseguir ser capaz de se refrear, meu hospedeiro tirou devagar a mão da do homem e a levou ao peito, como que contendo um tossido.

— Quando ouvi essa e outras histórias do que eu tinha feito, entreguei minha vida a Cristo. Meus irmãos e irmãs, comecei a rezar para Deus me deixar encontrá-lo de novo para pedir perdão. Glória a Deus!

— Amém! — o povo gritou.

— Eu digo glória a Deus! — falou Jamike na língua do Homem Branco, como se a língua dos pais não fosse mais suficiente.

— Amém — eles repetiram.

— *Otito di ri Jesu!*

— *Na ndu ebebe!* — bradou a multidão.

Jamike virou-se para meu hospedeiro com os olhos cheios de lágrimas, que mostravam as chagas visíveis de seu sofrimento. Meu hospedeiro não esperava aquilo: diante dele estava Jamike, em lágrimas, com o rosto marcado pelo tempo, lábios rachados — um rosto que revelava a insígnia da vergonha. Não era o rosto de alguém que tivesse conquistado outro, mas de alguém que fora submetido. Aquele rosto o desarmou.

Chukwu, as coisas que ele estava sentindo naquele momento eram na verdade estranhamente comuns. Já vi isso muitas vezes. Uma face é, antes de qualquer coisa, nua — uma coisa de grande pobreza. Não se esconde de ninguém, nem mesmo de estranhos. E por isso não guarda segredos. É o que se comunica continuamente, irrestritamente, com o mundo. Guerreiros de antigamente que viviam entre os grandes pais costumavam contar como, nas guerras, quando confrontados com a face do inimigo, eles viam sua decisão por violência enfraquecer. Quase instantaneamente, a motivação de matar só por matar se tornava uma motivação de matar apenas para não ser morto. É como se o guerreiro, face a face com seu inimigo, se despisse de toda inimizade. Egbunu, é uma coisa difícil de entender. Até mesmo os sábios pais se engalfinhavam com isso, suas línguas tecendo muitos provérbios para explicar esse fenômeno, mas que em parte alguma era mais pronunciado do que na articulação da poderosa emoção que um homem desenvolve por uma mulher ou uma mãe por um filho. Eles se referiam a isso como *Ihu-na-anya*. Pois na verdade eles entendiam que só um homem sem malícia em relação a outro pode olhá-lo nos olhos. Então, quando uma pessoa diz: *Eu posso olhar nos olhos*, ela expressou afeição. E, ao contrário, um homem que está mascarado, ou que está distante — esse homem é facilmente ferido.

Estou certo de que foi por essa razão que meu hospedeiro deixou que Jamike o abraçasse de novo e chorasse em seu ombro enquanto a multidão gritava "Aleluia!" e batia palmas. Deve ter sido essa a razão — embora meu hospedeiro não soubesse disso — de ter dado seu número de telefone a esse homem que havia lhe causado danos irreparáveis e de anuir em resposta ao pedido de seu adversário de se encontrar no dia seguinte no Mr. Biggs, na mesma rua.

— Às cinco horas?

— Sim, às cinco horas — ele concordou.

— Eu vou estar lá, irmão Chinonso-Solomon.

Tenho certeza de que foi o confronto com a face de Jamike que o fez voltar, passando pela multidão animada ali reunida. Foi por isso que montou na motocicleta e saiu correndo do local sem sequer olhar para trás — não na direção do lugar para onde ia originalmente, mas de volta ao seu apartamento.

20
Ajuste de contas

Ikukuamanaonya, a antecipação é um dos hábitos mais curiosos da mente humana. É uma gota de sangue malévolo na veia do tempo. Controla tudo em seu interior e torna uma pessoa incapaz de fazer qualquer coisa além de implorar para o tempo passar. Uma ação retardada pela agência natural do tempo ou pela intervenção humana chega a dominar perpetuamente os pensamentos de um indivíduo. Pesa sobre o presente até que a visão do presente se perca. É por isso que os antigos pais dizem que, quando a comida de uma criança está cozinhando, os olhos da criança se fixam sem piscar na boca do fogão. Quando uma pessoa está ansiosa, ela tenta espiar o porvir ainda não formado, tentando ganhar conhecimento de um evento que ainda não aconteceu. Pode já se ver dançando com as pessoas do lugar, comendo na cozinha local e andando pelas paisagens do país. Isso é a alquimia da ansiedade, pois se baseia na promessa de alguma coisa, em um evento, um encontro pelo qual o participante não consegue esperar. Já vi isso muitas vezes.

Enquanto isso, contudo, o homem pode lidar com muitos pensamentos e agonias, como fez meu hospedeiro depois do encontro com Jamike. Voltou cheio de rancor e se atracou com seu quarto, chutando a estante, a cama, uma escova de borracha, xingando, espumando. Culpou os céus, as entidades conspiratórias, pelo que tinha acontecido com ele. Culpou o deus *dele*. Por que, perguntou, depois de todos esses anos, teve de encontrar Jamike em um lugar público? E por que, entre tantas outras coisas, Jamike estava pregando, numa situação que o deixara algemado? Teria sido quase impossível atacar alguém que estava pregando o Evangelho. O povo de Alaigbo e no mundo do Homem Negro em geral reverenciava tanto o tipo de homem que Jamike se tornara que ele não poderia fazer nada. Culpou a si mesmo por não ter entrado em contato com Elochukwu desde sua volta. Não deveria ter culpado Elochukwu por seus muitos erros enquanto ele estava no Chipre — como o fracasso de não ajudar a recuperar sua casa e obter a localização de Jamike com a irmã. Tivesse meu hospedeiro feito contato com Elochukwu quando voltou, ele teria contado que Jamike estava em Umuahia. Com isso, poderia ter simplesmente convidado Jamike a algum lugar fechado e realizado sua vingança.

Agujiegbe, eu nunca tinha visto meu hospedeiro do jeito que ele ficou naquela noite. Tão furioso que imprecava, esmurrava a parede, pegou uma faca e ameaçou a si mesmo. Em um momento de grande incerteza, quando eu não podia dizer se aquele era realmente meu hospedeiro ou um *agwu* que o havia possuído, ele ficou diante do espelho, brandindo uma faca e dizendo:

— Eu vou me cortar, vou me matar! — Aproximou a faca do pescoço, com a mão trêmula e os olhos fechados, e a encostou na pele. Atropelei pensamentos em sua mente, primeiro lembrando-o do tio, depois das possibilidades de união com Ndali. E devo dizer, humildemente — Chukwu —, que posso ter ajudado a salvar a vida de meu hospedeiro! Pois minhas palavras — *E se ela ainda amá-lo, como a esposa de Odisseu?* — o encheram de uma súbita esperança. Abriu o punho e a faca caiu na pia, onde realizou uma pequena dança e se assentou. Logo depois rompeu em lágrimas. Tão intensa era sua dor e tão grande a sua tristeza que temi que não conseguisse se recuperar. Inseri em seus pensamentos que fora apenas a primeira vez que ele encontrara esse homem desde que os eventos aconteceram. E eles iriam se encontrar no dia seguinte, dessa vez em particular. Seu inimigo voltaria a vê-lo, como sempre desejou, e ele poderia fazer o que quisesse, até mostrar ao homem a carta que havia escrito a Ndali relatando o que tinha acontecido, para o homem saber a gravidade do que fizera. Não deveria pensar que a oportunidade perdida era tudo o que lhe restava. Não.

Mais uma vez, ele ouviu minha voz. Eu fiz uma afirmação, e ele a seguiu. Lavou o rosto e assoou o nariz na pia e se enxugou na toalha pendurada num prego na parede. Voltou à sala e pegou a carta contendo a história de sua vida, agora decidido a mostrá-la a Jamike no dia seguinte. Examinou-a com atenção, tentando se certificar de que as mudanças que fizera dois dias antes não tinham alterado sua mensagem. Na verdade, se deu conta de que agora o destino, ou fosse o que fosse que dera início aos acontecimentos, tinha previsto seu encontro com Jamike. Pois justamente dois dias atrás ele acordou no meio da noite e não conseguiu voltar a dormir. Isso tinha se tornado parte de sua vida desde que saíra da prisão. Adquiriu o hábito de ligar o rádio e ficar ouvindo para ajudá-lo a dormir. Começou a pegar no sono quando ouviu a voz de um pregador. E do que o homem estava falando a respeito? Do inferno. O mesmo tópico sobre o qual algumas vezes tinha pensado tão intensamente durante os anos na prisão. Um lugar de onde ninguém pode escapar. De tudo que o pregador descreveu enquanto ele ouvia, percebeu que, se fizesse qualquer pergunta sobre o inferno, o discurso do locutor conteria todas as respostas: no inferno não há redenção. É um lugar de sofrimento perpétuo, onde o homem é mantido prisioneiro e onde, enfatizava o pregador de novo e de novo, "o verme nunca morre".

Desligou o rádio e começou a ponderar sobre o que ouvira, ameaçado pela própria mente. Depois se levantou e leu a carta que havia escrito a Ndali. Não a lia desde que voltara à terra dos grandes pais porque achou que tudo que precisava contar a ela já estava lá. Mas naquele momento pegou uma caneta, rabiscou o título e escreveu outro abaixo:

~~Minha história: Como eu sofri no Chipre~~
Minha história: Como fui ao inferno no Chipre

Quando terminou de ler a carta inteira, ficou satisfeito por não ter alterado nada de forma significativa. Amanhã ele daria a carta ao homem que o ajudara a escrevê-la. E mal podia esperar que isso acontecesse.

Chukwu, os bravos pais dizem que um homem que foi picado por uma cobra fica com medo de minhocas. Durante anos, o tempo e o espaço esconderam seu inimigo, mas naquele dia ele estaria sozinho com o homem. Acordou na manhã seguinte, depois de pouco ter dormido à noite, sentindo uma espécie de paz. Sentou na cama e deixou seus planos se desenrolarem até o final imaginado, com Jamike estirado no chão sobre uma poça do próprio sangue. Ainda não sabia da importunidade do ódio, de como, mesmo quando alguém resiste e tenta afastá-lo, o ódio meramente se reserva para um momento, como uma maré, para entrar inundando a mente até afogá-la novamente.

Egbunu, eu já vi muitas vezes o que homens fizeram por causa de um coração cheio de ódio. Não vou descrever nada disso, pois o tempo não permitiria. Mas, sem querer despertar mais emoções em meu hospedeiro, fiquei observando em silêncio enquanto sua mente perfazia suas sangrentas tarefas até que, cansado, ele voltou a adormecer.

Choveu durante a maior parte daquela manhã. Desde que voltara a Alaigbo, meu hospedeiro se sentia mais em casa quando chovia bastante. Isso porque a maior parte de suas primeiras lembranças formadas em Umuahia eram marcadas pela presença de tempestades. As nuvens eram uma imagem constante em sua mente quando criança. Estrondos de trovão, estilhaços de relâmpagos conferiam a seu mundo uma pulsação no coração e uma lembrança tão vívida como as da guerra. Em alguns países, como Ugwu-hausa, outros elementos podiam dominar, mas aqui a chuva reinava suprema. Entre o povo igbo, o sol é considerado um fracote.

Naquele dia ele não foi à loja, pois a chuva continuou até que, tendo seguido seu curso, deu lugar à luz do sol. Pois a chuva é a mestra de todos os outros elementos. No dia anterior, quando ele encontrou Jamike, o sol tinha subido cedo, mais uma vez refulgente no céu da manhã. Depois, lentamente, as nuvens enxamearam e contestaram seu direito de permanência.

Quando ele saiu de casa, um sol opaco rolava lentamente pelo aglomerado de nuvens molhadas como uma bola em uma canaleta. Tirou a lona de cima da motocicleta e se acomodou. Pela primeira vez desde que tinha voltado, estava levando a sacola que ganhara de presente de Ndali. A impressão branca sobre a superfície de couro ainda era visível: SEMINÁRIO DE ESTUDANTES DE POLÍTICA DA ÁFRICA E DO CARIBE, ABRIL DE 2002. Todo seu conteúdo continuava intacto, com exceção de duas fotografias de Ndali e a carta dela. Agora lembrava como, depois de ser tirado do hospital e levado à delegacia de polícia, um dos policiais encontrara as fotos enquanto revistava a sacola. Tentou pegar as fotografias, mas estava algemado. Os homens passaram as fotos entre eles, rindo e dizendo coisas, fazendo gestos — batendo na palma da mão — que, depois ele entenderia, significavam sexo. Um deles falou com ele num inglês hesitante: "Você, você gosta xoxota muito-muito. Xoxota preta, boa? Sim? Boa?". Foi um momento que ele jamais esqueceria — um momento em que sua punição fora estendida à mais inocente das pessoas: Ndali. Na ocasião, a muitos milhares de quilômetros da terra dos pais, ele a via ser violentada por olhos de estranhos. Mais tarde, um dos homens, visivelmente zangado com a atitude dos outros, pegou as fotos, guardou-as na sacola e disse a meu hospedeiro: "Desculpe, meu amigo", e saiu com a sacola. Meu hospedeiro só voltaria a ver aquela sacola ao ser solto. Quando a teve de volta, a primeira coisa que procurou foram as fotos. A carta havia sido retirada de sua calça ensanguentada quando chegou ao hospital, bastante danificada.

Agora ele levava uma faca na sacola, escondida entre as páginas de um livro. Tinha planejado tudo. Chegaria ao restaurante e se sentaria calmamente em uma mesa perto da porta, para sair facilmente assim que tivesse cumprido sua tarefa. Colocaria o livro sobre a mesa e comeria depressa, pois quando Jamike chegasse ele estaria furioso demais para comer. Tentaria desarmar o inimigo fazendo com que se sentisse à vontade, até acreditar que fora perdoado. Depois convidaria Jamike para ir ao seu apartamento. Não iria usar a faca num espaço público. Mas se o homem recusasse, por desconfiar de alguma coisa, ele não teria escolha a não ser usar a faca lá mesmo no restaurante. Mataria o homem a facadas e correria à estação rodoviária para pegar um ônibus para Lagos. Tentaria localizar a irmã ou ir para a aldeia do pai e ficar ali em sua casa vazia.

Chukwu, tive medo que esse plano, se realizado, criasse mais problemas para ele. Por isso projetei um pensamento em sua cabeça de que, se fizesse todas aquelas coisas que planejava fazer, ele perderia Ndali para sempre. E acrescentei — ainda que com muita hesitação — que tal ato o faria voltar à prisão e o impediria para sempre de encontrá-la. Ele considerou por um momento, temeroso. Chegou a tirar a faca da sacola e colocá-la na mesa. Mas logo depois foi mais uma vez acometido por uma fúria monstruosa e guardou de novo a faca na sacola. *Eu vou fazer isso, vou matar Jamike e encontrar Ndali*, disse a voz na cabeça dele. *Eu vou matar Jamike, não me importa!*

Egbunu, é normal um homem, mesmo sabendo que não pode prever o futuro, fazer planos assim mesmo. Você vê gente assim todos os dias, casais bem-vestidos visitando famílias, informando que vão se casar dali a cinco meses. Ao longo da estrada perto do final da rua, são inúmeros os projetos. Um homem comprou uma casa, levantou os alicerces e espera construí-la no futuro. Mesmo podendo morrer um minuto depois de ter assentando as fundações, isso pouco importa. Na verdade, a vida humana revolve ao redor de preparações para o futuro, sobre o qual os homens têm pouco controle! Foi por isso que, apesar de seu planejamento, assim que entrou no restaurante meu hospedeiro ouviu: — Irmão Chinonso-Solomon. — Assustou-se, como se fosse arremessado do lombo de um cavalo. O homem que havia visto no dia anterior já estava lá, com quase mais ninguém no local. Do outro lado, uma mulher observava a cena de um balcão. Atrás de seus cabelos trançados havia cartazes com itens para vender e seus preços.

— Meu irmão, meu irmão — disse Jamike, vindo em sua direção.

— Vamos nos sentar — foi logo dizendo meu hospedeiro, na língua dos pais, embora com esse homem falasse principalmente na língua do Homem Branco.

Com as mãos ainda levantadas, Jamike parou. — Tudo bem, irmão — falou.

Meu hospedeiro apontou uma cadeira perto da porta e começou a andar naquela direção. Jamike o seguiu, com um sorriso forçado no rosto.

Assim que se sentou, meu hospedeiro percebeu que alguma coisa tinha acontecido de novo que o fez se acalmar na presença daquele homem tão odiado. Mas não soube dizer o que era. De repente sua grande e enlouquecedora raiva tinha se dissipado e ele se sentou devagar na cadeira, surpreso consigo mesmo. Jamike estendeu a mão e ele o cumprimentou.

— Madame! Madame! — chamou Jamike.

A mulher do balcão reapareceu da cozinha, para onde tinha ido.

— Por favor, duas garrafas de refrigerante. Coca-Cola.

— Certo, senhor — disse a mulher.

Podia ver agora que parte do que o havia desarmado era a mudança que via em Jamike. O homem tinha emagrecido tanto que no lugar da cabeça grande e carnuda, seu rosto agora estava fino, com malares protuberantes.

Os olhos tinham afundado tanto que as pálpebras pendiam como toldos. Sua magreza era ressaltada pela camisa de mangas compridas que usava, muito mais larga que seu corpo franzino. Seus lábios estavam rachados, com uma bolhinha de sangue na borda entre eles. Toda sua compleição era de um homem emaciado e sofredor, esquelético e com malária. E em seus olhos havia sinais de lágrimas. Colocando a grande Bíblia que trouxera na beira da mesa, pôs a mão sobre ela e disse: — Irmão, estive procurando por você. Eu estive te esperando. Faz muitos anos, meu irmão. Eu não sabia que você tinha voltado. Cheguei a perguntar a Elochukwu, mas ele não sabia.

Egbunu, meu hospedeiro queria falar, mas as palavras pareciam acorrentadas em seu interior, sem conseguirem sair.

— Desde que... oh Deus... Desde que ouvi falar sobre a sua prisão. Eu tenho procurado você, Solo. Tenho procurado você por toda parte. — Abanou a cabeça. — Eu ando em péssimo estado. Sinto muito, muito pelo que aconteceu. Não tenho sido eu mesmo. Não tenho estado... como dizer? Não tenho me sentido vivo. Deus me ajude. Ajude o seu filho!

Jamike começou a chorar. A mulher chegou com as bebidas as deixou na mesa, olhando para homem em prantos. Abriu as duas garrafas com um abridor.

— Vocês vão querer fazer o pedido?

— As bebidas são o bastante — disse meu hospedeiro. — Obrigado.

— Ah, só as bebidas? — perguntou. — Oga desculpe, *eh*.

— Só isso — ele confirmou, sem olhar para Jamike.

— Obrigado, madame — disse Jamike.

Quando a mulher se afastou, meu hospedeiro falou:

— Jamike, podemos ir até minha casa? Eu preciso contar a minha história.

Falou depressa, pois sua raiva tinha voltado, e teve medo de que se extinguisse de novo. Queria que ela continuasse, que estivesse presente enquanto estivesse com esse homem. Sem essa raiva, tinha medo de nunca mais voltar a estar bem.

— Ah, você não quer comer? — perguntou Jamike. — Eu vou pagar o jantar.

— Não, nós podemos comer depois.

Jamike pagou à mulher pelas bebidas e os dois saíram do restaurante, meu hospedeiro com sua sacola e o coração batendo forte, com medo de ter revelado suas intenções com seu tom de voz. Apesar de ouvir o som de alguém o seguindo, ele não olhou para trás.

— Não é longe. Podemos ir de motocicleta até lá — disse em voz alta.

— Eu quero ir — disse Jamike.

Meu hospedeiro se virou e olhou, pela primeira vez naquele dia, o rosto de Jamike.

— Vamos pegar minha máquina — falou.

Percebeu que não tinha considerado totalmente seu convite até Jamike montar na garupa e seus corpos se tocarem. Seu corpo foi percorrido por um arrepio, como que cutucado por um bastão pontudo. Derrubou as chaves, que caíram no chão. Jamike correu para pegá-las.

— Irmão Solo, você está bem? — perguntou.

Meu hospedeiro não falou nada. Simplesmente apontou a rua à frente e deu partida na motocicleta.

Gaganaogwu, vingança é um campo de escombros. É uma situação em que um homem que já foi derrotado numa luta arrasta seu inimigo a um campo aberto quando a batalha já foi vencida e perdida, esperando reviver a luta mortal. Ele volta para pegar as armas enferrujadas, limpar as espadas encrostadas de sangue e acender de novo o violento fogo de ódio contra seu inimigo. Para ele, a luta não terminou. Mas, para seu inimigo, tanto tempo se passou que o oponente, mesmo se tiver se sentido vitorioso, pode ter esquecido sobre a antiga batalha. Por isso pode ficar atônito quando aquele que foi manchado de lama, cujos ossos foram fraturados, que foi conquistado, o agarra de novo pela garganta e o arrasta para o campo de batalha.

O homem alquebrado pode se surpreender com a força com que agora domina seu inimigo. Mas isso pode ser o começo de suas surpresas. E se ele agarrar o inimigo pela garganta, atirá-lo ao chão e começar a estrangulá-lo sem qualquer resistência? E se o inimigo simplesmente ficar parado, fechar os olhos e dizer apenas: "Por favor, meu irmão, vá em frente?". E se o rosto do outro, vermelho e intumescido de veias, continuar a incitá-lo? "Eu estou em

Cristo. Louvado seja o Senhor. Para morrer nele, eu estou disposto... Aaah... Eu amo você, Chinonso-Solomon. Eu te amo, meu irmão."

O que o homem alquebrado faria? O que diria quando o homem que estivesse prestes a matar falasse do amor que sente por ele? O que diria quando seu coração estivesse ainda mais partido por outras trapaças da vida, por todos os falsos cálculos de tempo e as permutações dúbias do destino? O que faria se ele não tivesse feito nada de errado para justificar os problemas que o assolaram? Ele tinha se apaixonado por uma mulher, como qualquer outro homem. Tentou se casar com a mulher, como qualquer bom homem deve fazer. Os pais dela tentaram impedir, mas ele tentou escalar o obstáculo, do jeito que as pessoas fazem quando querem atingir um objetivo. Isso acabou o levando a um problema ainda maior, mas o que ele fez? Planejou sua vingança e a buscou como se sua vida dependesse disso. Demorou um longo tempo para encontrar seu inimigo, mas afinal o encontrou.

E agora está estrangulando o homem, tentando matá-lo para jogar seu corpo no rio Imo, como as pessoas fariam com alguém que houvesse destruído sua vida. Como você vê, Egbunu, ele não fez nada fora do normal. Mas nada do que fez gerou um resultado comum!

Se ele se dirigisse para o norte, como faria qualquer outro viajante, ele iria parar no sul. Se pusesse a mão numa cuia de água, se queimaria como se fosse fogo. Se andasse pela terra, se afogaria como se tivesse entrado na água. Se olhasse, não enxergaria. Se rezasse, o que ouviria era uma maldição. E agora, quando atrai um homem perverso para uma luta que ensaiou por muitos anos, o que ele encontra no lugar é um santo que reza por ele; em vez de protestos, encontra um homem cantando.

Foi o que o fez se resignar. Afrouxou as mãos na garganta do inimigo, que começou a tossir freneticamente, tentando puxar ar para os pulmões. Caiu de joelhos e começou a chorar, enquanto o homem que tentou matar sussurrava preces pela garganta dolorida:

— Deus, perdoe-o por favor. Ponha todos os pecados dele na minha cabeça. O senhor sabe o que fiz. Por favor, Senhor, ajude-o. Cure-o, cure-o, Senhor.

De joelhos, meu hospedeiro chorou em voz alta, por tudo. Chorou pelo que tinha perdido e não mais encontraria. Chorou pelo tempo que não recuperaria. Chorou pela doença que devorava o interior de seu mundo e o deixava como uma concha quebrada do que era. Chorou pelos sonhos despejados no poço da vida. Chorou por tudo que viria, tudo que ainda não conseguia ver ou saber. Chorou, ainda mais, pelo homem que havia se tornado. E seu choro era acompanhado por palavras que gotejavam como uma chuva venenosa da boca do inimigo estirado ao seu lado: — Sim, Senhor, o Senhor é misericordioso. Pai misericordioso. Rei dos reis. Cure-o. Cure meu irmão. Cure-o, Senhor.

Chukwu, os dois ficaram assim por algum tempo — meu hospedeiro chorando ajoelhado, o outro homem rezando em voz baixa, deitado de costas no assoalho. Pelos seus ouvidos entravam o mundo exterior. Um vizinho cortava lenha no fundo da casa, um cão latia em algum lugar não muito longe, e na longa estrada que levava ao grande mercado carros buzinavam e passavam interminavelmente. O sol lá fora tinha começado a se pôr, a última luz do dia pairava fora da janela como se com medo de entrar no recinto. Na mente do meu hospedeiro, a grande angústia havia cessado como uma tempestade se afastando. Agora ele se sentia vazio, olhando as sombras forjadas por ele e o inimigo na parede pela luz tênue do sol do final da tarde.

Na pequena serenidade de sua mente, uma visão do gansinho se materializou. Foi de uma daquelas ocasiões em que o pássaro parecia de repente esquecer que estava preso a um cordão, pois às vezes ele se esquecia disso, ficava furioso e tentava se libertar. Levantava-se e grasnava baixinho, detido pelo cordão, amarrado à perna de uma cadeira ou da mesa. Quando se cansava, o pássaro se aliviava, as asas abertas num gesto de rendição. Depois virava a cabeça para baixo e olhava para ele, os olhos amarelos na lateral da cabeça pequena inchando como se fossem sair das órbitas. Mas logo as películas finas de pele que formam as pálpebras os cobriam e voltavam a se abrir, revelando pupilas agora dilatadas. Ficava assim por algum tempo, até uma súbita epifania o fazer saltar outra vez, em busca da lagoa familiar da floresta de Ogbuti — seu verdadeiro lar.

Meu hospedeiro se levantou e sentou-se na única cadeira do aposento. Puxou um dos dois bancos para sua frente e pediu para Jamike se levantar.

— Venha sentar aqui — falou, batendo no assento do banco à frente.

Jamike levantou-se e andou até o banco, plantou-se sobre ele e cruzou as mãos sobre o peito. Meu hospedeiro o examinou, como que para se assegurar de que este era realmente o homem que havia dominado seus pensamentos durante quatro anos. Ficou surpreso mais uma vez pelo que viu. O homem à sua frente não tinha nada a ver com o que vinha retendo na cabeça por todos aqueles anos e que às vezes o visitava em sonhos vívidos. Quem estava diante dele agora era uma criatura indistinta de um sonho amorfo, um sonho que, de alguma forma indefinível, parecia ter sofrido um destino semelhante ao seu.

Pegou a sacola que Ndali havia dado de presente e tirou a carta.

— Eu quero que você leia isso — falou. — É a minha história. Quero que leia para mim em voz alta. Quero ouvi-la com você. Quero que nós dois leiamos o meu depoimento. Vamos lá, leia!

O homem passou os olhos pelas quatro páginas grampeadas, dobradas em partes. Levantou a cabeça, olhou para meu hospedeiro e perguntou:

— Tudo?

— Sim, tudo.

— Certo.

Minha história: Como fui para o inferno no Chipre

Querida mãezinha,

Estou escrevendo a você no meu segundo ano na prisão no Chipre. Você não vai acreditar na minha história, mas tudo que estou dizendo aqui será a verdade. Acredite em mim em nome de Deus Todo-Poderoso, eu suplico. Por favor, Obim, você sabe que eu amo você. Você se lembra?

Jamike levantou a cabeça, olhou para meu hospedeiro.

— Continue lendo. Quero que saiba o que passei por sua causa.

Depois que você me viu na estação rodoviária, eu disse a mim mesmo que voltaríamos a nos ver. Disse que voltaria a você para nos casarmos, minha mãezinha. Eu estava feliz. Acreditava que o que estava fazendo...

— O que é isso?

Meu hospedeiro se inclinou para ver a página. — Por você, eu acreditava que estava fazendo isso por você.

— Certo.

Porque acreditei que o que estava fazendo era por você. Fui para Istambul pensando em você, que nunca me saiu da cabeça por um só momento. Aliás, eu até sonhei com você, muitos sonhos, tanto do futuro como de tempos passados. Então, no avião, comecei a ouvir alguns nigerianos. Estavam falando sobre o país para onde eu estava indo. Estavam falando como o Chipre era ruim. Disseram que era como a Nigéria, que os agentes que recrutam pessoas para ir para lá dizem mentiras. O que eles dizem é falso. Todos dizem mentiras graves. O Chipre não é como a Europa. Disseram que ir para lá é como um poço. Você pode voltar à Nigéria ou ficar lá. E se ficar não vai encontrar um emprego melhor. Só vai conseguir um emprego ruim. Por isso eu fiquei com medo. Perguntei aos homens quando eles desceram em Istambul se aquilo era verdade, eles disseram que sim, sim. É assim mesmo. Então eu fiquei com medo de novo. Contei a eles que meu antigo colega de classe Jamike Nwaorji disse que era um bom lugar. Ele mentiu para mim.

— Escuta, eu disse pra não parar. Continue lendo! *Gu ba!*

Desesperado, meu hospedeiro não queria machucar aquele homem, mas sim ameaçá-lo para ele ler a carta na íntegra. Tirou a faca da sacola e ficou segurando. Ijango-ijango, devo enfatizar que meu hospedeiro estava meramente desesperado para fazer Jamike ler a carta inteira, sem intenção de fazer nenhum mal. Eu, seu *chi*, que não queria derramar sangue e incorrer em sua ira e na de Ala, teria tentado impedi-lo. Mas pude ver que ele não ia usar a faca, por isso não interferi. Brandindo a lâmina, ele falou: — Eu posso matar você aqui e ninguém vai saber, se você não continuar a ler agora.

Funcionou. Pois Jamike, ligeiramente trêmulo, continuou.

Eu tentei ligar para ele. O telefone não atendia. Fiquei muito surpreso porque tinha ligado para o número muitas vezes antes. Então, perguntei aos homens e eles disseram que não era um número do Chipre. Tentei muitas vezes. Quando chegamos ao Chipre, não consegui encontrar o homem. Absolutamente em lugar nenhum. Também não conseguia ligar para o número dele. Por favor, Deus, me ajude, eu estava rezando. Eu estava com muito medo. Mas meu espírito me dizia: se você está com medo não é bom. Significa que esse homem vai vencer. Você precisa ser forte. Então fui até o aeroporto do Chipre. Esperei, esperei, esperei. Ele não apareceu. O número continuava não atendendo. Nem mesmo no Chipre. O que eu posso fazer agora?, perguntei a mim mesmo então. Isso é tudo que eu tenho. Por isso resolvi esperar. Durante três horas, e ele não veio ao aeroporto, depois de todas as suas promessas. Então peguei um táxi...

Chukwu, nesse momento Jamike abanou a cabeça com gravidade. Já passei por ciclos na habitação do homem por tanto tempo quanto um falcão, mas nunca tinha visto nada como aquilo: um homem desnudado de toda dignidade, obrigado a olhar para seu desagradável ser no espelho escuro de sua malevolência passada.

Os turcos não ouvem inglês. Não ouvem nada. Nem se você falar "venha" eles ouvem. Só uns poucos ouvem. Então o homem do táxi que me levou não ouvia inglês. Quando chegamos à escola eu estava com muito medo. Rezei a Deus, que não seja verdade, que não seja verdade. Mas eles não conseguem ver meu nome. Descobri que só um semestre de mensalidades da faculdade foi o que Jamike pagou para mim, apesar de eu ter dado a ele o equivalente a quase cinco mil euros para pagar por dois semestres e pela acomodação. O dinheiro que dei a ele para abrir uma conta no banco também. Ele fugiu com tudo. Assim, dos seis mil e quinhentos euros, ele usou só mil e quinhentos para mim. E fugiu com todo o restante. Com tudo, mãezinha. Todo o dinheiro que me pagaram pela casa e pelas galinhas.

— Continue lendo, já disse, senão eu corto a sua garganta! — disse meu hospedeiro, brandindo a faca.

— Posso parar, por favor, meu irmão?

— Se você não continuar lendo eu esmago a sua cabeça! — Atirou a faca do outro lado da sala e bateu no rosto de Jamike com toda força. O homem caiu do banco com um grito, levando a mão à boca.

Bateu em Jamike com tanta força que as juntas de sua mão doeram. Segurou essa mão com a outra e começou a soprar para aliviar a dor. Podia dizer que sua mão tinha quebrado alguma coisa no rosto de Jamike e, mesmo sem saber o que era, foi um alívio.

— Juro pelo Deus que me criou — disse sem fôlego, o peito arfando. — Eu mato você se não terminar de ler essa coisa. Juro pelo Deus que me criou. Você precisa saber tudo que aconteceu.

De fato, Agujiegbe, a fúria assassina tinha voltado, e meu hospedeiro — num átimo — se tornou irreconhecível até mesmo para mim, seu leal *chi*. Andava de um lado a outro da sala com o homem imóvel no chão, com os olhos fechados e sangue escorrendo do lado da boca. O sol havia se posto, se ausentado da habitação dos homens vivos. A luz de sua sombra em retirada mantinha tudo em um receptáculo difuso.

Meu hospedeiro parou em frente ao único espelho na parede da sala e viu seu reflexo. Viu até que ponto a fúria podia levá-lo. Viu, como se retratado no espelho, o potencial de um homem ferido de provocar danos se não se controlasse. Foi isso que o acalmou quando voltou para a cadeira.

Ebubedike, não é por nada que o mundo é tão antigo. Talvez todos os dias, em qualquer país, entre todos os povos, através do tempo, as pessoas fiquem face a face com seus torturadores. O que um homem escava com as mãos é o que estará em sua cabeça. Mais uma vez, como dizem os grandes pais, a cabeça que mexe com o ninho de vespas aguenta suas ferroadas. Espíritos guardiões da espécie humana, todos devemos ter isso no coração. Os filhos dos homens devem nos escutar, isto, *esta* história, as histórias de seus vizinhos, e prestar atenção: existe uma retaliação para tudo, para todas as ações, para cada palavra descuidada, para cada transação injusta, para cada injustiça. Para cada erro, haverá uma retaliação.

Homem, você pega a propriedade de seu vizinho e diz: "Oh, ele não sabe?". Bem, cuidado! Um dia ele pode pegá-lo no ato e exigir justiça. Homem, você come o que não plantou? Cuidado! Algum dia isso pode fazê-lo purgar. Todos devem ouvir isso. Diga nas praças de aldeias, nas prefeituras, pelos corredores das grandes cidades. Diga nas escolas, nas reuniões de anciãos. Diga para as filhas das grandes mães, para que elas possam dizer aos seus filhos. Diga, ó mundo, diga! Diga a eles o seguinte: no fim, haverá um retorno. Todos devem recitar isso como um hino. Devem dizer isso no alto das árvores, no alto das montanhas, no pináculo das colinas, ao longo das margens dos rios, nos mercados, nas praças das cidades. Devem dizer muitas e muitas vezes: no fim, não importa quanto tempo demore. Haverá. Um. Retorno.

Espíritos guardiões da espécie humana, todos vocês que se apresentam à Corte de Bechukwu para testemunhar, digam! E se eles duvidarem, digam para olharem para meu hospedeiro: ele tinha gritado tanto por justiça, tão alto, todos esses anos, que afinal a justiça veio a ele. E agora seu inimigo estava no chão, enquanto ele estava na cadeira. A noite mostrava uma incrível semelhança com o dia no Chipre quando as cicatrizes de sua mandíbula e da face foram infligidas. Mas desta vez a equação tinha sido revertida. A contenda agora estava com meu hospedeiro, um homem com uma arma e uma vontade impregnável, e Jamike, um homem que, se um dia teve algum poder, agora parecia determinado a não usá-lo. Esse homem não tinha uma arma e não fez nada contra seu inimigo. O homem, depois de um longo período de orações, começou a acenar com uma das mãos no ar, com a outra na boca ensanguentada, entoando: — Obrigado, Senhor. Obrigado, Senhor. Amém. Amém. Amém.

Jamike se sentou, sangue escorrendo pelo pescoço e pela camisa. Meu hospedeiro deu um pedaço de pano para ele se limpar, mas Jamike não o pegou. A impressão, Egbunu, era de que Jamike tinha entendido que a retaliação havia chegado. Deve ter sido essa percepção que o fez abrir a boca para falar. Mas não disse nada, abanou a cabeça e estalou os dedos.

— Irmão Chinonso-Solomon, desculpe por tudo — falou. — O Senhor me perdoou. Você também me perdoaria?

— Primeiro eu quero que leia isso — respondeu meu hospedeiro. — Você precisa saber o que aconteceu comigo, o que me causou, para me pedir perdão e para que eu considere a questão. Primeiro você precisa ler. Você precisa ler. Precisa terminar.

— Certo — disse o homem.

Meu hospedeiro pegou a carta, apontou um trecho na segunda página e disse: — Continue a partir daqui. — Jamike concordou e segurou o papel com a mão que não estava suja de sangue, aproximou-o do rosto e começou a ler.

Essa enfermeira ficou com muita pena de mim quando contei tudo o que tinha acontecido. Até chorou por minha causa. Os olhos dela eram muito sinceros. Ela me levou a um restaurante e me pagou uma espécie de almoço, coisas como biscoitos e uma Coca-Cola. Depois disse que amanhã vai vir me buscar para me levar a outra cidade aqui do Chipre, o nome da cidade é Cirene. Então vamos procurar um emprego. Aliás, por um bom tempo. Ela sabe falar turco também, essa mulher. Aliás, fala muito bem. Essa mulher me deu esperança, muita muita esperança. Foi por isso que liguei para você naquele dia se você ainda lembra. Fiquei muito tempo sem ligar porque estava com medo do que dizer, mas finalmente liguei por causa disso. Disse que daria tudo certo com a mulher. Também falo sobre a ilha, que todas as árvores foram derrubadas. Mãezinha ela vai vir no dia seguinte. Certo, isso foi depois que eu e meu amigo encontramos um lugar para morar na cidade, Nicósia. A enfermeira me levou à cidade de Cirene onde me apresentou ao gerente de um cassino. O homem disse que vai me empregar. Na verdade ele disse que posso começar no dia seguinte também. Eu fiquei muito contente, mãezinha. Aliás, tão contente que não parava de agradecer a essa mulher. Realmente acreditei que era uma enviada de Deus. Realmente, uma enviada de Deus.

Àquela altura meu hospedeiro viu que a escuridão tinha chegado e que homem à sua frente, que agora havia se transformado numa silhueta, lutava para enxergar. A eletricidade estava interrompida. Então ele fez um gesto para Jamike parar e saiu da casa para uma área aberta com uma cozinha — um lugar semicoberto, com armários velhos pretos de fuligem. Um dos moradores dos outros apartamentos que dividiam a cozinha com ele estava debruçado sobre o fogão num canto do recinto, observando uma chaleira fervendo com um archote. Meu hospedeiro não falou com o homem, com quem tinha discutido sobre a limpeza da cozinha compartilhada dois dias antes, quando voltou da loja com fome. Foi até uma loja perto da casa, comprou Indomie e ovos, cozinhou o macarrão e fritou os ovos. Na pressa, deixou as cascas de ovo perto do fogão. O vizinho encontrou moscas em volta das cascas, o ar impregnado com o cheiro do resto dos ovos. Enfurecido, bateu na porta dele e o repreendeu, ameaçando denunciá-lo ao proprietário.

Agora ele passou pelo homem, pegou uma caixa de fósforos e voltou correndo para o apartamento. Pois se deu conta de que Jamike poderia sair antes de ele voltar. Mas encontrou Jamike ainda sentado, encolhido na quase escuridão, só com o som de sua respiração e o ronco de seus intestinos audíveis. Ficou comovido com a atitude de Jamike, com a maneira como se submetia à ira de meu hospedeiro. A voz em sua cabeça disse que deveria considerar isso como um ato definitivo de remorso. Mas ele não conseguia parar. Estava determinado, Chukwu, a fazer com que Jamike soubesse de tudo que havia acontecido com ele — do começo ao fim. Levantou a haste do lampião de querosene em cima da mesa e o acendeu.

Ezeuwa, depois ele se arrependeria de ter obrigado Jamike a continuar lendo a carta. Pois Jamike começou a ler as partes que meu hospedeiro evitava ler. Sempre que sua mente tentava arrastá-lo para perto desses lugares — mais escuros do que qualquer coisa —, ele lutava, como uma fera mortalmente ferida, com uma violência desafiadora para ser poupado da tortura daquelas lembranças. Mas agora tinha se atirado nesse poço ao pedir que Jamike lesse para ele. Um ato supremo de autoflagelação. Pois enquanto Jamike lia sobre os incidentes dentro da casa da enfermeira ele começou a chorar. E, enquanto Jamike continuava a ler, ele viu a imprecisão das próprias palavras para expressar o que havia vivenciado. Quando Jamike leu como ele tinha passado os dias na prisão, partes do quais eram pesadas demais para descrever (... *sobre alguma dessas coisas, por favor não me peça para contar, mãezinha. E por favor não me peça também...*), meu hospedeiro foi possuído por um desesperado desejo de corrigir as insuficiências da narrativa. Queria acrescentar, por exemplo, que houve vezes que ele não apenas tinha "visões", mas que perdera totalmente o juízo.

Pois como poderia explicar as vezes que, quando ia pegando no sono no meio do dia, ele acordava com o som de uma espingarda imaginária? Ou como alguém poderia explicar as vezes que, meio dormindo, ele sentia uma mão em suas costas tentando tirar sua roupa e gritava? Aquelas coisas poderiam ser definidas como alucinações, mas para ele eram reais. E quanto aos momentos em que, no intervalo entre o sono e a vigília, o homem que ele poderia ter sido aparecia em sua mente? O homem destruído conjurava a paz e a felicidade na terra. De vez em quando, via-se ajudando o que pareciam ser seus filhos — um garoto bonito e uma linda garota com longos cabelos trançados — com os deveres de casa. Via Ndali andando com ele numa visão do seu casamento, o que o deixava com uma esmagadora inveja de uma versão de si mesmo que jamais existira. Essas e muitas outras coisas ele não tinha conseguido expressar na narrativa por causa da imprecisão de suas palavras.

Quando Jamike estava quase acabando, quando já havia lido a parte sobre sua falta de esperança na prisão, seu encarceramento por um crime que não cometera, a horda de lembranças indesejadas se agitou na sua cabeça. De repente a fúria e a violência o acometeram de novo. Aterrorizado, agarrou o homem e começou a bater nele. Mas a lembrança não se abateu. Era como se as imagens segurassem suas duas mãos e o obrigassem a ver o que não queria ver, a ouvir o que não queria ouvir. Da mesma forma que os homens, agora redivivos e nítidos em sua cabeça como a luz do dia, o haviam segurado, um deles fedendo a suor rançoso apertando seu pescoço na parede, enquanto o outro enfiava o pênis em seu ânus.

Continuou batendo em Jamike, onde podia, mas as imagens em sua cabeça continuavam, pois a mente, Egbunu, é como sangue. Não pode ser facilmente estancado quando o ferimento é profundo. Continuará sangrando em seu próprio ritmo, à sua vontade. Somente alguma coisa poderosa pode estancar esse sangue. Já vi isso muitas vezes. Mas agora não havia nada do tipo por perto. Assim, continuou sentindo a palma da mão suada do homem em suas costas e nas nádegas. Sentiu a penetração proibida. Seu *onyeuwa* sentiu. Seu *chi* sentiu. O que estava acontecendo naquele momento era algo transformador, capaz de mudar uma vida. As palavras murmuradas pelo homem — "Você estupra mulher turca! Você, *ibne, orospu-cocugu*, você estupra mulher turca! Nós estupramos você também" — não eram a voz de um ser humano, mas de alguma coisa desconhecida para qualquer homem. Soava como alguma coisa além do tempo, além do homem: talvez a voz de uma besta pré-histórica cujo nome ninguém vivo ou nenhuma lembrança viva conheciam. E o cheiro do homem, que ele agora lembrava com uma vivacidade contundente, era o odor de animais ancestrais.

Ajoelhou-se no chão ao lado de seu inimigo, chorando. Mas, Ijango-ijango, essa lembrança específica, quando começa, costuma sangrar até o corpo esvaziar e cair exangue e expirar. Por isso agora ele se lembrava do sêmen do homem espalhado em suas nádegas, escorrendo por suas coxas. Assim, totalmente sem desejar, lembrou até como tinha se sentido depois, depois de o mundo ter aplicado o mais severo de todos os flagelos. Como ficou ali deitado durante dias que não pareciam passar, com todas as coisas vivas ao redor, menos ele.

Ao seu lado, Jamike, espancado até virar uma chaga viva, jazia ainda imóvel, encolhido como um feto. Um fluxo lento e arrastado de gemidos emanava dele, suas mãos ensanguentadas tremiam. Uma revulsão de sentimentos pareceu acometê-lo e ele começou a juntar palavras, batendo os dentes, com sangue gotejando da boca até, finalmente, as palavras eclodirem com uma voz ligeiramente acima de um murmúrio:

— Cure-o, Senhor.

21
Homem de Deus

GAGANAOGWU, os magnânimos pais costumam dizer que, se alguém guardar um registro das coisas erradas feitas contra ele por seus semelhantes, não lhe restará nenhum outro registro. Isso porque eles sabem que você não cria o coração humano para ser capaz de acomodar ódio. Abrigar ódio no coração é manter um tigre faminto numa casa cheia de crianças e gente indefesa, pois o tigre não consegue comungar com um ser humano, nem pode ser domado. Assim que tiver descansado e acordar precisando comer outra vez, ele se abaterá sobre o homem que o alimentou e o devorará. Realmente, o ódio é um vandalismo do coração humano. Um homem em busca de fazer justiça com as próprias mãos deve exercê-la o mais rápido possível, ou se arriscar a ser destruído por seu desejo sombrio. Já vi isso muitas vezes.

Como é comum entre os homens, em geral eles percebem essa verdade muito depois de o ódio tê-los levado a atos de retaliação. Naquela noite meu hospedeiro entendeu essas coisas. Ajudou o homem a se levantar e o levou a uma clínica na mesma rua. Houve cura nessa compreensão. Mas ele tinha se comovido ainda mais com a reação de Jamike. Jamike o agradeceu enquanto as enfermeiras cuidavam de seus ferimentos e os desinfetavam, recusando-se a contar o que acontecera com ele. As enfermeiras olharam para meu hospedeiro como se exigindo a verdade dele. — Ele foi atacado por ladrões armados — explicou. Uma das enfermeiras aquiesceu e soltou um suspiro. Ficou ali parado, esperando que Jamike negasse. Mas Jamike não disse nada, simplesmente manteve os olhos bem fechados. Mais tarde, quando saíram da clínica, com a cabeça enfaixada e um esparadrapo no nariz, Jamike falou, na língua do Homem Branco: — Irmão Chinonso-Solomon, por favor, não diga mais mentiras. Deus diz: Não mentirás. O verso 28 de *Revelações* diz que todos os mentirosos herdarão o reino do inferno. Eu não quero que você vá para lá.

Jamike, que mancava de uma perna, pôs a mão no ombro do meu hospedeiro enquanto falava. Meu hospedeiro não disse nada. Não conseguia entender nada daquilo. Não conseguia entender como, apesar de tudo que fizera com esse homem, só o que parecia incomodá-lo era o fato de ter mentido. Quando chegaram ao local onde tinha estacionado a motocicleta, Jamike perguntou se meu hospedeiro o havia perdoado.

— Você pode cortar minha mão se quiser, ou minha perna. Mas só o que eu desejo é que você me perdoe. Eu tenho cinco mil euros em casa. Seu dinheiro. O dinheiro que tirei de você. Estou guardando há mais de dois anos esperando encontrar você.

— Isso é verdade? — perguntou meu hospedeiro.

— Sim. Agora o valor aumentou. Se trocar agora, vai dar mais que os seus cinco mil.

— Ah, Jamike, como é possível? Por que não me disse antes que estava com esse dinheiro... antes de tudo que eu fiz pra você?

Jamike olhou para o outro lado e meneou a cabeça.

— Eu queria que você me perdoasse de coração, não por ter devolvido seu dinheiro.

Oseburuwa, é difícil descrever totalmente como esse gesto fez meu hospedeiro se sentir. Foi o primeiro toque de cura. Foi uma ressureição, o renascimento de algo morto havia muito tempo. Ficou tão abalado com aquilo que não conseguiu dormir quando chegou em casa naquela noite. Primeiro pensou que Jamike estava fingindo tudo aquilo — a transformação, a docilidade que agora exsudava, tudo devia ser falso, a máscara de um homem perverso tentando fugir da justiça. Ele teria atacado Jamike naquele primeiro dia se estivessem a sós. Mas agora aquele gesto de restituição o convenceu de que Jamike era de fato um homem transformado. Naquela noite, enquanto lutava para dormir com o nariz entupido, ele se engalfinhou com o pensamento de perdão. Se realmente o Jamike que tinha arruinado sua vida estava morto, por que castigar o novo Jamike pelos pecados do outro? Considerou: não foi o que Jamike fez com ele que o fez mudar? Se fosse assim, não seria uma coisa boa? Não era uma coisa a ser comemorada?

Chukwu, eram as perguntas que eu teria feito a ele, mas a voz em sua cabeça já as tinha respondido. E eu projetei pensamentos em sua mente, ressaltando-as. No dia seguinte, logo de manhã, enquanto ele escovava os dentes, Jamike chegou com um velho envelope com o dinheiro. Nenhuma vez em todos esses anos ele tinha imaginado sequer remotamente que recuperaria aquele dinheiro. E agora, não somente a mulher alemã o havia pagado, mas também Jamike. Foi uma esperança renovada de que poderia recuperar todas as coisas que já lhe pertenceram. Esse pensamento abriu-se lentamente, como uma fronteira em sua mente. Enquanto contava o dinheiro, incrédulo, Jamike se ajoelhou mais uma vez.

— Eu quero que me perdoe por tudo que fiz de errado, para que eu possa ser perdoado pelo meu Pai no Céu.

Olhou para o homem cuja morte já desejara com um zelo arrebatador. Quando ia falar, seu telefone tocou. A tela mostrou o nome de Unoka, um comerciante que vinha tentando convencê-lo a acrescentar ração de peru ao seu estoque. Mas ele ignorou a ligação. Quando o telefone parou de tocar, falou com uma voz trêmula e vacilante: — Eu o perdoo de agora em diante, Jamike. Meu amigo.

Ebubedike, isso foi o começo de sua clemência — quando a alma do aflito abraça a alma de quem aflige, com seus membros paralisados, os dois ficam marcados para sempre por esse abraço.

Chukwu, vou conduzi-lo mais uma vez pelos eventos necessários para explicar e defender as ações de meu hospedeiro e pedir que, se for verdade que prejudicou a mulher da forma que receio ter feito, ele o fez por engano. Por isso devo dizer, simplesmente, que meu hospedeiro foi transformado pelo abraço que mencionei. Sua cura, Egbunu, tinha começado. Na semana seguinte ele comprou um carro usando parte do dinheiro devolvido por Jamike — o dinheiro dele! Não preciso perder tempo tentando descrever a alegria, o alívio que meu hospedeiro sentiu àquele toque de redenção. Pois quando um homem viveu infeliz por muito tempo, ele fica cego à vida que o envolve, como um oceano envolve a terra encolhida. Eu, seu *chi*, fiquei deleitado, pois ele se tornara de novo um homem de paz, mesmo se parte de sua alma continuasse enegrecida pela tristeza. Por ora, já era o suficiente.

Sua confiança foi tão restaurada que ele e Jamike foram com o carro novo até sua antiga casa, a propriedade deixada pelo pai. Poucos dias depois de receber o dinheiro, ele resolveu procurar Elochukwu, que ficou chocado ao saber dele. E chorou quando viu meu hospedeiro, dizendo que, se soubesse que as coisas seguiriam esse caminho, jamais o teria incentivado a viajar para o país estrangeiro. O negócio é, Elochukwu continuava dizendo, que meu hospedeiro amava muito Ndali. — Eu vi, Nonso, vi que você achava que nunca seria feliz se não tentasse resolver o problema com os pais dela. — Meu hospedeiro concordou. Ele não teria sido feliz se não tivesse tentado tudo o que podia com Ndali. Juntos, eles tentaram falar com o homem que tinha comprado a propriedade, mas o telefonema não gerou resultados. O número não mais existia, e o homem estava fora de alcance.

No dia seguinte ele foi até a antiga casa com Jamike. Foi uma das coisas em que Jamike prometeu ajudar. Estava na lista das três coisas importantes que Jamike devia fazer para ajudar em sua cura e torná-lo íntegro de novo, para seu perdão ser completo. — A primeira — dissera a Jamike, com quem agora só falava na língua dos pais — é me ajudar a encontrar Ndali e trazê-la de volta para mim. Eu a amo e tenho vivido por ela. Você a tirou de mim e agora deve me devolvê-la com as próprias mãos. A segunda: Você precisa me ajudar a recuperar tudo que perdi. Minha granja e minhas galinhas. Quero recuperar as terras do meu pai e reconstruir minha granja nelas. Você precisa me ajudar a fazer isso. E a terceira: Você precisa me ajudar a esquecer das coisas que os homens fizeram comigo na prisão. Não sei como vai conseguir isso. Rezando por mim, me aconselhando... qualquer coisa, mas faça com que eu não me lembre mais disso.

A primeira coisa que fizeram foi voltar à casa do pai de Ndali. Disse a Jamike que tinha pensado em mandar a carta a Ndali pelo porteiro, e Jamike concordou. Então, uma noite eles foram até lá, uma semana após a reconciliação, até a casa da família de Ndali. Meu hospedeiro foi até o portão

376 *Chigozie Obioma*

enquanto Jamike esperava no carro. Bateu no portão, com muito medo. O portãozinho se abriu e outro homem, um dos que tinham trabalhado com ele na festa do pai de Ndali quatro anos antes, apareceu. Para seu grande alívio, o homem não o reconheceu.

— Oga, em que posso ajudar? — perguntou o homem. — Quer falar com Oga Obialor?

— Não, não — respondeu meu hospedeiro, com um sobressalto no coração ao pensar em reencontrar o pai de Ndali. Olhou ao redor, para os dois tanques sépticos acima dos portões, e voltou-se para o homem. Tirou um maço de notas do bolso, vinte mil nairas. Estendeu para o homem.

— *Eh*, Oga, o que é isso? — perguntou o homem, dando um passo atrás.

— Dinheiro — disse meu hospedeiro, prendendo a respiração.

— Pra quê?

— É, eu gostaria que você... é...

— Oga, você quer coisas ruins para meu Oga da casa?

— Não, não. Queria que você entregasse essa carta a Ndali para mim.

— Ah, você quer madame Ndali?

— Não, quero que você entregue essa carta a ela — explicou

— Tudo bem, primeiro eu dou carta à mãe e depois mandar ela a Lagos. Pode me dar.

Chukwu, ele deu ao homem a carta e o dinheiro. O sujeito agradeceu e voltou a entrar. Mas quando falou com Jamike, ele perguntou:

— E se a mãe dela abrir a carta? — Meu hospedeiro ficou atônito. — Você escreveu seu nome no envelope?

— Escrevi! — respondeu quase gritando.

— Então eles vão abrir e tentar fazer de tudo para a carta não chegar até ela. O homem do portão deveria dar o endereço dela, ou entregar a carta pessoalmente.

Meu hospedeiro voltou correndo para o portão e pediu a carta de volta.

— Por que, Oga não quer mais mandar carta?

— Não, não, eu mesmo posso mandar — explicou. — Você tem o endereço dela?

— Endereço? De Lagos? — perguntou o homem.

— Sim, de Lagos.

— Nãão. Eu sou só porteiro.

— Sabe quando ela volta pra casa?

— Não, eles não me dizem essas coisas.

— Certo, obrigado — disse ao homem. — Pode ficar com o dinheiro.

Meu hospedeiro se retirou, desanimado, porém agradecido por ter se salvado do possível resultado de os pais de Ndali verem sua carta. Jamike o aconselhou a não se desesperar e garantiu que conseguiria localizá-la. Era início de março, falou, e Ndali deveria vir passar a Páscoa em casa, já que eles eram tão católicos. Jamike sugeriu que nesse entretempo eles tentassem recuperar a casa vendida. Em um momento que me fez lembrar de Tobe, o homem que ajudou meu hospedeiro no país estranho, ele e Jamike foram até sua antiga casa. Estacionou do lado de fora, no que era o seu jardim, e ficou esperando no carro até Jamike voltar. O jardim tinha sido desmatado, e em seu lugar havia uma pilha de cascalho não utilizado e alguns blocos de cimento. Um carrinho de mão estava emborcado sobre o cascalho, um trapo vermelho amarrado a uma das hastes. Viu um grande cartaz com os dizeres: ESCOLA MATERNAL E ELEMENTAR PEQUENA MERCÊ, P.M.B. 10.229, UMUAHIA, ESTADO DE ABIA. Olhou ao redor. E a casa dos vizinhos? Eles continuavam ali, só que agora o que meu hospedeiro achava ser um poste telefônico se erguia ao lado da casa. No longo fio, alguns passarinhos pousados — pardais — olhavam para o horizonte.

Para acalmar sua ansiedade, meu hospedeiro se concentrou no passarinho de brinquedo que tinha comprado numa loja de artesanato e pendurado no espelho retrovisor do carro. O passarinho balançava para a frente e para trás — quando o carro estava em movimento, lembrando-o de uma galinha que tivera uma vez a que deu o nome de Chinyere. Empurrou o bico do brinquedo, que girou. Ficou olhando o cordão se retorcer até atingir o limite, para depois começar a desenrolar, com o passarinho oscilando rapidamente, impelido pela força centrífuga do cordão. Viu um significado aqui, Chukwu, na maneira como um homem desesperado, se olhar com atenção, encontra um sentido em quase tudo — em um grão de areia, em um rio plácido, numa canoa vazia oscilando na margem. O rodopio do cordão que segurava o passarinho dirigia seus movimentos, como um marinheiro seguindo seu curso;

aquele cordão que ligava duas coisas, cada uma delas se movendo... junto a outra, muda de acordo com a outra.

Já estava ali esperando por um tempo que estimou ser de quase trinta minutos e Jamike ainda não saíra da casa. Apesar de ter aberto as janelas, o calor era sufocante. Já não chovia havia uma semana, os dias andavam quentes e úmidos. Um sino tocou no lugar onde ficava sua casa, e vozes de crianças se ergueram como um coral entusiasmado. Como se motivado por algo que não podia ver, ele saiu do carro e começou a circular a grande cerca erguida ao redor da propriedade, parando na frente, perto de uma pilha de blocos e cascalho. Enquanto andava, viu que restava muito pouco da cerca que a família dele tinha construído. Agora a maior parte era feita de tijolos crus ligados por um rude reboque de cimento. Lagartos se perseguiam pelo muro em movimentos coreográficos rudimentares. As galinhas sempre adoraram, apesar de eles serem velozes e escorregadios demais para elas e só os galos conseguirem pegar e comer. Certa vez, uma galinha branca perseguiu um lagarto fraco que entrou no quintal, deu uma bicada na parede e lascou o bico. Durante dias, até semanas, a chocante imagem da galinha com o lagarto vivo na boca ficou em sua cabeça. Quando a galinha se afastou da parede, o rabo do lagarto se enrolava em seu focinho, esticado até o espaço entre os olhos, dando a impressão de que a ave estava usando um capacete de centurião romano, com a crista como um penacho vermelho.

Parou atrás da escola, separado do lugar onde as galinhas ficavam só pela cerca, e não conseguiu ir além. Pois no lugar onde, anos atrás, suas galinhas se reuniam, piando e cacarejando, havia agora uma turma de crianças recitando um poema em conjunto. De repente aquilo abriu um buraco no escudo de seu espírito, grande o suficiente para que o dardo do ódio penetrasse mais uma vez para ameaçar a paz e o consolo que o mantinham sereno. Ele ficou abalado, Agujiegbe. Abaixou-se, com uma das mãos na coxa e o cotovelo apoiado na parede, e chorou.

Quando saiu de trás da cerca da escola, seu inimigo o esperava. O mesmo homem que, por mais de uma semana, ele tinha amado com metade do coração — a única parte capaz de tal feito. Pois a outra metade estava morta, um tecido permanentemente anestesiado. Jamike saiu com uma expressão crispada, mas ao ver meu hospedeiro sua expressão se fechou ainda mais.

— O que foi, irmão?

— Diga o que eles falaram — pediu, sem mais que um olhar para a expressão do homem.

— Certo. A pessoa que agora administra a escola diz que não há como eles mudarem as crianças desse lugar. O homem de quem eles compraram o terreno se mudou para Abuja. A escola vai indo bem aqui, já foi reconhecida pelo governo. O terreno não está aberto a negociações. Eu demorei tanto porque fiquei esperando o fim de uma reunião. Uma longa reunião, meu irmão.

Meu hospedeiro não disse nada, dirigindo em silêncio até chegarem ao seu apartamento. Estava se comunicando com a voz da sua consciência, esse ser reticente no outro compartimento que era sua alma. Chukwu, sempre que estou em um hospedeiro e a voz de sua consciência dialoga com a voz de sua mente eu ouço com atenção, pois descobri que as melhores decisões que um homem pode tomar acontecem quando as duas vozes concordam.

"Você está cheio de ódio de novo, Nonso. Lembre-se de que ele não fez nada para você."

"Absurdo! Como uma pessoa razoável pode dizer isso? Olha só o terreno, a minha casa, a casa do meu pai!"

"Abaixe o tom de voz. Acalme-se. Um homem que murmura muito alto pode ser ouvido a distância."

"Isso não me importa!"

"Você prometeu não ter mais nada contra ele. Disse que o perdoou. Ele perguntou se você queria ser amigo dele, e você disse que sim. Depois que devolveu o seu dinheiro, você poderia ter dito não e ele teria ido embora e o deixado em paz. Você chegou até a rezar pelo Deus dele, foi à igreja com ele. Agora você o odeia de novo. Está planejando fazer mal a ele de novo. Olhe só, há uma faca no piso de sua imaginação, manchada com o sangue dele. Isso é bom? É bom?"

"Você não entende o quanto esse homem me prejudicou. Cale-se! Você não entende nada!"

"Isso não é verdade, Nonso. Não sou eu, você é quem está fraco e precisa entender. O que ele fez? Nessas duas semanas ele tem ajudado você, fez tudo o que pediu, como se fosse seu escravo. Passou a maior parte do tempo com você, fazendo tudo por você. Quanto você conseguiu com os cinco mil euros que ele devolveu? Um milhão e quatrocentos mil nairas. Cem mil a mais do que ele tirou de você quatro anos atrás. E ele não tem nada. Olhe para ele — não são essas as mesmas roupas que vem usando todos os dias? Você esteve no apartamento dele, um apartamento compartilhado. Tem apenas uma janela, é velho e feito de madeira. Às vezes, quando dorme à noite, ele pode ouvir cupins roendo as paredes. Se não fosse realmente um homem mudado, teria guardado todo esse dinheiro e aguentando sua pobreza para consertar o que fez de errado?"

Dessa vez a voz na cabeça dele não respondeu.

"Responda. Por que agora ficou em silêncio?"

Meu hospedeiro não disse mais nada. Com um suspiro, entrou com o carro na casa e estacionou.

"Não vou dizer mais nada a você. Conte seus dentes com a língua. Conte seus dentes com a língua, Chinonso!"

O diálogo com a própria consciência pareceu ter dado frutos, pois sua raiva já tinha se dissipado quando eles entraram no apartamento. Enquanto seu inimigo o esperava na sala de estar, murmurando consigo mesmo, ele saiu pela porta dos fundos para a cozinha e o quintal. Pegou a faca do armário, a imagem do fadado esfaqueamento ainda na cabeça, mas guardou-a de volta. Bateu os pés no chão de terra e fechou o punho. — Minha casa, minha casa — falou. Esmurrou o ar como se seu agressor tivesse aparecido à sua frente e caiu de joelhos. — Não — falou —, eu não vou sofrer sozinho. Não vou. Não me importa o que os outros pensem.

"*Ngwa nu, ka o di zie*", voltou a dizer a voz num sussurro. "Pode fazer o que quiser; eu não vou dizer mais nada."

Ele voltou ao apartamento, a angústia visível em sua expressão.

— O que foi, meu irmão? — perguntou Jamike.

Ele só lançou um olhar para o homem. Tirou duas garrafas de um engradado de Fanta embaixo da cama.

— Vou pegar alguma coisa pra gente beber. Espera aqui.

Foi até a cozinha, pôs as duas garrafas em cima da mesa e fechou a porta. Despejou uma parte da primeira garrafa que abriu em um balde no chão e abriu a braguilha. Segurou a garrafa em cima do balde e urinou até a espuma transbordar. Depois continuou urinando no balde. Quando acabou, tapou de novo a garrafa de Fanta e, segurando a tampinha com a ponta do dedo, sacudiu o líquido para misturar tudo. Deixou a garrafa ao lado da outra em cima da mesa.

Egbunu, eu fiquei horrorizado, mesmo antes de o ato começar, pois já tinha visto a intenção no coração dele. Mas àquela altura eu não podia fazer nada. Vim a entender que a voz mais convincente de cautela que um homem consegue ouvir antes de qualquer atitude é a da própria consciência. Se não foi persuadido por isso, nem mesmo uma reunião de todos os ancestrais vivendo em Alandiichie pode fazê-lo mudar de ideia. Pois a consciência é a sua voz, Chukwu — a voz de Deus no coração de um homem. Comparada à consciência de um homem, a voz de seu *chi*, de um amigo, de um *agwu* ou mesmo de um antepassado não é nada.

Quando saiu para esvaziar o balde no ralo atrás da cozinha, imaginou que a garrafa poderia conservar o cheiro da urina. Voltou para a pia e lavou a garrafa com água de outro recipiente, segurando firme a tampinha. Enxugou a garrava com um pano e a levou para a sala. Colocou a garrafa no meio da mesa à sua frente e disse para aquele homem: — Pode beber. — E o homem a quem havia oferecido a bebida pegou a garrafa, agradeceu e bebeu. O homem odiado bebeu o conteúdo com uma leve distorção no rosto, seguida de um olhar de perplexidade. Meu hospedeiro ficou olhando sem dizer uma palavra enquanto ele bebia a garrafa inteira. Jamike deixou a garrafa no chão e disse ao homem que o odiava: — Obrigado, irmão.

Ijango-ijango, naquela noite o *chi* de Jamike se projetou através do telhado como que por um rasgo na fenda do tempo e entrou na sala.

— Filho da luz da manhã — disse para mim. — Meu hospedeiro já compensou pelo que fez.

Mas, Chukwu, eu fiquei contrariado. Falei sobre todo o sofrimento de meu hospedeiro, de tudo que eu tinha feito para evitar. Contei que fui às cavernas para entrar em contato com ele ou saber alguma coisa, mas não consegui. O *chi* ouviu em silêncio, com uma sobriedade que me deixou admirado.

— Os grandes pais dizem que quando uma criança que não distingue a esquerda da direita conta uma mentira prejudicial, ela pode ser perdoada tanto pelos vivos como pelos mortos. Mas quando alguém mais velho conta uma mentira assim, mesmo seus antepassados o amaldiçoarão. Seu hospedeiro está tendo o que merece.

— Os grandes pais dizem que uma mulher velha se sente desconfortável quando ouve um provérbio em que são mencionados ossos ressecados. Eu sou culpado de tudo que você disse. Mas ainda peço que se lembre de que um homem que insiste em quebrar os ossos daqueles que o ofenderam nas mínimas formas em pouco tempo se tornará aleijado.

Com essas palavras, voltou a pedir que eu contivesse meu hospedeiro. Não vou relatar tudo o que disse, mas devo enfatizar que ele mostrou o novo caráter de Jamike e reforçou o arrependimento de seu hospedeiro. Mas algo mais que ele disse me comoveu: Jamike não era uma má pessoa desde o início. Tornou-se desse jeito por causa de outros, inclusive de meu hospedeiro. O *chi* relatou o incidente que até meu hospedeiro tinha se lembrado no Chipre, no qual, na escola elementar, ele e seus amigos sempre caçoavam e envergonhavam Jamike, chamando-o de Nwaagbo por ter peitos grandes. Foram essas coisas, disse o *chi*, que fizeram com que ele começasse a controlar os outros, se afirmar, na esperança de se curar ao fazer isso. Eu acreditei e resolvi me empenhar ainda mais para convencer meu hospedeiro a perdoar Jamike.

Oseburuwa, se um homem permanecer no campo dos escombros da vingança por muito tempo, ele pode pisar em alguma coisa — na lâmina de uma arma, em qualquer coisa — que pode feri-lo. Pois esse campo é uma terra devastada atulhada por muitas coisas, e nunca dá para saber o que se vai encontrar lá. De fato, devo dizer que meu hospedeiro pisou em alguma coisa na terra devastada que machucou seus pés. Sentiu vergonha do que fez com Jamike. Estava convencido de que Jamike sabia o que havia na garrafa, mas foi em frente e bebeu assim mesmo. Por que, meu hospedeiro não sabia dizer. Teria sido por medo? Por reverência? Mas ficou muito perturbado de um homem beber a urina de outro sabendo do que se tratava — independentemente do que esse homem tivesse feito. Decidiu que era o mais longe que iria com sua vingança. O que Jamike fez foi um ato de contrição definitivo, suficiente para pagar pela perda da mulher que amava, pelo pênis que o violentou, pela perda da casa do pai. Jurou que nunca mais ergueria um dedo contra Jamike.

Então, em vez de fazer mal a Jamike, ele não mais o veria. Agujiegbe, se ele se lembrasse do evento da prisão ou da briga na casa de Fiona, por exemplo, ou de qualquer uma das coisas que provocassem nele uma fúria assassina e Jamike não estivesse por perto, ele desafogaria sozinho e a raiva o abandonaria. Podia gritar, podia esmurrar a parede ou a mobília ou ameaçar ferir a si próprio, mas ao menos não ergueria mais a mão para um homem em contrição, que realmente sentia muito pelo que fizera — um homem transformado, que tinha devolvido o que roubara dele.

Quando disse a Jamike que não queria mais vê-lo, ele não expôs essas razões, disse apenas que não queria mais vê-lo.

— Vou respeitar o seu desejo — disse o outro, visivelmente perturbado. — Mas, meu irmão, filho do Deus vivo, eu quero ser seu amigo. Vou sentir sua falta. Mas não vou fazer o que você não deseja que eu faça. Acredite em mim. Não irei mais ao seu apartamento nem à sua loja. Não vou ligar mais, como você me pede, a não ser que seja algo urgente. E mesmo assim vou primeiro mandar uma mensagem de texto, prometo. Mas, ah, meu irmão, Chinonso-Solomon, meu amigo do peito, eu vou rezar por você. Rezo por você. Mas vou fazer o que me pede. Sim, de verdade, não vou mais procurar você! Não vou mais bater à sua porta! Deus o abençoe, meu irmão, Deus o abençoe!

Foi assim — um protesto, uma aclamação, uma aceitação, uma prece, um lamento, um argumento, um pedido, mais um pedido, outro protesto, um pedido, uma aceitação e depois a submissão. E Jamike não mais entrou em contato com ele. Durante quase três semanas, Egbunu, meu hospedeiro viveu sozinho, melhor de vida, animado pelas coisas que havia abandonado. Entendeu o quanto sua vida tinha mudado no período que passara com aquele homem que agora às vezes ele chamava pelo seu apelido: H.D.D., ou Homem de Deus, um homem tão diferente do que era no passado que às vezes meu hospedeiro se perguntava se a versão anterior tinha mesmo existido.

Até o jeito como Jamike falava agora era diferente, recusando-se a chamá-lo de Bobo Solo, seu apelido de infância, e não mais usando a palavra "*mehn*". Se não fosse uma testemunha viva das atrocidades do antigo Jamike, ele não acreditaria que fossem verdadeiras.

Sentiu falta da amizade de Jamike e chegou muito perto, diversas vezes, de romper o embargo na terceira semana, quando ficou doente. Oseburuwa, um homem doente é um homem cujo corpo foi sobrepujado por alguma moléstia. A mudança em seu corpo começa com a sensação de estar acontecendo alguma coisa fora do normal. Quando a dor se espalha pelo corpo, ou a febre se aninha do crânio de alguém, as emoções irrompem — primeiro um nervosismo. O homem fica nervoso por causa do dia, por causa de seu caminho e por causa da própria vida. Depois, uma espécie de ansiedade põe seu incipiente maquinário em movimento. O dia já nasceu? Vai ficar pior? O mundo vai continuar sem mim? Quanto tempo vai persistir, até que ponto vai chegar a doença? É tomado pela ansiedade. Mas essas não são as únicas coisas. Depois vem a perplexidade causada pela doença, a forma como se apropria do corpo e dita quais partes do corpo devem ser afagadas ou curadas. Porém, o mais significativo é o início da convicção do homem doente de que ele mesmo pode ter causado a própria doença. Alguma coisa que fez pode ser a razão de essa febre atormentar sua cabeça. Quando ele tosse ou espirra, deve ser por causa daquela vez que ficou embaixo da chuva. Se defecar com frequência, deve ter sido aquela comida estragada que comeu na noite anterior. A doença se torna então a serpente silenciosa que, desalojada de sua toca pacífica, emerge cheia de fúria e rancor. E a doença que inflige numa pessoa passa a ser sua santificada vingança.

Meu hospedeiro já começava a se recuperar e estava no quarto quando o telefone tocou, no quarto dia de mercado daquela terceira semana, a que o Homem Branco se refere como quinta-feira. Ijango-ijango, meu hospedeiro estava no apartamento, limpando um balde em que guardava rações de sua loja, quando o telefone tocou. Quando foi atender, viu que era Jamike. De início ele ignorou, com medo de ainda não ter perdoado totalmente o homem, que se o visse a raiva o possuiria de novo e ele faria coisas que não queria fazer. Continuou limpando o farelo cristalizado do balde e assobiando a doce melodia que Ndali o havia ensinado. Jamike ligou de novo, e mais uma vez, e afinal mandou uma mensagem de texto:

Irmão atenda a ligação. São boas notícias. Louvado seja o Senhor!

Seu coração se acelerou. Sentou na cama e apertou o botão.

— Alô, meu irmão Solomon — disse o outro homem, com uma voz um tanto apressada. — Eu a encontrei.

Levantou-se depressa. — O quê? O quê? — perguntou, mas o outro pareceu não ouvir.

— Louvado seja o Senhor, irmão — Jamike continuava dizendo. — Eu a encontrei!

— Quem, o que você encontrou H.D.D.?

— Quem mais, meu irmão? Quem mais? Aquela que você está procurando. Ndali!

Ficou olhando para o telefone, incapaz de dizer qualquer coisa. Mais uma vez, estava acontecendo aquilo que o silenciava e o privava de palavras, a mais livre de todas as dádivas humanas. Estava acontecendo de novo, como sempre acontecia.

— Não tenho palavras para agradecer mais a Deus, Nwannem. Deus é realmente Deus. Ele está me ajudando a cumprir minhas promessas que fiz você, todas as coisas da sua lista. Agora você vai finalmente ter a paz em que eu vivo. Vai conseguir o perdão dela, a quem também deve perdoar. E você estará curado!

De fato, ele estaria curado.

— Onde ela está? — foi só o que conseguiu dizer.

— Eu a vi na rua Cameron. Sabe a nova farmácia e laboratório que estão construindo lá? De dois andares?

Meu hospedeiro sabia.

— Ndali está lá. É a dona do lugar. Voltou para se estabelecer. Essa é a resposta às suas preces, irmão Solomon!

Jamike continuou falando, agradecendo ao *alusi* do Homem Branco, citando os livros das *Cartas aos coríntios*, *Tiago*, *Isaías* e *Romanos*, enquanto uma constelação em chamas se formava no firmamento dos pensamentos de meu hospedeiro. Disse ao amigo para esperar um pouco e voltar a ligar mais tarde, com que o outro concordou. Deixou o telefone de lado, extasiado com aquela nova informação. Um grande silêncio desceu sobre ele, tão avassalador que não conseguia ouvir a menor respiração. Mas era um silêncio enganoso, pois naquele momento um exército se aproximava, com o som de seus passos trovejando sobre a terra. E assim que chegassem — os milhares de pensamentos, imaginações, lembranças e visões de Ndali —, todos seriam expostos na face enrugada do tempo. Então meu hospedeiro assumiu uma posição de espera, imóvel como uma galinha morta enrijecida pelo *rigor mortis*.

22
OBLÍVIO

MMALITENAOGWUGWU, os antigos pais dizem que se um segredo for mantido por muito tempo, até mesmo um surdo irá ouvi-lo. Também é verdade que os mais sábios entre os grandes pais, os *dibias*, que estão logo abaixo de você, Chukwu, dizem que se alguém procura alguma coisa que não tem, não importa o quanto essa coisa seja elusiva, se seus pés não o impedirem de continuar a busca, ele acaba a encontrando. Já vi isso muitas vezes.

Os pés de meu hospedeiro já vinham perseguindo essa coisa grande e elusiva, essa coisa que escapou da correia com que a havia ligado ao seu coração, por mais de quatro anos. E naquela noite, mais ou menos uma hora depois de Jamike chegar correndo à sua casa, ele teve a certeza de tê-la encontrado.

— Então é verdade que foi ela que você viu?

— É verdade, meu irmão. Por que eu mentiria? Lembra que prometi que faria tudo que pudesse pra você recuperar tudo... tudo. *Eh*, meu irmão, um dia me passou pela cabeça procurar no Facebook. Deixei de usar o meu por conta da minha vida passada. Por isso resolvi voltar a abrir.

— É um e-mail? — perguntou meu hospedeiro.

— Não, Facebook. Vou te mostrar da próxima vez que formos ao cibercafé. Mas entrei lá e procurei por ela, e veja só, encontrei.

—Ah, é mesmo?

— Sim, meu irmão Solomon. Ndali Obialor. Eu vi a foto dela... Está muito bem e com um rosto muito bonito. Com uma bandana preta na cabeça. Enviei um pedido pra ser seu amigo e hoje ela me aceitou.

Dito isso, Jamike bateu palmas. Meu hospedeiro, sem saber bem o que ouvia, anuiu e disse:

— Continue.

— Assim que fui ao cibercafé eu abri o Facebook e vi que ela postou uma foto da nova farmácia perto do grande supermercado na rua Cameron.

— É verdade que você a encontrou? — perguntou quando o outro parou de falar.

— É verdade, Solomon. Foi ela que eu vi. Foi ela. Ela na foto que você cobriu metade e me mostrou.

— E se for alguém parecida com ela?

— Não, não é. Quando saí do cibercafé, fui até a farmácia e perguntei a uma das funcionárias. E a mulher disse que era mesmo Ndali.

— Tem certeza de que foi ela que você viu? Vou te mostrar a foto de novo... Olha, eu cobri o peito com um papel. Olhe para o rosto dela com muita atenção.

— Eu já fiz isso, meu irmão.

— E está dizendo que é a mesma pessoa que você viu?

— Sim, ela mesma.

— O mesmo nariz... Olhe, Jamike, preste bem atenção: são os mesmos olhos?

— São, meu irmão. Por que eu mentiria pra você, meu irmão?

— Então deve ser ela — concordou, resignado.

Ijango-ijango, eles ficaram tendo essa discussão durante dois dias no apartamento. Ao final de cada turno, meu hospedeiro ficava andando pela sala com uma exuberante pulsação no coração. Parava de vez enquanto, se debruçava brevemente, olhava no rosto do mundo, fechava os olhos e abanava a cabeça diante do desprazer do que via. Ainda estava doente, seu espírito ainda humilhado dentro da carne. Mas era um homem que tinha ouvido demais. E esse demais era suficiente para despedaçar um homem. Demais era o fato de saber que Ndali com certeza estava em Umuahia agora. Demais também era o fato de saber que precisava ir até ela.

— Não entendo o que está acontecendo com você, meu irmão — disse Jamike certa noite. — Está querendo encontrar essa mulher há muitos anos, você viveu para isso. E agora fecha a porta a esse fato? Não quer encontrar com ela?

Os dois estavam sentados nos bancos fora do quarto de Jamike para tomar ar fresco. A vizinhança estava em silêncio, a não ser pela voz de um rádio transistorizado em um dos quartos e o som dos grilos.

— Você não precisa entender — replicou. — Os antigos dizem que o extrator de vinha de palma não fala de tudo que vê na árvore.

— É verdade, mas não esqueça que os mesmos antigos que dizem isso também dizem que, não importa quanto tempo um galho de mangue fica na água, ele nunca vai ser um crocodilo.

Agbatta-Alumalu, Jamike estava certo. Meu hospedeiro estava confuso. Era como se estivesse esperando essa coisa, que agora tinha chegado, e ele percebesse que não tinha poder nem força para confrontá-la. Por isso ele não respondeu às palavras sábias do amigo. Colocou o palito entre os dentes da frente, até chegar à gengiva, e cuspiu fragmentos de carne no chão à frente.

— Eu sei como se sente — disse Jamike. — Você está com medo, meu irmão. Está com medo do que vai descobrir sobre ela. — Abanou a cabeça. — Está com medo do que vai descobrir, que pode estar desperdiçando tudo amando uma mulher que nunca mais vai poder ser sua.

Meu hospedeiro olhou para Jamike e, naquele instante, ficou com muita raiva. Mas lutou contra ela.

— Eu sei que causei tudo isso, mas por favor, irmão, você precisa encarar, independentemente de qualquer coisa. É o único jeito de você se curar e tocar a vida adiante e encontrar outra mulher. — Jamike ajeitou a cadeira para ficar de frente para ele. Como que sentindo que meu hospedeiro não entendia o que havia dito, ele mudou brevemente para a língua do Homem Branco. — É o único jeito.

Ele olhou para Jamike, pois só de pensar em outra mulher já era doloroso.

— Ao menos você devia me deixar entregar a carta pra ela, eu poderia contar tudo o que aconteceu... o que eu fiz, o que você fez... e pedir seu perdão. É o único jeito. Você precisa entender.

— E se eu descobrir que ela está casada e não me ama mais? — perguntou. — Não será pior do que não saber? Na verdade, eu não gosto de ela ter voltado. Teria sido melhor se não tivesse voltado.

— Por que, irmão Solomon?

— Porque — começou a dizer, e parou para deixar os pensamentos se formarem totalmente. — Porque não consigo aceitar perdê-la. — Depois, pensando melhor, tirando vantagem do silêncio perplexo do amigo, acrescentou: — Depois de tudo que sofri por causa dela.

Foram aquelas palavras, de tudo o que disseram naquele dia, que permaneceram em sua mente quando ele voltou de carro ao seu apartamento e deitou na cama, que ainda estava com o cheiro de malária de seus dias adoentados. Chukwu, em meus muitos ciclos de existência eu vim a entender que há ocasiões em que, apesar de alguém ter pensado muitas vezes sobre alguma coisa, ouvir e dizer de novo essa mesma coisa confere um novo significado, tão forte que parece uma novidade. Já vi isso muitas vezes. Em todos esses anos ele não tinha pensado do jeito como viu a situação naquela noite — que tudo por que tinha passado fora por causa dela. Agora considerava aquilo, a sua história, numa cronologia definhante: ele estava de luto pela morte do pai quando a encontrou na ponte. Foi a partir de lá que sua vida começou a tomar a direção em que se encontrava agora. Foi por causa dela que vendeu tudo que tinha, foi para o Chipre e acabou na prisão.

Perto da meia-noite, ainda se sentia abatido por seus pensamentos pesados. Deduziu que sem ela nada disso teria acontecido com ele. — Não tem importância — disse em voz alta para si mesmo. Ndali agora não tinha escolha a não ser voltar para ele. Deixou seu peito estufado relaxar para respirar com mais facilidade. — Eu já paguei mais que do que o preço para merecê-la. E ninguém, repito, ninguém pode tirá-la de mim!

Iria falar com ela de manhã. Nada o impediria. Pegou o telefone e mandou uma mensagem de texto ao amigo, antes de recostar, arquejando, como se exaurido pelo que decidira fazer.

Ikediora, os bravos pais usaram de todo seu instinto quando disseram que é normal uma pessoa se tornar o *chi* de outra. É verdade. Já vi isso muitas vezes. Um homem pode estar correndo um sério perigo, e talvez não haja nada que seu *chi* possa fazer para ajudar. Mas esse homem pode encontrar uma pessoa que, tendo visto o perigo à frente, o avisa a respeito e salva sua vida. Uma vez encontrei um *chi* em Ngodo que não parava de falar com amargura sobre o mal na terra e a inutilidade da existência humana. Havia diversos espíritos guardiões na caverna, a maioria em silêncio, reunida em um canto da grande câmara de granito ou perto da lagoa conversando em voz baixa. Mas esse espírito guardião continuava gritando como seu falecido hospedeiro tinha avisado uma vítima em potencial sobre o plano para matá-la. Mais tarde, essa pessoa cuja vida ele salvou mandou outros para assassiná-lo. Ah, o homem é mais nojento que vermes de sepulturas! Ah, o homem é mais terrível que um canto fúnebre! Não quero mais voltar à terra do homem! Foi uma coisa surpreendente observar esse espírito rebelde falar coisas tão profanas. Saí de lá para ir a Ngodo, mas soube por outro espírito guardião que ele continuou se recusando a voltar à Terra e que você o amaldiçoou e o transformou em um *ajoonmuo*. E agora ele se arrasta perpetuamente em Benmuo com três cabeças e o torço de uma fera vil. Mas o que Jamike fez por meu hospedeiro foi o oposto do que aquele *chi* descreveu. Pois Jamike se tornou o segundo *chi* de meu hospedeiro, obtendo o que ele vinha procurando por tantos anos.

Ele foi com Jamike procurar Ndali, levando um jarro de medo no coração, usando um boné na cabeça e óculos escuros cobrindo a maior parte do rosto. Quando chegaram, ele descobriu que a farmácia era o novo prédio que tinha visto aninhado entre a igreja anglicana de São Paulo e o novo escritório da MTN. Era um prédio de dois andares com um cartaz onde estava escrito LABORATÓRIO E FARMÁCIA HOPE. As letras eram em negrito, tendo como fundo uma mulher branca com um jaleco de médica, olhando por um microscópio. Em frente ao edifício, em um dos lados do muro, havia uma pilha de areia e pedregulhos, relíquias da construção do prédio. Estacionou o carro do outro lado da rua, em frente a uma barbearia de onde saía uma música estridente que se mesclava ao constante zumbido de um gerador de força.

— Você está com medo, irmão — disse Jamike, abanando a cabeça. — Você ama mesmo essa mulher.

Ele olhou para o amigo, mas não falou nada. Sabia que estava agindo de forma irracional, mas não sabia dizer por quê. Alguma coisa nele estava impedindo que conseguisse o que buscava tão desesperadamente.

— A Bíblia diz: "Não deixe seu coração ser perturbado. Despeje nele tudo o que você gosta; pois ele gosta de você". Você crê, Deus, que é possível que ela ainda possa amar você e estar solteira?

Olhou para o amigo, surpreso com a mudança para a língua do Homem Branco, a língua em que Jamike falava da Bíblia. Assustado pela possibilidade do que o outro tinha falado, meu hospedeiro fechou os olhos. — Acredito.

— Então vamos. Não tenha medo.

Ele aquiesceu. — *O di nma.*

Saiu do carro com um nó no coração e atravessou a rua movimentada. Havia lojas por toda parte. Uma sapataria cheia de calçados pendurados em um toldo, amarrados como se formassem um colar. Uma loja que vendia panelas e utensílios de cozinha, UTENSÍLIOS DE COZINHA MÃOS DE DEUS. Enquanto andavam, meu hospedeiro tentou concentrar seus pensamentos nas pessoas, em como as ruas eram diferentes das que via no Chipre. Jamike andava na frente dele, mancando um pouco de um ferimento nos dedos do pé. Quando estavam prestes a atravessar a rua, meu hospedeiro abaixou o boné para esconder o rosto e equilibrou os óculos nos olhos. Um táxi buzinou para eles, reagindo ao que o motorista deve ter visto como uma travessia perigosa. Jamike pulou o bueiro cheio de lixo que separava a farmácia da rua. Se olhasse naquele momento de uma das novas janelas de tela cintilantes da farmácia, Ndali poderia ter visto os dois. Meu hospedeiro baixou ainda mais o boné, pegando no braço do amigo.

— Não consigo, eu não consigo entrar — falou.

— Mas por quê?

Mais uma vez ele ajustou o boné e os óculos.

— Ah, o que você está fazendo? — perguntou Jamike.

— Eu mudei muito — ele respondeu num murmúrio. — Olha só a minha cara. Olha essa grande cicatriz. Olha minha boca: faltando três dentes, a grande cicatriz no meu queixo, onde levei os pontos. Olha só o permanente inchaço no meu lábio superior. Eu estou muito feio, Jamike. Parecendo um babuíno. Preciso cobrir o meu rosto.

O amigo fez menção de falar alguma coisa, mas meu hospedeiro apertou mais o seu braço.

— Ela não vai me reconhecer. Não vai me reconhecer.

— Eu não concordo, meu irmão — disse Jamike com uma voz que pode ter parecido nervosa. Olhou para a farmácia, depois para o amigo.

— Por que não? Como ela pode me reconhecer desse jeito?

— Não, irmão. Ela não pode deixar de gostar de você por causa dos seus ferimentos.

— Tem certeza?

— Tenho. Não é assim que o amor funciona.

— Então você acha que ela ainda vai se sentir atraída por mim, com minha cara desse jeito?

— Vai. Ela só precisa saber por que você foi embora e desapareceu.

Meu hospedeiro continuava hesitando, olhando ao redor enquanto falava. Egbunu, este é o meu hospedeiro: um homem que, quando sente medo da incerteza, costuma se lançar em direção à derrota interna. E quando isso acontece, quando seu espírito é jogado no chão nesse embate, sua derrota começa a se manifestar fisicamente. É uma coisa estranha, mas já vi isso muitas vezes.

Jamike enxugou o suor da testa e começou a falar outra vez, mas de repente parou e cutucou meu hospedeiro, querendo que olhasse na direção da farmácia.

É difícil descrever este momento: o momento em que meu hospedeiro, que tinha sofrido tanto, viu a mulher por quem teria feito tudo de novo. Ndali tinha saído pela porta da clínica. Estava ligeiramente mudada, mais pesada que a mulher esguia cuja imagem ele levara na cabeça todos aqueles anos. Vestida com um longo jaleco branco que o fez lembrar a enfermeira do Chipre. Uma caneta aparecia do bolso do peito, e acima do colo, visível na abertura da gola, ela usava um colar. Ficou olhando para ela, fazendo um inventário de tudo ao seu redor. Ndali conversava com uma mulher com duas crianças — uma que levava nas costas, a outra estendendo a mão para Ndali, depois recolhendo. Ela tentava pegar a mão da criança, mas a criança voltava a recolher a mão, dava risada e se virava para a mãe.

— Eu falei que era ela — disse Jamike quando a outra mulher virou de costas e começou a andar no meio dos carros estacionados. Ndali voltou para dentro da farmácia.

— É verdade — disse meu hospedeiro. — É ela. — Seu coração estava disparado, como que ao ritmo de música *ogene*. — É verdade, Jamike, é ela.

Era mesmo ela, Egbunu. Ndali — a mesma mulher cujo *chi* havia me confrontado quando a procurei em nome de meu hospedeiro. Ocorreu-me então, de uma maneira que eu não tinha considerado todos esses anos, que talvez seu *chi* pudesse ter levado adiante sua ameaça de separar sua hospedeira de meu hospedeiro para sempre.

— Então vamos entrar. Eu não vou voltar sem vê-la, irmão. Quero que você se cure, que fique bem, quero ver você cheio da alegria do Espírito Santo. Você precisa fazer isso. Precisa ter coragem. Se você não for, eu vou entrar sozinho nessa farmácia e falar com ela. Falar com ela sobre você.

— Espera! Meu Deus, Jamike!

Segurou Jamike mais uma vez e viu nos olhos do homem algo que lhe deu esperança.

— Está certo, eu vou entrar — concordou. — Mas, olha, vamos devagar. Agora eu só vou olhar para ela. Depois, talvez outro dia, eu fale com ela, ok?

Jamike considerou a sugestão com um sorriso oblíquo e sabido que franziu sua testa e sua face.

— Certo, então vamos entrar, Nwannem.

Meu hospedeiro entrou trepidante, retardado pela pujança de sua ansiedade, com Jamike na frente. Era um grande salão com muitas vitrines, por isso o local resplandecia de luz. Ventiladores de teto, oscilando com certo ruído, arejavam o ambiente. Sentou-se logo numa das seis cadeiras de plástico em frente ao balcão, uma grande estrutura de madeira que escondia metade dos farmacêuticos. Foi no balcão que ele fixou os olhos depois de trocar cumprimentos abafados com o homem sentado numa cadeira ao seu lado, balançando as pernas.

Ndali estava atendendo alguém que entrou. Por isso foi outra mulher que os chamou. — Próximo. — Ele ouviu sua voz.

Jamike não respondeu de imediato e continuou na cadeira, os olhos no balcão. Meu hospedeiro fez um gesto para Jamike, que se inclinou para ouvir.

396 *Chigozie Obioma*

— Você sabe, você sabe... eu só vim olhar para ela — cochichou no ouvido de Jamike.

O amigo aquiesceu, desconfortável, gesticulando para a farmacêutica esperar um momento.

— Diga que você quer um remédio pra minha malária.

Jamike anuiu.

Ficou olhando para Ndali de onde estava, o boné abaixado no rosto e os olhos escondidos atrás dos óculos de sol. Ela lhe pareceu mais linda do que antes. Com que idade estaria agora? Vinte e sete? Vinte e nove? Trinta? Não conseguia se lembrar exatamente do ano em que tinha nascido. Agora parecia uma mulher chegando ao auge de sua vida. O cabelo, alisado e escorrido, caía sobre seus ombros. Parecia ter havido uma mudança em todas as partes de seu corpo, até mesmo no formato do rosto. Os lábios estavam mais cheios, agora com uma cor rósea mais escura da que ele se lembrava. Tinha ficado horas olhando as fotos dela naquela manhã, as fotos que agora lhe davam cada vez mais prazer. Mas o rosto que via agora estava ligeiramente mudado. O que melhor poderia dizer era que parecia ter voltado ao seu criador para uma renovação e voltado ainda melhor.

A outra mulher estava começando a colocar os remédios numa sacolinha de plástico quando Ndali abriu a portinha e saiu de trás do balcão. Meu hospedeiro notou que seus seios pareciam maiores, ainda que não conseguisse ver o tamanho real atrás das roupas. Teve a oportunidade de ver seu traseiro, quase igual ao que lembrava. Olhou para aquilo com todos os seus poderes de concentração, até ela desaparecer num escritório em cuja porta, quando fechada, ele leu Ndali Enoka, msc. farmácia. Não a viu mais pelo resto do tempo que passou ali. A enfermeira atendeu Jamike e eles saíram com os remédios para malária.

Agujiegbe, quando um homem cultiva uma expectativa grande e ambiciosa, e quando essa expectativa vem da fruição, isso geralmente o confunde. Um homem pode dizer aos amigos: "Olha, olha, a casa do meu irmão na cidade distante é grande. Ele é um homem rico". Mas esse mesmo homem logo vai à cidade e descobre que o irmão não é nada mais que um catador de lixo, vivendo de restos. Mas tão grande foi sua expectativa, há tanto tempo mantida, que de início ele vai duvidar da incontestável verdade da realidade, por mais abalado que possa estar. Já vi isso muitas vezes. Esse era o caso do meu hospedeiro. A realidade do casamento de Ndali, indicada pela mudança de seu nome e o anel que Jamike estava convencido que ela usava na mão esquerda, o confundiu. Aquilo apagou a luz do seu universo e o deixou em um mundo de pura escuridão. Depois, ele parou na porta da igreja de Jamike, tão profundamente agitado que o som das batidas do seu coração lhe pareciam chicotadas.

— Eu acredito que ela ainda me ame, apesar de tudo.

— Meu irmão, eu entendo — disse Jamike na língua do Homem Branco, como sempre fazia quando iam à igreja ou logo depois de terem saído da igreja, como se a língua dos pais fosse profana demais para ser falada em tais premissas.

— Por favor, fale em igbo, isso é um assunto sério — retrucou meu hospedeiro na língua dos grandes pais.

— Desculpe, Nnam, desculpe. Mas as coisas são como são. Como eu venho dizendo, ponha a carta na mão dela; ponha no centro da mão dela. Só isso. Depois pode ir embora, que Deus vai ver que você fez a sua parte.

Meu hospedeiro abanou a cabeça, não porque acreditasse nisso, mas porque Jamike não conseguia entender. Queria que Jamike entrasse para assistir à missa e o deixasse para ponderar sobre as coisas, por isso falou: — Eu entendo. Vou ficar esperando você aqui.

Jamike entrou para falar com dois outros membros com que estava preparando um evento especial do Evangelho naquela tarde: a projeção de um filme cristão sobre Jisos Kraist. Meu hospedeiro sentou-se num bloco de cimento, um dos remanescentes da construção do prédio da igreja, de apenas um ano atrás. Soprava um vento suave e a bandeira, um pedaço de pano amarrado a duas hastes de madeira fincadas no chão, tremulava com a passagem do ar. Olhou para a rua congestionada, onde homens e seus artigos disputavam espaço com veículos motorizados e carrinhos de mão. Enquanto observava, pensou sobre todas as coisas que havia visto e nas que ficaram escondidas dele. Será que ela tinha filhos? Há quanto tempo tinha se casado? Teria sido ontem ou um ano atrás? Poderia ter sido no mesmo mês — ou até na mesma semana — que ele tinha chegado à Nigéria como um homem arruinado? Poderia até ter sido no mesmo dia, se a vida seguisse o padrão habitual de zombar dele. O pensamento entrou em ignição: ele descendo do avião na pista do aeroporto caindo aos pedaços em Abuja, ela subindo no altar com o noivo. Imaginou o padre olhando para ela e o marido, perguntando se continuariam juntos na doença e na saúde, até a morte. Naquele mesmo momento, a casca vazia do que ele já fora estava caindo aos pés do tio que o esperava no aeroporto.

Considerou as coisas que havia visto: Ndali, viva, bem e uma mulher ainda mais bonita. Se Jamike não tivesse aparecido em sua vida, enviado por um inimigo invisível como se fosse uma pedra que o emagava, ele teria se casado com ela. Teriam continuado a viver em sua granja, em meio às suas aves, colhendo ovos de manhã e acordando com a canção orquestral de galos e coisas aladas ao alvorecer. Sua alegria seria abundante. Mas ele fora roubado de tudo aquilo. Enquanto mosquitos zumbiam ao seu redor e as vozes dentro da igreja chegavam até ele como um murmúrio, a raiva aumentava em seu interior.

Levantou-se e começou a procurar uma arma ao redor. Encontrou um pedaço de pau perto do gerador da igreja e o pegou. Começou a andar na direção de igreja como um louco, e já estava quase chegando à porta quando parou. Egbunu, a consciência dele tinha reagido, e uma corrente de luz penetrou a súbita escuridão em que sua mente havia mergulhado. Soltou o porrete e voltou a se sentar no bloco de cimento. Levou as mãos ao rosto, rangendo os dentes. Momentos depois, quando se permitiu se acalmar, sentiu alguma coisa se movendo no rosto. Era uma formiga que tinha subido pelo porrete, passando da mão dele ao rosto. Deu um piparote na formiga.

— Meu irmão, meu irmão. O que aconteceu? — Jamike estava falando com ele ainda perto da porta.

Meu hospedeiro se levantou. — Eu vou pra casa ficar sozinho — disse.

— Ah, irmão Solomon. Eu realmente gostaria que você assistisse a esse filme. *A paixão de Cristo*. Vai tocar seu coração. Vai tocar sua alma.

Meu hospedeiro queria falar, dizer àquele homem que um instante atrás estava cheio de ódio por ele. Mas não disse nada, pois tinha sido mais uma vez desarmado pela expressão de Jamike.

— Eu vou assistir — surpreendeu-se dizendo.

— Louvado seja o Senhor!

Sentou-se no fundo da igreja, despedaçado por dentro, enquanto Jamike e os membros da igreja montavam a tela para o filme. Ficou até a missa começar. O pastor subiu ao púlpito e falou sobre salvação, como um homem sofreu para dar sua vida a outros. Enquanto o homem falava, meu hospedeiro se levantou e saiu da igreja.

Chukwu, ele voltou para casa lutando para não se deixar cair em novo desespero. Percebeu, nas profundezas da noite, que a fonte de sua aflição tinha como única origem o desejo de recuperar o que havia perdido. Não era cura ou perdão que desejava, não eram as coisas de que Jamike falava. Queria sua vida de volta. Queria pegar o cocô que tinha caído na latrina e o lavar até ficar limpo. Pois acreditava ser possível limpá-lo. Sentou-se, decidido que era o que desejava, que aquilo podia ser feito. Qualquer outra coisa seria uma capitulação.

O encantamento de pensamentos, tendo brotado em sua mente por tanto tempo, tomou forma numa firme decisão — a de lutar por ela, casada ou não.

— Eu não vou desistir, não! — disse a si mesmo. — Eu viajei para muito longe para desistir. Sim, repito: as pessoas perdem suas esposas; assim como seus maridos. Um homem pode ter seu filho roubado, uma mulher pode ter o filho roubado. Uma gansa é roubada de seu gansinho. *Onweghi ihe no na Uwa mmadu ji na aka.* Mais uma vez, repito: nada neste mundo pertence definitivamente a alguém. Temos o que temos porque mantemos com firmeza, por nos recusarmos a abandonar. Ao estar aqui, ao ficar aqui, sob um teto, eu estou mantendo a minha vida. Se eu deixar, ela vai ser tirada de mim.

Gesticulando, agarrou o peito com a mão. Ligou a lâmpada do quarto e foi até o espelho.

— Fale comigo — disse, apertando os olhos diante da imagem do homem que apontava para ele, com um catálogo de cicatrizes no rosto. — Diga se meu futuro não me foi tirado. Que não foi arrancado de minhas mãos por Jamike, por Chuka, por Mazi Obialor, por Fiona e o marido, pela polícia do Chipre e por todo mundo?

Tirou os olhos do espelho e apontou o dedo para a parede, gesticulando como se confrontasse alguma coisa — uma coisa a ser temida.

400 *Chigozie Obioma*

— Eu não tentei manter, segurar minha vida, e tive ela tirada de mim? E o meu corpo? Eu dei meu corpo a eles? Dei? Diga! Será que eu disse: "Pegue minhas nádegas, enfie seu pênis nelas"? — Pegou um banquinho e o quebrou batendo no chão.

— Diga!

Ficou diante do móvel desmembrado, ofegante, ciente de seu súbito deslize para a insanidade, de que tinha gritado no meio da noite. Ficou chocado. Abalado, apagou a luz depressa e se acomodou lentamente na cama, com medo de ter acordado os moradores dos outros apartamentos. Ficou esperando alguém bater na porta, olhando para baixo, onde podia ver as sombras. Por um bom tempo continuou desse jeito, como que amarrado à cama, os braços cruzados na barriga, a cabeça inclinada de lado de forma histriônica. Mas ninguém apareceu. De algum lugar, ouviu o que parecia ser uma missa em pleno andamento numa igreja e o som distante de música e tambores. Agora mais sereno, formou-se nele o pensamento de que deveria retornar ao local de onde metade dele nunca havia saído. Era voltando que ele recuperaria sua paz, e seria ali que lutaria sua maior batalha.

23
A história antiga

Echetaobiesike, eu já disse que o homem é limitado em suas capacidades. Digo isso porque, como vou relatar agora, meu hospedeiro teria feito as coisas de maneira diferente se tivesse mais capacidade. Mas isso não quer dizer que a força dele era diferente de qualquer outro homem — não. Você não negou a ele qualquer coisa que tenha dado aos outros. Eu o acompanhei a Afioke e ao jardim de Chiokike para colher talentos e dádivas que, em sua generosidade, você quis conceder a meu hospedeiro, como faz com todos os seres humanos. Mas ainda assim ele continuou limitado. Como qualquer um, limitado pela natureza e pelo tempo. Por isso, há coisas que, se forem feitas com ele, não podem ser desfeitas. Só o que alguém pode fazer, se não conseguir mudar as circunstâncias, é desistir e seguir em frente, em outra direção.

Ebubedike, essa sabedoria retornou ao meu hospedeiro seis semanas depois de ter reencontrado Ndali. Por não querer tomar muito do seu tempo nesta luminosa Corte, e por precisar somente transmitir os detalhes de uma forma que possa levar à conclusão sobre a matéria em questão que vim apresentar, devo deixar esse homem, Jamike, falar. Pois ele percebeu que, desde o dia em que reviu a mulher que amava, meu hospedeiro caiu em um redemoinho. Não era mais quem tinha sido. Encontrava-se incapaz de se mover, para a frente ou para trás.

— Irmão, você fez o que podia fazer. Já fez até mais e agora deve parar. Digo isso porque eu o amo com o amor de Cristo, Ezinwannem, você precisa deixar isso para trás e seguir em frente. Estou dizendo que é a melhor coisa que pode fazer por si mesmo.

Àquela altura os dois eram melhores amigos havia dois meses. Agora estavam na loja de rações de aves de meu hospedeiro. Durante os meses desde que meu hospedeiro a abrira, a loja tinha sido ampliada para acomodar sacos de ração, fertilizantes e outros produtos agrícolas. Ripas de madeira foram pregadas na parede para acomodar latas de itens relacionados à criação de galinhas. Um calendário do Ministério da Agricultura do Estado de Abia afixado na parede estava aberto na página em que "o Último Pioneiro", meu hospedeiro, se posicionava em frente de sua loja olhando para a câmera. Foi a primeira foto tirada dele desde que seu rosto fora refeito pela violência do Chipre — com as cicatrizes profundas na testa e na mandíbula, os dentes faltando.

Mas, Chukwu, preciso deixar o amigo dele falar:

— Devo lembrá-lo do que você fez, que fez muita coisa. Depois que eu localizei Ndali para você, nós fomos à procura dela. No começo, por um longo tempo desde que a viu, você não quis se revelar. Como um homem com o coração cheio de amor, não quis destruir esse amor ao descobrir que a pessoa por quem reservava toda essa riqueza de amor não tem mais uma onça de reciprocidade restante em sua pessoa.

Porém, mesmo com todos esses temores, você não desistiu. Um dia, cinco semanas atrás, você teve sua chance. Eu estava lá com você, Nwannem Solomon. Estive presente em todos os momentos. Você apareceu diante dela disfarçado, na farmácia. Você teve a sua chance. Foi um bom plano. Nós fomos lá quando pensamos que ela só estaria com uma das funcionárias. Claro que não sabíamos que ela estava com duas amigas no escritório, com a porta aberta. Talvez, como já disse muitas vezes, deve ter sido por causa daquela gente que ela reagia daquela maneira. Quando viu você, o homem que ela realmente amou, a quem jurou que nunca deixaria por nada, Ndali teve medo. Isso não me foi contado numa história, tampouco sonhei com essas coisas. Eu vi com meus dois olhos. Com meus olhos, vi as mãos dela tremerem. A garrafinha de plástico que tinha nas mãos, onde estava escrevendo alguma coisa, caiu e ela exclamou "Ah"!, antes de levar a mão ao coração.

Eu vi tudo isso, Solomon meu irmão. Foi como se ela tivesse visto um fantasma à luz do dia. Dava para perceber que ela pensava que você estava morto ou que não tinha jamais voltado à Nigéria. Você ficou lá, meu irmão, chamando o nome dela, dizendo que estava de volta. Suas mãos estavam abertas em frente ao balcão. Mas ela engasgou e gritou de terror e as amigas saíram correndo do escritório para ver o que tinha acontecido, os funcionários que limpavam as prateleiras cheias de remédios se viraram para ela. Tenho certeza de que foi por causa dessas pessoas que ela mudou, transformou-se de um rato em um pássaro num piscar de olhos e começou a gritar: "Quem é você? Quem é você?", e continuou gritando sem esperar sua resposta: "Eu não conheço você! Eu não conheço esse homem!". Tenho certeza de que ela te reconheceu naquele dia.

Parou de falar porque meu hospedeiro estava abanando a cabeça e rangendo os dentes.

— Você também viu. Primeiro, aquela inquestionável centelha de reconhecimento. Se ela não o reconheceu, por que engasgou? Por que ficou tão trêmula? Alguém reage dessa forma quando de repente encontra alguém que não conhece? Alguém engasga e treme?

O coração de meu hospedeiro se iluminou com um fogo plácido, ele abanou ainda mais a cabeça e falou: — Eu concordo, H.D.D. Concordo totalmente com o que você disse. Foi como aconteceu. Mas eu me pergunto, por que ela disse que não me conhecia? Não foi por causa do meu rosto?

Com isso, o rosto do amigo foi tomando por uma expressão que não consegui decifrar.

— Talvez, Nwannem Solomon — respondeu Jamike. — O que você receia pode mesmo ser verdade, talvez não tenha sido por causa dos que estavam lá naquele momento. A atitude dela foi radical. Ela começou a gritar, e a gritar mais alto quando você tentou se explicar. À menção do seu nome ela gritou em inglês: "Não, não, eu não conheço você! Saia do meu escritório! Saia!". Na verdade, há outros fatores nessa reação. Sem dúvida havia uma serpente escondida no arbusto. Mas você deveria saber também que ela pode ter ficado com medo. Trata-se de uma mulher casada. Quem...

— Talvez por saber que aqueles detalhes oprimiam seu ouvinte e que o que estava prestes a dizer doeria ainda mais, Jamike fez uma pausa. Em seguida, olhando pela vitrine da loja, onde uma mosca estonteada zumbia atrás da tela, falou: — Ela tem um marido.

Realmente, aquilo magoou seu amigo.

— Pode ser que tenha medo de que o homem que amou antes possa destruir sua nova vida. Ela deve ter medo de você.

Meu hospedeiro concordou com a cabeça, derrotado.

— Mas você não parou aí. Sim, depois que saímos da farmácia, envergonhados, ela saiu correndo da farmácia chorando por uma porta dos fundos, apoiada pelas amigas. E aquilo pesou em você por algum tempo, meu amigo. Você se sentiu envergonhado, humilhado, derrubado. Isso não me foi contado em uma história, meu irmão. Eu estava lá. Vi com meus dois olhos. Se estivesse rejeitando você por causa das cicatrizes no seu rosto, por que ela ficaria tão emocionada?

Ebubedike, o amigo dele falou com a franqueza dos antigos pais, deixando meu hospedeiro confuso com o que tinha ouvido. Olhou pela vitrine e seus olhos pousaram num mascate vendendo CDs num carrinho de mão. O mascate tinha parado em frente a uma mulher que passava os olhos por um disco.

— Mas deve-se acrescentar, também, que ela pode estar zangada com você — disse Jamike subitamente, e mais uma vez lançou ao amigo um olhar cálido que dizia: *Fique calmo.* — Ela pode ter odiado você por ainda não saber sua história. *Por ignorância.*

Isso não foi dito na linguagem dos pais, com o objetivo de inserir tudo no ouvido do interlocutor, que mais uma vez aquiesceu em desespero.

— Ela não sabe o que você passou, como passou uma semana no inferno ao chegar no Chipre por causa do que fiz com você. Não sabia da sua angústia. Ainda não sabia o quanto se sentiu perdido por ter desistido de tudo em nome do amor.

Meu hospedeiro continuou ouvindo essas palavras pesadas, que mordiam seu coração com dentes afiados, aquiescendo esporadicamente.

— Ndali ainda não sabia o quanto você pagou caro por isso. Não sabe como foi humilhado, desnudado, roubado de tudo que tinha. Não sabia da dor desse sacrifício. Depois, como se não fosse o bastante, eles jogaram você na prisão. — Mais uma vez, Egbunu, Jamike lançou ao meu hospedeiro um olhar endurecido. — Não vou dizer mais nada, Nwannem, pois não há palavras que possam ser usadas para descrever o que se passou ali que não escalde a língua de alguém. Não há palavras. Mas isto é o que eu quero dizer: ela ainda não tinha conhecimento de nenhuma daquelas coisas. Ainda não tinha lido a carta.

Os olhos de meu hospedeiro estavam fixos em Jamike, que tirou um lenço do bolso da calça lisa. Arrumou o bolso, que tinha virado do avesso na retirada do lenço, e enxugou a testa.

— Sim, ela não sabia de todas essas coisas anteriores, mas quando você entregou a carta, foram só alguns dias depois de ela reconhecer você. Eu me lembro desse dia. Nós tínhamos elaborado um plano. Por isso encontramos um homem para atuar como mensageiro e entregar a carta, com selos não carimbados, no endereço certo e com o nome completo. Deu certo. Tokunbo disse que foi à farmácia depois de ter entregado a carta e viu pela janela quando ela abriu o envelope e começou a ler. Eu e você ficamos em júbilo. Para mim, isso era o suficiente. Fez com que Ndali entendesse que você não era o tipo de homem que ela imaginou que fosse, percebeu que você lutou arduamente para tê-la de volta. Você não foi para fora do país e simplesmente desapareceu. Você não cedeu à opressão, mas foi valente diante das circunstâncias. Provou que a amava, e que nenhuma vez em todos esses anos você a esqueceu... apesar de tudo que enfrentou. Acordava todas as manhãs e a imaginava no mesmo quarto que você, dizendo sempre para ela: "Eu vou voltar para você. Eu vou voltar para você". Foram essas palavras que o fizeram continuar vivo em todos esses dolorosos anos. Você contou ali o que dizia para evocar a presença dela que sentia na sua cela. Durante. Quatro. Bons. Anos. Quatro bons anos, abençoado irmão Solomon.

Meu hospedeiro continuou concordando, os olhos vagos, como se o outro estivesse falando palavras fortes o bastante para sobrepujar todos os seus sentidos.

— Na sua carta, que entregou a ela, você descreveu como isso aconteceu com você, como sobreviveu nesses anos. Você disse que foi como uma batalha...

A palavra *batalha* ficou pendurada na língua do amigo como um peixe no anzol, pois naquele momento dois homens de jalecos azuis entraram na loja. Em seus trajes estava escrito UNIVERSIDADE DE AGRICULTURA MICHAEL OKPARA, UMUDIKE.

Meu hospedeiro os conhecia.

— Oga Falcoeiro *abi na* passarinheiro — disse um dos homens, tirando o boné.

—Ah, o pessoal da universidade, vocês não querem entrar? — convidou.

— Sim, oh, o professor mandou que viéssemos.

Eles trocaram um aperto de mãos. Também apertaram a mão do amigo dele.

— O que vocês desejam? — ele perguntou.

— Poedeiras — respondeu um dos homens. — Meia saca. Ele pediu pra acrescentar também uma cuia de ração.

— Poedeiras, ração — repetiu, com um dedo nos lábios enquanto olhava ao redor da loja. — Parece que está em falta. Esperem.

Abriu uma porta que dava para outro recinto, uma pequena área de estocagem que fedia a silos e sacos de ração de galinha. Procurou entre os silos, cheios de milho e sobre pranchas de madeira, as tampas abertas para arejar, com sacos de juta de painço empilhados uns sobre os outros.

— Não tem mais. Acabou — explicou quando voltou para a loja, as mãos esbranquiçadas de revirar sacos e sacolas.

—Ah — replicou um dos homens.

— Mas ração *dey yan-fun yan-fun*. Ele não quer painço?

— Não, isso já temos — respondeu o homem. — Certo, então só ração normal. — E, depois de cochichar com o colega: — Dois *mudus*.

— Certo, senhor — meu hospedeiro respondeu de dentro do depósito.

Voltou à loja com um vasilhame de metal e um saco de plástico preto que abriu bem, de forma a mostrar o interior estufado. Contando, um, despejou um punhado da ração acinzentada numa sacola. Encontrou algo que parecia um fiapo de ráfia, tirou-o e jogou pela porta. Encheu outro vasilhame e despejou na sacola. Depois, olhando para os dois homens, tirou mais um punhado com a mão e jogou na sacola.

— Na *jara* de choro — falou.

— Faz muito bem — responderam os homens.

Apertaram as mãos e ele agradeceu.

* * *

Gaganaogwu, depois que os homens pagaram e saíram da loja, meu hospedeiro sentou com Jamike e pediu que continuasse o que estava dizendo. O outro, que tinha começado a ler sua Bíblia enquanto meu hospedeiro atendia os compradores, fechou o livro e pôs o megafone de cabeça para baixo no chão. Apoiou os cotovelos nas coxas e continuou.

— Eu estava dizendo que se ela leu mesmo a sua carta a essa altura deve saber de tudo isso.

Embora Jamike tenha falado sem a oratória dos pais, suas palavras continham o poder hipnótico do idioma. Pois meu hospedeiro absorveu-as no ritmo em que uma história se insere lentamente na mente, como brasas de carvão queimado. Mais tarde, quando Jamike saiu com alguns evangélicos, com sua Bíblia e o megafone, meu hospedeiro ficou digerindo as coisas que ele dissera, tentando fazê-las acalmar seu espírito. Recuperou toda a confiança que havia perdido. Foi até o Mr. Biggs, o restaurante a que ela o levara, e fez uma refeição. Sentou no canto mais isolado do restaurante, onde tinha sentado com ela, só que agora numa outra mesa e numa outra cadeira. Depois foi até a loja de aparelhos eletrônicos na mesma rua e comprou um aparelho de televisão usado enquanto Jamike ia à igreja. Estava se preparando para o momento em que eles voltariam a se ver, para Ndali não caçoar por ele não ter uma televisão.

Apesar dos apelos de meu hospedeiro, desde aquele dia Jamike não falou mais sobre Ndali. Estava convencido de que ela ligaria para o número anotado no final da carta ou postaria uma carta para o endereço do envelope. Meu hospedeiro também acreditava nisso. Mas a espera o consumia. Seguiu vivendo sua vida desequilibrado, sempre pensando sobre o que ela faria ou o que não faria. Às vezes tentava desesperadamente ser livre por um momento, pensar sobre o tumulto da manifestação da Cruzada da Ascenção ou nas próximas atividades do Maseb que Elochukwu — de quem não era mais tão próximo — tinha falado a respeito e que poderiam eclodir numa agitação na cidade. Mas logo punha tudo isso de lado para imaginar se Ndali havia lido sua carta e queria se encontrar com ele, ou se a tinha lido e não acreditado em uma palavra. Talvez simplesmente achasse impossível aquilo tudo ter acontecido; que ele tivesse inventado tudo. Ou talvez tivesse lido um pedaço e rasgado a carta sem ler o resto. Ou talvez não tivesse lido nada. Talvez tivesse rasgado a carta e o mensageiro a viu lendo alguma outra coisa e achou que era a carta. Vamos dizer que ela tenha lido. Mas vamos supor que ela leu a carta e achou que era tudo verdade, mas que já era tarde demais. Agora estava casada, inseparável daquele homem. Eles tinham se tornado um só, nada poderia separá-los. Nada. O homem dormia com ela havia anos, todas as noites, muito mais que com meu hospedeiro. Era tarde demais, tarde demais, tarde demais.

Essas incertezas, esses temores estressavam tanto sua mente que ele ficou doente de tanto pensar no que ela poderia ter feito com a carta. Na noite do quarto dia depois do longo discurso de Jamike, meu hospedeiro ficou tão fraco e doente que não levantou da cama. A chuva também não ajudou; tinha chovido tão forte que o contínuo tamborilar da chuva no teto do apartamento o manteve acordado até de manhã. Trovejou algumas vezes e eu corri para ver. Eram do tipo jovem, dos que Amandioha usava como arma. A luz lampejava na face do horizonte quando passavam, na forma de galhos de árvores fosforescentes. O rugido nas vísceras do céu era tão alto que se metamorfoseava de som a um objeto invisível: uma fagulha de luz branca como dentes. Pela manhã, o volume da chuva era tão grande que parecia haver algum tipo de movimento na terra, como se o mundo tivesse sido reduzido a uma arca em que todos — homens, animais, pássaros, árvores, edifícios — tivessem se amontoado para flutuar em direção a alguma costa.

Meu hospedeiro não saiu de casa pela maior parte do dia, deitado na cama atormentado pelos pensamentos sobre a perda de Ndali. Entre pensamento e imaginação, coisas vívidas surgiam em sua cabeça. Levantava e andava pelo quarto. Olhava para si mesmo no espelho, seu rosto, a boca. Nutria certas lembranças de Ndali, agora difusas, embaçadas pelo tempo, de quando os dois faziam amor. Depois, pensava no outro homem na mesma posição. E aquilo o matava. Uma imagem de desejo de violência saltava em seu campo de visão como uma fera que uivava em sua cabeça inflamada.

Oseburuwa, eu não sabia o que dizer a ele naquela ocasião. Durante os anos em que ficou sem ela, eu sempre disse que tivesse a fé do homem branco da antiguidade, Odisseu, na história que ele adorava quando criança.

410 *Chigozie Obioma*

Nessa história o homem é impedido de retornar à sua esposa por um deus furioso. Eu sempre mencionava essa história, em que o homem acabava se reunindo com sua esposa. Mas agora não podia lembrá-lo da história porque a mulher dele tinha cedido a outro homem. Tinha medo de que a lembrança o assolasse com uma sensação de fracasso. Não sabia como ajudá-lo, de jeito nenhum. Sabia que era superficial tentar desencorajá-lo de continuar a amando, e só podia fazer sugestões. Sua vontade estava lacrada. Havia mais coisas no que ele sentia agora. Não era só amor, não era só o fato de desejá-la de volta, era também que sua rejeição o fazia considerar que seu sentimento fora fútil. Queria o reconhecimento dela, que fizesse uma concessão a ele, a um homem que fora prejudicado pelo amor que sentia por ela.

Os ponteiros do pequeno relógio sem vidro na parede de seu quarto marcavam quatro horas da tarde quando ele levantou, escovou os dentes e cuspiu no bueiro que transbordava da casa. Um de seus vizinhos estava no banheiro compartilhado e o som de água espirrando chegava aos seus ouvidos, a água com sabonete descendo pelo ralo. Mastigou o que restava do pão que tinha comprado no dia anterior, acabando de comer em duas mordidas. Vestiu-se e saiu da casa.

Viu que a rua havia criado um fiorde fora da casa. Egbunu, apesar de ter reduzido drasticamente a frequência de que saía do corpo do meu hospedeiro desde os dias de sua prisão, naquela noite eu tinha saído para ver a chuva, como fiz com o trovão, para ficar ao relento enquanto ele dormia profundamente. Passei fora a maior parte da noite, com mil outros espíritos de todos os tipos, aspirando o aroma celeste de Benmuo. Tinha confiança em que, por causa da tempestade, nenhum espírito estaria rondando em busca de corpos para habitar ou prejudicar. E agora que meu hospedeiro saía do apartamento, tive a oportunidade de ver o impacto da chuva por mim mesmo. O barro da terra tinha amolecido tanto que, quando ele andava, os sapatos faziam pequenos sulcos no solo. Uma casa do outro lado do bloco de prédios em que morava, feita de tijolos de barro desenvernizado, agora se sustenta precariamente sobre um barranco.

Aproximou-se da farmácia com as barras da calça sujas de água barrenta, com o rosto escondido pelos óculos escuros. Do outro lado da rua da grande loja de sapatos, viu Elochukwu e um grupo de homens de coletes pretos com bandeiras de Biafra atravessando a rua. O Maseb. Não estavam protestando, simplesmente caminhando, alguns deles com bastões, redirecionando o tráfego. Viu Elochukwu entre eles, consumido pela própria agitação. Meu hospedeiro abanou a cabeça e seguiu para a farmácia.

Quando chegou a uma pequena distância, viu que o carro que identificara como de Ndali — o mesmo que usava para ir à casa dele — estava lá. Enquanto olhava para o carro, para o pequeno cartaz no vidro traseiro, perdeu toda a confiança de novo e começou a cogitar por que tinha vindo. Não sabia o que fazer a seguir. Projetei cautela em sua mente: as palavras de Jamike dizendo que ele não deveria mais tentar encontrá-la sozinho. "Não faça isso, *cha-cha*, por favor. Imploro em nome de Jesus, o filho de Deus. Se ela está casada e diz que não quer mais você, e já que já tentou obter seu perdão, deixe-a em paz."

Mas ele não conseguia. Mesmo quando tentava fazer isso, desistir de tudo, alguma coisa o puxava de volta. Podia ser por conta de um irresistível desejo de estar com ela. Mais uma vez, um desejo de ver seu sofrimento e seu sacrifício reconhecidos.

Seguiu andando até o outro lado da rua, passando por um pequeno grupo de vendedores de frutas enfileirados com seus artigos equilibrados em mesinhas instáveis. Dois garotos de uniformes escolares passaram por ele conversando sobre um porco. A mochila de um deles estava aberta, pendurada nas costas. Meu hospedeiro parou na mesa da GSM a alguns metros de distância e sentou-se ao lado de uma moça em uma das cadeiras de plástico.

— Eu gostaria de fazer uma ligação — falou

— Ah — respondeu a mulher. — Glo, MTM, Airtel?

— Emm, Glo.

Digitou o número de Jamike no telefone da mulher, cujas teclas estavam apagadas. Jamike atendeu com uma voz rouca. — Meu irmão, nós terminamos o aconselhamento. Você já fechou a loja por hoje?

— Sim — ele respondeu. — Você pode vir? Tem uma coisa que eu quero falar com você a respeito.

— Tudo bem, a gente se vê à noite.

Voltou pelo caminho por que tinha chegado, parando para comprar uma xícara de garri e um saco de laranjas descascadas. Enquanto esperava Jamike chegar, ensaiou a ideia que tivera enquanto observava o carro de Ndali. Chukwu, mais tarde eu vou falar sobre isso. Ele considerou várias iterações até estar confiante em sua forma final. Por isso, quando Jamike chegou, ele não poupou palavras.

— Você vai partir em dois dias para essa longa oração, e eu vou ficar sem ver você... por quanto tempo?

— Quarenta dias e quarenta noites. Foi o número de dias que nosso Senhor Jesus Cristo jejuou e rezou...

— Certo, quarenta dias — repetiu, desanimado. Olhou ao redor do quarto em busca de marcas da tormenta em que estivera envolvido nos últimos dois dias. Queria contar sobre isso a Jamike, mas decidiu não dizer nada.

— Pode pedir o que quiser que eu faça, meu irmão Solomon. Você sabe que tem um amigo em mim.

— *Da'alu* — respondeu, acomodando-se na cama em que estava para ficar de frente a Jamike, sentado na única cadeira de madeira do quarto. — Eu quero que a gente urine juntos pra poder gerar mais espuma que um só.

— Tudo bem, meu irmão — concordou Jamike.

De fato, Ijango-ijango, não era muito comum os filhos dos antigos pais, agora vendidos ao modo de vida do Homem Branco, falar com a oratória dos grandes pais sábios. Mas acontecia com frequência no discurso de meu hospedeiro quando estava para dizer algo originário de uma profunda introspecção.

— Eu sei que você está totalmente mudado e é um homem bom, pois nasceu de novo. *Onye-ezi-omume*. Você acredita que devo deixar Ndali em paz depois do que sofri por ela, por ela estar casada.

O outro concordou com todas as palavras enunciadas.

— Já ouvi tudo isso. Não vou mais incomodá-la apesar de, Nwannem, eu não ter perdido nem uma gota de amor por ela. Meu coração ainda está cheio, tão cheio que nem pode ser tampado. O que estou passando, sabendo que ela está viva e que me rejeita, é pior do que tudo por que passei antes.

Fez uma pausa, pois viu uma barata em cima do espelho da parede. Ficou olhando enquanto ela abria as asas, antes de voar para trás da cadeira.

— Isso é pior, meu irmão, estou falando sério. É um aprisionamento não só de mim, mas do meu coração, que está preso e trancado por Ndali. — Acomodou-se na beira da cama e se encostou na parede. — H.D.D., eu não quero amar Ndali. Não mais. Ela cuspiu em um homem que vendeu tudo que tinha para poder se casar com ela. Não consigo perdoar. Não, não consigo.

Mesmo enquanto falava, sabia que, embora estivesse amargurado, o que mais desejava era ter Ndali de volta — passar de novo aquelas noites com ela, fazer amor com ela. Viu Jamike abanando a cabeça.

— Jamike, eu pelo menos preciso saber o que aconteceu com ela. Quero saber em que momento ela resolveu desistir e se casar. Você entende? Eu vendi tudo, saí daqui por causa dela, quero saber o que ela fez por mim. Quero saber por que, o que fez o rato silvestre sair correndo na rua em plena luz do dia.

— Sim, sim, sábias palavras, sábias palavras — murmurou Jamike com a mesma intensidade que meu hospedeiro.

— Quero saber o que aconteceu com ela — repetiu, quase precipitadamente, como se aquelas palavras fossem difíceis de pronunciar. — Queria escrever para ela, mas não consegui encontrar ninguém que postasse a carta para mim na prisão.

Chukwu, isso era verdade. E foi essa frustração que me levou a entrar em contato pessoalmente com Ndali por meio do extraordinário ato de *nnukwu-ekili*, quando tentei aparecer em seu sonho e fornecer a informação que meu hospedeiro queria que obtivesse. Na verdade, Egbunu, eu já contei que o *chi* dela impediu que isso acontecesse. E, como também já contei, muitos dos guardas nem mesmo respondiam ao pedido de meu hospedeiro para ajudar a mandar a carta. E um deles, que falava inglês, disse que se fosse uma carta para o Chipre ele poderia ajudar, mas para a Nigéria sairia muito caro.

Meu hospedeiro olhou para o amigo com terror no olhar.

— Eu quero saber que esforços ela fez por mim durante esse tempo.

Jamike fez menção de falar, mas ele continuou.

— Eu quero que você me ajude. E você precisa fazer o seguinte. Veja o que você me causou, entende? — O outro anuiu, vergonha estampada no rosto. — Então você precisa me ajudar, Jamike. Você precisa procurar o marido dela como um pastor e dizer que teve uma visão com ele. Fale como se soubesse muito da vida dele. Diga, por exemplo, que conhece a mulher dele. Diga que teve uma visão com alguém do passado dela, um homem que está atrás da mulher dele e que vai destruir sua família se ele não rezar.

Olhou para o amigo, com a cabeça apoiada nas mãos cruzadas, o olhar fixo.

— Você entende? Diga ao homem que você quer saber se ela chegou a falar sobre um homem em seu passado.

— E se ela tiver contado ao marido sobre a carta e que você está aqui? — perguntou Jamike, já parecendo subserviente por causa da culpa.

— Sim? Mas ele não vai saber, não pode saber que você veio da minha parte. Seja vago sobre mim, diga que vê uma destruição, que o Senhor lhe mostrou luto e prantos causados por esse homem.

Parou de falar no quarto que escurecia, para repassar as palavras que dissera em sua mente, e ao fazer isso a enormidade delas o deixou chocado. Egbunu, por favor, escute essas palavras de meu hospedeiro, pois elas são cruciais para meu testemunho desta noite e uma prova concreta de que ele não fez nenhum mal a Ndali intencionalmente.

— Eu não estou dizendo que vou prejudicá-la, não. Eu a amo demais pra fazer isso, embora esteja com raiva, com muita raiva. É uma mistura estranha e improvável de sentimentos. Um amor profundo além de qualquer comparação. Mas não, eu não vou matar nenhum homem, nem o marido, que tenha encostado um dedo nela.

Jamike assentiu, com evidentes sinais de desconforto em sua atitude. Mexeu-se na cadeira e disse:

— Eu vou atender seu pedido, se você diz que assim devo fazer. Vou atender, meu irmão, embora seja pecaminoso. Você não pode dizer que o Senhor disse algo quando não disse. — Jamike abanou a cabeça. — Eu não posso fazer uma coisa dessas mentindo, meu amigo. Vou dizer que quero rezar por ele, uma oração especial quando for às montanhas, que desejo saber tudo sobre sua relação com a esposa para poder rezar contra qualquer coisa em seu passado que possa tentar destruir o futuro dos dois.

Meu hospedeiro não soube como responder, por isso ficou em silêncio, olhando para o homem à sua frente.

— Eu quero que você fique bem de novo, meu irmão Solomon. É por isso que me tornei quem eu sou. Fui eu quem causou tudo isso a você, e devo consertar outra vez. Se for isso só o que tiver de fazer, eu vou. Como já disse, alguém que trabalha perto da farmácia disse que o marido dela traba-

lha no Afribank, na praça Okpara. Eu vou até lá pedir para falar com ele...
Ogbonna Enoka.

Meu hospedeiro concordou, com o coração descansando no chão outra vez.

Mais tarde, quando levou Jamike para casa, seu espírito se acalmou, e parecia que o desejo de saber da história dela o havia curado. Dormiu bem naquela noite e foi cedo para a loja no dia seguinte. Muita gente tinha vindo procurar por ele, disseram os vizinhos. Entrou em contato com alguns clientes e passou boa parte da manhã levando sacos de ração para eles. Quando o sol surgiu depois de uma pancada de chuva matinal, voltou à loja com uma picape da maior distribuidora de rações, a AGABAM FEDDS AND SONS. Enquanto eles descarregavam os produtos na loja, Jamike ligou. Meu hospedeiro atendeu ao telefone com as mãos trêmulas.

— Eu falei com ele, meu irmão. Não sei bem, mas acho que consegui convencê-lo. Fui lá com a irmã Stella, com minha insígnia de ministro no bolso do paletó.

— Entendi.

— Sim, eu gostaria de conversar com você sobre isso, e também para me despedir, já que não vamos nos ver até voltarmos das montanhas.

— Sim, sim, você precisa vir.

— À noite — disse Jamike.

— Por que não agora?

— À noite, meu irmão. Eu vou à noite.

Oseburuwa, quando um homem chama um curandeiro, se esse homem estiver doente e alguém disser que o curandeiro está chegando, ele começa a contar os passos do trajeto do curandeiro até ele. Já falei sobre o que a ansiedade faz com um homem, e já vi isso muitas vezes. Meu hospedeiro mal conseguia esperar Jamike chegar naquela noite.

— Quando cheguei ao escritório dele eu fiquei com medo — começou Jamike. — Eu já tinha mentido para Stella, minha irmã em Cristo. Eu estava pecando.

— Sim, sim, eu entendo.

416 *Chigozie Obioma*

— Mas é tudo por você, meu irmão Solomon. Então eu fui até lá. O homem é bonitão. Alto e de cabelos crespos tipo Jheri. Ogbonna Ephraim Enoka. Ephraim é o nome de batismo. Disse que o bisavô dele era irmão do padre Tansi. Então, com a irmã Stella, nós rezamos por ele. Depois perguntei se acreditava em profecias. Ele respondeu que sim, por que não? "Eu não sou cristão? A Bíblia não diz para ter pena dos que dizem ter fé, mas que negam o poder da fé?"

— Eu o corrigi: "Está no livro de Timóteo. *Ter uma forma endeusada, mas negar o poder da fé: afaste-se disso*".

— Ele disse "*Oho*, é isso mesmo" em igbo, depois voltou para o inglês. "Eu acredito no poder de Deus."

— "Fico feliz, senhor. Então vou lhe dizer. Eu estava rezando em espírito quando passei pelo seu banco ontem, e Deus me disse: aí há um homem chamado Obgonna cuja esposa está em perigo, em perigo real. Um inimigo surgiu em sua porta e está batendo para entrar."

— "Deus perguntou se o nome do homem era Ogbonna?", ele quis saber.

— "Sim, sim. O Pai só me deu o primeiro nome."

— "Certo."

— "Há algum outro Ogbonna aqui?"

— "Não. Que eu saiba, só eu."

— "E meu espírito confirma agora mesmo enquanto estamos aqui. Posso ouvir o Ancestral dos Dias, o Leão da Tribo de Judá, dizendo ser este o homem. Uma antiga paixão procurou sua esposa e pode destruir o seu casamento."

"Que Deus nos livre em nome de Jesus!", disse o homem. Estalou os dedos sobre a cabeça. "Deus nos livre de coisas ruins."

"Sim, irmão. Então o senhor pode me dizer se sua esposa já ofendeu algum homem? Qualquer um?"

— Ele pareceu confuso com isso. Pude ver pela sua expressão. Pensou por um momento antes de dizer: "Não, ninguém".

— "Algum homem a perseguindo?"

— "Não, acho que não. Ela é uma mulher casada e tem um filho."

— Àquela altura, meu irmão, fiquei preocupado que esse homem não soubesse de nada sobre você — disse Jamike. Ao tentar diferenciar suas palavras das do marido de Ndali, sua transição para a língua dos pais foi meio truncada.

— Eu perguntei mais uma vez: "Sr. Ogbonna, ela falou com o senhor sobre algum homem?". Ele olhou para mim, mudando de expressão e disse: "Sim, por causa de Deus, só vou dizer por causa de Deus, pois é um segredo".

— "Não se preocupe, pode contar a um servo de Deus", expliquei.

— "Ela quase se casou com um homem que a abandonou para ir para o exterior. Esse homem foi a segunda pessoa que fez esse tipo de coisa com ela."

— "Então esse homem desapareceu?", perguntei.

— "Sim, ninguém nunca mais ouviu falar dele. Isso é tudo que eu sei."

— Eu queria falar mais, mas irmã Stella disse: "Então ela nunca mais o viu"?.

— "Isso é tudo que eu sei, Homem de Deus", concluiu Ogbonna.

— Meu irmão, àquela altura tive medo de que se o pressionasse mais ele poderia começar a suspeitar. Então eu disse para rezarmos; que estava indo às montanhas para rezar, mas que ele deveria falar com a esposa para ver se havia um homem atrás dela.

— Sim. Oh-oh, Jamike. Mas isso não basta — disse meu hospedeiro.

— Mas...

— E se ele perguntar para ela quando você estiver fora? E se...

Interrompeu o discurso porque um dos vizinhos chegou com sua motocicleta rugindo e estacionou. Os faróis da motocicleta enviaram dois fachos de luz pelas cortinas e iluminaram o quarto, espalhando sombras na parede, como que caligrafadas com tinta preta e espessa. Quando o motor desligou, junto com as luzes, ele continuou. — O que vai acontecer se ele perguntar a Ndali enquanto você estiver ausente?

— Duvido que ela conte alguma coisa. Acredito, posso ver que Ndali não quer que ele saiba muita coisa. — Jamike deu um tapa na perna para matar um mosquito. — Duvido que ele saiba.

— Sim — concordou meu hospedeiro. — Mas e se ela resolver contar ao marido depois de um homem de Deus ter falado com ele a respeito?

Jamike considerou a questão brevemente. — Nesse caso eu vou descobrir. Vou descobrir quando voltar. Você não queria só a informação sobre o que ela fez quando você partiu? Você não vai fazer nada com isso, a não ser ficar sabendo.

Meu hospedeiro concordou.

— Então deixe comigo. Não se preocupe, meu irmão.

Quando eles saíram do apartamento, para Jamike passar pela igreja antes de voltar para casa, já estava escuro. Passaram por grupos de estudantes voltando para casa depois das aulas, atravessando a rua em turminhas. Um garotinho parou perto de um bueiro público, vomitando e tossindo, ajudado por um amigo, que pedia desculpas. Um adulto parou e pediu que alguém desse água ao garoto passando mal. Meu hospedeiro e o amigo disseram ao garoto que estava tudo bem. Jamike pôs a mão na cabeça do garoto e começou a falar em idiomas — uma atitude que vim a entender como um estranho aspecto da religião do Homem Branco parecida com um encantamento, *afa*, em *odinala*. Quando terminou, Jamike mudou para a língua do Homem Branco. — Obrigado, Senhor, Jehovah-jireh, o poderoso curandeiro, Jehovah-shammah, por curar esse garotinho.

Okaaome, meu hospedeiro voltou para o apartamento com a informação obtida por Jamike sobre Ndali. Estava imerso em pensamentos quando aqueceu uma panela de arroz com *jollof* que tinha preparado de manhã. Insetos enxameavam ao redor do lampião de querosene enquanto a panela começava a chiar. Estava tirando a panela do fogo quando a eletricidade voltou, mas então apagou de novo, quase abruptamente. Voltou ao quarto com o prato e comeu devagar, considerando por que Ndali só tinha contado ao marido que ele simplesmente tinha desaparecido e que não tinha mais ouvido falar dele. Como assim, simplesmente desapareceu? Como? Será que Dimeji não tinha levado a mensagem para ela? Tinha pedido que ele contasse toda a história, que entrasse em contato com ela, pouco antes de ser condenado. Também tinha pedido a Tobe para fazer isso. E Ndali nunca soube nada do que havia acontecido com ele? Era improvável, decidiu. Havia uma grande possibilidade de ter ficado sabendo, mas provavelmente escondeu a informação do marido. Aquilo o confundiu muito. Por que Ndali estava escondendo isso dele?

Em ocasiões como essa, um homem deve ter cuidado, pois uma mente em desespero fornece um monte de respostas. Há uma parte do homem que pode ser irracional, uma parte que existe exclusivamente para torná-lo confortável. Assim, em uma situação como esta, a mente vai tentar alcançar o que puder, o galho mais baixo da árvore. O que um *chi* deve fazer é tentar escolher a sugestão mais razoável e fazer com que domine as outras. Então, entre múltiplas possibilidades sobre as quais ele pensou naquela noite, eu escolhi a de que Ndali simplesmente poderia não ter jamais recebido uma carta do meu hospedeiro antes da que ele mesmo enviara. Mas a que se assestou foi diferente — que Ndali disse ao marido que ele tinha desaparecido para enganá-lo, para fazer o marido pensar que ela não mais o queria, quando de fato ainda o amava.

24
REJEITADO

AGBATTA-ALUMALU, nada aleija mais um ser humano que um amor não correspondido. Apesar de Ndali ter dito certa vez a ele que não tinha intenção de se afogar, seu ato de generosidade ao tentar tirá-la da ponte foi o que primeiro ganhou o coração dela. E agora seu coração fora afastado dele por um homem que trabalhava num banco e não sabia nada dos sacrifícios que meu hospedeiro havia feito por ela. Isso estava além do que ele conseguia suportar. Estava derrotado nos dias que se seguiram à revelação de Jamike. Com Jamike ausente na semana seguinte, foi sendo tomado pela obsessão de persegui-la. No começo lutou arduamente para ir ao trabalho e tentou se concentrar em sua loja, mas, a cada fim de expediente, passava perto da farmácia e estacionava do outro lado da rua. E daquele ponto de observação, com o rosto escondido atrás dos óculos escuros, ficava espiando a farmácia por algum tempo.

Às vezes, a chuva de julho embaçava sua visão e ele ficava lá sem conseguir ver nada. Então, depois de ter ficado lá, pensando tanto nela que seu coração se sentia pesado como uma coisa infundida de chumbo, ele a via saindo da farmácia ou partindo em seu veículo azul. Dar uma olhada nela era sempre o bastante para voltar para casa sentindo certo alívio. Ela estava sempre com seu jaleco branco, mostrando o que estivesse vestindo por baixo. Na maioria dos dias, usava saia e blusa. Às vezes, uma blusa estampada ou um vestido solto. Nesses dias em que ele a via, voltava para casa dizendo a si mesmo o quanto ela era linda, admirando seus cabelos ou a cor de suas unhas. Uma vez tinha pintado as unhas de azul — ele conseguiu ver quando ela passou perto do seu carro sem notar o homem de boné e óculos escuros que era o meu hospedeiro. Recordava-se das vezes que a vira pintando as unhas com casca de árvore no banco do quintal, por não querer sufocá-lo com o cheiro forte do esmalte. Certa vez, encostou a unha numa das galinhas brancas e suas penas ficaram coloridas, uma mancha vermelha que não saía de jeito nenhum. Isso a fez rir até chorar.

Voltava para casa ansioso por um contato com ela. Pensava em todas as possibilidades. Começou a perceber que quanto mais a via, mas levantava lembranças da intimidade entre os dois e mais seu desejo se aprofundava. O que poderia fazer? Ela o desgraçaria de novo caso se aproximasse dela, provavelmente o odiaria. Já tinha lido sua carta, visto o quanto sofrera, mas não mostrava nenhum remorso. Com a chegada desse tipo de pensamento, seu estado de espírito mudava do desejo para raiva, depois para o ressentimento. Cerrava os dentes, batia os pés e tremia de raiva. Dormia com essa sensação e acordava no dia seguinte para seguir a mesma rotina: ir à loja, consolado por conseguir um jeito de vê-la à noite, para depois sentir uma refrega de emoções conflitantes.

Em um desses dias, meu hospedeiro a seguiu quando ela saiu com o carro, curioso para ver o que faria, pois um pensamento de que ela poderia ter um amante surgira em sua mente. Ndali foi até uma escola, uma escola particular de ensino fundamental onde seu filho a esperava no portão. Ficou observando do outro lado da rua, no carro, estacionado a duzentos metros de distância. Atentou para as orelhas do garoto; como ele era parecido com Ndali. Seguiu os dois de carro até a casa dela, uma imponente casa de dois andares na Factory Road. Era murada e tinha um portão tão alto quanto o muro. Parou perto da casa e ficou olhando os arredores, invadidos por arbustos. Do outro lado da rua de terra, uma loja de mantimentos se erguia em frente ao que parecia uma pequena clínica. A alguns metros havia um casebre habitado por uma mulher que todas as noites fritava bananas, inhame e cará. Voltou ao apartamento sem saber o que fazer com essas novas informações.

No final daquela primeira semana sem Jamike, na sexta-feira, ele não conseguiu ir trabalhar. A amargura da noite anterior tinha permanecido até o dia seguinte e ele chorou pela dor causada pela rejeição de Ndali. Egbunu, o que eu estava vendo no meu hospedeiro era peculiar e assustador. Era a alquimia conhecida do amor — uma coisa que se torna viva e pulsante em um estado de decadência. Jurou para si mesmo que a confrontaria se ela saísse da farmácia naquele dia. Então, resolveu pegar o carro e ficar com a mulher que operava a cabine telefônica da GSM do outro lado da rua. Enquanto se atrapalhava com um dos serviços telefônicos, a mulher perguntou se ele era o homem que estava sempre em um carro estacionado olhando para a farmácia. Meu hospedeiro ficou assustado.

— Você tem me visto?

A mulher deu risada e bateu palmas.

— É claro. Você vem todo dia, todo dia. Como eu poderia não ver? Talvez até o pessoal da farmácia já tenha visto você.

Meu hospedeiro ficou em silêncio. Olhou para a rua, viu um condutor de gado levando seus animais, tangendo-os com um bastão.

— Você não respondeu a minha pergunta — continuou a mulher. — Por que você sempre faz isso?

Atônito, meu hospedeiro sabia que não podia mais continuar seu empreendimento.

— Mas eu estou sempre de óculos escuros, como você me reconheceu? — retrucou.

— Por que vi você agora saindo do mesmo carro.

— Certo, é que eu já fui casado com a farmacêutica — explicou. Em seguida contou uma mentira, dizendo que o atual marido dela só a levou porque fez um feitiço *juju*. A garota ingênua sentiu pena e, enquanto tentava consolá-lo, afagou a mão dele. De imediato ele não sentiu nada, mas quando o corpo dela se encostou no seu, percebeu que se sentia atraído por ela. Na pressa de tirar vantagem da situação e afastar meu hospedeiro de sua contínua e destrutiva obsessão com Ndali, eu projetei em sua mente que ele poderia ter aquela mulher, que ela sempre o amaria. Enquanto esses pensamentos fluíam pela sua cabeça, ele a observou com mais atenção. Seus traços eram comuns; usava roupas baratas e a pele era áspera e recoberta pelo tipo de manchas que acompanham a privação. Mas naquele dia ela estava mais bem-vestida do que o habitual: com uma bela blusa e uma saia curta, o cabelo alisado.

Continuou lá enquanto ela atendia outras pessoas que queriam fazer ligações telefônicas ou comprar créditos de celular, observando aquela mulher, surpreso com a súbita transferência de seu desejo sexual. Teve uma ereção.

— Acho que eu poderia levar você à minha casa hoje, para você conhecer o lugar onde moro e podermos ser bons amigos — ele falou.

A mulher sorriu sem olhar para ele. Continuou remexendo os cartões, prendendo-os com elásticos.

— Mas você nem me conhece — replicou.

— Você não quer vir, *eh*? Tudo bem, como você se chama?

— Eu não disse isso — contestou. — Meu nome é Chidinma.

— Eu sou Nonso. Então você vem, Chidinma?

— Tudo bem, depois que eu fechar, então.

Akataka, ele ficou lá até a mulher fechar a loja e levou-a à casa dele, parando no caminho para comprar duas garrafas de Malta Guinness. De início eu não fugi porque queria ver o que aconteceria, aonde aquilo iria levar. Apesar de ter ajudado a arquitetar o plano, eu queria tentar entender esse novo fenômeno: um homem perdido de grandes desejos por uma mulher, e de repente ardente por outra com a mesma intensidade. Era uma coisa espantosa. À parte a pergunta da mulher se ele continuaria a procurar a esposa ou se a amaria em vez disso — à qual ele respondeu que iria amá-la —, não houve resistência. Ele a possuiu faminto, quase rasgando suas roupas. Mergulhou as mãos no sutiã dela e bebeu de seus seios com uma ansiedade voraz. Muitos anos tinham se passado desde que vira uma mulher nua, sem ao menos tocar em nenhuma, por isso ficou estupefato quando chegou ao lugar entre as pernas dela.

Foi neste momento, certo de que o inesperado aconteceria, que saí do corpo dele. Mas tão monstruoso estava o clamor de Benmuo nessa noite que fui obrigado a voltar ao meu hospedeiro imediatamente, como se perseguido por uma fera mortal. Por isso, fui forçado a contemplar a estranha alquimia do intercurso sexual. Quando voltei, a mulher pedia para ele usar uma camisinha, no calor do momento, e insistiu nisso. Mas ele não atendeu.

— Então não goze dentro. Não goze dentro, oh — suplicava enquanto ele a penetrava violentamente, fazendo a cama ranger. Vi quando ele soltou um grito e se aliviou no chão.

A mulher ficou deitada ao seu lado e o abraçou, mas ele olhou para a parede. Quando o batimento de seu coração relaxou e o suor secou, começou a se sentir diferente. Recordou-se do começo do dia, quando se sentara à mesa com a mulher. O que ele via agora, Egbunu, era diferente. Diferente! Via as manchas em seu rosto, uma delas tão descascada que tinha escamas. Pensou nos dentes que faltavam em sua boca e no que parecia uma cicatriz acima dos seios. Pensou na sujeira de suas unhas, em como as usava para tirar remela dos olhos. Pensou no poço escuro do estômago da mulher enquanto se deitavam para fazer amor e na fortaleza de sua vagina. Afastou-se dela e saiu da cama, abriu a janela e, olhando para cima, lembrou-se do corpo de Ndali. Lembrou-se do dia em que ela insistiu para que ele chupasse sua vagina e a revulsão dos sentimentos que o acometeram.

Quando se virou para olhar para o quarto, a mulher tinha se coberto com o lençol. Sentiu-se ressentido. Por uma razão que nem ele nem eu, seu *chi*, conseguíamos determinar. Ele percebeu que a odiava. Sentou numa cadeira e acabou sua Guinness, da qual já tinha bebido metade.

— Você quer ir para casa? — perguntou.

— Hã? — Ela se sentou.

Meu hospedeiro olhou para ela, com sua feiura ressaltada, e teve uma convulsão de arrependimento.

— Perguntei se você vai dormir aqui. Eu só quero saber.

— Hã, você está me mandando embora? — ela perguntou com a voz quase embargada.

— Não, não, só estou perguntando se quer ir embora.

Ela abanou a cabeça. — Então você conseguiu o que queria e agora está me pedindo pra ir para casa?

Meu hospedeiro ficou olhando para ela sem palavras, surpreso com sua súbita crueldade.

— *O di nma* — disse a garota, estalando os dedos.

Viu quando ela vestiu o sutiã, a linha das costas quase não aparente, o corpo roliço e sem atrativos. Por dentro, se sentiu violentado de uma forma que não conseguia explicar. Será que agora Ndali ficaria maculada aos seus olhos por ter conhecido outra mulher? O medo surgiu com uma mistura de raiva. Fechou os olhos e não sabia quando a mulher terminaria de se vestir. O som da porta o tirou daquele devaneio. Bateu os pés, mas ela já tinha saído. Saiu atrás dela no escuro, descalço, sem camisa, deixando o quarto destrancado, chamando seu nome: — Chidinma, Chidinma, espera aí, espera aí. — Mas ela não esperou. Continuou andando, soluçando, sem dizer nada.

Voltou e se sentou, só com o cheiro da mulher que continuava no quarto. Não sabia o que sentir, remorso por tê-la tratado de forma tão insensível, ou raiva a respeito de sua própria violação. Esperou passar mais ou menos uma hora e ligou para a mulher, mas ela não atendeu. Mandou uma mensagem se desculpando. Ela respondeu:

Nunca mais venha à minha loja! Nunca na sua vida! Que Deus te castigue!!!

Ele estremeceu quando pensamentos possessivos de violência penetraram em sua mente, levados pelas asas negras do desprezo. Apagou o número da mulher, e pronto. Naquela noite, enquanto ele dormia, dois espíritos vagabundos invadiram a casa, lutando. Atravessaram a parede sem saber que haviam ultrapassado uma barreira humana. Chukwu, devo dizer que coisas como essa acontecem com frequência, mas a maior parte delas não fica na lembrança. Mas esse incidente em particular me emocionou, pois consegui relacioná-lo com a situação de meu hospedeiro.

Um dos espíritos era o *chi* de um homem que tinha tomado a esposa de outro homem. O outro espírito era o fantasma do ex-marido da mulher. O *chi* estava dizendo o quanto estava exausto, tendo que lutar contra esse fantasma havia anos. — Por que você simplesmente não vai descansar? — perguntou o *chi*. — Como posso descansar quando seu hospedeiro roubou não só minha mulher como também minha vida? — respondeu o fantasma. — Mas você devia descansar. Vá para Alandiichie, retorne em outra vida e recupere o que é seu — replicou o *chi*. — Não, eu quero justiça agora. Já. Já. Diga a seu hospedeiro para tirar as mãos de Ngozi. Senão eu não vou deixá-lo em paz. Vou continuar assombrando os sonhos dele, causando alucinações até que a justiça seja feita. — Bem — replicou o *chi* —, se você relaxar, Ala e Chukwu exercerão a justiça em seu nome. Mas você tomou em suas mãos o direito... — A conversa entre eles continuou até eu fazer sinal para que partissem. Os dois mal olharam para mim ou para meu hospedeiro e voltaram para a escuridão através da parede. Não sei por que testemunhei aquela cena — talvez tenha sido você me permitindo ver que era um alerta para fazer mais para dissuadir meu hospedeiro de sua perseguição de algo elusivo, uma situação que poderia potencialmente fazê-lo se tornar um *akaliogoli*, um espírito vagabundo sem lugar no céu ou na terra.

Echetaobiesike, meu hospedeiro voltou a ser o homem que era, um homem de pensamentos conflitantes. Voltava flutuando como um elemento fluído para a coisa que o continha. Parou de ficar à espera na farmácia e voltou sua atenção para a casa dela. Estacionava o carro a algumas pedradas de distância e ia até o supermercado em frente. Ficou amigo dos atendentes. Comprava biscoitos e Coca-Cola e ficava sozinho no único banco que o homem tinha colocado ao lado do abrigo, comendo, bebendo e batendo papo com o homem em seu inglês mutilado. Desse ponto de vista, tomando cuidado para os óculos escuros jamais mostrarem seu rosto, primeiro ele a via chegando do trabalho com o garoto, depois via o marido. No terceiro dia dessa nova rotina, lhe ocorreu perguntar sobre a família para o dono da loja.

— O sr. Obonna? — perguntou o homem, um *hausa* que não falava a língua dos pais.

— Sim, e a mulher dele?

— Ah, aquela madame? Mim não sabe muito sobre, oh. Ela quase fala nada. Calada como se não tem boca. Ela e eles vêm aqui sempre.

Ficou olhando enquanto o homem coçava as duas grandes escarificações em um dos lados do rosto. Um homem se aproximou da loja de calção, a camisa pendurada no ombro.

— Muito bem, oh — disse o cliente a meu hospedeiro.

— Muito bem, meu irmão.

— Mallan, Cowbell dey?

— Qual deles, na? Lata ou sachê?

— Sachê. Traz quatro. E quanto é, sef?

— Quatro por quatro nairas.

Quando o homem foi embora, meu hospedeiro perguntou se o comerciante sabia sobre o sr. Ogbonna e o filho.

— Ah, sim, sim. Eu conhece eles bem, bem.

Egbunu, eu já disse que meu hospedeiro tem o dom da boa sorte. É verdade que muitas coisas ruins aconteceram com ele, mas o que o *onyeuwa* dele pegou no jardim de Chiokike é poderoso. Pois como posso explicar que ele tropeçou em boas graças aqui? Como, Ezeuwa? Tudo que ele fez foi perguntar ao homem a pergunta complementar à que ele tinha feito sobre a família. — E o filho dele vem aqui sozinho? — Ao que o homem respondeu assim:

— *Pickini kwo*? Sim. Não só *wan pickin*. Chinonso, não só uma vez.

Obasidinelu, meu hospedeiro teve um sobressalto. Pois não tinha dito seu nome ao homem.

— *Eh*, o quê?

— O *pickin naw* — respondeu o homem, atônito com a reação dele. — Eu disse que nome dele é Chinonso.

Meu hospedeiro ficou imóvel, incapaz de se mover. Olhou para o homem, depois na direção da casa, e voltou ao homem.

— Oga, que acontece?

Meu hospedeiro abanou a cabeça. — Nada.

Já mais calmo, o homem começou a falar sobre como "o sr. Obonna" às vezes deixava o troco quando fazia alguma compra e que, durante o *Eid-El-Fitr*, ele trazia uma cabra. Meu hospedeiro ouvia distraído, enquanto sua mente continuava vagando. Quando levantou e voltou para o carro, ele se tornou ciente, como se sua consciência tivesse sido renovada, da informação que acabara de obter. Como podia ser que ela tivesse dado o nome dele para o filho? Como?

Nada o perturbou mais do que essa reflexão. Sentiu-se incapaz de fazer qualquer coisa, impotente. Era uma pergunta que o ameaçava com sua simplicidade enganosa. Pois parecia que podia ser facilmente respondida, como se a resposta estivesse em alguma prateleira pouco acima de sua cabeça. Mas sempre que tentava pegá-la, percebia que estava longe demais — num lugar que ele não conseguia alcançar apenas estendendo o braço. E era isso que mais o perturbava. Dormiu pouco naquela noite e acordou com medo de estar perdendo o juízo de tanto esmiuçar incessantemente os próprios pensamentos. Estava com fome, abalado e desalentado, mas continuou deitado, feito em pedaços. O pessoal da universidade de agricultura ligou para ele duas vezes, depois mandou um texto dizendo que iriam deixar de comprar ração da loja se ele não levasse os negócios mais a sério. Talvez eles fossem o quarto cliente regular a abandoná-lo por ele pouco ficar na loja.

Quando leu a mensagem, teve um sobressalto. Gritou para o dia quente e se levantou.

— Por que eu tenho medo dela? Por que, depois de tudo que fiz, depois de tudo que fiz por ela? Não, ela tem que falar comigo.

Ficou andando pelo quarto, transportando a lembrança do dia em que ela o havia rejeitado em público, gritando que não sabia quem ele era. Hoje, hoje, Ndali precisa me dar respostas.

Falou isso com tanta firmeza que ficou atônito com o quanto tinha se tornado ousado. Foi até o banheiro compartilhado no fundo do apartamento para tomar um banho. Em frente ao banheiro, a mulher de um dos vizinhos, um iorubá que falava com uma voz feminina, ocupava um banquinho baixo, debruçada sobre um balde, lavando roupa. Água com sabão espalhava-se pelo chão. A mulher estava envolta numa bata que pendia do pescoço, amarrada com um nó embaixo das axilas peludas. A mulher o cumprimentou, e a porção de carne exposta aos seus olhos o incomodou. Pensou na mulher com quem tinha dormido, como fora surpreendido por seus sentimentos. Em vez de prazer, ele sentiu nojo, e isso o tinha deixado chocado. Quando fechou a porta do banheiro, feita de zinco pregado na madeira, e empilhou as roupas na prateleira, se deu conta de que o que tinha vivido com aquela mulher e sua apatia geral em relação a outras mulheres era por ainda amar Ndali.

Foi mais uma vez até a casa dela e estacionou o carro a alguns metros de distância, no sentido oposto da direção em que o carro dela chegava. Parou embaixo de uma árvore cheia de passarinhos cantando, em frente à mansão de onde vinham vozes de crianças em ondas. Ficou esperando, os olhos fixos na rua, até que ao pôr do sol viu o carro dela se aproximando. Pensou e repensou coisas enquanto formulava sua ideia. Observou que os carros raramente vinham daquela direção, como se a curva da rua atrás dele não desse em lugar nenhum a não ser em si mesma. Culminava num beco sem saída. Se não houvesse nenhum carro atrás do dela e ele conseguisse bloquear a rua, poderia simplesmente sair do veículo e ir atrás de Ndali para impedi-la de buzinar para o portão ser aberto.

Egbunu, o momento chegou como que saído de sua imaginação. Assim que viu o carro, ele deu a partida e arrancou depressa para a frente, dando uma guinada e parando no caminho do carro vindo em direção oposta. Os carros quase colidiram, e o grito que se seguiu como resultado da quase trombada assustou até mesmo a mente desorientada do meu hospedeiro. Ficou no carro por um momento para acalmar o coração, antes de sair. Ele já a havia visto, mas não o garoto sentado no banco traseiro. Agora via os dois, ela se virando para o garoto para dizer alguma coisa. Andou até a frente dos dois carros e ficou ali parado. Por um longo tempo, meses, desde que tinha voltado, ele ansiava por esse momento. Sentiu-se trêmulo, alguma coisa irrompendo na base de seu coração.

O motorista do carro atrás dele buzinou três vezes antes de ultrapassá-lo com um olhar de raiva. Foi então que ela saiu do carro. Olhou para ele e ele olhou para ela. Sua vida parecia estar ali naquele rosto, uma vida que já conhecera. Mas era um rosto que teve dificuldade em reconhecer. Alguma coisa nele era nova, ainda que boa parte fosse familiar.

— Você? — disse Ndali, como se inquirindo sobre a natureza do ser do meu hospedeiro.

Ele aquiesceu. — Mãezinha — falou.

Ndali deu um passo atrás em direção ao carro, abaixou-se e disse alguma coisa ao garoto. Depois fechou a porta e se aproximou.

— Você de novo? O que você quer?

Meu hospedeiro abanou a cabeça, pois estava com medo, Egbunu.

— Mãezinha, desculpe por tudo. Desculpe. Desculpe. Você leu a minha carta? Você leu a...

— Com licença! — ela disse gritando. — Com licença! — Deu um passo atrás, levou a mão ao rosto e apontou os dedos de unhas pintadas para ele. — Por que você está me seguindo? Por que está indo à minha farmácia e vindo à minha casa?

— Mãezinha...

— Não, não, pare! Pare com isso! Não me chame assim, por favor, eu imploro!

Fez menção de falar outra vez, mas ela olhou para o carro e para o garoto.

Voltou a olhar para ele, e falou com os olhos fechados.

— Eu vou dizer uma coisa, não quero nunca mais ver você. O que é isso? Por que está me seguindo...

— Ndali, escuta — replicou, dando um passo à frente.

— Para! Pode parar!

O movimento de recuo foi tão violento que o alarmou.

— Não chegue perto de mim de jeito nenhum. Escute, eu imploro em nome de Deus, me deixe em paz. Eu agora estou casada, certo? Encontre outra mulher e me deixe em paz. Se vier de novo à minha casa, eu prendo você.

Quando viu que Ndali tinha se virado de novo para o carro, ele foi atrás dela. Chegou a centímetros de tocá-la quando ela o encarou de novo.

— Seu filho — ele disse, ofegante pela corrida. — Ele tem o meu nome.

Neste memorável momento da vida, quando meu hospedeiro e a mulher que amava ficaram a centímetros um do outro, uma carroça começou a se aproximar do local onde os dois carros estavam parados em confluência. Foi um momento instintivo, breve, como o último vislumbre de um assassino por sua vítima, mas pleno de uma graça imponderável ao homem. Com um passo em falso ele tinha entrado no campo de visão dela, e suas pernas entrelaçaram de tal forma que ele não conseguia desfazer. Viu que ela queria falar alguma coisa, mas se virou de repente e entrou no carro.

Os homens na carroça tinham parado e começaram a xingar. Ele voltou ao carro e afastou-se devagar em marcha à ré. O carro dela avançou e chegou ao portão da casa. Meu hospedeiro a viu desaparecer, o condutor da carroça e os passageiros o xingando enquanto passavam.

Ebubedike, eu não vou falar muito das coisas que ele fez depois, pois foi algo muito difícil de presenciar. Pois meu hospedeiro ficou arrasado com aquele encontro. As poucas palavras que Ndali lhe dissera ele carregou no frágil saco de seu estômago e as digeriu na cena, pesando cada palavra. Mas, como uma cabra, ele as transformou em algo para ruminar. E todas as noites, quando a vida dele, que tinha adquirido o desassossego de um pêndulo, parava no seu ponto de retorno, ele ruminava aquelas palavras com nova intensidade salivar. Mas havia uma coisa da qual não conseguia se livrar, que não podia ser mastigada ou fraccionada. Pois era sólida e completa em sua composição. Ele tinha visto nos olhos dela e, apesar de saber que sua mente poderia ser muito reativa em tais situações, estava convencido de que o que havia visto era o desprezo dela.

É difícil descrever o que esse sentimento fez com ele. Ficou dias sem sair de casa, rodeado pelas vozes desencarnadas e fantasmagóricas daquele encontro. Comia pouco; falava sozinho. Ria. Chorava. Saía depressa à noite e voltava para o quarto bebendo a água de chuva que escorria pelo seu rosto.

Egbunu, eu tive medo de que ele estivesse descendendo à loucura. Pois cada vez mais era atormentado por sonhos estranhos e persistentes, muitos deles com aves — galinhas, patos, falcões e outros gaviões. Eram sonhos que expunham a inflamação de sua mente aflita. Tornou-se um dejeto — alguém rejeitado pela Terra e pelo Céu. Um *akaliogoli* vivo. Tive medo porque vim a saber que o tipo mais forte de afeição costuma vicejar no coração de um homem cujo interesse amoroso está distante — e que ele não pode ter. Esse é o amor pelo qual sua alma aspira com alentos de morte, com o calabouço sublime de seu coração enjaulado. A única maneira de salvá-lo é apresentar uma nova afeição, tão forte quanto a que ele não consegue ter. Mas como não havia tal mulher por perto, eu tive medo.

A decadência dele a este estado continuou por dias, Egbunu, e uma noite, enquanto resmungava consigo mesmo que Ndali o odiava, ele nem percebeu que o amigo tinha voltado.

Quase teve um choque quando ouviu uma batida forte na porta, seguida por: — Irmão Chinonso, filho do Deus vivo!

Correu para abrir a porta.

25
O deus subalterno

Akwaakwuru, os grandes pais em sua incomparável sabedoria costumavam dizer que, se um homem tem medo de alguma coisa, essa coisa é maior que o seu *chi*. É um ditado severo. Mas é verdade que o medo é um grande fenômeno na vida de um homem. Quando criança, a vida de um homem é regida por temores constantes. E quando uma pessoa se torna adulta, o medo se torna uma parte permanente dela. Tudo que um ser humano faz é regido pelo medo. É tolice perguntar: como alguém pode se livrar do medo? Bem, não é o próprio medo — talvez o medo de ter a mente dominada pelo medo — que faz uma pessoa fazer esta pergunta? O homem tem de viver com isso. O homem come porque tem medo de morrer se não comer. Por que atravessa a rua com cuidado? Por que esse homem vai a uma clínica com o filho? Medo. Medo é um deus subalterno, o controlador silencioso do Universo da espécie humana. Pode ser a mais poderosa de todas as emoções humanas. Gaganaogwu, considere a história de Azuka, o homem que matou o cunhado numa briga 370 anos atrás. Este homem foi condenado à morte pelo sacerdote de Ala por ter tirado injustamente a vida de outro homem. Meu hospedeiro na época, Chetaeze Ijekoba, foi um dos que o levaram à floresta e o enforcaram. Eu vi através dele o estado desse homem condenado, como até seus movimentos e sua voz estavam alterados pelo medo, e ficou nítido que cada momento da vida dele, desde a hora em que o veredito fora pronunciado, foi ocupado pelo medo da morte. Um homem que se convence a viver sem medo logo vai perceber que fugiu nu para a província da insanidade, um lugar onde ele não conhece absolutamente ninguém.

Quando Jamike chegou, encontrou meu hospedeiro consumido pelo medo — e pelo desejo, pela raiva, pelo amor e o pesar. Mas, acima de tudo, era o medo de que, na verdade, ele nunca mais teria Ndali. Medo, Chukwu! O deus subalterno, o torturador da humanidade — aquele que segura o homem numa correia da qual não pode escapar. Deixe que ande pela casa, deixe que se empoleire na janela, deixe que bata suas novas asas brancas o quanto quiser, que chame a definitiva orquestra de minorias; ele não consegue escapar. Pois, se alçar voo, o teto vai trazê-lo de volta e recolocá-lo no lugar. Um homem nesse estado está feliz? Está tomando vinho de palma em seu casamento? Está recebendo as bênçãos dos pais e a adulação da família? Está fazendo amor com sua esposa? Sua mulher está em trabalho de parto e ele está esperando o filho nascer? Não faz diferença, quando tudo termina — quando a festa acaba, quando os convidados do casamento vão todos embora, quando ele se alivia e volta a se acalmar, quando a criança nasce e está dormindo, o medo volta com uma presença mais vigorosa que antes e o recolhe como um falcoeiro faz com seu pássaro.

Assim, meu hospedeiro precisava de ajuda para seu grande medo. Precisava ao menos tentar saber; precisava tentar encontrar um jeito. Um jeito? Isso era o que ele vinha tentando contar a Jamike. E agora, exausto, caiu de joelhos e agarrou o amigo que tinha voltado para ele da montanha das preces, pleno do espírito da grande deidade venerada em terras distantes e também venerada pelos filhos dos virtuosos pais.

— Jamike — falou. — Eu sei que você é um homem de Deus. Sei que Deus mudou sua vida, mas quero que faça uma coisa para mim. Estou triste, continuo um homem muito triste. Ainda estou sobre um braseiro. Só estarei salvo quando tiver minha vida de volta.

Apesar de a esta altura já saber que Ndali estava perdida, apesar de perceber que se encontrava agora à beira da insanidade, ele ficou preocupado com a consternação que viu na expressão de Jamike.

— Sim — afirmou veementemente, rangendo os dentes e agarrando a perna fina de Jamike ainda com mais força. — Ela é minha esposa, Jamike. Ela é minha. Nós vamos nos casar. Eu sofri por ela.

434 *Chigozie Obioma*

O amigo visivelmente não sabia o que dizer. Olhou para meu hospedeiro, que tinha perdido o controle. Meu hospedeiro continuou: — Mais ou menos uma semana atrás, eu a encontrei na frente da casa dela, Jamike. Eu a vi, muito de perto, e o filho dela. Sabe qual é o nome do filho, o nome do filho dela? É Chinonso.

— O seu nome? — perguntou Jamike, e a parte mais racional de meu hospedeiro ficou animada, pois parecia ter tocado em alguma coisa no homem de quem procurava ajuda.

— Isso mesmo, esse é o nome do garoto.

— Eu nem acredito, meu irmão.

— Acho que — começou a dizer, mas uma grande aspiração pesou em seu peito e o silenciou, de forma que teve de começar de novo: — Acho que existe uma razão para isso e eu quero saber. Ela pensou que eu estava morto? Foi por isso que deu meu nome ao garoto? Ou foi por causa de alguma outra coisa? — Tossiu e cuspiu em um lenço. — O garoto, eu o vi com meus dois olhos bem abertos, e meu espírito diz que ele é meu filho.

— É mesmo?

— Isso mesmo — respondeu e estalou os dedos. — Aliás, você viu o garoto? Ele parece ter por volta de quatro anos. Quando ela se casou com esse homem? Você disse que não faz muito tempo?

— Hah, isso é verdade. M-mas quando pode ter sido?

— Eu não sei. Eu não sei. Eu não sei, oh. Só Deus sabe. Mas, meu irmão, meu coração está partido. Uma pessoa morta está melhor do que eu no momento. Não consigo dormir. Não consigo comer. Não sei por que minha vida está deste jeito. Mas quero saber por que o filho dela tem o meu nome.

— O que você diz é verdade, meu irmão Solomon. Ndiichie dizia que um sapo em plena luz do dia não corre sem razão. É porque alguma coisa o está perseguindo, ou ele está perseguindo alguma coisa.

É verdade, Gaganaogwu: essa era a sabedoria dos pais eruditos!

— Eu entendo, Nwannem Solomon — continuou Jamike. — Pode me pedir qualquer coisa que eu faço. Eu quero ajudar você.

Nesse momento meu hospedeiro olhou para cima e viu que estava ajoelhado no chão, agarrado às pernas finas do amigo, seu pobre amigo que não comia havia quarenta dias e quarenta noites. A magreza de Jamike o deixou chocado, e ele logo largou suas pernas e sentou na cama em frente ao amigo. Foi a palavra *ajudar*, Egbunu, a promessa de alívio, a esperança que fez isso com ele. Abanou a cabeça e disse: — Eu gostaria que você voltasse ao marido dela e dissesse: "Deus me mandou ao senhor, sr. Ogbonna, para alertá-lo de que eles podem estar em perigo".

Queria que Jamike falasse, mas o amigo levou a mão à boca, enxugando os cantos que se alargavam em forma de um O.

— Não vai ser um pecado — continuou. — Você só vai estar tentando saber se ela está... se ela está ou não em segurança. Deus não vai proibir isso. E você é um pastor. Então não vai ser mentira.

Jamike abanou a cabeça. Apesar de parecer ter sido um resolução difícil ele finalmente falar, ele não disse: "Mas o Senhor não me enviou a ele. Isso é mentira" — como meu hospedeiro temia que dissesse. Em vez disso, numa voz que pareceu cortar o ar como uma foice, Jamike disse que atenderia ao seu pedido. Em seguida, como se achasse que meu hospedeiro não tinha ouvido, repetiu mais uma vez com a força bruta da persuasão.

Meu hospedeiro se acalmou. Pouco depois, erguido por uma mão que não podia ver, ele se levantou.

Chukwu, os grandes pais costumam dizer que foi para vantagem do caçador que o antílope desenvolveu escrotos inchados. Pois agora o caçador com sua flecha envenenada — mesmo se for um homem velho, com o corpo cheio de ossos velhos e antigos — seria capaz de caçar o antílope. O sr. Ogbonna, o marido da amante de meu hospedeiro, o homem mau que tirou vantagem de sua ausência e roubou sua noiva, o homem que o havia arruinado, o homem por causa de quem agora sofria, esse homem que poderia estar com o filho dele, já tinha desenvolvido um escroto inchado. Havia se entregado a um pastor mascarado, um espião trabalhando para o reino arruinado de meu hospedeiro. E agora, na noite do dia seguinte, quando o próprio horizonte usava uma máscara pintada de cinza-claro e o vermelho-sangue de uma formiga do deserto, meu hospedeiro e o amigo foram até o banco onde trabalhava o marido de Ndali.

Ficou esperando perto de uma oficina mecânica enquanto Jamike entrava no banco. A oficina ficava embaixo de uma velha árvore de ugba, uma árvore que reconheci de imediato. Já estava lá havia muitos anos. Mais de duzentos anos antes, quando os homens sem coração de Arochukwu arrastaram meu hospedeiro, Yagazie, e outros escravos capturados amarrados com correntes, uma mulher caiu embaixo da árvore e desmaiou. Os captores foram obrigados a interromper a marcha. Sem dizer uma palavra, um deles, um homem atarracado, sinalizou para os outros fazerem uma pausa e disse que a mulher poderia estar doente e que talvez não chegasse à praia. Então, o que fazer? Ele a soltou. Mas a mulher não se mexeu. Eles a deixaram lá, como que dormindo, numa clareira sob essa velha árvore.

Meu hospedeiro saiu do carro e ficou embaixo da árvore com o homem da oficina mecânica, o olhar atraído pela bandeira de Biafra presa a um pedaço de pau dentro da casa. A bandeira estava quase preta de fuligem, furada em um dos cantos Os homens o convidaram a sentar em um banco sujo perto de um grande pneu, talvez de uma carreta, no meio de uma pilha de ferramentas. Mas ele ficou ao lado dos homens trabalhando, os braços cruzados no peito, olhando para a rua.

Tinha acabado de comprar uma garrafa de Água Pura gelada de um vendedor ambulante e estava bebendo quando Jamike voltou. Jamike pareceu meio calado, como se alguma coisa o tivesse deixado em silêncio. — Vamos conversar em algum lugar — foi logo dizendo ao meu hospedeiro, apontando para o carro.

Eles foram ao apartamento, e só quando se acomodaram, meu hospedeiro na cama e Jamike na cadeira, que a conversa começou.

— Meu irmão, quando eu entrei lá, era como se ele estivesse esperando por mim. Saltou da cadeira e disse: "Pastor, pastor, eu estou com um problema". Perguntei qual era o problema e ele disse: "Pastor, minha esposa, minha esposa". Estava angustiado. Disse que Ndali tinha visto o homem com quem quase tinha se casado, e que o homem descobriu que o garoto era filho dele.

Meu hospedeiro se levantou.

— Sim, é seu filho, meu irmão — disse Jamike, olhando para ele.

— Como isso aconteceu? Como?

— O homem disse que ela engravidou antes de você sair da Nigéria. Depois que você partiu e ela não ouviu falar de você, ela tentou te encontrar. Ligou para a UIC.

Ijango-ijango, você deve estar imaginando o que isso fez com meu hospedeiro.

— Diga de novo. *Isi gin i?* — foi só o que conseguiu dizer.

— Ndali ligou para a universidade, ligou para Dehan, meu irmão Solomon.

Meu hospedeiro ficou em silêncio. Projetei em sua mente duas das ocasiões em que Ndali o tinha abraçado e pedido para ejacular dentro dela. Logo depois projetei em seus pensamentos outra ocasião, aquela noite muito tempo atrás, quando ele estava tão empolgado com tudo que se deixou ejacular nela e só tirou depois que muito já havia entrado. E não conseguiu olhar para ela, com medo de ser repreendido. Logo depois, pediu que acendesse a luz para poder se limpar com lenço de papel. Ele acendeu, aliviado por ela não ter perguntado se tinha tirado a tempo. Quando acendeu a luz ele viu, flutuando no ar, uma pena branca. Ndali ficou hipnotizada por aquela pena. Perguntou de onde tinha vindo e como estava flutuando no ar. E ele disse que não sabia. Essa foi apenas uma das muitas instâncias de que o lembrei. Mas agora meu hospedeiro se lembrava por si só de que, quando falou com ela pelo telefone pouco depois de ter recebido a promessa de esperança da enfermeira, ela havia anunciado que precisava dizer uma coisa, mas que contaria depois. Ouvi a voz dela quando falou com meu hospedeiro ao telefone, muitos anos atrás: "É uma grande, grande notícia, até eu estou surpresa. Mas estou muito feliz!".

— Ela não ouviu mais falar de você, estava preocupada, meu irmão. Filho de Deus, ela estava grávida do seu filho e de repente ficou muitos dias sem saber de você. Depois foram semanas, e ela esperando, sem nenhuma notícia. Estava com a fotocópia da sua carta de admissão, a que você deu a ela. Ligou para a escola e disseram o que você tinha feito.

Ia começar a falar, mas Jamike continuou.

— Disseram que você tinha estuprado uma mulher branca e iria passar vinte e seis anos na prisão. Aliás, disseram que foram até lenientes, pois na maioria dos países muçulmanos a pena para estupro era a morte.

— Quem contou isso pra ela?

— Ele não me disse, mas acho que foi Dehan. Ele não sabia a história toda; acho que não sabia. Mas ela tentou. Procurou por você, tentou ajudar.

Disse que Ndali não acreditou que você tinha feito aquilo e entrou em contato com a embaixada da Nigéria na Turquia, mas ninguém fez nada. Eu me lembro disso, meu irmão. Quando liguei para meus amigos que você conheceu em Cirene, eles me disseram que a embaixada da Nigéria na Turquia ligou para a universidade. Então eu acredito que ela tenha tentado, meu irmão. Eu provoquei isso, mas ela tentou fazer alguma coisa.

— O que mais, o que mais aconteceu? — indagou meu hospedeiro, pois começava a ser assolado por aquela raiva antiga.

— A família dela — disse o amigo, começando a chorar. — Eles ficaram furiosos com isso. Ela estava grávida sem ser casada, e envolvida num movimento internacional para resgatar um homem preso como criminoso em outro país. Foi por isso que pediram para ela ir para Lagos. Ogbonna não disse isso, meu irmão, mas eu acredito que ela tentou. Mas acabou desistindo.

Ijango-ijango, alguma coisa se agitou nas vísceras de meu hospedeiro e ele sentiu um calor interior, como se algo quente o tivesse penetrado com uma ferocidade vagarosa. Ela *desistiu*. O que quer dizer isso? Akataka, quer dizer que uma pessoa tentou alguma coisa e depois parou. A pessoa pode estar tentando levantar alguma coisa, e ocorrer a essa pessoa que nunca vai conseguir levantar aquilo, por isso ela se resigna e desiste.

Meu hospedeiro ficou ali parado, atônito, como se o mundo onde tivesse nascido, vivido, feito amor, dormido, sofrido, se curado e sofrido de novo tivesse sido uma ilusão, o tipo de um clarão repentino visto pelos olhos de um velho cego: um momento fúlgido e radiante, para logo se transformar em uma miragem que se dissolve assim que é vista.

26
ARANHAS NA CASA DOS HOMENS

CHUKWU, seus ouvidos foram pacientes. Você me escutou. Escutou enquanto eu recontava todos esses fatos diante deste divino conselho. Você ouviu enquanto cada árvore em Beigwe exibia as entoações do encantamento como enfeites brilhantes. Neste mesmo momento, a música se despeja de toda parte nos luminosos saguões como suor dos poros da pele. E por toda volta há espíritos guardiões que devem se adiantar e apresentar seus respectivos relatos. Mas agora preciso me apressar para preencher o abismo aberto pela minha história. E não vai demorar muito tempo, Gaganaogwu, para eu terminar.

Para abreviar, devo lembrá-lo do que os grandes pais, sábios nos modos da guerra e da batalha, costumam dizer: o que mata um homem não precisa saber seu nome. Isso foi verdade com meu hospedeiro. Pois no que ele se transformou, nos dias e semanas depois das descobertas de Jamike, é doloroso de se descrever. Mas devo falar sobre as consequências de sua mudança, pois o motivo de meu pedido assim o exige. Egbunu, meu hospedeiro se tornou um *djinn*, um homem-espírito, um vagabundo, um errante despelado, uma coisa se arrastando na mata, um proscrito autoexilado, ceifado do mundo. Recusou-se a ouvir o conselho do amigo, que implorou para ele não entrar naquela disputa. Ao contrário, ele jurou que iria lutar. Jurou, veementemente, que recuperaria seu filho. Insistiu em que era a única coisa que lhe restava no mundo pela qual valia a pena lutar. E ninguém, nem mesmo eu, seu espírito guardião, consegui convencê-lo contra sua vontade.

Assim, ele voltou a espreitar a casa de Ndali, escondido e, quando ela chegava, tentava se aproximar. Ela não saía do carro, desviava e seguia em frente. Quando essa atitude fracassou ele foi à farmácia, gritando que queria seu filho. Mas Ndali se trancou no escritório e chamou os vizinhos pelas janelas trancadas. Três homens correram até a farmácia e o arrastaram de lá, esmurrando-o até seus lábios incharem e seu supercílio esquerdo se abrir.

Mas isso não o deteve, Egbunu. Ele se aproximou da escola onde o menino estudava e tentou levá-lo à força. E acredito que foi nesse momento que foi plantada a semente do que me trouxe aqui nesta perturbadora noite humana. Pois já vi isso muitas vezes, Oseburuwa. Aprendi que um homem que retorna ao local onde sua vida foi estilhaçada não perdoará os que o arrastaram até ali. E de que lugar estou falando? Do lugar onde cessa a existência de um homem, onde ele vive uma vida imóvel, como a da estátua de um homem com um tambor no meio da rua ou a figura de uma criança com a boca aberta perto da delegacia de polícia.

Apesar do tratamento dos guardas desta vez ter sido diferente, apenas alguns bofetões e insultos, meu hospedeiro ficou atormentado pelas lembranças desencadeadas. Chorava em sua cela. Amaldiçoava a si mesmo. Imprecava contra o mundo. Imprecava contra sua infelicidade. Depois, Chukwu, começou a imprecar contra ela. E quando afinal dormiu naquela noite, um período do passado apareceu e ele ouviu a voz de Ndali dizendo: "Nonso, você se destruiu por minha causa!". Levantou-se num sobressalto do chão frio da masmorra, como se aquelas palavras tivessem levado anos para chegar até ele e só as tivesse ouvido agora pela primeira vez, quatro anos depois de terem sido ditas.

Ezeuwa, Jamike veio pagar a fiança dele na manhã do terceiro dia. — Eu falei pra você deixá-la em paz — disse Jamike quando eles saíram da delegacia. — Você não pode obrigá-la a voltar pra você. Deixe o passado para trás e siga em frente. Mude-se para Aba, ou Lagos. Comece de novo. Você vai encontrar uma boa mulher. Olhe pra mim, você acha que eu encontrei alguma coisa durante todos os anos que passei no Chipre? Encontrei Stella aqui. E agora ela vai ser minha esposa.

Jamike ficou falando com ele, com um homem que parecia não ter boca, até chegarem à casa dele, e todos os conselhos de Jamike se juntaram numa combinação de todas as coisas que ele tinha visto e feito. Quando o táxi estacionou na frente do prédio, meu hospedeiro agradeceu ao amigo e disse que queria ficar sozinho.

— Sem problema — disse Jamike. — Eu venho ver você amanhã.

— Amanhã — ele concordou.

Obasidinelu, os grandes pais em sua sagacidade diplomática dizem que o dançarino há de dançar qualquer melodia que toque o flautista. É loucura dançar uma melodia enquanto se ouve outra. Meu hospedeiro aprendeu essas duras verdades arduamente, com a própria vida. Mas eu também o aconselhei, bem como Jamike, seu amigo, em quem ele agora confiava. E foi com essas palavras no coração que ele destrancou o portão e se encaminhou ao apartamento. Foi saudado pela esposa do vizinho, que catava feijão numa bandeja, e resmungou uma resposta com a respiração pesada. Soltou a trava e abriu a porta do quarto. Assim que entrou, foi atingido por um odor claustrofóbico. Olhando na direção de onde vinha o zumbido alto das moscas, viu o que era: o *moi-moi* que comprara e do qual tinha comido metade, com uma substância leitosa escorrendo da comida podre para a mesa.

Tirou a camisa e embrulhou a comida com ela, enxameando as moscas frenéticas. Limpou a substância putrefata da mesa e jogou a camisa no lixo. Depois se deitou na cama, os olhos fechados, as mãos sobre o peito, tentando pensar em nada. Mas isso, Egbunu, é quase impossível — pois a mente de um homem é um campo numa floresta selvagem onde alguma coisa, não importa o quão pequena, deve pastar. O que surgiu ele não conseguiu rejeitar: sua mãe. Meu hospedeiro a viu sentada no banco do quintal, socando pimenta e inhame no pilão, com ele ao seu lado ouvindo suas histórias. Ele a viu, com a cabeça coberta com um lenço de chita.

Permaneceu naquele lugar, numa varanda entre a consciência e inconsciência, até a noite cair. Depois se sentou e deixou florescer a ideia de que deveria sair de Umuahia e deixar tudo para trás. Tinha pensado sobre isso na cadeia, mesmo antes de Jamike falar tudo de novo. E eu tinha assegurado que ele persistisse em seus pensamentos. A ideia tinha ido e voltado à sua mente como uma visitante inquieta durante aqueles dois dias que ele passou ali. Agora alguma coisa na visão da mãe se assentou, mesmo se ele não soubesse o que era. Será que por ter dito várias vezes que o pai deveria esquecê-la quando ela morreu? Discutiu com o homem diversas vezes, disse que o pai era uma criança se apegando ao que havia perdido. Em especial naquela noite em que o pai, bêbado, entrou no quarto dele. Mais cedo eles tinham trinchado um frango para dar a uma mulher cuja filha tinha mais ou menos a idade da irmã dele e estava se casando. Pode ter sido isso que incomodou o homem. O pai dele entrou cambaleando no quarto do meu hospedeiro na calada da noite, em lágrimas, dizendo: "Okparam, eu sou um fracasso. Um grande fracasso. Não consegui proteger sua mãe quando ela estava na sala de parto. Agora também não consegui proteger sua irmã. O que a minha vida é agora? É apenas um registro de perdas? Será que agora minha vida é definida pelo que perdi? A quem eu enganei? *Kedu ihe nmere?*".

Nas iterações passadas de sua lembrança, ele tinha considerado o pai fraco, alguém que não conseguia enfrentar dificuldades, que não sabia como se virar de costas. Agora se dava conta de que ele próprio estava se agarrando a algo que havia perdido, que não podia mais possuir.

Resolveu ir embora. Voltaria a Aba, para a casa do tio, deixando tudo para trás. Não podia mudar o que havia se moldado para resistir à mudança. Seu mundo — não, seu antigo mundo — estava remodelado e não podia mudar. Só um movimento para a frente era possível. Jamike tinha saído da província de sua vergonha, feito as pazes com meu hospedeiro e seguido em frente. Assim como Ndali. Tinha limpado o quadro de inscrições que ele havia feito em sua alma e inscrito novas coisas. Não havia mais lembranças de coisas passadas.

Também se tornou claro que não só ele tinha guardado ódio ou um cálice de ressentimento do qual, a cada passo de sua dura jornada no desgastado caminho da vida, uma ou duas gotas se derramavam. Era muita gente, talvez todos na terra, todos em Alaigbo, ou até todos no país onde vivia seu povo, vendados, amordaçados, aterrorizados. Talvez cada um deles estivesse cheio de algum tipo de ódio. Com certeza. Sem dúvida um antigo ressentimento, como uma fera imortal, vivia trancado em uma inviolável masmorra em seus corações. Deviam estar irritados com a falta de eletricidade, com a falta de amenidades, com a corrupção. Eles, os manifestantes do Maseb, por exemplo, que sofreram os disparos em Owerri, ou os feridos da semana anterior em Ariaria, clamando pelo renascimento de uma nação morta — eles também deviam estar zangados com o fato de os mortos não poderem voltar à vida. E quanto a todos que perderam um ente querido ou um amigo? Claro que, no fundo do coração, qualquer homem ou mulher deve abrigar algum ressentimento. Não existe ninguém para quem a paz seja completa. Ninguém.

Tão prolongada foi sua reflexão, tão sinceros seus pensamentos, que seu coração sancionou a ideia. E eu, seu *chi*, a afirmei. Ele devia partir, e sua partida teria de ser imediata. E foi isso que o deixou em paz. No dia seguinte, saiu à procura de alguém que comprasse o estoque de sua loja e assumisse o aluguel. Voltou satisfeito para casa. Depois ligou para o tio e contou tudo que havia acontecido com ele e disse que precisava sair de Umuahia. O homem mais velho ficou profundamente perturbado. — Eu d-disse pra você n-não voltar para aquela m-mulher — repetiu várias vezes. Em seguida mandou meu hospedeiro voltar para Aba imediatamente.

Durante dias ele embalou as coisas que havia reunido, tentando arduamente não pensar em Ndali e no filho. Ele voltaria algum dia, no futuro, quando tivesse acertado a vida de novo, e perguntaria por ele. Era o que faria, pensou enquanto observava o quarto vazio que já estivera cheio, agora só com seu velho colchão estirado no chão.

Agujiegbe, ele ia partir naquela noite para nunca mais voltar. Iria embora! Disse isso a Jamike, e assim que o amigo viesse vê-lo ele começaria a jornada. Estava esperando o pastor voltar de sua evangelização e rezar por ele antes de ir para o carro com todas as suas coisas.

Chukwu, nesse momento, receio mais uma vez que devo dizer que, quando Jamike chegou, rezou por ele, chorou por ele e o abraçou, a antiga raiva, o terror e o complexo sentimento que engolia todas as coisas o assolaram de novo. Não sabia o que era, mas aquilo o invadiu e o lançou no abismo de que havia sido tirado. Egbunu, foi uma única lembrança que fez isso: a de um palito de fósforo aceso que incendeia um edifício inteiro. Foi a recordação do primeiro dia em que dormiu com Ndali e do dia em que ela se ajoelhou no chão do quintal e sugou sua masculinidade até ele cair sobre o banco. Como os dois tinham rido e falado de como as galinhas os observaram.

Ijango-ijango, escute: um homem como meu hospedeiro não pode abandonar uma luta dessa maneira; seu espírito não consegue sair satisfeito. Não pode se levantar, depois de uma grande derrota, e dizer à sua gente, para todos os que o viram se revirando na areia, a todos que testemunharam sua humilhação, que ele ficou de bem. *Sem mais nem menos.* É difícil, Chukwu. Assim, mesmo quando ele dizia resolutamente a si mesmo — Agora eu vou me afastar dela para sempre — momentos depois, quando a noite caiu, ele cedia a pensamentos sombrios. E eles vieram em bandos, com seu companheirismo ameaçador, evocando todo seu mundo interior, até o convencerem a ir até a cozinha e pegar uma pequena lata de querosene, meio vazia, e uma caixa de fósforos. Só então eles o deixaram. Mas o acordo estava selado. Ele próprio fechou bem a lata e a colocou no piso do carro, em frente ao banco de passageiros. Depois voltou e esperou, esperou pelo tempo passar. E é difícil alguém esperar quando está com a alma em chamas.

Egbunu, era quase meia-noite quando ele deu partida no carro e saiu dirigindo na noite. Dirigiu devagar, pois o que levava era inflamável e ele estava com todos seus pertences no carro, pronto para embarcar em sua jornada posterior. Dirigiu por ruas desertas, passou por um ponto de checagem onde um homem iluminou o carro com uma lanterna e fez sinal para ele prosseguir. Então, ele chegou à farmácia.

Estacionou o carro e pegou a caixa de fósforos.

— Eu perdi tudo que tinha por sua causa, Ndali, para você me tratar desse jeito? Desse jeito? — falou. Abriu a porta do carro, pegou a lata de querosene e a caixa de fósforos e saiu na calada da noite, a mais escura de todas as noites.

— Você me pagou com o mal tudo que fiz por você — disse enquanto parava para recuperar o fôlego. — Você me rejeitou. Você me castigou. Você me jogou na prisão. Você me envergonhou. Você me desgraçou.

Ficou em frente ao prédio, o mundo ao redor em silêncio a não ser pelo canto de uma igreja em algum lugar que não conseguiu localizar.

— Você vai saber o que significa perder coisas. Vai saber, vai sentir o que eu senti, Ndali.

Na sua voz e em seu coração, Egbunu, eu percebi algo que — desde o início do tempo — sempre me deixou perplexo com a espécie humana. Que um homem pode amar uma mulher, abraçá-la, fazer amor com ela, viver por ela, ter um filho com ela e, com o passar do tempo, não restar nada mais disso. Nada, Ijango-ijango! O que ficou no lugar, você pode estar perguntando? Uma pequena dúvida? Uma ligeira raiva? Não. O que restou foi o neto do próprio ódio, sua monstruosa semente: o desprezo.

Enquanto falava, temendo o que estava prestes a fazer, eu saí dele. E imediatamente fui envolvido pelo clamor ensurdecedor de Ezinmuo. Por toda parte, espíritos vagavam ou se penduravam precariamente de telhados das casas e das capotas de automóveis, muitos deles o observando, já informados previamente do que ele estava para fazer. Voltei correndo para meu hospedeiro e pus na cabeça dele o pensamento de voltar para casa, ou ligar para Jamike, ou viajar, ou dormir. Mas ele não me ouvia, e a voz de sua consciência — a grande persuasora — continuou em silêncio. Meu hospedeiro prosseguiu, assim que se assegurou de que não havia nenhum ser humano ao redor, e começou a despejar o querosene em volta do prédio. Quando o querosene acabou, abriu o porta-malas do carro e pegou uma latinha, esta contendo gasolina, e despejou ao redor do local. Acendeu o fósforo e o jogou na base prédio. Assim que o fogo começou, voltou correndo para o carro, ligou o motor e saiu depressa na escuridão. Sem olhar para trás.

Gaganaogwu, eu sabia que nenhum espírito procuraria o corpo dele agora que havia alimento para os espíritos errantes: um fogo ardente. Então saí para testemunhar, ou ver o que ele tinha feito, para ser capaz de fazer um relato completo das ações do meu hospedeiro quando você perguntasse sobre seus últimos dias. Já distante, fiquei em frente ao edifício em chamas enquanto meu hospedeiro se afastava. Quando já estava fora de visão, quase uma dúzia de espíritos se reuniu ao redor do fogo, flutuando como vibrações expostas. De início, fiquei assistindo à beleza do espetáculo do lado de fora, enquanto corpos desencarnados se aproximavam, passando por mim. Um deles, excitado e quase frenético, subiu no edifício e ficou suspenso no ponto por onde uma espiral de fumaça negra levitava

UMA ORQUESTRA DE MINORIAS 447

como um funil ereto. Outros vibravam enquanto a fumaça encobria o espírito para revelá-lo em seguida.

Eu estava vendo isso quando — nem consegui acreditar — vi o *chi* de Ndali saindo do prédio em chamas, gemendo. Ele me avistou de imediato e gritou, atropelando as palavras: "Seu espírito guardião maligno e seu hospedeiro! Olhe o que vocês fizeram. Eu o avisei para desistir muito tempo atrás, mas ele continuou vindo até ela, perseguindo-a, até arruinar sua vida. E quando leu a carta idiota dele, dois dias atrás, uma coisa de que tinha medo de ler, ela ficou muito perturbada! Começou a brigar com o marido. E nesta noite, nesta noite cruel, ela saiu de casa mais uma vez, no calor de uma discussão, e veio para cá...".

O *chi* se virou, pois ouviu um grito agudo e penetrante vindo de dentro do prédio em chamas, e imediatamente desapareceu no fogo. Corri atrás dela, e naquela grande conflagração vi que, enquanto uma pessoa tentava se levantar do chão, um pedaço de madeira em chamas que fazia parte do teto caiu sobre suas costas e deixou-a atordoada e dolorida. O impacto a derrubou, mas ela voltou a se levantar, vendo que uma repentina montanha de fogo agora se interpunha entre ela e o outro lado do recinto. Uma prateleira de remédios se soltou, desmoronando lentamente sobre os suportes de madeira por causa das chamas inclementes, e uma massa de fogo se despegou, caiu no tapete e começou a rastejar na direção de onde ela estava. Tocou no pescoço e descobriu que o líquido que sentia escorrendo pelas suas costas era sangue. Só então pareceu ter percebido que a madeira tinha alojado seus pregos em sua carne, inserindo o fogo em seu corpo. Com gritos infernais e a madeira presa às costas, ela saiu correndo do teatro amarelado do fogo, repleto de mesas genufletoras, janelas quebradas, cortinas dançantes, garrafas que explodiam. Um pedaço de tijolo queimado a lançou para a frente quando ela chegou à porta e, quando a abriu, o que restava da madeira em chamas despencou. A dor lancinante a fez cair de joelhos, como um padre enclausurado numa súbita prece. Parece ter se dado conta de que era melhor não se levantar. Começou a se arrastar para fora da farmácia como um animal pastando em uma aldeia de chamas.

Quando conseguiu escapar, pessoas já se aglomeravam no local da conflagração — funcionários da defesa civil, vizinhos e curiosos. Foram até ela com baldes de água, e enquanto a molhavam, ela caiu desmaiada.

Deixei-a lá e corri para encontrar meu hospedeiro. Ele estava na rodovia, acelerando na escuridão, chorando enquanto dirigia. Não sabia o que tinha feito. Ijango-ijango, já disse muitas vezes esta noite sobre essa peculiar falha no homem e em seu *chi*: de não serem capazes de saber o que não veem ou não ouvem. Então, realmente meu hospedeiro não poderia saber. Ele não estava ciente. A Ndali que existia em sua mente agora enquanto dirigia era a Ndali que o amara, mas que o rejeitou. Era a Ndali que tinha perdido. Não sabia nada da Ndali engolfada pelas chamas, a que agora jazia no chão em frente ao que fora sua farmácia. Continuou dirigindo, imaginando-a nas mãos do marido, pensando como nada que fez foi capaz de trazê-la de volta. Continuou dirigindo, chorando e gemendo, cantando a melodia da orquestra de minorias.

Egbunu, como ele poderia ter imaginado que uma mulher que tinha uma casa iria preferir dormir em sua loja? Não. Por que ela faria isso? Não havia razão para ter previsto algo assim. É por isso que um homem que acabou de matar uma pessoa segue sua rotina sem saber o que fez. Os augustos pais relacionavam esse fenômeno ao de aranhas na casa dos homens, dizendo para qualquer um que se considere todo-poderoso por olhar ao redor de sua casa para ver se sabia o momento exato em que a aranha tinha começado a tecer sua teia. É por isso que um homem prestes a ser morto pode entrar numa casa onde os que vieram matá-lo estão esperando por ele, sem saber de seus desígnios e sem saber que seu fim está próximo. Ele pode até jantar com esses homens, como o homem em um dos livros que meu antigo hospedeiro Ezike leu certa vez. A história era sobre um homem que governava uma terra de gente branca chamada Roma. Mas por que procurar por tais exemplos distantes quando aqui mesmo, na terra dos pais luminosos, eu mesmo já vi isso muitas vezes?

Esse homem entra naquela casa sem qualquer conhecimento de que o que vai matá-lo já está lá — do jeito que as coisas acontecem, a maneira como a mudança e a decadência abarcam as coisas com passos furtivos e grandes transformações acontecem sem o mais leve indício de que já aconteceram. Mas a morte virá, sem ser anunciada, repentina, empoleirando-se na soleira de seu mundo. Chegará inesperadamente, em silêncio, sem interromper as estações, ou nem mesmo o momento. Terá chegado sem alterar o sabor de ameixa na boca. Terá se imiscuído como uma serpente, invisível, sem pressa. Uma olhada na parede não revelará nada: nenhuma rachadura, nenhuma marca, nenhuma fenda por onde possa ter entrado. Nada do que ele sabe dará qualquer indicação: nem a pulsação do mundo, que altera o seu ritmo. Nem os pássaros, ainda cantando sem a menor alteração da melodia. Nem o constante movimento do ponteiro do relógio. Nem o tempo, que segue imperturbável, como a própria natureza costuma fazer. Por isso, quando aquilo acontece, quando ele vê e entende, isso o deixa chocado. Pois parecerá uma cicatriz que ele não sabia ter e se inscreverá como algo formado a partir da inserção do próprio tempo. Para essa pessoa isso vai parecer ter acontecido tão subitamente, sem aviso. E ela não saberá que aquilo aconteceu há muito tempo, e que estava apenas esperando pacientemente até ser notado.

Nota do autor

Uma orquestra de minorias é um romance solidamente enraizado na cosmologia igbo, um sistema complexo de crenças e tradições que outrora guiaram — e em parte ainda orientam — o meu povo. Como estou situando uma obra de ficção nessa realidade, leitores curiosos poderão resolver pesquisar a cosmologia, em especial em relação ao conceito do *chi*. Por essa razão, devo afirmar que, assim como Chinua Achebe em seu ensaio sobre o *chi* do qual a epígrafe deste livro é extraída, "o que estou tentando fazer aqui não é preencher essa lacuna, mas chamar atenção para ela de forma apropriada de quem ama principalmente a literatura e não a religião, a filosofia ou a linguística".

Portanto, isso quer dizer que este livro é uma obra de ficção e não um texto definitivo sobre a cosmologia igbo ou sobre religiões afro/africanas. No entanto, espero que possa servir como um livro de referência para tal propósito. A razão para isso é que *Uma orquestra de minorias* recorreu a inúmeros livros sobre a cosmologia e a cultura igbos, incluindo *After God Is Dibia*, de John Anenechukwu Umeh; *Ödïnanï*, de Emmanuel Kaanaenechukwu Anizoba; *The Igbo Trilogy*, de Chinua Achebe (que costuma ser chamado de *The African Trilogy*) e seu ensaio sobre o *chi*; "Eden in Sumer on the Niger", de Catherine Obianuju Acholonu; *Leopards of the Magical Dawn*, de Nze Chukwukadibia E. Nwafor; e *Anthropological Report on the Igbo-Speaking Peoples of Nigeria*, de Northcote W. Thomas, entre outros. Tudo isso foi acrescido por pesquisas de campo conduzidas de forma independente por meu pai e algumas que fiz na nossa cidade natal de Nkpa, no estado de Abia, na Nigéria.

Por uma preferência estritamente linguística, preferi escrever a maioria das grafias dos nomes, designações e honoríficos de deidades com uma só palavra e não com os compostos mais comuns. Palavras como *ndi-ichie* aparecem no meu livro como *ndiichie*. Apesar de reconhecer o acordo da Union-Igbo sobre o uso de hífens, preferi me manter fiel à forma como o povo de Nkpa pronuncia essas palavras: num fluxo fluído e ininterrupto. O mesmo vale para os vários nomes de Chukwu. Mais uma vez, reconheço que *Gaga-na-ogwu* é a representação comum, mas preferi *Gaganaogwu*. E há nomes — *Egbunu*, por exemplo — que os leitores podem não encontrar em nenhum outro lugar. Para os interessados em grafias da Union-Igbo, sugiro consultarem o belo livro de John Anenechukwu Umeh, *After God Is Dibia*, e o *Igbo Dictionary and Phrasebook* de Nicholas Awde e Onyekachi Wambu, entre outros.

Ya ga zie.

Chigozie Obioma
Abril de 2018

Agradecimentos

Este romance foi inspirado em várias experiências. Mas a primeira fonte deve ter sido meu nome de infância, Ngbaruko, o nome do homem de quem eu seria a reencarnação. Por isso devo agradecer a meu pai; a meu tio Onyelachiya Moses; à minha mãe, Blessing Obioma; e a outros por terem cedo na vida despertado em mim a curiosidade sobre o *chi* e a reencarnação.

Sou grato à primeira leitora e ajudante Christina, minha esposa, por sua generosidade e pela compreensão da necessidade de me recolher enquanto imergi neste grande oceano. Agradeço também à minha agente, Jessica Craig, que continua sendo um das primeiras leitoras e também uma defensora do meu trabalho, que nunca se queixa quando a importuno. Obrigado aos meus editores, Jude Clain e Ailah Ahmed, que despertaram o livro de sua letargia. *Uma orquestra de minorias* teria sido impossível sem eles e suas equipes na Little, Brown dos Estados Unidos e do Reino Unido.

O apoio de Kwame Dawes e de sua esposa, Lorna, foi inestimável de maneira que só eles e eu saberemos realmente. Agradeço a Isa e Daniel Catto pelo espaço em seu castelo para revisar o livro e ao pessoal do Aspen Institute. Obrigado aos primeiros entusiastas, Camilla Søndergaard, Beatrice Mancini, Halfdan Freihow e Knut Ulvestad da Font Forlag, a Thomas Thebbe e Pelle Anderson, e a meus outros editores pelo apoio. E a meus colegas da Universidade de Nebraska-Lincoln pelo incentivo, e à própria universidade por propiciar uma atmosfera apropriada para a criatividade. Agradeço ainda a Karen Landry, Barbara Clark, Alexandra Hoopes e a todos que de um jeito ou de outro ajudaram a fazer deste livro o que se tornou.

Finalmente, tenho uma enorme gratidão por todos os autores relacionados na minha "Nota do autor" e a todos que continuam assegurando que a cosmologia e a filosofia igbos não se extingam. Devo agradecer mais uma vez a meu pai por ser um pesquisador, copidesque e defensor, e por sempre me lembrar do que os grandes pais disseram: *Oko ko wa mmadu, o ga kwuru mmadu ibe ya. Oko ko wa ehu, o gaa na osisi ko onweya o ko.*

ESTE LIVRO, COMPOSTO NA FONTE FAIRFIELD, FOI IMPRESSO
EM PAPEL PÓLEN SOFT 70G/M², NA GRÁFICA IMPRENSA DA FÉ.
SÃO PAULO, MARÇO DE 2019.